张光年/著

严 辉/主编

张光年全集

第四卷 文论一

华中师范大学出版社

新出图证(鄂)字 10 号
图书在版编目(CIP)数据

张光年全集. 第四卷 / 张光年著；严辉主编. —武汉：华中师范大学出版社，2022.8
ISBN 978-7-5622-9819-9

Ⅰ. ①张… Ⅱ. ①张… ②严… Ⅲ. ①张光年(1913—2002)－全集 ②中国文学－文学研究－文集 Ⅳ. ①I217.2 ②I206-53

中国版本图书馆 CIP 数据核字(2022)第 103647 号

张光年全集　第四卷
张光年　著　严　辉　主编

编辑室：学术出版中心	电话：027-67867792/3280
责任编辑：梅　杰	责任校对：童　雯
出版发行：华中师范大学出版社	封面设计：罗明波
社址：湖北省武汉市洪山区珞喻路 152 号	邮编：430079
电话：027-67863426(发行部)　027-67861321(邮购)	
网址：http://press.ccnu.edu.cn	电子信箱：press@mail.ccnu.edu.cn
印刷：湖北新华印务有限公司	督印：刘　敏
开本：710mm×1000mm　1/16	字数：488 千字
版次：2022 年 9 月第 1 版	印次：2022 年 9 月第 1 次印刷
印张：31.25　　插页：8	定价：176.00 元

欢迎上网查询、购书

敬告读者：欢迎举报盗版，请打举报电话 027-67867353

作者在日本(1965年4月)

作者题赠黄叶绿(阿蕙)
(1946年)

作者与家人在北海公园
(1959年)

作者(左)与黄秋耘合影

作者(中)与冯牧、陈荒煤(右一)在"周扬文库"前合影

访问苏联时的合影,右一为作者(1954年)

作者在日本访问期间演讲(1965年)

作者(前排右二)在越南参加"反美斗争月"活动与胡志明等合影(1962年7月)

中国作家代表团访问日本时合影,前排左二为作者(1965年4月)

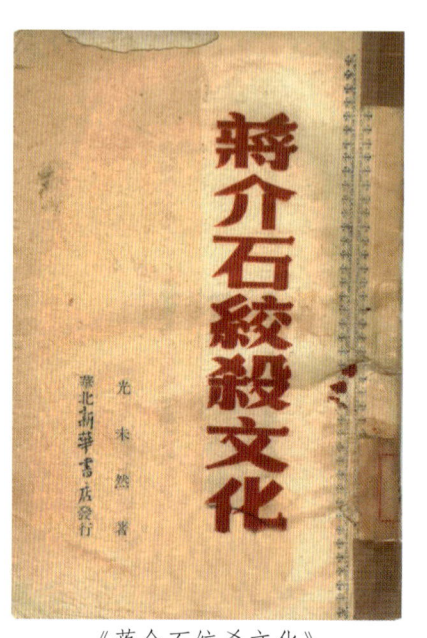

《蒋介石绞杀文化》
（华北新华书店1947年版）

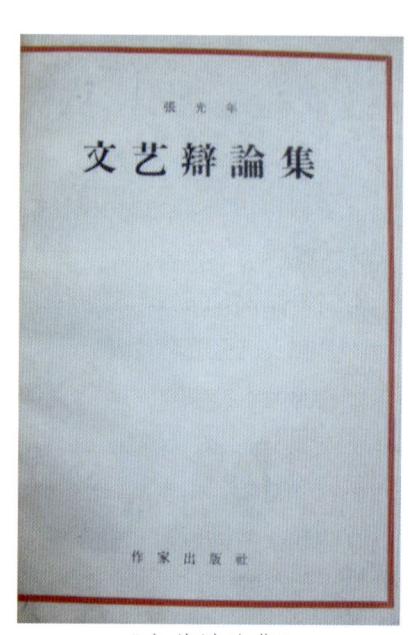

《文艺辩论集》
（作家出版社1958年版）

出版说明

《张光年全集》收张光年从1934年起至2001年创作的各类著述，按文体内容分类，以创作时间编年，计划编辑9卷，是一部完备的张光年文学著作总集。

《张光年全集》汇集编入了作者创作的所有文学作品，包括散见于报刊，作者生前未曾编选入集的诗歌、剧本、文论、散文等著述，以及由编者整理的没有发表过的手稿、书信等。

为避免篇目的重复，便于读者查阅，《张光年全集》各卷按文体分类，采用编年体例，以作品的创作时间或初刊时间为序编入。在版本校勘方面，曾收入《张光年文集》（人民文学出版社2002年出版）的作品，如不同时期的版本差别不大，则以《张光年文集》为底本，如内容差别较大，则以初刊为底本，并加以注明；未曾收入《张光年文集》的作品，据最初发表的报刊或手稿进行整理后编入。所收作品中的文字和标点符号，一般依照初刊或手稿原文，最大程度保留作品原貌，如属明显古今异文或讹误之处则加以改正。

本书除保留作者的原注外，适当增加了一些必要的注释，尤其对每篇作品的发表情况和编集情况进行了说明，卷末还附有作家各个时期自编作品集的目录，以增强本书的实用性和学术性。

限于我们的水平和经验，在编辑、注释或校勘等方面，粗疏错漏之处可能在所难免，希望得到广大读者的批评和指正。

2021年10月30日

本卷说明

　　本卷收入作者 1935 年至 1958 年创作的文学理论与评论作品。这些作品中的部分篇目曾收入作者的文论集《文艺辩论集》（作家出版社 1958 年版）以及《张光年文集》（人民文学出版社 2002 年版）。还有部分篇目来自最初发表的报刊或作者的手稿，系首次编集。另外需要说明的是，作者这个时期的戏剧理论与评论作品已编入另卷。

　　本卷的篇目排列，均按创作时间先后为序，如创作时间不明的篇目，则以发表或出版时间先后排序。如系作者未曾编集的作品，则据初刊或手稿进行整理校订后编入。每篇作品前都注释说明了该作品的发表情况、署名情况和后来的编集情况，以备研究者查考。

目 录

一九三五年

论所谓"中国本位木刻" ……………………………………… 1
一年来之中国出版界 …………………………………………… 5
走到"艺术界" …………………………………………………… 8
艺术家的反省——界外人语（一） …………………………… 11
谈谈艺术教育——界外人语（二） …………………………… 13
"艺术家"——界外人语（三） ………………………………… 15
"不急之务"——界外人语（四） ……………………………… 17
卢骚的《新哀绿绮思》——焚盦读书记之一 ………………… 19
论所谓"幽默" ………………………………………………… 22
薄伽丘的《十日谈》——焚盦读书记之二 …………………… 25

一九三六年

《一个夏天》前记 ……………………………………………… 28

一九三七年

论战时文艺总动员 ……………………………………………… 29
新的形势，新的任务 …………………………………………… 37
目前的歌咏运动——序《大家唱》 …………………………… 41
燃起了武汉的火把 ……………………………………………… 43
战时文艺总动员 ………………………………………………… 46
文化人组织起来 ………………………………………………… 50
怎样发动民众组织 ……………………………………………… 52

一九三九年

吕梁山脉游击根据地抗敌宣传工作视察报告 ………………… 58

西战场文艺运动一瞥 …………………………………… 64
文艺谈片 …………………………………………………… 70

一九四○年

文艺的民族形式问题 ……………………………………… 73
鲁迅与中国文学遗产 ……………………………………… 95

一九四一年

向着民族新音乐的道路前进 …………………………… 113
怎样"从生活中学习" …………………………………… 115
文学的基本特征——形象化 …………………………… 120
文学的基本要素——语言 ……………………………… 124
怎样选择主题 …………………………………………… 128
怎样处理题材 …………………………………………… 131
怎样描写性格 …………………………………………… 135
怎样创造典型 …………………………………………… 139
郭沫若先生的政治诗《咏史》解 ……………………… 143

一九四二年

宋词引论 ………………………………………………… 145

一九四三年

《新地文丛》前言 ……………………………………… 149
描写云南 ………………………………………………… 150
诗的美学尺度 …………………………………………… 153

一九四四年

呼唤聂耳时代 …………………………………………… 157
求生的艺术和求死的艺术 ……………………………… 159
论艺术家的骄傲 ………………………………………… 162
文艺的民主问题 ………………………………………… 165
评《云岭牧歌》——写给作者宣伯超先生的一封信 … 169

一九四五年

还有一段更艰辛的路 …………………………………… 175

人性的艺术和奴性的艺术 ················· 177

一九四六年

人民文艺问题谈话 ····················· 181
胜利的确信——在"五四"座谈会上的发言 ········ 183

一九四七年

蒋介石绞杀文化 ······················ 185
一九四七年北方大学艺术学院的一次创作运动 ······ 210

一九五五年

反对胡风的诬蔑，迎接胡风的挑战！ ··········· 224
胡风怎样反对社会主义现实主义 ············· 233
胡风的"现实主义创作方法"是彻头彻尾的唯心论的 ··· 246
论胡风的"精神奴役的创伤" ··············· 255
百倍地提高警惕 ······················ 264

一九五六年

艺术典型与社会本质 ··················· 271
百花齐放，百家争鸣 ··················· 278
也谈粗暴 ·························· 283
社会主义现实主义存在着、发展着 ············ 285
论郭沫若早期的诗 ···················· 294

一九五七年

争取社会主义文学艺术的高度繁荣 ············ 306
《文艺杂谈》读后 ····················· 314
新的革命的洗礼 ······················ 319
我们的自我批评 ······················ 323
从一篇文章看黄药眠的右派思想 ············· 327
揭穿大阴谋 ························ 335
为什么说"今不如昔"？ ·················· 338
萧乾是怎样的一个人？ ·················· 340
胡风派？雪峰派？ ···················· 348

19世纪的遗老 ⋯⋯ 350
站在什么立场上独立思考？ ⋯⋯ 351
当心啊，青年人！ ⋯⋯ 353
劳动的赞美诗——小说《茹尔宾一家》述评 ⋯⋯ 361
徐懋庸的"好心肠" ⋯⋯ 370
徐懋庸的骗术 ⋯⋯ 372
文艺界右派是怎样反对教条主义的？ ⋯⋯ 374

一九五八年

莎菲女士在延安——谈丁玲的小说《在医院中》 ⋯⋯ 396
应当老实些 ⋯⋯ 401
反对八股腔，文风要解放 ⋯⋯ 408
丁玲的"复仇的女神"——评《我在霞村的时候》 ⋯⋯ 411
奇文共赏 ⋯⋯ 417
为文学艺术大跃进扫清道路——座谈周扬同志的文章《文艺战线上的一场大辩论》 ⋯⋯ 421
好一个"改进计划"！ ⋯⋯ 425
给郭沫若同志的信 ⋯⋯ 435
向作曲家们建议——为大跃进的歌谣作曲 ⋯⋯ 438
厚古薄今要不得！ ⋯⋯ 441
文艺放出卫星来 ⋯⋯ 443
和首都工人业余作者们谈天 ⋯⋯ 448
发动老干部写作 ⋯⋯ 461
大搞报告文学 ⋯⋯ 466
杜勒斯看中了《日瓦戈医生》 ⋯⋯ 469
集体创作好处多 ⋯⋯ 472
从工人诗歌看诗歌的民族形式问题 ⋯⋯ 475
北京工人的诗歌——《北京工人诗百首》序 ⋯⋯ 484

❋一九三五年❋

论所谓"中国本位木刻"[①]

一 从"建设中国本位木刻"谈起

这次汉口的全国木刻展,总算轰动了武汉的艺坛,每天前往参观的人数,也不算少,征求批评的簿子,已被写满了两本。我是每天必到的一人,每到必翻阅批评簿,觉其琳琅满目,美不胜收,比看木刻尤为有趣。也许中国人是天性好古的吧!批评者对于场中陈列的古代木刻,都有相当的好感,有位批评者写道,"古代的作品,实非现代作品所能望其项背";另一位写着,"现代木刻,竟不及古时之秀劲可爱,尚望诸作家励志研究,熔古今于一炉";还有一位说:"中国木刻,原极工致,并不逊于欧西;方兹建设中国本位之调高唱入云之时,甚望诸作家采欧西之长,补中国之短,建设中国的本位木刻艺术。"

上面的意见,都是很值得尊重的。不过,古代作品的好处在哪里?怎样才可以"熔古今于一炉"?什么是"中国本位的木刻艺术"?为了解答这几项问题,我们实在有将中国古代的木刻作一简单的叙述的必要。

二 宋代的木刻

据近人孙毓修氏的考证,中国雕板发展,大概是"肇自隋时,行于唐世,扩于五代,精于宋人"。其实木刻是一种最古的艺术。它的发生甚至

[①] 本篇发表于 1935 年 5 月 19、20 日《武汉日报》副刊《鹦鹉洲》"全国木刻联合展览会特辑",署名张文光。曾收入《张光年文集》(第三卷)。

在绘画以前（容另为文详论之）。不过年代久远，木质不易保存，我们现在所能看到的最古的木刻拓片，仅止于唐世。至于宋朝的雕板技术，已经非常发达，木刻的版画，也一天天地多了起来。

根据史书上的记载，宋仁宗于皇祐元年，命高克明画三朝盛德事迹，刻成《三朝训鉴图》十卷，赐给大臣和宗室；后来嘉祐八年，刻顾恺之的《列女传》八卷；崇宁二年，刻李诫之的《营造法式》并图样三十六卷；淳熙二年，刻宇文周聂崇义的《三礼图》二十卷；乾道元年，刻杨甲的《六经图》六卷；嘉定三年，刻楼璹的《耕织图诗》等，耕织图刻得最好。他如晋郭璞的《尔雅音图》四卷，南宋时也有了刻本。

佛经中的插绘，唐时本已通行，至宋代更多刊刻，这次木展中悬有郑振铎氏所藏的宋本《佛顶心陀罗尼经》及《妙法莲华经》的插绘图片，颇为名贵。他如郑氏所藏的金刻本《本草》插绘，及元大德六年刻的佛经扉画，都可以代表当时的作风。

三　明代的木刻

木刻的版画，在明朝才算得到了极度的发展。万历年间，更可以算作中国版画的黄金时代。当时在安徽歙州一带，产生了木刻的专家，尤以歙中黄氏一族，最为著名。如刻《陈老莲五种》（水浒传，西厢记，离骚图，博古图及叶子格图）的黄子立，刻《程氏墨苑》《养正图解》的黄全，刻《女范》的黄元吉，刻《黄河清》的黄一彬及黄汝耀，刻《古列女传》的黄镐，刻《目连救母》插绘的黄键等，都是当时最负盛名的木刻艺术家。

由于木刻艺术的精进，精良的画谱也应运而生。画谱的刊刻，较之一般插绘为艰，因是明代画谱的刻本，也确是达到了木刻艺术的极致，它们无宁说是木刻史上的一个奇迹。最著名的如顾炳的《历代名人画谱》、黄凤池的《集雅斋画谱》、唐寅的《唐六如画谱》、胡曰从的《十竹斋画谱》及《笺谱》，什九为万历刻本。胡氏十竹斋二谱，均系五采，技术的精巧，可叹观止了。

四 清代的木刻

清代的木刻，承继着明人的遗绪，作品也委实不少，当时著名的画家，几乎都有精美的刻本行世。《图书集成》中所搜集的版画刊本，不下数十册，其画皆出当代名手，刻工亦称精绝。

清代最著名的版刻家是朱圭。《万寿盛典》与《南巡盛典》卷首的上官竹庄及王石谷的插画，康熙间的《佩文斋耕织图》初版，及朱古宾所画的《凌烟阁功臣图》，皆出其手。朱圭以后的最杰出的刻家，是蔡照。咸丰间刊出的《任渭长画传四种》，就是蔡照的作品。

画谱的刊刻，在清代也极盛，好的作品也很多，此种刻本，至今犹易购得，故不再一一赘述。

五 古代木刻之新估价

综观以上的叙述，我们可以对中国古代木刻的发展姿态，得到一个相当的概念。中国的木刻，通过了佛经的插绘，器物的图谱，人物的造像，小说戏曲的插页，一直到精美纤细的画谱，在技巧上达到了鬼斧神工的地步。尤其明代徽派的版刻，充满了古典的、中世纪的、希腊式的美，它们正像中国的绘画艺术一样，可以把你带到飘逸的、渺茫的、世外的仙界去。

可是我们如果把这些历史上的最好的作品，拿来和现代的作风加以比较，便可以看出它们两者之间隔了一个很大的鸿沟，甚至可以说是两样完全不同的东西。一般地说来，两者之主要的差异有以下数点：

一，古代的木刻是影写的，虽然明朝的刻家也有同时是画家的，但为数极少，只可说是例外；而现代的刻家，则同时具备着绘画构图的常识，他们的刻制，并不完全依照预先画好的轮廓。有时完全不需要底稿和轮廓。

二，古代版画是匠气的，在每一个线条上，及整个的趣味上，都缺乏生命的表现；而现代的木刻则是自由的，奔放的，活泼的，有生命的，无论在刻工上及构图上。

三，古代的木刻是附属的：经书的插绘，器物的图谱，不待说是仅用来补文字之不足，即是最有艺术价值的名家画谱，也不过是帮助画家达到了他们绘画的任务。而现代的木刻则是一种独立的艺术，木刻作者也是独立的艺术家，他们可以任意表现他们所要表现的事物。

四，古代的作品是谈不上意识或内容的，即有，也都不切合于现代的人生，甚至是反人生的；而现代的木刻，却是独立地表现现实生活的手段，在一个小小的篇幅里，作者用了他聪明的头脑和锐利的小刀，刻出了人生的苦闷和现实的需求。

五，古代的木刻是贵族的，谱录之类的东西，不待说是有闲者的装饰品，精美的插绘和诗笺，也只能供有闲者在明窗净几之下去把玩；现代的木刻却是大众的艺术，一块木头，几支小刀，在金钱上、在时间上都很经济，刻出来也可供大众的欣赏。

六　今后的正当途径

生活的紧迫，现实的压榨，使我们没有余裕来做那种飘逸的，渺茫的，世外的，神仙的幻梦，现在是力的世界，血的世界，我们所需要的，也只是能表现现实的苦闷与理想的追求的力的作品，古典的，中世纪的，希腊式的美，仅只是过去的陈迹而已。

所谓"中国本位木刻"的"建设"，这种雄心与企图是足以令人感动的；不过古代的木刻，和现代的无论在技巧上，在内容上，都完全是两件不同的东西，现在如果要研究木刻，还先得要从西洋的作品入手。古代的木刻，所能给与我们的帮助也太少，所谓"建设中国本位的木刻艺术"，如果能得大多数木刻作家赞同的话，也得要另觅途径，从少数不充实的遗产中去求"建设"，终归是费力不讨好的事。

严格地说来，这次全国木展的出品，在技巧上，大多数还需要更进一步的努力，然而，从题材的现实、表现的大胆、手法的奔放说来，已经指示出今后应走的正当途径了。不错，"古代的作品，实非现代作家所能望其项背"，可是现代的作品，恐怕也不是古代的匠人所梦见的吧。

浅学如予，何敢妄谈学理，一得之见，幸能就正方家！

一年来之中国出版界[①]

我是有着"购书癖"的人，在没有事的时候，常好一人徜徉在书店里，报摊上，东翻西翻，流连忘返，这样几乎成为我例行的功课了。可以不理发，可以不穿衣，然而心爱的书却不可不买，虽然买来了一时未必能看。因为常常买书的缘故，对于出版界的情形也有相当的明了；不过最近半年来却不同了，书店不大去逛，书也不大买了，同时，对于出版界的情形，也渐渐生疏起来。所以这样的，理由很简单：一来因为"忙"，二来因为"穷"。

说到"忙"（读书时间的减少）和"穷"（购买力的减低），仅仅这两个字，已经够说明出版界大部分的现象了。近年的中国出版界，莫不营业萧条，产量低落，同陷于悲惨的命运；其主要的原因，便是大部分的读者，没有时间去阅读，没有金钱去购买，尽管书店的门前写着"大减价""大倾销""一律对折""一折八扣"之类的诱人的字样，而顾客仍属寥寥。

一年来的中国出版界，在各方面都贫弱得可怜，除开几种小型的单册和杂志在支撑一下场面外，有价值的"名著"及参考书籍的出版，成为仅见。各书局为迎合读者口味，适应读者购买力起见，纷纷创办杂志和期刊，以期苟延残喘。从1934到1935年度，是被称为"杂志年"的，各种杂志的出版，如雨后春笋，呈空前未有的盛况。据上海杂志公司的统计，所谓杂志年中的杂志期刊，较著名的共有三百八十五种，其中大部分都是软性的。

一年来各种定期刊物之量的增加，原是非常可喜的事。但是我们仔细分析一下这些刊物的性质，多半离不了幽默小品、杂感、闲话这一套。我

---

① 本篇发表于1935年6月1日《大光报》副刊《大光别墅》，署名光未然。曾收入《张光年文集》（第三卷）。

并不是说这些东西是完全要不得的,但大部分的刊物都朝这方面走,却是一种病态的表现。促成这种现象的原因,一方面是读者之时间的及经济的关系,他们想出较低的代价,也可以得着包罗万有的精神食粮;一方面是想办杂志的人多,出版家以此营利,编辑者借此出风头或达到其他目的。

年来图画刊物的盛行,也是值得注意的事。尤其是漫画的和摄影的期刊,是从前少有的。这本来是一种好的现象,它一方面证明了中国近年印刷技术的进步,一方面说明了漫画、摄影之类的东西,已经由附庸蔚为大国,成为一种独立的表现工具了。但稍一翻阅它们的内容,多半充满了低级的、肉麻的、色情的成分,编辑者并没有把图画摄影赋予一些严肃的意味,并没有把它们当作正当的表现现实生活的手段。

一折八扣的标点书,充斥于大小书店及报摊,它们的销路非常畅旺,一般小市民所最欢迎的读物是这些。细考这些书籍的性质,十分之八是宣传封建的意德沃逻辑①的旧小说,一部分是错误百出的标点古书,还有一部分"性史"之类的消闲读物,它们对于读者的益处远不及它们的害处。虽然,它们已经尽了显示中国出版界之贫弱与可怜的任务了。

一年来的中国出版界,有一种最显著的倾向,我要放到最后才指出的,那便是大批地翻印古书。商务印书馆的"十通""国学基本丛书",及预约中的"丛书集成",中华书局的改订本的"四部备要",开明书店的"二十五史",书报合作社的"二十六史",及世界书局最近发行预约的"六大国学名著",将中国固有文化之最精粹的部分,都已搜罗无遗,并缩小字体,减少册数,标点断句,减低价目,有的还附加种种参考资料,实最便利于现代读者。古籍之应该整理翻印,是没有疑问的。不过出版家以竞争的姿态,纷纷集中全力来翻印古籍,却是一件忒不经济的事。今日中国的出版界,还贫弱得很。需要出版家尽才的地方太多,万不宜以整个力量,汲汲于不急之务。目前出版的几种,已经很够用了,用不着再来赶热闹。中国出版界现在是应该转移一下他们的精力了。

一年来中国出版界之比较有意义的工作,还不能不推商务印书馆的"万有文库二集",良友公司的"新文学大系"及生活书店最近发售预约的

---

① 即 ideology,意识形态的意思。

"世界文库"。"万有文库二集"的国学丛书方面，选择极有见识；汉译名著方面，缺少新的介绍，但亦颇充实；科学小丛书方面，最适合一般需要。"新文学大系"把五四以来的中国新文学的各部门，给一个总的清算，是一种卖力而能讨好的工作。"世界文库"是预备将世界的"名著"作有系统的翻译介绍，编者的雄心很大，如果逐步实现了，的确是功德无量的事。

统观一年来的中国出版界，已陷于混乱病态的境地。小型的刊物之无政府的生产，翻印古籍之无计划的竞争；出版家天天忙着迎合读者的趣味，但结果把读者弄得无所适从。直到1935年之上年度，这情形稍稍改变一些了。我们希望今后的出版界，能切实认清读者的需要，逐渐供给一些系统的、健全的、富于营养的精神食粮，最紧要的是自己赶快从畸形的、病态的、脱了轨的道路里挣脱出来。

1935年5月

本文原为某报周年纪念册作，但以动手过迟，交稿时该书已出版；谨刊录于此，以示歉意，并希读者指正。——作者附识

走到"艺术界"①

正如整个文化界彷徨动乱的情形一样,展开在我们眼前的中国艺术界,也正显现出异常地彷徨动乱的形态。

大多数的艺术家,因了他出身的及教养的关系,往往不能了解其自身所担负的历史的任务,同样也不能认识艺术对社会之组织的性能。

无论在绘画上,在雕刻上,在音乐上,在一切空间的时间的艺术上,都露出很浓厚的个人主义气氛;艺术家整日所努力的,仅在如何使其作品神秘化、象征化。

艺术一天天和社会绝缘,艺术家也一天天和群众远离。

中国画的题材,永远是山水花鸟;西洋画的题材,永远是裸女静物。伟大而有气魄的构图,只是少数中的少数。

雕虫篆刻的美术,只准备供少数人的清玩;海外归来的雕刻家,只会做着希腊时代的美梦。

电影和唱片中的流行歌调,永远是些靡靡之音,崇高、圣洁的音乐,与群众隔离得很远;贯注着时代的热情的作品,根本还谈不到。

话剧运动,在中国永远得不着新的开展;电影艺术,则自始即躺在商人的怀抱里,去做他们增加利润、麻醉群众的手段。

一部分食古不化的先生们,还在迷恋着死去的骸骨。可是他们所追求的只是古人的外形,不是充实那外形的内容——或精神;况且他们所得到的外形也是非常肤浅的。

---

① 本篇发表于1935年6月15日《大光报》副刊《艺术界》,代发刊词,署名光未然。曾收入《张光年文集》(第三卷)。

古代的作品中，自然有许多很宝贵很丰富的遗产，值得我们去接收；但也只能批判地接收，且也不希望那般食古不化的先生们去负担这项责任，完成这项任务。

那些把死去的骸骨当着灵物崇拜，并企图在这些骸骨上建设起本位文化或民族艺术的人们，同样是非常可笑的；其实要建设本位的或民族的艺术，唯一的方法，还只有正视时代，正视人生。

自然，那些抱着代表欧西资本主义社会的意识形态的舶来艺术当做宝贝一般，窃取它们的一鳞半爪以自鸣得意的人，同样是不能使我们佩服的。

然而在艺术界里这种人多着哩。

"中学为体，西学为用"的说法，在艺术界至今还有人认为金科玉律。其实问题只在内容，我们所需要的只是一件合身的外衣，不管这外衣是中式的或是西式的。

中国艺术界之彷徨动乱的局面，渐渐被一般有识者所不能忍受了！于是新艺术理论的建设，遂成为一致的呼声。

摆在我们前面的，是民族生命的危殆，群众生活的倒悬，病苦的呻吟震撼了宇宙，死亡的恐怖压沉了地球！这是一个新时代的先驱，大动乱的前夜！

艺术家的同情心是最丰富的，感觉性是最灵敏的，他应该早觉到了那新宇宙的震颤，早听到了那旧世界的叹息。

把这种新的灵感糅合在作品中，这便是伟大的艺术，一种能以认识时代、批判时代、推动时代、领导时代的伟大工作。

有了真实的内容，便不怕没有适当的形式，不怕没有恰足以表现那作品内容的新的形式。

这种新的形式也许是从中国旧的遗产中吸收的，也许是从西洋的作品中摘取的，也许是从时代的演进中创造的一种崭新的产物。

这种新艺术的创造自然需要"天才"，需要从艰苦的环境中锻炼出来的"天才"，需要大多数人的"天才"，甚至是以集团的方式出现的

"天才"。

总有那么一天,这种天才的洪流将要澎湃而来,淹没了那般短视的艺术家,连同他们的艺术,他们的世界,还有他们的宇宙!

是的!总会有那么一天的!

1935 年 6 月 12 日

艺术家的反省[①]
——界外人语（一）

我们一再声明过本刊是一块公开的园地，希望热心的工友们来共同合作；然而一直还很少有外界的来稿。这或许是外界对我们的工作还没有明确的认识，也或许是因为从事于此项工作是完全没有报酬的原故吧。

前天我们居然很荣幸地接到了一位"方向"先生的来稿，题为《武汉艺术界的面面观》，对武汉的一般"长发细脚的艺术家"们，多所指摘，其见解颇多与吾人不谋而合之处。然而，可惜得很，经一再考虑，我们终于将它割爱了！并非我们有意袒护武汉的艺术家，更不是我们有什么门户主义，唯一的原因还是该文与本刊的体例不合。

方向先生大概是一位血气方刚的青年，他有十足的火气。他首先指出武汉艺术界所以沉寂无闻的原因，是有着"成群的挂羊头卖狗肉的艺术家"，在危害着艺术界。其次分别地加以指摘：戏剧方面，第一个危害是"宗派主义"，各有成见；第二个危害是于戏剧的"别有用心"，"有的把它视为接近异性的机会，有的把它当做探求富贵的途径"。

绘画方面，画家太相信"天才"，不肯苦干；没有伟大的构图，只画些"残害大众的玩艺儿"。音乐方面，只作为"高等华人的消遣品"；有些学校里仍教着低级的歌曲。最后他"希望来一阵大雨，润湿这枯渴的沃壤，一阵大风，吹走这一群不力的耕者的所谓艺术家，暴风雨的到来，这苗子的生长是可期的"！

我所以不惮烦地将方向先生的话引证过来，是想给那般"长发细脚的艺术家"或者说"挂羊头卖狗肉的艺术家"们一种警惕！以艺术家自命的

[①] 本篇发表于1935年7月13日《大光报》副刊《艺术界》，署名光未然。曾收入《张光年文集》（第三卷）。

人们，应该随时反问自己：我究竟有些什么？我究竟给别人了些什么？那些东西对人们究竟有什么益处？

"残害大众的玩艺儿"需要扑灭，"高等华人的消遣品"需要扬弃，"宗派主义"的成见需要袪除，"别有用心"的艺术家需要打倒：这些都是无疑的！至于这些危害大众的艺术家都被驱逐出境之后，代替他们的究竟是些什么呢？这个问题，确实是值得我们探讨的！

谈谈艺术教育[①]
——界外人语（二）

现阶段的中国教育制度，本来只是抄袭着东西洋的皮毛，显然早需要一个全部的扬弃；至于目前的教育政策或教学方法更显示了全部教育的整个破产，因为教育家除了威胁、利诱以外，竟找不出第三个训练儿童的方法。

教育的目的，在于真美善的追求，因此它的范围也就分为智育、美育、德育三大部门。艺术教育，照广义的说法，即所谓美育，它的主旨，在于感情的陶冶。

当十八世纪末叶新人文主义在欧西抬头的时候，"艺术教育"四字一时是受着非常的宠爱的，因为新人文主义者和严肃的道德论者不同，他们都鼓吹着感情的陶冶，以为艺术即是最高的道德，而艺术教育即为增进道德的唯一手段。

历史上最重视艺术教育的国度，不能不首推希腊。在纪元前四世纪左右希腊人已经在实施着具有近代意义的艺术教育了。他们的艺术教育不仅限于学校，并且是属于社会的，当时所建筑的宏大的剧场、游戏场，其遗迹犹为现代人所惊奇，所凭吊。哲人柏拉图的巨著《理想国》中，更暗示着许多伟大的艺术教育的理想。

艺术教育的方法在于美的陶冶，其最终目的在于人类生活之艺术化。它并没有使每一个受教育者都成为艺术家的企图，它也并不抹杀理智教育（真）和意志教育（善）的重要。

不要以为目前中国学校里都添设着图画手工的科目，便算在推行艺术

[①] 本篇发表于1935年7月27日《大光报》副刊《艺术界》，署名光未然。曾收入《张光年全集》（第三卷）。

教育，那些都只会束缚儿童个性的发展，它们和艺术教育的本题还隔着很长的距离。

　　威胁、利诱的教育方法是应该死去的了，代替它们的应该是伟大的美的人格的陶冶，详细的方案让我们的专家去拟订吧！

"艺术家"①
——界外人语（三）

"艺术家"，这似乎是一个不十分光荣的头衔，至少在目前一般人都有如此的感觉。当我们称誉某人为"艺术家"的时候，常常总难免有一点儿（至少是一点儿）讥讽的意味，而当某人被我们这样称誉的时候，也总难免有一点儿（至少是一点儿）羞涩的感觉。

这为什么呢？有人说那一定是被称誉者的学力不够，不足以担当这"艺术家"的头衔，因此欲以誉之，反以愧之。这是一个理由，然而不是最主要的理由；有人说那一定是被称誉者感觉自身所从事的职业——艺术，不十分合乎现实的需要，因此在一般实用的自然科学家或社会科学家之前，自己觉得减色。这是一个理由，然而不是最正确的理由。

第一个理由，只能适用于艺术的学生或卖空买空的艺术家，实际上，那是当代最伟大（!）的艺术家已经早感觉气馁了；第二个理由，显然是一种错误的认识，实际上艺术本身只是一种武器，在某些人手里是在当做装饰或玩具使用的，在另一些人手里却未必这样。

如其把艺术当做一种新兴集团的意识斗争的武器，则艺术家，将是一个执干戈以卫社稷的战士，"艺术家"的头衔将与天上的日月同其光明，同其荣耀；如果把艺术当做茶余酒后的消遣品，或特权阶级的少爷老爷们的装饰物，则艺术将只能与司丹康古加力②同其功用，艺术家的地位也永难超出一个普通的技艺工匠的地位以上。

艺术既是一种新兴集团的意识斗争的武器，对集团本身，它能加强各

---

① 本篇发表于 1935 年 9 月 7 日《大光报》副刊《艺术界》，署名光未然。曾收入《张光年文集》（第三卷）。

② 司丹康古加力：英语音译，化妆品名称。

个分子密切团结的纽带；对集团的敌人，它应具有轰炸袭击的威力。艺术家的存在，是为了集团，为了社会，为了民族，为了人类；他们感觉的是集团的忿怒与激昂，他们所从事的是这类集团的忿怒与激昂的情绪的有效的培养。

伟大的艺术家是这样的：在他的面前，一切特权阶级的或个人主义的艺术家将自觉其微弱与渺小！难怪当我们称誉他们的时候，总难免带一点儿（至少一点儿）讥讽的意味，更难怪当他们被人称誉的时候，反而倒有一点儿（至少是一点儿）羞涩的感觉哩。

"不急之务"[①]
——界外人语（四）

一般的论调，都以为当此国难日亟、灾象环生的今日，一切艺术的提倡，都成了"不急之务"，如果勉强去提倡，那简直是"不识时务"，"自甘倒霉"；甚至大部分从事艺术的人们都有这样的感想，是不可以不辩。

大概相信这话的人，都以为艺术是一种装饰品或奢侈品，是大家吃饱了饭没事干才去弄这种勾当；如果真是这样，在今日中国的情形下还来谈艺术，真应该杀头！然而，可惜得很，这种认识是非常浅薄非常可笑的。

实际上，艺术是人类劳动的产物，同时又可用来帮助劳动的。当我们的祖先还在过着穴居野处的生活的时候，他们已经创作了艺术。艺术给他们一种兴奋，一种力，使他们能振起精神来，从事明日食物之获取。

中国今日的天灾人祸，确是到了无以复加的地步。苦难折磨着我们，使我们失掉了希望，失掉了信念，失掉了生活的勇气。我们只会哭泣，只会抱怨，只会搔首叹息——实际上我们已经成了一具行尸走肉了；如果再有一阵狂风刮来，我们的命运将有同于秋原之落叶。

我们愿意就此完结吗？不，我们还得要活着，而且要永远地活下去。我们需要热情，我们需要勇气，我们需要力；这些，我们相信，只有艺术能给与我们。这决不是谎言，当一个社会行将变质的时候，作为这社会的上层建筑的意识形态的各部门，有倒转来影响社会进化的力量，是毫无疑义的。

今日的艺术正担当着这项使命。

国难也罢，天灾也罢，反正我们总得活下去。得重新抖擞一下精神，

[①] 本篇发表于1935年10月5日《大光报》副刊《艺术界》，署名光未然。曾收入《张光年文集》（第三卷）。

去应付明日的巨变。因眼前的失败而灰心，而颓志，而拒绝一切精神上的食粮，那简直等于自杀！由此看来，正和一般的论调相反。

——艺术才是当今的"急务"！

自然，这里所说的艺术，是指的那正确的，壮健的，敢于正视现实的艺术；除此以外，都是艺术的敌人。

"敌人不肯投降，那就只有消灭他。"——高尔基的话。

卢骚的《新哀绿绮思》①
——焚盦读书记之一

是南秋丢下的一本英汉对译的《新哀绿绮思》（*New Heloise*），摆在案头好久了。为了学英文，不时拿出来翻翻，觉得是一本很有趣味的书。中文译者伍蠡甫，他所根据的是英文 *The World's Greatest Books* 的节译本；虽然是节译，但前后故事的关联还是完整的，因为它所节去的只是"篇幅冗长，意重辞赘"的地方。

故事是这样：热情的青年圣普鲁（Saint Preux），被聘在一个爵主家里当家庭教师，后来竟和爵主的女儿尤黎（Juile）发生恋爱。但是这种阶级悬殊的恋爱，是爵主所不许的，尤黎不愿重伤老年人的心，只好顺从父亲的意旨，把自己嫁给一个门当户对的男子华尔玛（M. de Wlmar），而这男子是毫无风趣毫无热情的。圣普鲁忍痛舍弃了他的爱人，和青年爵主爱得华德（Edouard Bomston）一同漫游海外，回来的时候，尤黎已经是两个孩子的母亲了。但她的丈夫华尔玛竟强邀圣普鲁到他家里，和尤黎续了旧情；圣普鲁离开她家不久，尤黎竟无意中坠在深壕里惨死了。

全书是书信体，充满着抒情诗的意味，和哥德的《少年维特之烦恼》有非常的相像处，无论在情节上或体裁上。但维特在失望之后，便勇敢地毁灭了自己，而圣普鲁在同样的情形下，却毅然割断了情丝，忍痛成全他的爱人。

卢骚的题材，无疑地是出诸当时家喻户晓的一个哀情故事：十二世纪时，法国有位经院哲学家阿伯剌（Peter Abelard），曾在牧师富尔伯（Fulburt）家里当家庭教师，和女生哀绿绮思（即牧师之侄女）相爱，后

---

① 本篇发表于1935年10月16日《大光报》副刊《读书专页》，署名未然。未曾收入自编作品集和文集。

来她竟然怀孕了，两人便一同潜避到 Brittany，生了一个男孩。哀绿绮思那时候不到二十岁，但不忍她的爱人因她之故而失却在教会中的地位，便偷逃到某修道院削发为尼，富尔伯以为此举乃阿伯剌的主使，便私下派人去残伤了他。阿伯剌羞愤交集，便终身为僧。事后有很凄楚的情书，于一六〇六年在巴黎发现，译本很多，流传至广。

卢骚虽然是根据着现成的题材，但他却重新赋予了新的生命，在这小说里，他暗示了以下几种思想：第一，是"返回自然"（Return to nature）的思想，卢骚以为男女的爱，乃是一种自然的天性，应该让它无束地发展，像他所描写圣普鲁与尤黎的那种多所顾忌的不彻底的恋爱，未始不是一种讽刺。第二，是自由平等的思想，圣普鲁因为是一个穷教师，竟不能和贵族的女儿结婚，在这一点，作者赋予了最大的同情；他借爱得华德的口教训尤黎的父亲道："单是门第的煊赫，放在天平上，哪能称得过真的修养，真的品德？"在当时，这确是一个大胆的抗议。第三，是对于圣洁的灵魂之推崇，书中一再言"美德"（原文为 Virtue，伍译为美德，本欠得当，但一时难寻适当字眼，姑从之），如给尤黎的信中说，"一朝我不再爱美德，我也就不爱你了，我也就不再求你爱我了"；尤黎的绝命书中说，"我的美德，不会有什么污点，我的恋爱，不曾有什么遗憾"。丹麦的批评家伯朗德司（George Braudes）说美德即是"自然"，"因为照卢骚的意思，美德原是自然的演化"；我以为"美德"的意思，即是卢骚所崇拜的圣洁无疵的灵魂。

和《少年维特之烦恼》之受宠于青年界一样，《新哀绿绮思》在法国大革命的时候也走过非凡的鸿运。这由于书中所蕴藏的情绪和所发挥的思想，正迎合了当时刚刚抬头的资产阶级的意识和情绪的缘故。英国的作家莫莱（John Morlay）在他所著的 *Rousseau and His Erd* 书中，描写此书在当时遭受欢迎的盛况："……当时《新哀绿绮思》供不应求，一般书贾，竟来不及应付这大量的需要。于是租阅一部，要花十二个苏（sou）的价，而借阅的时间，还不得超过一小时。官吏、兵士、律师中流的人，对于《新哀绿绮思》都有一样的狂热。据当时的传说，装束好了预备跳舞的时髦女，常要拿起这本书，读它半点钟，才姗姗地到舞场中去。她们舞完了，或又读到夜深，直到侍役来告车辆已经齐备了，她们连一字都不答；

后来听说是两点钟了,她们依然地读着,到了四点钟了她们才想起吩咐把马卸下来,解衣上床,继续读它,不觉就过了这残夜。不单是法国,就是德国,这书的效力,也很可惊。康德生平只有一次间断了他午后的散步,就是受《新哀绿绮思》的迷惑……"(据伍译)

究竟说来,在卢骚的全部著作里,这书还不是最成功的作品——卢骚在政治上的成就是《民约论》,在文学上的杰作是《忏悔录》,但是由于它情感的真挚,幻想的伟大,仍足以深深打动读者的心,使人不自觉地流下同情的眼泪来。

论所谓"幽默"①

两年以前，正是"幽默"走着非常的鸿运的时候，正是《论语》和它的姊妹刊物《十日谈》刚刚发刊的时候，并且是在它们还一直不曾遇到严格的批判的时候，我在一个自己主办的综合性的小刊物②中，开始了对于"幽默"的咒骂。因为那个刊物流传不广，事实上是刚刚出版便夭亡了，印成的几百本小册子，仅只作为赠送朋友之用，并没有公开发卖过。因此那时的意见，在此地还有被征引的必要；虽然说不上什么了不起的创见，但在"打幽"运动上总算着了先鞭。

文章的题目《从〈论语〉到〈十日谈〉》，开头申述这两种刊物的昌行，"真足以使销路最广的张竞生博士的大著，不得专美于前"；继述幽默风气之盛，及它们的"势力之大，影响之深"；跟着便解释幽默之发生的时代背景及其社会因素。

"谁都知道这时代是一个新旧交替的过渡时代，还未到来的新时代正要在这时来充实它们的战斗力量，行将崩溃的旧时代也正在这时作它们困兽的最后挣扎；这时代的人心正是彷徨不安，所以表现在文坛上的姿态也正是万花缭乱。生在这时候的文人，正是左右为难：说是躲在象牙塔里面；唱夜莺的歌，做蝴蝶的梦吧，有被指为落伍的悲哀，而且这时候的象牙塔里面也似乎溅入了血腥；说是执着革命的红旗，唱着反叛的狂歌吧，勇则勇矣，但似乎有杀头的危险。如果这个时候，有人用一种不左不右的手段，冷嘲热讽的方法，不论对新的旧的，一概给它一个幽默的调戏，则庶几言者可以无罪，闻者为之莞尔，实在是临危应变的上策，欺世盗名的

---

① 本篇发表于1935年10月22日《大光报》副刊《艺术界》，署名未然。未曾收入自编作品集和文集。

② 即《鄂北青年》，已佚。

妙术。这一宝,被我们的林语堂先生猜中了,押上了,并且揭开了,于是乎大发财源。《十日谈》以下的许多东施效颦的幽默刊物,不过是在跟着这个路线押老宝而已。"

这当然稍微过火了一点;以下是对于提倡幽默的人物之幽默:——

"原来《论语》和《十日谈》的编辑者及撰稿者,多半是海外归来的'尖馒头',他们走惯了欧美的柏油大道,坐惯了外国的汽车和电梯,看惯资本主义国家内有秩序有礼貌的风俗和习惯,现在屈驾回到这个'贵国'来(注意,这是他们对于我们敝国常用的称呼),街上有的是低矮的破屋,路上走的是衣服褴褛望而生厌的人民,总之,见者皆不堪入目,闻者皆不堪入耳,这已经够使这般洋先生们不耐烦了;加之中国的政府,又不肯把欧美'先进国'的政体整个搬过来,所以连年多事,政治不能'上轨道'。这些这些,都不是洋先生们所能忍受的。你说改革吧,又非短时间所能做到;说把外国的政体整个搬来吧,自己又没有一个具体的方法。管他呢,横竖自己有的是白米饭,有的是闲暇,何妨在饭吃饱了无聊的时候,舞文弄墨,把这个'贵国'的牛鬼蛇神,形形色色,尽情地给它一个嘲笑,像我们嘲笑非洲人或印第安人一样——《论语》《十日谈》之类的文章,便是在这样的动机之下写成的。"

于是开始了进一层的咒骂:

"所以,我们如果打开这些刊物的内容来看看,除掉对于现社会的一种无聊的调戏,对于西洋文明无耻的美羡,一般无聊文人的'游戏文章',从所谓《滑稽文抄》或《笑林广记》中所直接抄来或变相抄来的所谓《幽默文选》,以及《十日谈》上所刊布的无耻的迎合低级趣味的《十日情杀记》,除掉这些东西以外,我们还能找到些什么呢?不错,这些文章,如果专门为供给一般大人先生们的消遣,让他们在高兴的时候,左手搂着姨太太,右手拿着《论语》或《十日谈》(或者换一只手也可以,本没有一定的公式),念念笑笑,迷迷摸摸,倒的确有一种消食化痰或引起性感的妙用的。不幸,《论语》《十日谈》的顾客多多半是青年学生,这些青年,因为经过了或者看到了连年无情的政变,对国家社会的前途本已尽极灰心,现在读到这般洋学者们所调戏、嘲笑的社会现况,只有更增加他们对中国前途及民众出路的绝望!绝望之余,也只有学学这般洋学者们的态度，对国家社会的任何事体，都不妨幽默一下，嘲笑一下，调戏一下，似乎这被嘲笑被调戏的事物都与自己无关。所以，读《论语》《十日谈》之类的幽默刊物，实等于手淫或嫖野鸡，他们实在有斫丧青年身体，消磨青年志气的危险的……"

当时有一个朋友看到了这篇文章，马上向我表示他不同的意见。他以为，在这年头儿，说话是不大容易的？而由于内心的蕴蓄，又似乎非吐一下不可，不得已，只好用旁敲侧击的办法，婉转地表达出他所想说的。所以读这种文章，应当从字缝里去找寻他的意见；因此，他以为，对于"幽默"之社会的意义，仍然是不可抹杀的。

我不能同意这个意见。因为只要翻一翻流行的幽默刊物，可看出他们无论在动机上，在态度上，在影响上，都不能对现社会有什么好处；至于他们从"字缝里"所表示出来的意见，更是浅薄的，可笑的，对现实全无理解的，根本值不得我们去"找寻"。

或以为"幽默"只是一种文体，一种形式，如果在这里面灌进去新的内容，新的生命，仍不失为一种有力的文字。此大大不可！敌人杀死了我们的父母，强盗抢进了我们的家室，我们冻得要死，饿得发慌，这时只有忿恨，只有羞愧，只有恼怒，哪儿还有从容地"幽默"，从容地"闲适"，从容地"表现自我"的余裕？"同胞们"已经麻木不仁了，应得挺起胸脯，学一学法兰西人的狂热，俄罗斯人的深沉，和大和民族的坚忍，我们再也用不着讽刺，用不着幽默了。

两年以来，幽默之风如旧，《十日谈》虽经停刊，而《人间世》《宇宙风》则继之而起，与《论语》鼎足而三，平分了幽默天下，并且变本加厉，搬起袁中郎、袁小修、袁子才的死骸来，要青年人去效法！"世风日下"，使这涉世未久的孩子也沉默不下去了。检出两年前的旧稿，重读一遍，其中虽不无浅薄之处，但仍要发表出来，以泄泄胸中的郁积。

薄伽丘的《十日谈》[①]
——焚盦读书记之二

是暑假的时候，从号哥那里拿来了一本开明书店出版的《十日谈》，这本书是从英译本转译的，译者黄石，文笔很流利，记得四年以前读过一本光华版的《〈十日谈〉选》，那不过是一本薄薄的小书，现在这本开明版是全译，一本九百多页的大书，真有不知从何处读起之感！但为它的故事中一种神秘的力所牵引，放在案头无事时便翻翻，一翻便不容易放手，迄今一个多月了，虽然没有正式去读它，然而已经发现其中没有一篇是对我生疏的了。

原书中有许多"言不雅驯"的地方，英译本都删去了，这些地方，记得光华书局选译本上，是参照意文原本及日译本而恢复了它的本来面目的。如第三日故事第一"马色都假扮哑巴受雇于某女修道院为园丁，因而闹出乱子"及第五日故事第四"一武士的女儿与情人通奸，被父亲捉获，卒许他和她结婚，挽回他们的体面"诸段，英译本都有很多很巧妙的删节的地方。对于这些地方，英译本是以"觉得斯书是给一般青年男女看的，在今日的中国还是审慎些好"的理由，仍然保存了英译本的旧样。

关于著者薄伽丘的生平，现在我们所能知道的很少，虽然对于他的身世及作品，不乏专门研究的人，但有时也众说纷纭，令人莫衷一是。根据一些确实的文献的考证，他大概以西历一三一三年出生于巴黎，而是在故乡佛罗陵萨长大的；父亲是一个商人，他幼年也被迫从事于商业，因与兴趣不合，其后改学法律，父死后即潜心于文学的研究，生平所著的书籍，除《十日谈》外，尚有用拉丁文所写的《罗马简史》《历代名人传略》等

[①] 本篇发表于1935年10月23日《大光报》副刊《文化街》，署名未然。未曾收入自编作品集和文集。

数种。他是个很好学的人，治学的兴趣极广，凡天文学、哲学以及当时的应用科学，他无不涉猎。

薄伽丘最伟大的地方，是敢于在黑暗时代罗马教淫威之下的中世纪，大胆地暴露当时教会与教徒的虚伪和黑暗，显示出人性的本来面目，如当时在北欧倡导宗教改革的马丁·路得等。他的故事的大部分都是攻击当时的教会的，但他并不是一个反宗教论者，从他的故事第二"犹太教徒亚伯拉罕受老友直诺的劝诱，亲赴罗马，看透僧侣的邪恶，后来返到巴黎，改宗基督为基督教徒"这里，可以窥见他的本意。

在他书里面的很多"猥亵的"性的描写，正是他对于当时教会的严格的禁欲主义这种反人性的行为的一种反抗！在第三日故事第八"一个修道士用蒙药送费伦多入炼狱，自己假扮他的样子和他的妻子奸宿，十月后费伦多醒来，还以为借修道士之力由死复生，感激不尽"这标题之下，修道院长刚要对他的妻子有所作为的时候，"她不觉吓了一跳，说：'啊呀！我的圣父，你说的什么话？我时时都把你当做圣者，难道圣人也向前来求教的妇人要求这宗事吗？'院长答道：'我最亲爱的心肝肉儿，不要让这些小事惊骇你吧；我的圣洁并不因此而减分毫，因为圣洁只在于灵魂里，而我所要求于你的，只不过是肉体的罪恶罢了……我虽是一个修道院长，毕竟也是一个人。'"

"毕竟是人"这四个字，是他对于当时虚伪的禁欲主义所投下的一颗炸弹，同时也就是替作为文艺复兴运动的精神的人本主义所呐喊的一种前进的信号。据说薄伽丘后来受了朋友的劝告，毅然皈依了宗教，不知他是不是像他所描述的这位修道院长一样，也像那些"前来求教的妇人"喊着"我最亲爱的心肝肉儿"啦。哈哈！

代表当时觉醒的资产阶级意识的急先锋的薄伽丘，在他那美丽而多变幻的题材里，对于封建社会的虚伪的礼教观念，有无情的攻击。他用的方法是讽刺的，刻毒的，幽默的。这些，散在他书中的，随在皆是，真是举不胜举。

他的另一个不朽的地方，是善于运用意大利的方言。在他以前运用方言写文学书的人，不是没有，但能像他这样写得美丽，写得生动，而且写成如此洋洋巨著的确是少见。洛斯科赞美他道："当我们读《十日谈》的时候，如果我们注意它题目之多变化，有些是严肃或悲剧的，有些是诙谐或喜剧的，陈列出人类所能遇着的一切爱恋、憎恨、希望或恐惧而发生的骚动；以及那些表现出一切由于我们天性的特点、感情的冲动而发生的情景之创造，我们便可无庸置疑地决定这里是没有一种语言是比我们的语言（意大利语）更适于用来表现的了。"

的确，当我们看了《十日谈》的题目是如此的变幻、繁复而多样，使我们怀疑到这位作者的头脑的构造，其实他大部分也是有所本的。

薄伽丘从自己的国里的先贤的遗著及民间的传说中，搜集了不少的材料，同时又从因君士坦丁陷落而逃回来的师友中得到许多希腊作品，用自己的活泼机智的脑子给它们重赋以新的生命。所以，实在地说来，《十日谈》是中世纪幽默故事的结集，薄伽丘不过善于运用这些故事来发挥自己的思想而已。因此，他死之后，有不少伟大的作家都从这丰富的窖藏里抓取文学的题材，特别是绰塞（Chaucer），他的《奥斯活牧师的故事》完全取材于《十日谈》最后的那篇故事；莎士比亚的许多南欧风味的故事，据后世的考证，也有不少是采自《十日谈》的。直到现在，还有很多的作家从这书里汲取他们作品的泉源。

以这书的材料的丰富，对于我们研究中世纪一般社会的实况上可以给予很大的帮助。此外，我觉得，这本有趣的书，与其送给少年朋友，还不如送给一个医院病人，特别是正在疗养肺病的朋友，是更为相宜些。

❋一九三六年❋

《一个夏天》前记①

我曾经将青光寒假间十几天的日记交给《别墅》② 编者，题名《流水一般的日子》，发表以后，编者以其中尚不无可取处，时复索稿于我。这回是得了青光的同意，又将她去年暑假期间的一个月的日记，从今天起，拿来填塞《别墅》的篇幅了。时隔一年，不无明日黄花之盛，但文中所记载的鄂北水灾情形和一个小资产者的家庭因水灾所遭受的苦难，又似乎成了今年夏季的预言。

最后，我似乎应该介绍一下××的训育主任在日记后的批语，因为当我初看这批语的时候确是吃惊不小的："笔调似曾在普罗文艺派中受过洗礼者；其实左翼作家，最近已失去它的时代性。青年人尤其女子，总以气象峥嵘为上着。至于描写入画，吾无间然。"

---

① 本篇发表于1936年5月18日《大光报》副刊《大光别墅》，署名未然，是为大妹妹青光（张蓬）的日记体散文《一个夏天》写的前记。未曾收入自编作品集和文集。

② 即《大光报》文艺副刊《大光别墅》。

一九三七年

论战时文艺总动员[①]

文学轻骑队

有人担心着战争的爆发，将危及中国文艺的发展。这只是狂人的呓语。不错，战争将要消灭那些在特权阶级雇佣下产生的说谎者的文学，战争将要危及那些只会"使人类结金色的梦"的狂人的文艺家，但是对于那真实的、壮健的、战斗性的文艺，这却是它最好的成长与发展的机会，也是它最好的发挥自身妙用的机会。

首先，报告文学——这文学的轻骑队将要在战争中显示它的可惊的重要性。战争给报告文学提供了丰富而宝贵的题材，战事更给它开辟了一条平坦的发展的大道。这种报告文学一方面给历史留下了巨大而真实的图画；一方面感动、激发了广大的读者，使他们更加英勇地为保卫祖国而战斗；一方面它还呼吁了全世界主持正义的人们，使他们在各方面同情并赞助中国大众的英勇斗争。

特别由于报告文学是实践的文学，是文学的实践的原故，它把大多数有良心的作家拉上了实践的道路，它又把实践的斗士锻炼成了最好的作家，它把文学与实践切实地统一了起来。因此，在战时，我们可以认定报告文学是最好的斗争武器，在文艺总动员时应该特别注意培养的一种武器。

此外，战地通讯、战地速写、墙头文学、壕沟文学等等是报告文学的另一形态，这些都是文艺上的猛烈的手榴弹。特别是战地通讯，作家协会

[①] 本篇发表于1937年《光明》（上海）第3卷第5期，署名光未然。曾收入《张光年文集》（第三卷）。

应该与前线上的斗士保持密切的联络，有计划地从事于这种工作。这种通讯不但要大量地刊载在全国的报章杂志上，并且成立专门的组织，把它们有计划地翻译成英、法、日、德、苏、意、世界语等各种文字，散布在全世界的报章杂志上，特别注意把这些煽动性的消息传布给东方弱小的民族，如印度、高丽、安南，乃至日本国内的被压迫的弟兄们。这种工作是立时可以发生很大的效力的。要特别注意用世界语作我们的宣传工具，因为它是全世界被压迫者的语言。最近西班牙的叛乱中，西班牙的世界语者有计划地传播着他们的通讯，曾起了非凡的作用；"九一八""一·二八"事变发生时，中国的世界语者曾试用世界语传播通讯，一时世界各国的报章杂志竞为刊载，辗转传译，引起了广大的同情。

雄壮的战歌

现在颇有人在忧虑着诗歌的没落，悲叹着诗的无出路，听说有的诗人还在准备改行，最低限度也只把写诗当做副业了。难道果然有如那些人所说的，诗的时代已经成为过去了吗？不，决不！这一切摆在面前的现象，只不过说明了它们是诗的脱离了群众以后的当然结果而已。

在一个大的斗争到来的时候，往往是诗歌活跃的最好机会。这不但由于诗的本身是一种最热情、最富于煽动力的武器，还由于那大的斗争场合往往是革命的罗曼谛克情绪最旺盛、最炽热、最需要诗的发泄和慰安的。俄国革命时对于普式庚的诗歌的广大传诵，对于马耶珂夫斯基的诗歌的狂热爱好，以及中国大革命时革命诗歌的活跃一时，都雄辩地说明了这一点。那么，我们说中国抗战的时候，也便是诗歌的飞跃发展的时候，有谁能说这是一个不合理的估计呢？

不过这一发展机会需要诗人以全体动员、服役战争的方式来抓取，来推进。

此刻需要于诗人的，是战斗性的诗歌，是煽动性的诗歌，是能够飞速地反映现实的诗歌，是能够深深地抓住群众脉搏的诗歌，是浅显易懂的诗歌，是便于成诵的诗歌，是不仅在内容上而且在形式上都带着显明的民族特性的诗歌……

在苏联的中国诗人萧参①在他的一篇《自白》中说出他自己的创作态度，我以为是颇值得战时的中国诗人参考的。他说："我是宁愿写诗的，因为中国的工农读者大多数都目不识丁，对于他们，诗歌是较为易懂些。因此之故，我总是用那旧式的，也就是所谓中国新文学的各种方言写作。我用那最简单而通俗的语言写作，还常常采用旧式的民歌体，为了使我的作品对于广大的群众确实易于了解。"

诗歌与音乐的携手，即歌曲的制作，将要给诗歌开辟一条发展的大道。目下有些诗人正在从事于此项工作，可惜还未能动员较多的力量来有计划地提供一些伟大而雄壮的战歌。中国的歌咏运动目下已得着盛大的开展，千千万万人的粗犷而洪大的歌声，成为救亡运动中的一股不可抵御的力量。此刻急需着虚心的诗人和热心的音乐家密切合作，帮助这股力量的成长与壮大。

说到歌曲，我想顺便谈一谈我个人对于制作救亡歌曲的意见。目下常见的歌曲，好的固然不少，但大多数似乎总给人以千篇一律的感觉。同样的几句话，改头换面，另外加上一个标题，于是又算一支新歌了。这种歌曲上的"差不多"（恕我借用了焖之先生新发明的术语）现象之发生，是由于作者过于看重自己的天才，在写作时不假深思，一挥即就，这样下去，是很会使人厌烦的。其次，作者还不能从公式的束缚中解放出来，创造各种各样的新形式；未能充分利用民歌体，而使歌曲更加通俗化。还有，随着歌咏运动的量的发展，质的提高也是很需要的，那些形式较复杂，内容较深沉，分量较重大的歌曲，也应该渐渐地产生出来；不过比起歌曲之通俗化来，这还不是最切要的工作罢了。

论"战时戏剧"

在神圣的民族抗战中，在英勇的文艺总动员中，能动员较大的力量，获得较鲜明的功效的，大概还是戏剧这一部门吧。这一方面由于戏剧自来便是一种最直接、最亲切、最具体、最有力的艺术，一方面也由于两年来

---

① 即萧三。

的"国防戏剧运动"虽然遭了各方的压迫、损害和出卖，但仍然在那些热心的青年人的推动之下，支持着整个戏剧运动中的最有力的一环，并深深打进了工、农、学生、小市民群众中，建立起它的稳固的基础了。

大的民族抗战的爆发，给"国防戏剧"以空前发展的机会。因为战争解除了过去所加在它身上的层层可耻的束缚，战争又号召了更多的工作者集中在这一运动的大纛之下。不过"国防戏剧"随着量的发展，随着环境之非常的变化，必然引起它的质的转换。一种更直接、更有力、更适合于战斗的新的形式，将要随之而出现，这便是"战时戏剧"的诞生。

正如我在另一篇文章里所说明的："战时戏剧"的出现，并不是说明"国防戏剧"的任务已经完结，更不是拿它来作为"国防戏剧"的替身；相反地，它是在后者的培养抚育之下而诞生的一股最适合于战斗的突击队；它是在战时文艺总动员中所迫切需要的一种新武器。

我在发表于《新学识》二卷一期的一篇题作《战时戏剧引论》的短文中，曾提出"战时戏剧"的四个特征。它们是：

一、尖锐性与突击性；

二、宣传性与煽动性；

三、流动性与游击性；

四、组织性与实践性。

前两个特征本来也就是"国防戏剧"的特征，在这里却加以彻底地发挥。具体说来，可表现于以下数点：

一、在内容方面，最快地反映时事，编成新闻性的"活报"；

二、大多数是群众剧，把演员与观众混杂起来；

三、大多数是"无幕剧"，把舞台伸长到观众的背后或四周；

四、演剧和歌唱、舞蹈、演说、呼口号乃至实际行动混合起来；

五、上演的时候，大半用各地的方言；

六、必要的时候，采用"幕表制"；

七、……

至于第三个特征（流动性与游击性）则表现于以下数点：

一、广泛地组织"战时演剧队"，从事于"战时戏剧"的巡回公演；

二、同样的节目，同一天在几个不同的地方公演；

三、公演的地点在街头的空地上，在农村的广场上，在学校里，在工厂里，在兵营里，在茶馆里，在晚间闲人纳凉的地方，在一切群众集合着的场所；

四、广设"流动演剧车"，像坦克车一般地驰骋于任何群众场合，随时举行游击公演。

"战时戏剧"的第四个特征（组织性与实践性）表现于以下数点：

一、每一个剧团、演剧队，自身便是一个政治上的战斗单位，一个救亡运动的细胞；

二、剧团、演剧队密切地注意时事，经常创作或集体写作自己的剧本；

三、剧团、演剧队注意提高观众的演剧兴趣，帮同他们组织"战时演剧队"；

四、剧团、演剧队随时注意提高群众的政治兴趣，帮同他们组织各种救亡团体，帮同他们参加各种实际的救亡运动。

关于"战时戏剧"，我不过提供了几项原则，希望全国的戏剧家共同注意这个问题，以期早日建立起"战时戏剧"的健全理论，而更重要的则是它的实际工作的推行。

战时的通俗文学

在文艺总动员时，通俗文艺读物的编制，是特别重要的一件事。我们知道，大战如果一爆发，决不是一月两月，一年半载所可彻底解决的。从战争的开始到结束,是一个痛苦而漫长的过程。这其间需要动员全中国的广大群众,使其成为抗战的后备军。目下中国大众的文化教养,由于政治上社会上不停地激变,已经自然地提高了一些。现在急需利用各式各样的文艺武器,把他们更进一步地拉到斗争中来。因此,战时通俗读物的编制,乃成为刻不容缓的事了。

本来我们在前面谈到的报告、通讯、诗歌、戏剧的诸节中,已经把通俗化问题列为重要的原则之一了。但是为了收到更广大的效果起见,把通俗文艺的工作当做一种特别重要的专门工作来从事,乃是非常必要的。现在急需由有志于此道的文学青年,共同有组织、有计划地编印各式各样的通俗读物,并设法把它推广到群众中去。

在这些通俗读物中,包含有趣味的小说、故事、诗歌、平话、弹词、话剧、叙事诗等各种体裁。大抵在工作进行的过程中,随时可以"发明"或"发现"一些更好的体裁。这些读物的编印,应注意以下数点:

一、编制生动而有趣;
二、附有生动有力的插图;
三、题材具有新闻性、刺激性;
四、与大众生活打成一片;
五、兼谈时事,不拘于纯文艺;
六、尽量刊登读者作品;
七、特别注意壁报之普及;
八、篇幅简短,定价低廉;
九、不仅编印了事,且注意推广;
十、……

在编制战时通俗读物的时候,要特别注意于拉丁化文字之推行。实际上,只有在抗战的时候,在需要发动群众的时候,拉丁化运动才能获得它正常开展的机会;同时,也只有在这个时候,拉丁化文字才能发挥它教育群众的非凡妙用来。

伟大创作的前期

在论述战时文艺总动员的各部门的计划时，我没有谈到小说和长篇小说。事实上，据我看来，战时的短篇小说，大部分都将采取"报告"的形态。其实好的"报告"也就是好的小说，而真实性较多的小说也同时兼具着"报告"的特性。至于长篇小说，在大战期内，由于作者生活的不安定，由于读者生活的过于紧张，特别是由于书店的不肯承印，大概是会停滞一个时期的吧。

然而这是没有关系的，作家在这个时候，可以把他的工作转移在别的方面，或者干脆投身在斗争的漩涡中。事实上，一切伟大的创作都是在斗争中生长出来的：如果没有苏联多年痛苦的内战，则像绥拉菲摩维支的《铁流》，法捷也夫的《毁灭》，孚尔玛洛夫的《却派也夫》，乃至高尔基主编的《内战史》那样的震烁千古的巨著，大概是不会生长出来的吧。在中国作家面前所展开着的，现在是一幅伟大时代的动乱图景，而且这一幅伟大的图景，如今是在向更惊心动魄的方面展开下去。咆哮着的大地，怒吼着的群众，斗争着的中国都替我们将来非凡的伟大作品奠定了钢铁一般的基础。

我们可以说，现在是中国的伟大创作诞生的前期。

不过，我们的作家如果不肯参加实际的斗争生活，甚至不肯尽他最少一部分的能力参加战时的文艺总动员，换言之，如果作家回避时代，畏惧时代，则他的伟大作品的计划终不过是一个梦想而已。而且他的整个"事业"，也将要随着旧时代的残渣一齐被扫荡了的吧。时代本身是最无情的。

有计划、有组织地干

时代的重压，家国的危亡，人生的正义，仇恨的燃烧，再加生活的悲惨，创作的苦闷，都迫使中国的每一个文艺者不得不投身于伟大的斗争漩涡中，响应整个民族抗战的全国文艺总动员，成为刻不容缓的事了。

什么能决定中国民族抗战的胜利呢？曰：全国总动员。什么能决定中国文艺总动员的伟大成就呢？曰：有组织、有计划地干下去！"组织"和"计划"二者，不论在任何斗争场合，始终是决定胜利的重要因素！

全中国的作家、诗人、戏剧家、音乐家，立即把自身组织起来！全中国的作家协会、诗人协会、戏剧家协会、歌曲作家协会……立即动员自身所有的力量，为这个伟大的斗争而服役吧！要在最短期间，集合全国各部门的文艺家，共同讨论出一个最少一年内的作战计划。然后发挥各个部门的所有能力，把各个小组——各个战斗单位伸长到每一个角落里，用各种方式来唤起并组织我们的群众，用各种武器来打击并消灭我们的敌人。必要的时候，虽洒尽我们的热血亦在所不辞！

起来！全中国的文艺者们！准备战时文艺总动员！

新的形势，新的任务[①]

一向在黑暗中过活的人，久而久之，便成了一种习惯，再久而久之，简直不相信光明有到来的一天了；又有些人，因为在黑暗中过得太久，渴望光明的心太切，而由夜到明的交替，是需要一个相当的过程的，痛于光明之路的不能一蹴而就，于是便悲观失望了；还有些人，以为光明之路大概是在一个不可知的国度里，此生恐无见到的机会，以至于当着前面现出一缕微明的时候，他还将信将疑，以为不过是虚幻的梦境；也有些人，一向在黑暗的国度里，居于有利的地位，久而又久，生理组织不觉起了变化：它们只能适应黑暗，不足适应光明，于是当黎明出现在眼前的时候，反故意蒙上眼睛，而且硬教旁人也蒙上眼睛，鸵鸟似的与光明相顽抗。

这个譬喻，在今天用来是很适当的。

新的政治局面的展开，使不少的人迷惑了。有的人怀疑它的展开的可能性；有的人痛恨它的不能加速地展开或"突变"；有的认为这不过是暂时的幻想；有的人则对于新的形势怀着无穷的憎恨与恐惧。其实这些人都是感情太盛，不能冷静地来加以思索与研究，结果是庸人自扰，于实际问题的解决毫无裨益。

事情是再明显没有的：当中日两方的矛盾尖锐到无可再尖锐的地步时（事实上这个矛盾已经具现为中日战争），敌人是已全力来消灭我们的，我们自然是要来拼死反抗。这时候，中国内部的一切对立与矛盾，已为这个外来的总矛盾所冲淡，所对消。中国两大对立的势力，便在这个前提之下，彼此携起手来，共同从事于民族革命的伟业。因为中国是中国人的中国，救中国是全国民的责任，在这个伟大的反帝战争中，便是一个最前进

[①] 此篇发表于1937年《战斗》（汉口）第1卷第2期，署名光未然。未曾收入自编作品集和文集。

的社会主义者，也有充分的理由来做一个爱国主义的战士。

为了巩固抗战的基础，国内各党各派的力量的真诚无间的联合是绝对必要的：目前这一联合正在向胜利的前途迈进着。

为了增厚抗战的实力，把一切无党无派的中立分子争取到这一联合中来，也是绝对必要的：目前这一联合是在向胜利的前途迈进着。

为了保证抗战的胜利，把广大的中国大众组织起来，教育起来，使成为这一战线的基本支柱，乃是万分必要的：目前这一工作也正在向胜利的前途迈进着。

中国在统一中（这统一的基础建立在抗战上）。中国在进步中（这进步的征兆表现在联合上）。这是任何人也不能否认的。

自西安事变后，中国一天天在向新的前途迈进。今后仍然要一天天地向着于抗战更有利的前途上进行。我们对于中国的前途是乐观的。不过因为旧的矛盾还未尽消除，旧的惰性还支配着行政机构，这些需要相当的时间来克服，不能如我们理想着的那样一蹴而就。关心整个民族运命的热心的青年们，此刻应该用最大的忍耐性来注视政治形势的发展，并用最大的坚定性来推动其发展。在今天干着急是没有用的，抱悲观更大可不必。

这里发生了工作方式的问题。在今天来做救亡工作，究应采取何种方式呢？无疑地，用官民合作的方式，坚决地在政府领导之下，走公开路线，用诚恳坦白的态度，容纳一切中立分子，甚至过去跟自己主张不同的人，以及个性上稍有缺憾的人，只要不是汉奸，都联合在一块儿工作。用这种方式工作才有展开的可能。

在今天做救亡运动，最怕的是宗派主义和关门主义。在救亡团体中，常见有争群众、争领导的情形：救亡团体的领导分子，还有人抱着一本老经，故意强调党派性，强调领导权；不信任群众，不信任友军；今天怀疑这个不可靠，明天怀疑那个是内奸；结果是外围之外有外围，核心之内有核心，把大多数的群众关在门外，把救亡运动引到地下室去。这样下去，只能是救亡运动的死亡。

那些以"左派"自命，时时提出过"左"的口号来扰乱听闻，并吓退了中立分子及友军的，在今天也应该时时注意并予以打击。思想上的"左""右"倾，在今日事实上是存在着的，但我们之参加救亡阵线，是以一个中国人的资格，不是以某党某派的资格，过分强调救亡运动中的党派性，事实是对于联合战线的破坏；至于提出过"左"的口号来吓退友军者，却又是客观上替敌人做分离运动的工作了。

要用官民合作的方式，要尽量接受政府的领导，甚至诚恳地向政府要求领导。今日的政府，在抗战力量虽然有了最大的决心，但对于开放民族运动以巩固抗日的基础这一点，还有着某种程度的怀疑。尤其是对过去被目为"左派"的人们，一时还不能改换其观感。这时候，这些抗日最坚决的分子，应该用最诚恳、最坦白的态度，从事实上来消除对方的疑虑，取得政府的信任，从而在政府的领导之下，迈开大步地从事救亡工作。所谓"争取公开"，所谓"要求领导"，其意义在此，如果因一方的关门，另一方也便采取关门政策，因一方的压迫，另一方便赶快把工作移到地下室去，则所谓联合战线也者，便一辈子也不能成功，民族抗战的胜利，便愈加遥遥无期了。

过去一般洁身自好的青年们，对于政府方面，完全取一种怀疑甚至对立的态度；凡是官方发动的运动，一概不参加，凡是政府提出的意见，一概不接受，凡是政府组织的团体，一概不信任。由于十年来的血的教训，这种错误的铸成是可以原谅的，但在今天，在新的政治形势下，如果还怀着这种洁癖，抱着这种成见，那简直是大错而特错！政府方面，对于过去被目为急进的青年们，在今天也着实应该改换其观感。因为认真地说来，这些青年，究竟是坦白而可爱的。他们（她们）都是中华民族最优秀的子女、最英勇的子女，政府不应该把这一部分民族的精华，放弃在自己领导之外，在联合抗日的前提之下，哪怕是一涓一滴的力量，也应该使其汇合在抗日的洪流里。倘使还要彼此怀疑、对立，一如昨昔，则这个对立究竟要何时为止？如果我们的民族竟因之而灭亡，究竟谁来担负起这个责任？

最后我还要诚恳地劝告一下我的可敬的青年战友们，你们之所以还不能放弃过去的成见，坦白地与政府合作，之所以不能放弃你们的宗派观念，推诚地与国人相见，根本的原因，在于你们对于联合的前途，还抱着怀疑，对于抗战的前途，还怀着忧虑的缘故，然而这种怀疑与忧虑是不必要的。在今天，我们应该信任这个坚决抗日的政府，信任一个伟大的，永远站在大众前面的政党。这种信任不是基于感情，而是基于理智，你们之中，有不少是社会主义者，你们对于社会主义的重要文献一定读得很多，你们懂得用辩证法来当做自己思考的武器，摆在周围的事实，一个伟大的历史的巨变，其本身便是辩证的发展。如果我们的行动不能和活生生的历史配合起来，我们将要成为历史的罪人。

  我还要向我们的可尊敬的政府官吏们贡献一点愚见。为了大敌当前，贤明的中国政府决定了统一联合的政策，日本帝国主义不是一年半载可以打倒的，所以这个联合也不是一年半载的事，同时日本帝国主义打倒以后，中国的国难还未尽解除，可以说，联合统一是一种永久的事业，不是暂时的策略。代表政府的人应该虚心地理智地研究一下这个新的国策的具体内容，并忠实地奉行这个国策，在联合中，要彼此互相尊重，互相谅解，要认识那些思想行为急进的青年，都是贤明的政府的最英勇的子民，他们多年来的斗争生活，为了其崇高的信仰，虽抛头颅，流鲜血，亦在所不辞，这种伟大的牺牲精神，震烁古今，事实上中华民族的伟大性表现到最高峰，试问以此抗敌，何敌不摧？以此御侮，何侮不除？如果现在还对这一部分青年，保持着怀疑的态度，使大多数的爱国青年，报国无路，请缨无门，这对于国家岂非一重大损失？大敌当前，国难日亟，有什么误解不能消除？有什么仇恨不能化解？难道现在还不能了解青年人的救国赤诚吗？难道还不明白过去对立的政策只是亡国的政策？难道还不明白唯有开放民众、开放青年的自由才是抗战胜利的唯一保证吗？难道全中国的青年一同剖腹自杀来表白他们（她们）的赤诚吗？不！这些都是不成问题的，我们贤明的政府当局对于这些都已有深切的了解了。

  可尊敬的青年战友们！不要着急，新的局势将要一天天地展开在我们的面前，它还将一天天向着与抗战最有利的前途展开下去！立刻扫除你们的顾虑与怀疑，一同在贤明的政府和最高领袖的领导之下，努力争取明日的胜利！

1937.9.24 汉口

目前的歌咏运动①
——序《大家唱》

近年来中国歌咏运动的盛大展开，绝不是一件偶然的事。当伟大的民族革命战争爆发的前夜，多年来被压抑被损坏的中国大众，内心的痛苦需要一个发泄的机会。而当这个神圣的战争爆发，而且进行着的今日，群众的革命的罗曼谛克情绪更加一发而不可收拾。他们（她们）需要用粗壮的喉咙来发泄自己山岳般的愤怒，需要用钢铁的歌声来表示他们战斗的热情。而这伟大的歌声又转过来提高了这种情绪，扩大了这种情绪，使群众战斗得更加坚定而且英勇了。

歌咏之风，在中国也是"古已有之"的。诗三百篇，就是中国古代精选的一部《大家唱》的歌曲集，可惜有歌无谱；六经中的乐经，是一部专刊乐谱的书，秦火之后，失传了。春秋战国之世，歌咏之风盛行，然只限于士大夫，作为酒席筵前的应酬之用的，且歌词必取其雅正，态度必求其温和，点缀之外，无大作用。和今日的歌咏运动，自然是不足相提并论的了。

今日的歌咏运动，是配合着伟大的救亡运动而产生出来的奇葩，它是救亡运动的一环。从救亡运动中产生了歌咏运动，这歌咏运动又转而掀起了救亡运动的高潮。

从飞速发展的过程中，我们看出了目前的歌咏运动还有许多缺点。首先，诗人与作曲家还没有保持密切的联系，还不能适应新环境的需要而立时有计划地供应一些新的歌曲来。其次，歌曲还不能充分地大众化，歌曲中的词句十九为大众所不能深切了解，过于复杂的旋律也为他们所不能接

---

① 本篇发表于1937年10月7日《大公报》副刊《战线》，署名光未然。未曾收入自编作品集和文集。

受；作者还不能充分利用民歌体来制作一些通俗化的歌曲。最后，歌词与曲谱都有流于公式化的毛病，特别是歌词，有些简直空洞得太不成话。口号是无妨的，但即把口号组造在歌曲里面，一定要加一番艺术的处理。我想这毛病是由于作者对于救亡运动还缺少真实的了解与热情，于是在制作歌曲的时候，便不得不感觉词汇的枯竭了。

要克服以上的毛病，只有要求歌曲作者在实际的斗争生活中去学习。同时，在实际的斗争生活中，也会锻炼出一些新的诗人和音乐家。《马赛曲》的存在，不正是雄辩地说明了这一点吗？

朋友们收集新近流行的一些救亡歌曲，编印成册，定名为《大家唱》，较过去坊间出售的歌集都更为新颖合用。付印之日，要我写几句话，刊于卷端。我对于音乐是门外汉，在歌咏运动上，致力太少，匆匆写来，恐怕太辜负编者的厚望了。

一九三七，九，二五

燃起了武汉的火把[1]

由于日本帝国主义的炮火的威胁使中国文化的重心不能不渐渐向内地推移，一向聚集在上海的文化人便也不得不另找新的发展地了。在上海的时候，我常听到人们喊着："到武汉去。"武汉是我的第二故乡，我生息在武汉有五年之久，我虽离开她才不过八个月的时光，然而我眷恋着她，我觉得回到那里，可以增加战地工作效能，我可以在那个我所熟悉的环境之内做一点更多的，有意义的事。加之以朋友的劝勉和敦促，我便作为一个文化移民部队的先遣队员而回到我所熟悉的故土来了。

到武汉的那天（九月十日），得知宋之的、马彦祥先生等所领导的救亡演剧队第一队，已经到达武汉。旧友重逢，有着说不出的欢欣。第二天，徐步先生到了。第三天，胡绳先生到了。跟着从京沪来的朋友便一天一天地多起来。阳翰笙、袁牧之、陈波儿三先生是应行营电影股的特约来这里帮忙编剧的，何伟先生由南京来汉推动救亡工作，文艺家罗烽、白朗、杨朔、沈从文、萧乾、丽尼、莫沙、胡风、田军、萧红、子冈等都先后汇集武汉，漫画家特伟、陶今也、梁白波也由京赶来，助编《战斗画报》。此外，社会科学家方面，有邓初民、马哲民；新闻界方面，有张季鸾、曹谷冰、徐盈。陈独秀的来汉是不久以前才知道。最近几天，洪深先生领导的救亡演剧队第二队如金山、王莹、冼星海、张季纯等，都已到汉，将在汉勾留相当时日。上海影人剧团业已过汉入川，中国旅行剧团即将在汉登台；还有史东山先生带来的一批影人，准备与行营电影股合作，摄制抗敌短片：猗欤盛哉！武汉空前未有的文化大会师也！

文化人既经汇合武汉，便应该共同联系起来，开始计划一些工作。最

---

[1] 本篇发表于1937年《战线》五日刊第7期，署名光未然。未曾收入自编作品集和文集。

先计划的是出刊物的事。武汉原有综合性的刊物两种,一个是《抗战》周刊,一个是《战斗》旬刊。前者是与市党部较接近的人举办的,相当代表当不得立场,后者是武汉方面的文化工作者集资出版的,这个刊物颇受读者欢迎,销路颇畅。《大公报》的文艺副刊,性质与以前的《文艺》大异,提倡战时文艺,不遗余力,该刊由前《一般》周刊的编辑陈纪滢主编,京沪来的文人,都在该刊写稿。此外还有一个《战斗画报》最近扩充篇幅为十六开册子,文图并重,其文字版由光未然、冯乃超等主持。此外计划并决定出的几种刊物,有文艺性的《战旗》,由罗烽、丽尼、聂绀弩主编;综合性的较为体系化的《新学识》,由胡绳主编。此外还有胡风主编的《战火文艺》,华北流亡同学会主编的《前行》,阳翰笙、马彦祥等主编的剧队刊物,及光未然主编的通俗化的《三日刊》,都将在最近一周内相继出版。在新文字方面也有人在积极筹备推动。

武汉的救亡团体除了有些徒有虚名的团体,花样翻新,不及备举外,文化界的有"文化界抗敌工作团",这团体包纳了武汉文化界的抗战最坚决的分子,工作如街头壁报,公开演讲,及每周下乡的演说、演剧、歌咏宣传等,都极见成效。"妇女界战时工作团"由一般前进的妇女同志所主持,工作颇为紧张。此外,如"华北流亡同学会""东北流亡同学会""留日同学会""铸魂学社"等,都有经常的有力的活动,由于这些团体成员的努力,把武汉救亡运动的火把熊熊地燃烧起来了。

党政当局方面对于救亡运动和文化运动,似乎采取着消极的旁观态度。只要不有过"左"的行为出现,当局方面大概是可以不干涉的。最近党部方面,鉴于文化工作者的坦白的诚恳的态度,已大释其已往的疑虑,准备和京沪来的文化人合作。昨晚由省市党部的联名邀请京沪文化人及武汉方面的文化人共百余人举行茶话会,并备茶点招待,席间宾主联欢,颇为融洽。新的武汉局势,将在这种融洽的空气中渐渐展开。

目前我们最感觉苦闷的是工作者太少。就刊物方面呢,总算配合得很好,可是编来编去,老是这几个人,一个人负责编两三个刊物,又要干些其他的实际活动,实在忙不过来。我们很欢迎上海方面的朋友,特别是对社会科学有研究有兴趣的朋友,特别是愿意参加实际的救亡工作的朋友,最近还有意举办一个"文化人招待所",如能实现,也是一个好消息。此外这里的刊物很多,颇需要上海方面的稿件(有些刊物是有稿费的)。我们希望上海方面已识未识的朋友,多多寄一些各方面的稿件。稿件可经寄汉口生活书店转,我们可以分配到各刊物上发表。上海方面近来盛唱"文化到内地去"的口号,难道对于已经转移到内地工作的朋友,竟漠不关心,丝毫不加以援助吗?我想这个在道理上是说不通的。

救亡的火把在武汉燃烧起来了,摆在我们面前的分明是一个更加明朗的更加活跃的前途。居留在上海的朋友们,援助我们吧!让我们把这束火把燃烧得更亮些吧!

十月七日 汉口

战时文艺总动员[1]

一

当卢沟桥的抗战刚刚爆发的时候,我曾在《光明》半月刊上写过一篇《论战时文艺总动员》,提出了文艺动员的一般原则,呼吁全国的文艺作者,起来共同注意这个问题,以便推动总动员的及早实施。此后,曾经在报章杂志上读到不少作同样呼吁的文章,这个问题,渐渐引起广大的注意了,特别是当上海战争爆发以后,中国的文艺中心直接遭受到强盗们狂暴地摧残,使大部分的文艺作家失掉其生存的依据,强烈的反抗意识充塞了每一个作家的心胸,发为文章。中国文艺作者的笔尖,没有一个时期曾经这样兴奋、这样严整、这样共同一致地向着一个目标而前进。

报告文学、速写、战地文学、难民文学、报告诗、朗诵诗、大鼓词、街头剧、活报剧……一些新的文学形式,渐次出现于报章杂志。"战时文艺"的口号,虽然没有人具体地提出,但已显然成为目前文艺运动的主潮了。

可是,仔细地观察起来,目前的文艺运动中所包含的问题,还非常之多,文艺作者战斗起来了,可大都是自发的战斗,单枪匹马式的战斗,整个文艺界的组织和计划,还谈不到,大部分文艺家的个人主义习气还非常之深,政治教养还非常不够,理论与实践还不能密切地联系起来。文艺界的联合战线的工作还没有建立起来,文艺作家和一般文艺青年之间,还隔着一条鸿沟,前者并没有把后者领导起来,组织起来。一言以蔽之,整个

---

[1] 本篇发表于1937年《战斗》(汉口)"战时总动员专号",署名光未然。曾收入《张光年文集》(第三卷)。

的文艺界还依旧陷于无政府状态中。"文艺界的总动员是否已经开始了呢?"答案恰恰是否定的。

今日的抗战,应该是全民族的全面抗战,当全国的军事、政治、经济诸部门都正在开始着总动员的时候,文艺界的总动员是刻不容缓的。因此,"战时文艺总动员"这一问题的再提出,在今天有其特殊重大的意义。

二

在"总动员"的前提之下,全国文艺作者应该第一步把自己组织起来,在战前文艺界也曾有各式各样的组织,在战时,这些组织应该尽量发挥其功能,同时,没有组织的地域和部门,在今天也应该赶快组织起来,这些组织应该是自下而上的,具体地说来,全国各县市乃至各村镇都应该有一个广泛性的文艺组合,有些较大的都市,文艺作者众多的地方,还应该有各文艺部门的个别组织。在这些小的组合之上,有各省的文艺协会,乃至全国性文艺界总组织。

组织是为了工作而存在的,组织的本身没有意义,除非付以工作的内容。过去的文艺组织,之所以不能发挥很大的效能,甚或变成一块空招牌,主要是因为没有工作。可是,在全面抗战中,全国的文艺作者应该毫不犹豫地拿出自己的武器来服役于战争,今天不是人等着工作做,而是有着非常广泛、非常艰巨的工作在眼巴巴地等着我们去开展。为了工作的便利,工作者的联系与组织,乃是万分必要的。

应该开展各个部门的单独组织,分别担负起推动工作的任务。如诗人协会、剧作者协会、歌曲作者协会、报告文学家协会、漫画家协会、木刻作者协会、剧人协会、影人协会等等,都应该分别地组织起来,并立即计划工作,开展工作。广大的中国大众,是支持抗战的最坚实的基础,同时也就是我们最好的工作对象,我们要想尽一切方法去宣传他们,鼓动他们。

在组织与工作的过程中,要特别注意于文艺者的自我教育。作家要牺牲一己的利益,服从全民族的利益,这自然是不成问题的,同时,一切过去文艺者所具备着的"艺术家脾气","罗曼谛克气氛",都应该铲除得一干二净，艰苦的工作，需要坚强的人来负担，一切旧习气太深的人，都将要在革命的过程中被淘汰。这次的抗战，是对于中国文艺作者的再一度的残酷的试炼。

战时的文艺组织是文艺性的，同时也是政治性的，文艺和政治永远分不了家。一个文艺集团应该是救亡运动中之一环，一个文艺作者同时也就是一个救亡运动中的战士，每个文艺团体乃至每个文艺作者，都应该坚决地站在正确的政治路线的领导之下，运用自己的武器，为了正确的政治路线的胜利（同时也就是抗战的胜利）而斗争。

三

这次的对日抗战是关系全民族生死存亡的战争，应该运用全民族的力量，哪怕是一涓一滴，都应该汇集起来，使成为一道巨流，我们不分党派，不计成见，不算旧账，共同团结起来，构成一道坚固的联合战线，以对日作战。

在政治上是如此，在文艺上也是如此。

文艺界的联合战线的口号，已经叫得很久了，但始终建立不起来，文坛仍然是宗派林立，老死不相往来，甚或互相仇视，自起纠纷，这种现象，使敌人看了，真要笑痛肚皮！

现在已经是最后关头了，文艺界如果还不能精诚团结，就根本谈不上什么总动员，如果还不开始总动员，直接便是对于抗战的怠工，间接是对于抗战的破坏！中国文艺界是否愿意担当这个罪名呢？

今后文艺界的联合战线，应该从两方面来着手建立，其一是就政治方面说，应该跟和自己政治主张不同的人携手；其二是就艺术方面说，应该跟和自己艺术见解不同的人联合。

依照过去的例子，文艺界早就分着所谓"左""右"两派，二者互不相下：你骂我是"叛徒"，我骂你是"反动"，你骂我"领津贴"，我骂你"拿卢布"，一些奇奇怪怪的罪名，都可以任意加在对方的身上，在可能的时候，还要设法置敌对方面的某个人或某些人于死地！这种情形，在大敌当前的此刻，无论如何不能再继续下去；而应该开诚布公，坦白地、热诚地携起手来，共同为着一个目标而斗争。

至于艺术见解不同的人，更不应该保守固有的壁垒，老死不相往来。在抗战中，在斗争中，每个人都进步了，这样使合作的可能性一天一天增大。就戏剧而论，话剧自然在抗日，文明戏也在抗日，便是京戏、楚戏，也有走向抗日道路的可能性，这样大家为什么不可以联合起来，以增厚抗战的力量呢？戏剧是如此，文学方面，也是如此，绘画、音乐，无不如此。

应该赶紧建立文艺的联合战线，没有文艺的联合战线，根本谈不到文艺总动员，在联合中，彼此应该保持友好的批评态度、前进的力量，应该随时协助落后的友军，并在实际的行动上（不是表面的形式上）把后者领导起来。

四

因了篇幅的限制，加上时间的匆忙，这篇文章里所谈到的，仍不外"文艺总动员"的一般原则，和动笔时的愿望相去太远了。

总之，要发动文艺界的总动员，首先应该建立坚强的组织，其次便是动员的计划与方案，我们希望全国文艺界，共同来商讨这件事，从速地把一切计划与方案拟订出来，更要紧的是把全国性的组织建立起来，以便开始工作。

全国的诗人、小说家、戏剧家、画家、音乐家、木刻作家、报告文学家……一齐动员起来！让我们咬着牙关来忍受这一次残酷的试炼！新的曙光正在眼前展现！

文化人组织起来[1]

自沪战起后，京沪的文化人渐渐向内地移民，特别是武汉，简直群英荟萃，很快地成为战时的文化重心了。

文化人移民到内地来，并不是为了回避斗争，相反地，正是为了更英勇地参加斗争！关于这一点，我在另一篇短文中已经一再申说了的。但是文化人怎样有效地参加斗争呢？怎样才能发挥自己的战斗力量呢？这都需要组织，需要把自己先组织起来。

文化人到内地来，为内地的青年和文化人所迫切翘盼着的，所以，他们既来到内地之后，就应该与当地的文化人保持密切的联系，共同推动当地文化运动的进展，倘使关在房子里写作，和群众绝缘，这不但使内地的青年大大失望，而且事实上也正是断送了这一作家（如果他是作家的话）的前途。但是，他们怎样来参加工作呢？我以为，在没有把自身坚强地组织起来以前，无计划地参加工作，是不会有多大效果的。

目前的文化工作，应该和总的政治任务密切地配合起来。因此，虚心地研究并运用"联合战线"的方略到文化运动中来，乃是万分必要的。但这决不是一件简单的事，如果大家步骤不统一，运用得不好，或因为一点小小的错误或任性，都容易铸成大错，直接危害文化运动的进展。

如果有了组织，这一切问题都容易解决。仅仅包纳一党一派的文化集团，在目前不需要，应该是绝对公开，绝对合法，并与党政当局保持相当联系的；秘密的，半开门的，与党政当局继续着对立的态度的，在目前更不需要。

以武汉论，现在有几项组织，急需着手进行：其一是编辑人协会，包

---

[1] 本篇发表于1937年《战斗》（汉口）第1卷第5期，署名光。未曾收入自编作品集和文集。

纳所有的刊物编辑人，统一（相对地）编辑方针；其二是文艺家协会，帮助青年作家，并推动武汉文艺运动；此外如果作家协会（创作者协会）、诗人协会、漫画家协会、音乐家协会等等也要渐次成立起来，分别担负起推动工作的任务。

怎样发动民众组织①

（参加者：胡风、特伟、林路、崔峨、锡金、张鱼、光未然、樊自觉、韩大镛、陈纪滢、特伦、冯乃超、黄心学、何伟、梁韬、罗荪）

在一个有月亮的晚间，□□里的二层楼上，十几位朋友聚在一块，吃着瓜子和花生米，起初大抵是两三个成为一组地或者在谈着时事，或者在谈着目前的文化运动……主人开始请大家围着一列由三张写字台拼成的长形会议桌坐起来。首先由主席报告了今天是《战斗》旬刊社第二次座谈会，并且规定了一个题目是："怎样发动民众组织。"相继发言的是：

冯乃超：今日中国的抗战，乃是民族自卫的战争，因此不仅仅是和敌人做武器的竞赛，应该是动员全民众的抗战，此点已早有人指出。我们的抗战乃是为了争取全民族的利益，在发动民众运动上，原皆很容易做，但是依照目前形势看来抗战已过三月，却仍大部分停留在军事抗战上，并没有彻底做到"全面抗战"的事实。所以今天要特别提出怎样组织民众的问题，先请从民众组织的重要性谈起。

崔峨：谈到民众组织的重要性，我以为可以分为两部分来谈，第一是积极的。A，从政治上说，抗战的基础在民众，发挥民众的力量，保障军事的胜利，当以政治为前提。伊里奇曾说："战争是政治的继续，而政治在战争中仍继续着。"我们从历史上可以看到，南宋的灭亡就因为政治的腐败和民众的无组织。B，就军事上说，此次抗战为持久性与全面性的，因此，要保证持久战与全面战的最后胜利，就必须实行全民战，也就是必

---

① 本篇为座谈会记录，发表于1937年《战斗》第1卷第5期，由罗荪、特伦记录。未曾收入自编作品集和文集。

须动员全国民众。C，就经济上说，在战时要实施经济统制，必须有民众的基础，不然，不但不能实施经济统制，反而会引起经济紊乱。第二是消极的。A，为防止汉奸的产生及其影响，必须组织民众，武装他们的头脑，积极的则成为抗战中的力量，消极的则不至成为汉奸。B，中国的抗战，乃是建立新中国的基础，必须在民族革命的战争中，训练民众，组织民众。C，为了达到真正的民族解放的民主国家，必须在这抗战过程中，训练民众，组织民众。

罗荪：刚才崔先生说到组织民众，在消极方面能以防止汉奸的产生，我觉得可以以最近的事实当做我们最好的例子。前不久平汉线在石家庄打得正急的时候，《大公报》曾刊载了一条消息就是在邢台有汉奸武装暴动，并且单单被捕捉的就有三四百人之多。而安阳正是距我们的前线漳河最近的地方，这问题的严重，是很值得我们注意。这例子正是很正确地告诉了我们：假如我们不组织民众，民众就会很快地被敌人利用去了。这危险性是比任何军事上的失败都来得严重！

光未然：这的确是一个严重的问题，据一个伤兵的谈话，说起他负伤后经过河北一个农村，想进去憩息憩息，哪知农民拒绝他停留，并对他说："此地已经不是中国地方，赶快走开的好！"在另一农村，并且遭到严厉的搜查，据说是奉了"维持会"的命令，把他的钱物统统搜去了。由此可见，我们若再不积极发动民众组织，则民众会被敌人用各种方式所利用。我们若不宣传民众，敌人会代替我们宣传工作；我们若不组织民众，敌人会代替我们做组织工作的！这情形可怕得很！

锡金：民众之于军事不能配合起来，完全由于政治问题。许多地方的民众还不知道这回战争的意义，甚至被认为是内战。以至于战区的民众"逃难"走光了，剩下来的是汉奸伴着孤军抗战。

光未然：在第三本期刊，李书城先生的文中，曾说到辛亥革命时湖北民众情绪的热烈，乃是同盟会宣传和组织的效果。一九二七年大革命也是如此，其后数年，中共江西一带，所以能持久之故，也在于此。至于最近晋北第八路军的胜利，据《大公报》通讯所载，也完全得力于民众之协助与参加。要知道我们的反帝国主义的自卫抗战，要以游击战术为主要。而游击战术之胜利基点，就在于民众的协助。

崔峨：游击战的公式应该是：（政治＋民众）＋军事＝游击战。

冯乃超：关于民众组织的重要性，大家已经谈得很多，现在可以谈到民众组织的困难与其障碍。

崔峨：在谈到目前民众组织的困难和障碍之前，应该先说一说过去民众运动失败的原因。第一，自从一九二七年以后，所有民众运动，只有消极的防止，没有积极的领导。第二，仅存的民众组织，也只有形式上的躯壳，缺少群众基础，没有动员群众的可能。其次谈到现在民众组织的缺点：（一）自上而下的领导脱离了自下而上的组织关系，其故在于：A，官僚主义的作祟，使组织脱节。B，宗派主义的作祟，过高的口号和怀疑不前的态度，阻碍了联合。（二）以团体为单位的组织，没有统一的领导机构，上层没有干部，下层无工作可做。（三）仅注意组织形式，而忽略组织内容，不能配合当前需要，组织、训练、实践三者各自分离，没有把握相互的联系。至于说到困难与障碍，大抵不外于下面几点：（一）一般民众在"谁当皇上给谁纳贡"的环境下，对于国家民族原来缺少热烈感情。（二）大部分人民教育文化之落后，封建意识仍然残留，以及土豪、劣绅、市侩等在民众中间的操纵地位。（三）政治民主化的未能彻底实现，以至于仍不免有摩擦和误会的地方，而使民运不能迅速展开。（四）恐汉奸病的流行，事实上不但不能防止汉奸，反而借口作为控制民运的口实。

罗荪：关于民众组织不能展开的原因，除掉崔先生所说的几点之外，主要的原因还有，就是缺少政治口号，在争取民族利益的过程中，也不能抹杀群众自身的利益，尤其是作为抗战基本队伍的百分之八十以上的农民大众。因为仅仅单纯地以"不做亡国奴"的口号来号召和动员民众是不够的，必须使民族利益与民众利益配合起来，才能加强斗争的力量，才能号召和动员民众。在总理的遗教中说到的"民有，民治，民享"，正是相互配起来的基本条件。

光未然：胡适之曾说，中国有五鬼，以穷与愚为最主要，事实上也已成为了民众组织的困难之两个因素。说到障碍，我觉得有二个，一是"左"的宗派主义，二是"右"的关门主义。

韩大镛：民主固然是民众组织的重要条件，但不能使组织持久也是一大原因。民众不能认识组织自身的力量奋斗。威力并不能使民众信服，领导者应抱教育家的热诚态度而工作。不能与民众隔离，特别应在生活上打成一片，才不能使组织者与被组织者脱节。

胡风：光未然先生刚才说到穷与愚为困难主要因素，这里先以伤兵的事做例子。据说最近的事，事实是在于钱，但是原因决不会这么简单。我们要知道，士兵在前线为了争取民族利益被敌人打伤了，一到后方所看到的还是歌舞升平，有钱的人还是过着糜烂生活。而对于受了伤的战士，精神安慰与物质安慰俱无所得，这原因该不仅仅是穷与愚，却是对于本身利益看得很为清楚。所以，这里就发现了一个很明显的政治问题。近来常以"有钱出钱，有力出力"这口号作为宣传，事实上做得很为空洞，且两方俱无标准，出钱的人还保留了自己的性命，而出力的人却必须在艰苦中冒险。所以这口号，须切实适应动员全民众的条件：出钱的必须是有钱的人，不要反而使有钱的人从中操作，结果出钱的人也就是出力的人（如现在执行的平均摊派公债的办法）。同时要注意一般民众生活的改善，如免除苛捐杂税等。伤兵滋事，一方固由于后方环境所刺激，一方是慰劳与服务做得不够，民众与士兵的情绪不能配合，结果不单是物质不够满足，连精神上也不能满足。回忆1927年时代，伤兵问题并不严重，这原因就在于市民与士兵能共同受苦。

民众起来，非由自发的觉悟，不能收效。非使他知道保障个人生活利益，必须和保障民族利益配合起来不可。

张鱼：我以为要拥护民众利益才能组织民众。

林路：所以困难并不是"民众不能组织"，乃是"不能组织民众"，主要原因在于政治问题。穷和愚是容易解决的困难。最大的障碍倒是只做了由上而下的"等因奉此"的公式组织，忽视甚至抹杀了由下而上的组织方式。

何伟：目前还没有一点群众组织的基础，所以要组织，就是团结的意思，团结的意义在于达到一个共同的目标：打倒日本帝国主义。说到组织，感到过去的失败及目前的诸种困难和障碍，主要的原因却只有一个：就是政治问题。组织民众的基础须要民主化，否则，一切问题都由此产生。过去的失败，就在于忽视甚至抹杀民众组织。日本帝国主义指中国为一盘散沙，为无组织的国家，而敢于侵略，原故正在于过去的没有团结力量,政治的未上轨道所致。其次是干部的缺乏,不能很迅速地有效地展开民众运动(如山西情形)。目前组织民众的最迫切的先决条件,是争取民主权,其次才是技术上的问题。穷与愚不能是困难,只要使配合的条件能合乎民众切身利益的要求。

光未然:刚才提到穷与愚为组织困难,宗派主义与关门主义为组织障碍。穷与愚是一种社会现象,这现象直接阻碍了民众运动的开展。要解决穷的现象,必须实现中山先生的民生主义。解决愚的问题,必须努力"唤起民众的工作"。总之,做民众运动,必须和民众的实际生活配合起来,如果要民众饿着肚皮救国,或瞎着眼睛救国,都是很成问题的。至于障碍,前面已谈到由于"左"的过高口号及"右"的关门主义,以致未能充分完成联合战线。

目前政治机构未能适合战时需要,一面未能注意穷与愚的问题,未能实施战时经济政策而又未及开展文化宣传运动来解决这两个问题。一面以民主化来消灭障碍。至于目下民众运动的缺点在于组织庞大与紊乱,缺乏干部。归纳起来,必须要克服上述的困难、障碍与缺点。

樊自觉:我以为不应单为组织方案,倒是更应该把自己看为实际做民运工作者,从实践中去克服。

韩大镛:目前倒是解决障碍比困难更重要,就是要民主化。

冯乃超:关于困难障碍和缺点,大家说了很多,最后应该说到怎样发动民众组织这主题上来了。

胡风:问题有二个,一个是:怎样争取民众运动的展开;一个是:怎样发动民众,"包含干部人才与工作"。

梁韬:解决第一个问题是"争取民主",解决第二个问题是"改善民生"。

罗荪:我同意梁韬的意见,这里加一点补充,分为四项:A,要争取民运的展开,必须以民主为原则。B,必须获得言论、集会、结社的自由。C,要民众,必须拥护民众本身利益。D,必须彻底做到"有钱出钱,有力出力"的原则。

崔嵬:我再说一点组织民众的原则:(一)民众组织、政府领导,这点是相对的而不是绝对的,应该是一面由政府指导,一面自动组织。(二)组织民众的政治原则，官僚主义集权主义固不能用，就是自由主义的民主主义也不适，最适当的组织原则乃是民主集权制。（三）在已组织了的民众团体，要确立领导的体系，加强领导机能。（四）以适合各阶层群众的自身利益与保障已得幸福为发动民众的原则。（五）组织对象虽为全体民众，不分工农，但主要目标却不能不集中到全国百分之八十以上的工农大众身上。

谈到这里，因为时间不早，就停止了。

❋一九三九年❋

吕梁山脉游击根据地抗敌宣传工作视察报告[1]

一 吕梁山脉游击区概况

吕梁山脉是晋西最主要的山脉,它形成了晋西地形上的优势,万山险峻,是游击部队最好的生长与发展的地区。

一年前因为晋西步步吃紧,各地民众纷纷起来,参加武装组织。其中有新兴的青年抗敌决死队第二纵队(现改为国民革命军新编独立第二旅),因为领导的正确与量的扩充,渐渐壮大起来,在这儿建立起了巩固的游击根据地。

吕梁山脉根据地在行政方面,主要的是山西第六行政区所管辖,它包括有永如、蒲县、大宁、隰县、灵石、赵城、洪洞、汾西、霍县、临汾等十县;其中有半数以上的县的县城,是沦陷了的(赵城、洪洞、灵石、霍县、临汾、汾西)。最近敌人加紧进攻吕梁山脉。各县的若干市镇相继沦陷敌手,但我们也不断地向敌人后方推进着,在他们的四周,建立起抗日政权,照样有我们的县长,有我们的行政人员,在艰苦的环境里奋斗着。

这儿特别值得提出的是六区专员兼决死二纵队的政治委员张文昂先生(就是本区灵石县人),他不但是负有本区政治军事的领导责任,而且还是牺盟会的主要负责人之一。他用英勇的大刀阔斧的姿态,出现在荒僻的吕梁山上,以正确的领导方式,忠诚的抗战信心,艰苦的开拓精神,以及对

---

[1] 本篇发表于1939年《新新新闻旬刊》(重庆)第2卷第18期,署名光未然。未曾收入自编作品集和文集。

中央热烈拥护的态度，在那儿奋斗着。

此地的民运工作，因为牺盟会积极的推动，建立了洪赵中心区，乡村的宣传工作，他们也很重视。

关于这儿的宣传工作，有两点值得注意。一，因为各村镇深受到敌人的残酷蹂躏，所以一般老百姓对于抗战的宣传很能接受。二，由于敌人的无耻宣传，所以我们的宣传工作不但要深入敌人后方，从最下层做起，而且要针对着敌人的宣传，给以迎头打击并且特别注重争取敌伪军工作。这些艰巨的宣传工作，当然不是一下能够做得很好，而是需要更多的工作者去推动去领导的。

二 一般宣传工作概况

目前担任宣传工作的机关，主要的是决死二纵队的长城政治部（"长城"是二纵队的代名）的宣训科和敌工科。前者注重一般的宣传，后者专对敌伪军做宣传与争取的工作。还有牺盟会洪赵中心区，及各县的宣传科、六区专员公署的宣传股、各县政府的第三科、政治保卫队的宣传科，都经常地做着宣传和动员民众的工作。为了宣传机关的统一起见，决死队、专署、中心区等还建立了一个经常性的宣传工作联席会议，讨论统一的宣传纲领和办法。不过统一的宣传机关，还未建立起来。

战地的宣传工作有一个特点，就是宣传和民运组织工作及部队教育工作是完全分不开的，因此支撑宣传工作的，除开几个单独的宣传团体之外，乡村的民运工作队和部队中的政治部，也是分担这项工作的。

抓紧机会，发动民众，举行民众大会，做壮大的宣传。这里的同志们也非常注意的。群众集会动员最高的纪录，是赵城万余人的拥蒋大会，普通每次可动员千人至五千人左右。至于仅在都市经常举行的游行宣传，在这里到处都是山沟，人口稀少，完全失掉意义，故完全没有举行过。

决死队及牺盟会本来都是阎司令长官所领导的。可是他们对中央方面，非常尊重。每在报纸上看到中央的宣传纲领，或委员长的重要言论，马上翻印成单页小册，分发各级工作人员及一般民众。

三 文字宣传工作

这儿的文字宣传工作，因为物质条件的困难，他多半是用油印的，但是因为环境的磨练，油印的技术非常高明，并且数量也很可观。大多数的刊物，也很能反映些地方的特点。仅就第六行政区十个县里所出的定期刊物和报纸，就不下数十种。兹择其重要者列表如下：

（名称）	（性质）	（定期次数）	（出版机关）
《政术》	政p队机关报	每三天一次	政p队
《战斗》	战士读物	每三天一次	政p队
《长城》	机关报	每三天一次	长城政治部
《游击》	机关报	每周二次	二纵队第五总队政治处
《前哨》	机关报	每周二次	二纵队第四总队政治处
《冲锋》	机关报	每周二次	二纵队游击三团政治处
《挺进》	机关报	每周两次	二纵队游击四团政治处
《火线下》	文艺刊物	每月一次	吕梁山文艺协会
《老百姓》	大众读物	（未详）	赵城动委会
《战号日报》	（未详）	每日一次	灵石县
《战斗通讯》	通讯报道	不定期	第六区专员公署
《动员周报》	（未详）	每周一次	大宁县
《战地生活》	战士读物	每周一次	长城政治部
《大画报》	群众读物	每周一次	长城政治部
《五日时事》	机关报	五日一次	一一五师独立第一支队政治部
《农民周刊》	农民读物	每周一次	牺盟会中心区
《临汾快报》	机关报	（未详）	（未详）
《乡村生活》	农民读物	（未详）	（未详）
《大众抗日报》	机关报	每三天一次	牺盟洪赵中心区
《战斗三日刊》	机关报	每三天一次	第六区专员公署

（名称）	（性质）	（定期次数）	（出版机关）
《战斗半月刊》	综合杂志	半月一次	第六区专员公署
《长城半月刊》	综合杂志	半月一次	长城政治部
《六区战线》	机关报	每周二次	专员公署河东办事处
《炸弹五日刊》	（未详）	五日一次	灵石河东
《洪赵战旗》	机关刊	（未详）	洪赵中心区

注：（一）各县县政府大都有一机关报。（二）各县公牺会也大都有一种报纸。（三）本表为 1939 年 3 月所调查。

此外还有战斗通讯社（现改为民革社分社）和战斗出版社，他们也非常活跃。战斗通讯社所出的不定期刊《战斗通讯》，其通讯稿常为各大报所采用。战斗出版社出有"战斗丛书"，现已出数种。

四 艺术宣传工作

艺术宣传工作，是这里最薄弱的一环，特别是美术和音乐，由于人才的缺乏，简直无法推动。军委会政治部抗敌演剧队第三队在该地时，曾举行过美术展览，并帮助决死二纵队政治部宣训科装了几种连环画报及漫画小标语，用油印印出，分发各级政治部散发。政治部宣训科还出版一种定期的时事漫画周刊，颇受读者欢迎。歌咏工作，自抗敌演剧第三队到汾西后，分别派人到各团体各机关各部队教歌，并组织艺术宣传研究班，渐渐散布了一些新的材料，建立了音乐工作的基础。

戏剧方面，就晋西讲，这里还是比较发达的。二纵队政治部的"长城剧团"，是其中力量比较充实的一个。有团员五十余人，其中小孩占五分之三。其下各总队（团）也都有自己的剧团。如"游击剧团""前哨剧团""战斗剧团""解放剧团"，每剧团约有团员二三十人，其中也以十五岁以下的小孩为多，几乎完全没有女团员。除此以外，牺盟洪赵中心区还有一个"吕梁剧团"，情形大致相同。专演的戏，如《弟兄们拉起手来》《战区儿军》《花姑娘》，水平一般地较低，特别困难的是剧本的缺乏。

当抗敌演剧第三队到达汾西时，决死二纵队政治部正在举办"战剧研究班"，调集二纵队各剧团集中训练，由国立戏剧学校毕业学生刘巍主持其事。后该班结束，但各剧团因为第三队在此，都不愿散去，相反地还有许多过去未参加研究班的剧团，及非二纵队所属的剧团，也相继调集汾西，准备参加受训。于是由第三队主持，成立了一个"艺术宣传研究班"，教授戏剧、歌咏、美术工作的基本知识。可惜成立未久，敌人即开始进攻，一月后即告结束。

五　对敌宣传工作

第六区所辖十个县，其中有五个县的县城都已沦陷敌手。但这些县的实际政权，仍操之在我。故敌我双方，形成犬牙交错的状态。在这种情形下，对敌宣传工作，自然非常重要。

这项工作，除决死二纵队政治部专设有敌工科外，二战区政治部的政治交通局，也设在本区所属的隰县山云镇。在他们的努力之下，不但相当做到了对敌伪的宣传工作，而且从宣传做到了瓦解争取的阶段。敌区各县的伪县府如维持会，有不少和我们建立了秘密的关系，六区专员公署的河东办事处，更加从政权方面维系着和沦陷区域内广大民众的亲密关系。如今年元旦在沦陷各县召开的抗日拥蒋大会，便是显明的例子。

我们的对敌宣传工作，最感苦难的是人才问题和物质条件的问题。人手欠缺，推动起来自然比较困难，而物质条件的困难，使宣传品无法大量印刷。敌人的宣传品，往往五颜六色，投合老百姓的心理；而我们的宣传品，却只用土纸油印，好在我们具有政治上的优越条件，老百姓仍然欢迎我们的宣传品，敌人也很能接受我们的宣传。

年初敌人进攻吕梁山脉时，决死二纵队政治部会将随营学校学生，编组了几个（武装工作队）。每队约有五十人。这个武装工作队派到临近敌区的绥卫地带甚至敌区中工作，兼做宣传和组织的工作。在他们所走到的地方，常常发生很大的作用，有的时候常常隐隐操纵着沦陷区域的伪政府。

六　总结

吕梁山脉抗日根据地的宣传工作概况，大致已如上述。整个地讲来，在敌后方展开宣传工作，有几点特别值得赞美的：

一，艰苦奋斗的精神。这里所印出的宣传品，几乎全部都是油印的。油印的器械和蜡纸油墨，全来自敌区。纸张也由敌区运来。大抵都是由与我们有关系的敌区伪组织包运而来。但铅印机件，因过于笨重，偷运不易。最近敌人看破此点，对于文化用品，采取封锁政策，使我方稍稍感觉不便。

二，宣传工作的切实和深入。可以指出如下几点：（一）宣传工作和组织工作的配合；（二）宣传工作和动员工作的配合；（三）宣传工作能随时注意到粉碎敌人的虚伪宣传；（四）宣传方法的比较通俗化。

三，对中央及总政治部宣传纲领之重视。敌后游击队往往很难看到后方的宣传品，我们去的时候，带去了一点。大家视若至宝，通常的时候，他们由报章或电讯中看到了中央的宣言，领袖的言论及总政治部的宣传纲领时，便马上用油印翻印分发，由此可见敌后方的军政工作者对中央及领袖的爱戴。

这里的宣传工作，最感困难的是以下几点：

一，宣传工作的干部太少。一般在政治部等机关担任宣传工作的，受过高等教育的比较少，大都是初高中程度的，缺少专门技能。至于各宣传团体中，则水平更低，这是会限制着工作的开展的。

二，物质条件太差。如前所述，文化食料的来源，非常困难，而敌区游击队中，也难于发展小工业如手工业，以制造代用品，克服困难。今后物质上的困难，恐怕只会更加加深与加重的。

三，和外面的联系太难，不但是和大后方，就是各游击区与各游击区之间，也会因敌人的封锁而难于沟通。因此各方面的经验与教训，不易互相交换，大家的材料，也无法互相参考。这一方面会限制着工作的进步，但敌后方宣传工作的创造性与艰苦作风，也正是在这种情形之下培养出来的。

西战场文艺运动一瞥[①]

文艺的废墟

我是去年九月由武汉出发经过西安转赴第二战区工作的,在西北战场停留半年。

在西安,因为职务的关系,曾经停留了相当时日,这个西北唯一的重镇。据我所看到的,也就是正如大家所知道的,事实上是文艺的废墟。

朋友们告诉我,西安所有的文艺团体和文艺刊物,早已随着其他十几个文艺社团,因了"不合法"的缘故而遭取缔。

只有一个"合法"的文艺组织,那便是"中华全国文艺界抗敌协会西安分会"。可惜的是,某次我们因事到分会,该分会去接洽的时候,虽然很容易地看到了那个堂皇耀目的招牌,而进去一问,看门的说这里从来是不大有人的。尤其遗憾的是,住在西安甚久的某知名的文艺家告诉我,对于这个分会,总会是不承认的。

比较可以点缀一下的,是不甚热闹的演剧运动,这儿零零星星地存在几个剧团,过去曾经联合起来请求当局的领导,准备创设中华全国戏剧界抗敌协会西安分会,大概也是由于"西安情形□□"的缘故吧,始终没有获得当局的谅解,现在这些剧团大概也只剩下几块空招牌了。

正如郑伯奇先生所说,抗战以来,文艺家在这里路过的很多而停留的绝少,其实西安的大街上,并没有像过去北平那样多的迷眼的沙子呢!

这里既然已经成了文艺的废墟,那么,我们向他告别吧!

---

① 本篇发表于 1939 年《新新新闻每旬增刊》(重庆)第 2 卷第 4 期,署名光未然。未曾收入自编作品集和文集。

吕梁山脉的文艺运动

我是去年十月份到达晋西的,在第二战区司令长官部附近的地区内,看不到什么显著的文艺活动。剧团是有的,大概也不见得精彩吧。军委会政治部演剧第三队到此,替这万山丛中的居民添加了新的生气,最切实而有效的是歌咏工作,几支简单的救亡歌曲,普遍于每一个士兵,每一个老百姓,连几十岁的老妪,也能朗朗上口了。

如今,第二战区的文化抗敌协会,正在筹划"民族革命艺术学院",准备训练大批的艺术运动干部。

晋西的中部,有一道著名的山脉,那便是吕梁山脉,这儿是一个地形很好的游击区,已经建立了吕梁山脉抗日游击根据地,我在这儿停留了两个月,帮助训练这一地区内的戏剧干部,直到在汾西山地因马受了重创,才离开这里。

在游击区从事军政民运工作的几个文艺青年,在这儿组织了一个"吕梁文艺协会",除了推动部队中的文艺活动和这儿的戏剧活动外(这有长城、吕梁、解放、前哨等二十余剧团),还出了一个纯文艺的刊物《火线下》,那是一个六十余面的油印刊,虽然是油印,但却是非常精美,值得拿去参加莫斯科的中国艺展,我手头有这么一本。现在将它的"创刊的话"抄录在下面,这是一个珍贵的文献,从这里可以看出敌后方的文艺活动是在什么一种基础之上产生的:

"你是一个文艺工作者,或者就算文艺爱好者吧,你在这敌人的后方,而实在又是我们前方的现在这个地方——吕梁山的南段——你若稍微留心一点,是不是会发现这样一个事实(或者有这样一些想法)呢?

日寇大吹大擂地占领了山西,但奇迹的是这个所谓占领,似只包括用砖砌成的那个城圈之内,或者冷清的同蒲路那些砖瓦和铁板筑成的碉堡。因为你可以在这城圈和碉堡之外自由地走来走去。你甚至可以走到铁路上去。只要机警一点,你还不妨拔铁道结合处的铁钉。要是在晚间,假使用得着的话,你可以把死蛇一般笨重的铁轨□了回来。由你做刀做矛或者其他你自己愿做的东西。在日本兵驻扎的四周,你可看见屋顶上依然有炊烟，屋里面依然有人，你假若作一次访问，也许又碰见一个新的事实。这里没有壮年，也没有年青人，更叫你奇怪的，是没有一间房子有一点女人需用的东西，女鞋、衣服、粉、梳子、镜子什么都看不见。主人会告诉你，这些东西早烧掉了。而用这些东西的女人们呢？她们是几月之前就躲到深山中去，像野兽一样地住在早已凿好的土洞。她们的胆子并不大，敢于住在深山中，但住在那里，似乎没有什么东西伤害她们比日本兵伤害她们更厉害更可憎一点。老年人拼着挨上一顿打，或者给日本兵像五马分尸那样拖起来，放在火苗上燃烤三顿，至于烤光了白须和毛发，他们也只想守住这个足以维持残命，几十百代传下来的老家。虽然，大半是因此反而送了老命。

你也会看见在日本兵营房的附近，埋伏着我们的游击队，走出营房来散步的日本兵，不小心就要成一个俘房，稍远，中国军司令就在那里指挥，你会看见天天打仗，但都不是《三国演义》那么金鼓齐鸣的有声有色的打法，也有一天两天天天持续地打，但也有几枪，马上就完结了。而且这些放枪的游击手，都不是什么百步穿杨的好手，他们的手上还留有挥锄柄的厚茧，眼睛也不会闭住一只来瞄准，军官因此常常生气他们过分浪费了子弹，但他们都忘记一件事：他们本来没有枪支子弹的，谁也没有给过他们，可是像变戏法一样快，他们有枪有子弹了，而且最奇怪的是，自己不知不觉是站在战场上了，穿着他们过去还有些害怕的军装。然而他们没有多的感想，多的奇怪，他们就这样听指挥，打仗，放枪，他们只知道日本兵是狼的变种，野蛮，叫人害怕，家没有了，妻子完了，孩子是日本兵弄死妻子之后穿在刺刀上（死）掉了，父母多半是吓死了，兄弟姊妹又入了队伍，庄稼种不成了，要种庄稼，再安排新的生活，那是在打完了日本兵之后的事。

因此你觉得他还需要而且热烈地要求多一些知识才好？还有一些死硬分子宁愿死在日本人手里也不起来，要唤醒他们才好？你觉得生活要调整一下，还要更有意义一点才好？他们要求戏剧、歌曲、图画，描写自己事迹的小说、诗、速写、通讯……

你是一个文艺作者，或者就文艺爱好者吧，你是不是觉得经历着的空前的大时代给你的刺激太深，教训太大，而企图来表现你的刺激反映这些教训呢？你的创作欲这时怎样？你要不要写？

你眼前这么多伙伴，热烈要求剧本、歌曲、图画，描写自己事迹的小说、诗、速写、通讯……你怎样去满足他们？

你的意见是怎样？你同不同意我们的意见？

我们集会这眼前所能集合的几个同志，不怕幼稚，不怕艰难，也不怕嘲笑来办一个同人杂志，我们共同接受时代给我们的教训，我们共同学习，勉励帮助。

我们以最大的努力，企图去满足这些热然地要求看剧本、歌曲、图画，描写自己事迹的小说、诗、速写、通讯……的，同我们生活在一块，手挽着手前进的同志们。

几经商讨之后，产生了这个不成形的，《火线下》。

这就是我们的意见，我们就根据这意见动手做。

你的意见是怎样？你同不同意我们的意见？"

太行山上的瞭望

我还没有来得及到太行山去，虽然我的同志们都在那儿，而且我病好之后马上要去赶上他们的。这里就我所知道的写一点吧。

"太行山文艺协会"，是很早就组织起来了的。听说他们也出的有机关刊物，我还没有看到。近半年来，大批的文艺青年齐心向晋东南去，他们辛苦地耕耘着新的园地，骄傲地唱着《我们在太行山上》的雄歌。

晋东南即晋冀豫边区，仅仅这一地区就有两百余种报纸、三百余个剧团，虽然他们的报纸大半是油印或石印的，虽然他们的剧团是比较幼稚的，但是已经很够构成文艺青年们活动与发展的优越条件了。

报纸有这么多，当然有不少的青年记者，于是他们成立了"中国青年记者协会晋东南分会"。剧团这么多，当然需要联系，于是他们成立了"中华全国戏剧界抗敌协会晋东南分会"；各地的艺术运动这样发展，当然需要干部，于是他们办了"太行山艺术学校"。

太行山是够热闹的。

那么再谈谈晋冀察边区吧。

那儿原有的文艺组织,我弄不清它们的名字了,总之,它们机关刊《海燕》附在边区《抗敌报》出版的,我曾看过很多期。上面是些非常尖锐的报告文学、速写、诗歌及文艺理论……

延安的文协,向着晋冀察边区大批扶植,文协曾经派了三个文艺工作队来此。西北战地服务团也常在此工作,比较知名的文艺者在晋冀察边区有何其芳、卞之琳、邵子南、田间、金肇野……他们经常把他们采掘的稿件写到延安去发表。

这里的文艺协会是去年就建立起来了的。

此外晋中,这个新的根据地,文艺运动也可惊地发展着。支持这运动的是过去北平各校的文艺青年,他们现在都献身于游击区军政民运的工作了,不过这一地区,因相隔远,所得材料不多,无法作详细的报告。

西北角的近况

为了就医,在延安边区医院住了整整两个月,这一期间的文艺运动的情况,我是比较清楚的。

就文学运动说,这里有一种向外发展的趋势。譬如边区文协曾经组织了四五个文艺工作队,派到前方去。譬如周扬等主办的文艺刊物《文艺战报》在后方出版等等。

在这里,最活跃的大概是诗歌运动吧,文协之下的诗歌总会,还包含了若干小的诗歌团体,他们曾经组织了四个诗歌朗诵会,尝试着用种种方法推行街头的乡村的诗歌朗诵运动,我在那里的期间,诗歌协会和抗敌演剧第三队合办了一台大规模的诗歌晚会,参加朗诵的重要作品,有李雷的《大地之歌》,兰光的《女生力军》。我也被挪去参加了一个节目,一个未完成的长篇朗诵歌曲《亚细亚的莽原》。

就戏剧运动说,这里的"中华全国戏剧界抗敌协会延安分会"是一年前就成立了的。最近所演的戏剧,多半是个形式的尝试,虽然草创之初,并无可讲之处,然而精神是可佩的,在这一方面比较有成绩的,是文协组织的"民众剧团",纯演秦腔剧本,在陕北各县流动公演,老百姓热烈欢迎,领队是柯仲平。

音乐运动的组织，是新近成立的"边区音协"，新音乐运动近年来在延安可惊的成就，各种新形式及大套歌曲在试验着，应用着，最近的两个新作是在音协成立大会首次演出的。其一是《生产大合唱》，严格说来是一个一幕三场的"歌表演"，由塞克作词，冼星海谱曲，是在延安盛大的生产运动的浪潮中产生的，歌词非常通俗，曲调也带着充分的民歌风味。其二是我和冼星海合作的新型大合唱《黄河》，全曲由八个独立的曲组织而成，中间用说白把它们串联为一个整个的东西。内容如下：

（一）黄河船夫曲——合唱

（二）黄河颂——男声独唱

（三）黄河之水天上来——朗诵歌曲

（四）黄水谣——齐唱

（五）河边对口曲——二重对唱

（六）黄河怨——女声独唱

（七）保卫黄河——三部轮唱

（八）怒吼吧黄河——大合唱

这个歌曲由抗战演剧第三队在延安演出两次，最近鲁艺又举行了第三次的演出，全国的简谱通俗本不久可在后方出版，将以获得友辈指正的机会。

延安的文艺界，正发动一个非常重要的讨论、研究与实验的工作，那便是对于"文艺的形式问题"的探访，中共文委、延安文协、音协、美协、鲁艺及各团体各学校，曾经举行了多次公开的盛大的讨论会，现在已经得到了初步的结论，并将是为该党的文艺政策。其主要的企图，一方面在适顺目前政治上的需要之功利主义的观点，另一方面在创造新的民族的文艺形式。其主要的论据，正如毛泽东先生所说的，是要创造一种"中国风味与中国气派"的"中国大众喜闻乐见"的东西。无疑的，这个运动，将形成新中国文艺运动的主潮，值得我们多多加以注意的。

文艺谈片[①]

甲：（客气）丙先生，听说你对文艺极有研究；今天我跟乙君来看你，要想向你请教……

乙：请教请教！

丙：（摇手）先别说客气话。一客气，就什么都说不上来。我固然不是文艺的门外汉，却也不是地道的文艺家，只是一个文艺爱好者而已。你们可以把你们所知的，说出来给我听，我也把我们知道的说出来给你们听。彼此交换，互相补充，胜读十年书！

乙：好极了。老甲，你先提问题吧。

甲：（忸怩）……我还不知道问题怎么提法。比方说："文艺是从哪里来？"——这样提，可以？

丙：可以，我们可以随便提问题，倒好些。你假如要板出面孔来说"文艺之本质如何？"那必定味同嚼蜡。"文艺是从哪里来的？"这问题提得不错。且先说说你们的意见。

甲：我是这样想：文艺是哪一个作家，费尽那脑筋创作出来的？

乙：（笑）

丙：你别笑他。（对甲）你说得对。文艺作品从哪里来？当然是一个作家费脑筋写出来的。只是，这样说还不能真正说明文艺是什么东西。依我的说法是这样：文艺，是社会生活的反映。

乙：是的是的，我在一本什么书上见过，说文艺作品，就是客观社会生活现象通过作家的主观头脑而产生出来的东西。可是我还不大明了这句话的意思。

[①] 本篇发表于1939年《青年生活》（重庆）第7期，署名未然。未曾收入自编作品集和文集。

丙：这一方面说明：文艺作品不是空中楼阁，幻想出来，跟客观现实没有关系的东西；而是拿客观现实作为基础，而写出来的艺术品。一个人的思想，离不了客观现象。作家是一个人，写出一篇文艺作品来，便是他的思想的表现。一个人要出一种跟客观现实一点关系都没有的"思想"来，是无论如何不能够的。

甲：那么这是不是说：作家写出一篇文艺作品来，跟照相机照出一张相片来一样呢？

丙：不一样。照相机照出来的相片，可以说跟客观现实没有什么两样。文艺作品不是这样的。前面说过，文艺作品是客观现实通过作者主观头脑的反映。现实事象，一到作者的脑子里，就起了作用，成为一种新的东西反映出来。这不比照相机只是替客观现实作了复写。每个作家（人），对现实事象有一种看法。这看法主要地是由作家（人）的阶层地位决定的。这就是所谓"世界观"。这世界观规定客观现实通过作家头脑反映成为怎样的东西。比如我们拿游击队作为一篇小说的主题：游击队跟日寇战斗和它在抗日民族解放战争中的重要性，是客观的真实。假如我们写下来，一定是描写游击队怎样英勇战斗，描写它怎样胜利，描写它在抗日战斗中的积极作用。可是，假如这篇文章给汪精卫去写，你看怎样呢？那一定是把游击队写成"游而不动"，"游来游去"的"流寇"吧。

乙：那可糟了——弯曲现实了。

甲：（笑）幸得汪精卫不是文艺家。

丙：是的，汪精卫不是文艺家，而是狐狸政治家（三人哄笑）。然而，假如他是个文艺家的话，他是非这样写不可的。因为他对游击队的看法是那样，跟我们的看法毫无相同之处。

甲：这样说来，那么，客观真实反映成文艺作品，就还要看作者的头脑如何来定了。假如是个正确的作家头脑，反映出来一定是客观现实的真实。假如碰到一个像汪精卫那样的糊涂脑子时，就不是真实地反映，而是弯曲现实了，是不是？

丙：一点不错。所以我们要写出真正的好文艺作品来，非正确认识现实不可。

甲：应该怎样去认识？

丙：这需要两重的努力。一面是读认识方法的科学书，一面要亲自到现实生活中去体验。这后者尤为重要。

乙：这是不是说：我们要产生抗战文艺，非到火线上去打仗不可？

丙：假如是写战斗的故事，那么上过火线的人自然比没有上过火线的人更懂得打仗是怎么一回事，但抗战文艺并不就指火线文艺。抗战是全面的，因此抗战文艺也是多样的。我们倒不必要所有的作者去写火线上打仗。我们住在后方的人，尽可以将后方的现实作为对象来写。后方的现实并不是与抗战无关。我们住在后方对后方的现实当然比较熟悉。弃了熟悉的而去写不熟悉的，结果不会好。"写你所熟悉的"，这是苏联文学顾问写给初学写作者的金言。

乙：我还有一点意见，我们也不能尽安于后方的生活，宁静的生活无论如何没有战争生活的丰富，所以我们应该尽可能去过战斗的生活。

丙：你的意见是对的。

✳一九四〇年✳

文艺的民族形式问题[①]

一 对于民族形式问题的基本理解

  文艺的民族形式问题,决不是一种纸上空谈,它是抗战以来的文艺活动中特别是创作实践中所引起的最迫切而且最实际的问题。它不仅是创作方法上的问题,而且是文艺政策上、文艺路线上的问题;不仅是通俗化大众化的问题,而且是提高中国文艺水准的问题;不仅是利用旧形式或创造新形式的问题,而且是清算并承继民族文艺的优良传统,发扬并光大之的一种继往开来的责任问题。问题是如此地迫切而又重要。作家要想从他的创作活动上向前跃进一步,就必须睁开他智慧的双眼来注视并动手解决这问题;实际上,也只有通过全国文艺家的共同努力,才能使这问题得到认真的正确的解答。

  问题的性质和意义既然弄清楚了,那么,第二步的工作,就应该替"文艺的民族形式"这一命题试下一个确切的定义。但这是非常困难的,因为民族形式的文艺,是意味着一种新生的尚待创造的东西,而不是一种既成的事物,尤其此新生事物的具体形态和特征,还是一个须待展开讨论的课题。但为了讨论进行的便利,是不妨提出个人的意见的。那么,什么是文艺的民族形式呢?据我的解释:一个民族有一个民族自己的生活,有他自己的生活传统和生活方式,因之形成这个民族所特有的风格和气派;表现在文艺上,便需要通过一种能够适合此民族风格和民族气派的特定的

  [①] 本篇发表于1940年《文艺月报》第1卷第5期,署名光未然。曾收入《张光年文集》(第三卷)。

手法和样式，以构成一种特有的，足以表现其民族生活特色的，为自己民族的绝大多数所喜爱的文艺形式，即文艺的民族形式。

这里，跟着需要阐明的，就是在民族形式这一命题上所引起的几种极足以引起误会的论点——

第一，是内容和形式的问题。有人说：为什么是民族形式呢，恐怕还是民族内容的问题吧？那么，什么是内容呢？内容是较为抽象的，它必须通过具体物——形式，才能被传达出来。内容固然决定形式，而形式也能对内容起着反作用。因此，"什么内容要求什么形式，形式和内容统一"。在今天，首先是民族生活有了急剧的改变，因之民族内容也更为丰富而多样，旧的传统的文艺形式（包括五四以来的新传统），已经无法适应此种新内容，在文艺活动上特别是在创作上，形式对于内容之反作用的局限性，日益明显。那么，要想推动文艺活动的向前跃进，当民族内容的问题已经渐次获得解决的时候，问题的中心还存在于什么地方，不是非常明显的事吗？尤其抗战以来，文艺活动的中心，由都市移向乡村，由知识分子移向大众，那些在内容上已经毫无问题了的作品，一到大众面前，马上就发生了问题，问题是什么，问题在哪里，不也是非常清楚的吗？因此，不只要求民族内容，而且要求能够适应内容的民族形式。事实上，离开了民族形式是无法把民族内容表现得淋漓尽致的。仅只是民族内容，随随便便地配上一种形式，那是张冠李戴，不会合适的。

第二，是形式和风格的问题。有人说：为什么是民族形式的问题，为什么不干脆地是民族风格的问题呢？是的，民族形式的创造，最后还是为了表现出一种民族风格来。但风格是一种尤其抽象的东西，风格，必须通过内容和形式二者之矛盾的统一过程，才能被看得出来。很明显地，风格并不等于形式，它更不能代替形式。事实上，民族风格必须通过民族形式，才能得到完美的表现，用非民族的形式来表现民族风格，只是一个卖力不讨好的工作。

第三，是民族性和国际性的问题。有人说：艺术是国际性的，是属于全人类的，只要它的内容立脚于人类的现实（在这里是中国的现实），何必一定要强调什么民族形式呢？是的，但是忘掉了最重要的一点，就是，中国现实的内容要求一种适合于表达此中国内容的民族形式。这在前面已经说过了。至于艺术（无论它的内容或它的形式）的国际性，只是意味着它的相对的统一，不是绝对的统一。相反地，只有尽量发扬各个民族的特色——内容的多样，形式的多样，风格的多样，才能使国际艺术的总体丰富起来。失掉了文艺的民族性，忽略了文艺的民族形式的作品，首先便在自己民族中间立不住脚，还谈得到对于国际艺术的贡献吗？因此，愈是强调艺术的国际性，愈是应该发扬民族性。在各个民族特色的发扬与相互渗透过程中，才能创造统一的国际性的艺术。

第四，是大众化和艺术性的问题。有人说：民族形式过分强调文艺的通俗性，是否会同时失掉它的艺术性呢？必须认识清楚："真正健全的大众化的东西，并不是会降低艺术性，反而是民族艺术的提高。"由于民族文艺的大众化，由于文艺活动根植于大众生活的坚实基础之中，它便可能而且必然地随时在大众生活中间汲取着丰富而健康的营养，它就会比什么都更好地根治文艺的贫血症。同时，对于"大众化"这三个字，也必须加以辩证地了解。大众是活的，是多样的：有农民大众，有工人大众，有士兵大众，有妇女大众，有小市民大众，文艺大众化的具体形态，就要通过这些大众的阶级性，生活上和教育程度上的特殊性，而显现出来。这就是"同一内容在不同的客观条件或不同的对象前面，可以采取不同的形式"的原理。但这种说法丝毫不能给那些"两条线平行发展"的论调以辩护，那些人主张"高级的文艺形态"和"低级的文艺形态"可以是各不相涉的两条线的平行发展，而把"低级的"放在被轻视的从属的角落里。不！一点都不是这样！我们所说的民族形式通过大众化具体形态的不同运用，是意味着各级文艺形态的互相充实，互相影响，互相沟通，互相交流，尤其要认清的是："低级的文艺是高级的文艺发展的基础；抗战中的文艺要利用低级的文艺形式，但也不要为低级的东西所同化，而要把它提高。"

第五，是文艺的传统的问题。有人说：民族形式就民族形式好了，抓紧现实生活，把握现实主义的创作方法就够了，何必说什么文艺传统或传统文艺呢？这不是开倒车吗？不！一点也不是开倒车！首先问，什么是现实生活呢？现实是从过去发展而来，还要向未来发展而去。"抽刀断水水更流"，没有人能够割断现实之流而把现实孤立起来研究的；否则，便是伪现实。如果站在发展的观点看现实生活，这就必须触及到一个生活传统的问题。主要的是生活的发展推动文艺的发展，所以在文艺创作上就必须触及到文艺传统的问题。现实主义不教我们忽视过去，轻视未来。谁是一个现实主义者，谁就应当把承继民族文艺传统的继往开来的责任担在自己的肩上。

这里还有一个问题：什么是我们民族的文艺传统呢？这不但包括五千年来一直发展下来的旧文艺，而且包括和这些旧文艺有着血缘关系的现存的民间旧形式，也包括着虽然还未在民间植下坚实的基础，然而也会在民族生活上起着推动作用，逐渐把自己的影响扩大于民间，并直接和民族旧文艺发生矛盾（虽然还没有解决这矛盾）、否定（虽然还不曾彻底地否定它）的五四以来的新文艺。关于这问题，以后还要详细谈到的。

第六，是旧形式问题。文艺界对于这一问题的认识特别显得意见分歧：有人认为旧形式都是死去了的形式，或者一口咬定它是封建的毒素，因此引申出一个结论，说创造民族形式与旧形式无关，说研究旧形式便是开倒车。有人以为民族形式便是旧形式，自己认错了娘家，反而胀红了脖子骂别人大逆不道。又有把旧形式和民间形式劈开成两个截然不同的范畴，而把文艺形式机械地分成三类：第一类，旧形式；第二类，欧化形式；第三类，民间形式；说，第三类就是民族形式，别的都要不得。还有人把形式二字过分狭义地解释，认为旧形式便是旧体裁，等于衣服、房屋、茶壶、酒瓶之类，只要把东西（内容）"装"进去就得了。应该声明，这些意见，都是万万不能同意的！因为它们都是由于认不清旧形式的特质，分不清民族形式和旧形式之间的正确关系，不能站在正确的观点理解旧形式，便自然地导出错误的结论来。

第七，是"旧瓶装新酒"的问题。刚才说过，把内容和形式的关系，理解成酒和装酒的瓶子的关系，已经是一种非常不妥当的看法。但还有一派"辩证"的"旧瓶新酒"论者，会站在"变革"的观点来看酒和酒瓶子，他们说："'旧瓶装新酒'的变革意义，第一在于将新的内容尽可能地装进或增入旧形式中，加重二者的矛盾，以促进内容决定形式的过程；第二在于由旧形式的运用以达到创新形式的目的，根据形式发展的固有法则，而争取新形式的建立。"（向林冰：《民间形式的运用与民族形式的创造》，见《中苏文化》第六卷第一期）这种说法，似乎准备把"旧瓶新酒"的命题来代替"民族形式"的命题，至少是准备把前者当做达到后者的过渡的阶段。这种说法,是极容易引起误会的。第一是对于形式(旧瓶)的狭义的看法,非常欠妥。譬如说:"所谓'旧瓶',乃是由大众语汇所组成的民间文体。"(同上)其实"文体"或"体裁"不过是构成形式的诸要素之一,其本身绝不能等于形式。第二,"装进或增入"总似乎不像诚意地解决问题的办法。第三,既然酒和酒瓶子之间也都能"变革",能"矛盾",能"发展",能显明地起着"对立物的统一"的作用,那就已经不是我们认识中存在的酒和酒瓶子了。

第八,是民族形式的实际应用的问题。一般谈到民族形式,都以为仅只是创作上的问题,与创作以外的问题无关。实际上,民族形式的应用,是贯穿着文艺活动的整个过程的。最主要的固然是作家通过创作过程而写出的作品,但是,从作品的写出到群众的接受,这中间还有一段相当遥远的道路。这条道路,也是需要用民族形式的武器来打通。因此在诗歌上,就不仅是创作形式的问题,还有朗诵乃至版本形式的问题;在戏剧上,就不仅是剧曲形式的问题,还有演出乃至舞台形式的问题;在音乐上,就不仅是乐曲形式的问题,还有歌唱乃至演奏形式的问题……能这样精密地理解民族形式的效用,这样实际地扩大民族形式的应用范围,才能更好地完成它。

我所以不惮其烦地一一举出那些令人目迷五色,听来头头是道,而其实则足以混淆大家对于民族形式的正确认识的各种偏倚的观点,为的是从那些纷乱的论争中清理出一条头绪来,以便于我们作更进一步的探讨。

必须首先把握住文艺的民族形式的真实意义,它的具体性质,和它的中心任务之所在,然后我们才不会为那些万花缭乱的论点所转移。这里,我愿意引用一段意味深远的话,作为本章的结束:

"在民族解放战争更艰苦地进行着的现阶段,文学的任务必然地要加重加深,她不仅要号召着组织着更广大的人民起来为最后的胜利而斗争,而且要在工农士兵的群中养育出多量的有才能的作家,创造优秀的作品,使中国的文学发展到更高的境地。那么,在今日特别提出或是说强调这个'民族形式'的问题,是意味着给那些迷恋着欧化而忘却自己民族胃口的先生们以警告,给那些困惑于知识分子的兴味里不敢向群众的行列中迈进一步的以醒惕,给那些在'大众化'的道路上摸索着的以指标,同时也意味着给那些被'旧形式'所俘虏了的以拯救,以掀起文坛上的新风气,加速完成'中国作风与中国气派'的任务,也就是实践大众化更深入的任务。"(力扬:《关于诗的民族形式》,见《文学月报》第三期)

二 对于中国文艺传统的基本理解

为了承继并发扬民族文艺的优良传统,为了找出传统文艺的发展规律,以便于加速完成民族形式的新课题,我们就必须对于自己民族的文艺传统和传统文艺先有正确的认识,并根据这种基本认识去进行清算、批判、扬弃、继承的工作。很明显地,我们的态度和"国粹主义者"在本质上没有丝毫共同之点。

中国的传统旧文艺,是沿着怎样的道路发展下来的呢?

首先是中国社会经济的发展推动着中国文艺的发展,而由于社会经济发展的特殊性,决定着传统文艺和传统文艺形式发展的特殊性。因此,当由氏族制度到奴隶制,由奴隶制到规模具备的封建制度的这样一个古代社会的转型期——周代社会,代表这样一个转型期的意识形态的文艺作品《诗经》,便不得不包含着浓厚的神权思想、奴隶观念。一方面是统治者的祖先崇拜,夸大武功,和忠孝节义的思想,由这样的内容产生出"雅"和"颂"的文艺形式;一方面是被统治者的哀告、抱怨、讽刺,以及在封建思想尚未能深入大众以前的那些自由生长的热情奔放的恋情,由这样的内容产生出"南"和"风"的文艺形式。同时由于生产关系的单纯,语言文字及音乐方面未能得到丰富的发展,便自然地形成四言诗(主要的是四言诗)的体裁,和那种利用"双声""叠韵"的熟语的手法和样式,来进行其"以少总多"的形象化。屈原的时代,商业资本已逐渐抬头,语言也随着生活丰富起来。而屈原以一个没落的贵族,具备高度的文化教养,被放之后,徘徊于南郢之邑,沅湘之间,汲取了地方民间文学的丰富营养,创造了热情奔放、气象瑰奇的足以代表南方民族特色的新形式。实际上,屈原是第一个有意识地运用民间形式而获得伟大成功的作家。楚辞的文艺形式,也正是在这样的意义下,把自己的影响遗留给后代。秦汉以后,中国社会经济上,包含着这样一个矛盾,一方面是手工业生产方法的进步,商业资本的发展,动摇了旧的封建组织的基础(特别是表现在农村经济的破产上），这样就使社会生活日益丰富而多变，促使文艺形式向着更高的阶段发展；一方面是发展了的商业资本，因为技术的及市场的限制，未能突破旧的生产组织，进行大规模的扩大再生产，反而以土地资本和高利贷资本的形式，使自己转化为封建地主。由此，商业资本转而和封建组织勾结起来，进行稳定封建统治的工作。这样就约束了社会生活的变革，特别限制了新的文艺形式的发展。但幸而是历代帝王的疆土扩展，还有外来民族的拓土中原，促使汉民族与外来民族之间的文化生活的交流，这就给中国传统文艺的发展上注入了新的契机。正是在这样的基础之上，在汉代，一方面有纯粹贵族的"受命于诗人，拓宇于楚辞"（《文心雕龙》语）的"赋"，一方面有受西域音乐的影响，以新的姿态出现的民间形式，成为文人所采用所发展了的"五言诗"和"杂言诗"的"乐府"。在唐代，一方面有华而无实的，作为仕途进身之阶的"骈赋"和"律赋"；有表面上是接近口语的"文学革命"，有实际上仍是复古的韩愈的散文；一方面也有来自民间，为士大夫所利用所发展了的"七言绝句"和"乐府歌诗"。在宋代，一方面有因袭前朝的"七言律绝"，一方面也有从民歌和西域乐曲转化的生动活泼的"词"，还有纯粹民间口头文学的"话本"。在元代，因为统治者是文化落后的民族，无法欣赏古典文学，而在这样一个大的动乱的社会里，要求着尤其新鲜活泼的文艺形式。这是一个民间文学抬头的时代，元代的"散曲"和"杂剧"便应运而生。明清两代的正统文学，黯无光彩，这是一个复古的独断的时代，长时期的文字狱，吸干了天才的血。但是苦闷的抑郁的感情，还是需要在文艺上得到发泄。这样，一些有名无名的文艺家、大才子、小才子，都设法在民间文艺中汲取养料，终于创造出了新的"散曲""传奇""章回小说""评话"等新鲜的形式，还有"宝卷""弹词""大鼓""子弟书""地方戏"等野生的民间形式。这些东西，到现在还在大众中间保留它们的优势。直到鸦片战争后，卷来西欧资本主义的暴风雨，摧毁了古旧的封建城垣，中华民族的文艺传统，也随之展开了异样的、崭新的一页。

在上面这段极其简略的叙述里，可以看到在中国社会经济条件的制约下，民族文艺传统是在怎样艰苦的道路上发展着。

同时，民族文艺传统的发展过程中，有两个特点是值得我们注意并值得在我们创造新的民族形式的实践中引作参考的：

首先是民间形式的问题。翻开数千年来中国文艺传统的流水账，几乎没有一个时期不是贵族文学和民间文学的对抗。贵族文学凭借封建统治的后台老板而在上层社会占着优势，并对民间文学施展压力，目之为"郑声"，为"淫哇"，为"不足登大雅之堂"。而民间文学则凭借其为民间所熟悉的内容，所爱好的形式，在广大的民众中间以朗诵，以歌唱，以表演，以口头文学的方式，顽强地保持其地盘。并且，二者之间的联系，也不是可以截然划分开的。贵族文学常常在民间形式的源泉中汲取它的营养，而民间形式也一样地常常从贵族文学的技巧上语法上接受一些影响，糟糕的是，常常把一些坏的影响也接受过来。虽然如此，它们两向发展的主线还是非常明朗的。至于民间形式和贵族形式二者的斗争是沿着如下的过程进行着的：首先是民间形式的自由活泼的发展，跟着为统治阶级所利用，使其本身逐渐蜕化为贵族形式，而与民间形式相对抗；这时民间又有了新的，按照原来的一条线发展下来的，但却多少受了贵族形式的若干影响的另一种民间形式，起来和贵族形式对抗着。旧的贵族形式逐渐衰落了，统治阶级又把这新的民间形式偷过来，在自己传统的基础之上加以改造，而使其蜕变为新的贵族形式。于是新的民间形式又在自己传统的基础之上和新的贵族形式的若干影响之下滋生，又被压抑、发展、利用，再蜕变为"新贵"，又与以后起来的民间形式对立……如是几千年的发展下来——这是民间形式和贵族形式的辩证法。

其次是外来影响问题。任何一个民族，总是在社会生活急剧转变，特别与别的民族的文化生活发生接触的时候，能够更好地抵起文艺的狂澜。中国文艺传统中的外来影响，从汉时才算正式开始。汉代的乐府歌辞，已经很浓厚地接受着外来民族文艺的影响。到了隋唐之间，通达西域的阳关大道，已经洞开，西方文化的浪潮，卷入中原，在当时社会生活上，引起一种激变。元稹《法曲》记载当时的情形："自从胡骑起烟尘，毛毳腥膻满咸洛，女为胡妇学胡妆，伎进胡音务胡乐……胡音胡骑与胡妆，五十年来竞纷泊。"外来影响的盛况，由此可见。这种影响，在唐代音乐形式和诗歌形式的发展上起着决定的作用。比这更重要的是印度佛教的输入，和佛经文学的兴起，在它的直接间接的影响之下，产生了"变文""评话"

"诸宫调""宝卷""弹词"等崭新的文艺形式,以及由宋明理学引入的新语汇和新语法(明白如话的"语录体"),并替中国文艺的创作上带来大批取之不尽、用之不竭的新题材。至于五四前后西欧资本主义国家的外来影响,在中国文艺传统上所引起的巨大反应,那更是尽人熟知,无待赘述的了。

文艺传统上的外来民族文艺形式和汉民族文艺形式的矛盾的统一过程,是从对抗到吸收到融化,到再对抗,再吸收,再融化,到再再……如是不已。但这里面还包含着一个较为复杂的过程,就是当外来民族影响传入中国的时候,最先是被统治阶级的好奇心吸收到贵族文艺形式中,再次传布其影响于民间形式中。这以后就是首先被民间形式所吸收(主要的是因为民间形式的生动活泼,便于大度包容),再次传布其影响于贵族形式中。这以后就是通过前述的民间形式和贵族形式的辩证过程,而进行互相再汲取,互相再消溶的工作——这是中国文艺传统中的民族形式和外来形式的辩证法。

这就是我所要补充说明的中国文艺传统的发展上的两个特点。

这两个特点,可以帮助我们正确认识中国文艺传统和传统文艺,并帮助我们对于目前民族文艺形式中的民间形式问题和外来影响问题的处理上,得到合适的理解,而不至于混乱。

同时,在这里也可以正确地估计到五四以来的新文艺在中国文艺传统中的地位和作用。

五四以来的新文艺,是中国文艺传统发展道路上的再一次的,比以往规模都更大,意义都更大的接受外来影响的工作。五四以来的新文学和旧文艺,是否绝对地对立着呢?是否完全不相衔接的呢?不然,我们只要看一看五四新文学运动的初期,不但新诗还保留着旧形式的规律性,而小说如五四初期的作者杨振声、汪敬熙、俞平伯、叶绍钧等,都还或多或少地保存着旧小说的写法与情调,但是愈到后来,接受外来影响愈大,因此,也就逐渐地割断了仅仅保留着的一点痕迹了(罗荪:《谈文学的民族形式》,《读书月报》第二卷第二期)。这当然不是说不该愈大愈多地接受外来影响,而是说接受过来以后,还得消化,还得和自己民族的文艺传统衔接起来,就是说,要站在自己传统的基础之上来接受外来影响,用外来的营养来加速自己传统的发展过程。正因为新文学运动有这样一个基本的缺憾，因此"新文学还没有足够的力量代替旧文学的传统的势力，还没有伟大的成就可以动摇植根在数千年来老百姓所生活着的、熟习着的传统的作物，也就是说新文学还没有能够在广大人民的基础上建立起它发展的地位（同上）。"这里说明了五四以来的新文学运动，还没有完成它自己的任务，也就道出了为什么在今天还要强调地提出"民族形式"的课题。但是，虽然本身包含着许多缺点的五四以来的新文艺运动，因为它毕竟吸收了较多的健康的外来影响，给新的民族文艺打下了发展的基础，而且贯穿这一运动的主线毕竟是正确的，因此在中国社会变革中起过光辉的作用，特别是抗战前后扩大而深入的文艺运动，使文艺和大众的战斗生活渐次发生联系：这些都促使五四以来的新文艺运动，足以当之无愧地置身民族文艺传统的重要的一环中。这点，也是应该特别提起注意的。

总结本章的叙述，就可以说出我个人对于中国文艺传统和传统文艺的最基本的认识：

一、中华民族有着丰富而悠久的文艺传统，这种传统不容我们无原则地加以抹杀；相反地，发扬光大自己民族的传统，才是我们的责任。

二、因为中国社会经济发展的特殊性，形成民族传统文艺发展的落后性；但是这种落后形式的特殊发展，却正构成了民族传统文艺的特色。

三、传统文艺和封建意识的结合，开始曾在社会结构中起过组织的作用，其后便变成一种桎梏；传统文艺有封建性的一面，也有反封建的一面，我们应该发展的是后者，不是前者。

四、自始至终，民间文学总是在文艺传统中起着主导的作用，它是取之不尽、用之不竭的文艺的源泉。

五、外来民族文化的影响，在中国文艺传统的发展上，起着绝大的作用，今后这种外来的营养，还要使之更加丰富，但必须站在自己传统的基础上来进行。

六、五四以来的新文艺传统，虽然其基本任务尚未完成，但就其意义、作用和影响看来，仍然是中国文艺传统中最重要的一环。

七、今后民族优良传统的发扬，将要而且必须在"民族形式"的新课题下向前进行。

三 对于文艺旧形式的基本理解

根据对于民族文艺的理解,我们再回头来看文艺旧形式问题。

在第一章里面曾经谈到过,目前对于旧形式问题的论争,颇显得意见分歧。为什么有那些听来头头是道而其实则极足以引起混淆的论点呢?我想是因为对于旧形式的基本内容和它的具体特征还没有得到正确的了解,从而离开了旧形式来谈旧形式的原故。那么,旧形式究竟是怎样的一个东西?它包含着一些什么具体的特征呢?

我以为,在民族形式的课题下意味着的文艺旧形式,是指数千年来一条主线发展下来的,民族文艺传统的全部成果;特别是一直和大众的呼吸合拍的,一直在文艺传统中起着主导作用的,通过前述的辩证的过程而发展下来的,至今还在大众中间生长着发展着的,较为新鲜活泼,而且复杂多样的,民间形式的文艺作品。

这样说的意义何在呢?第一,它否定了以为旧形式就是庙堂古典文学的说法;第二,它否定了以为旧形式就是民歌、小调、大鼓之类的简单形式的说法;第三,它否定了把现存民间形式孤立起来研究的观点;第四,它否定了把民间形式和贵族形式机械地划分成两个截然无关的范畴的观点;第五,它否定了把贵族形式看做纯粹反动的东西而没有丝毫可取之处的说法;第六,它否定了那种分不出主导和从属,以为贵族形式和民间形式是两条线平行发展的看法;第七,它最终解决了什么是民族形式的"中心泉源"的问题。

什么是论争中的民族形式的"中心泉源"呢?所谓"中心泉源",是意味着一种值得大量汲取的,而且取之不尽、用之不竭的,可当做丰富的营养要素的文艺的宝藏。既是这样,我们的民族形式的"中心泉源"就既不在于外来的影响,因为事物的变革,决定于其内在的矛盾,外在的作用只是帮它加速完成其内在矛盾的发展;也不在于现实主义的技巧和创作方法,正如我们身体营养的"中心泉源"不在于烹调术一样;也不能只在于现存的民间形式,因为现存的民间形式和以往的民间传统有着直接的血缘关系,而且和自来的贵族传统还有着间接的血缘关系。此外,现存的民间形式还有其现实的生活基础，民间形式固然随着民间生活的发展还在继续地生长着发展着，但是它已经远远落后于现实生活——特别是目前抗战中的民众现实生活的急剧发展了。

我们的民族形式的"中心泉源"，是经过清算经过批判以后的民族文艺优良传统的全部，包括各式各样的旧形式，和旧形式的各式各样的独特的要素，和五四以来的新形式的发展的要素，加上此刻还未被民间旧形式所包纳的，然而已经在大众中间创造着运用着的，表现新事物新感情的生动活泼的语法和样式。除此以外，再没有别的什么。

我们为什么不说民族形式的"中心泉源"简直就是目前的现实生活呢？因为现实生活和文艺究竟不是同一物，从现实生活中可以创造出各式各样的形式，然而却不一定是大众喜见乐闻的形式。大众有自己喜爱的，并经过穷年累月的集体才智创造发展出来的表现生活的形式，我们为什么不拿来作为我们的大众化的民族形式的发展基础呢？同时，现实生活不是从天上掉下来的，它也有它自己的生活传统，我们的旧形式正是通过这两个传统（生活传统、文艺传统）辩证发展的结晶品，因此：它一方面有着传统生活的意义，同时也有着现实生活的意义。"以'旧形式是封建的东西'为理由，拒绝它的运用的人，我们是要反对的，因为这是向十几年前的五四文艺运动初期开倒车。"（艾思奇：《旧形式运用的基本原则》，见《文艺战线》）

这样的问题弄清楚了，我们才好更进一步地考察旧形式的具体特征，旧形式具备些什么要素，哪些是好的，哪些是不好的，哪些是要抛弃的，哪些是要发扬的。以下就它们的内容、题材、体裁、语言、结构、叙述法、描写法、韵律各方面，略抒所见。笔者对此问题缺少深刻的钻研，难免说外行话，加以篇幅和时间的限制，也只能就随时想到的，作极不完全的叙述，详细的讨论，要等到另外的机会了。

一、内容方面。旧形式文艺内容的封建性，已经被理论家说烂了的，此处不想重复。这里只想指出两点：第一，在内容方面，旧形式有其封建性的一面，也有其反封建的一面，这由于中国封建社会发展的本身包含着这样一个矛盾，便自然地反映到文艺上来。最显明的是《诗经》里面的人民性和汉唐诗歌里面所表现的反战思想。不过历代自发性的农民暴动和农民革命，其本身缺乏组织性，未被很好地反映到文艺上来，加之封建统治的文字狱的残酷，便大大地限制了内容的健康性和主题的积极性。这就决定了我们对于旧形式文艺的内容的处理态度，是要应用蒸馏的消毒的过程，将其封建的细菌消灭干净，抛弃其萎靡淫弱的一面，而发扬其野生的健康的一面。第二，旧的内容并非全然要不得的东西。在今天，封建的意识形态还顽固地粘附于人民大众的脑筋，形成社会变革的障碍，我们也得要考虑到利用某些封建意识形态的外衣，而赋以新的意义，以进行"以子之矛，攻子之盾"的工作。

二、题材方面。在这方面的旧形式的特征，表现于题材特别是故事题材的因袭性。固然每一个时期的旧文艺，也常常在当时的现实生活中抓取题材，但总是以因袭以往的故事传说者为多，特别在小说和戏曲方面。前些年郑振铎曾在《小说月报》上发表过《三国志的演化》《水浒传说的演化》等文，说明这两部的故事题材的发展过程，是可资参考的。至于戏曲方面，如《西厢》的故事先见于唐人小说的《西厢会真记》，继见于宋周密《武林旧事》所载"官本杂剧段数"中之《莺莺六幺》，然后有金董解元的《诸宫调西厢》，然后有元王实甫《崔莺莺待月西厢记》，有关汉卿的《续西厢》。与此同时期的元代"南戏"剧目之见于记载者，如《永乐大典》本《宦门子弟错立身》戏文中提到的《张珙西厢记》，如《永乐大典》中所收辑的《崔莺莺西厢记》，如明徐渭《南词叙录》中所著录的《莺莺西厢记》，如明沈璟《南九宫十三调曲谱》中所引用的《崔莺莺西厢记》。而此项题材至今在京剧和地方戏中还继续采用着发展着。此外如蔡中郎的故事，孟姜女的故事，伍子胥的故事，关大王的故事，李逵的故事，党人碑的故事，岳飞的故事，乐昌公主的故事，王祥卧冰的故事……都是历代戏剧中欢喜采用的题材。不过这里应该说明两点。第一，引用前代的故事，多含着"陈古以刺今"的意义，因此并不完全忠实于历史的真实；第二，虽然是同一的故事题材，在历代作者特别是民间的集体才智的努力之下，总是逐渐加花添草，越到后来越丰富。表面上是因袭，实际上并不是因袭。这就给我们创造"民族形式"的一个很好的参考，我们应该酌量采用那些千百年发展下来，至今还在民间流行着的历史题材、民间传说，加以新的处理，赋以新的生命。

三、体裁方面。旧形式的体裁是丰富而多样的。几千年来，它们的花样时时在翻新，时时以新的花样否定旧的花样。旧形式花样的变革翻新，是不是毫无道理的自由发展呢？不是的，有原因的。第一是生活的发展和文艺工具（语言、文字、音乐）的发展，引起体裁的变革。《艺苑卮言》说："三百篇亡，而后有骚赋；骚赋难入乐，而后有古乐府；古乐府不入俗，而后以唐绝句为乐府；绝句少宛转，而后有词；词不谐北耳而后有北曲，北曲不谐南耳而后有南曲。"这样的说法虽不完全，但有相当理由的。第二是外来影响引起体裁的翻新。如佛教和佛经文学输入后，引起文艺形式的变革，生长了大批的新体裁，一直发展到现在。这点在前章已经叙说过了。第三是文艺活动的实践创造了新体裁。北平孙楷第论通俗小说之源流曰："若乃通俗小说，远出唐代之俗讲，近出宋人之说话。其初不过僧俗演说，附会佛经及世间故事，写梵呗之音以及俗部新声，卖券喻众，有类俳优。虽有话本传录，其意义即不同于文人著作，其不足为当时人所重视也宜矣。然宋元书会中人，本长词翰，瓦舍技艺，亦尽有魁杰，且其曲喻近指，谈笑微中，固已有当于学士之心。遂有好事之人，为之润色增益，去其反复咏叹之音，而博之以趣味，裁之以篇章，别行刊市，即为通俗小说之滥觞矣。"（见陈如衡《说书小史》所引）其实近代的剧曲、弹词、大鼓、子弟书，莫不都是由文艺的实际活动中所创造出的新体裁。这就给我们现在处理旧形式问题作一个很好的参考。不要认为旧形式是一成不变的东西，不要怕"拆散"了旧形式，不要怕外来影响妨碍了旧形式。而更重要的，是在旧形式的利用中，在文艺大众化工作的实践中，孕育出大量的足以代替旧形式的新体裁来。

四、语言方面。包括语汇、语法和字法。中国历代的民间歌谣，总是很大胆地把日常生活的语汇包纳进去。特别是《诗经》，孔子说读诗可以"多识于鸟、兽、草、木之名"，在这方面，因古代社会视野的关系，诗人总算尽量地把当时关于自然界的语汇吸收到作品中来了，以致害得后代的考据家忙着替它作大部头的"鸟兽草木疏"。至于语法方面，诗人尽量吸收日常生活中间的成语和民间的俚语，构成了丰富而巧妙的语法。孔子说："不学诗，无以言。"可见中国古代的诗歌，一方面是从日常语言中成长起来的，一方面又起着转而丰富日常语言的妙用。这以后，历代的贵族文学，虽保持语言的因袭倾向，而同时的民间作品中，却总在不断创造着新鲜的生动的语言，及至民间文学中用得烂熟了，士大夫文人才敢稍稍引用一些到自己的作品中，并马上把它定型化起来，成为后代文人因袭的资料。

五、结构方面。旧形式在结构方面，有不同于新形式的一些习惯，这些习惯是千百年来一线发展下来的。最显明的是大鼓、弹词、评话、章回小说的开篇，往往是一些似乎与本题无关的废话。《说书小史》叙其源流曰："弹词家于弹唱正书之先，往往理弦吟唱韵文若干句，名曰开篇。其材料或取旧有之诗词，或即景生情自编韵语，或剌取报章时事为之，以娱听众。考开篇源流甚远，宋代教坊乐队，已有乐工等之致辞。小说、戏曲之有致语及楔子，亦是此意。相传罗贯中本《水浒传》，每回各以妖异语冠其首，谓之致语。宋元话本先之以闲话或诗词开场者，谓之得胜头回，亦曰入话。"为什么有"得胜头回"呢？"盖说话人于开讲之先，往往以此引人入胜；听众如未到齐，亦可借资等候，使后来者仍得了然故事之首尾。时有习用之鼓调曰得胜令者，一曰'得胜回头'，辗转而成'得胜头回'，初用于戏曲之开场，继则说话人亦用之于说书。今日各地书家，仍多师此不衰。"第二是长篇小说的篇中延宕法，即分章法。此种章回的分章法，有时并不纯按故事起讫的段落，而是在故事进行的重要关节处，突然延宕，要读者"欲知后事如何，且听下回分解"。此种章法，也是导源于宋人的说话。《说书小史》曰："至若说话人于书中重要关节，听众聚精会神之际，往往停顿其词句，宣告散场，借以延揽听众之心，俾其重临……后世长篇章回小说，每回之末，恒有'欲知后事如何，且听下回分解'……从可知章回小说导源于此矣。"第三是结尾法，各戏曲终结时有"题目""正名"以概括剧旨，如大鼓结尾的喜庆话及"这就是……到后来……"的套语，如旧小说中最常用的训诫语的结尾。这种结尾法，也是从宋人评话的题材演化而来的。第四是旧形式的首尾贯串的所谓"头路灵清"的叙述法。这种章法，在新形式里认为是拙劣的，而常常以较为经济的所谓"拦腰砍"的手法代替之，而这种手法在大众中间是很难接受的，因此，像新形式的话剧那样的写法，我们在前方乡村上演时，在幕前幕间幕后便不得不多说很多介绍剧情、结束剧情的废话，才能使观众摸得出头脑。以上所说的几点，都是旧形式章法结构上的习惯。这种习惯，由于其源远流长,已经强固地和大众的生活习惯相胶合。那么,我们的民族形式的创造,为了便于走进群众中去,恐怕还不好和旧习惯过分违拗。当然不是完全在旧习惯前低头,而是如鲁迅先生在《阿Q正传》所试用的那样,巧妙地将其运用在我们的新形式中。

六、叙述方面。关于旧形式喜用的有头有尾的叙述法,刚才已经谈过了。这里还想就旧形式特别是诗歌方面常用的比兴法,约略地谈谈。什么叫"比""兴"?钟嵘《〈诗品〉序》说:"文已尽而意有余,兴也;因物喻志,比也。"刘勰《文心雕龙》说:"故比者,附也;兴者,起也。附理者切类以指事;起情者依微以拟议。起情故'兴'体以立;附理故'比'例以全。"朱熹《集传》说:"兴者,先言他物以引起所咏之辞也。""比者,以彼物比此物也。"总之,"比"就是以比喻引申事理的论证,"兴"就是以景色唤起感情的联想。这是中国人习用的开口说话和动笔作诗的开篇的方法。

七、描写方面。这里旧形式所习用的,是种夸张的手法。旧形式里,自然不废弃那种细腻的心理描写;相反地,此种细腻的手法,也达到夸张的程度。人们都倾倒于《红楼梦》里面的心理刻画,殊不知此种手法,在弹词、大鼓里面,更被发挥到淋漓尽致。《说书小史》曰:"至若弹唱小书,全以细腻见长。《珍珠塔》中陈翠娥欲以珍珠塔持赠方卿,然不欲明言,惟以干点心讹之。说书家叙此节时,往往插入若干琐语,借以迂缓其动作,而延长说书之时间。翠娥取珍珠塔走至楼梯,欲行又止,主张不定,下楼梯数级,则又退回,旋再下楼,复又拾级而登。如此行忽降忽升,往返数回。既以塔交方卿手收,更叮嘱至再,曰此干点心也,须时时留意及之。此种叙述,足以延长三四日,听众不第不觉厌倦,反精神奋发,以时莅书场,欲穷其究竟,看陈小姐果于何日下楼也。"此种细腻描写,主要的是运用心理分析的手法,在旧剧、地方剧的表演中,也时常运用此种精彩的手法。除此以外,对于人物外貌的具体描写,总是不厌求详,把人物的面貌、服饰、行动、姿态等都一一描写出来,给读者一个明了的印象。这种手法,在新形式中也被认为拙劣,而中国的观众却要求这个。此外,就是那种过火的夸张,图式化的表现,如在旧剧里所运用的那样。这种手法,看来是非现实的。其实"中国的旧形式并不离开现实,而是反映现实的一种特殊的方式、方法,或手法。这种手法的特点在于把现实事物的重要的方面作夸张的格式化的表现，这在旧小说和旧戏剧方面都有最明显的表现。在这种意义上，我们可以说旧形式不是写实的，而是（借中国画上术语来说）写意的。它的矛盾也就包含在这里：因为它的夸张性，所以能够很强烈地反映现实，把它的要点放大，因此也就更有群众性……另一方面，是它的格式化，在戏剧上就是脸谱主义，在诗词上就是格律，这是旧形式自身的镣铐，是对于它灵活地把握现实的一个致命伤"（艾思奇：《运用旧形式的基本原则》）。这就决定了我们对于旧形式的描写手法所取的态度：不是完全否定它，而是采取并发扬其能强烈地反映现实的一面，而渐次抛弃其格式化的一面。

八、韵律方面。可分作三点来谈：一是音韵，二是节奏，三是和音乐的关系。先就第一点来看。中国旧形式的作品中，一大部分是韵文，特别是民间的作品，几乎十之八九是韵文，诗歌则全部是韵文。这种由于中国语言文字的特殊性，构成韵文在中国的特殊发展，是颇值得我们注意的。从音韵学上来研究，中国文字音前的发展也就是语音的发展曾起过几次大的变革。这种变革，贯穿着整个韵文史的发展。以诗歌而论，《诗经》《楚辞》的韵和汉魏乐府的韵不同；乐府的韵和近体诗的韵又不同；近体诗和词曲的韵也不同；词曲的韵和皮黄、大鼓的韵又不同；而皮黄、大鼓的"十三辙"也不尽同于现在流行的北方话。主要的是语言变了，文学里的语言也跟着变。如果我们现在把"明天"说做 Mong-Ting，把"英国"读做"央国"，不曰"过江"而说"过工"，如像《诗经》《楚辞》时代的念法，岂不令人笑掉牙齿？但是直到现在，一些食古不化的人还在玩着和这只有程度上的差异而没有本质上的不同的把戏。无疑地，在这方面，我们的民族新形式虽然不废弃韵文（事实上是不应该废除的），但是对于前代用韵的法规，却是断然地予以抛弃，而代之以活泼的自由的音韵。就第二点来说，旧形式的节奏的整齐，在于其平仄的调和，应该承认，这种平仄调和的规律性，是从语言的美学的深固的研究基础之上建立起来的。但是，因为语言变革了而且变革着，这种节奏还得重新来把握。就最后一点来讲，旧形式和音乐一直保持着密切的关系，在旧形式的发展中，音乐起着相当的推动作用，特别是诗歌、戏曲、大鼓、弹词之类，一直和音乐结着不解缘。因此，在今天要研究中国文艺形式发展史，如果不懂得中国音乐形式的发展史，那是无法知道文艺形式发展的全貌的。这一点，也是旧形式的特征之一。事实上证明了文艺形式和音乐的结合，在文艺形式的丰富上，在它的大众化上，都是有利而无害的。

以上，总算是非常简略地举出了旧形式在内容、题材、体裁、语言、结构、叙述、描写及韵律方面所显示的诸特征。虽然是极不完全的叙述，但却说明了一个极重要的道理，就是，旧形式虽然是产生于封建社会中的文艺的落后形态，但是此种落后形态在中国数千年来，经过了特殊的发展，仍然产生出了光辉灿烂的东西，足以部分地显示民族特色的东西，因此就不容我们再以"封建的，落后的"评语而一笔抹杀。的确，旧形式之落后形态的特殊发展，在对于旧形式的认识与理解上，是应该首先把握的极重要的一点。离开了这一点，是得不出任何公允的结论的。

另外，单就民间形式来说，它的发展形态上，还有几个特质。郑振铎在他的《中国俗文学史》上，曾经指出这些特质之所在，可以引来作我们的参考。他说："俗文学第一个特质是大众的。她是出生于民间，为民众所写作，且为民众而生存的。她是民众所嗜好，所喜悦的，她是投合于大多数的民众之口味的……她所讲的是民间的英雄，是民间少男少女的恋情，是民众所喜听的故事，是民间的大多数人的心情所寄托的。她的第二个特质是无名的集体的创作。我们不知道其作家是什么人。他们是从这一个人传到那一个人，从这一个地方传到那一个地方。有的人加进了一点，有的人润改了一点。我们永远不会知道其真正的创作者与其正确的产生的年月的……她的第三个特质是口传的。她从这个人的口里，传到那个人的口里，她不曾被写了下来。所以，她是流动性的；随时可以被修正、被改样。到了她被写下来的时候，她便成为有定形的了，便可成为被拟仿的东西了……她的第四个特质是新鲜的，但是粗鄙的。她未经过学士大夫们的手所触动，所以还保持其鲜妍的色彩，但也因为这所以还是未经雕琢的东西，相当的粗鄙俗气。有的地方写得很深刻，但有的地方便不免粗糙，甚至不堪入目……她的第五个特质是其想象力往往是很奔放的，非一般正统文学所能梦见，其作者的气魄往往是很伟大的，也非一般正统文学的作者所能比肩。但也有其种种的坏处，许多民间的习惯与传统的观念，往往是极顽强地粘附其中，任怎样也洗刮不掉。所以，有的时候，比之正统文学更要封建的，更要表示民众的保守性些……她的第六个特质是勇于引进新的东西。凡一切外来的歌调，外来的事物，外来的文体，文人学士们不敢正眼儿窥视之的，民间的作者们却往往是最早地便采用了，便容纳了它来……甚至，许多新的名辞，民间也最早地知道应用。"这里说明了民间形式是怎样的一种新鲜活泼的野生的产物。

关于旧形式的理解，已经说得很多，剩下的是在民族形式的当前课题之下，如何处理旧形式的问题了。这一点，在前面的叙述里，也零碎地写到了一些，这里只想用几句简单的话，加以总结。对于处理旧形式的第一步工作，恐怕还是发掘、清理和淘炼的工作吧。恐怕没有那样多现成的东西，可以让我们不加选择地拿来便用。事实上，那样生吞活剥地接受旧形式，只是懒婆娘的勾当。第二步，才是如何把握它和利用它的问题。这里，同意艾思奇的说法："对于旧形式要把握的是它的'合理的核心'。它的强调要点，适度夸张的手法。有许多（而且可以说是大部分）地方是可以照样保留下来作为运用的基础的。有许多却需要依据新的现实状况，用同样手法、方法创造出来，因为现实变了，旧的形式里一定找不到很多完全适合的东西。"这是专门就创作手法上讲的，此外，旧形式所包含的一些旧习惯、旧样式，以及由其本身的特殊发展所显示出来的种种形式上的特征，也得如同大家所常说的：批判地接受。在这里，就必须估计到民众现实生活中的进步，特别是在抗日战争中的民族生活的激变。如果过低地估计民众的文化接受力，以为民众还是三百年、五百年以前的民众，那就要发生非常危险的后果，总之，运用旧形式，是为了创造新形式。如果离开了创造民族形式的课题而谈利用旧形式，自然是毫无意义；而抛下了对于旧形式的广泛的发掘、精密的淘炼、批判的接受……这一连串的过程而侈谈民族形式，也是得不出任何正确的具体的结论来的。

四　怎样创造文艺的民族形式

根据对于民族文艺传统和文艺旧形式的基本理解，我们就可进一步探讨怎样创造民族形式的问题。文艺的民族形式，是一种新生的尚待创造的东西。问题的麻烦就在这里，她究竟是怎样的呢？我们今天能否猜测到她的具体的面貌呢？这当然不是一件容易事情，但也并非全然不可能的。事实上，如果根据我们对于这一课题的基本理解，而猜测一下民族形式在今后发展上的路向和轮廓，是会加强我们对于这一工作的信念和勇气。

在总的原则上，民族形式是接受了民族文艺的优良传统——包括五四以来的新传统，接受了旧形式的优良的要素和新形式的健康的要素，以及民众自身在现实生活中表现新事物新感情的方式，适当地融合了外来影响中的新鲜的要素，运用现实主义的创作方法和正确的世界观的有力的武器，而创造出的一种足以表现中国作风和中国气派的，为大众所喜见乐闻的，新鲜活泼的文艺形式。这样的东西，拿到大众面前去，是大众自己的，而又不是他自己原来的东西；拿到国际上去，是中国民族的，但又是国际的，和国际艺术比肩而无愧。这就一方面具备了通俗性，一方面又具备了艺术性，一方面有了民族性，一方面也有了国际性：是的，理想中所企图达到的民族形式，应该就是这样的一种好东西！

要是更具体地、分门别类地来讲，那么，我们的诗歌方面，就一定是以现在的白话自由诗为基础，从大众生活中间汲取活的语言，从旧形式方面学习表现方法，从外来的影响中学习技巧。她的内容是健康的，体裁是多样的，题材是经过历代民间文学所发展了的民间传说和民间英雄的故事，和抗战建国期间的一些可歌可泣的史实。这样，叙事诗歌就一定要在今后的民族形式中占重要的地位。我们的诗歌要走到群众中间去，我们的朗诵诗歌和诗歌朗诵运动，在今后将要得到大规模的开展，而且更进一步和音乐结合起来，创造出能够和广大群众见面的新形式。实际上，它一定是大曲、诸宫调、评话、弹词、大鼓的变体。我们新形式的民族诗歌要采取旧形式的语法、章法、叙述、描写的特长；并且她是不废弃韵律的；她有她从过去"平仄律"发展出来的新的节奏，还有从民间诗歌发展出来的自由的韵脚……

在小说方面，将以五四以来的新小说的水准为基础，去掉其不适合民族趣味的部分，而从旧形式里汲取特长，融合外来影响的进步要素，而创造出新的民族形式的小说。这种新形式将是章回小说和目前新小说的变体。她的题材一定是广泛而有气魄的。她不废弃心理描写，并进一步把心理描写形象化，但更重要的则是运用那种旧形式所擅长的，把握要点而适度夸张的手法。至于抗战期间生长出来的报告文学和速写的体裁，则要加强其灵活性与艺术性，使其应用扩大于每一农场、工厂、学校、兵营中。而在旧习惯的运用与克服上，我以为像鲁迅先生的《阿Q正传》的章法及开篇，是正确地运用旧习惯的实例，我以为它已经是民族形式的雏形，而值得我们参考的。

在戏剧方面的民族形式之创造，恐怕还是沿着两条道路而前进吧。一条是话剧的路，一条是歌剧的路。先说话剧，中国旧形式中，没有创造出纯粹的话剧（有的只是特殊的例外），文明戏和流行的话剧，都是外来的东西。无论怎么说，话剧是不够民族化的。话剧的民族形式，是以话剧的既成形式为基础，在语言方面，更加大众化；在题材方面，要放大眼光，要从知识分子的趣味中解放出来；在剧本的组织和结构上，要相对顾及到中国观众的习惯，故事的脉络要清楚，重要的地方要不厌重复，有些地方，要采取旧形式的适当夸张的手法；在演出上，要从小剧院走到大剧院，从剧院走到广场，表演方面要中国化……诸如此类，大概是新的话剧的民族形式所应该具备的条件吧。至于歌剧，则和话剧不同，五四以来的新文艺，在这方面，没有什么成就。新的歌剧，将是在旧歌剧的基础之上，大量摄取民间传说和民间英雄故事以及现实生活的题材，融汇西洋歌剧的技巧，而创造出来的一种美丽的形式。在编剧的方法上，加强其艺术性和戏剧性，废弃低级的调笑，废弃形式化的片段的表演；在人物的创造上，着重典型的创造，废弃其过分的不合理的夸张，而保留其适度的夸张的手法；脸谱，一部分戏是采用的，但加以若干的改良，一部分戏则干脆废掉，而代之以适度夸张的化装；写意化的动作的取舍，也是如此；歌唱，主要的是中国唱法，但酌量采取西洋的发声法，群众的场面，应该有合唱、舞蹈，中国古代歌舞戏可采取的地方很多，但也要参照西洋的舞蹈法和舞队组织而加以改良；音乐，主要的是根据中国乐器和中国的曲调旋律，而加以新的处理，保持并发扬其原有的精神，使复杂而多变化……至于各种地方戏，常常比京剧保有更多的优良成分，她们生动活泼，勇于引进新的事物，她们一方面有很多地方，可被我们的新歌剧所吸取；另一方面，她们自身的发展前途，也是未可限量的。此外如抗战中生长起来的戏剧新形式，街头剧、活报剧之类，她们能够更生动更迅速地反映现实，今后也一定会得到很好的发展。总结以上的猜测和理解，我以为，像在《理论与实践》第三期上张庚所提出的"话剧民族化"和"旧剧现代化"的口号，在基本上是完全正确的，应该作为我们戏剧的民族形式的中心口号。

音乐方面的民族形式之创造，就歌曲创作方面说，在今天已经看到了较好的成绩。这因为近年来的音乐运动，一直注意着民族化、大众化的工作，特别是抗战中扩大而深入的歌咏运动，使音乐更进一步和民众的战斗生活结合起来，使音乐成为大众生活中不可缺少的食粮。我们的作曲家，从民歌和剧曲的泉源中汲取养料，用新的手法根据大众的旋律，而加以发展，于是有了面貌上近似民歌，而实际上和民歌不同的新鲜、健康的民族化的歌曲。但是，音乐上的民族形式的创造，还只是一个开端。她还得继续不断地努力，通过民间音乐的发掘工作，通过古代乐曲的研究工作，通过旧歌剧的研究工作，通过中国乐器和中国乐制的研究工作，而使此项任务达于完成。在乐器上，必须根据中国乐器而加以改良，使其能发出正确的协和的音，适当地引用西洋乐器，使其音色能和中国乐器相融洽。这样，生产工具改革了，自然会引起生产品质的提高。

对于文艺民族形式的发展前途的预测，就在此停住吧。道路是遥远的，且决定于我们主观的努力。主客观条件的转变，都会影响到未来的民族形式的面目。那么，上面的一些揣测的话，谁又能担保其没有重大的讹误呢？

在这篇文章结束的时候，还有几句话要说的，就是，要想创造民族形式的任务早日完成，就必须扩大与加强我们当前的文艺活动；而文艺活动在群众中间的具体实践，也必须通过民族形式的方式。中国文艺形式发展的历史告诉我们，一些新鲜活泼，中国作风中国气派的东西，都不是在书斋中创造出来的，而是在群众生活中和群众工作中创造出来的。那么，我们在今后的文艺活动实践中，也许会创造出在于现在文艺分类之外的新形式；也许会创造出又是诗歌，又是小说，又是戏剧，又是音乐的，包纳一切艺术部门的特质的新形式；也许会创造出一些意想不到的，光辉灿烂的新成果，而整个的民族文艺传统为之改观！是的，我们应当这样做……

美丽的远景在向我们召唤！中国的文艺工作者！赶上前去！

1940年4月20日—26日夜

鲁迅与中国文学遗产[1]

上　鲁迅对于传统文学的见解

鲁迅，是第一个否定了传统文化的存在的人，也是第一个认识了传统文化的意义的人。

反复古，反独断，反闭关自守，反国粹主义，贯彻了他早年的不屈不挠的斗争过程。之后，把他这一韧性的战斗转化为或者说具现为对于世界进步文化的介绍，对于传统文化的批判和对于中国文学遗产的整理这些艰苦的严肃的工作上。

鲁迅的反国粹主义的斗争，是最坚决而且最彻底的，远在一九一八年，遗老遗少们企图以"保存国粹"的口号，筑成一道城垣，用来抵御新文化的进攻的时候，鲁迅便以战士的姿态，提出了严厉的质问：

倘说：中国的国粹，特别而且好；又何以现在糟到如此情形，新派摇头，旧派也叹气。

倘说：这便是不能保存国粹的缘故，开了海禁的缘故，所以必须保存，但海禁未开以前，全国都是"国粹"，理应好了；何以春秋战国五胡十六国闹个不休，古人也都叹气。

倘说：这是不学成汤文武周公的缘故；何以真正成汤文武周公时代，也先有桀纣暴虐，后有殷顽作乱；后来仍旧弄出春秋战国五胡十

---

[1] 本篇发表于1940年《文学月报》（重庆）第2卷第3期，署名光未然。未曾收入自编作品集和文集。原文中引用的鲁迅文章内容有少许错字、漏字，编者在不影响原意的基础上对该文中的鲁迅作品进行了校正。

六国闹个不休,古人也都叹气。(《热风》)

因此他主张:"想在现今的世界上,协同生长,挣一地位,即须有相当进步的知识,道德,品格,思想,才能站得住脚。"(《热风》)

对于另一种面貌的国粹主义者,他们是当时的维新派,主张"中学为体,西学为用",即企图以新文化的形式来保存旧文化的内容的人,鲁迅也同时不客气地揭发他们:

他们的称号虽然新了,我们的意见却照旧。因为"西哲"的本领虽然要学,"子曰诗云"也更要昌明。换几句话,便是学了外国本领,保存中国旧习。本领要新,思想要旧。要新本领旧思想的新人物,驮了旧本领旧思想的旧人物,请他发挥多年经验的老本领。(《热风》)

正如大家所知道的,鲁迅早年战斗意识的出发点,是他的生物进化论的观点。从这种观点出发,便是旧的应该死去,新的应该成长,这便是进化过程中的"新陈代谢"。他说:

我想种族的延长,——便是生命的连续,——的确是生物界事业里的一大部分。何以要延长呢?不消说是想进化了。但进化的途中总须新陈代谢。所以新的应该欢天喜地的向前走去,这便是壮;旧的也应该欢天喜地的向前走去,这便是死;各各如此走去,便是进化的路。(《热风》)

这种"新陈代谢"理论,坚持下去,不但要反对国粹主义,反对"中学为体,西学为用"说,而且要全盘否定一切旧思想、旧文化。一九二七年在《老调子已经唱完》一文里,他就老实提出了这样的质问:"中国的文化,我可实在不知道在哪里。所谓文化之类,和现在的民众有什么关系,什么益处呢?"同时,站在进化的观点上,他表示了自己坚决的态度:"那么,怎么好呢?我想,唯一的方法,首先是抛弃了老调子。旧文章,旧思想,都已经和现社会毫无关系了,从前孔子周游列国的时代,所坐的是牛车。现在我们还坐牛车么？从前尧舜的时候，吃东西用泥碗。现在我们用的是什么？所以，生在现今的时代，捧着古书是完全没有用处的了。"（《集外集拾遗》）

这样的观点，粗看起来，好像是显得偏激。在今天，对于中国传统文化，我们宁可同意下面的说法："中国的长期封建社会中，创造了灿烂的古代文化。清理古代文化的发展过程，剔除其封建性的糟粕，吸收其民主性的精华，是发展民族新文化提高民族自尊心的必要条件；但是决不能无批判地兼收并蓄。必须将古代封建统治阶级的一切腐朽的东西和古代优秀的人民文化即多少带有民主性与革命性的东西区别开来。中国现时的新政治新经济是从古代的旧政治旧经济发展而来的，中国现时的新文化也是从古代的旧文化发展而来，因此，我们必须尊重自己的历史，决不能割断历史。但是这种尊重，是给历史以一定的科学的地位，是尊重历史的辩证法的发展，而不是颂古非今，不是赞扬任何封建的毒素。对于人民群众与青年学生，主要的不是要引导他们向后看，而是要引导他们向前看。"

虽然如此，我们也决不能轻易引出一种结论来，说鲁迅当年否定旧文化是错误的。因为：第一，在五四运动的初期，配合了政治上的资产阶级民主革命的要求，在文化上，愈是彻底地否定了传统旧文化，愈是忠实地完成了当时的历史任务。可惜的是，当时像鲁迅这样韧性的彻底的斗士太少了，因之封建文化的遗毒，到今天还贻害着中国的人民大众，而反封建文化的斗争，到今天还成为民族革命运动中的重要的一环。第二，鲁迅当时所攻击的"国粹主义"者和"中学为体，西学为用"论者（也可以称之为"新瓶装旧酒"论者），却正是那种以"封建性的糟粕"为"国粹"，把"古代封建统治阶级的一切腐朽的东西""无批判的兼收并蓄"，并且专门"颂古非今"，专门"赞扬一切封建的毒素"的人。这样的人，在今天还是我们所要攻击的对象。第三，鲁迅的"老调子已经唱完"的说法，正是对人民群众和青年学生说的，而"对于人民群众与青年学生，主要的不是要引导他们向后看，而是要引导他们向前看"。

其实，作为文化战士的鲁迅，从来不曾把否定旧文化和研究文学遗产混为一谈。旧文化的旧思想是应该否定的，但却未可一并抹杀了整理文化遗产的工作。这是一件事也是两件事，是相反也是相成的。一九三三年十

月,鲁迅以"丰之余"的笔名为文驳斥施蛰存的劝青年学生读《庄子》与《文选》,就曾辩解得明明白白:

> 施先生又举鲁迅的话,说他曾经说过:一,"少看中国书,其结果不过不能作文而已"。可见是承认了要能作文,该多看中国书;二,"……我以为倘要弄旧的呢,倒不如姑且靠着张之洞的《书目答问》去摸门径去"。就知道没有反对青年读古书过。这是施先生忽略了时候和环境。他说一条的那几句话的时候,正是许多人大叫要作白话文,也非读古书不可之际,所以那几句话是针对他们而发的……至于二,则明明指定着研究旧文学的青年,和施先生的主张,涉及一般的大异。倘要弄中国上古文学史,我们不是还得看《易经》与《书经》么?(《准风月谈》)

这里,鲁迅的意见,就非常清楚,他认为整理中国文学遗产是应该做的事,但却不是大多数青年的事。对于大多数的青年,主要的还是要"引导他们向前看"。而如果要真正研究文学遗产呢,那就不仅是读读《庄子》《文选》所可草草了事的,还得"姑且靠着张之洞的《书目答问》去摸门径去"。

难道这见解不是非常正确的吗?

研究文学遗产,必须有一定的进步的视角,这就是正确的世界观。鲁迅早年并没有显明的唯物论的意识,但是,一个真正的生物进化论者,是不会背弃唯物论的,并且,从他的坚强的论点向前发展,最后一定要走到唯物论的道路上来。因为,辩证唯物论正是达尔文的学说在社会科学领域的具现、补充和发展。这就说明了为什么进化论者的鲁迅终于变成了社会主义的战士,也就说明了,为什么即使在他早年的论文里,一种浓厚的唯物论的倾向仍然支配着他对于文学的见解。

一九二八年在论"文学的阶级性"的一封书简里,他提出了非常正确的见解:"在我自己,是以为若据性格感情等,都受'支配于经济'(也可以说根据于经济组织或依存于经济组织)之说,则这些就一定都带着阶级性。但是'都带',而非'只有'。"(《三闲集》)为什么说"是'都带'而非'只有'"呢？这很明显，因为阶级性在文学上的表现，还要通过种种复杂的关系和条件；对于文学作品的评价或对于传统文学的分析，是不能仅仅以"阶级性"一语而草草了事的。

明白了鲁迅对于传统文化和文学上的基本态度，以及此种态度在三十年战斗过程中的发展，我们才好更进一步研究他在传统文学的一些具体问题上的理解。

鲁迅对于整个传统文学的评价，是非常深刻而且有独到之见的。一九三二年在北大讲演《帮忙文学与帮闲文学》，有这样的话：

> 中国文学从我看起来，可以分为两大类：（一）廊庙文学，这就是已经走进主人家中，非帮主人的忙，就得帮主人的闲；与这相对的是（二）山林文学。唐诗即有此二种。如果用现代话讲起来，是"在朝"和"下野"。后面这一种虽然暂时无忙可帮，无闲可帮，但身在山林，而"心存魏阙"。如果既不能帮忙，又不能帮闲，那么，心里就甚是悲哀了。（《集外集拾遗》）

这一段话，是文学与社会生活的最生动的描写，也是文学的阶级性的最好的脚注。这里扫除了过去文学史家的一切架空的妄谈，而清清楚楚地告诉我们，中国的传统文学和文学家也都是从他的一定的社会基础出发，而且也都是"有所为的"。

在另一篇文章里，他也用了这样的观点来解释"六朝小说和唐代传奇文"的社会存在：

> 至于他们之所以著作，那是无论六朝或唐人，都是有所为的。《隋书经籍志》抄《汉书艺文志》说，以著录小说，比之"询于刍荛"，就是以为虽然小说，也有所为的明证。不过在实际上，这有所为的范围却缩小了。晋人尚清谈，讲标格，常以寥寥数言，立致通显，所以那时的小说，多是记载畸行隽语的《世说》一类，其实是借口舌取名位的入门书。唐以诗文取士，但也看社会上的名声，所以士子入京应试，也须豫先干谒名公，呈献诗文，冀其称誉，这诗文叫做

"行卷"。诗文既滥，人不欲观，有的就用传奇文，来希图一新耳目，获得特效了，于是那时的传奇文，也就和"敲门砖"很有关系。但自然，只被风气所推，无所为而作者，却也并非没有的。（《且介亭杂文二集》）

甚至对有一时期会被某些大师们所提倡的明清小品文，鲁迅曾比之为"小摆设"的，也一样清楚地指出了其社会的根源。

现在大家所提倡的，是明清，据说"抒写性灵"是它的特色。那时有一些人，确也只能够抒写性灵的，风气和环境，加上作者的出身和生活，也只能有这样的意思，写这样的文章。虽说抒写性灵，其实后来仍落了窠臼，不过是"赋得性灵"，照例写出那么一套来。当然也有人预感到危难，后来是身历了危难的，所以小品文中，有时也夹着感愤，但在文字狱时，都被销毁，劈板了，于是我们所见，就只剩了"天马行空"似的超然的性灵。（同上）

从以上这些深刻的见解里，以及散见于文集的许多宝贵见解里，鲁迅不但以他睿智的巨眼，照亮了历史传统的产物，而且以他正确的观点和辛勤的工作，在整理中国文学遗产上，替我们奠定了艺术社会学的基础。

其次，作为现实主义者的鲁迅，对于传统文学的封建的毒素，认识得最清楚而且愤懑也最多。他认为："中国人向来因为不敢正视人生，只好瞒和骗，由此也生出瞒和骗的文艺来，由这文艺，更令中国人更深地陷入瞒和骗的大泽中，甚而至于已经自己不觉得。"（《坟》）这是从他对封建社会的人性的发掘，再次发掘到封建文艺上来的。因此，在接受传统文学的优良要素之先，第一步就该针对此点加以无情地揭发。

"作善降祥"的古训，六朝人本已有些怀疑了，他们作墓志，竟会说"积善不报，终自欺人"的话。但后来的昏人，却又瞒起来。元刘信将三岁痴儿抛入醮纸火盆，妄希福祐，是见于《元典章》的；剧本《小张屠焚儿救母》却道是为母延命，命得延，儿亦不死了。一女愿侍痼疾之夫，《醒世恒言》中还说终于一同自杀的；后来改作的却道是有蛇坠入药罐里，丈夫服后便痊愈了。凡有缺陷，一经作者粉饰，后半便大抵改观，使读者落诬妄中，以为世间委实尽够光明，谁有不幸，便是自作，自受。

有时遇到彰明的史实，瞒不下，如关羽岳飞的被杀，便只好别设骗局了。一是前世已造夙因，如岳飞；一是死后使他成神，如关羽。定命不可逃，成神的善报更满人意，所以杀人者不足责，被杀者也不足悲，冥冥中自有安排，使他们各得其所，正不必别人来费力了。（《坟》：《论睁了眼看》）

当然，这种"瞒与骗的文学"，这种文学上的"大团圆主义"，也有社会的根源的。它在歌功颂德和粉饰太平上，是"帮闲"的一例；在封建道德和宿命主义的宣传上，却又是"帮忙"的一例。这种宣传的结果，"更令中国人更深地陷入瞒和骗的大泽中"，而不能自拔。这正是"毒素"，这正是"封建性的糟粕"，而需加以"剔除"的。

这样，我们在接受文学遗产的工作上，就"必须将古代封建统治阶级的一切腐朽的东西和古代优秀的民间文化即多少带有民主性与革命性的东西区别开来"。那么，我们再来看看鲁迅对于这多少带有民主性与革命性的民间文学，曾经给予了怎么的估价。

首先，他认为："大众并无旧文学的修养，比起士大夫文学的细致来，或者会显得所谓'低落'的，但也未染旧文学的痼疾，所以它又刚健，清新。"（《门外文谈》）其次，他指出了民间文学的口头告别性，并指出写在纸上，流传下来的，多少已失去了它本来的面目："就是《诗经》的《国风》里的东西，许多也是不识字的无名氏作品，因为比较的优秀，大家口口相传。王官们检出它可作行政上参考的记录了下来，此外消灭的正不知有多少……东晋到齐陈的《子夜歌》和《读曲歌》之类，唐朝的《竹枝词》和《柳枝词》之类，原都是无名氏的创作，经文人的采录和润色之后，留传下来的。这一润色，留传固然留传了，但可惜的是一定失去了许多本来面目。"（同上）再次，他指出这刚健、清新的民间作品，常常为传统文学所吸收，变为自己的养料："偶有一点为文人所见，往往倒吃惊，吸入自己的作品中，作为新的养料。旧文学衰颓时，因为摄取民间文学或外国文学而起一个新的转变，这例子是常见于文学史上的。"（同上）最后，他指出民间文学一经士大夫的手，往往就是其艺术的消亡："士大夫是常要夺取民间的东西的，将竹枝词改成文言，将'小家碧玉'作为姨太太，但一沾着他们的手，这东西也就跟着他们灭亡。他们将他从俗众中提出，罩上玻璃罩，做起紫檀架子来……雅是雅了，但多数人看不懂，不要看，还觉得自己不配看了。"（《花边文学》：《略论梅兰芳及其他》）所有这些见解，都是非常透辟的。

鲁迅一向认为新文学滥用旧语汇是自杀（参看《写在〈坟〉后面》），并且坚决反对"从古书中寻活字汇"的妄谈（参看《准风月谈》）。但是，对于民间文学的语汇——成语，却是并不一概而论的。在《〈何典〉题记》里，他这样写着："成语和死古典又不同，多是现世相的神髓，随手拈掇，自然使文字分外精神；又即从成语中，另外抽出思绪：既然从世相的种子出，开的也一定是世相的花。于是作者便在死的鬼画符和鬼打墙中，展示了活的人间相……"（《集外集拾遗》）

在这许多地方，我们都可以看出，作为文学史家的鲁迅的确是在封建统治阶级的文学和优秀的民间文学的区别中，同时又在二者的交互影响中，认识了传统文学的真正面目，并给与了恰当的评价的。

最后，我们再来看鲁迅对于接受前代遗产——特别是多少带有民主性革命性的民间文学遗产所持的态度。

我们知道鲁迅是创作现实主义新文艺的开山祖师，他一向坚持着新文艺的正确方向，和种种恶劣的落伍的倾向做斗争，从不妥协的；但我们同样知道，鲁迅也是文艺大众化运动的指导者和领导人，一向站在人民大众的立场，来关心着新文艺的发展的。这里，关于创造大众文艺，就涉及如何摄取文学遗产和采用旧形式的问题。

鲁迅认为："'旧形式的采用'的问题，如果平心静气地讨论起来，在现在，我想是很有意义的"，但在他刚一提出这问题的时候，马上遇到了"笔伐"。用什么来"伐"呢？用的是"类乎投降""机会主义""内容和形式不能机械地分开"之类的"咒文"。对于这种"咒文"，鲁迅认为是只看到了片面常识和常识的贫乏。他说："不过这几句话已经可以说是常识；

就是说内容和形式不能机械地分开,也已经是常识;还有,知道作品和大众不能机械地分开,也当然是常识。"(《且介亭杂文》:《论"旧形式的采用"》)在今天,不是还有那种只看到片面的常识,而且十分得意地反复着六七年前的"咒文"的人吗?从这段话里,应该可以得到反省。

但是,"这工作决不如旁观者所想的容易的"。"旧形式为什么只是'采用'……就是为了新形式的探求。采取若干,和'整个'捧来是不同的。"这就很清楚,所谓"旧瓶装新酒"以及"反对拆散"的办法,他是不赞成的。

那么,为了创造大众文艺,我们怎样采取以及从旧形式里采取什么呢?对这一点,他在同一论文里举绘画为例:

我们有艺术史,而且生在中国,即必须翻开中国的艺术史来。采取什么呢?我想,唐以前的真迹,我们无从目睹了,但还能知道大抵以故事为题材,这是可以取法的;在唐,可取佛画的灿烂,线画的空实和明快,宋的院画,萎靡柔媚之处当舍,周密不苟之处是可取的,米点山水,则毫无用处。后来的写意画(文人画)有无用处,我此刻不敢确说,恐怕也许还有可用之点的吧。这些采取,并非断片的古董的杂陈,必须溶化于新作品中,那是不必赘说的事。

在另一篇题做《"连环图画"辩护》的杂文里,除了说明连环图画的源流并给予了适当的评价以后,并在结尾里说:

我并不劝青年的艺术学徒蔑弃大幅的油画和水彩画,但是希望一样看重并且努力于连环图画和书报的插图;自然应该研究欧洲名家的作品。但也更注意于中国旧书上的绣像和画本,以及新的单张的花纸。这些研究和由此而来的创作,自然没有现在的所谓大作家的受着有些人们的照例的叹赏,然而我敢相信:对于这,大众是要看的,大众是感激的!(《南腔北调集》)

另外,在《〈木刻纪程〉小引》里,他对中国的青年木刻家指出:

采用外国的良规，加以发挥，使我们的作品更加丰满是一条路；择取中国的遗产，融合新机，使将来的作品别开生面也是一条路。（《且介亭杂文》）

综合以上的话，我们可以看出鲁迅对于处理中国旧形式问题的见解：第一，我们应该"翻开中国的艺术史"，对于前代遗产做一番研究；第二，采用旧形式，以不违背现实主义为原则；第三，采用旧形式，主要写的是大众化；第四，要多多注意刚健、清新而且富于现实性的民间艺术；第五，传统的贵族艺术中，仍然是有其可取之点；第六，采用旧形式和采用西欧艺术是并行不悖的；第七，采用旧形式，要能"融合新机"并"溶化于新作品中"；第八，如能"择取中国的遗产，融合新机"，便能"使将来的作品别开生面"，所以，"别开生面"，也便是民族化。

这是对一般艺术的说法，但一样适用于文学部门。

同时，在以上的对于旧形式问题的指示中，可以看出鲁迅对于承继民族艺术优良传统的远大的着眼。不像那般"民间形式中心泉源论"者，切断了传统而紧抱着民间形式死不放手。在他认为，即令是唐佛画、宋院画，乃至历代文人画这些传统的贵族艺术中，从一定的视角看来，仍然是有其可取之点的。这点，和卢那卡尔斯基论艺术遗产的话，颇有相通之处。卢那卡尔斯基说："虽从最消极的艺术品，倘将这个细细解剖，也可以获得最有益的结果的。第一，只要这些作品，是成着或一社会现象的症候的，则在历史的认识上，即给我们以帮助。第二，在这些艺术品里，是颇含有各种积极方面的。在或一颓废的艺术品之中，我们能够发现色彩、线、音响的可惊的优美的结合。在艺术的解体期里，解剖的艺术家能够寻出技术底地极其贵重的一些东西来。"（鲁迅译，卢氏《文艺论》：《艺术与社会主义》）

之外，在向林冰先生论民间形式的文章里曾经引用过的，鲁迅论"第三种人"时所说的："左翼虽然诚如苏汶先生所说，不至于蠢到不知道'连环图画是产生不出托尔斯泰，产生不出弗罗培尔来'，但却以为可以产生出密开朗该罗、达文希那样伟大的画手。而且我相信，从唱本说书里是可以产生托尔斯泰、弗罗培尔的。"这一段话，怕不好随便断章取义地来引用吧，至少，仅仅从唱本说书的"旧瓶"里装上"新酒"，是万万产生不出托尔斯泰、弗罗培尔的。要想产生出来，恐怕至少还得苏联整理各少数民族的遗产所做的那样，还得通过文字工作的改革，通过大众文艺生活的提高，通过民间传统的整理和发现，通过民族语言的摄取和创造，通过进步作家的帮助和合作，通过现实主义的创作方法和"融合新机"的过程，总能产生出来的吧。那么，这工作就"绝不如旁观者所想的容易"了。同时，这只是整理民间传统和民族遗产的工作，而不是创造民族新文艺的全部问题。当然，即使是为了整理民间传统和民族遗产，也是万分切要的，而这工作经鲁迅先生有见地提了出来，即此一端，亦可见他设想的深远了。

下　鲁迅整理文学遗产的工作

　　大家知道鲁迅是作为中国革命运动的战士，特别是文化运动的战士而存在的。他的不朽处，是不仅在于他的文学上的成就，更不仅在于整理中国文学遗产的工作。但唯其是民族运动的战士，以他的识见的深远，和他对于传统文学修养的深度，使他成为这一艰苦的工作的最好的指导人。同时，在他自己的三十年不安定的战斗生活中，却往往抽暇从事整理遗产的工作；其光辉的成就，却又往往成为从事这一工作的最好的范例。

　　在研究他自己的工作成果之前，让我们先来看看他对于整理这一工作上所抱的真正的态度。

　　中国的文学传统是最为悠久的，而整理文学遗产的工作也最难着手。这里有首先碰到困难是资料的散失。一代一代地，古代的典籍和资料遭到了可怕的灾厄，抗战以来，资料的散失，更加是无法统计了。然而现实问题的紧迫，也无人能管到这些。最近郑振铎先生在《文艺阵地》五卷一期上提出了"保护民族文化运动"的呼吁，着眼是非常远大的，关于这一点，鲁迅早在一九二五年在他的《再论雷峰塔的倒掉》一文里已经概乎其言之了。在那篇文章里，他指出对于文化遗产的破坏，一种是"寇盗式的破坏"，还有一种"奴才式的破坏"。而对于后一种的破坏，他尤为不胜愤懑:"龙门的石佛,大半肢体不全,图书馆中的书籍,插图须谨防撕去,凡公物或无主的东西,倘难于移动,能够完全的即很不多。但其毁坏的原因,则非如革除者的志在扫除,也非如寇盗的志在掠夺或单是破坏,仅因目前极小的自利,也肯对于完整的大物暗暗地加一个创伤。人数既多,创伤自然极大,而倒败之后,却难于知道加害的究竟是谁。"(《坟》)目前战争正在进行中,我们将不惜任何牺牲与代价,以获取自由,当然,鲁迅的愤懑,再不会为世人所注意,而郑振铎先生的呼吁,也徒见其曲高和寡!但是,从比较高远的着眼,尽可能地保卫自己民族的文化遗产,似乎也是值得注意的;而鲁迅先生正时时提醒我们来注意这个。

正因为这样,鲁迅告诉我们,在整理文学遗产的时候,应该随时随地地保持怀疑的精神。当然,这不是无原则的"疑古",不是用一些稀奇古怪的考证来制定"大禹是虫"之类,而是,用辩证的眼光,用科学的方法来辨别史料,处理史料,鲁迅替我们指出来,至少有两点应该怀疑:其一是对于历史记载的怀疑。这由于"瞒与骗"和粉饰太平的观念,影响到文学上来,再就是历代统治阶级及其帮忙者,常以自己的好恶来改窜古籍:

> 现在不说别的,单看雍正乾隆两朝的对于中国人著作的手段,就足够令人惊心动魄。全毁、抽烧、剜去之类也且不说,最阴险的是删改了古书的内容。乾隆朝的纂修《四库全书》,是许多人颂为一代之盛业的,但他们却不但搞乱了古书的格式,还修改了古人的文章;不但藏之内廷,还颁之文风较盛之处,使天下士子阅读,永不会觉得我们中国的作者里面,也曾经有过很有些骨气的人。(《病后杂谈之余》)

在《病后杂谈》里,他替我们举出了很多的证据,都是随着统治者的好恶,为了"瞒与骗",为了粉饰太平而改变了古书的面貌的,在另一个地方,他又会着重地指出:

> 在历史上的记载和论断有时也是极靠不住的,不能相信的地方很多,因为通常我们晓得,某朝的年代长一点,其中必定好人多,某朝的年代短一点,其中差不多没有好人,为什么呢?因为年代长了,做

史的是本朝的人，当然恭维本朝的人物，年代短了，做史的是别朝人，便很自由的贬斥起异朝的人物。（《而已集》）

因此，鲁迅告诉我们，对于历史的记载，要存怀疑的态度，而在搜集史料时，还得多多注意从野史和笔记里面去梳理（参看《病后杂谈》）。这也就是说要有自己的鉴别、考证和批判的眼光，也就是辩证的历史的唯物论的眼光。

其二是对于古书版本的怀疑。要考订史实，研究文献，特别是校勘古籍，就不能不注意到版本的问题，越是"古本""珍本""真本"或"原槧本"，它的可靠性也就越多。这和收藏家的"好奇"和古董家的"居奇"是不同的。但也正因为有了收录家的"好奇"和古董家的"居奇"，一些鱼目混珠的伪"古本"也就被创造了出来；此外还有查不出时代年号的"残本"，都是需要一番鉴别和考证的功夫的。向来，"藏书家考定版本的初步秘诀"，是根据讳忌的缺录、抬头，或者纸质、墨色、字体或文气来判定时代的，但是"例如我们民国已至十五年了，而遗老们所刻的书，儀字还'敬缺末笔'。非遗老们所刻的书，宁字玄字也常缺笔，或者以甯代宁，以元代玄。这都是在民国而讳清讳，不足为清朝刻本的证据。京师图书馆所藏的《易林注》残本……恆字構字都缺笔的，纸质，墨色，字体，都似宋，而且是蝶装，缪荃荪氏便定为宋本。但细看内容，却引用着阴时夫的《韵府群玉》，而阴时夫则是道道地地的元人"。于是他说："……我以为考证固不可荒唐，而亦不宜墨守，世间许多事只消常识，便得了然。藏书家欲取所藏版本之古，史家则不然。故于旧书，不以缺笔定时代……也不专以地名定时代……也不仅据文意的华朴巧拙定时代……"这种眼光，是清代的考据家、校勘家所想不到也不曾想到的。

前些年，曾有人提倡过"整理国故""整理遗产"的风气，于是乎大批的"精刻本""影印本""标点书"，以及什么"菁华""大全"之类的"选本"都涌现于市场，好像读者买了这些东西，便可从中接受遗产似的，对于这点，鲁迅曾经一再愤懑地提出了他的抗议："自然，如果随便玩玩，那是什么选本都可以的，《文选》好，《古文观止》也可以。不过倘要研究文学或某一作家，所谓'知人论世'，那么，足以应用的选本就很难得。

选本所显示的，往往并非作者的特色，倒是选者的眼光。眼光愈锐利，见解愈深广，选本固然愈准确，但可惜的是大抵眼光如豆，抹杀了作者真相的居多，这才是一个'文人浩劫'。"况且，"商人遗老们的印书是书籍的古董化，其置重不在书籍而在古董……他们所刻的书都无民国年月，辨不出是元版是清版，都是古董性质，至少每本两三元，绵连，锦帙，古色古香，学生们是买不起的"。"然而巧妙的商人们可也绝不肯放过学生们的钱的，便用坏纸恶墨别印什么'菁华'什么'大全'之类来搜刮。定价并不大，但和纸墨一比较却是大价了。至于这些'国学'书的校勘，新学家不行，当然是出于上海的所谓'国学家'的了，然而错字迭出，破句连篇（用的并不是新式圈点），简直是拿少年来开玩笑。"可是那些用了"新式圈点"的选本呢？也不过是"证明了有些名人，连文章也看不懂，点不断，如果选起文章来，说这篇好，那篇坏，实在不免令人有些毛骨悚然，所以认真读书的人，一不可倚仗选本，二不可凭信标点"。（《"题未定"草》）他劝我们尽可能地读作家的全集，才可以研究或一作家的生活与思想的全貌，才可以谈得到"知人论世"。

由此可见，整理中国遗产是一件不容易的工作，而研究中国遗产也是一件相当繁难的事情，好在整理中国文学遗产只是一部分人——少数人的持续的谨严的工作，对于大多数青年，要想全面地接受遗产，也必待部分的专家把它们拿出来整理了之后，而目前呢，对于大部分人还"主要的不是引导他们向后看，而是引导他们向前看"。然而这么一来，专家的责任也就重大了，"这许是研究中国文学史的人们也该留意的吧"——鲁迅这样说。

在了解了鲁迅对于整理中国文学遗产的严正的态度以后，我们再跟着研究在他的三十年战斗生活中，所抽暇从事的，整理中国文学遗产的业绩。

蔡元培在《鲁迅先生全集序》上称赞他整理遗产的业绩说："鲁迅先生本受清代学者的濡染，所以他杂集会稽郡故书，校《嵇康集》，辑谢承《后汉书》，编汉碑帖，六朝墓志目录，六朝造像目录等，完全用清儒家法。惟彼又深研科学，酷爱美术，故不为清儒所囿，而又有他方面的发展，例如科学小说的翻译，《中国小说史略》《小说旧闻钞》《唐宋传奇集》

等，已打破清儒轻视小说之习惯；又金石学为自宋以来较发展之学，而未有注意于汉碑之图案者，鲁迅先生独注意于此项材料之搜罗；推而至于《引玉集》《木刻纪程》《北平笺谱》等，均为旧时代的考据家鉴赏家所未曾着手。"这是说鲁迅一方面承继了清代朴学家的治学精神和治学方法，一方面融合了新的革命的契机，于是他的方法就更为科学的，而开阔了所未走的道路。

鲁迅整理中国文学遗产的业绩，最为世所重的自然是《中国小说史略》。盖"中国之小说自来无史；有之，则先见于外国人所作之中国文学史中（光按：即盐谷温著《支那文学概论讲话》），而后中国人所作者亦有之，然其量皆不及全书之什一，故于小说仍不详"（本书序）。因此，鲁迅的《中国小说史略》，可说是从事整理中国小说遗产的最早的一本书。同时，我们将要证明，也是最好的一本书。

此书初版刊行于一九二四年，系根据他在北京大学文科的讲义改订的。自此书出版，学者得窥研究的门径，故"尔后研治之风，颇益盛大，显幽烛隐，时亦有闻"（本书题记）。既陆续有新资料的发现，为求完善，便经过两次的增订：一次是一九三〇年，添上元刊本《全相评话》《水浒传诸本》以及"三言"的叙述；一次是一九三五年，根据他自己的发现和考证，把《品花宝鉴》的作者陈森书改为陈森，又把《花月痕》的作者魏子安改为魏秀仁。

陈源教授之流（对中国文学是外行的）曾经诋毁《中国小说史略》为根据盐谷温氏《支那文学概论讲话》的小说部分为"蓝本"的"整大本的剽窃"。关于此点，鲁迅曾经有过论辩，在这个论辩里，著者说明了他的制作过程和本书的特点：

> 盐谷氏的书，确是我的参考书之一，我的《小说史略》二十八篇的第二篇，是根据它的，还有论《红楼梦》的几点和一张《贾氏系图》，也是根据它的，但不过是大意，次序和意见就很不同。其他二十六篇，我都有我独立的准备，证据是和他的所说还时常相反。例如现有的汉人小说，他以为真，我以为假；唐人小说的分类，他据森槐南，我却用我法。六朝小说他据《汉魏丛书》，我据别本及自己的辑

本,这工夫曾经费去两年多,稿本有十册在这里;唐人小说他据谬误最多的《唐人说荟》,我是用《太平广记》的,此外还一本一本搜起来……其余分量,取舍,考证的不同,尤难枚举……(《华盖集续编》)

事实上,在中国小说史的研究上,《中国小说史略》是一本开创的不朽的名著。我们只要看这以后出版的谭正璧的《中国小说发达史》,不但在考订和认证上大多根据鲁迅的论断,在篇章次序和体例上也很少更动,而且在援引原书的精粹片段时也大都依照鲁迅辛苦收集的最典型的例子(自然,谭书增添了许多新的,鲁迅所未及寓目的材料,同时也添加了许多似是而非的所谓"历史原因和社会背景"的论述;此点容另论之),就可知道该书对于此后学术界的衣被诱掖之功了。

当然,这并不是说,《中国小说史略》就是一本"后无来者"的书,实际上,近年来文艺史的大批发现,是需要一本新的更完整的中国小说史的编著的;而且,鲁迅的遗业和治学精神也需要发展,需要以新的辩证唯物论的眼光来补充鲁迅的论证。这就有待于今天的文艺史家的努力了。

此外辅翼《中国小说史略》的,还有两本书:其一是《小说旧闻钞》。这本书是研究中国小说史所必备的最可靠的最完备的史料,较蒋氏《小说考证》要好得多。其二是《唐宋传奇集》。此书分辨伪作,考证源流,用力极勤。一向我们看惯了《唐人说荟》以为《邢凤》和《沈亚之》乃《梦游录》的篇名,而作者是什么"任蕃";不知《邢凤》即《异梦录》,《沈亚之》即《秦梦记》,均为沈亚之所作……我们又以为《虬髯客传》乃张说作,《枕中记》乃李泌作;不知前者的作者实为杜光庭,后者的作者实为沈既济。我们复以为《杨太真外传》、《梅妃传》(托名曹邺)、《开河记》、《迷楼记》以及《海山记》(最后三种均题韩偓)都是唐人所作,不知实乃宋人所作。经鲁迅考订以后,方拨开云雾而见真相(赵著:《小说戏曲新考》)。两书的价值,由此可见了。

还有《汉文学史纲要》。"为广州中山大学讲义,在厦门时原名《中国文学史略》。共十篇,自文字至文章——司马相如与司马迁。未完成。"(《鲁迅译著旧目续编》)此稿系讲授的大纲,或著作的长编,看来尚非定稿。然翻阅一过,其中警辟之论,亦所在多是。如论《诗》:"……其民厚重，故虽直抒胸臆，犹能止乎礼义，忿而不戾，怨而不怒，哀而不伤，乐而不淫，虽诗歌，亦教训也。然此特后儒之言，实则激楚之言，奔放之词，《风》《雅》中亦常有。"论老子："然老子之言亦不纯一，戒多言而时有愤辞，尚无为而仍欲治天下。其无为者，以欲'无不为'也。"论《离骚》："时与俗异，故声调不同；地异，故山川神灵动植皆不同。""俗歌俚句，非不可沾溉词人，句不拘于四言，圣不限于尧舜，盖荆楚之常习，其所由来者远矣。"论楚声："盖秦灭六国，四方怨恨，而楚尤发愤，誓虽三户必亡秦，于是江湖激昂之士，遂以楚声为尚。"这种论断，都是慧眼独具，发前人之所未发的。

鲁迅在生前致曹聚仁的信上说："中国学问，待从新整理者甚多，即如历史，就该另编一部。古人告诉我们，唐如何盛，明如何佳。其实唐室大有胡气，明则无赖儿郎。此种物件，都须褫其华衮，示人本相。庶青年不再乌烟瘴气，莫名其妙。其他如社会史、艺术史、赌博史、娼妓史、文祸史……都未有人着手……我数年前，曾拟编中国字体变迁史及文学史稿各一部，先从作长编入手，但即此长编，已成难事；剪取欤，无此许多书；赴图书馆抄录欤，上海就没有图书馆，即有之，一人无此精力与时光，请书记又有欠薪之惧……"（《申报》周刊）看来，《汉文学史纲要》，大概是"中国文学史长编"的未完成稿吧。景宋①在北平大学女子文理学院演讲时说："他常对我说，颇想离开上海，仍回北平，因为北平有图书馆可以利用，愿意将未完的中国文学史全部写成。它的大纲早已成竹在胸，分章是'思无邪''离骚与反离骚''药与酒'……他的观察史实，总是比别人深一层，能发前人所未发，所以每章都有独到的见解，我们试读《而已集》里那篇《魏晋风度及文章与药及酒之关系》，便可窥见一斑。这是他的中国文学史的一段，思想很新颖，辩论很透辟，将一千六百年前人物性格的真相发露出来，成了完全和旧说不同的样子，我正盼望这部大著作能够早日观成，不料他竟赍志以殁，连腹稿也同埋地下，这是无可弥补的大损失！"（《工作与学习丛刊：二三事》）鲁迅已经作古了，他把他的工

---

① 此次演讲是许寿裳1936年12月17日在北平女子文理学院所作的《鲁迅的生活》，作者误写为是景宋（许广平）的了。

作交给了今后研究文学遗产的人；在今天或今后，为了认真地纪念鲁迅，为了弥补他生前遗憾和完成他死后的遗志，应该有那些具备着鲁迅精神的学者们，以集体的努力来完成这一伟大的工作。

此外鲁迅还运用了清儒的方法，参酌以新的眼光，做了一些校勘和辑佚的工作。主要的如纂辑了《古小说钩沉》三十六卷，校勘了魏中散大夫《嵇康集》，辑印了《北平笺谱》和辑录了《六朝造像目录》和《六朝墓志目录》。这些工作都是非常艰苦的，而意义也是重大的。限于篇幅，不必详说了。

在他的三十年紧张的战斗生活里，鲁迅仍然替我们做了这样多的整理遗产工作的优秀的范例。这些优秀的成果，连同他的其他方面的光辉的述造，连同他的毕生不屈不挠的战斗精神，都将转过来成为我们民族的最宝贵的遗产，留给后代的人们来承继，来发扬光大。

九月底完稿

一九四一年

向着民族新音乐的道路前进[①]

中国新音乐运动发展到今天的阶段,迫使我们须将中国数千年来的音乐传统作一深刻的认识,迫使我们须将现阶段之新音乐运动的意义作一真实的估计,并迫使我们根据这种认识与估计,找出一条道路来,用以创造一种新的中国民族的音乐——新中国民族新音乐。

这是一种继往开来的工作,大的担子落在今天的音乐工作者的肩上,应该是认为十分荣幸的。

中国民族一向拥有丰富的音乐传统,所可惜者,此种传统的民族音乐,因不知保存与发挥,早已不绝如缕,加之历代学者,为了功名利禄,多喜从事于律吕制度之空幻,迷惑于阴阳五行之谬说,对每一时代的活生生的民间音乐,反任其滋灭,未加注意。因此之故,使今之研习此道者,有无从措手之感!但若将历代典籍加以批阅,是可以看出一条发展的线索的。并且,我们若能稍加注意,就可看出历代的民间乐曲,虽然被统治阶级士大夫阶级有意识地漠视与排斥之下,仍然孕育着极大的潜力,这种潜力不但在民间保持绝对的优势,并且常常隐隐之中操纵着历代贵族音乐——雅乐的演变。

并且从中国音乐形式的发展史来看,诸代的民歌,的确常常成为创造新的乐曲、新的文学、新的歌剧的泉源。它曾经创造了《诗经》、《楚辞》、汉代乐府、唐代诗词、金代诸宫、元代杂剧、明代戏曲和传奇、清代昆曲和簧戏等等的伟大的"音乐文学"。现存的大鼓、弹词、地方戏等旧形式的乐曲乐剧,则尤其显著的都是中国民歌的产物。

[①] 本篇发表于1941年《新音乐》月刊(重庆)第2卷第4期,署名光未然。未曾收入自编作品集和文集。

自从西洋音乐传到中国，以其音符、制度等等，都较为进步得多，数十年来，西洋音乐在中国乐坛上占了支配的地位，骎骎乎取中国固有的民族音乐而代之。本来中国的所谓"国乐"者，早已不是纯粹的民族音乐。中国的古乐，自汉代起，业已名存实亡，隋唐以后，不但音乐器和乐曲上而且在音乐制度上，都受了印度系音乐的重大影响。中国音乐的"胡化"是远在一千余年以前的事。从音乐进化论的观点来看，这是退化亦无庸叹惜的。不过欧西音乐的输入，和过去不同的是：第一，它没有和过去的民族音乐结过婚，因此它也无力继承以往的民族音乐传统；第二，它没有和当代的中国民间音乐交过朋友，因此不能获得中国大众的支持与拥护，不能在中国的水土之上生住坚实的根干。因此，它也就不能开花结实，创造出光辉灿烂的代表中国民族的新音乐来。

有些人以为，艺术是国际性的，何必一定要标新立异，创造自己民族的独特的东西呢？这些人不懂得统一中的多样性，正是为了丰富国际艺术的内容。中国人学西洋音乐，学得最好的，充其量只是一种模仿而已，倘使没有自己的创造，没有和自己民族气质的渗透过程，尤其重要的，没有自己民族音乐传统的发扬，那么，我们对于国际音乐艺术的贡献究竟是什么呢？而且，首先得到的难题，是自己民族的绝大多数的人民不能受到这种音乐的影响与教育，那么，我们对于自己民族的贡献又是什么呢？

将西洋音乐种植于中国水土之上，并以之继承中国音乐的传统，并更进一步地创造中国民族的新音乐，在过去看来，好像是不可能的事。幸而，在这次伟大的民族抗战已替这种植准备好了必要的使之实现的先决条件。首先，抗战歌咏运动在中国的各大都市以及穷乡僻壤都有了很大的普及，使音乐和大众的生活及战斗结合起来，而成为它们生活上不可缺少的要素。这种空前的量的发展，必然将引起质的提高。同时，为了政治上动员上的必要，为了更进一步地达到旧形式的利用与运用。在这个过程中实现了西洋音乐的渗透作用，具备了用以继承并发扬中国音乐传统的初步目的。这种工作今后还要更加努力下去，则"创造民族新音乐"的口号，始不至成为空想。"人间本无路，路是人走出来的"，让我们向着创造民族新音乐的大道前进吧！

怎样"从生活中学习"[①]

创作的"秘诀"

一个关心自己创作前途的青年作者,常常会睁大着迷惘的眼睛,向四面八方探寻创作的"秘诀"。我自己便曾经是这样的探寻者中的一个。

然而,"秘诀"是什么呢?

向"文学教程""写作方法"之类的书本去找罢,回答是"向生活中学习";求助于中外作家的"创作经验"或"给青年写作者"之类的著作罢,回答仍然是"向生活中学习";向成名的作家当面请教罢(这机会是很难得的),回答依旧是"向生活中学习"。

他们像是互相约好了似的,重复着同一的话语。

就我自己讲,我曾经不止一次地向这样老生常谈的答案提出抗议!但后来就知道,他们说的是老实话。"向生活中学习",无论如何是一句真理。

脱离了生活的创作,就像脱了轨的星球一样,前途是十分渺茫的。创作既然主要的是表现生活,如果你自己不向生活的洪流冲击,不充实自己的生活和丰富自己的生活印象,不明了生活的发展和它的发展过程,不熟悉生活上的一切细微末节,不认识那些激荡着生活和被生活激荡着的人物的真实的和完整的面貌:一句话,如果不深入生活而且向生活学习的话,那是怎样也不会成功的。

因此,如果说有什么"秘诀"存在的话,"向生活学习"就是创作的

[①] 本篇发表于1941年《新知》周刊(缅甸仰光)第1期,署名光未然。曾收入《张光年文集》(第三卷)。

"秘诀"。问题是我们的作家只给了这个"秘诀",就像给了一件法宝而忘了把使用这法宝的方法教给我们一样,让我们望着这法宝干着急而没有办法。

写你所熟悉的

什么是生活?这看来是一个很傻的问题。"生活就是生活。"——人们可以这样说。

但是生活,作为文艺的素材、文艺的表现对象,这样的回答毫无意义。上下几千年,纵横数万里,千奇百怪的人生,万花缭乱的社会;我们试闭眼一想,就像处身在大洋里一样,看不见头脑,摸不着边际,我们将怎样去表现它呢?

平心静气地想来,世界上有多少事情等着人做,但是每个人只能做他自己所能做的一份;和这同样,作家只能写他自己所能写的,他所熟悉的一部分生活,自然他应该尽量扩张自己的生活领域,但这只能达到一定的限度。只要他能够把自己生活领域之内的本质特征的事物,在短促的创作生命中表现得尽善尽美,那就是完成了对自己对人类的责任和贡献了。

所谓"写你所熟悉的"这句话,其意义也就在这里。它无非教我们不要浪费生命,不要舍近求远,一事无成。

但这样的说法,丝毫不是教我们写身边琐事,记流水账。昨天和朋友谈天,写一篇;今天和邻人吵架,写一篇;傍晚和女友逛公园,写一篇;夜间做梦和爱人幽会,又写一篇;如此下去,不但消耗作者精力,而且浪费读者时间,损人又不利己,是有悖于写作的道德的。

在我们所熟悉的一部分生活中,也就是我们所见、所闻、所经历、所感受的事物中间,一定有某些人物,某些感情,某些印象,具有一定的社会意义,而我们对于这些素材是如此熟悉,以致他们在自己的感情上引起一种激动——强烈的爱和憎的激动,迫使着我们不得不把它写出来,为了使别人也引起同样的激动,而且通过这种感情的激动,获得某些经验教训,而有利于今后的生活斗争。

一个十七岁的青年劳动者写给高尔基的信说:"在我这儿有很多的印

象，我不能不写他。""这时"，高尔基说，"写作的欲望，已经不是从生活的贫乏上来的了，毋宁是从生活的丰富，印象的泛滥，要想把这些东西述说出来的那种内在的冲动而来的"。而高尔基在回答"我为什么写小说"这个问题的时候，也说"这乃是难堪的贫穷生活，所给我的压迫，和我这里有'不能不写'的那样多的印象存在的缘故"。

只有自己最熟悉的事物，只有曾经引起作者充分感动的事物，才会引起自己"不能不写"的"内面的冲动"；也只有这样的素材，写出来才能感动人。

从这里就可以看到，一个一直住在大后方的作家，偏要编造敌后游击区的故事，一个一直住在海外的侨胞青年，偏要描写祖国前线的战斗生活，这将是一种何等舍近求远，吃力不讨好的，不正确的创作倾向了。

怎样把握生活

为什么作者常常放弃了自己熟悉的事物，而汲汲于那些吃力不讨好的题材呢？原因在于作者不善于处理自己所熟悉的题材，他不知道在自己所熟悉的平凡的题材中，有什么是值得写的；而且唯其是自己所熟悉的，反而感到一种"不知从何处说起"之苦。在这种困难没有解决之前，自然会觉着"画鬼容易画人难"了。

我觉得，除了技巧问题之外，这里还有一个"如何把握生活"的问题。应该肯定地说，只有正确的世界观和进步的创作方法可以帮助我们解决这问题。

作者必须培养自己的正确的世界观体系。这就使他在生活的洪流中不致迷惘，而能正确地认识事物的关系、作用和意义，知道如何把握它们，分辨它们，何者是有意义的，何者是无意义的；何者是本质，何者是现象；何者是决定的契机，何者是从属的契机；何者是值得写的，何者是不值得写的。

进步的科学的世界观，教给我们用明智的目光看待万物。他让我们在事物的互相关联、互相矛盾、互相渗透的发展情况中去衡量事物；让我们在各种复杂条件的交叉点上去衡量事物；让我们正确地把握生活和生活素材。

一个平凡题材,在作家的笔下写得如此生动,如此动人,那是通过了那个作家的认识活动,在各种复杂关系的交叉点上认识了一件平凡事物的社会的意义、典型的意义;再通过他的创作活动,把它生动地、具体地描写出来。

因为文艺是一种形象的艺术,表现生活的手段是通过语言以构成形象,作者对于生活的把握,就不仅是粗枝大叶,而且是细微末节;不仅是本体,而且是本体的属性;不仅是理性的认识,而且是具体的感受。如果说难,这确也不是一日之功啊。

"从生活中学习"

科学的世界观只教给我们把握生活的方法,要把握它的话,还得到生活中去。作家之所以不能脱离生活,丰富的生活实践对于一个作家的重要,其意义便在这里。

像我们这样的青年作者,又常常碰到如下的难题:尽管我们有相当丰富的生活经验罢,可是经验也只是经验而已,当我们企图把它表现在纸上的时候,我们常常会碰到语汇的枯竭,形象的模糊和表现的无能。这正像一个漫游者,他游历了许多的名山大川和繁华的都市,可是当我们要他报告一些所见所闻和各个地方的特点的时候,他若不是零零碎碎地抓不着要领,便是含含糊糊地回答一声"到处都差不多"。这真是一件令人着急的事。

造成这种窘态的原因,是由于我们从来不会养成一种习惯,用一个作家的惊喜的好奇的眼睛,来观察生活,欣赏生活。我们的头脑常常是被残酷的现实混乱了,以至于不能一方面参加现实生活的斗争,一方面把自己立于生活事变的见证人的地位,来冷静地摄取现实生活的种种形象:一句话,生活的主观和艺术的客观发生了矛盾,而得不到统一和配合。

在这种情形下,我们脑筋里只有零碎的不完整的印象,而没有构成某一对象物的形象。要补救这个缺憾,还是非深入生活不可。在技术方面是通过采访、调查和有关方面的谈话,甚至重新回到以往的生活环境中,作再一次亲身的感受,用来把以往零碎模糊的印象加以补充和整理。

对于天天叫喊着"生活贫乏",而生活范围也的确是非常狭窄的青年作者,只有劝他带着一副欣赏生活的心情和一双惊喜的好奇的眼睛走到生活中去。对于生活内容局限在一定的领域的青年作者,要劝他一方面坚持自己的领域,不要让它荒芜,一方面尽可能地扩张自己的新领域,他倒不妨成为一个生活领域的无厌的征服者。

所谓丰富生活,所谓扩张生活的领域,想来是不能作刻板的解释的。一个人如果能亲身参加和体验三百六十种行业,自然是再好没有的事;可惜他的精力和寿命不允许他这样。作家应该利用他的敏锐的感官,不但从直接方面,而且从间接方面摄取他的生活印象,这就要借助于各式各样的手段来观察和研究,而决定于作家的分析力、综合力和判断力。

最后借助于作家的"想象"。这句话听来很奇突,但这里的想象,是通过了上述的摄取生活印象的一连串的过程之后的想象,这就宁可说是对于上述过程的必要的补充。不是架空的想象,而是有根据的"联想",将要把我们带到生活的更深邃的领域去。苏联伟大的戏剧家斯丹尼斯拉夫斯基在他的"演剧体系"中着重地讲到想象对于一个演员成功的决定作用,初听起来是可怪的,仔细想来却是正确的,现实主义的——这问题留待以后再谈罢。

6月9日,港寓

文学的基本特征——形象化[①]

什么是形象化

我们初学写作者大概都有这样的感觉：同样一个道理，为什么别人讲起来入情入理，亲切动人，而我们讲起来却空空洞洞，模模糊糊；同样一个故事，为什么别人说起来十分生动，十分逼真，而我们说起来却平淡无奇，索然寡味；同样一个人物，为什么在别人的笔下写得活跃纸上，如见其人，而一到我们笔下，却变得没有体积，没有生命了呢？

一篇文学作品和一篇政治论文不同：后者是抽象的概念，前者是具体的表现；一篇文学作品和一段报纸上的新闻记事也显然不同：后者只是单纯的叙述，而前者是借助于艺术手段的生动的描写。这种手段就是把事物形象化。由于这一点基本的特征，所以我们说文艺是形象的艺术。

普通人说："我们应该牺牲性命，抵挡敌人的进攻。"而歌曲作者则说："用我们的血肉，筑成我们新的长城。"（《义勇军进行曲》）普通人说："中国政治黑暗，人民生活痛苦。"而诗人则说："雪落在中国的土地上，寒冷封锁着中国。"（《北方》）普通人说："在黑暗中过惯了的人，不但不追求光明，反而回避光明。"而戏剧家则借着他的人物的意志这样说："太阳出来了，黑暗留在后面；但是太阳不是我们的，我们要睡了。"（《日出》）

两种不同的说法，主要的区别在哪里呢？普通人只说出了抽象的概念，艺术家却把这概念通过艺术的形象表现出来，因而十分具体、深刻，

[①] 本篇发表于1941年《新知周刊》（缅甸仰光）第2期，署名光未然。曾收入《张光年文集》（第三卷）。

而使艺术家的语言在大众的口头互相传播，获得强烈的艺术效果。

至于"叙述"和"描写"的区别——一段新闻记事和一篇文学作品的不同之点，在于前者只是简单的记录，后者却是通过了艺术家对于现实的综合过程和想象过程的形象的表现；前者只单纯地告诉你"如此这般"（It is so），后者却告诉你"怎样地如此这般"（How and why it is so），这就给了所叙述的事物以具体性、生动性和明确性。

通常所说的"拟人法"，是艺术家常用的一种形象化事物的方法。我们常常读着，常常听着："风在哭"；"在呜咽"；"月亮沉思似的照着"；"波浪要想摇动岩石，岩石对于波涛的打击虽皱了一下脸，但并不曾为波涛所败"；"长筒靴子不愿意被脚穿"；"玻璃流着大汗"——虽然玻璃并没有发汗神经。这是高尔基曾经举出的例子。艺术家之所以喜欢用这种方法，也无非要使他所描写的对象物更加具体化、生动化和特征化，而且通过人类心理上的联想作用，使它更加强烈地感动读者。

形象与生活

我们青年作者，虽然大体上懂得这个道理，可是当拿起笔来写作的时候，却往往把它抛在脑后了。我们惯于把单纯的口号和抽象的议论填进我们的创作里，使我们的作品充满"政治的噪音"；惯于把枯燥的叙述代替艺术的形象，使我们的作品失掉真实感；惯于把别人用过了千遍万遍的陈旧的形象抄袭过来，使自己的作品变得肤浅和油滑。这样下去，我们的写作是没有前途的。

写作是一种艺术，也就是一种创造。王尔德要求自己"一句一个形象"，福楼拜教他的弟子莫泊桑替每一个事物创造一个新的形象：古典作家对于形象的追求是如此刻苦，如此勤奋，他们的成功不是偶然的。必须知道，如果通常人是用概念来表现，艺术家就是用形象来表现的；如果通常人用概念来思维，艺术家总是用形象来思维的。当通常人仅只有了某个概念的时候，艺术家的脑子里就同时涌现了足以表达这个概念的恰当的形象。同样一句话，通常人这样说，艺术家就一定比他说得更圆满，更动人。由此看来，一个艺术家如果没有一个"形象的脑子"，没有创造形象的才能,那就不能成其为艺术家了。

我们知道,天下没有完全相同的事物,而每一件事物自身,在不同的瞬间和不同的关系的交叉点上,又随时各异其面貌。艺术家所追求的,就是每一事物在每一瞬间的最恰当的形象。他不好随便"张冠李戴",失掉了表现对象的特征。

但是,这并不是说作家可以任意创造新奇的形象;形象的特征性和多样性,总是统一在一定的内容或主题上的。凡是和内容或主题发生矛盾的东西,尽管新奇,还是不用为妙。譬如主题是写中国人民的英勇抗战,如果忽然来一句"战神降临在中国的土地上了",这就非常滑稽:第一,它认为这个战争是宿命的悲剧;第二,把日帝国主义譬作"战神";第三,把战争的性质误解成人与"神"的斗争。此外,形象的特征性还要不妨害它的普遍性。如果说"那女人的眼珠像火星上的葡萄一样",鬼才晓得她是美丽呢还是丑陋!必须是现实生活中所常见常闻,至少是普通人想象所能到达的东西,方才有感人的力量。

形象的创造和作家的阶级意识、生活范围有着密切的关系。一个过着贵族生活的作家,其作品往往不易为大众所接受;只有为大众和属于大众的作家,才能在大众生活中汲取形象,才能使他所创造的具有明确性和普遍性。同时,一个作家也只有不断地实践生活,深入生活,才能广泛开拓艺术的源泉,而使他的形象之流不致涸竭。

创造典型的形象

青年作者往往喜欢用连篇铺张的描写,或者如同某些诗人们所常常采取的办法,把许多不三不四的形象同时排列出来,以为如此可以加强读者的印象。实际上这种形象的罗列,未见得收到预期的效果,而流水账似的描写,结果只有使读者生厌。文学作者应该研究一下漫画家的技巧,在简单的几笔里,在几笔最恰当的线条的组合中,勾出一个人物的肖像。不在于多,而在于恰当,从许多类似的、近似的形象,选择唯一的、典型的形象。

自然,如同高尔基所说的:"用文章描写出生活的形象来,又将那所描出的形象的基本的特征,简洁地弄得明明白白,使人物的动作和对话,一下子便在读者的记忆里站住,这是非常之难的工作。"但是一个青年作者如果能发展他形象的思维,如果在动笔的表现方式中,选择最恰当的表现物,久而久之,养成一种谨严的习惯,大概也就可以把握到形象化的锁钥了。

最后还要着重地提出:出于事物的形态是发展的,变动不居的,我们就不要安于静止的描写,而要时时追求"动的形象"。

要创造典型的形象,要追求动的形象,要发展形象的思维,要培养一个形象的脑子——这就是摆在每一个青年作者前面的日常课题。

文学的基本要素——语言[①]

文学和语言

如果说文学的基本特征是形象化,那么它的基本要素就不得不是语言了。因为我们已经讲过,文学是通过语言以构成形象的,正如画家通过线条和色彩以构成图面一样。

什么是语言?就是日常流行在人们口头的生动的话语。作家从生活中把它汲取过来,加以提炼和加工,使它纯化和美化,这便是文学的语言。作家用这种语言来刻画人物,描绘环境,抒写情绪,就像利刃之就木,无往而不利。

因此,正如绘画是色彩的艺术,音乐是音响的艺术一样,文学便是语言的艺术。创造了生动准确的形象,铸成了千古不灭的典型,表现了惊心动魄的情感,使千百万读者涌出真实的喜悦和真实的泪,看来好像是作家的幻术的文学作品,构成它的基本材料,不是别的而是语言。

尽管我们天天生活在语言的大气中,好像鱼生活在水里一样,尽管文学的原料俯拾即是,正如水和空气之无待远求,可是我们初学写作的人,仍然无时无地不痛感"语言的贫乏"。试想想看,在大气的包围中而感到窒息,在清泉的激流下而苦于干渴,在米粮的仓库里而叫喊饥饿,这是一件何等可悲的事。

"方其搦管,气倍辞前,暨乎篇成,半折心始!"(《文心雕龙·神思篇》)换现在的话说来,就是动笔时勇气百倍,写成后大打折扣。这就道

[①] 本篇发表于1941年《新知周刊》(缅甸仰光)第3期,署名光未然。曾收入《张光年文集》(第三卷)。

破了初学写作者的苦闷。"何者?"这位中国古代最伟大的文学批评家接着说:"意翻空而异奇,言征实而难巧也。"高尔基也曾经说过这样的话:"无论是诗人,是小说家,不叹语言的贫乏者,是历来少有的。"可见语言的把握,不是一件容易事,古今中外的作家,都有过同样苦痛的经验。

语言的美

大概青年作者运用语言的时候,最容易走向两个完全相反的极端:不是把未曾加工的粗陋的语言拿来使用,便是把空泛含混的语言反复雕琢。读者忘了日常的语言,只是一种原料,一种毛坯,不能拿来便用的;后者却是因了抓不住活的语言,精确的语言,只好用华丽的外形来掩盖他内容的空虚。

所谓艺术的语言,所谓语言的美,既不是野生的语言的毛坯,也不是空泛的形式的雕琢。"……真的语言的美,是由于形成作品的情景、性格、思想的每一语言的正确、明了、音乐性等所创造的。作家、艺术家必须有那广含着无限丰富的我们的语汇的宝库,而从其中选择最正确最明晰的东西的能力;只有依着在字里行间把我们的语言正确化——适合言语的意义——良好的配置、调和、缀合,才能形象地完成作者的思想,赋予鲜明的情景,把作者所描写的人们,在读者之前,浮现着他所亲眼看到的人们的活的姿态。"(高尔基)

作家是用形象来思维的,也就是用语言来思维;思想是内容,语言是形式,二者密切结合。当我们动笔表现每一思想的时候,各种语言的噪音同时在脑中涌现,争着吵着要我们把它搬在纸上。这时候,我们应该冷静一点,不要被它们所窘迫,不要想到就写,而要首先把它们比一比颜色,称一称分量,最后选择那最准确、最朴素、最合目的的话语,加以适当的配置和缀合,这样才有感人的力量。

真的艺术的语言,真正从生活之流中汲取出的语言,是说来适口,听来入耳的。它简洁,明了,响亮,浓厚。虽然流利却不像行云一般轻飘,虽然沉重却不像黄连一般涩苦。如图中美人,不能增减分毫!如白璧,掷地有金石之声。在语言的建筑中,寓有画面的组合和音响的调和,更重要的是感情的炙烧——这就是语言的美，这就是美的语言。

怎样贮蓄语言

你是否有这个习惯，经常带一本笔记簿在身边，遇到各色各样的人物偶尔吐出的精粹的话语，便随时把它记录下来？如是积年累月，将要使你拥有一个语言的仓库。依凡罗夫依照高尔基的指示，带着这样一本笔记簿，在西伯利亚辛勤地工作，帮助他成为一个优秀的苏联作家。在中国作家中，我知道曹禺是有这种好习惯的，因此他的戏剧在语言的精炼上，是罕与匹敌的。

除非你不打算从事创作，或者除非你自认为已经拥有丰富的大众语汇，否则你便不能轻视这项工作；即使你已经拥有丰富的语汇，要是你想继续扩张你的生活领域和创作领域，你也就不能放弃这项繁难的日常的工作。因为这是充实语言、贮藏语汇的最有效的办法。

另一种办法是在民间文学作品中去搜寻。优秀的民间文学，永远是民间语言的最丰富的宝藏。在那些出色的通俗小说、唱本、鼓词、戏文、民歌……中，你会发现民间语言的可惊的组合，形象的最精当的表现。把那些精粹的语言经常地加以研究和搜录，去其所短，取其所长，是大有助于表现力的增进的。

最后一个办法是阅读名家的作品，学习他的语言的广博和精练，学习他形象化事物的方法，看他用什么幻术一下子把一个个人物生动地站起来。伟大的作家，永远是人民语言的组织者和创造者，向他们学习的正是组织的方法和创造的过程，而不是袭取一两片美丽的羽毛，生硬地插在自己的头顶上；自己的语言，还是要通过自己的喉舌说出的。

语言之辩证的发展

作者要明了语言的社会性。资产阶级和工农的语言色彩是不容混同的。官僚说话带官气，商人说话带市侩气，知识分子说话带书生气，太太小姐们说话带闺阁气，这已经是周知的事。把握语言的社会性的特征，通过个人的癖好和语调的特性表现出来，用以创造人的典型。

没落的资产阶级作家惯于用浮华的辞藻，来掩饰其意识形态的破败；而革命的意识形态要求着简洁有力的"英雄的语言"。意识的武装配合着技术的武装，这就是今天的战斗的新文学所要求的。

不要忘了站在发展的观点上去把握语言。生活变动着，语言也跟着变。昨天是活的语言，今天也许变成死的；昨天是美的，今天也许变成丑的。这就是《庄子》《文选》的语汇在今天不能拿来袭用的原理。

燃烧在中国土地之上的抗日的烽火，正汇成巨大的革命力量，推动着民族生活的急剧的变革。书本上的语言、外来语等，随着群众文化水准的提高，渐渐从纸上活到人民的口里；而新的语言，以无比地丰饶和生动，不断地被创造。中国的作者正应该把握这发展的契机，把活的血液输进自己的创作中，这将鲜明地表现着其作品的革命的现实感。

历来在民族语言变动生长的时代，常常孕育着划时代的文学。当前急剧变动的中国现实，正向中国作家提供了严重的课题。同时历史上最伟大的作家，一方面从人民语言中汲取养料，创造光辉的果实；一方面他们所创造的艺术的语言，又转而被汲取，因之丰富了并且美化了人民的语言，莎士比亚之在英国，普式庚之在俄国，就是最明显的前例。"作家一面从事工作，便一面把工作转化为语言，同时又把语言转化为工作。"（高尔基）这就是文学和语言的辩证的发展。

语言——文学的基本要素！认识它的重要，辨明它的特征，把握它的社会性的发展，时时以有效的方法贮藏语汇，以最大的努力克服语言的贫乏，向空疏的陈腐的"寄生的不纯物"展开无情的斗争；这不但是每一个青年作者自身的任务，而且是中国新文学运动的当前任务。

6 月 27 日于港岛

怎样选择主题[①]

为什么写作？

当我们动笔写一篇作品的时候，首先应该向自己提出一个问题："为什么写？"创作不单是个人感情的发泄，作者应该时时意识到在自己面前，站着千千万万的读者；必须使读者在读完一篇作品的时候，确实地能有所得。必须使每一篇作品取得一定的社会效果。

创作的事业，是一种社会性的劳作。如果一篇作品在读者中间不能起积极的作用，它就可能起消极的作用；不是教育读者，便是麻醉读者；而麻醉读者，却是创作的良心所不能允许的。

作家的工作，是分析现实，批判现实，提高现实。作家应该时时意识到自己是"人民的代言人"，"语言的战士"，或者如斯大林所说的"灵魂的工程师"。每个作家要想充分达到他的任务，那就要在"技术的武装"以前，首先完成"意识的武装"。因此，"为什么写作"这个问题，不管是对于成名的作家或青年作者，永远是在动笔之前，或者在创作过程中应该着重考虑的问题。

什么是"主题"？

我们说过，文学是通过语言构成的形象以表达概念的。所谓概念，就是人类对于事物的认识和观念，各种概念的结合，就形成一定的思想。这

[①] 本篇发表于1941年《新知周刊》（缅甸仰光）第4期，署名光未然。曾收入《张光年文集》（第三卷）。

思想通过艺术的形象表达出来，就变得更加明显和有力，使读者引起思想的共鸣，而在广大人民的灵魂中起作用。

一篇文学作品，透过它的语言和形象，透过人物的活动和情节的铺张，它最终蕴藏着作者的一种思想，一种见解。这种思想和见解，通常被称为作品的"中心意识"，也就是作品的"主题"。

主题是一篇作品的根本旨趣，也就是作者写作的目的之所在。譬如果戈里的《死魂灵》，作者企图说明：在黑暗的农奴制度之下，狡黠者流可以利用政治的弱点，做出惊心动魄的买卖死人的恶行；这种恶行，证明农奴制度的悲惨，和建筑在这种悲惨制度之上的贵族政治，必然走向没落——这就是《死魂灵》的主题。绥拉费莫维支的《铁流》，则说明了虽然是落后农民的乌合之众，只要在进步的政治领导之下，仍然能团结成坚强的队伍，和人民之敌进行残酷的斗争，最终达到胜利。《阿Q正传》的主题，在于揭发隐藏在民族生活深处的卑劣的国民性——虚妄自大，精神胜利主义，奴隶胚子，以及种种可悲的阿Q精神。《子夜》的主题，说明了在半殖民地的买办经济的操纵之下，不但农村日益走向破产，民族工业也永远抬不起头来——要想发展民族经济，首先须求得民族解放。

一篇作品，必须有一个鲜明的主题。长篇的作品，包纳的内容越多，接触的方面越广，往往除了主题以外，还有一个以上的"副主题"。像刚才所说的《子夜》，主题是民族经济的出路问题，而连带触及的农村经济问题、工农生命问题……便构成了这部长篇小说的副主题。

怎样选择主题？

主题的选择，永远和作者的世界观连成一气的。市侩的庸俗的世界观，常常产生出肤浅、庸俗甚至反动的主题来，只有具备着完整的进步的世界观的作者，才能随时把握着最具有普遍性、现实性和积极性的主题，而把它溶解到自己的作品中去。

主题越具有普遍性，则其感人的力量越强。《阿Q正传》在中国社会上所以起了强烈的影响，乃是由于作者所揭发的，所批判的一切，在中国社会上具有非凡的普遍性的缘故。今天的民族解放战争，激荡着每一个中国人的心灵，所以无数的作者，从这一普遍性的主题上施展他的才能，要是和精练的技巧配合起来，一定会产生伟大作品。

主题越具有现实性，则其感人的力量越强。人总是注意于现实生活中纠缠不清的问题，作家要是针对着现实的问题，及时提出正确而且具体的见解，一定能够收到很大的社会效果。就目前讲，像国共磨擦问题，后方物价问题，贪污政治问题等等，正是全国人民最焦虑的问题，具有非凡的现实感，如果我们能够的话，我们应该尽量采取这种现实性的主题。

主题越具有积极性，所收的效果越大。"哲学不仅在说明世界，更重要的在变革世界。"和这同样，文学也不仅在于反映现实，尤其在于以艺术的力量，作用于人民的心灵，而推动现实生活向前发展。我们的作品，应该高扬起胜利的信念，激发人民的战斗意志，为推动现实的改革而斗争。如果说揭露黑暗，那是为了加强人民对于黑暗的憎恶，从而激起扫荡黑暗的决心；而不是让人们在黑暗之前垂头丧气。如果说讴歌光明，那是为了加强人民对于光明的爱护，激起为光明而斗争的热情；却不是让人们在光明和胜利之前冲昏了头脑——对于现实保持积极态度，不断地改革现实和提高现实，这就是现实主义所要求的。

旧主题的新理解

历史推动了人类生活向新的方向发展，新的意识形态提供了新的美学，因之也提供了新的文学的主题，旧时代的主题，今天已失掉感动读者的效果，而曾经被资产阶级作者称为"永远的主题"者，如像自然、爱与死等等，今天虽仍然存在，但就不得不要求着新的理解了。

这里最好引用高尔基的话（引号中的便是）来加以说明。

关于"自然"的主题，是封建时代的作家最常用的。"过去的诗人们，作为农民与地主，作为'自然之子'，在本质上是作为自然的奴隶，而狂喜于自然之美与赐物。在对自然的诗的态度里面，最普遍而且明显地可以听到那柔顺和阿谀的声音，现在也还可以听到。对自然的赞词，就是对暴君的赞词，在那调子上，几乎常是令人想起祈祷的。"（《论诗的主题》）今天就和这恰恰相反，作为地球的主人翁的战斗的新人类，应该洗去以往的"自然的拜物教"的丑行，用"征服自然"的主题代替"崇拜自然"的主题。

怎样处理题材[①]

题材与生活

谈到文学的题材，又不得不归结到创作与生活的老问题上去。

现实生活的种种事象，无一不是创作的题材，问题在于作家用怎样的眼光去分辨，用怎样的尺度去衡量，以及用怎样的兴趣和怎样的能力去选择——这是一个从生活的认识过程过渡到文艺的创作过程中间的，具有连锁性的问题。

尽管创作的题材是如此的广泛，作家却总是从他所熟悉的，至少是他所接近的生活中选取他的题材。如果这个题材是作者本来不大熟悉的，那就在动笔之前，必须想尽一切方法去熟悉它。凡是自己还不曾熟悉和不曾消化的材料，写出来不但不能感动人，而且常常会因了自己的"外行"而闹出很多笑话的。

文学是反映生活、表现生活的。在广大的生活领域中，存在着形形色色的创作的素材。每个作家从他所熟悉的和他的创作能力所能达到的，随手写下了他那最生动的一部分，把同一时代的许多作品集合起来，便是这一时代的活的记录。要是作家轻视他自己最熟悉的一部分，而在非常渺茫的题材上转念头，那就不但不能写出好的作品，而且把眼前的一份宝贵的题材也白白糟蹋了。

种种的题材

封建时代的作者，热衷于神话的和宗教的题材；稍后，农村生活和自

[①] 本篇发表于1941年《新知周刊》（缅甸仰光）第5期，署名光未然。曾收入《张光年文集》（第三卷）。

然风景,变成了一切艺术家的最普遍的题材。恋爱生活、家庭纠纷、商业、政治和法律,这些普遍的题材是资本主义社会的作者所百用不厌的:到了资本主义的末日,野蛮、神怪、自杀、疯狂、犯罪、酗酒妇人,成了颓废苦闷的作者的精神生活的写照。在另一方面,无产者的文学,总是把描写斗争放在第一义;或者用新兴阶级所特有的锐利笔锋,针对着旧社会、旧制度的一切不合理的现象,加以无情地解剖。在苏联,革命胜利之后,出现了大批表现内战时期的作品;在今天,文学的题材则转移到和平建设和反法西斯的斗争了。

研究各个时代的文学题材的演变,并追究出其社会的原因,将会大大加强我们对于文学史的了解。

在我国的民族解放战争中,存在着无尽的创作的题材。不管是在最前线或者大后方,到处都展开着可歌可泣的图画,这些图画反映了急剧变革的中国现实。随手举几项来说罢:像抗战中的每一次重要的战役,军队政治问题,军民合作,敌寇的暴行,人民武装的成长,群众英雄的涌现,敌后和游击区的政权,重要的摩擦事件,汉奸和阴谋分子的活动,知识分子、妇女、商人、工人、农民、官吏,以及形形色色的人在抗战每一个角落的活动,民族工业的发展及其困难,大后方的政治、经济、文化、教育各方面种种不合理的现象,在轰炸中的大后方,上海孤岛的生活,海外侨胞的救国热情……抗战的现实,真是蕴藏着无尽的题材,在我们的抗战文学作品中,不过反映了千万分之一罢了。

即如在此时此地的海外侨胞的生活中,又何尝不蕴藏着急待表现的题材呢?侨胞的踊跃捐输,青年的回国抗战,华侨工商业的处境,以及最近的阴谋分子、摩擦专家在海外的辱国活动,作家和进步分子的逃亡海外,陈嘉庚主张和反陈嘉庚主张的斗争,在香港的敌汪分子的大规模的活动,还有在《新知周刊》上看到的缅甸的"新来中国人"的问题以及滇缅路上的种种怪现象……这些难道不是非常生动的题材吗?然而这些此时此地的题材,似乎都被南洋的作者们忽略了,有些落后的作者,竟然还停留在风花雪月的梦呓中。

从题材到主题

作家对于每一个题材,要能"因小见大",这就是说,要从现实生活的互相关联中去确定每一个题材的意义。譬如就缅甸社会中的所谓"新来的中国人"来说罢,把这一事件孤立起来看,似乎没有多大的意义,但若把它和贪污问题、滇缅公路问题、中缅邦交问题,乃至于和民主政治问题联系起来观察,如同《新知》编者所分析的那样,这个题材就有非常重要的政治意义了。

对于题材的把握,还要能"因近及远",这就是说,要从每一事件的发展过程中去把握其意义。譬如今天大多数侨胞的反对黑暗,坚持进步的斗争,如果不从南洋侨胞历来的艰苦奋斗,和对于祖国革命事业与抗战事业的赤诚的捐输这样历史的观点来着眼,那就对于这一题材的把握还不够具体,同时也不能从目前的现象看到它的未来的发展。

绝大多数的作家,都是从现实生活中摄取题材,但有些作家,或者作家在有些时候,也常常选取历史的题材;而另一些——大抵是浪漫主义的作家,则喜欢从神话世界中,从动植物世界中,或者从未来世界的幻想中摄取题材。不管是历史的题材或者幻想的事件,仍然是要根据现实生活的观察,根据作家对于现实生活的根本态度——世界观来处理。初学写作者,还是应该尽量从现实生活中摄取题材:题材越现实,作品越动人。

必须使题材或材料,随时和作者的世界观起着强烈的化学作用,经过这一化学作用,作品的"主题"便正式成立了。从题材到主题,不是从主题到题材,这是初学写作者所应当切记的。

题材的摄取

高尔基说明他自己的题材的来源:"当然,是印象,是直接得来的对于经验起好作用或坏作用的印象,已经被压缩到宇宙观里,人生观里,即意识形态里的。"可是他说也有两次例外:《忏悔》是从一节小说和一节论文得来的题材;《夏天》是按着一位社会民主党的宣传者的笔记写的。法捷耶夫说:"我自己的作品,是取材于本国革命战争,我本人曾经受过革命战争——尤其游击战的训练。"A. 托尔斯泰说:"我什么材料都用的:自专门的书籍至趣言佳语都用的。当写《加林工程师的双曲线体》的时候,我不得不去学最新的微分子学的理论。"《铁流》的作者说:"我所以取这材料的,还因为……那一带的一切我都很熟悉的。当我正写东西的时候,为着从记忆里回复起来那一带的情势,我又到那里去了一次……其次要取这运动的材料,我就遇到了率领这群众的领袖……他极详尽地把事情的经过告诉了我。"

大概题材的摄取,最好是出于作者的经历;即使是素来熟知的,在必要的时候,访问,游历,参考书报杂志的记述,查阅专门的历史文件,就教于专家,甚至亲身的体验和学习,使自己的材料更丰富,印象更牢固。专靠灵感,轻视学习,是无法写出好作品的。

怎样描写性格[1]

创作与人

一切创作的中心是人。

不管是小说、诗歌，还是戏剧，它所描写的中心总是人——人的行动，人的感情。

即使有些作家描写了人以外的世界，如神仙世界、动植物世界等等，也还是通过了人的感情，赋予了人的形象的。人总是根据自己的状态来创造神仙，而作家描写动植物世界时也是通过拟人法。

既然文学是表现人的生活，则作品中的人就必须是真实的人，有血有肉的人。使读者通过字里行间，仿佛看到他的面貌和姿态，听到他的呼吸和脉搏，发生十分的亲切感。这才能被主人公的遭遇和感情所感动，从而领悟人生，并且提高人生。

人的外观

怎样使作品中的人不是死板的图式，而是有血有肉的活人呢？这就必须通过性格描写。

仅仅描写了一个人的外观——肖像、服饰、姿态等——是不够的，必须更进一步，发掘这个人物的生动的性格。把外观和性格结合起来，然后人物才能活跃纸上。

---

[1] 本篇发表于1941年《新知周刊》（缅甸仰光）第8期，署名光未然。曾收入《张光年文集》（第三卷）。

单就外观和性格二者来说，则前者是现象，后者是本质，前者是形式，后者是内容。离了内容的形式，就变成架空的、毫无意义的东西；而性格内容也常常通过外观形式表现出来，所以我们常能透过面貌看到人的心计，透过服饰看到他的好恶，透过姿态而触到他的性格。

就肖像描写来说罢，作品中的人物肖像和一幅肖像画相同又不同：好的肖像画，特别是出自名家手笔的，也能传达人物的心灵和性格，但是在描写方法和描写过程上，文学不是用线条的白描，也不是色彩的铺展，而是借助于动的感觉和间接的譬喻，用形象来描写形象。这只要参考任何一部名著中的肖像描写，就可以领会到。

服饰和人物的阶层，职业和心理的好恶，有着密切的关系，从周围接触的人群中，我们随时可以发现这一点。服饰虽然不是一个主要因素，但也可着色于人物性格的。

人的动作、姿态、言谈的习惯和癖好，常常帮助我们描写一个活生生的人。适当地运用它们，能够帮助我们一下子抓住一个人物的特征，有时甚至深深穿透到他的心灵中去。

人与人之间

以上所说的，还只是从外观透视性格，但是所谓人者，是一个矛盾的产物。他的自身包含着种种矛盾，同时他又生活在人与人之间的复杂的社会矛盾中。他和这些矛盾相引相抗，周围环境的一切变动，处处作用于他们的心灵。人的性格，本是社会环境所造成，同时社会环境，又像镜子一样，照明了他的性格。

一个人的生活态度和思想方法，是决定他的性格的主要因素，由此产生他对政治、事业、交友、恋爱、读书、用钱、游戏……的基本态度，由此产生他对一切事物的爱和憎的区别。

而性格和行为，尤其在人与人相处的场合得到生动的表现：一个人对父母的态度怎样，对妻子或爱人的态度怎样，对朋友的态度怎样，对敌人的态度怎样。就朋友说，在许多朋友中，还有不同的态度和分寸；即就同一个朋友说，有好的时候，也有坏的时候。

"不怕不识货，只怕货比货"，轻重浓淡之分，红蓝黑白之别，善恶邪正之貌，在各种人物的互相比较、互相对照中，全衬托得十分鲜明。所以作家在创造性格的时候，常常同时以多样的性格甚至相反的性格来互相衬托和互相对比；为创造一个主人公，也常常以他周围的人物来烘托出他的性格。

人和他周围环境的接触，以及由此发生的一切矛盾和纠葛，经常通过语言来表达。因此语言是描写性格的最有力的武器。绝大多数的作家，运用巧妙的对话来描写性格，获得了卓越的成功（在戏剧中尤其如此）。人的语言，不但代表他的阶层和职业，而且通过他运用语言的特殊方式和特殊习惯，每每给他的性格以鲜明的色彩。

内心的矛盾

由于复杂的社会条件，特别是不合理的社会制度，人与人之间的利害冲突日益尖锐。人为了保存自己或者进攻敌人，常常意识地或者半意识地，甚至无意识地把自己的真实想法和真实性格隐藏起来。像昆虫一样，在他们性格上披着各种的保护色，使别人一时看不出他们的"庐山真面"来。

但是现实生活的洪流，每一时刻从四面八方冲击过来，在人的内心里，便时时泛滥着真实的喜悦、忿怒、悲哀、恐惧、欲望或憎恶。这些感情，既然不能坦然地发挥，自然就形成他内心的种种矛盾。

作家的任务，既然是发掘人物的心灵，而人物的内心矛盾，正是其性格的最坦白暴露，而古往今来的作家，都着重人物的心理描写，企图从这里来发掘性格。

心理描写，最重要的是要把握心理活动的根源，然后才能抓住其心理现象的特征。古典作家，像莎士比亚、托尔斯泰等等，都是心理描写的巨匠。作者的笔，跟随着人物的灵魂一同活动，简直一丝一毫也不肯放松，中国的伟大小说《红楼梦》，也是心理描写最成功的范例。

然而今天新的表现方法，正追求着把心理描写溶化到行动描写之中。人在他们行动的种种矛盾中，自会暴露出他内心的矛盾。用生动的行为和对话来代替冗长的心理描写，是今天的许多苏联作者的追求。

嬉笑怒骂的方式，是人的性格最无拘无束的表现。人在这个时候，把他的矜持之门打开，无意间透露出他的性格。此外，人和他最亲密的朋友或情人在一起的时候，也轻易吐露他的真实；而哭泣或忏悔，也是表白内心的最恰当的机会。在小说中，有人还喜独白，虽然不是最好的方法，但是一个人在四周无人独自运思的时候，常常把他内心的矛盾和盘托出了。

性格的发展

由于社会条件的发展，由于人与人之间的互相激荡和互相影响，人的性格也会随之转变。在抗战中间，我们看到多少好人变坏，坏人变好，英勇的变成懦弱，懦弱的变成英勇，例子真是举不胜举。

人物性格的发展必须合理，必须说明他的根源，必须通过充足的"量变"，才能达到"质变"。

7月10日

怎样创造典型[①]

艺术的概括

高尔基有一段著名的论典型的话,几乎是每一个作家诵读不厌的。他说:"艺术家必须要有概括的能力。创造言语的艺术,创造性格与典型的艺术,要求有想象、推测和考察。文学家描写他所熟悉的商人、官吏、工人,纵使能够多少成功地造成某个人物的写真,也不过是一张失掉社会教育意义的写真而已。这样的写真对于扩大及加深我们对人及生活之认识上,是没有一点用处的。但作家如果能够从二十个——五十个,几百个商人、官吏、工人的每个之中,抽取最本质的特征、习惯、趣味、动作、信仰、口吻等等——拿来综合于一个商人、官吏、工人之中,则便可以用这样的手法创造出典型来——这才叫作艺术。"(《我的文学修养》)

这段话,是值得我们仔细咀嚼的。

艺术家对于现实的描写,不仅着重枝节,而且着重全体,不仅着重现象,而且着重本质。写人也是一样。我们如果随便拉到一个人,作为模特儿,顺手描出了他的形象,至多不过是那"一个人"的写真而已,对于别人有什么影响呢?必须是从同一门类、同一色调的若干形象中,把他们的习惯、趣味、动作、信仰、口吻等等的本质的特征抽取出来,再综合在一个作家笔下的人物中,然后才能得到广大读者普遍的注意。喜剧的人物使千百人借鉴,悲剧的人物使千百人同情,其奥妙就在这里。这一个综合的过程,就叫作艺术的概括。

[①] 本篇发表于1941年《新知周刊》(缅甸仰光)第11期,署名光未然。曾收入《张光年文集》(第三卷)。

人物的概括越普遍，则作品越感人，越能获得社会的教育意义。"阿Q"这个人物，是从几乎四万万五千万的民族性格中概括出来的，他抽出了变动时代的中国人的几乎是每个人的共同的心理弱点，所以他就能普遍地感动每一个读者，而能收到强烈的社会教育效果。

典型与真实

作家笔下的典型人物，因为是从无数的真实人物中抽象和概括而来的，所以认真说来，不见得和现实的人物完全吻合。作家创造的典型人物，"实际上并不曾有。所有过而现在还有的，乃是从他们相似的但更渺小的人物中间，把人的普遍化出来的典型——活生生的典型想象出来了"（高尔基：《给青年作家》）。这里应当注意的，是"完全"和"相似"两点。正因为典型的人物比现实的人物更完全，所以我们就不能偷懒去复写不完全的模特儿，正因为概括成了完全的典型，所以被概括的每一个人，都能从典型中发现了某些和他相似之处。鲁迅的《阿Q正传》在北平《晨报副刊》发表的时候，好些人都感觉刺到自己的隐痛，其道理就在这里。

正因为文学的典型，有这一点微妙之处，"所以我们便称一切的撒谎者为胡列斯塔可夫（果戈里《巡按》中的主人公），称一切粉饰汉为塔尔都夫（莫里哀喜剧中的主人公），称一切的嫉妒家为阿赛罗（莎士比亚悲剧中的主人公）了"（同上）。同样，我们也称一切的精神胜利主义的家伙们为阿Q。

扩大与夸张

从现实形象中概括出来的完全的典型，为了感动读者的心灵，收到深刻的社会效果，还有赖于作家笔下的"艺术的夸张"。自然这种夸张必须是合理而且适度的。试看高尔基所极力称道的"完全写成的典型"，如像哈姆雷特、浮士德、唐·吉诃德、鲁滨逊，以及果戈里的《死魂灵》和《巡按》的主人公，这些"对于一切人已经成了纪念碑的创作"，何者不是经过扩大夸张的成果呢？鲁迅笔下的阿Q，夸张得淋漓尽致，然而会有人感觉到不近情理吗？相反地，艺术的夸张，使人物的特征更显明，更凸出，更能在读者的脑中牢牢站住。

高尔基说："真的艺术，具有扩大夸张的法则。黑拉克列斯、普罗米修士（按：都是古希腊戏剧中的人物）、唐·吉诃德、浮士德等，不但是'空想的果实'，而且是客观的诸事实的全合法则的和必然的诗的夸张。这是我们的作家们还没有理解着的。"（《诗的放谈》）

在同一处所，高尔基又说："在文学上必须是表现更伟大的、更光荣的我们的实在的主人翁们。这不但是生活的要求，而且是社会主义现实主义的要求。"由此可见，所谓诗的夸张，并不是把人物全描写成漫画化的角色，更不是让人物超脱现实，而是通过合理的扩张，把现实生活的典型，表现得更充分更完满，从而使现实的人物有所感奋，以达到艺术提高现实的任务。

从典型到个别

今天中国的民族解放战争，和文学上的新民主主义的现实主义，也正向中国文学作者提出了上述的要求。抗战产生了无数的民族英雄，在群众中间也诞生了新的人民领袖，革命的烈火培炼出了无数新的性格和新的典型。可是我们的抗战文学，不但完全赶不上这个要求，并且即使是现实存在的崇高的典型，一到作家笔下，也往往变得软弱无力！这真是正如高尔基所慨叹的，"我们的实在活着的主人公们，是比之我们的中篇、长篇小说的主人公们，更为崇高，更为伟大的"。

当然，并不是说中国的作家们没有向这一方向努力，事实是由于观察力的不够，和概括性的不够，损害了创造典型的巨大事业。正面人物，且不去说他了；即使反面人物的描写中，如像汉奸的典型和民族失败主义的典型，真正能够抓住了特征的，能有几人呢？至于抗战初期的作品中的日寇、汉奸、士兵和将领诸人物的图式化，那就更不待言了。

上述的缺点，是由于作者对于典型的概括，发掘得不够深刻。作者往往把握了轮廓，忘掉了本体，抓住了现象，忽视了内容。其实"在想给以表现的各个人物中，除开其阶层的共通的特性而外，我们还应发现其最特征的，而在终极上决定其社会行动的那种个人的特性。我们不应当像现在我国所通行的那样，把阶层的牌子从外部去贴到人的身上"（高尔基：《论戏剧》）。

  典型人物，虽然不即等于现实存在的活人，但典型的本身，却仍然需要着血肉和呼吸。必须使概括化了的和一般化了的典型，通过个人的特征表现出来，方能创造出优美而生动的人物。因此，普遍性的典型创造，和个别性的性格描写，是互相对立而又互相统一的——这一结合过程，在艺术上，叫作"从典型到个别"。

  完美的典型创造，具备一个活人应该有的种种细枝末节的本质的属性，像特殊的思想方式和语言方式，特殊的面貌、姿态和癖好等等。不但具备，而且同样地需要扩大夸张，使他比现实的个别更加完备和凸出。

郭沫若先生的政治诗《咏史》解

今年十月,是中国伟大的作家郭沫若先生的五十寿辰,同时又是他从事创作的二十五周年纪念。这倒使我想起他在今年一月间江南惨变发生时所写的四首旧体诗《咏史》来。这诗当时发表在重庆的《新蜀报》,被人传颂不倦。本来中国的诗人们,每逢到朝廷黑暗,正义不伸,而在黑暗舆论统治之下又无法明说的时候,便往往借用"咏史"的体裁,从历史的讽喻中,来揭发黑暗,讴歌光明。郭沫若先生的《咏史》,写在所谓"军纪问题"高唱入云的时候,写在人民的喉舌——作家和文化人从大后方纷纷出走的时候,那么,作为中国新文化的开辟者和领导人的郭沫若先生,作为正义之旗的郭沫若先生,他的悲愤是可以想见的,而《咏史》一诗为何而作,似乎也就用不着解释了。

但是为了海外读者的便于领悟——他们可能对旧诗不太习惯——现在把原诗引在后面,而在每节之下加几句简单的说明。自己对于旧文学也缺少素养,如果有错解原意的地方,还请作者和读者加以纠正。

"雷鸣瓦釜黄钟毁,做到黄钟愿亦偿;自有阳春飞白雪,难同下里竞宫商!""黄钟"是中国音乐中的正声,"阳春白雪"是一种高深的雅乐乐曲,自来是孤高难和之调。今天正声虽然被邪声压倒,然而"阳春"之歌,只要是代表真理的呼声,最后必被知音人所了解。让那些"下里巴人"淫荡无耻的滥调唱下去吧!他们最后必被人民所唾弃的。按:这里所说的"下里宫商",指的当时被收买了的舆论界,尤其是以每月一万元的纸价出卖了的某老牌报纸。

"棱威一代明成祖,骨鲠千秋方孝孺;纵使舌根能断绝,依然有口在

---

① 本篇发表于1941年《新知周刊》(缅甸仰光)第13期,署名李怀。曾收入《张光年文集》(第三卷)。

吾徒！"以明成祖的"棱威"杀死一个方孝孺当然不算一回事，但是正义凛然的方孝孺，为千秋万世所同情，而用刀尖来维持统治的明成祖，而今安在哉！一个人的舌根可以被挖断，但是千千万万的人民，依然是有口可以呐喊的。

"龙逢当日亦为逆，伍子精诚尚涌潮；一片流云飞过后，中天仍见月轮高。"龙逢、伍子，当日都曾经蒙过"千古奇冤"，曾经被诬为"叛逆"过的，这种戴帽子的战术，原来也还是两千年以前的旧花样。可是阴谋构陷是没有用处的，正如阴云惨雾，终归掩盖不了日月光明。

"鹏鸟纵遭鸠晏笑，凤鸾虽死不为鸡；韩碑毁去韩文在，莫道樊然无是非！"鹏鸟遭厄运的时候，斑鸠晏（从鸟）鹩们是得意的；但是凤凰宁死也不和小鸡为伍，因为一个是自己的主人，一个却是别人蓄养的奴隶啊！不要以为抹杀了事实，颠倒了历史，便可一手掩尽天下人的耳目，世界上到底还是有是非曲直的！

我读郭先生诗，仿佛看到正义凛然的老战士的面貌，仿佛听到倔强的左拉的"控诉"，仿佛接触到一个伟大作家的人格的光芒。今年，今月，是这位老战士的寿辰，我们年青的作者，该用怎样的劳作来祝贺他呢？

※一九四二年※

宋词引论①

宋词之起源

　　成肇麐《五代词选》叙曰："十五国风息而乐府兴，乐府微而歌词作；其始也皆非有一成之律以为范也。抑扬抗坠之音，短修之节，运转于自己，以蕲歌者之吻；而终乃上跻于雅颂，下衍为文章之流别。"就音乐发展以论词之起源，成氏可谓得之。古昔诗三百篇，皆可被之管弦，协谐音律，故孔子得一一弦歌之，以合于韶武雅颂之音；其十五国风，固里巷之歌谣，男女相于讽咏者也。自历秦燔，逮于汉世，犹能纪其铿锵，定其容与，然仅存之乐官，用于宗庙，盛世遗音，不绝如线矣。是时里祥咏歌，以播新声；乐工协律，不乏新制；四方来贡，亦多异响：武帝兼收并蓄，以实乐府，文人倚户填词，颇翻新调。汉魏之间，郊祀燕乡之所用，朝野文士之所咏歌，固已树文苑之奇葩，拓风雅之新土矣。自后新陈相移，雅俗代变，迄乎隋唐，颇废汉音，域外新声，竞播中土，乐风既变，歌体遂异，故唐人以诗为歌，七言律绝，悉付乐章，为协新声，斯创新体也。然律绝之体，格调无多，随有巨匠，莫或翻新，而管弦之用，变化无端，旧词新曲，寖成龃龉！乃见田野里巷之间，引车卖浆之流，汲域外之异响，翻俚俗之新声，论歌句则长短而无定，论音韵则变化而随心。风流所被，影响骚坛，于是词之为体，乃滥觞于李唐，拓域于五季，而盛极于两宋矣。是故风雅之什，乐府之音，律绝之体，词曲之乐，实一脉而相通，异

---

　　① 本篇作于1942年夏，是作者在云南大学附属中学任教高中国文时的自编讲义。曾收入《张光年文集》（第三卷）。

代而相应者也。生活由简而繁，语言由质而华，乐音由雅而郑，歌诗由朴而绮，其不得不变者，势也。夫词调之繁，宋世为最，令、引、慢、犯，体数诡杂，然追本穷源，不外三类：一曰民歌，"采桑子""摸鱼儿"之类是也；二曰夷乐，"菩萨蛮""苏幕遮"之类是也；三曰词人自度曲，美成、白石自翻新腔者是也。而民歌夷乐，往往经词人之改订，或引长其声，或演繁其体，此所以由小令而引、近，由引、近而长、慢者矣。周姜之徒，深解音律，复因旧曲，移宫换羽，宋词体制，至此益繁。夫厌故喜新，人之常情，乐律进化，势所必然。惜乎末世作者，自甘茧缚，守律日谨，变化无闻，以致昔之新声，今成滥调，昔之惬耳，今成厌听；乃不得不更拓新境于俗声，复汲异响于域外，此所以元曲兴而宋词微，物穷必反，何足怪乎？

宋词之演变

词艺之盛，至宋而极，上至帝王将相，下至贩夫走卒，虽雅俗异趣，靡不知音。至于骚人感慨之意，教坊声色之娱，凡所咏歌，不离词乐；溯其盛况，犹今之救亡歌曲也。夫传习既广，故作者辈出，染指既多，故珍奇屡见，此宋词所以凌古傲今，独标异秀，精彩绝艳，莫可比伦者矣。综两宋三百余载，以词名家者数百人，词体之繁，创作之夥，曷可胜记！然其嬗变之迹，有可得而言者：大抵开国之初，犹沿五季之旧，汲二主之遗馨，存《花间》之余韵，其代表作者，当推晏殊、山谷及晏子几道，实承其绪。世际清明，故词旨和婉，祖述南唐，故意少独创：此其大概也。其后柳永以失意无聊，流连坊曲，取街巷之俚语，翻曼延之新声，骩骳从俗，一时动听，有井水处，皆歌其词。其功于铺叙，勇于开拓，故一代之大家也；而绮罗之态，嬫嬻之词，则风期之未上耳。苏轼继起，横放杰出，涤尽柔靡之风，超乎尘垢之外，豪迈处若天风海雨之逼人，韶秀处似弱柳垂杨之拂水，虽疏于裁剪，间不协律，而豪气逸怀，自足千古也。北宋模式，周邦彦最为知音，其审定旧曲，增衍新调，固乐府之骁雄，词坛之巨匠也。所为词以沉郁蕴藉，流美精审，命意遣辞，皆有法度；惜乎专攻绮艳，托体不高，因袭唐人，胸襟未广，后人但以精审典雅，谓足媲美杜诗，矜今或前世，则会已嗟讽，殊非确论矣。南渡之初，李清照以清丽哀婉，为世所激赏，而前人论词，辄以伧俗浅露非之。余谓易安以孤苦之身，丁丧乱之世，其思切，其情真，其意远，其辞哀，句句是血，字字是泪，固真情之流露也。惟是胡马南犯，家国飘零，而犹专主一己之哀，无复山河之恸；其将以闺房弱质，无待苛责者乎？则有辛弃疾氏，当弱宋之末造，负管乐之雄才，而所遇不合，忠愤抑塞，斯悲歌慷慨，凌厉风发矣！刘潜夫论其词曰："公所作大声镗鞳，小声铿鍧，横绝六合，扫空万古。"毛晋曰："词家争斗秾纤，而稼轩率多抚时感事之作，磊落英多，绝不作妮子态。"惜乎用事过多，有书卷气；然其微词讽谏，舍托譬于事类，不将贾文字之祸乎？同时作者，有陆游、刘过，并主豪迈，激昂排宕，直欲凌越稼轩，顾才力不逮耳。姜夔长于音律，善于度曲，所制新腔，悲凉幽咽，盖南渡而后，偏安一隅，国势日非，中兴无望，稼轩感愤之意，变为白石伤心之语矣。自后作者，如吴文英、周密、张炎、王沂孙之流，各有所长，并是名家。然梦窗如七宝楼台，炫人耳目，折碎下来，不成片断（张书夏语），且用事下语，人不可晓（沈伯时语）。草窗有韶秀之色，有绵渺之思（戈载语），然立意不高，取韵不远（周济语）。玉田意度超玄，律吕协洽（仇山村语），然专恃雕琢，毫无脉络（周济语）。碧山咏物，寄托深远，一片热肠，无穷感慨，然仅余哀怨之思，无复豪迈之气，情辞哽咽，其亡国之音欤？综两宋词风，历经六变：晏氏承十四国之韵，吐珠玉之声，凡所述作，但属小令，自屯田创慢曲之体，采俚俗之辞，作风至此一变。坡老胸襟飘逸，气势奔腾，所谓曲子缚不住者，其词但求写意，不求协音，虽富诗情，颇乖律吕；此公非不解律，特有以打破成格耳：此宋词散文化，作风之又一变也。美成知音，颇矫此弊，倚管度曲，昌乐府词，于是曲有定歌，字有定音，一代词风，至是三变。稼轩豪韵，远接东坡，第以国势凋零，身世屯抑，故豪迈之情，包纳讽谏之意，横放之句，吐露怨愤之声；世以东坡为"词诗"，稼轩为"词论"，由"诗"而"论"，非四变乎？白石脱胎稼轩，变雄健为清刚，变驰骋为流宕（周济语）；所以变者，由于时运之微，由于审律之谨；经此五变，词格益严，自后作者，未能脱其范围矣。然末世诸子，处境益危，柳丝薰风，恍同隔梦，故梦窗抒情，碧山咏物，下字愈晦，用事愈隐，易成獭祭之章，但闻凄苦之调：此宋世余音，作风之六变也。

夫海宇承平，故词风和婉；京畿繁庶，故词旨淫奢；宗社播迁，故词声悲亢；山河破碎，故词调哽咽！乃知诗体依乎乐声，文风系乎世运。莘莘后学，可不鉴诸！

1942 年夏讲义

❈一九四三年❈

《新地文丛》前言[①]

我们创办这个文丛,并没有存着什么野心,只打算在文艺领域里,开辟一块小小的"新地"。

在这块"新地"里,能够生长茁壮的幼苗;

在这块"新地"里,能够开放坚实的花朵;

在这块"新地"里,能够有一个新的收获。

我们力量很薄弱,学识很有限,经验更是贫乏。我们谨以最大热忱,希望读者和作者诸君,不吝予以指正、批评和援助。在作品方面,不论是原创或翻译,只要是新鲜的,活泼的,向上生长的,能够表现出一点生气的,生机的,在这里,我们都一概欢迎。

[①] 本篇发表于1943年《新地文丛》(昆明)第1期,署名光未然。未曾收入自编作品集和文集。

描写云南[①]

就此时此地的需要来说,我觉得这样一个口号是值得提出的,这口号就是:描写云南。

云南,是大后方,也是最前线。凡是后方可能存在的种种弱点,前方可能发生的种种问题,在今天的云南境内,都应有尽有,而且表现得非常鲜明。今天的云南,就她的丰富性和变动性来说,实在具备了这个级段的中国抗战生活的典型的意义。

而由于前方和后方这两个特性交织地结合起来,就以一种不可抗拒的力量,推动着这一向平静的地区走向急剧变化的道路。今天谁也看得出来,不管在省会或者边境,不管在城镇或乡村,不安的因素都一天一天地增长起来。云南在变。这个变,不管向好的方面或者向坏的方面,就今天——抗战第六年的意义来说,它的影响却非同小可。不必说牵一发而动全身,但就云南在目前抗战中国所占的比重来说,她已经吸引了一切关心全民族命运的人们,把敏锐的眼光和紧张的注意力集中到这儿来。

我想,今天云南的作家们和文学青年们,应该会看到这一点的。

在这儿,丰富的变动性又和她的丰富的地方色彩结合起来,这就给云南的作家们和文学青年们提供了最美丽的创作素材。而这些材料又是取之不尽、用之不竭的,几乎信手拈来,都可以写出最漂亮最动人的东西。何况,从政治的意义看来,今天云南边疆所处的地位,是十分重要而又十分危险的;从文艺者的主动来关怀他们,描写他们,喊出他们的苦痛与愤怒,让全世界听取这些天真的民族的不屈服的声音,难道不是十分应该的吗?

[①] 本篇发表于1943年《新地文丛》(昆明)第1期,署名华山。未曾收入自编作品集和文集。

一句话：云南是需要描写的，值得描写的。描写云南，应该成为一个口号，一个运动。

现实主义和民族形式问题，是近年来吸引文艺作者兴趣的两个心轴。这是好现象。但我以为，离开此时此地谈现实主义，很容易堕入玩物丧志的泥坑。至若口头上谈主义，而写作上离开此时此地的现实八千里，也是我们人人常犯的毛病。而地方性与民族性的不可分割的关系，又是我们注意民族形式问题的作者们所可忽略的吗？

大师们不约而同地告诫我们，写自己最熟悉的事物，此时此地的作者们，把这句话再和此时此地的任务结合起来就更加会悟到这句话的意味深长。如果说在文艺的国土上，云南是一片未开垦的处女地，那么，要想尝试一下自己的身手的云南文艺作者们，倒的确应该选择自己最熟悉的土壤来动锄。

不过，说到"最熟悉的"这个概念的时候，还不得不说到这个概念的紧密的内容。一个人最熟悉的莫过于自己，可是他真能够紧密而准确地把握他自己吗？如果这是不成立的，那么"旁观者清"这句谚语便无法成立了。这样看来，即便是在云南长大的青年，也不见得个个能正确地了解云南。他的了解，也许是片面的，皮相的，没有达到科学度和广度，也许他把握了云南某一阶段，某一部分的现实，可是这某一部分的现实，如果不从它和全云南、全中国乃至全世界的联系之复杂而微妙的关系中去了解，这某阶段的现实，如果不知道它是从何发展而来，又将怎样地向发展而去的，那么能说他已经画了"熟悉"之能事吗？就是这样，艺术的事业，不能离开科学的事业。然而，科学的工作，却不能代替艺术的工作；因此，对于文学者，光把握科学的概念还不够，更重要的，还得把握生动的形象——这却是无须多说的。

这样看来，描写云南，同时还得研究云南。

再回过头来谈谈边疆民族的问题吧。云南的边疆民族问题，近来颇成为时髦的话题。我们知道，也有些勤恳的学者和勤恳的青年，或深入夷区视察，或埋头做研究工作。他们工作的方面和态度有没有问题，让别人来谈吧。总之，他们是获得了相当的成果的。我相信，如果他们把调查的情形和研究的成果发表出来，一定会更多地吸引那些冒险家和猎奇者的兴趣。遗憾的是，在文艺青年中，似乎缺乏这样勤恳的工作者。有目的有计划地到夷区去采集他们的神话、传说、情歌之类的口碑文学的人，似乎很少听到过。至于反映了边疆民族的生活的优秀的小说和响亮的诗篇，似乎更难读到了。为了这个，贯穿了全民族和整个抗战时代的丰富而又绚丽的史诗中，就缺少了这最诱人、最有光彩的一章；为了这个，文学的国土中最动人、最有色泽的一部分宝藏，竟在边地的山野里荒废了。

当然，这并不是主张作者必须在稀奇古怪的题材上竞争，藐视平凡的事物而走上玄奇的和标新立异的道路。我只是感觉，哪怕仅仅从一个作家的人生主义的观点出发，也不该忘掉了这一批被遗弃在边野的祖国良善的子民！至于说到一个作家的触角，那就必须具备这样的条件：从不平凡中看到平凡，从平凡中看到不平凡；而人与事物的典型性意义，尤其是我们一刻也不该忽略的。

描写云南，但从题材上去着眼是没有意义的。现实主义的创作方法，永远是处理题材和衡量作品优劣的准确的尺度。前线也好，后方也好；省会也好，边疆也好；知识分子也好，商人或农民也好，光明的歌颂也好，污秽的暴露也好……只要云南的文艺作者们，针对着此时此地的现实，普遍地动起笔来。

但愿如此，描写云南，成为一个运动，一个口号。

诗的美学尺度[①]

直到今天,新诗的美学标准还未建立起来。我们缺少一种准确的尺度衡量一篇作品的好坏。目前尺度,几乎只凭个人的好恶和一时的印象。诗人很难告诉初学者应该怎样写,因为连自己也是在暗中摸索着。

从历史的眼光来看,这是好现象。自来每一代表时代的形式和体裁,在开始发展的时候,往往不决定于固定的规律,而决定于时代的意欲和天才的创造。路,是人开辟出来的。当路被开辟出来之后,才有人根据前人的经验教训,综合出艺术的规律。规律出现之日,也就是发展停滞之时。这样看来,今天的新诗缺少准确的美学尺度,正说明了它有长足发展的前途。

但是随着抗战以来新诗运动的蓬勃发展,作者、初学者和读者界,对于诗理论的建设,已经有一种要求。为了人力、物力的节约,标准太乱了,似乎也有加以澄清的必要。因此诗人们根据自己的观点写下了诗论,批评家们也散乱地发表了意见。我想,对于初学者,该多少是有益的吧。

新诗还在闯自己的路。在这时候,制定出精密的规律来,要诗人们去遵守,显然是无聊而且有害的事。今天,我们的标准必须放宽,态度必须公正,必须有兼收并容的勇气。从狭隘的个人偏好,"各执一隅之解,欲拟万端之变",其结果只能贻笑大方。因此我们的讨论不得不更多地着重于诗的内容。

单从内容说,凡是表现了现实生活或现实情感,足以推动现实生活的发展或提高读者的精神生活,引导人们向真、善、美的道路前进的诗,都是美的、好的诗。我们说某一首诗很美,单注意它形式的完整,语言的洗

[①] 本篇发表于1943年《诗与散文》第1期,署名华山。曾收入《张光年文集》(第三卷)。

练，音调的和谐……是不够的，主要的要看透过主题所表现的诗人的感情和意欲是否美。所谓美的感情，一定是有助于现实生活之美化和读者精神生活之美化的感情。所谓美的情操，在今天，社会科学的解释和艺术哲学的解释是完全一致的。用我的话表示出来，即：

凡是最美的事物一定是最真、最善的。

凡是最真、最善的事物也一定是最美的。

壮美的时代需要壮美的情操。诗人的感情要宏大，声音要响亮，要压倒一切。悲观失望的情绪，事实上正在杀害一个民族的前途。诗人们只要是有良心的，不应该帮助那种有害的情绪的滋长。但是我们在常见的诗集诗刊上，看到那些愁眉苦脸的，唉声叹气的，被压得挺不起腰，抬不起头来的诗，实在太多了！诗人的声音，是人民的声音，倘受难的人民只有叹息，则不如无声。倘使愤怒变成了呜咽，热骂变成了冷嘲，一个民族的前途也便无望了。

壮丽响亮的诗篇太少了，人们从诗篇得到的健康的鼓舞太少了。自然，违背了自己真实的情感，故意矫揉造作出来的"大气魄"，要比叹息更是无聊的东西。这和违背了个人真实的情感，假造出来的冒牌的"群众情感"，同样是无聊的。诗的字面上不必有"我"，而全篇中不可无"我"。人民的感情通过"我"的感情而表现出来。但自我的意欲如何，和人民的意欲，时代的意欲融为一体，这就是前面所说的，如何使诗人感情健壮起来的问题。而诗人的修养——生活的修养，哲学的修养，艺术的修养的问题，这里是不必讨论的。

但我却联想到题材和主题。仿佛现在是写自由诗，一切都完全自由，于是肠胃、大便、鼻涕都入诗。堕落得不这样厉害的，也只能写写身边琐事和纯粹小我的感情，回忆、游历、怀念、赠答、红白喜事以及个人境遇上的牢骚……有哲学修养的人们，能够因小及大，从身边写到宇宙，从自我写到全人类，把个人感情典型化了，那是伟大的。但若仅只在小我的烦琐感情中打圈子，只顾自己，不顾读者，这就和那些兴趣在于鼻涕、大便，非使读者呕吐不可的诗，同样是有悖于公共道德和公共卫生的。

现实生活不息地前进，新事物之可以入诗的随处皆是。新的人格，新的感情，有待于新诗人去发掘和表现。读过列宁的艺术论文的，应当懂得近代产业之发展，如何为新的艺术提供了壮美的主题；读了惠特曼和玛雅可夫斯基的诗，也应该从新题材、新主题与新感情之壮美的和谐中得到启示。其实，题材和主题都不是决定的因素，问题在于作者站在怎样的哲学高度和艺术高度去摄取和处理。即便是旧的事物，旧的主题，一到新诗人的手下，又何尝不能化腐朽为神奇，一定要把视觉限制到烦琐、纤巧的圈子里，把嗅觉、味觉堕落到下等动物的兴趣里，那就无话可说。

常见的诗，风格一般地失之卑弱。除了上面所说的情感和视野的问题以外，语言的问题极大。诗的语言问题，近来颇引起热烈的讨论，意见大致差不多也大致很正确，但和创作实践离得还很远。我不想参加这个问题的争论，只想朴素地提出几点一般认为无关宏旨的意见。

我觉得有好些诗人，在语言的锻炼上常常偷懒。在用语上，有些人因袭得厉害，有些人杜撰得厉害，近来大家注意口语化了，但美化语言的功力不够。能够美化知识分子的语言的已经很少见，更不要说美化大众语了，但这且不谈。有些诗人，甚至在造句上不能避免文法上的讹误，形容词上加形容词，虚字上加虚字，拖泥带水，抓不住要点，以致使自己的语言显得单薄而无力。看起来伤脑筋，念起来不够劲儿，很难希望这样的语言传达出壮美的感情。

壮美的诗需要壮美的语言，不洗练，不推敲是不行的。

旧诗着重语句的挺拔，新诗着重篇旨的圆浑。但我以为，新诗人也要学习古诗人美化语言的功夫，全篇中至少有两段能给人以特殊强烈的印象，每一段中至少有两句是使人过目不忘的"警句"，也要像古人一般地，要求"语不惊人誓不休"！要求每一句锻炼得铿铿锵锵，"掷地有金石之声"。自然，不但不因此而忽略了全篇的谐和，反因此加强了主题的表现。不是聪明话、漂亮话的堆积，而是诗人热情的倾泻。能够这样，新诗方能在一朝一夕间，将旧诗的地位取而代之。

新诗努力摆脱旧诗的束缚，于是诗的音韵美被放逐了。我认为：诗的散文化，未尝不是它可走的一条路，但若认为凡是押韵的诗都是要不得的，那就太缺少美学常识了。音韵，它本身是诗歌美的要素之一。或者说，它是诗部队的武器之一。语言文字的音色的运动对于人的情绪所起的作用，不但是近代心理学界所承认的事，也是古诗人所共喻的事。我看，新诗人们还得在这方面下一点研究功夫。

如果说产业社会是散文的,农业社会是韵文的,那么,中国目前的历史阶段还没有飞跃到产业的阶段,写押韵的诗还不算落伍。如果说无韵诗是对于过去新月派或鸳鸯蝴蝶派的一种反动,那么,当民族化和大众化的课题摆在前面的今天,不能不重新动一动脑筋。对于有才能的和肯用功的诗人,诗的音韵美,对他决不会成为一种束缚。相反地,只要对于自己的部队能够深知善用,他是能够如同玛雅可夫斯基所说的,任意驱使自己的韵律部队的。

但对于初学者,这倒的确不是一件容易的事。

诗的节奏美,这方面的科学知识和美学知识,人们是不大注意的。只要写下去,分行地写下去,从不顾到听觉的波动和音乐的效果。即使有人注意到了,也大抵是无意识或半意识的。意识地对这问题加以美学的探讨的,几乎不曾听说过,而另一方面,"节奏是诗的生命"这句话,却已经是耳熟能详的了。

新诗正在发展的路上,让它自由地走,用不着规定出固定的形式与格律。有人说,新诗的毛病,在于还没有成形。我想这话是不妥当的。写吧,艾青式的也好,田间式的也好,柯仲平式的也好,臧克家式的也好,模拟西洋的也好,自出心裁的也好;甚至于虽然不相信它能表达新人类的感情,但也不想反对人们去写豆腐干或十四行,只要真的写得美,写得响亮,写得动人。至于那些玩物丧志者流,没有真实的感情,专门在形式上炫奇的,当然,我们不屑于去讨论它。

8月9日写完

❋一九四四年❋

呼唤聂耳时代[①]

我国音乐运动上的聂耳时代，是新音乐向着健康与进步的道路迈进的时代。兴奋的情绪，战斗的旋律和人民的气派，是我们在聂耳的声音中所听到的。但是好久以来，我们对这样壮美的声音感到生疏了，尤其在大后方，在漫无原则的"提高"的口号下，荒芜了聂耳所开辟的道路。

新文化需要新水土，由于土壤的不同，使我国战时文化表现了各异其趣的发展。这两年，我们暂时听不到星海的粗壮的声音了，但也从远方传来了吕骥的《向着抗战建国的道路前进》和郑律成的《快乐的队伍》。后者是真正的聂耳的声音，而前者比聂耳更跃进了几步。沉着、从容而充满胜利的确信，说明了新水沃土之下，新生命的发展。

在我们大后方，作曲家也颇注意于民歌的探求了，这是一个大进步。但是所创作的"民歌风"的曲调，一般的哀愁、纤弱，如泣如诉，亦泣亦诉，对不起，这决不能代表今天的人民的精神和民族的气派，只要和聂耳的声音加以比较，或者和星海、吕骥、郑律成的声音加以比较，就不难判别谁是真货色，谁是假招牌。

从聂耳想到张曙。张曙有一个愿望：根据民歌原料写成新时代的"进行曲"，他的《壮丁上前线》就是根据这个理想而写的。实际上，这愿望也就是聂耳的愿望，也就是星海、吕骥的愿望，也就是我们新音乐运动的最正确的道路。

目前我们所搜集的民歌，大抵是旧中国人民的声音，决不是新中国人民的声音。因为农民的生活与意识比较落后，很难自动地赶上时代的要

[①] 本篇发表于 1944 年 7 月 18 日《扫荡报》（昆明）副刊"聂耳逝世九周年纪念特刊"，署名光未然。曾收入《张光年文集》（第三卷）。

求，而他们的艺术也很难适当地配合他们思想与意欲的发展。作曲家如果能看到这一点，就只应该把民歌当成原料，用新的方法加以复制，而制成品则是进行曲似的声音。这是聂耳的方法，也是张曙、星海、吕骥的方法，正确的好方法，许多人还不惯于用这新方法，只是偷懒地把民歌抄袭过来，或者最多把民歌看成半成品，稍稍加工便送上市场，这是不行的！这样的东西，不但赶不上时代的需求，而且也赶不上农民思想与意识的发展。

所以我们特别重视聂耳，重视聂耳的道路，聂耳的愿望和聂耳的方法——他早在十年前已经向着正确的方向前进了。所以我们一想到音乐运动的前途，便忍不住要呼唤聂耳的名字，呼唤那热烈而健壮的聂耳时代。

1944年7月15日

求生的艺术和求死的艺术[①]

广义地说来，一切艺术都是人类求生的意志和求生的挣扎的反映——但也有所谓求死的艺术吗？

有的。因为生与死是一个永远的矛盾；因为求生的挣扎是一个艰苦的斗争；因为意志与行为往往不是一回事；因为主观的愿望和客观的影响往往表现着很大的差异。于是有了这样的艺术家：他们的生之意志不够坚强，他们追求的方向和挣扎的方向不够准确，冲闯了一阵之后，主观的头脑碰上了客观的城墙，于是呼怨喊痛，感到了生之悲哀和生之寂寞，说是生不如死，却又不能马上去死；求生不能、求死不得之余，便发出了绝望的叹息。这种叹息往往是经过精心雕镂和刻意粉饰的，为的使它发生一种力量，将以降低世人求生的热情，诱惑世人走向求死的道路。这种精心雕饰的绝望的叹息，我愿称之为求死的艺术。

盛行于前世纪末的欧洲的许多画派、乐派和文学流派，在主题上、风格上、创作方法上乃至创作动机上，都鲜明地代表了这种求死的倾向。中国古代的许多颓废的、遁世的诗人是不必说了；连汉赋、骈文、八股文等等专以形式取胜的"为文而造情"的架空的艺术，乃至全力追求"闲适"与"冲淡"的魏晋散文和明人小品文，企图把浓厚的生之意志冲淡为白开水的，都无非是求死的艺术。从主题上和创作动机上来分析，中国的山水画也鲜明地代表了这种求死的倾向。因为这些画家所追求的，是那远远超脱于尘世之外的虚无的仙境；这种境界是人之将死或死后方能遇到的一种死静圆寂的境界。此外，我国历代的庙堂音乐和娼寮音乐，不管从内容上还是从形式上去理解，也都是求死的艺术。

[①] 本篇发表于1944年《新艺丛》（昆明）"五月之歌"专刊，署名华山。未曾收入自编作品集和文集。

在法西斯所统治的国土里，是没有什么艺术和文化的；如果有的话，也一定是和人民求生的愿望背道而驰的。法西斯的一切活动，是人类中的一种最反动最没落的力量向着死亡之途的疯狂地竞走。他们的装腔作势和色厉内荏的姿态，无非说明了他们求死的欲望的热烈和死之意志的坚决而已。为法西斯张目的艺术家及其说谎的艺术，不论在主观的企图上还是客观的作用上，都是彻头彻尾的求死的艺术。

在我国广大的土地上，正在进行着一种悲壮的求生的战斗。这个战斗要求一切有良心的艺术家，集中力量服务于一个总的战斗目的：鼓舞群众求生的热情，号召人民参加求生的战争，争取这个战争的最后胜利。近年来大后方的一般情势，在若干方面表现着跟这个战略目的背道而驰；文化的战线上也出了毛病，事实证明，各式各样的求死的艺术反而在最紧张的时期中抬头了。

民主运动的不平衡地发展，给大后方带来了深刻的苦闷，低气氛笼罩之下，悲观失望的流行病已经够厉害了！这时候需要的是奋发的意志，热烈的感情，慷慨激昂的声音和坚实而沉着的步履。然而在常见的艺术作品中，似乎缺少这种健康的要素。艺术家个人的苦痛的迫切，冲淡了他对群众的苦痛的感受力，这时候发出来的声音，充其量只是对于个人的冤屈的抗议；而且这种抗议还是微弱无力的，往往变成了冷嘲，甚至变成了叹息和哭诉！谁会理睬一个在路边诉苦的乞丐呢？尽管他诉苦的言辞是经过精心雕饰的。苦痛的生活，对于一个艺术家，如果不能成为他的愤怒的激情的泉源，如果不能成为鞭策他前进的力量，换言之，如果一个艺术家，随随便便地就被身边的苦痛征服了，或者打倒了，只是以证明这位艺术家的脊椎的软弱。让他倒下去吧！时代的进军，免不了要踏过这些软骨病患者的尸骨走向胜利的！

每一个公正人士可以评判一下这些求死的艺术家们的"贡献"究竟是什么：首先是思想的颓废，内容的空洞、灰白、言之无物；有的也不过是冷嘲、低叹；或者是对于生之意义的否定，对于战斗和集体的否定，对于真理的否定，对于一切严肃的崇高的事物的否定；或者竟脱落到追求肉体感官的享乐，竟然喊出了"再来一杯酒""再来一支 Camel""女人女人"之类的寡廉鲜耻的声音。其次是绝对的主观。否定了客观的存在，剩下的自然是自我的梦呓；于是有了从愤世到厌世，从厌世到玩世的艺术家；于是有了读不懂的诗，听不懂的歌曲和看不懂的画。所以再次，便是形式的炫奇。诗歌创作上，有人提倡求死运动，已经写不通了的十四行和豆腐干体，又在抗战中复活了；更荒诞的还在玩弄铅字的积木戏；绘画是一种诉之于视觉的艺术，更容易走入形式的迷宫。最后是语言的荒诞不经和空虚无力。健康的艺术需要健康的语言（在绘画上是健康的笔尖和健康的色调，在音乐上是健康的主题和健康的进行），唉声叹气的诉苦的艺术，是无益于人世的；至于那些过分欧化得使人读不懂的文字，貌似高深实则庸俗的哲理诗，事实上已经钻进了魔道。

　　艺术的事业，是一种社会性的劳作，艺术家是有良心的，必须随时随地顾到自己在读者中间所起的作用。必须为人民着想，看在人民的情分上把自己振奋起来；最低限度：勿引导可怜的人们走向死路。

一九四四，八，一三

论艺术家的骄傲[①]

真正的艺术家永不骄傲。

因为第一：艺术无穷尽。艺术家因了自己有限的成就而骄傲，便无异跟自己的进步开玩笑，便无异封闭了自己的进步的门。

在我们这个可怜的国度里，何必要假面子？我们大家的艺术教养都非常贫乏！我们对本国的遗产认识了多少？对外国的遗产接受了多少？对人民的艺术创造熟悉到怎样的程度？给了人民什么东西？创造了些什么？开拓了些什么？对自己的作品满意到了怎样的程度？清夜自思，我们会被这些一连串的问题压得吐不过气来。

第二：艺术家对谁骄傲？自然是对世俗，对门外汉，对无知的愚人。然而，世俗是什么？如果我们把这个名词推敲一下，翻译一下，换个名词来说：不外是无知的人民，无知的群众。然则，艺术家对人民骄傲吗？对群众骄傲吗？要把一生一世也没有机会接近艺术的可怜的民众永远关在"门外"，而且傲然不屑地一顾吗？每一个有良心的诗人、小说家、画家、作曲家、导演、演员艺术家……如果想到这里，一定会哑然失笑的吧。

谦受益，满招损。谦虚是智慧的泉源，骄傲是进步的障碍。谁也不愿接近一个自高自大的人，谁也不愿尊重一个蔑视一切的朋友；结果艺术家的骄傲落了空，遭了冷落，失掉了友谊的温暖，失掉了批评和鼓励；从骄傲变成孤僻。从此朋友的圈子一天天缩小，生活的圈子一天天缩小，艺术的生命也一天天枯萎了。

艺术家最恶劣的现象，莫过于不肯承认别人的存在。一谈到同时回国的同行，大抵摇头，皱眉，不屑一顾；或者专谈同行的弱点，夸大同行的

[①] 本篇发表于 1944 年 9 月 24 日《真报》（昆明）评论周刊，署名光未然。曾收入《张光年文集》（第三卷）。

毛病，最后还是一笔抹杀——总之："同行是冤家"。所以魏文帝有"文人相轻"之说，刘彦和有"知音"与"同时"之叹，本是"自古已然"的。我尝仔细考察这原因的所在，发现了一个秘密。原来在私有制度的社会里，一切都已商品化，名誉和地位也不能例外。商品是有一定的交换价值的；某些艺术家的奇货可居，在古代是交换功名利禄，在今天也无非是交换金钱和享受。压低别人的商品价值，为了抬高自己的交换价值：这真是一种道地的市侩心理！所不同的，艺术家的此种心理只存在于其潜意识的深处，而且是受着长期传统遗毒的作用，连自己也不易觉察罢了。

自然，以战士的姿态出现，攻击某些理论与创作的偏向，是不在此例的。

尊重别人的存在，才能换取别人对自己的尊重；这不是外交问题，而是道义问题。艺术界自然需要批评，而且是严格的互相批评；但批评一定是善意的，不能歪曲了和违背了艺术的良心；而这种良心，才是一个艺术家真正值得夸耀的美德。艺术家是真理的皈依者，美的皈依者。隐善扬恶，隐恶扬善，好的说成坏的，坏的说成好的，都是对于真理与美的亵渎，都失掉了艺术家应有的风度。

对于艺术教养或政治教养比较落后的同行，也没有表示骄傲的理由。我们都是从落后的阶段一步一步走过来的，而且今天在各方面都还存在着严重的落后性；骄傲与不虚心便是这种狐狸尾巴的表现。不过，我们今天诚然是比过去进步了，回想起来，多少也是受了别人的帮助和携掖的结果。倘使我们不满意于褊狭的自私心理，便要本着"前进的帮助落后的"（如果我们诚然是前进的话）的原则，携掖别人共同前进。我们怀抱着一个美丽的理想，要改造这粗糙的丑恶的地球，如果不能广泛地携掖一切有才有德的人参加我们的事业，如果不能使可以合作的同志都在合作中更进步、更多能的话，将看出我们不过是唐·吉诃德式的英雄！这样做法，将要拉长了到达那理想花园的必经的苦痛过程，那是和进步与胜利的原则完全违背的。

艺术家虚心的表现，决不是虚伪，决不是假客气；而是因了对于真理与美的无限忠诚对于落后的同志和落后的群众的无限关怀，对于整个进步事业的无限热爱，以及本身要求进步的心的无限迫切。所以，我们说，要更虚心一点，这话不仅意味着眼角、嘴角、鼻孔之类的改造（虽然骄傲和鄙夷的表情常常更多地通过这几个区域的神经机构表现出来），而是意味着一种心的改造，一种彻底的自我批判，一种和心中残余的落后意识的严格的斗争。艺术家最可贵的地方，就在于他的诚实、善良与纯真，在于他的内心与外貌的表里如一。假殷勤，假客气，当面恭维，背后讥弹，甚至于虚心到巧言令色的程度，那才真正是一种政客花样和市侩心理的表现，真的艺术家从不如此。

然而有了这样的现象：一个并不骄傲的艺术家，因了他的诚实、善良与纯真，也往往容易引起别人的误会。这种情形，很值得我们玩味。艺术创造的生活，需要艺术家的精神意志的紧张和集中，需要他经常浸沉在一个比现实更高与更深远的地方，他实在没有更多的精力注意到待人处世的技术问题。只要这种集中不是游离现实，相反地是为了对于现实对象的透视与追求，人们实在没有理由要求艺术家成为处处周到事事圆通的交际博士。另外一点：艺术作品的诞生，要经过一定时期的孕育过程，这个过程的苦痛，局外人是无法想象的。尤其在今天的环境下，艺术家吃的是草，挤出的是牛奶；倘使苦心经营的产物，竟不能得到世人的认识与理解，或竟受到无理由的冷淡与讥弹，愤慨之余，自然很难抑止对于环境的轻蔑之感。还有一点：一件艺术品经过繁难的过程而终于诞生之际，一定有一个时期的自我陶醉。创作生活的最大安慰（在今天几乎是唯一的安慰）便在于此，谁也不能对此有所非难。加上艺术家的诚实和天真，加上对于可能到来的冷漠与误解的，本能的自卫作用和反射作用，他会满怀着欣悦与自负向众人介绍自己作品的优点与特点，甚至带着宣扬夸耀的神色。这点可爱的天真，难道是永远不能被理解的吗？

我们生长在一个崇尚虚伪的世界，诚实的心灵往往被误解。但艺术家还是要宝爱这一颗纯真的心，因为这已经是最后的财产。虽然如此，更客观一点还是必要的。我们常有这样的经验：写一篇文章，刚写完的时候，感到通体愉快，认为完美无疵；这是陶醉。但是过些时候，重读一遍，便发现许多缺点。再过些时候，又拿来读读，竟至于面有惭色了。这说明了，不仅客观的尺度和主观未必一致，就是主观的尺度，前后也不尽相同。为了避免日后的悔愧，更虚心一点不是很好吗？

9月18日，昆明

文艺的民主问题[①]

今天承各位先生抽出时间来参加这个会，我们非常高兴。本来想在中秋节那天就请各位来谈一谈的，总有另外的许多事情耽搁着，这个愿望今天才得实现。本来我们今天还邀请闻一多先生和李广田先生的，临时因闻先生病啦，李先生另外有事情，所以今天就不能来了。闻先生并且来信说，希望这个会能移到他那里去开。我想也不必麻烦他了吧。如果我们开完了会，时间还早呢，我们不妨到他那里去坐坐；我想，也好。

为了配合目前正在扩大展开的民主运动，特约各位来谈谈关于民主运动与文艺运动的问题。我们预备了点便饭，希望今天能从从容容地，谈得深入一点，好给一般文艺工作者作参考。以群兄在重庆也邀集友人主持这样一个座谈会，两相呼应，这是很有意味的。

为了讨论方便起见，我想先由我作一个简单的报告吧！我的题目是："民主运动的新时期与文艺运动的新发展。"

现在先谈第一点："民主运动的新时期。"

我以为，今天中国政治生活的发展，有许多征象可以看出，已经临到了一个民主运动的新时期；特别在这次国民参政会召开的前后，更可以看出这个特征来，什么特征呢？

（以下一大段文字被国民党书刊审查官删掉。——原书编者注）

第二点，人民的民主运动得到了新的支持和新的开展。在最近期间，各地自发的和有组织的民主运动的潮流，汇成了一股很大的力量，这股很大的光明的力量，是不可阻挡的。它不但得到广大人民的拥护和支持，而

[①] 本篇是1944年9月24日在昆明北门出版社编辑部举行的座谈会的发言，参加者还有楚图南、章泯、李何林、李公朴等人，后收入北门出版社（昆明）出版的《文艺的民主问题》（"民主文艺丛刊"第一辑）。曾收入《张光年文集》（第三卷）。

且也得到了国际民主友人的同情和支持：民主斗争，已经更广泛地和全世界反法西斯战略配合起来了。第三点，虽然民主运动得到了蓬勃的发展，却同时也还有着发展的不平衡。因为各地经济生活、政治生活发展的不平衡，在中国，民主运动的发展就有了各各不同的面貌。在某些地方，它不但是蓬蓬勃勃的大运动，而且已经是社会现实、社会生活的一部分了；而在某些地方，却还只是斗争的方向和目标；甚至在某些地方，反民主的力量未被粉碎，有他们借以残存的土壤，有的也就以假"民主"的招牌，做反民主的勾当。这些特征，在此新时期中是仍然存在着，也是无可讳言的事实。第四点，仅就大后方来讲，民主运动的新发展，已经成为事实，不容否认，这是谁也不能公开出来反对或阻挠的事实。因为全国人民要求进步，现实生活要求进步，一切力量推动你前进，你是不能不前进的。民主运动通过曲折迂缓的道路，由点滴的胜利和局部的进展，将一步步地向着全面进展的道路走去。今天这个新时期中，民主运动虽也遭受了不少的艰危、迫害和阻碍，但确已得到了局部的进展，而且，正将以雷霆万钧之力，通过更艰苦的过程，向着全面进展推进中。有些人很不喜欢，但尽管你不喜欢，也是没有办法的。第五点，目前的民主运动，特别在大后方，不可讳言的，还没有跟人民的生活紧密地结合起来，还没有深入到人民的意识与实践当中。目前，文化界、舆论界的进步人士及前进的知识分子，是起了先锋的作用的，在最近的将来一段时期中，他们且将有更重大的成就，但民主斗争还没有更有力地深入到普及到人民生活中去，这是非常之不够的。

　　以上五点，可说是当前民主运动的一般特征。

　　其次，我们必须说明：当前的民主运动，尽管通过迂曲宛转的道路，最后必然走向胜利。有什么保证吗？有的。我们可以很方便地举出几点因素：第一，全国人心的趋向，这是人民的共同的要求。因为一切问题都集中在一个问题上，那就是："没有民主就一切没有办法，没有民主就一切问题不得解决"，这是用不着什么高深的理论来加以诠释的。人民要进步，要民主——这趋向，这力量，首先保证着它的胜利。第二是，有组织的民主斗争，正在牢固和扩大中。全国各地人民为了争取民主所进行的有组织的斗争，逐渐发展成为强有力的力量，这力量，不但是人民的希望和寄托，就是同情民主运动的国际友人，在这力量的发展和巩固的现实之下，也感到了惊奇和喜悦。这种有组织的斗争，是保证民主运动胜利的最可靠的因素。第三，是国际的声援。国际反法西斯的人民及其政府的声援，是非常可贵而且有力的。我们并不是像一般人似的把中国问题的解决，依赖于外来的力量，借外来的因素，来挽救中国的危机。中国问题是由中国人民来负责，来解决，才合理的。但我们却也不必抹杀这个条件，因为外力的支持，是可加速我们内部斗争的胜利的。我们今天可以说，国际友人对我们民主运动的声援，已经成为具体的了，已经是事实了。第四，政府当局的态度。从这次国民参政会的成就，我们感到安心和高兴。以前不能谈不能揭露的，不准谈不准揭露的，现在算是允许你谈，允许你揭露了。这当然是一点进步。

总之，内部的，外部的，上面的，下层的，各种因素汇合拢来，将保证民主运动的胜利，这是特别值得高兴的。同时，也正因为如此，策励着警惕着今天全国的文艺作家协助扩大和加速这一胜利，就非常必要。

下面，我就谈到"文艺运动的新发展"。

第一，我们必须指出，文艺运动是需要一定的民主的水土的。因此，在某些地方，民主运动得到了很好的发展，民主潮流冲毁了一切封建障碍，因此文艺运动得到了自由的发展，毫无局限，而且深深地渗入到了农村的土地，我们已经开始看到了民主文艺的花果了。反之，在有些地方，还没有摧毁反民主的堡垒，他们把文艺的发展视为威胁，看作死敌。这就是说，民主运动发展的不平衡，就影响到了文艺运动的发展的不平衡。

第二是，民主运动和文艺运动的新结合。本来民主与文艺是要一直结合着才有顺利前进的可能，但从来没有像今天这样结合得更紧密。文艺要求民主给他以生命，民主要求文艺替他打先锋，它们互相要求，互相配合，互相依存。这种新结合，事实上已经看到了，在有些地区已经为我们产生了很好的例子，它得到了普遍深入的发展，诗人、作家们到人民、部队中间去，真正能转化为劳动人民、战斗人民的一部分。作家本身的生活、感情、思想，逐渐得到了改造。

第三，新的风格逐渐形成。新的人格，新的典型，新的感情，在某些作品中开始被看到。这些作品，风格是新鲜健康的，是朴素而坚实的。它们歌唱着人民的民主生活，人民的劳动和斗争，这些作品，跟大后方的灰暗的喑哑的呼吸，比较起来，正是一个鲜明的对照，尤其在诗歌方面，更有着显著的例证。

第四，就大后方说，值得我们提出的，是检查制度比较放宽了，文艺作品可以不必预先送审了。但另一方面，与这完全相反，也有了更大更多的限制。譬如一连串的敌人的军事进攻，使我们文艺的散布地区、战斗单位，越来越缩小了。书籍杂志的出版量也大大减少了。同时，在文艺领域内，产生了种种不良的倾向：迎合读者的倾向，软性的不健康的倾向，悲观失望情绪的滋长……这是一个不小的危机，而另外由于作家遭遇了流亡、贫病、冷遇、迫害，不得不发起了自救的运动，文协总会发起的"援助贫病作家基金运动"，就是一例。文艺作家本身的存在都成了问题，还谈到文艺事业吗？这不就更清楚地证明了民主生活要求的合理和迫切吗？

第五，就此时此地来讲，特别值得注意的，是由于敌人对于西南大后方的进攻，把自来存在的所谓前方后方的界线打破了。我们目前的后方可能很快成为前线，暂时变为敌后，也是说不定的。因此，我们再也不能保持那样顽固的观念，认为这里是后方，环境不同，需要不同，可以走着和前方相异甚或相反的路线。因此，我们在文艺工作上必须有所准备，过去敌后战斗地区的作家们所担负的任务，也将由我们担负起来，他们的经验教训，我们必须接受过来。民主与文艺的前途，将更加密切地配合起来。这是我们应加以深思的。

第六，在这潮流之下，作家就要实践民主运动，文艺作家面临这空前的有利形势，就有了许多紧迫的任务，一面要参加整个民主运动的工作，一面要在这民主运动进行当中，去克服自己的不良倾向，严格地清理自己，批判自己，并在这对内批判、自我战争中把自己丰富与壮大起来。

我的报告到此为止。我希望我的报告是一个引子，能换得各位先生的丰富的意见。我们的讨论大纲曾印在请柬上，想必各位都已经有了很好的准备了。那大纲是：

（一）文艺作家怎样实践民主运动的任务？

（二）文艺作家如何反映民主运动的内容？

（三）文艺作家应如何创造民主主义的新文艺？

我们的讨论，就开始罢！

评《云岭牧歌》①
——写给作者宣伯超先生的一封信

一

你的《云岭牧歌》我已经读过两遍了,每读一回都给我很大的感动。善良而雄强的形象,朴素而有力的语言,热烈而沉重的感情,以及那粗犷而荒凉的边野气氛,都深深地打动了我。我要祝贺你的成功,你云岭的诗人!

我的身边有几个爱好写作的学生,狂热的虔敬的艺术学徒,我们有一个讨论写作的小组,经常朗读习作和研讨艺术创作上的一般问题。这小组的存在已将近两年了,我亲眼看到他们的技巧和理解与日俱进,心中感到无限的快感。这次,我们为了你的《云岭牧歌》,特为举行了一次座谈会,大家在感动兴奋之余,也颇发表了一些相当精确的意见;他们会把讨论的记录直接寄给你的。你看,我并没有忘掉你临行前我所答应下来的诺言。我们并不像那些骄矜的批评家,冷淡了虔诚的作者;你如果参加了我们上周所举行的"《云岭牧歌》座谈会",你就会知道,我们是以怎样的热烈与兴奋在讨论着你的作品!

但在这封信里,我想主要地谈谈我个人对《云岭牧歌》的若干意见。

你的诗(最好的小说也就是最好的诗,虽然包括在《云岭牧歌》中的几篇作品,还没有达到最精纯的艺术高度,但那浓重而壮美的感情,在本质上是诗的)我看出几个基本的特点。首先是那沉重的诗人的感情,爱人民,爱自由,爱乡土,要推动这悲惨的现实向前跃进的,迫切而悲愤的感

---

① 本篇作于1944年12月14日,初收《文艺的民主问题》(1945年昆明北门出版社出版),"民主文艺丛刊"第一辑,署名光未然。曾收入《张光年文集》(第三卷)。

情,使你的每一篇作品都含着一定的重量,一定的逼人的气势;这和常见的许多轻如羽毛、淡如白水的小说,有着本质上的区别。那些小说家,我总感觉他们对现实的责任感不够强,有的是麻木,是轻浮,是粗枝大叶,缺少诗人的悲悯之心,缺少亲切的同情,缺少把客观事物化为语言的艺术家气魄,写出来的自然容易变成轻飘飘的软弱无力的东西(我并不是任意轻蔑那些有成就有贡献的小说家,相反地我们也不时读到许多有分量的作品,也曾分享过一种同胞的光荣;我是指的那些在书报杂志上最常碰到软绵绵的小说)。而你的,每一篇,都倾注了那样多的感情,那样多的经过组织经过锻炼的爱,所以每一篇都是重甸甸的,读后使人感到一种压迫,一种愤怒的重压,要使人起而质问,起而抗议,起而行动的一种紧迫的催促。只是这一点,已经安排下了你的创作生活上的不同凡响的前途。

第二是你的朴素而刚健的人民的风格。一点也不牵强,一点也不费力。叙述的时候,从容不迫,但也指手画脚地把人们带进那一连串紧张的画面中;描写的时候,几句富有幽默的乡土话,和极有特点、极其准确的对话,一下子就把那人物的个性抓住了。你对农村的知识了解得如此具体,对农民的语言捕捉得如此轻捷,我想这就是形成你的风格的明朗性与健康性的决定的要素吧。你爱好场面,爱好剧的效果,爱好故事情节,我想你本意是要讲故事的;但由于你对故事中人物的熟知,对人物语言的熟知,讲得眉飞色舞之余,轻轻巧巧地便把人物创造出来了。而你讲故事的态度,平铺直叙但却有声有色,这自然构成了一种平易而明朗的风格。

第三,是你的浓重的地方色彩。我们仿佛听到一个乡音极重的云南人,在讲述他故乡的山川、人物、风土、民情,给人以十分亲切之感。你的小说中的地方色彩,决不是人工地掺进去的颜料,粉刷上的油漆,而是和那特定的人物活动有着必然关系的生活条件,和那特定的主题有着血缘关系的社会背景。而你又是那样地善于描述,善于渲染,把故乡的山川风物,赋予了一种庄严壮美的性格。目前在昆明的疏散声中,人们的眼都惶惑地望着那茫茫的高原,你的书不是带着一种神秘的诱惑力在远远地向着昆明招手吗?虽然某些地方有如我的一个学生所指出的,你有着"贪恋风景"的倾向(如在《示众》这一篇中所表现的),但这并不很清楚地说明了你对于你的故乡的壮丽河山怀着如此的热爱,而急切地要将它公诸世人吗？何况那些景物是如此的广大庄严，如此给人以壮美之感，足以启发读者辽远而雄健的意象（如你在《云岭牧歌》和《碧罗山下》所描绘的）。人们岂不因热爱这壮丽的河山而更深深地同情那生息于这壮丽河山之上的满怀着忿火的"原始而纯真的灵魂"吗？

二

我读了你的《云岭牧歌》（你这集子的第一篇），使我联想到卡达耶夫的《我是劳动人民的儿子》。同是那样热烈而纯洁的人物，同是那样丰富而曲折的剧情，同是那样悲壮的场面，同是那有声有色的民间礼俗的描写，而更重要的，是富有特点的俚语、俗语、地方语的大量应用，民间故事的旧形式的应用（你承继了中国旧小说传奇性的优点，而将它提高了，升华了）。所不同的，一个是大悲剧，一个是大团圆；那自然是受着两个不同的历史社会条件所决定的了。《我是劳动人民的儿子》正是站在上述的几个条件的基点上，才赢得了"乌克兰民族形式"的声誉，我想，恰是这同样的几个条件，也一定是构成中国小说的民族形式的必要条件。那么我们说，《云岭牧歌》是一种民族形式的试探，或者说，是接近于民族形式的理想的创造，想来不算太过分吧（你的写景和夹叙的地方，如果更通俗更口语化一些，那就简直可以称做民族形式的货色了）。因为愈是人民的，愈是民族的；愈是地方的，愈是民族的；而人民性与地方性表现在《云岭牧歌》中的，确是比常见的作品更浓厚，更明确。

但我并不是说，《云岭牧歌》是一篇无懈可击的作品。我总感觉，人物生命的坚实性，似乎被那庞大的气象和紧张的剧情所掩盖而减色了。小梅是真实性通过了理想化的人物，所以是有生命的人物；汪增福，真实性与理想化的着色都不够，所以较弱。其实，在这篇富于浪漫意味的作品中，作者大胆地把主人公的个性放大一些，使其在真实性的基础上，加上适度的理想主义或浪漫主义的成分，是完全无害的。常见的许多所谓现实主义的作品，其所以平庸无力，据我看来，一方面由于其概括性不广，一方面又由于其堕入旧现实主义繁琐与胆小的泥沼中，不能自拔，也不敢自拔。他们从没有想到把经过概括了的人物特性在艺术的凸镜中放大，从没有想到现实条件和理想条件的结合，才能赋予人物以超拔的生命。汪增福的缺点也就在这里。在我们的座谈会中，甚至有人感觉到，汪增福无权代表云南青年的个性，他们要求作者把这个人物的灵魂更提高一点；也就是说，个性更强烈一点。我想这个要求是合理的。你，云南的诗人啊，你有美化云南大自然的气魄与手段，你为什么不能以同样的气魄与手段来美化云南青年的性格呢？最低限度，汪增福是不应该比现实中存在的云南农村青年的反抗性与豪侠性更为落后的。

  这里附带讨论一个小问题：心理描写的问题。汪增福生命的空虚，我想在某些适当的场合（特别是失败的场合），加进适度的心理描写，是可以补救的。近年来受美国小说影响过深的一部分新派作家，过于蔑弃心理描写，这是一个偏向。其实，客观世界的矛盾，反映于主观世界中的，往往更复杂，更微妙。作家的任务，在于从矛盾中认识人，从矛盾中创造人，他就不能忽视人物的内心矛盾，而是把他的外矛盾与内矛盾一并巧妙地启示给读者，并展示这内外矛盾的交织的纠葛，使读者在这复杂的交织中，感到一个生命的颤栗。你喜欢场面，喜欢行动，这自然是一个健康的爱好，使你的作品明朗而有力，但过于忽略人物的内心世界，是会使生命失色的；同时，也因为这个缘故，使你的诗歌的 TEMPO，一个劲儿地保持快速度的进行，缺少气氛的调剂。

  我们都赞美你"李甲爷"这个人物的创造，一个完全用对话创造出来的杰作。"和老太爷"这个角色，从他自己嘴里轻轻淡淡吐出来的几句话，也把他自己介绍到惟妙惟肖了。这是真功夫。借人物自己的嘴创造人物自己，是最高妙的手段，也是最困难的手段啊。

三

  然而在这集子的五篇小说中，我最受感动的还是《示众》。由于这篇作品的主人公春凤嫂的创造，较之你所写的其他人物，不但真实性更强，概括性也更广，人物内部的发掘也更深，因之典型性也更大。春凤嫂的命运，不但是云南农村妇女共同的命运，而且是现阶段中国农村妇女共同的命运。丈夫出门去了，一去便渺无消息，留下寡妇孤儿，在饥饿线上挣扎。她本来有李三娘磨房受苦的耐心,也有王宝钏苦守寒窑的志气,可是乳儿的凄厉的啼叫,逼她走上求生的险路;偷了地主过剩的两把谷子,结果被迫游街示众,造成了毁灭的悲剧。我们可以看到,多少忠勇的抗战军人家属,正在重演着这毁灭的悲剧啊。

但春凤嫂这人物的概括性还不止此。我们宁可说,春凤嫂的命运,是我国广大农民共同的命运。他们善良,有志气,有力量,但可怕的饥饿逼着他们,岂不像逼着可怜的春凤嫂一样,使他们不由自主地走入毁灭的绝路吗?春凤嫂出生入死的小市镇,饥饿与贫寒,冷淡与虐杀,荒凉与寂寞,难道不是一幅悲惨的中国农村社会的缩图吗?春凤嫂这典型的人物,被幽囚在这典型的牢狱里,被侮辱,被损害,可怕地毁灭了!然而她是好人啊,这太不公平了!我们的愤慨是十分自然的。

我刚读完了左拉的《萌芽》,被带进一个恐怖的饥饿炼狱中,至今犹觉颤栗。你在《示众》中所创造的饥饿氛围,又把我带进一种类似的颤栗中。而你对于春凤嫂个性的描画,由于剧情线索较为单纯,没有被其他不必要的成分所扰乱,得以作更深入的发掘。所以我们读完了这篇作品,心头如遭重压,久久不能释然于怀。无疑的,《示众》是这集子中最成功,艺术性最高的一篇;只是还不够十分洗练,还有若干所谓贪恋风景和贪恋细节的地方;删去了那些可删的,使它更直接,更朴素,更精纯,也许更好。

四

以下简单地谈谈次要的三篇。

我们公认《碧罗山下》是一篇失败的作品。这篇,主题是极其严肃的;但叙述多于描写,是在写故事,不是在写人物。人物的心灵是极其贫乏的。写作的过程是由概念走入形象,因此形象便不充实,不生动。你是喜欢写场面,也善于写场面的,但这里的场面,凌乱而单薄,再不像其他各篇的有声有色了。我们想,这也许是你对于傈僳族生活的了解少于同情的必然结果。但虽然如此,从这篇不成熟的作品透露出来的热情和气魄,仍是炙人的。此外,写景的地方,也仍是壮美无比的。

《割麦的早晨》是一篇很好的速写。老长保的命运,正和增福爹、春凤嫂的命运一样，极其令人同情。而这里，另一个人物刘阿五，却仅仅是一个陪衬，我们感不到他的存在。这一篇，我感觉你是在写诗。但更加使我看出了你在刻意追求诗的效果的，是《雪原故事》这一篇。这篇，如果从人物创造上去批评，是完全徒劳的。我读这一篇，可以说没有感到人物的存在，而只感到你是在写诗。诗的主题就是开头，也就是结尾的那一句："荒凉啊，荒凉啊，这茫茫无际的西藏高原！"其他全篇都是这个主题的伸展，也就是这个主题的注解和说明。但那是多么壮丽，多么使人惊心动魄的注解啊！这里创造了一个典型的环境或氛围，而在这可悲的氛围中的可悲的人物的命运，是要使读者诉之于伸展的想象去补充的。近代短篇小说的发展，本是五光十色，各异其趣，纯以创造氛围为事的短篇，仍有其单独存在的价值。而写氛围，云岭的诗人啊，你是能手！

五

在这封长信里，我总算对你的《云岭牧歌》说出了我要说的话，而且总是力求坦白与率直；我想这会使你更高兴。我也是非常兴奋的，你大概知道，远在两年前，我已经向我所接触的许多同伴们提出了"描写云南"的口号，之后还写过一篇论"地方色彩和地方性格"的短文。虽然来到云南的日子不久，但我也是热爱云南的；那岂不是由于云南的山光水色，给了我在别处不易得到的生活与学习的自由的原因吗？但我之于云南，究竟是一个客人，懂得的太少，就不敢下笔。这回读到了你的《云岭牧歌》，你该不难想象我的兴奋和感动。对年青的云南作者，你的作品本身就是一种号召，那是比我前此的口号响亮万倍的；而我，在宣传与劝说的场合，从此也更加振振有词了。我们创作小组的同志，就是受了你的鼓舞，打算把习作的方针，更加针对着云南的现实，并将其中可取者编印一套小丛书，题名为《云南故事》。你愿意赞助我们这个小小的计划吗？那么，请特快寄来你的更生动更有力的诗篇！我们等着你。

1944 年 12 月 14 日

❋一九四五年❋

还有一段更艰辛的路[①]

"胜利在望"这句话,只有在脚踏实地一步一步地且攻且进的场合,才是有意义的,否则便是一句诳话,没有反攻,没有进步,"胜利"何从"在望"?

我们天天在"望"胜利,胜利却不一定在"望"我们;胜利永远不屑于光顾那些等待主义者的懒虫们。

等待主义已经害死了我们,我们吃了很大的亏!在三十四年元旦到来之日,我们该老老实实地检查一下了。

胜利确已在望了吗?——不,前面还有一长段更艰难更心酸的路。

文艺家应该来一个彻底的检讨。写作不见得是一桩神圣的事业;倘使写出的不适合于人们的需要和战斗的需要,其实是比挑粪、喂猪的行业要下贱得多的。

由于社会一向对文艺事业失掉了正确的看法,结果使一切轻薄鬼、浮浪汉、洋场恶少以及游手好闲之流都挤进了文艺的帮口,以各种各样的轻薄话、俏皮话、恶作剧和知识帮闲的"黑话"和呓语代替了庄严的写作事业。

良心至上!技巧至下!没有最低限度的良心,没有要推动悲惨的现实向前进步的,庄严的责任感,没有诗人的悲悯之心,还好意思谈什么写作?谈什么技巧?

那样写出来的,充其量也不还是一些舞文弄墨与自欺欺人的假艺术!

[①] 本篇发表于 1945 年 1 月 1 日《扫荡报》(昆明)的《扫荡》副刊,署名光未然。未曾收入自编作品集和文集。

工作至上！写作至上！没有端正的工作观念，不肯把自己的写作当作服务苦难人民的工作，爱惜知识分子的羽毛至于拔一毛以利天下而不为者，甚好意思谈什么艺术？谈什么写作？

那样写出来的，充其量也不过是一些浪费社会物质的文字游戏。

假艺术充斥天下，玩弄文字魔术的文艺巫师也所在皆是，说不定我们自己也就在助长这种祸害。

我们的任务艰难而繁重：一方面是破坏，一方面是建设，一方面是和敌人血战，一方面是和自己的丑恶心理战斗。

在极大艰难之下，应该有大觉醒。我们应该扪心自问：我们是否在认真地生活？我们是否有了一个充实而巩固的心灵？我们是否成了人民队伍中的最优秀与最勇敢的一分子？

文艺家需要彻底的自我批判，而写作尤其如此。

在工作上需要，在文字上需要。

只有在战斗的余暇，而且是心中确感到不吐不快的时候，才写。

要发挥批评的精神，而且是战斗的批评，对自己不要客气，对朋友不要客气，对敌人更不要客气。

这几年的确客气得够了！

自己阵营的坏倾向必须肃清，假艺术和假绅士必须受打击，"抗战无关"论与"埋头写作"论必须受围剿！各种各样的艺术符咒必须马上停止。

良心至上！工作至上！生活至上！

以良心与工作，以批评与战斗，来迎接当前的一段更艰难更心酸的路。

民国三十三年年尾　昆明

人性的艺术和奴性的艺术[①]

艺术，在原始社会，是集体劳动的产物，这已经是无可争论的事实了。但除此以外，古代艺术还有第二个来源，那是和人民的集体艺术有着本质的差异的，那便是在奴隶社会中，一部分聪明的艺术奴隶，迫于主人的要求，或为了迎合奴隶主的愿望而产生的一种奴性的艺术。埃及的金字塔，古希腊的建筑、雕刻与精巧的工艺品，决不是表示了古埃及与古希腊人民艺术的普遍发展，而是表示了古埃及、希腊的奴隶主，怎样残酷地剥削了奴隶的智慧与劳动。所以历史家说：奴隶制度创造了希腊文化。

在古希腊，艺术奴隶是被当做商品买卖的，奴隶主为了夸示自己的声威与富有，为了取悦自己与同僚，便豢养了一批从事建筑、雕刻、绘画、音乐、演剧、写作的艺术奴隶替他们创造纯娱乐性或半娱乐性的艺术。这些艺术奴隶，是从奴隶群中选拔出来的优秀分子，他们最初被压迫从事于这种艺术的贱业，怕是很不甘心的吧？但日子久了，逐渐与社会生产脱离，逐渐安于这种较为舒适的行业，逐渐对这一富于诱惑性的行业发生了兴趣，逐渐获得了奴隶主的称赏和社会的承认，逐渐形成为一种世袭的专业，逐渐有了工作上的竞争和精神上的专注，于是，本来是从人民（奴隶群）的集体创造中偷袭过来的粗野与朴素的形式，从此有了高度的畸形的发展，越来越精致，越来越纤细，越来越符合奴隶主的愿望：古代的奴性艺术就是这样发展起来的。

历史规律在各个不同的平面上的发展，往往不谋而合。在今天，谁也不敢再否认中国古代也曾有过长期奴隶制度存在的这种事实了。奴隶制度孕育了古希腊的艺术，也一样孕育了古中国的艺术。没有奴隶制度，没有

[①] 本篇发表于1946年《人民文艺》（北平）第2期，署名光未然。未曾收入自编作品集和文集。

奴隶主的权威下的强迫的艺术劳动，我国古代的艺术发展也许将走着和今天所知道的大不相同的路线。我国奴隶社会艺术的具体面貌，在残存的史料中，已经无可深考了，但作为歌舞戏剧奴隶的倡优，作为音乐努力的瞽师（那是为了特定的要求而被弄瞎了眼睛的奴隶），到今天还没有完全解除他们非人的地位。闻一多先生最近在《屈原问题》一文中，发现战国时代，伟大如屈原，也还没有完全解脱艺术奴隶的悲惨命运（这是社会史和文学史上的一个伟大发现），虽则他是一个很不恭顺的奴隶。要研究古代艺术，就不能忽略了这个要点。

我国古代艺术，也是沿着两条互相排斥又互相吸引的道路发展的：一条是人民艺术或人性艺术的道路，那是代表奴隶群的人性的挣扎，从劳动生活中产生出来的集体艺术，民歌、民间舞蹈，及早已湮灭了的民间口碑文学属之。另一条是为奴隶主服务的贵族艺术或奴性艺术的道路，偷袭了人民的躯壳，装进了闲适的内容，向着华丽的牛角尖深处发展，专以媚悦贵族，供奉宫廷的。人民的艺术是集体的产物，所以没有作为个人而存在的艺术家；奴性的艺术，奴隶艺术家变成专任的、世袭的官职，有了畸形的社会官位，虽然还不成其为解放了的个人，却是得到了个人存在的恩准，于是在艺术史上，才替我们留下了师旷、优孟、屈原、宋玉……的名字。

封建社会不但没有解放了艺术的奴性，反而把这种奴性植根于封建"礼乐"（贵族文化，奴性文化）的水土之深处。于是人性更削弱，奴性更发展了，于是有了纯文学、纯艺术、纯文人、纯艺人。在统治者的诱掖之下，脱离了人民气息愈远的，脱离了社会真实愈远的，愈能得到更多的恩赐，大家都向着牛角尖的深处去钻，于是奴性的花朵也开得更其鲜艳了。于是有了歌功颂德的艺术，有了粉饰太平的艺术，有了供奉内廷的艺术，而另一形态的表现，则是架空的艺术，说谎的艺术，无病呻吟，为文造情，形式上语言上的炫奇，空无所有但却达到了华丽的最高度：总之，这是一种绝灭奴性的努力。

资本主义要求个性的解放，但资本主义在我国始终没有得到健全的发展。五四运动可算是人性解放运动的狂飙了，但一方面没有深入到人民生活中去，一方面也为地主、官僚买办之类所不喜，结果，人性运动并没有打倒奴性,而一转眼间,奴性又穿上了西服革履,摇身为洋场恶少而出现了。钻的同样是牛角尖,服役的同样是奴隶主,同样是形式语言上的炫奇,同样是百灵鸟的说谎:哎……你高贵的灵巧的金丝笼中的艺术家哟!

奴性在我国新文学上的残留,是非常显然的,风格和趣味随着新主子的爱好多少有点变迁,但那趋炎附势的精神,奴隶总管的气概,肯定现实的态度洽谈与闲适的风味,都是和自古以来的奴性主义相通的。对于粗壮的朴素的人民艺术自然是不屑一顾的了,对于奴隶群求生的挣扎,也表示最高的洽谈,主人说:古代的最好。他便拼命地复古,在现实的面前宁愿驴儿推磨似的蒙着眼睛旋转,至于风格和趣味,单就文学说吧,是很够令人呕吐的了,完全是在演京戏,有一成不变的腔调,一成不变的规律,甚而是一成不变的台步:新八股!那语言,那调子,是很够沉闷的了,但还咬文嚼字地觉得津津有味,唱的是新风花雪月,新才子佳人,荒唐地说谎!但仿佛也赢得了台下的喝彩声,因为台下坐的是奴隶主,是奴隶主的太太、少爷、小姐和仆从,是将来可能做奴隶主或希望做奴隶主的寄生者与剥削者——他们是死也不肯演给缺少艺术风趣的奴隶们看的。而这些演员(艺术奴才),大抵是油头粉面,嘴唇上吐了蜜汁,以漂亮话、聪明话,和不着边际的插科打诨见长的。他们有时也有苦闷,也有牢骚,而那牢骚毋宁说是一种撒娇,只要主子稍微加以颜色,便心悦诚服了。中国文学上常用的一套华丽而空虚的语言,已经形成了一种符咒,制服了千百年来的文学奴隶,今天的奴隶们也很熟悉这一套,并且插进了西洋的花腔,他们就把这一套花腔搬来搬去,像运用剧场上公式化的台词,如果有独出心裁的创造,也一定是越怪僻越灵巧的越好。这样的文学,是浮游于生活的长河之上的烟尘,虽然迎着黄昏的晚霞,也表现了一刹那迷人的美丽,但那究竟是软弱的、轻飘飘的烟尘呵!夕阳的回光返照一消失了,它便什么都没有了。法西斯是绝灭人性的祸水,在一种世界性的反抗斗争中,我们走到了全新的人民的世纪,这时奴隶群以集体斗争的姿态,将要清除一切阻碍人性发展的祸害:是人性要得到彻底解放的时候了!在全世界是如此,在中国也是如此,这个斗争反映在艺术上的便是人性艺术(人民艺术,民主艺术)和奴性艺术的斗争。一切虚伪的架空的艺术产物,必须被淘汰;要求那健壮的富有生命力的人性的呼唤。

站在人民的功利主义的立场上，要求把现存的一切习惯、趣味法则与成果，来一个全盘的新估计。必须在我们的手里斩断奴性主义的旧传统，然后在旧传统的清算过程中建立我们的新传统。那必须和奴性艺术的所有特征走着完全相反的道路——从主题到形式，从形式到主题。

一九四五、一、十一　昆明（山明记）

❋一九四六年❋

人民文艺问题谈话[①]

由刚才几位先生的谈话启示了我,我看要想把人民文艺从纸上空谈转化为实际工作,至少需要三个社会条件:

第一,需要一定的政治条件。执政者不压迫人民而肯于发动人民参加社会各方面的建设;不采取愚民政策,而愿意老百姓打开眼睛。政府并且有意识地去扶助与鼓励人民的文化艺术事业。

近几年来,由于各地政治环境有很大的不同,中国文艺也表现着十分参差不齐的发展。在民主进步地区,文艺工作者和广大人民结合在一起,自然可以逐渐向人民学习,熟悉他们,表现他们。但有些地方没有良好的政治环境,就不容易开展"人民文艺"的工作。比如在后方,要向人民学习,要想进工厂,下乡去向人民访问,就常常被人误会做"别有用心",结果"人民文艺"没弄好,倒会落得一个很不愉快的收场!

第二,艺术不止是作家的活动,而也是观众、听众和读者们的事情。戏剧界有一个口号,即所谓"台上台下,打成一片"。台上演,台下的群众应该不止是被动地欣赏,而也要把自己的认识、经验和情感渗透到台上的表演中去。正如心理分析学派所说:"欣赏也是一种创造。"而这就需要着广大人民能够自由而积极地参加文化活动的社会条件。

民主进步的地区具备了这种条件,在那里,人民的要求成为一种力量,强迫知识分子接受。于是广大的人民第一次参加了艺术创造的集体活动。秧歌剧的创造即是一例,而后方对于这种情形简直是从未听说过。

第三,要发展人民文艺,必须有贡献全心力于人民,为人民工作,并

[①] 本篇为1946年2月24日座谈会发言记录,发表于1946年《人民文艺》(北平)第1卷第3期,署名光未然。曾收入《张光年文集》(第三卷)。

愿向人民学习的艺术家。有了他们，甚至在前两个条件不够的时候也可以用主观的效力创造出一些新的条件来。

譬如在都市中，要想接近人民大众，环境自然是不如农村那样便利，但还是可以想办法去接近市民群众，不能说因为没有好环境就不必谈人民文艺了。

今天的新文艺必须是人民的文艺。因为时代变了，人民成为时代的主人翁，凡是不能为人民服务的东西，迟早要被淘汰的。

抗战以来，由于不合理的政治经济制度，把中国的阶级构成弄得更加单纯了。今天小资产阶级知识分子在经济地位上和工农实在相差无几，卖掉了我们仅有的西服大褂，未见得能换到一把锄头，一副耕犁。然而问题是，过去所惯用的一套笔法、语言、趣味、习惯、写作态度等等非人民的东西，一时却难以摆脱。这就需要向人民学习。

今天的民主运动的范围已经扩大到工、农、士兵、小市民等一切阶层，也必须与这个运动配合发展。

就是在大后方，在此地，也都不能放松这一问题，更不能把创造人民文艺的效力推到将来去。作者本身的生活态度和努力的决心等实在很重要。须知创造人民文艺的诸条件，不仅是决定于客观方面的改善，尤其决定于主观方面的努力。

认识了中国的环境与趋势之后，我们需要先下决心，确定自己的态度，确信非放弃自己过去的那一套而重新向人民学习不可，否则就只有被淘汰。

1946 年 2 月 24 日

胜利的确信[①]
——在"五四"座谈会上的发言

五四运动到现在已经有二十七年了。在这二十七年中,中国文化生活、政治生活,都有了惊天动地的变革。二十七年前所追求的民主和科学的目标是不够明确不够具体的,而现在经过了二十七年的惨痛教训,已懂得了需要怎样的民主,因而今天所追求的民主与科学也更明确更深刻了。这不是一句空话,是有许多事实来助我们说明这一个变革的。

由于二十七年来世界与中国政治上的变动,已经把民主的内容发展了,要求提高了!只是因为中国二三十年来的封建残余势力依然顽固地拖住了中国的社会,不让它向前发展。那些封建残余势力甚至跟帝国主义的力量,法西斯的力量结合起来,得到外援,反动的花样也愈来愈多。但不管反动者的力量怎样地在阻挠着这一个"五四"的优良传统向前发展,可是广大的中国人民为追求民主所付出的牺牲是有代价的,在今天我们不仅看到了一个民主的远景,而且可以讲已经看到了胜利,我们有这样的确信,胜利必然很快地到来,同样的,在文学运动上,二十七年来也并没有白过。

五四时代的新文艺在内容上,主要的是反封建旧礼教的,在作品中开始描写小市民的生活,有些进步的作家尝试着写工农的痛苦,当时的作品,可以说整个地充满了反帝反封建的内容,这样的文艺传统,要是不遭受摧残,到今天中国的新文艺已经很像样了!但是由于中国的知识分子意识上的动摇性和国内政治上的不民主,致使中国的新文艺运动走了许多曲折的道路,在五四时代轰轰烈烈的领导者,现在能够继承五四精神的已经

[①] 本篇作于1946年5月,是"五四"座谈会的发言稿,发表于1946年《人民文艺》(北平)第1卷第5期,署名光未然。曾收入《张光年文集》(第三卷)。

很少很少，有的变了节和堕落了，许多英雄们都变成了反民主的英雄，用新的方法来压制那些继承"五四"优良传统的运动了，新文艺逐渐走上浮夸的道路，内容非常的空虚，充满着色情的意味，形式也非常呆滞。"五四"以来的新文学因此与人民远离开来，光辉的传统几乎中断。幸而二十七年来政治与文化的斗争力量逐渐成长，中国人民逐渐成为历史的主人翁而承继了民主运动的传统向新的方向发展，并以强大的力量迫使动摇的知识分子向新的方向走，否则就会遭受无情的淘汰。文艺上的新希望，便植根于这样的基础上。

抗战以来，中国社会文化的面貌大大地改变了，首先是广大的人民建立了自己的民主政治基础，这种基础转而成为新文化的强大基础。从这基础上开展出人民文艺的道路。在基本精神上是和"五四"以来的民主传统完全一致的，而且更发展了，尤其在方法上，是和民主与科学结合起来了，即所谓新现实主义的方法。这新现实主义的方法与人民生活结合起来，便可以生出好的果子。虽然今天在全国各地还不断地发生可耻的反民主的闹剧，但民主运动最终还是要得到胜利的。因为今天条件改变了，人民的力量现在成为掌握历史变动的主要力量，新文艺本身在鲁迅先生、郭沫若先生、茅盾先生等的努力之下，有了很辉煌的成果，从运动中也产生了许多新的文艺干部，再加上人民本身已成为推动文艺运动的力量，我们已明显地看到走向胜利的道路。人民文艺已不是一句空话，我们在中国解放区可以看到真正由人民用自己的语言、思想、感情写得很优秀的作品。这些使我们对于新文艺的前途有了更大的确信。

❋一九四七年❋

蒋介石绞杀文化[①]

蒋介石绞杀文化的用意、计划和步骤

蒋介石及其一党，现在是世界上封建法西斯统治的最大与最后的堡垒。这个反动的堡垒，眼看着就要垮台了。可是，正因为他快要垮台，在他的统治区内，他就更加残酷地进行绞杀人民进步文化的勾当。

封建、买办、法西斯，是进步文化的死敌。而蒋介石及其一党，恰好是最落后、最反动的封建、买办、法西斯的结合体。我国五四运动以来新文化的基本精神，一向是坚持反帝、反封建、反独裁，要求独立、自由和民主，这样的新文化，是和蒋介石的路线不能并存的；蒋介石所以想尽一切方法，必欲绞杀之、消灭之而后快，根本原因便在这里。

蒋介石绞杀文化，不自今日始。自宁汉分裂，蒋介石暴露其独裁嗜杀的面孔以后，在十年内战的期间，几十万进步青年和进步的文化人死在他的魔手之下，造成中国历史上最黑暗的年代，新文化运动遭受到致命的挫折。抗战时期，蒋介石在抗战旗帜的掩护下，进行反抗战、反团结、反人民的勾当，而中国文化界在这个时期的正确口号，恰是坚持抗战，坚持团结，坚持进步，这是中国共产党的主张，也是全国民主党派和广大人民的主张，因而也就是中国文化界进步文化人的一切活动与奋斗的总目标。可是正因为如此，即令在抗战期间，进步的文化活动也受尽了蒋介石及其党羽的摧残。现在蒋介石悍然进行内战，造成全国大分裂，对于进步文化的

[①] 本篇作于1947年初，发表于1947年《北方杂志》第2卷第1、2期，后由华北新华书店出版，署名光未然。曾收入《张光年文集》（第三卷）。

绞杀，当然更加是毫无忌惮、变本加厉了。

蒋介石绞杀文化的计划是巨大而且周密的。他综合了中国历史上的反动经验，发扬而光大之。从秦始皇的焚书坑儒到明清的文字狱和愚民政策，比起他的绞杀文化的办法，要显得幼稚多了，简单多了。他还综合了国际上的反动经验，将德意日法西斯的反动经验也发扬而光大之。抗战前后，蒋介石曾派出大批特务人员，包括文化教育的特务人员，到德意日三国去考察。考察些什么呢？当然是考察这些法西斯国家的科学的精密的特务制度，拿回来镇压中国人民。直到现在，蒋介石不但积聚了中国历史上和国际法西斯的反动经验，而且还有他自己二十年反动统治的经验，这就使中国人民遭到空前的厄运，也就使中国文化遭到史无前例的摧残。

蒋介石绞杀文化的步骤也是十分周到的。约略地说来：首先是用反民主的措施来根绝文化的水土。我们知道，新文化的花果，需要一定的民主政治的水土，才能成长发展起来。蒋介石在政治、经济和教育文化措施上，都尽量执行反民主的政策，这就像把土壤上布满了砖石、瓦砾、毒汁和碱分，填塞了沟渠和水源，文化的花果便很难生长起来。其次是用饿死政策来取缔文化的供求。当蒋管区的财富急剧地向官僚买办手里集中，当绝大多数人，包括教授、学者、文化人、作家、读者、观众、青年学生们都陷于饥饿或半饥饿状态中的时候，文化的供应便大成问题，文化的需求也大大地减少了。第三是用新科举制度来进行愚民政策。蒋管区的学校教育制度，整个地便是一种新科举制度，奴化教育制度，还嫌不够，除了在学校里面进行永无休息的考试之外，还有文官考试制度、留学生考试制度，以及其他无数的考试与训练的花样，把青年学生和知识分子的聪明才智都浪费到最无聊的地方去了。第四是用封建、买办、法西斯的文化来对抗新文化。第五是用特务机关的格杀、打捕来消灭文化人。这些都留在以后具体的事例中来详说。

蒋介石绞杀教育事业的真相

蒋政府现任教育部长朱家骅，是一个著名的特务头子，战前曾被派到德国去考察了很久，向戈培尔学了一些本领，抗战初期一向主张亲德路线的；他是学术界、教育界的特务工作的组织者，收买了一些落后的教授学者做他的党羽，羽毛丰满之后，便从CC分化出来自成一个特务系统。朱家骅之前的教育部长，是妇孺皆知的CC特务头子，中国的戈培尔，著名的杀人犯，卖国残民的中国四大家族之一的陈立夫。这些恐怖阴险的特务头子来主持中国的教育行政，自然是非常忠实地执行着蒋介石的绞杀文化的政策。在陈立夫之前，蒋介石还一度直接兼任过教育部长，他对于绞杀文化教育这一工作的重视，由此可见。两年以前，蒋介石还有一个大野心，就是把全国各国立大学的校长都贬职为教育长，由他一人兼任所有国立大学的校长。这个野心，首先在国立中央大学实现了，也首先在中央大学同学们面前碰了很惨的钉子，几乎把"领袖"的"威信"扫地无余了，这才没有敢继续做下去。

在特务头子甚而是蒋介石自己直接统制下的学校教育，自然是青年学生的大屠场。先就大学来说：大学各院系的课程，是被教育部很精细地规定好了的，不容学校或教授任意更动。大学课程的特点是"两烦"和"两略"。"两烦"是"烦重"和"烦琐"；"两略"是"详远略近"和"详古略今"。"烦重"为的让青年们头脑应接不暇，没有余力顾到课外的生活，其目的在使青年们低头；"烦琐"为的让青年们钻进牛角尖去，没有机会接触书本以外的世界，其目的在使青年们耳聋；"详远略近"是多背诵西洋的学理，少研究中国的问题，其目的在使青年们变成远视病；"详古略今"是多讲授古代的陈迹，少注意眼前的现实，其目的在使青年们变成书呆子。蒋介石以为，通过课程的统制，把全国大学生的头压低了，耳搅聋了，变成了远视病和书呆子以后，大概就不至于再闹事了。这些办法，是直接承袭并发扬了明清的科举制度和愚民政策。以各大学的中国文学系为例，这种承袭就更为彻底。蒋管区各大学的中国文学系，其课程内容主要的不是什么中国文学，主要的是经学、小学、考据学之类，那是和清代的愚民政策毫无二致的。文法学院其他各系的课程，用的也是同样的方法，不过把中国经典换成外国经典，把中国考据换成外国考据，其力求逃避现实的精神，基本上是共同的。此外，大多数的学科，都毫无必要地用外国语言来讲授，鼓励学生用外国语言来思考，用外国习惯来生活，也是奴化教育的一例。蒋介石、陈立夫之流，近年还提倡所谓"科学化"运动，这个运动,应用在大学教育上,便是压低文科(文、法),提高实科(理、工)。各大学招生,文法学院人数大加限制,理工科则特别优遇,在公费贷金等待遇上也比文科学生好。你以为这是真的提倡科学化吗?一点也不是!原来蒋、陈之流的用心,是以为理工科学生在课程内容和学业活动上都比较地离现实政治更远,因而也许更容易统治些。实际上大学理工科毕业出来的学生,也许比文法科的学生更感到所学非所用!因为在蒋管区大学的理工科,其课程、课本和教学方式都是抄袭外国资本主义国家若干年前的老套;而别人的那一套,是和他们资本主义国家社会经济条件相适应的;中国不具备那样的社会经济条件,尽管你学熟了那一套,也是白费心力,至多也只能和外国资本主义经济侵略的机构或买办经济机构的需要相配合,而难于和我国国民经济的现实相配合。由此可见,蒋、陈之流的科学教育,归根结底,无非是一种变相的买办教育——封建教育和买办教育,这就是表现在今天蒋管区大学课程上的蒋介石反动的教育政策的实质,也就是中国型的法西斯奴化教育的实质。

仅仅统治了课程,蒋介石还嫌不够,因为课程教材尽管有了规定,教授们站在讲台上,还是可以借题发挥的。蒋介石对付教授们的办法,首先是让你吃不饱,其次便用钱来收买,不肯被收买的便加以威胁或虐杀。于是有了教授挑水种菜的故事,有了教授摆摊卖衣物的故事,有了教授改行经商的故事,有了教授服毒自杀的故事,有了大批教授变节落水的丑剧,有了费巩失踪,洪深挨打,闻一多被杀的惨剧……大学是最高的学府,教授是智慧的权威,如今在蒋介石的统治之下,在他的"尊师重道"的动人的口号之下,教授们的精神、肉体和人格,已经被蹂躏得不像话了。

在蒋管区的大学里,同时并存着三个特务机构:一个是学校的训导处,一个是军训教官,一个是三青团。训导长是教育部直接委派的,军训教官是军训部派来的,三青团更不必说了,他们都是超乎学校行政之外的,都是有权干涉学校行政的外来的势力,因而都是惹不得的。他们的共同任务,是考察和监督教授与学生们的思想和言行。训导处掌握学生的"品行"分数,军训教官掌握学生的军训分数,这些分数,比任何正课的学分都更关系着同学们学籍的升降和进退。训导处还掌管同学们集会结社的登记和监督,掌握学生壁报的登记和审查,这就把学生的集会结社自由、言论出版自由完全剥夺了。训导处还有权检查学生信件，这就把学生的通信自由剥夺了。军训教官可以随便打人骂人，可以随便罚跪罚禁闭，这就把学生的身体自由剥夺了。

可是在大学和中学里，一切罪恶的渊薮集中于三青团。三青团诱骗收买了一部分学行恶劣、思想落后的同学，潜伏在学生行列中从事非法的活动。他们的团长就是蒋介石自己，这就是他们敢于在校内校外无法无天、恣意横行的凭借。他们的核心就是一个特务机构，又和校外的特务机构勾结起来，于是乎压迫进步的同学，辱打进步的教师，扰乱同学的集会，撕毁同学的壁报，威胁学校当局开除同学，要挟教师给他们分数，偷听同学们的谈话，盗阅同学们的书信，胁迫软弱的同学加入他的组织，还散布谣言，麻醉同学们的认识，挑拨离间，分化同学们的阵营……领了津贴的小特务，就要找材料，打报告，于是挟嫌诬陷，乱给人戴上红帽子，同学们一不当心，便挨打了，被捕了，失踪了，连教师们的安全也受到威胁。

中等学校的特务统治，比大学更严密。学生集会结社，甚至通信、会客、阅读课外书报的自由都被剥夺了，压得青年们不敢动弹。在好些地方，中学教员要经过甄训——甄别和训练他们的思想。经过甄训以后的教师，正义和良心也就打了折扣，他们能否或敢否引导学生从事真、善、美的追求，也就大成了疑问。除此以外，中学课程的烦重，比大学更甚。学生日夜埋头于代数、几何、物理、化学、外国语之中，一个个都变成神经病了。而教师为了遵守"部令"，还是继续不断地进行其生硬的"填鸭政策"，反正教育经费都挪去打内战了，学校少而失学青年多，学校便不惜严格淘汰一些不肯就范的学生。

你或许以为，这样严格淘汰的结果，多少把学生的正课水平提高了？不，不，不，恰恰相反！蒋介石履行法西斯教育的结果，使学生的水准一年不如一年，而这些年来，不管大、中、小学，学生水准普遍地较战前低落了很多倍，这乃是蒋政府的教育部公开承认了的。学生们吃不饱，穿不暖，智慧得不到启发，求真的欲望得不到满足，日夜战战兢兢，惟恐不及格，惟恐降级或退学，惟恐挨打，惟恐失踪，他们中间的大多数，都是营养不良，面黄肌瘦，神经衰弱，垂头丧气，眼角上挂着泪水，胸中郁结着悲愤……你教他们怎么能安心向学呢？

而且他们所学的东西，也的确是很少用处的。他们所学的，不是为了"用"，而是为了"考"。小学生所学的一切，为了考初中；初中生所学的一切，为了考高中；高中生所学的一切，为了考大学；大学生所学的，为了考文官，考留洋，或为了转过来教中学、小学的学生们如何去应考。这是一种道地的新科举制度，一种真正的奴化教育！因为一个学生中途离开了学校，到社会上去生活，他将发现他所学的大半都没有用场。一个刚考进大学文科的高中毕业生告诉我说：我真痛快，我把高中三年的数理课本和练习簿一齐烧光了，因为我解放了，我今后用不着它们了，它们今后再也不能折磨我了！

　　蒋管区的小学生也很悲惨。他们的教师是经过严格甄训的，而且是吃不饱的。他们的课本也是经过严格规定的，只许用教育部编印的，荒谬绝伦，充满了法西斯毒素的"国定本"。这种"国定本"，因为是一种独占的商品，纸质便十分粗糙，印刷更十分恶劣。可笑的是，就连这粗劣的毒品，由于其发行机构的腐败，稍为偏远的地方，便供给不上。小孩子们可以成几月地没有课本念，整学期不能正规上课，因为变通办法是不允许的。此外，特务制度也并不放松小学生，童训教官的打骂和类似三青团的活动，使孩子们丧尽了天真。

　　物价不断地飞涨，加上特务的跋扈，蒋管区教师们的共同命运，是"饿死、忙死、愁死"。物价涨了五六十倍，薪水只是战前的十分之一，凭这微小的收入，要想使全家大小不挨饿，是绝难做到的。有什么办法呢？不愿改行的，只有加倍地出卖劳动力。像在昆明被蒋介石暗杀的清华大学教授闻一多先生，生前便要在中学里兼十几点钟的课，以换取一间房和一石米，晚上还要替人刻图章，为的解决一家八口的生活。成都有一位大学教授，为了一石米贴，在另外一个大学里兼了一个专任教职，教育部查出来了，说是犯了法，加以申斥，那位教授羞愤自杀了，全家便失了赡养。中学教员，大半都同时担任两个学校的专任教职，每校每周以十八小时论，已经忙得要死了，还要批改一两百份课卷；何况还有同时兼任三个专职的。小学教师就更苦了，每月收入，很难维持自己一个人的生计，有家小的，就只能靠喝白粥度日。教师们这样穷忙的结果，还得不到一点精神的安慰，因为同学们的心情也在极度苦闷中，他们学习情绪低落，功课日益退步,乃是当然的结果。再看到学校行政的腐败,特务分子的嚣张,优秀学生的遭受迫害,教师的心情是十分愁苦的。营养不良、操劳过度和心情愁闷的结果,自然很容易生病,生起病来,没有办法医治,也没有资格休息,只有靠同学们的捐助或学生家长的同情,否则便是死路一条了。所以说,"饿死忙死愁死",是这些教师们的共同的命运。

这就是蒋介石绞杀神圣的教育事业的真相——用封建教育、买办教育和法西斯教育来奴化青年,用甄审、集训和饿死政策来虐杀教育工作者,用特务活动和高压政策来把学校变为集中营……这种杀人不见血的手段,比他在内战时期直接砍杀了几十万进步青年显得更为阴险,更为恐怖,因为他直接摧残了中国文化的苗床。可是独裁者的如意算盘,究竟不能完全如愿,蒋管区的学生们,如今怒吼起来了,前年的"一二·一"运动和方兴未已的"一二·卅"运动,便是眼前的例证。连教师们也不肯示弱,尽管有一批无赖的教授教员被蒋介石收买了,但更多的教授教师们反而在高压政策下变得更清醒,更勇敢,矢志参加学生的行列,为中国的独立、自由、民主而奋斗了。

蒋介石绞杀新闻出版事业的真相

蒋介石对中国新闻出版事业的统治,真可说是"无微不至"。以下让我们逐步考察一下他立意绞杀新闻出版事业的全过程。

首先是残酷的登记制度。蒋管区的新闻纸和通讯社,十之八九都是官营和半官营的;绝少的民营新闻事业,也要和官方保持一定程度的勾结,否则根本就通不过登记制度的第一关。拿新闻纸的登记来说(三日刊、日报、晚报都是新闻纸类),第一步是填写很多份登记表,在每份上详细填明新闻纸的名称,刊期,纸张开数,每份几张,每天出多少份,发行人,编辑人姓名,年岁,籍贯,出生年月,学历,经历,是否党员,基金数目,基金来源,存在什么银行,存折号码,报社、编辑部、发行部和印刷所的地址,电话号码,门牌号码,报社筹备概况,组织概况,董事名单等等,附在呈文里,呈给地方主管机关如市政府社会局之类,由他们转呈国民党中宣部、行政院内政部分别决定是否核准登记。第二步就是等候,奔走,疏通,拿贿,托关系,说人情,讲条件等等,时间快则半年,慢则一年两年以至于遥遥无期。这还算好的,因为在通常情形下,蒋介石早有通令,限制了每一地区的报社、通讯社的设立,不得超过一定的数量,地方当局借口上级命令,根本就不接受你的登记,拒绝转呈蒋中央。这时候惟一的办法,只有等候哪一家报社、通讯社倒账关门的机会,出重价顶取别人的招牌。杂志、期刊的登记,其困难也一如上述。虽然有时也许托到了人情面子,讨到一张"准予先行发行,听候核准登记"的批示,但如出版后受到挑剔,将永远得不到那张登记证了;何况寄递和发行上,也会遭到种种困难;说等吧,你将等到什么时候呢?

我举几个具体的例子来说明登记制度的残酷性。北平有一家报社,在政协期间,因了特殊的面子讨到一张"准予先行发行"的临时许可证。但是报纸需要的基金是很庞大的,出钱的人看见没有得到登记证,知道靠不住,为慎重计,存观望态度,拖延了几个月,筹备费花去了不少,许可证失却时效了,那报纸终于出不出来。民盟在昆明办了一个《民主周刊》,有两年多的历史。创刊的时候,曾和昆明图书杂志审查处打了几场民事官司,官司打到重庆蒋中央,打到参政会,好容易得到"先行发行"的许可证,但在李、闻案之后,当局便借口"未呈准登证"而禁止其发行;虽然该刊并没有服从这个命令。和查禁《民主周刊》的同一期间,以同样理由查禁的报刊,在昆明有四十七家,在北平有七十七家,在重庆有八十几家。李公朴先生去世的两年前,曾向蒋政府办理登记,请出版两个期刊,一个是他自己主编的《自我教育》半月刊,另一个是由李先生担任发行人邀我主编的文艺刊物。这两个刊物的申请书,经过两年之久,直到李公朴先生被蒋记特务暗杀殒命以后,还像石沉大海,得不到任何许可发行的批示。

谈到这里,我还要征引一段文字,来说明蒋介石绞杀新闻出版事业的残酷性。这段文字是著名的新闻事业家萨空了先生用了一个化名发表在一九四五年九月三十日出版的昆明《民主周刊》上的。他揭发了两件最重要的阴谋:

第一是国民党利用它执政党的政治地位,历年来以种种手段垄断独占了中国的新闻事业。像中央通讯社，就是一个垄断独占中国新闻通讯事业的机构，它靠了政府给他有自由设无线电收发电台的特权，打倒了其他所有中国民营的通讯社……此外中央通讯社还和路透、美联等外国通讯社订有合同，取得了各该社在中国的发稿权，因而对各外国通讯社报道之批评国民党政府文稿，一律得任意删改。这样中国报纸上的大部分新闻遂成了中央社独家包办的现象。再如在中国各大城市，国民党都利用以国帑支付的党费，办了《中央日报》《国民日报》或《扫荡报》（现改名《和平日报》）之类的党报，拼命向民众替国民党作宣传。他们因为有国帑作后盾，遂以最廉的价格招揽订户，期能打倒其他的报纸。

第二是国民党政府颁行了任何民主国家所没有的限制民众新闻自由的单行法令——如出版法等。在这种法令的束缚之下，使民众欲办报章杂志非先向政府呈请登记获准后不能发行，而政府对民众呈请登记新报章杂志，除国民党党员外，几乎绝难获准。同时更以种种手段——包括威胁利诱在内，对过去在各大城市中早经存在之报纸杂志，施以种种压力，务求达到使其自动停刊或接受其津贴收买，变成国民党之应声虫而后已。

民营新闻出版事业的创立和登记，已经是绝大的难关了，但还只是第一个难关。第二关是蒋政府的野蛮的审查制度。根据这种制度，凡民间出版的新闻纸、杂志、期刊、图书等，都必须事先把文稿送到一定的审查机关去审查，经审查盖章或发给审查证后，方得付印和发卖。这些审查机关都直属于国民党中央宣传部，在各省市都有分处或分会。

这些审查机关——这些绞杀文化的刽子手们常用的野蛮手段，可以归纳为四个大字："压""扣""删""改"。

新闻纸和定期刊物的稿件，最怕耽误时间，但是稿件到了审查处，常常故意地把重要电讯或文稿压上几天，等审完发还的时候，已经失掉了时间性——这是"压"。要是认为电讯或文稿的内容看来不顺眼，或认为与所谓"基本国策"有抵触，便干脆扣掉；有时扣了稿子还要追究作者。报纸或期刊的稿件被扣后，如果临时来不及弥补，便要"开天窗"，近来还不许"开天窗",大概是怕泄漏了天机。重庆《新华日报》和《民主报》的社论,曾有过扣了再写,写了再扣……一夜间被扣掉五六篇社论的事;杂志期刊送审时,常常一期中的稿件,被扣了十分之七八,该刊便只好被迫脱期——这是"扣"。有时一则电讯、一篇社论或文稿虽然通过了,但却把其中的重要文句或结论删去,弄得文义不通,或有头无尾,或不知所云。这样的时候,编者便只好在被删的地方用括弧小字注明"此处被删若干字"的字样;后来不许了,便用一串虚线来代替小注;后来也不许了,便干脆用空格代替;后来连这也不许了——这是"删"。经过删削的稿件,因为怕你用小注或虚线或空白暗示读者,泄漏了检查制度的残酷,于是检查老爷改变了方针,率性动笔涂改起来。作家们精心结构、字斟句酌写出来的作品,经过糊涂幼稚、毫无教养的检查老爷任意添改的结果,不是弄得你文句不通,便是改得和你的原意相反;还要逼着你照删改的字样登出来。曹禺先生的剧本《蜕变》最初在重庆《国民新报》连载的时候,便曾遭受到这样的凌辱——这是"改"。

书本的原稿送到审查处,因为字数较多,审查老爷忙不过来,最容易被"压"。但是书店的资本有限,一"压"几个月,便影响出版家资金的流转,没有办法,只好贿赂审查老爷。桂林有一个时期,曾经形成一种规定,按字数的多寡送给审查老爷几百元或几千元的看稿费。这个数目,在当时是大的。但是出了钱的结果,只能保证速审,还不能保证不"扣"。书稿被扣以后,最吃亏的是作家,稿费、版税落空了,如果连原稿也讨不回来,则呕心沥血的成果都成为徒劳。至于长篇巨著之被"删"或被"改",有时连西洋名著的译本也难逃此劫运。

政治协商会议前后,蒋政府表面上修改了审查制度,把原稿送审查的办法改为事后送审。但出版家怕书出版后审出了毛病而禁止发卖时,则损失更大,所以大家宁愿保持原来的习惯把原稿送去盖章。出版家从经验中感觉到蒋介石的宽大与恩惠是虚伪的,还是不要上当的好。

蒋政府的审查制度是十分野蛮的,而且是漫无标准的。在这个野蛮的毒网的长期笼罩下,报纸上只能出现着同样的谎言,出版物的质量只能日益低落,作家的写作欲望只能一天天地枯萎,读者大众只能得到贫乏的,甚而是有毒的精神食粮。曾经在昆明遭受迫害的楚图南教授说:"在现阶段，在现行的制度之下，能够发表出来的作品，不是其中民主成分稀薄就是充满了违反民主精神的，因此不健康的，有毒素的，为人民所不需要的'作品'就充斥书肆了。"茅盾先生曾经愤慨地说："这几年作家们痛切地感到的是要想写的不能写，写的不过是应付地写。这使我烦恼，讨厌。因此我想，爽性不写，装死装睡觉，也是一法。但是出有一些杂志，又不能不写。写了一点，又只是有心人才看得出来，一般读者看不出来。这使作者们的心情弄得很坏。"聂绀弩先生说得更惨痛：

> 作家写作品也像母亲生孩子一样，我常常私自怀疑，"我还能不能有做母亲的快乐呢"？
>
> 我常抚着我的瘪着的肚皮自问：我的身体是健全的，能做母亲毫无疑义，但每当有做母亲的机会的时候，就想起珊格夫人来了（光按：珊格夫人是提倡节育运动的）。我不是马尔赛思主义者，接近珊格夫人，完全由于一种也许是过度的忧虑：我的儿女不会在这社会长大的吧？会受虐待的吧？会被指摘的吧？会累及他的父母的吧？我以为这社会是个杀戮的社会，与其自己痛苦之后，还让儿女遭受更大的痛苦和灾难，不如早为之备，皈依珊格夫人的好。
>
> 然而我有母性，愿意有儿女，我恸哭我的不曾诞生的儿女。然而我又忧虑儿女出生后的遭遇，我不使我的儿女诞生。
>
> 我愿意人类停止对婴儿直接或间接的虐待和杀戮。我主张婴儿的生存权！我需要的社会是个适合于母性的社会！至少不是使母亲不敢受孕的社会……（以上均录自拙编《文艺的民主问题》）

审查制度的罪恶就是如此。连聂绀弩先生诉苦的措词，也正好印证了茅盾先生的话，"只是有心人才看得出来，一般读者看不出来"。为了瞒过头脑简单的审查老爷，大家便惯于这样转弯抹角地说话了。

第三关是严密的印刷统制。民营报馆或出版社，倘使自己没有印刷所，往往逼得你自动关门。印刷厂商算是特种营业，都是经过登记的。没有登记证或审查图章的文稿，当然是不能印了，就是已经登记的报刊和审查通过的书稿，厂商也不能随便接受，否则动不动就要受到警告或处罚。

以北平为例，几乎每一家印刷厂都有一个由党部派来的经常负责审稿的特务，东、西、南、北四城区又各有一个头目，全市又有一个总的机构，专门负责印刷所的管制，没有经过他们认可的稿件，厂商便不能随便接印。党政机关有的是钱，他们一年到头总有些印不完的莫明其妙的文件，强迫厂商承印，使厂商没有余力接印民营机构的书报。新四军事变前后，以郭沫若先生为首的五位作家，在重庆联名主编了一个大型文艺杂志叫《文艺工作》月刊，由大东书局出版和印刷，订了合同，两期的稿件都审讫编就付排了。蒋介石的文化特务张道藩、潘公展，忽然觉得此事不妙，连忙加以制止，把大东书局的老板请了去，警告威胁之后，并加以利诱，把在当时价值四百万元的一笔教科书交大东印刷厂承印，于是我们的合同便被撕毁，那杂志便流产了。这也是垄断印刷的一例。此外，官营党营的印刷厂，仗着自己不怕亏本，有时忽然寒热症似的提高工人待遇，把民营厂商的熟练工人挖走，或因此提高了印刷成本，使你不得不自动关门，报馆出版社也连带停业。去年有一个时期，上海的新闻出版事业便因之受到很大的打击。最后，蒋记特务还有一手土匪作风用来补上述一切统制方法之不足，那就是派出大批特务打手，捣毁进步方面主持的印刷厂或代印进步书报的印刷厂；重庆《新华日报》和《国民新报》的印刷部，都曾被这些匪徒光顾过。至于厂商因代印进步书报而遭受逮捕查封的事，那更是司空见惯的了。

　　登记核准了，审查通过了，甚至于也接洽好了印刷所，但也会碰到第四关，这一关是刻毒的纸张统制。蒋管区官僚资本的囤积居奇，已经是众所周知的了。纸张也是有利可图的商品，当然不会逃过囤积家的魔手。民营出版业尤其人民团体的出版机构，资金都很有限，不能大批购存纸张，等你需要纸张付印时，纸价早远出你的预算之外。但最刻毒的是，国民党的官僚们，把囤积纸张作为文化控制的手段之一，这就是无形中置你于死命。在大银行、大报馆、大机关的仓库里囤纸如山，一囤就是几年，市场上却是严重的纸荒。抗战期间，多少民营新闻出版事业在米和纸的压迫下倒闭了。这样控制，直到日寇投降后，美货源源进口的现在，方才稍稍松弛一些。

　　书报刊物印出了，自然需要发行，于是碰到了第五关：横暴的发行统制。二十年来，蒋介石摧残进步书业的历史，乃是一部血泪史，是写不完说不完的。兽性的蒋匪统治，把一切出卖新文化读物的书店都看作"共产党的机关"，多少辛勤的书店从业员，不由分说地死在他的枪尖之下！1940年前后，单是韬奋先生创办的生活书店各埠分支店，就被蒋介石查封了七十多家，同一时期所查封的新知书店、读书生活出版社的分支店，也有几十家，大半都逮捕了店伙，捣毁了门市，抢劫了财物，损失不可以数计。开书店也要向官府登记，最近更颁布了所谓"特种营业管制办法"，把书店业、印刷业和理发业、洗澡业、女招待业等合为一类，称为"特种营业"，说这些"特种营业"都容易"窝藏歹徒"，所以要加紧管制。

　　蒋介石对进步书报的发行工作，极尽破坏之能事。最常用的方式是干脆地禁售。党部特务可以随时闯进书店，告诉你一批书单，说这些书都已被禁，此后不许销售。或者不问情由，把他认为不顺眼的书刊，任意从货架上抢去。书刊的查禁是漫无标准的，今天可以卖的，明天也许查禁了；甲地可以卖的，乙地也许不许卖了；尽管已经审查通过的，书皮上印着"已在某地图书杂志审查处审查通过"，或"已领得审查证×字××号"的，还是一样地被禁，简直弄得你莫明其妙。第二是用特务活动来扰乱书店的营业。其法是特务经常来书店逡巡，盘问读者，跟踪读者，私自拍下读者的照片，造成恐怖气氛，使读者不敢再来买书。或者就像前些时对付北平朝华书店的办法，借端搜查，占据书店，捕去店伙，根究读者，事后虽然声明是"误会"，书店营业却大受影响。第三是土匪式的抢掠。在北平，有两家代卖民主报刊的书报社，都遇到特务来"批发"大批书刊，装到车上以后，便拔出手枪威吓，损失多达数十万元。在上海，蒋特对付声誉卓著的《周报》《民主》两杂志，是等每期出版的那一天，便开去大卡车到印刷厂全部抢光，使出版家每期损失数百万元，《周报》《民主》便被迫休刊。第四是殴打报摊报贩。如在北平，代卖《解放报》和民主报刊的报摊报贩，常常遭受宪兵、警察和特务的毒打，并把书报撕毁或没收了。这种行为，也同样用来对付书店。如北平王府井大街的海燕书店，因代售进步书刊，老板挨打了，愤而改行，如今变成海燕百货店了。最后一种最狠毒的办法是，特务们自己开了书店，伪装进步的面貌，专卖进步的书报，有的还附设借书部和读书会，诱致读者上钩，然后逮捕之，迫害之或强迫其接受特务工作。这种做法，比《水浒传》上的"黑店"更毒辣，因为它不仅坑害读者，而且坑害书业，使读者视书店为畏途，大家都不敢买书了。

第六关是奸险的邮运统制。门市的发行工作遭受破坏以后，出版界便把希望寄托于读者的邮购和外埠的批发。书业自己没有运输机构和交通工具，运往外埠，全靠邮政寄递，可是这就有种种麻烦。第一，如果是报章杂志，事先必须在中宣部内政部登记领证外，还要凭登记证到邮政局登记，必俟邮局认可为新闻纸类，方能按新闻纸类的邮资计算，否则每天每期按平信计算，就吃不消了。第二，抗战期间，党部和邮局勾结起来，早就取缔了书籍包裹、印刷包裹、贸易契类等平时较为优待的寄书办法，剩下的只有普通包裹、一百公分小包和当平信寄的三种办法，这三种办法都收费奇昂，而且需要很长的时间才能寄到。举例来说，从重庆以上述办法寄书到昆明，本来一星期可到，但往往被压到三四个月之久，寄到之后，还有破损水湿，商人加上邮费、月息和破损等消耗，至少必须按重庆定价加百分之一百五十的高价出售，方才合算，这就吓倒了读者。就是这样，寄递的数量还大有限制，邮局还常无理地拒收。书业有时为了图快，宁愿忍痛把页数较薄的书当航空信寄，后来邮局拒收，这办法也行不通了。像去年一年，邮费接连涨了好几次，读者决无力负担那样高昂的邮费。第三，邮政检查制度，虽经明令废除，事实上不但没有废除，反而扩大了，增强了。《新华日报》《群众》半月刊，在重庆邮局里常常堆积如山，整批整批地烧掉。像《大公报》那样奉承蒋政府的报纸，在内地也常常被扣。进步的杂志、期刊也常被检查没收。书籍也常被邮检人员无理地扣掉，拿去当废纸卖出，或转卖给特务们自己开办的书店去作钓饵。书商们只有忍气吞声，怕得罪了那些虎狼一般的邮检人员，自己将要吃更多的苦头。

最后一关是罪恶的阅读管制——实际这已不是管制，而是干脆地禁止了。内战时期，青年们因阅读新文化读物，或者仅仅因了被发现一本红封皮的小说，便被指为赤党而丧了性命，是很常有的事。抗战以后直到现在，青年们阅读进步书报还是有罪的。在学校、机关、部队、工厂，在特务势力管制所及的机构里，青年因偷阅书报而被警告，被告发，被申斥，被禁闭，被开除，被殴打，被送往集中营里受苦，乃是习见不怪的事。色情的、神怪的、荒唐的读物可以读,正常的书报被禁止,怕青年们睁开眼来看世界。

蒋介石绞杀新闻出版事业的真相,就是如此。他的罪恶的魔手,绞死了不计其数的出版事业,枪毙了不计其数的优秀作品,其残害国民精神的作用是非常巨大的。但是,进步的文化出版事业,并没有被他真正消灭,新闻界、出版界的战士们,被证明能够和他作长期的、顽强的、坚韧的战斗。想尽一切方法,利用他内部矛盾的间隙,利用他不可克服的糊涂、贪污和腐化,以"过五关斩六将"的精神,以游击战、地道战的方式,以各种公开合法的斗争方式,终于能透过他层层笼罩的毒网,把最低限度的精神食粮贡献于人民。新闻战士和出版战士们的卓越的英勇和智慧,将在中国文化史上留下可歌可泣的一页。

蒋介石绞杀艺术活动的真相

法西斯不要文化,不要艺术,也没有文化,没有艺术的。二十年来的中国艺术活动,除了若干无足轻重的反动逆流,可以说都在进步力量的影响下。蒋介石存心破坏绞杀这些艺术活动,乃是理所当然的事。

在蒋管区,一切民众团体都要受政府机关严格的管制,文学艺术的团体当然不能例外,依照一定的程序向党政机关登记,并经其核准的团体,方得为合法的团体。蒋政府采取严厉的手段,取缔一切未经呈准登记的社团,而文艺团体的登记,比报刊杂志的登记更加困难,因为前者不仅是文字上、思想上的斗争,而且有经常性的社会性的活动。其实,即令是依法呈准登记,完成了立案手续的合法团体,活动上仍然受着严格的限制。抗战前后,蒋介石有一套法西斯的法令,专门限制人民团体的组织及活动,人民团体很容易触到他的法网。中华全国文艺界抗敌协会(现更名为中华全国文艺协会,简称文协)是一个历史悠久、作风稳健的合法团体,其中且有国民党的文化人参加,但实际活动仍大受限制,会员常遭逮捕,各地的分会甚至找不到一个可以挂招牌的会址。至于中华全国美术界抗敌协会、中华全国戏剧界抗敌协会、中华全国音乐界抗敌协会等全国性的艺术团体,其总会的领导权干脆被一些不学无术的党棍篡夺了去,使这些团体老早就仅仅剩下一块空招牌。

我在这里单举戏剧活动为例,可概见蒋政府绞杀艺术的一斑。前面说过,剧本的出版要经过严格的审查修改,稍微接触现实的剧作便不易通过。有一个时期,盛行写历史剧,这本是逃避现实的道路,然而也可加强主题的积极性,收一点讽喻的作用。可是这个办法,自郭沫若先生的《屈原》在重庆上演,把观众感动得恸哭流涕以后,也被蒋介石看破了,后来便一连串禁演了许多历史剧。这样严格审查的结果,就使戏剧界感到严重的剧本荒。剧团上演的剧本,尽管是已经审查通过准予出版的,上演时还得拿出重审。像《屈原》《虎符》(郭沫若作)等剧,准许出版的,却不准上演了;像《雷雨》《日出》(曹禺作)等剧,过去准演的,后来却不准演了;像《升官图》(陈白尘作)、《清明前后》(茅盾作)等剧,重庆、上海可以演的,北平却不准演了。摸不透行情的,准要碰钉子。

有好些已经出版的剧本,虽然准许上演,但上演的时候,须要按照审查老爷的意旨,删改一些重要的情节和对话。曹禺先生的《蜕变》(这还是得了教育部奖金的剧本)在重庆第一次上演的时候,便被删改得一塌糊涂,作者当时愤慨地说:"这不是我的剧本,我不承认这是我的剧本!"剧本经过删改以后,恐怕演员上台后临时变卦,又念出原来的台词,剧审会便每场派人去看戏,不满意处便加以干涉。对于这一点,导演和演员们仍然有可以消极反抗的余地,那就是,演到被删改的地方,以一定的手法,在表情上、语气上、气氛上构成一种暗示,使观众感到此处已被删改;或通过一定的手法,使被删改的地方在表演时收到相反的效果。当重庆的审查老爷发觉了这一点之后,便参加审查排演、预演的全过程,规定预演时的全部情节、对话、表情、动作,甚至灯光、布景、道具位置等,每场上演时均不能有任何更动;否则在场观剧的审查老爷,可以随时喝住台上停演,并予以应得之惩罚。

剧场管制,也是致剧团死命的一着。电影院缺少舞台设备,多半不适于演剧,同时租金过昂,每日动辄数十万,民间剧团都负担不起,可用的剧场都在党政机关的控制下,或直属党政机关,如重庆常演剧的地方是军委会政治部中国制片厂的抗建堂和三青团的大礼堂,昆明则是省党部大礼堂,北平是十一战区政治部管辖的东西两建国堂……你试想想,和党政机关没有关系的剧团或为党部所讨厌的剧团,他肯租剧场给你演戏吗?

即令通过了重重的难关,演出了,而且演得很成功,结果也还是一场"惨胜"!因为那苛捐杂税就把你全部的收入连本带利地抢去了。演剧和演奏音乐本是一种社会教育,一种社会服务,只因为排演和舞台装置等花去了不少的成本,不得不略收票价,以资弥补,但蒋政府却要照票面额征收百分之五十的"娱乐捐",此外还有百分之十的印花税,剩下的百分之四十,除了付过剧场租金,剧场杂支和剧作者的上演税(百分之三)及导演税(百分之二)以外,还有什么呢?我们不要忘了,一出戏的排演,通常要花两个月以上的时间,这期间的演员薪给、伙食杂支以及上演时的舞台装置、服装、道具、灯光用品、化妆品的购置、广告、海报、节目单等宣传费,都需要垫出很大的数目,以现在物价的高昂,估计一个职业剧团通常一出戏的成本,动辄四五百万元。现在由于不合理的捐税剥削,卖座好时尚且顾不了成本,卖座不好时又该怎样呢?这简直是一种法定的抢夺,一种对艺术活动的绞杀!事实俱在,最近重庆、上海、北平的职业剧团,都一个一个宣布解散;职业剧团尚且不能存在,业余的剧团当然更难活动了。

但蒋介石还怕绞杀得不彻底,最近在上海又兴出一种"艺员登记制"的办法来。依照这种办法,话剧演员要和旧剧艺人、苏滩优伶、鼓场歌妓同样地向主管机关办理登记,且施以训练,然后始取得艺员资格,且要把艺员登记证经常挂在胸前,以资职别,政府需要时,还可随时征调他们参加慰劳或堂会。这简直是对于剧场艺术家们的绝大的侮辱!

戏剧的宣传教育的效果太大了,蒋介石很害怕它的威力,因之对戏剧活动的绞杀也无所不用其极。至于美术、音乐方面遭受残虐的情形,也可由此想见其仿佛。这些年来,大后方漫画的内容和技巧都有进步,但图片的发表也一样受到严格的检查;尽管附庸风雅而旨在敛钱的书画展览会所在皆是,而进步的画家却苦于登记不准和找不到展览的地址。木刻一直被认为是共产党的玩意儿,被目为异端,就更不必说了。新音乐运动也备受摧残,抗战初期,有一个销路极好的音乐杂志,叫做《新音乐》月刊,两年之后,被禁了,编者便改出了《音乐艺术》,又被禁了,再改为《音乐通讯》,还是不许出;现在虽然复刊了,其中刊载的歌曲大半还不许唱。

上海新音乐社在几个月以前曾筹备了一次大规模的演唱会，演唱《黄河大合唱》和几支民歌，轰动了上海，开演的时候，剧场门口挤得人山人海，还有听众从苏州、南京赶夜车来买票的，但临时却被蒋政府无理地下令停演，主持人只好请观众退票，但观众宁愿保存那种纪念性的门券，没有一个人愿意退票。

演剧不许，画画不许，唱歌也不许！这说明了什么？这一方面说明了蒋介石绞杀艺术活动的残酷性，另方面也说明了我们的戏剧家、美术家、音乐家们始终不肯低头，始终紧握着自己的武器，在和那个独夫、卖国贼、流氓头及其党羽们进行着不屈不挠的斗争！二十年来，中国艺术家的血泪流在舞台上，流在画布上，流在乐谱上，流在稿纸上，但是蒋介石的丑恶面貌也多少在艺术作品中留下初步的历史性的记录了。中国艺术家的劳绩是不朽的！

蒋介石虐杀文化人的真相

这样穷凶极恶的文化绞杀，自然逼得文化人没有活路。鲁迅、韬奋、费巩、李公朴、闻一多、马寅初、马叙伦、李敷仁……的例子，还只是最明显的例子，每一个在文化战线上坚持了相当年份的工作者，都习惯于不诉苦，如果诉起苦来，每人都有他自己的一本惨不忍闻的血泪史。约略说来，第一是没有任何基本自由，第二是没有任何生活保障。

在封建法西斯统治下，一般人民的基本自由都被剥夺了，但就文化人来说，还有较一般人民更为深刻的痛苦。譬如说，在学校教书的人，没有讲学自由，这已经很痛苦了，殊不知很多著名的学者，还得不着教书的机会。如邓初民教授，饱学且富于教书经验，在大学里被三青团学生赶出来了，到重庆来，在一家教会中学里教书，也被赶了出来。去年教育部通令各大学、中学，新聘教授、教师须注意思想问题，这就把大批人的讲学自由剥夺了。大学和中学聘请校外的学者文化人作临时性的学术演讲，也是在所不许的。大学的学生团体请校外人士演讲，须呈准训导处；中学请校外人士演讲，须将主讲人、讲题、大纲……呈报教育厅批准，你看麻烦不麻烦？至于对学生以外的人民群众公开演讲，则机会就更少，而挨打的机会就更多了，李公朴、马寅初、郭沫若、施复亮、陈瑾昆诸先生，不都饱尝过此中滋味吗？

文化人也没有采访自由。新闻记者的采访自由是大受限制的，动不动就挨打，连《大公报》《新民报》的男女记者都曾挨过毒打。在江苏南通，有一位新闻记者因采访新闻而被杀头抛尸在江中。作家、艺术家说是为了写作上的需要而到农村、工厂、兵营里去采访资料，担保你一定大触霉头，说不定还丧了性命。

文化人也比普通人民更没有居住自由。在重庆、昆明租房要押金，在北平要房份，在天津、上海要金条，这自然难住了文化人。更困难的是，简直要直截了当地驱逐你。上海施行了警管区制，北平施行了户口调查和"国民身份制"以后，文化人的居住问题便大起恐慌，因为文化人、作家、艺术家的职业性质，一般地难归类，因而便不被承认为"正当职业"，而没有"正当职业"的人是很受注意的。上海施行警管区制以后，发现了经济学家沈志远先生的住址，警察局便把沈先生叫了去，问他有什么职业，答说，在大学教书。问：此刻在什么大学教书？答：过去教过，现在没有教了。警长便告诉他：那就不必说了，你没有正当职业，请你马上离开上海！沈先生没有办法，只好卷行李到香港去。北平的朋友，也同样感到居住问题的威胁，许多朋友托人疏通在机关里兼一个名义，为的便于报户口；一位朋友在报馆找到一个校对的苦差使，这才保留了居住权；我自己几次想搬家都没有成功，主要的是没有充足的证件证实自己的职业身份。

文化人也比普通人更没有旅行的自由。到国外旅行，领不到护照；在国内旅行，也必须找到一个政府机关或商人的护照，来证明自己并不具有的"正当身份"。小说家骆宾基、丰村有一次旅行到成都，因缺少旅行证件被宪警盘问逮捕，半年之后才放出来。我自己这十几年来，旅行了国内南北和南洋的许多地方，几乎每次都忙于找关系，找证件，变服，化装，改名字，这使我痛恨厌烦到了极点！我希望这次从北平到解放区的旅行是这样戏剧性的旅行的最后一次。

文化人也比一般人民更没有通信自由和走路的自由。在内战时期，文化人和知识青年常因通讯出了毛病而坐牢或丧命、连累朋友，大家戒备起来，久而久之，养成一种不写信，少写信的习惯。走路的自由是早就丧失了的，走通衢大道怕特务跟踪，走黑路、夜路、荒僻路怕挨打或被绑。现在都市里美国卡车每天横行伤人，老百姓都怕走马路。上海的特务还发明一种方法，驾上吉普车，专找机会撞伤文化人和民主人士，这样既达到了残害文化人的目的，又避免了绑架殴打的恶名。像在北平，特务宪警不管白天夜晚，经常在通衢大道上持枪盘查行人。像在重庆，宪警大白天在马路上拦路检查，遇到衣冠不整的文化人、学生，便当做散兵游勇抓了去。

文化人甚至也没有谈话、交朋友的自由。家里多来了几个客人，聚在一块聊天，警察也会来盘问，看是不是在开会。到茶馆里谈天或到公园中野餐，人稍多点，警察特务也靠拢来盘诘或偷听。北平太庙和中山公园的茶座都接到警察局的通知，凡十人以上吃茶聚谈者，便要报告附近的警察来干涉。

此外，文化人是没有任何生活保障的。工作的条件被剥夺了，改行就业谈何容易！以文艺作家来说，身体衰弱，心情恶劣，写不出东西来。勉强写出了，又不一定能发表，不一定能出版，出版了也不一定能发行畅销，这就使稿费、版税的来源大成问题。过去作家们实在太苦了，便联合起来，向出版家斗争，要求提高稿费和版税的待遇；后来进步的出版事业一家一家地被迫停业，倒闭或停出新书了，刊物也相继夭折了，作家甚至失去了斗争的对手！物价高涨和政治迫害的结果，作家们面对着严重的生活恐慌，就只能有束手待毙之一途！小说家叶紫的饿死，王鲁彦的病死，万迪鹤的病死，连死后的棺木都成问题，家属的赡养就更无办法了。还有张天翼先生积劳吐血，老舍先生每五分钟一次头昏，茅盾先生、章泯先生都因营养不良而患严重的目疾，其他大部分的文艺家、艺术家都陷于饥饿、半饥饿的贫病交迫的状态中。文艺界临到这样的惨状绝境，才恍然于蒋介石的虐杀政策已经大奏效果，非力图自救便只好集体饿死了。一九四五年春天，中华全国文艺界抗敌协会发起了一个"援助贫病作家"运动，向全国读者，向一切曾经受过中国作家精神食粮的恩惠的人们呼吁，请他们慷慨解囊，援助陷于极度困窘中的贫病作家们。这个运动，获得意外的效果，它向国内、国际暴露了蒋介石虐杀作家的实况，向群众进行了深刻的教育；同时，它也是一种民意测验，证明了中国作家们艰苦劳作的业绩是为广大群众所尊重、所爱护的。在重庆、昆明、成都等后方都市里，成千成万的群众卷入这个愤怒的浪潮中，学生、店员、工人、儿童、妇女、公务员、士兵都把自己撙节下来的零用钱捐给作家，写信慰问作家，昆明、重庆的人力车夫也把自己的血汗钱捐给作家，表示同情这些为穷人诉苦的读书人。

这些这些，就是蒋介石虐杀中国文化人的真相。失去了任何基本人权和自由，失去了一切工作与生活的条件，经常在营养不良、饥寒交迫、卧病呕血、恐怖烦闷、流亡投奔、挨打被捕中讨生活！二十年的蒋介石的兽性统制，对他们真是一个严酷的考验；经得起这个长期考验而能坚持到底的，将不愧为中国人民最可靠的战友。实际上除了极少数堕落变节的分子以外，大多数进步的文化人，不管身受着如何致命的迫害都不肯轻易地放弃自己的岗位；他们的战斗和解放区人民的战斗，是密切地配合着的。

反动的法西斯文化的内容和实质

实施了奴化教育，摧残了出版事业，绞杀了艺术活动，迫害了文化人以后，蒋介石为了把他的愚民政策进行得彻底，还利用他的独裁统治，利用他的独占机构，利用他所收买的无聊文人，搞出一套反动的法西斯文化，用来毒害国民精神的健康，把是非、善恶、美丑之分来一个彻底的大混乱。这些反动的法西斯文化，大致可举出反动的政治理论、复古运动、买办文化、色情文化、特务文学几点来略加介绍——前面说过，法西斯是没有文化也不要文化的，此处举出的各种反动文化，其实只是一种祸水，谈不上是文化；不过无以名之，姑且沿用了文化二字的称谓而已。

蒋介石反动的政治理论，在抗战前后，是"内乱重于外患"啰，"先安内而后攘外"啰，"和平尚未绝望，决不放弃和平，牺牲未到最后关头，决不轻言牺牲"啰，"一面交涉，一面抵抗"啰，还有"准备不足"论啰，"焦土抗战"论啰，"唯武器"论啰，"领袖至上"论啰，"与日偕亡"论啰，"曲线救国"论啰，"军令军纪"论啰，"一面抗日，一面剿匪"啰，"剿匪并非反共、反共并非反苏"啰，"批评政府便是削弱抗战"啰……都是他和汪精卫互相唱和的妙论。这些妙论，经过历史的清算，都已完全破产了。现在又换了一套，不外是"民主不合中国国情"啰，"中国教育落后，不宜实行民主"啰，"中国早就有了民主"啰，"中国人民自由太多了"啰，"民主制度业已没落"啰，"先统一而后民主"啰，"中共封建割据，是民主的障碍"啰，"中共放下武器，始能实行民主"啰，"主张民主的人是混水摸鱼"啰，"联合政府是分赃制"啰，"民主不能破坏法统"啰，"国民党是正统政权"啰，"国民党创业维艰，不容各党派篡夺"啰，"政府只能还政于民（伪国大），不能将政权私相授受"啰，"五权宪法神圣不可侵犯"啰，独裁制便是"改良的总统制"啰……唉呀，真是花样繁多，不及备载。但是，不管他的欺骗如何巧妙，中国人民业已认识清楚，这些和过去的汉奸论调一样，都是破了产的政治理论，已经不值半文钱了。

　　法西斯都是主张倒退的，何况中国的法西斯还带着浓厚的封建成分，提倡复古运动是当然的了。蒋介石在教育上的复古倒退，我已经介绍过了；在文化上，你来一个新文化运动，他就来一个提倡读经；你来一个新文字运动，他就来一个提倡小学考据；你来一个新音乐运动，他就来一个"制礼作乐"！——最近在南京，在陈立夫的领导下，真是搜集了一批老骨董，成立了"礼乐局"，在师法周公、文王的制礼作乐了。真是活见鬼！

　　买办文化表现在前面说过的买办教育及蒋、陈的所谓"科学化运动"中，和最近的美化运动中，不多说了。

　　色情文化是用来毒害青年，麻痹青年的心智的。蒋介石收买了一些下流无耻的文人来干这个勾当：绘画上提倡世纪末的肉感作风，音乐上提倡《毛毛雨》一类的靡靡之音，文学上则翻印出一些香艳肉感的旧小说，和写出一些毫无意义而旨在挑逗情欲的浪漫故事。蒋记特务还凭空捏造出一些解放区男女性生活的最卑劣的描写，企图以色情来推广其反动的欺骗的宣传。

　　蒋记文人还凭空编造出一些替特务歌功颂德的所谓文学作品，包括小说、剧本等。这些作品的内容，不外描写一批特务，如何在敌区工作，如何表面上与敌人周旋，取得信心，最后则暗杀敌酋，大建奇功；或者描写女特务如何潜入敌区，如何借自己的肉体本钱和敌人勾搭（这其中往往夹杂极淫秽的描写），最后终于如何窃取了敌人的重要文件，完成了了不起的任务等等。这些特务文学，无非用来掩盖特务的罪恶，掩盖蒋介石在抗战期间的通敌行为，并使落后读者造成一种错觉，以为抗战的胜利不是广大的人民士兵用血肉换来的，而是蒋介石的特务工作出奇制胜的结果。

蒋介石反动的法西斯文化的内容和实质，就是如此。自然，这些欺骗的，倒退的无耻宣传，决不能挽救蒋介石的危亡；但是，我们也必须认识，中国广大人民的文化教养，是比较落后的，蒋介石的欺骗宣传，通过其独占独霸的文化机构的传播，所有的报纸上都说着同样的谎话，所有的电台上都叫出同样的犬吠，日复一日，年复一年，也就不是毫无毒害人心的作用的。我们的文化界，从鲁迅以来，一直不放弃对这些法西斯祸水的迎击，这韧性的战斗精神，今天进步的文化人仍然继承着的。对于这些祸水的清扫工作，即令在蒋介石垮台以后，我们还应该继续坚持下去。

蒋介石在中国文化史上的反动作用

蒋介石的罪恶是说不完的，单就他绞杀文化这一方面来看，单就我这极不完全的报告来看，他的滔天罪行，已经够惊心动魄的了。现在，请让我更进一步，根据他绞杀文化的业绩，试着总结他在中国文化史上所起的非凡作用。

一、蒋介石二十年来的反动独裁及其以血腥手段绞杀文化教育的结果，使文化教育事业和文化教育工作者的存在变成了奄奄一息，使他所统治的中国暂时变成了黑暗的无声的中国，割断了广大的工农兵人民求知识求进步的路，至少把中国历史文化的车轮拉退了五十年，倒退到清末光绪皇朝时代的黑暗腐化的状态。如果我们想到解放区人民在英明智慧的领导下，以集体的努力，不管蒋贼如何残酷的进攻和封锁，仍然保持了而且缩短了历史文化的进程，人民的智慧得到普遍的飞跃的发展，我们便可恍然大悟，蒋管区的社会和解放区的社会，相去又何止半个世纪！

二、蒋介石利用中国人民教育文化的落后，和旧社会对一切美好的名词、概念、术语的偶像崇拜心理，他便尽量地玩弄和亵渎一切有着庄严涵义的名词与概念，用来进行欺骗篡夺的勾当——他的所谓"革命"就是反革命，用来对抗人民的革命；他的所谓"民主"就是反民主，用来对抗真正的民主；他的"仁义"就是不仁不义；他的"廉耻"就是贪污无耻；他的"宽大"就是残酷；他的"和平"就是内战；他的"民意"就是独断；他的"爱国"就是卖国；他的"还政于民"就是从自己的左手还给右手；他的"实行宪政"就是用宪政的外衣掩饰他法西斯的原形；此外如"道德""文化""自由""正义""信谊""统一""法律""秩序"……这一切的漂亮的动听的名词，都被他玩弄够了，亵渎够了。而这些名词概念一到他的嘴上、手上，无一不立即变为和原来的真实的涵义恰恰相反，和原来的内容精神像水火一样的不相容！从蒋介石起，到他的每一个贪官污吏，大大小小的党棍和特务，都学会了这一套化神奇为腐臭的本领。这样久而久之，在他欺骗所及的社会面和群众头脑里，就把是非、曲直、善恶、美丑、真伪、黑白、明暗、正邪、忠奸的既定界限，来了一个彻底的大混乱！也就是说，把几千年来存在于人民心目中的是非、曲直、善恶、美丑、真伪、黑白、明暗、正邪、忠奸的严正观念，来了一个彻底的大破坏！中国历史上的最专横的统治者，还没有一个能像他这样狡黠，这样阴险，把精神文明破坏得这样彻底！

　　三、因此，这就是非常自然的结果，蒋介石在他的统治区内，经过二十年的长时间，努力把专横、媚外、贪污，推行为一种社会风气，使其互相熏染，再也分辨不出谁好谁坏了。拿专横的风气来说，国民党政府的许多要人，包括宋、孔、陈诸大家，个个都害怕"老头子"，蒋介石对他们时常拍桌子，打嘴巴，罚跪，罚立正，但是彼此已构成一种默契，凡是挨了"老头子"打骂的，一定会换来意想不到的好处；因而要人们转相夸耀，反以能有机会挨打挨骂为荣。于是上行下效，要人们便也以此方式对待自己的部属，部属便也以此态度对待一般人民。比方说，在蒋管区，不管是旅行、走路、购物、坐电车、逛公园、看戏、看电影……凡是敢于蛮不讲理、横冲直撞、目无法纪的人，一定能占种种便宜，而循规蹈矩的市民，到处都是倒霉。这就把专横的风气推广了。蒋政府是刻意媚外的，老百姓觉得上面顶厉害的人尚且怕洋人，自己遇事也只好退让三分，凡是遇到洋大人，或服侍洋大人的，或与洋大人有关系的，或会说洋话的，或身穿洋服的，或态度上有洋气的，也许心里满不高兴，表面上总得装出肃然凛然的样子来，这就把媚外的风气推广了。在蒋介石的社会里，有钱有势便是一切，贪污腐化是理所当然。做一任县长贪污了几千万，做一任保长贪污了几百万，那是太小的数目了。说起来，那是人家有办法，有本领，有面子。贪污腐化的程度总是和受尊敬、受嘉奖、受羡慕的程度成正比例。对于极少数廉正不苟的傻子，亲戚朋友便要开导他："公家的事嘛，何必这样认真呢？""公家的钱嘛，又不是你自己的！""公家的东西嘛，有什么关系！"……你看你看，这就把贪污腐化的风气推广了。当专横独断，媚外自卑，贪污腐化，在社会上形成一种普遍的风气的时候，这就把几千年来存在于人民心目中的传统道德，民族自尊心和士大夫的人格观念、气节观念，来了一个彻底地大破坏！中国历史上最专横的统治者，还没有一个能像蒋介石这样卑鄙，这样无耻，把中国的传统道德和精神教养破坏得这样彻底！

张奚若教授在昆明的一次演讲会上，曾经总结蒋介石及其党羽的罪行，他说："他们骂共产党是赤匪，可见他们是白匪了；我看他们还不够资格，我看还是一批最封建、最专制、最愚蠢、最无知、最贪污的黑匪集团！"我们不要忘了，这批黑匪在中国横行霸道了二十年，虽然中国人民中的先觉分子，包括中国的文化战士们，一直在和他进行着顽强的斗争，虽然老百姓已经逐渐觉醒和团结起来，最后必能打垮这批黑匪，但是他长期绞杀中国人民，绞杀文化教育，绞杀我们的民族元气，传统道德和精神文明所遭致的巨大损失，乃是无法估计，无法补偿的。这提醒我们，当打垮了黑匪，建立了人民的民主政权以后，文化教育和精神文明的复兴建设，将是何等艰苦繁重的工作！

蒋介石及其党羽的存在，是中国人民最大的耻辱，也是中国历史上最大的耻辱！认识了他绞杀文化教育和精神文明的真实情况以后，便不难更进一步地了解：我们今天的战斗，不仅是为了我国的独立、自由和民主，也是为了抢救文化，保卫文化，保卫中华民族的精神文明而战！

从 1947 年 1 月 8 日写到 17 日，晋冀鲁豫边区北方大学

一九四七年北方大学艺术学院的一次创作运动[①]

创作运动实施纲领

一、根据第二次室务会议议决〔决议〕，定本月十六日起到五月三十一日止为创作月，在本室范围内，开展一个盛大的创作运动。

二、这次创作运动的内容，专征求适于演唱的艺术作品。如秧歌剧剧本、话剧剧本、活报剧剧本；歌表演，校歌、院歌（艺术学院院歌）；群众歌曲，弹词，鼓书，快板，洋片等。

三、这次的创作运动，以集体创作为主，凡学员、教员、职员均应广泛参加。欢迎以学习小组为单位或二人以上的自由结合的创作小组来参加创作，但也不反对个人创作。

四、作品的内容、主题、题材，在适应现实需要和表现现实生活的基础上，不另加其他限制。

五、凡学习小组，二人以上的创作小组，及个人参加创作运动者，须在四月底以前向创作运动委员会报名登记，登记内容包括小组或个人准备写作的作品体裁、题材、内容（可能时并附计划大纲），估计作品字数，估计何时完成，需要创作委员会给予运动帮助款项。

六、凡曾经报名登记的小组或个人，当由创作运动委员会通过行政的帮助，在可能范围予以种种便利，如出外采访，补助纸张，补助灯油，提

[①] 本篇发表于1947年《北方通讯》（北方大学校刊）第7期，全文共五个部分，这里节选了前四个部分。其中《创作运动动员报告》《创作运动总结报告》两篇是作者在这次创作运动中作的两个报告，署名光未然。未曾收入自编作品集和文集。

供写作意见，等等。

七、创作的讨论和写作，主要在课外自习时间进行，不能耽误正常的学习和生产。

八、在创作月期间，由创作运动委员会和学生分会合作，随时出版《创作快报》，传达创作运行的指示，报道创作运动情况，并表扬创作运动中的积极分子。

九、凡参加创作运动的小组或个人，不论已否报名登记，均须于五月三十一日以前，将作品完成，誊写清楚，交创作运动委员会评选。

十、创作委员会的评选标准，及分配资金的办法，另行规定：唯须注意教职员与学员机会均等的原则。

十一、凡中选的作品，除一律按照等第发给奖金奖品外，其著作权仍归本人所有，但本室有优先发表、出版与演唱该项作品之权利，至于由创作委员会负责推广到报纸、杂志及书店发表或出版中选作品时，如有稿费，其稿费完全由作者享有。

十二、凡作品中选揭晓后，即由创作运动委员会主持，一个中选作品的朗诵会、演唱会。朗诵演唱后并举行讨论会，还要举行创作运动的总结报告。

（四月十四日公布）

创作运动动员报告
（四月十四日讲）

我们为什么要发动这一次的创作运动呢？主要的有三个原因：第一，是根据教学计划的要求。在我们本学期的教学计划中，规定要编写一些艺术宣传的资料，供给前、后方的宣传工作的需要；为了这个，我们便给剧、音、文、美各组规定了创作的任务，并曾号召大家超过计划地完成它。现在的创作运动，就是要很好地完成这个计划和任务。第二，是根据我们不久就要出发前方工作时的实际需要。工作的方式又是以艺术宣传为主。但是我们的本钱太少了，必须赶快创作和排出一些新的剧本、歌曲，还有快板、弹词、歌表演、秧歌舞、连环画一类的作品，把我们的本钱充实起来，把我们的实力加强起来。必须有充分的准备，才能担负起校首长交托给我们的前方工作任务。第三，是为了在创作活动中充实我们的学习。我们的学习，应该随时和工作及实践相结合起来，在工作实践中加强我们的学习。这次的创作运动，也就是很好的学习生活。虽然我们绝大多数的同志，过去都没有写过歌曲或剧本（尤其是新剧剧本），虽然我们的作曲法的课程才刚刚开始，虽然我们的戏剧文学和连环画的课程还是下学期的，或第四学期的课程，但是我们要提前学习它。大家大胆放手的创作，在教员的帮助下，要争取短期间使学员尝试写作歌词、歌曲、剧本、连环画这一类实用的形式。

这一次的创作运动，意义是很大的，我们要在这个"创作月"中间，创作出大批的作品来，一方面满足我们本身的需要，一方面也尽我们的一份力量，来解救目前前、后方严重的歌曲荒、剧本荒、宣传资料荒，同时在创作实践的过程中提高自己的创作能力。

关于创作运动的具体办法，我们定出了"创作运动实施纲领"，希望各小组根据这个具体纲领加以研讨，推动每一位同志都动起来。我们在纲领上强调两点：第一是为工作任务（出发前方工作的任务）而写作，这个任务不是少数人的任务，是全体同志共同的任务，要求全体同志把这个任务分担起来。第二是强调二人以上集体创作。虽然不反对个人创作，但为了加强效率和便于互相学习，我们特别看重集体创作。希望同志们很好地体会到这两点。

为了鼓励大家的创作兴趣，我们还准备了总数五万元的奖金。这个数目虽不算大，也不算小，因为是从我们自己生产节约项下挤出来的，奖金分配的办法另外宣布，我们很希望创作的成果非常丰富，使我们感到区区五万元的奖金有不敷分配之苦。

以下，我将谈谈怎样注意和预防运动中可能发生的若干偏向，提醒大家随时克服它：

第一是，少数人动起来，多数人不动——所谓运动一定要大多数人动起来，尤其是要全体动起来，才能叫作运动；如果少数人动便不成其为运动，这个运动便失败了。这次的创作运动，在我们还是第一次，而关系又十分重大，我希望大家要首先注意这一点。

第二是，对个人创作热心，对集体创作不热心——我们所以强调集体创作，因为它是一个新办法。俗话说"三个臭皮匠，凑成一个诸葛亮"，也证明集体的创造力比个人强。集体创作的办法虽然好，在精神劳动商品化了的旧社会，知识分子把个人才智当作解决个人物质生活的手段，或当作向上爬的敲门砖的旧社会，这个办法是行不通。这个好办法，在我们新社会，在知识分子全心全意为人民服务而且信任集体力量的条件下，是一定能行得通。而且也一定要实行它，如果我们的创作运动，有了对集体创作不热心的现象，那就是旧社会的旧意识在那里作祟，应该加以注意的。

第三是，借口自己程度浅，不愿参加——程度浅不要紧，几个程度浅的人结合起来，也能写出好东西，程度浅、文化水平较低的同学，尤其不可放弃了这次创作运动的机会，因为这是一个很好的学习机会。同时，程度浅、水平低的同志，可以试写短小的形式，如歌词、歌表演之类，一定是可以得到成就的。

第四是，借口自己工作忙，不肯参加——我们文研室的同志，一向都比较忙，这因为我们一方面要学习，一方面还要随时担负工作的任务。譬如最近，五月快到了，我们要紧张地排戏，突击五月的演出工作，但是借口自己工作忙而对创作运动冷淡，仍然是不对的：因为我们还没有忙到完全抽不出时间的地步。

第五是，为了创作耽误工作、学习和生产——创作本身就是一种学习，而我们目前的课内学习，都尽量注意到帮助解决同学们创作上的疑难，因此创作准备的工作，主要还是在课外进行。创作的成果，从某种意义看来，也是一种生产，但是我们目前正在进行的生产节约的运动，事关重大，还是要积极进行。在突击下种的时候，不可误了时间，至于五月工作的准备，更是现实的课题。又是学习，又是生产，又是五月工作，又是创作运动，好像是应接不暇，要知道在这决定性的伟大斗争的际会，我们将没有充实的余裕，我们一定要同时担负几重的任务，一个人担负几个人的工作。我们一方面应有这样的心理准备，另方面还要善于支配时间。

第六是，浪费纸张、灯油，违反节约精神——创作运动实施纲领中，曾规定尽量给同志们以各种写作上的便利，包括额外地增发纸张和灯油，但也希望同志们体会学校经费的困难，勿违背节约的精神，互相督促提醒，减少不必要的浪费。

第七是，"不鸣则已，一鸣惊人"的错误观念——我们大家都在学习的过程中，应该在经常的写作实践中不断地进步，积小胜为大胜，一次比一次强。"不鸣则已，一鸣惊人"的观念，那是一种好高骛远、不切实际的思想，乃是一种个人英雄主义的思想，因之便是一种错误的观念。事实上，存在着这种错误观念，自视过高、好大喜功的人，其失败往往是很惨的。我们大家在订创作计划的时候，还是谨慎、切实一点的好。

第八是，虎头蛇尾。半途而废的错误态度——我们的创作计划，应该力求实际：订下了计划以后，便要坚持不懈地完成它。中间如果遇到了困难，可以和同学们商讨，向教员征求意见，千万不要在困难面前低头，不要虎头蛇尾。我们整个创作运动本身，也要始终保持紧张不懈的热情，不可半途而废。

以上所举出的各种偏向，都是创作运动期间可能发生的，我这里预先提出来，让大家警惕预防，如有这些偏向的任何一种发生，应该随时纠正它。

目前是爱国自卫战争转向大反攻的关头。我们人在后方，心在前线，在还没有奉命出发前方的时候，在创作运动期间，我们要以突击的精神，赶制大量精神的炮弹，准备带到前方去。为了这个，我们便不能把写与不写，看成个人的事；不，我们要把创作突击看成一种政治任务。我号召我们全体同志，把笔杆武装起来，动员起来，为加速反动派的死灭而写作，把我们文艺研究室变成一个制造精神炮弹的小型兵工厂，我要求全体教职、学员都迅速动作起来！我要求教员同志们多多协助同学们的创作活动！我要求学生会和各小组都来保证这个运动的胜利完成！我相信我们这次的运动一定不会失败！

创作运动总结报告

我们的创作运动，胜利地结束了，由于突击排戏等工作的繁重，直到今天，才将成绩揭晓。现在简单扼要地把这次的成绩总结一下。

（一）首先报告一下数目字，证明这次的丰收。

1. 歌词：共写出一百六十首，我们录取的有五十六首。

2. 歌曲：共写出一百一十八首，我们录取的有四十二首。

3. 剧本：计秧歌剧三十个，话剧二十个，快板剧三个，活报剧二个，歌表演（实际上是短歌剧）九个，计共四十六个剧本。

我们评选出列为表演节目的秧歌八个，借用的六个，快板剧三个，活报一个，歌表演七个，计共二十五个剧本。这个收获是出在我们预料之外的。

4. 弹词：共三首，鼓词共二首（还有很多弹词、快板未交来，没有计算在内）。

5. 大秧歌舞：一个。

6. 洋片：一套，共三十幅（尚有一套二十幅未完成）。

以上，是我们这次的收获；此外还有两件重要收获，虽然不在评选范围内，却也是响应这次创作号召的产物：

（1）陈嘉平同志的多幕秧歌剧《白贵》，酝酿数月，这次完成初稿，到我们时间充裕的时候，就可以配曲排演。

（2）李中一同志完成两个器乐合奏曲，一是《农村舞曲》，一是民歌交响乐《陕北风光》。这是一个很大的收获，尤其是在全国范围的新音乐运动上，也是有意义的作品，因为它是吸取了新的民歌精华酿造而成的生动活泼的大众化的交响乐。

这次的产品在质上虽还不能尽善尽美，但只是这个量，便大大超出我们的意料。

（二）检讨一下：

1. 通过这次活动，全体同志们的写作能力，大大提高一步，为我们将来的工作，创造了很好的条件。

歌词方面：以前大多数同志，没写过歌词，这次第一批交来的歌词，需要很多的修改，后来写出的便不同了。我相信同志们今后都普遍地学会写歌词了。

歌曲方面：学员同志在从前几乎是不曾写过歌曲的，作曲法仅学了几课，而且还是课外的小组，这次，连平常视唱的程度不大好的同志也一样能创作出可用的曲子。

剧本方面：过去很少同学写过剧本，尤其对于歌剧形式更是生疏。这次突破了困难，同志们普遍地参加了剧本的写作，在质上虽还不很完美，但这些经验却为我们打下基础。歌剧配曲方面，也学会了，虽然质上不甚好。

洋片方面：连环画的技术掌握是比较难的，也是还未开始的一门课，这次已经作好的一套洋片，还没展览，已经有成群结队的老乡们来看了。

这次，即使我们创作不出什么东西来，仅就创作经验说，也是大的收获，何况我们还有这些丰收的成绩呢！

2. 学会了集体创作：

这次以前，我们还未使用集体创作法，而这次的作品却大多数是集体创作出来的，我们的尝试是成功了，同志们普遍了解了集体创作的重要性，凡是集体性强的作品，成功就越大，反之，失败就大些，尤其在编剧、配曲、洋片三方面，表现得最清楚。

戏剧组写剧本时，预先讨论，然后大家扮演角色。分担对话，大家讨论修改，这样写法，集体性很强。

配曲时，大家哼出主题或曲调，大家讨论与修改。

美术组的洋片画，集体性还不够，他们得出经验，若是详细商讨后，使每幅画都成为集体创作的产物，其成绩一定比这次好。

这次也有少数的同志对集体创作的意义了解不够，甚至不敢多提意见，但结果是失败了的。

我们不反对个人的创作，但个人创作也应多征求别人的意见，使其也带着浓厚的集体意味，成绩就会好一些。

经过这次的运动，我们明确了集体创作的优点，肯定了它的价值。

3. 态度与作风的检讨：

我在四月十四日的创作动员会上，曾提出八项应注意的可能产生的偏向。我们就依此以为检讨的标准：

（1）少数人动，多数人不动：很好，我们没有发生这个偏向，我们全体同志都动起来了。

（2）对个人创作热心，对集体创作不热心：少数同学中，存在这个偏向，有的个人创作，同时也参加集体创作，结果，形式上参加了集体创作，思想上没有参加集体创作，但这不是共同的偏向。

（3）借口程度浅，不愿参加：这个偏向是克服了的，因为全体同学都参入了这次的运动。

（4）借口工作忙，不肯参加：很好，没有这个偏向发生。

（5）借口创作忙而耽误工作、学习与生产：这一偏向，基本上也没发生，五月的工作，顺利地进行，生产依然继续了下去，虽然有些影响，也克服了。

（6）浪费灯油、纸张，违背节约原则：这种现象也不严重。

（7）不鸣则已，一鸣惊人的观念：个别同志有这个偏向，这是集体观念不强的表现。

（8）虎头蛇尾，半途而废：整体说来，完全没有这种偏向，倒是越到后来越紧张了，个别同志是存在这个偏向的，这主要是没把写作任务看作工作任务、政治任务，看作是制造精神炮弹，不是个人消遣，个别同学妄自尊大，稍经别人提意见，便觉得是精神上的挫折，将作品任意撕毁，告诉他，他是没有权利撕毁自己作品的，这是旧社会的自私意识的表现。

（三）结语：

我们这次的创作运动，胜利地结束了。这个运动，不论就本院、本校或边区来说，都是有意义的。我们有形的收获（作品）是不少的，而无形的收获（经验教训）尤其重要。有形和无形的收获，合起来是一个大收获，它直接增加我们本身的财富，间接也增加了边区人民精神文化的财富，我盼望全体同志在已经奠定的基础上继续上进，使以后的创作运动有更丰满的收获。同志们，为了表示我们的喜悦，策励我们的进步，我提议我们全体鼓掌一次！

（热烈的掌声）

（六月十八日于潞城院部）

创作运动悬赏揭晓

（甲）剧本之类

兄弟参军	李志剑、乔羽、吴绍华编剧
	刘恒之、李中一配曲
互助好	徐孟文、李嘉陵、杨哲民编剧
	罗小青、祝克、冀守江、陈彦颖配曲
王在春	乔羽、章沂编剧
	左江配曲
保卫麦收	于雁军、凡军、张璋、成若琴、陈逸编剧
	杜予、厉声、王璟、李亚兴、田霞光配曲
赵贵只转变	谢明、燕征、李志剑编剧
	杜予、厉声、王璟、李亚兴、田霞光配曲
喜报	杨哲民、陈彦颖编剧
	周沛然配曲
重逢	于行前编剧
	枫光、辛坚、黄叶绿、李指南、靳杰配曲
突击春耕	陈嘉平编剧
	左江作曲

以上正取八种，不分等级，每种奖金二千元。前七种编剧占一千二百元，配曲占八百元，后一种（突击春耕）编剧、作曲各占一千元。

优抗	于雁军、陈逸、李玉田、张璋、成若琴、凡军编剧
张秀英	刘大海编剧
反特务	杨瑛、冯霞编剧
郭保参军	刘德怀编剧
模范抗属	余晓编剧
民变	李大舒编剧

以上各取六种，每种奖文化手册一本，以上共奖金一万六千元，奖文

化手册六本。

（乙）活报剧、快板剧之类

平安家信	
恭喜恭喜	林羽编剧
全家立功	刘德怀、许克成编剧
慰劳队	陈逸、张璋、李玉田、凡军、成若琴、于雁军编剧

以上四种，每种奖金五百元，共二千元。

（丙）歌表演、大秧歌之类

上天堂	于雁军、曹涌词
	厉声、杜予、王璟、田霞光、李亚兴曲
老夫妻订生产计划	陈嘉平词
	辛坚曲
老两口磨面	赵起杨词曲
报功借〔信〕	于行前、刘大海词
	光未然曲
五兄弟参军	周予、胡子慧、王净、司马蓝印词
	辛坚、黄叶绿、李指南、枫光、靳杰曲
老母探子	齐持、李正一、曹涌词
	罗小青、冀守江、祝克、陈彦颖、丹敏曲
反攻	林十柴词
	左江曲
保卫毛主席	赵起杨、林沫词
	刘恒之曲

以上八种，每种奖金八百元。前七种歌词占五百元，歌曲占三百元，后一种（保卫毛主席）歌词占三百元，歌曲占五百元，以上共奖六千四百元。

（丁）弹词、鼓书之类

王桃梅转变	乔羽作

王荣成动员诉苦	杨瑛作
王克勤鼓词	燕征作

以上三种,每种奖金五百元,共一千五百元。

(戊)洋片之类

崔用只大翻身	美术组全体学员作画
	于行前作词

以上一种奖金五千元,画占四千二百元,词占八百元,共奖金五千元。

(己)歌词之类

地雷	谢崑明
石雷	刘德怀
蒋家班	谢明
我们是人民的解放军	章沂
庆功大会	刘德怀、许克成、靳淑英
贺功	杜予
选英雄	华含
送军粮	于雁军
胜利花	金浪
蒋家军	华含
打胜仗	刘大海
快缴枪	刘大海
为人民立功	于行前
张振国回家	厉声
文化兵进行曲	何苦
榴弹炮	徐孟文

以上二等奖十六首,每首奖金三百元,共计奖金四千八百元。

解放军进行曲	章沂
慰问袋	李志剑
张老伯担架队	胡子慧

妇女生产歌	胡子慧
下中原	刘大海
滚出中国去	燕征
反攻歌	乔羽
我们是刘伯承的常胜军	乔羽
红旗满天飘	燕征
送军粮	章沂
妇女翻身	凡军
保卫毛主席	李嘉陵
紧跟着他向前	辛坚
打铁谣	谢明
庆祝前方胜利	王琛
捷报好似雪花飞	何苦
从北方到南方	华舍
螃蟹走路真难看	凡军
蒋介石好比小老鼠	曹涌
缴械	章添
报功贺喜	刘志剑
刘伯承赞歌	周予
担架队	黄叶绿
王克勤	杨哲民
手榴弹	张吟
运输队	张玮
桂娃立成	刘恒之
慰问团上前线	厉声
美国狼	杜予
大家来防旱	刘大海
战号响了	于行前
打碉堡	许克成
送哥参军	李正一
蒋介石一定完蛋	王振鲁

送军粮	彦颖
互助组	吴绍华
英雄颂	余晓
捎个信儿到前方	于军
镢头好比一支枪	杜予
民兵的歌	木舒

以上三等奖四十首，每首奖金二百元，共八千元。

（庚）歌曲之类

我的枪	辛坚
送粮军	厉声
解放军进行曲	罗小青
冲锋歌	罗小青
冲上前去	左江
打胜仗	李正一
地雷	黄叶绿
胜利鼓	刘恒之
反攻进行曲	刘恒之
王克勤	周沛然
下中原	光未然曲
	李中一伴奏
打铁谣	光未然曲
	李中一和声
放下武器	光未然
炮大哥	周予
蒋介石好比小老鼠	李中一

以上二等奖十五首，每首奖金三百元。

螃蟹走路真难看	陈彦颖
保卫果实	谷风
解放军进行曲	辛坚
毛泽东	祝克

石雷	枫光
人民解放军	刘恒之
组织歌	张玮
解放军真光荣	李正一
民兵歌	李亚兴
运军粮	李亚兴
送哥参军	冀守江
地雷	罗小青
榴弹炮	罗小青
榴弹炮	杜予
镢头好比一支枪	杜予
战场进行曲	靳杰
手榴弹	靳杰
蒋家军	李指南
滚他妈的	左江
追击歌	左江
美国狼	丹敏
美名扬	丹敏
大军进行曲	王璟
为人民立功	田霞光
勇敢地前进	黄叶绿
胜利花	黄叶绿
胜利花	厉声

以上三等奖二十七首，每首奖金二百元，共计奖金五千四百元。

以上七项，总计奖金五万三千六百元。另文化手册六本。

创作运动委员会布

六月十八日

一九五五年

反对胡风的诬蔑,迎接胡风的挑战![①]

一

经过相当长时期的酝酿,创作室改组的任务实现了。改组的意义是:把过去作为艺术局的,后来作为剧协的事业单位之一的剧本创作室,改变成为剧协领导下的一部分青年剧作家在创作上、学习上的一个自愿结合的团体。在创作室内部,用民主管理的方式代替自上而下的行政方式。为鼓励创作者逐步走向职业化,从今年一月起开始实行了以补贴制代替薪金制、供给制的生活待遇制度。

现在,创作室通过了自己的章程,以选举方式产生了自己的理事会,拟定了今年的工作计划,改组的任务算是完成了。

大家曾经考虑到创作室的名称问题,觉得现在的招牌不能充分反映今后创作室的性质;但是觉得这个名字已经叫惯了,一时也想不出更好的名字。暂时不改也好,反正问题不在于名称。

创作室这样改组的好处,照我看来,至少有以下两点:

第一,便于进一步发挥创作者的主动性、创造性、集体性和独立工作的能力。创作者自己来经营自己的团体,就可以采取更加适合于创作特点的方式,更好地来组织、管理自己的创作学习和集体生活。创作室过去虽然没有"出题作文""限期交卷"的现象,但是对创作者每一个人的具体特点的照顾是很不够的。学习活动的组织逐渐荒废了。创作室对领导有依

[①] 本篇是作者 1955 年 2 月 21 日在剧本创作室的谈话,发表于 1955 年《剧本》第 4 期。未曾收入自编作品集和文集。

赖的现象；而剧协除了对已经写成的剧本组织讨论外，平常几乎是放弃领导的。经过改组，这些消极现象，我相信可以逐步得到克服。

第二，创作室改成了一个剧作者们从事剧本创作的自愿结合的团体，加上生活待遇制度的改变，这就有利于进一步发挥大家在创作上、学习上的劳动精神。大家在相互督促之下，提高艺术修养，努力艺术实践，展开创作上的劳动竞赛，可以更多地为群众写出一些新鲜活泼的、有教育意义的作品。待遇制度的改变，也起一种督促作用。目前的补贴制，大体上不低于原来的薪金数目，以后根据每一个人的具体情况，按照自报公议的方式，每年调整一次。就是说，谁的劳动有成绩，谁的收入多，就可以少向国家领取一些补贴，这当然是光荣的事情。调整待遇的时候，不要搞平均主义；我们的目的是发展创作，而不是相反。这样的补贴制，可以实行到一九五七年，经过三年的奋斗，从一九五八年起，希望相当一部分作者或大部分作者能够采取贷金制；就是说，基本上废除补贴制了。创作室的同事，绝大部分是青年剧作家，带有一半工作、一半学习的性质，这样在相当长的期间逐步走向职业化的办法，我们认为是适当的。

至于剧协的党和行政机构，在创作室改组以后，并不减弱或放弃自己的领导和帮助的责任，相反地，就当加强这种责任。这就是：

首先，在政治上继续领导创作室的活动，鼓舞大家和当前的政治斗争、人民的政治情感相结合；帮助大家深入生活向生活学习；防止产生脱离政治、脱离实际的倾向。剧协应当经常把自己所能了解到的群众的需要、戏剧界的需要告诉大家，使大家的创作活动更能符合于当前的实际要求。

同时，在剧本创作和学习活动上，尽可能地给以思想上的指导和帮助。对剧本的原稿的讨论，将主要通过《剧本》月刊编委会来进行。此外，应当经常向大家介绍一些戏剧创作情况，提供一些学习资料。

最后，继续在行政事务上、在物质条件上给予便利。

关于创作室的改组，甚至是从第二次文代会以后就开始考虑的。最近半年来，不断地和同志们交换意见，最近的改组，就是长期酝酿的结果。我们认为，这样做是符合第二次文代会发展创作的精神的，是符合群众要求的，也是符合创作室同志们要求的。改组的方案，是在创作室经过反复讨论的。

　　创作室成立到现在已经转眼五年了。最初是由华北大学第三部创作组改组成为中央戏剧学院创作室，两年前与中国青年艺术剧院创作组合并成为二十多人的创作单位，归文化部艺术局领导，一年前转归剧协领导。五年以来，由于领导上的错误，同志们走过一些弯路，跌过一些交子，但也写出了一些东西，学习了一些东西。因此，在这次决定改组，决定逐步走向职业化的时候，大家不是感到颓丧，而是感到兴奋；绝大部分同志，对于前途充满了信心。从这就可以知道，我们过去的日子不是虚度的。大家在不断的生活实践、创作实践和不断的学习中，已经逐渐摸索到了自己前进的道路。

　　目前全国各地还有不少由青年剧作者组成的创作室和创作组，他们有些是附属于各地文联的，有些是附属于当地剧团或文化行政部门的，仅就和《剧本》月刊发生联系的青年剧作者说来，全国不下二百余人。这是好现象呢？还是不好的现象？照我们看来，是好现象，是很自然的现象。解放以后，全国曾经有数百个文工团，现在还有数十个话剧团、歌剧团，有数以千计的戏曲剧团，有数以十万计的工农业余剧团，这是一个很大的戏剧文化队伍。他们要活动，就迫切地需要剧本；他们不能等待，也不应当等待；他们从当地的革命文学青年中，从工农出身的青年知识分子中，发现了一些有写作才能的人，在当地的作家和剧团帮助下，用集体学习和自我教育的方法，特别是用向群众学习、向生活学习的方法，摸索出了一条写作的道路。五年以来，在各地专业剧团和业余剧团上演的剧本，在刊物上发表的剧本，绝大多数是他们供应的。如果没有他们，五年来的戏剧活动的面貌是不可想象的。而且，从《剧本》月刊来稿情况看来，青年作者们的写作水平，是一年比一年提高了。这是说，在我们的文艺战线上，已经开始培养出一批忠实于人民的、刻苦努力的、肯于虚心学习的，由革命青年和工农知识分子组成的青年剧作家的新生力量。这是文学史上从来没有出现过的新的现象。只有像胡风那样一脑子充满了资产阶级贵族偏见的人，才会丧尽良心地仇视他们、诬蔑他们，骂他们是投机分子、无能分子，说我们是以行政手段保证了一批没有发展前途的人硬要做作家！

　　当然，我们一向也认为目前的创作室和创作组的方式，还是一种过渡的办法。这是在群众迫切需要下，在剧作者职业化的主客观条件还很不成熟的情况下，在业余创作活动还没大量发展起来的情况下的一种过渡办法。我们的任务就是在不损害群众利益和文学利益的前提下，努力地创造条件，缩短这个过渡的阶段，促使创作真正成为群众的事业，如像苏联今天的情况那样。目前有些地方的创作组已经在考虑改变。有些地方取消了创作组，有些作者来信向《剧本》月刊编辑部申诉。关于这个问题，我愿意说一说我个人的意见。中国地方很大，各地的情况不同，一般地说，需要开始考虑如何有计划地、有步骤地改变创作组的活动方式；有的地方，可以参照剧协创作室的办法，帮助一部分有独立写作能力的作者，逐步走向职业化。如果要改变或取消创作组，最好根据成员的具体情况，或者把他们分散到剧团的文学部，或者分散到当地的报纸或刊物编辑部担任记者，使他们担负一定的工作，同时还给以向生活学习和写作的便利。也许还可以想出类似的其他更合适的办法。总之，要保存并发展这一部分创作的新生力量，不要把他们随便糟蹋了。自然，应当承认，写作这门行业，还需要一定的才能和敏感的，如果证明有的同志并不适合在创作上发展，那么，在知识分子非常缺乏的今天，应当说服他去担任其他工作，不要把青年的大好时光耽误了。在新中国，任何岗位都是光荣的，都是有广阔前途的。但是，像有的地方那样，没有经过什么酝酿和安排，随便解散了创作组，把有一定才能的可以写剧本的同志，分配去做中学教员，使他很难有和群众生活广泛接触的机会，这样做显然是不妥当的。

促进作家的职业化，除了作家本人的努力以外，还需要一定的社会条件。我指的是，例如适当地提高稿费、版税，确立剧本上演税制度，剧院建立保留剧目轮换上演制，国家对创作的奖励等。这些问题，剧协正在会同有关方面进行必要的努力。我们相信，在政府的大力支持以及在整个戏剧界的支持下，都是可以逐步实现的。

二

我们的戏剧创作，还存在不少缺点，例如创作中的资产阶级思想倾向还经常出现，公式化概念化倾向还大量存在。为此，党号召我们在文艺创作上进行两条战线的斗争。文艺界响应了这个号召,正在努力加以克服。对戏剧创作的领导,我们也是有错误有缺点的。例如就创作室来说,我们过去就吃了资产阶级思想的亏,在这上面跌了交子。在各地对文艺创作的领导中,曾经发生了用行政命令对待创作的现象,前年第二次文代会上,对这种现象提出了批评。我们在工作中还可能继续发生一些错误和缺点,我们是马克思主义者,我们不是护短,我们要揭发这些错误,改正这些错误,我们欢迎各方面的批评和意见。但是,批评是为了揭露缺点,推动人民文艺事业前进,而不是要它倒退,要它毁灭。斯大林在谈到批评与自我批评的时候,要我们分清两种批评:一种是人民的自我批评;一种是对工人阶级的事业的毁谤与诬蔑,那是不能叫做什么批评的。毛主席告诉我们,批评必须真正站在人民的立场上;如果把同志当作敌人来对待,就是使自己站在敌人立场上去了。

胡风从他的根深蒂固的资产阶级思想出发,在抗战时期和解放战争时期的国民党统治区,在敌人的高压下,我们的工作还是非常艰苦的时候,他的讽刺打击的对象,主要的不是敌人,而是共产党员文艺家和党所领导的进步的文艺活动,辱骂党的文艺家是市侩,是丑角,视同敌人;对当时的革命文学、进步文学——当时起了进步作用的革命的火花、民主的火花,他竟然全部加以诋毁、抹杀,当成自己的疯狂打击的目标。解放以后,对党的文艺方针和党所领导的文艺工作,仍然采取一贯的敌视态度。最近又利用人民文艺在前进道路上的缺点,夸大这些缺点,企图一举而予以毁灭性的打击。胡风这种狂妄的举动,当然有他反动的思想根源。明天起,剧协就要举行胡风思想讨论会,我们还有机会详细谈到这个问题。

胡风的刀锋,还直接指向创作室。他说我们完全是宗派主义独占,排斥异己,完全采取了不可想象的行政方式,使成员一天天衰萎下去,并且以行政手段保证了虚伪的作品,还有其他一些放肆的诬蔑。大家看看,这些是不是符合事实呢?

创作室是不是宗派独占,排斥异己,在座的路翎同志大概可以作证明吧!路翎同志从青年艺术剧院转到创作室来,是否感到有人在故意排挤呢?路翎同志到朝鲜去和在家写作的时候,难道组织上没有尽可能给以各种便利吗?是的,创作室曾经讨论过、批评过路翎的小说《洼地上的"战役"》，个别同志的发言，可能有不恰当的地方；但是对这篇小说，难道不应该讨论、不应当批评吗？同志们的批评，难道不都是本着热情地与人为善的态度吗？

创作室的领导工作，曾经有过错误，甚至是严重的错误。但是错误是不是在于采取了不可想象的行政方式呢？在座的所有同志，包括路翎同志在内，你们想想看，有谁把题材分配给你们，命令你们去写，把主题分配给你们，要你们带着主题去生活，搜集好材料回来写呢？有没有一个人有过这样的经验呢？有谁限定你们写五千字的大纲，并且根据字数决定奖惩，超过五千字或不足五千字的，就要被批评为无组织、无领导呢？但是胡风诬蔑说："这在剧本创作领导上表现特别突出！"我看胡风的造谣、诬蔑，在这里可真是"表现得特别突出"了。

恰恰相反，创作室过去在领导工作上的错误，如像文艺整风时所揭发的那样，恰恰在于脱离政治、脱离实际，严重地受到资产阶级思想的侵蚀。我们曾经忽视了文艺的政治性和教育作用，忽视了自己的思想改造，孤立地强调人物内心的刻画，宣传过到处都有生活的谬论，这些地方，恰好和胡风的文艺思想呼应了。经过文艺整风，大家在对待生活、学习和创作方面，比从前踏实多了，因此，获得了成绩，增强了信心。就拿一九五四年来说，大家写出了《春暖花开》《第一次功勋》等六个大剧本，发表了十几个小剧本，还写出了一些小说、诗歌和剧评，那么，是不是因为写得辛苦了，以至于一天一天衰萎下去了呢？——真是奇怪，竟会制造出这样的谣言来！

当然，这些作品，胡风是瞧不起的。在资产阶级的贵族老爷的眼光里，对我们几年来新生的社会主义的文学，自然是要全部加以抹杀的。只要是不符合他的"自发性""疯狂性""痉挛性"的要求，都要被视为虚伪的不真诚的作品！是的，我们的剧本创作水平是不高的，作家的思想水平和艺术修养还需要提高，这在青年作家更是如此。不用说，我们的努力方向和胡风的方向只能是相反的。我们的作品有缺点，但包括在座的所有同志在内，在进行创作的时候，都是用尽了自己的全部智慧，全部的忠诚，来创造自己的人物的。对这样的作家和作品，可以批评他的各种缺点，但怎么能昧着良心说他们是虚伪的不真诚的呢？当然，胡风是有理由这样说的，因为我们对资产阶级的利益，从来是很不真诚的。

问题不仅在于这些攻击完全是造谣，完全不合事实，问题还在于胡风对社会主义文学的新生的幼苗，采取了狂暴的仇视和敌视的态度。这是资产阶级文艺思想的一次疯狂挑战，我们应当起来迎接这个战斗，把这个黑暗的逆流打击下去。

三

对于改组后的创作室，我们的期望是殷切的。刚才田汉同志已经谈了很多，我以为，他谈的意见都是很重要的。这里，我想补充几点意见。

首先，在重视向生活学习的同时，要重视对马克思主义、对马克思主义文艺理论的学习。文艺整风以后，大家痛切地认识到向生活学习的重要。这两三年来，很多同志深入工厂、农村、部队，长期地、全身心地参加实际工作和实际的斗争，许多同志在工作中很起作用，带回的鉴定都是很好的。尽管说，对生活观察的深与广的结合上，还有一些值得研究的地方，但是，大家找到艺术创作的丰富的源泉，建立了自己的生活根据地，这当然是很好的，是近年来取得成绩的决定性的原因。但是，向生活学习，必须和学习马克思主义和自觉地培养自己的共产主义的眼光，即共产主义的世界观，紧密地结合起来。最近读了你们几个新剧本，觉得生活内容是有的，但是对生活看得不深，挖得不深，甚至对大堆的素材有难于驾驭的现象，我以为，这是和缺少马克思主义的观察分析的能力，是有根本关系的。《杏林记》的错误，不是更尖锐地说明了这个问题吗？决不要相信胡风的胡说，他把马克思主义学说一律看成是"一般性的原则""空洞的概念"或"死的教条"，要人家放着马克思主义不学，到生活里面、到文艺里面从头寻找"活的马克思主义"。这种放肆的宣传，无非是证明他对马克思主义的本能地敌视而已。

文艺整风以后，在一部分同志的头脑里，曾经产生了一种简单化的思想，以为过去的失败，无非是因为缺乏生活，以后只要全心全意地下去"生活"就可以了；以为别的都是假的，只有生活是真的——正是在这一点上，又和胡风思想沟通起来了。胡风狂暴地歪曲"实践论"，处处把理论与实践对立起来,看起来是很重视实践,可是进一步分析起来,却是把写作实践代替了生活实践的。而且人们在写作实践中,还必须把理性的因素排除干净,只能依靠感觉、感受或感性机能的活动,这不但是鼓吹爬行的经验论,而且是主张作为灵魂的工程师的作家,回到原始的动物似的依靠本能过活的时代!这种"理论"的反动性和毒害性,难道不是很明显的吗?

同时,作为文艺创作者,还不能不加强马克思主义的文艺思想的学习。最近苏联作家第二次代表大会的有关文件和报告,是很重要的学习资料。我建议我们把这个学习和批判胡风思想结合起来。苏联作家第二次代表大会的经验,涉及到创作各方面的问题;正好,胡风的挑战,也涉及到各方面的原则问题。真假包公是碰不得面的,我们偏要他们碰面。对照之下,就容易看出假马克思主义的原形。

并且,刚才说过,胡风思想在创作室是有影响、有共鸣的。我不是专指路翎。在胡风的《关于文艺问题的意见》发表后,创作室的个别党员同志,不是也还曾欣赏过吗?这位同志完全忘记过去的痛苦经验了。我们的痛苦经验是什么呢?那就是不管在什么时候,不管是哪位同志,如果和胡风思想有了共鸣,那就必然遭到工作的失败。这使我想起整风前的一件事情。当"开快车"失败后,鲁煤、刘沧浪正在埋头写"孟厂长",有一天鲁煤告诉我,他刚读了路翎的一个新剧本,觉得写得很深刻,我找来读了,觉得很难过,心里想:糟了,鲁煤的这个剧本又要失败了!我把这个预感告诉了赵寻同志、贺敬之同志,并且把我对剧本的意见也告诉了鲁煤同志本人。当然,那个时候,自己思想上也存在许多错误,谈不上战斗性,因而没有及时组织讨论。接着鲁煤的剧本果然失败了,失败的性质是和路翎的剧本的错误基本上相同的。你们看,这简直是一种传染病,谁染上都要吃苦头的。因此,在创作室,经过学习,彻底肃清胡风思想的恶影响,是非常必要的。

这里,我想对路翎同志提出一点建议。就我所知,路翎是一个有才能的、肯于刻苦努力的作家,但是,问题不仅在于努力和才能,这些当然是重要的,问题在于努力的方向、才能发展的方向。我们认为,路翎的方向,根本上是错误的。就我所读到的路翎的三个剧本来说,我以为那是胡风的唯心的创作方法的实践,而且是最典型的实践。在这些剧本里,作家对社会关系的错误的理解,对人物的歇斯底里的描写,无论如何,是不能使人同意的。路翎现在的看法,可能有些不同了。我建议在对胡风思想的一些原则性的问题弄清楚之后,在创作室内部,采取同志般的态度,和路翎一起,认真讨论一下这些剧本,帮助路翎和过去的错误告别。

对创作室还有一点希望,就是进一步加强社会主义劳动精神。多写点东西吧!劳动就是光荣。

我提议大家多写一点独幕剧,这不但是群众的迫切需要,而且对写作技巧的锻炼也是很有好处的。长期在外面过生活的同志,最好经常给报纸和刊物写些通讯和特写,这样又多做了工作,又即时整理了自己的印象;去年有些同志这样做了,这是很好的。在家的同志,看了戏,读了剧本,多写点剧评吧。现在刊物上的剧评,质量太低,时常说外行话,而且数量上也少得可怜。大家来帮帮忙吧!写歌剧的同志,不要忘了随时写点抒情诗和歌词,在我们的剧本里面,抒情的成分不是太多而是太少了。

最后,还希望加强集体精神,爱护自己的团体,好好经营自己的集团生活,使它成为一个生气勃勃的、战斗的集体。要防止涣散的非集体的倾向,这种倾向在创作室不是没有的;反对只顾自己不管别人的思想;反对文人相轻互不信任的思想;反对只相信个人不相信集体的思想。这些消极思想,我以为也是或多或少地存在着的。集体讨论集体学习的精神,这在过去的创作室,还是一种值得发扬的美德。大家几年来的进步,和这一点是很有关系的。独立思考和互相帮助,应当很好地结合起来。对同志们的作品发表意见的时候,应当发扬那种坦率的真正的互助精神,是好,就说好,不好,就说不好,不要滋长那种庸俗倾向。有的同志喜欢听好话,不喜欢听不好听的话,谁对自己的剧本提出了尖锐的意见,就容易产生一种不健康的情绪;这不是创作室的传统,这是新滋长出来的一种自满情绪。这些消极的东西,对创作、对大家的进步,都是有妨害的。我们不要这些东西。

总之,加强学习,加强战斗,加强劳动精神和集体精神,这就是我们对创作室的希望。

胡风怎样反对社会主义现实主义[①]

胡风千方百计地企图取消社会主义现实主义的思想基础

马克思列宁主义——工人阶级的共产主义的世界观,是我们整个新国家新社会的思想基础,也是我们新兴的社会主义现实主义文学的思想基础。在共产主义世界观的指导下,保证我们的新的文学艺术能够成为为社会主义建设而服务的社会主义的文学艺术,保证它能够充分发挥以社会主义精神改造和教育人民的任务。社会主义现实主义,是工人阶级用以建设自己的社会主义文学艺术的思想武器。

为保卫和平、为建设社会主义而艰苦奋斗的中国人民,要求我们的文学艺术比过去任何时期都要大大提高它的思想教育作用,用生活中的社会主义真理和先进人物的社会主义精神,来帮助他们,鼓舞他们劳动建设的热情。显然,在今天的中国,在人民头脑中,在作家、艺术家的头脑中,在我们文学艺术的创作中,社会主义思想、马克思列宁主义思想不是太多而是太少了。我们的新文学艺术中的社会主义思想基础是并不巩固的。因此,目前每一个革命的文学家、艺术家的首要任务,不是降低而是努力提高自己的社会主义觉悟,不是削弱而是努力增强社会主义现实主义文学艺术的思想基础。在国际斗争、阶级斗争日益尖锐化的今天,任何相反的宣传都是有利于敌人,有害于人民,有害于文学艺术的。

可是自命为马克思主义者的胡风,却一贯地宣传着和马克思主义、马

[①] 本篇是1955年2月22日在剧协组织的胡风思想讨论会上的发言。曾收入《戏剧的现实主义问题》。

克思主义文学观点根本不相容的观点。他千方百计地企图降低工人阶级的世界观对创作方法的决定作用，千方百计地企图取消社会主义现实主义的思想基础，取消社会主义文学的活的灵魂。

胡风一贯片面强调"真实的现实主义的创作方法，能够补足作家的生活经验的不足和世界观上的缺陷"，一贯地把马克思主义理论看成是"空洞的概念"。他曾经在一篇充满着敌意的文章里断言："真实的作家的成长和真实的作品的产生，是由于为人民的血肉的要求，和空洞的概念无缘，和即使看来是为人民的空洞的概念也无缘。"① 这是露骨地表示了他对马克思主义思想的轻视和敌视。

但胡风却装着并不反对学习马克思主义的样子。他假意说，马克思主义就在生活里面，就在文艺里面，作家只要从生活里学习，从创作里学习，就会"达到"马克思主义。

胡风恣意曲解毛主席的《实践论》以维护自己的错误。在胡风看来，谁要是反对他的轻视世界观，反对学习马克思主义的错误观点，那就是"敌对了马克思主义和毛泽东思想，敌对了'生活、实践的观点，应该是认识论的首先的和基本的观点'这一原则，敌对了只有在实践中才能一步一步接近、懂得，以至掌握正确的立场这一原则"。胡风处处把理论与实践对立起来，把理性与感性对立起来，仿佛只要有了他所说的生活实践就一切问题都解决了。当然，这是和《实践论》的精神背道而驰的。《实践论》反对人们把理论与实践分割起来。单独强调任何一个方面而否定另一方面，都是和《实践论》的精神相敌对的。正是《实践论》，反复说明了理论对实践的重要意义。因为"我们的实践证明：感觉到了的东西，我们不能理解它，只有理解了的东西才更深刻地感觉它，感觉只能解决现象问题，理论才解决本质问题"。"如果以为认识可以停顿在低级的感性阶段，以为只有感性认识可靠，而理性认识是靠不住的，这便是重复了历史上的'经验论'的错误。"

强调生活实践，当然是很好的。但是，我们决不可堕入胡风的圈套，以为他这样强调，大概是很重视生活实践了。不是的，这只是一种托词，

---

① 胡风：《逆流的日子》一七〇页。——作者原注。

为了反对马克思主义的一种言不由衷的说法。胡风早在抗战以前，就断言中国作家的作品写不好，不是由于生活不够，而是由于主观的"信念"不够，"只要有燃烧似的信念，那就够"①。后来又利用东平的话，宣传中国作家"早就和生活紧紧配合了"②。胡风在他的《论现实主义的路》一书里，反对描写有组织的群众斗争，为他的"最平凡的事件"和"最停滞的生活"辩护，宣传"从一粒砂里看世界""任何一个人都是一个典型"的谬论。由此可见，"从生活学习"云云，不过是骗人的谎话而已。

同样，从"创作"里达到马克思主义的说法，也是错误的，虚伪的。

胡风说：作家的"创作实践原就是克服着本身的二重人格，追求着和人民结合的自我改造的过程"③。又说："离开了创作实践（创作态度），'丰富的生活'顶多只能算一句空话。只有在认识（创作）过程中，党性的原则才有可能争取到胜利。""作家可以而且应该在忠于'事实的教训'的态度下从事创作实践，可以而且应该通过实践过程去逐渐达到或变革世界观的。"

拒绝学习马克思主义和学习社会，单单在创作实践里克服二重人格，变革阶级立场和世界观，达到马克思主义党性，这是可能的吗？胡风说，这是可能的。胡风替我们描绘了一个在创作实践中进行阶级斗争的激烈图画："作家在实践过程中间死命地追寻并发动自身里面那个向往明天性的诸因素的主观精神要求（同时也是抵抗并压下昨天性的诸因素的要求）去把握对象，征服对象，在对象里面猎人似的去追索那昨天性的诸因素，爱人似的去热爱那明天性的诸因素……在现实主义的作家，这是一个你死我活的实践斗争。对于昨天性的诸因素，他痛恨、他鞭打、他痛哭，他甚至不惜用流血手段；对于明天性的诸因素，他热爱、他赞颂、他歌唱，他甚至沉醉地愿意为它们死去。要在文艺里面找阶级性么？请到这里来，它正站在这里。"④

---

① 胡风：《略论文学无门》，见《密云期风习小纪》。——作者原注。
② 胡风：《论现实主义的路》一六页、八二页、一二六页。——作者原注。
③ 胡风：《论现实主义的路》一六页、八二页、一二六页。——作者原注。
④ 胡风：《论现实主义的路》一六页、八二页、一二六页。——作者原注。

在胡风所描写的这一惊险恐怖的创作过程中，照我看来，只会走向疯狂主义，是断然不会达到马克思主义的。好在，作家并不会为胡风的血淋淋的图画所吓倒，因为这样的创作过程，实际上是不存在的。

而且，据胡风告诉我们："在对于血肉的现实人生的搏斗里被体现者被克服者既然是活的感性的存在，那体现者克服者的作家本人的思维活动就不能够超脱感性的机能。"或者说："它的搏斗过程始终不能超脱感性的机能。"① 这样看来，作家在他疯疯癫癫的创作过程中，在他动物似的感性机能的蠕动中，把作为一个正常人的理性排斥得干干净净了，那么，难道在一阵痉挛性的高热之后，就突然"变革"了自己的世界观，"达到"了马克思主义党性吗？

显然，通过创作过程"达到"马克思主义的说法，仍然是为了反对马克思主义而制造出来的托词，仍然是不可相信的谎话。

剥开他的甜蜜的糖衣，我们看到他的真实的用意，不过是要用各种方法贬低工人阶级的世界观对社会主义文学的决定作用，用釜底抽薪之计，来取消社会主义现实主义的思想基础，取消我们文学的党性、思想性——我们文学的活的灵魂。

胡风宣传说，马克思主义就在生活里面，就在文艺里面。乍听之下，似乎是不错的，但胡风用这样的甜言蜜语，实际上是否定了马克思列宁主义作为伟大的科学、伟大的客观真理的存在。胡风把马克思主义看作是死的教条和空洞的概念，要我们离开科学真理的指导，到生活里面、文艺里面从头找寻"活的马克思主义"！不用说，离开了光明的烛照，"突进""生活的密林"里面横冲直撞，不但是见树不见林，而且准会碰得头破血流的。

胡风一贯片面强调实践，装成是很重视实践的样子，实际是把理论和实践对立起来，否定了理论也否定了实践。胡风曲解斯大林"写真实"的谈话来为自己辩护，难道不正是斯大林说过"离开实践的理论是空洞的理论，离开理论的实践是盲目的实践"吗？

毛主席教导我们，应当重视实践，重视生活实践和创作实践，在学习理论同时，一刻也不要忘掉实践，但所谓生活实践，首先是参加群众的火

---

① 胡风：《置身在民主斗争里面》，见《逆流的日子》。——作者原注。

热斗争,和群众思想感情打成一片,而不是安于个人的生活小圈子。所谓创作实践,首先是反映群众的火热斗争,用群众中的先进人物的社会主义精神教育群众。不用说,胡风是反对这种实践的,在他对文艺问题的意见中,把近几年来我国革命作家创作实践的成果全部抹杀了。

理论与实践,本来不是你死我活、互不相容的东西。作家的学习马克思主义、学习社会和进行文艺创作,本来是互相结合,而且是长期地互相结合着反复进行的。对于一个作家,他的学习马克思主义、学习社会和进行创作就是一个互相结合、互相交错、逐步深化、逐步提高的永无休止的过程。在这个互相结合的过程中,他是能够逐步达到马克思主义的。当然,在判断一个作家是否达到这一步的时候,首先要看他是否在基本上解决了立场、观点问题。

这里,我要顺便揭穿胡风对林默涵的意见的肆意的曲解。

胡风在其《关于几个理论性问题的说明材料》中,故意曲解林默涵所说"首先要具有工人阶级的立场和共产主义的世界观"这句话,然后大做文章,反反复复地加以攻击,把所有的罪状都加上去了。那么,胡风是不是抓对了呢?如果确如胡风所攻击的,如果有人说过,对于一般的倾向进步的作家,硬要他"首先要具有工人阶级的立场和共产主义的世界观",然后才可以写作,那当然是错误的,是会"吓退了作家"的。因为他们可以在其学习马克思主义、学习社会和进行创作的互相结合的过程中,逐步达到提高思想、提高观察生活和表现生活的能力,即逐步达到马克思主义的。可是,在林默涵的文章里,却完全不是如胡风所指责的那样。不是的。林默涵所说的"首先"如何如何,不是和写作实践相提并论的,而是和胡风的所谓"主观战斗精神"相提并论的。林默涵在指出旧现实主义作家的"主观战斗精神"的阶级局限性之后,接着说:"对于社会主义现实主义者,根本问题也不是有没有抽象的'主观战斗精神',而是首先要具有工人阶级的立场和共产主义的世界观。"[①] 谁都可以判断,这句话并没有什么错误;相反,它是完全正确的。难道说,在判断一个作家是不是社会

---

① 林默涵:《胡风的反马克思主义的文艺思想》,见《胡风对文艺问题的意见》《附录》一七三页。——作者原注。

主义现实主义者,是不是一个社会主义的作家,即判断他是否达到了马克思主义的时候,首先不考虑他是否有了工人阶级的立场、观点,而是首先看他有没有胡风所说那种抽象的、超阶级的"真诚""良心"或"主观战斗精神"吗?

"竭力证明作家的创作同他的世界观无关,作家的创作服从于灵感和主观真诚的特殊'规律',是现代资产阶级唯心主义阵营中许多美学家的特色。企图诽谤苏联文学的真实性和思想性,诽谤苏联作家忠实于社会主义现实主义伟大原则的那些反动'文艺学家',也宣扬着这类思想。"① ——苏联《哲学杂志》一篇专论中所指明的这些"特色",为什么和胡风思想的"特色"这样吻合呢?

"苏联共产党中央委员会号召作家们,在创造性地掌握马克思—列宁主义的基础上,深入研究现实。"② 苏联老作家卡达耶夫在全苏第二次作家代表大会上,和许多著名作家一起,根据长期创作经验表示他的"极度深刻的信念"说:"要想写出一部像样的、对人民有益的作品,必须坚定地站在共产主义的思想立场上。当这种党性的感情在我身上减弱时,我就写得不好;当党性的感情在我身上加强时,我就写得好些。"

这些话对我们是多么重要啊!

胡风千方百计地混淆社会主义现实主义和批判的现实主义的根本区别

为了取消社会主义现实主义的思想基础,取消世界观的决定作用,胡风又千方百计地企图混淆社会主义现实主义和批判的现实主义之间的根本区别。

胡风特别喜欢征引巴尔扎克和托尔斯泰的例子,以证明尽管作家的世界观"不但有缺陷和限制,而且是反动的",一样可以写出伟大的作品。

---

① 见《学习译丛》一九五五年第二期《作家的世界观和创作》一文。——作者原注。

② 引自《苏共中央致第二次全苏作家代表大会祝词》。——作者原注。

巴尔扎克、托尔斯泰的创作过程，是一个很复杂的现象，并不像胡风所估计的那样简单。关于这一点，已经有文章驳斥过了。这里，我想补充一点。巴尔扎克、托尔斯泰的例子，说明了在作家的世界观对创作方法发生决定作用的一般前提下，创作方法对世界观也能发生反作用；这犹之说，存在决定意识，而社会意识也转过来影响社会存在；这并不是不可理解的神秘现象，更不能拿来否定世界观对创作方法发生决定作用的一般前提。问题是：当马克思主义的普遍真理已经在人类历史上取得了伟大的胜利，作家、艺术家们有可能掌握生活的革命性发展的科学规律，以保证其创作方法更趋完善，使创作获得更有利的条件的时候，为什么还要保持作家的人格分裂，保持他的"不但有缺陷和限制，而且是反动的"世界观呢？这样反复宣传的用意何在呢？

胡风还喜欢征引阿·托尔斯泰的例子。在一篇纪念阿·托尔斯泰的文章里①，他号召中国作家们接受阿·托尔斯泰的"艺术道路"及其"深刻的教训"，"道路"和"教训"似乎就是阿·托尔斯泰曾经和革命游离过，在革命后亡命到巴黎的期间，创作了他的三部曲《苦难的历程》的。但是，难道不正是阿·托尔斯泰经过深刻地研究生活和研究马克思主义以后，终于彻底改写了他的《苦难的历程》吗？难道后来总结了自己的创作经验，说过"从艺术上掌握的马克思主义，是'活命的水'"的，不正是社会主义现实主义大师阿·托尔斯泰吗②？那么，胡风着重宣传阿·托尔斯泰前期的"艺术道路"，要中国作家们接受这个"深刻的教训"，用意究竟何在呢？

胡风的用意是故意混淆社会主义现实主义和批判的现实主义的区别，用来取消工人阶级的世界观，取消社会主义现实主义的阶级性，并最后取消社会主义现实主义本身。

"不能有'无论怎样的'或'各种不同的'现实主义"，胡风说，并且抱怨别人"弄到把作为认识论（方法论）的现实主义当做了意识形态本

---

① 指胡风的《人道主义和现实主义的道路》一文，见《逆流的日子》。——作者原注。

② 引自《苏共中央致第二次全苏作家代表大会祝词》。——作者原注。

身,也给划了阶级成分了。"

于是引用毛主席的话作为护身符。胡风说:"毛主席所说的'马克思主义只能包括而不能代替文艺创作中的现实主义'的现实主义,并不是大意地省去了或者忘记了社会主义这个形容词,更不是对于'资产阶级小资产阶级的批判的现实主义和社会主义现实主义却始终混淆不清'的。"

这样看来,批判的现实主义和社会主义现实主义之间,连名词上的区别也是没有的,至于阶级思想上的、根本性质上的区别,当然更不用谈了。

必须指出,毛主席这里所说的现实主义,当然指的是以工人阶级的社会主义思想为基础的社会主义现实主义,这是不可以任意歪曲的。列宁、斯大林、毛主席都曾经用"唯物论"这一概念代表马克思主义的战斗的唯物论,即"辩证唯物论与历史唯物论"的概念,难道也可以从字面上断章取义地加以歪曲,说他们指的也可能是"机械唯物论""庸俗唯物论",因而做出结论,断定机械唯物论、庸俗唯物论与马克思主义的战斗的唯物论之间无所谓阶级思想上的、根本性质上的区别吗?

"社会主义现实主义是人类艺术发展史上的一个新阶段。"第二次全苏作家代表大会向苏共中央致敬词中这样说。

"在'社会主义现实主义'这个概念里",费定说,"'社会主义'的定义是主导的东西"①。

但是人们看到,胡风千方百计所要取消的,正是这个主导的东西。胡风苦心孤诣地追求的,就是想要砍掉社会主义现实主义的头,或者把它拉回人类艺术发展史上一去不复返的旧阶段。

那么,现实主义的阶级性,社会主义现实主义与批判的现实主义的根本区别究竟何在呢?

现实主义——真实地反映现实生活,是文学艺术创作的客观法则。恩格斯关于现实主义的定义,反映了这个客观法则的主要内容。恩格斯总结了已往的艺术创作经验,特别是资产阶级社会的作家们的经验,制订了现实主义的定义,使现实主义从此成为工人阶级美学、工人阶级艺术观的主

---

① 见费定在第二次全苏作家代表大会上的发言,译文曾在二月份《光明日报》刊载过。——作者原注。

要部分，使艺术法则更好地为艺术创作服务。作为一种科学理论、艺术观点和方法，它是唯物辩证法在文学艺术上的特殊运用，成为工人阶级观察文学艺术和进行艺术创作时的一种思想武器。它的阶级性是鲜明的。

现实主义固然是在人类文学艺术现象中长期存在的不以人们意志为转移的一种客观法则，但是资产阶级的作家、艺术家们在创作过程中，并不是充分自觉地认识和运用这个法则。相反地，绝大部分资产阶级的作家、艺术家们，只是半自觉地甚至不自觉地运用它的。巴尔扎克就是这样的例子，这个例子尖锐地说明了这一科学法则的不以作家意志为转移的强大的威力。已往的贵族阶级、资产阶级和小资产阶级的杰出的作家、艺术家们，创造了许多伟大的现实主义作品，其根本原因在于他们和当代的人民群众、人民的生活、人民的思想感情有了不同程度的联系；而人民群众，不管在任何时代，都是现实主义的天然的拥护者。

恩格斯关于现实主义的定义，是工人阶级在文学艺术领域的伟大贡献，它使工人阶级作家有可能自觉地完善地运用这个法则，深刻反映历史的真实，为工人阶级的伟大事业服务。从此，现实主义法则成为发展工人阶级文学艺术的强大的思想武器。恩格斯本人就是根据这个定义的精神来指导当时的社会主义作家的。

恩格斯给哈克纳斯的信上，指出社会主义作家应当根据工人阶级的历史观点，真实地描写革命发展中的现实（例如，工人阶级从不自觉的消极的地位到自觉的革命的反抗这个巨大的发展），应当根据革命作家的政治原则着重描写工人阶级的积极方面（例如对哈克纳斯所提出的批评和期望）。但是，在恩格斯的时代，还不可能看到社会主义革命胜利的现实，还不可能看到社会主义文学艺术的强大发展，因此还不可能提出社会主义现实主义的完备的定义。到了列宁、斯大林的时代，明确地提出了文学的党性和以社会主义精神教育人民的任务，这是恩格斯的定义在新的历史条件下必然的进一步的发展，工人阶级的社会主义的文学艺术的创作原则——社会主义现实主义的原则被完满地制定出来了。

高尔基把以往资产阶级作家所掌握、所运用的现实主义方法，归纳为批判的现实主义——这和恩格斯的定义不是同一语。前者是资产阶级、小资产阶级进步作家在当时历史条件下和阶级条件下所可能掌握、所可能达到的创作方法，对现实主义法则的半自觉或不自觉的运用；而后者——恩格斯的定义，则是工人阶级自觉地掌握了艺术客观法则时所制定的一种创作方法。前者是资产阶级进步作家和小资产阶级革命派的美学观点，后者是工人阶级的美学观点，虽然前者（批判的现实主义）的主要经验，已被批判地摄取到恩格斯的定义中了。显然，批判的现实主义和今天的社会主义现实主义之间，更是存在着阶级思想上的、根本性质的区别，是不能混为一谈的。

　　但是，毫无疑问，批判的现实主义，是在国际工人阶级政党登上政治舞台以前，人类文学艺术、人类对文学艺术法则的认识所可能达到和已经达到的最高的阶段。批判的现实主义创作方法，是当时先进的文学家、艺术家所可能掌握的最尖锐的武器。尽管由于时代的和阶级的限制，这个武器还不能完满地、充分地反映客观法则——如同后来恩格斯、斯大林在他们天才的公式中所表述的那样，但是这个武器，已在最大限度内，帮助作家、艺术家反映了客观生活的真理，帮助产生了很多的天才作品与作家。一般说来，这些作家都是当时先进思想的代表者，他们崇高的人道主义精神和民主主义精神，促使他们寻求艺术描写的最适当的武器，而通过这个武器所展示的丰富的现实生活的图画，也帮助充实他们对现实生活的理解。在这个意义上说，批判的现实主义者的世界观和创作方法，有矛盾也是有统一的。在文学史上，经常出现巴尔扎克、托尔斯泰的现象；然而，现实主义的方法，也会在某种程度上帮助克服了他们的人格分裂，这是现实主义光辉的胜利。批判的现实主义，确实帮助人类文化创造了种种伟大奇迹，帮助冲击了旧制度旧基础，预告了人类向着社会主义的运动。这就使批判的现实主义在新的历史条件下有可能发展为社会主义现实主义；而在社会主义现实主义获得胜利的今天，在国际范围内，批判的现实主义仍然可以作为社会主义现实主义的同盟军，继续发挥一定的积极作用；而且不少的批判的现实主义作家，通过学习马克思主义与学习社会，改变了自己的立场观点以后，有可能成为社会主义现实主义者。新的历史条件向他们提供了广泛的机会①。

---

　　① 关于现实主义是文学艺术创作的客观法则的说法，作者后来已有所修正。参看《社会主义现实主义存在着、发展着》一文。——作者原注。

但是在工人阶级已经取得胜利的国家里,工人阶级必然根据自己的要求来改造社会,改造文学艺术,要求新的文学艺术——社会主义的文学艺术迅速地健康地成长起来,帮助新制度、新基础的形成与巩固,帮助摧毁旧基础、旧意识的残余。因此在意识形态的领域内,工人阶级的思想领导是绝对的。社会主义现实主义被公认为当代最先进的创作原则。在新社会的条件下,为作家学习马克思主义、学习社会,与工农兵群众相结合,提供了最广泛的机会。作家、艺术家担当了灵魂工程师的崇高任务,作家的世界观和他的创作方法,应当基本上是一元的。作家、艺术家必须自觉地为达到这一步而努力。任何相反的宣传都是不能容许的。

胡风千方百计地反对作家经过思想改造掌握工人阶级的世界观

可是作为文艺理论家的胡风,却一贯宣传着和工人阶级的文艺观点完全不相容的观点,千方百计地反对作家经过思想改造,改变自己的立场观点,掌握工人阶级的共产主义世界观。在他一九四八年所写的《论现实主义的路》一书中,顽强地抹杀文艺作家和知识分子进行思想改造的必要性。胡风片面地、过分地强调小资产阶级知识分子的进步性和革命性,单纯强调"他们和劳苦人民原就有过或有着某种联系","他们和先进的人民原就有过或有着各种状态的结合",借口马克思主义思想本身"反而是被资产阶级出身的哲人们所观察出来,综合出来","再把它输入先进阶级",借口马克思主义在中国也是经过先进的知识分子的传播,"输入到先进阶级的里面",使人相信资产阶级、小资产阶级知识分子,比先进阶级的人更先进。这使我们联想到,在这之前,在胡风主编的《希望》上已经宣传着同样的荒谬理论,说什么"进步阶级的具体的人","进步阶级中有了思想觉悟的分子","在中国的特殊的社会里,在中国的特别沉滞的封建精神里,其被染污被伤损的程度就更甚了"[①]。这是说:先进阶级的人,比资产阶级、小资产阶级的人更落后;应当改造的是工人阶级,当然不是资产阶

---

① 《希望》第一集第一期:舒芜:《论主观》。——作者原注。

级和小资产阶级知识分子了。

但胡风也承认资产阶级、小资产阶级知识分子有缺点，缺点是在他们和人民的联系中，还有着"游离性"，有着"二重人格"，据说"这种二重人格当然要反映到作家们的身上"，"成为主观、公式主义者"，"成为客观主义者"——这是胡风多年来送给蒋管区共产党员文艺家和共产党领导和影响下的进步文艺家的两个头衔。据胡风说，他长期间对于这些党员作家、进步作家所进行的狂热攻击，就是希望"在这些作家本身里面达到改造的结果"的①。

这样看来，胡风在推动作家的思想改造方面，倒是建立了赫赫功勋的了？——真是活见鬼！

那么，胡风是按照什么原则来改造他们的呢？

胡风主编的《希望》上鼓吹道："而我们所要说的，却是这样一种个人主义（据说是战斗的个人主义——光年）：即始终坚持'自我'的原则，要把社会整个的按照这原则加以改变。"②

"小资产阶级出身的人们总是经过种种方法……要求人们按照小资产阶级知识分子的面貌来改造党、改造世界。"难道不是这样的吗？

在这种顽强的个人主义思想支配下，难怪胡风要咬牙切齿地痛骂：在新中国，人们"把思想改造变成了军事统制的咒语"了。

由此看来，胡风所以要千方百计地取消社会主义现实主义的思想基础，取消社会主义文学的活的灵魂；千方百计地混淆社会主义现实主义与批判的现实主义之间的根本区别，借以取消工人阶级世界观，取消社会主义现实主义；并且千方百计地反对无产阶级、小资产阶级的作家和知识分子经过思想改造以改变立场和掌握工人阶级的世界观；其目的无非是：顽强地保持其资产阶级个人主义的立场和世界观，抵抗工人阶级的社会主义思想、文艺思想和资产阶级、小资产阶级知识分子的思想改造，以便用资产阶级的卑鄙的个人主义思想，改造党、改造世界和改造文艺，并且经过种种方法，尽可能广泛地把这种反动影响散布开来。

---

① 胡风：《论现实主义的路》八二页。——作者原注。
② 舒芜：《个人、历史与人民》，载《希望》第二集第一期。——作者原注。

决不可以低估胡风思想的危害性。就在抗日战争、解放战争期间，在蒋介石王朝进行黑暗统治的地方，广大青年知识分子，若饥若渴地追求着光明的出路，自称为共产党的友人和马克思主义者的胡风，不是引导他们和工人阶级的思想、工人阶级的斗争相结合，而是把主要锋芒对准工人阶级，对准工人阶级思想和工人阶级的文艺阵线，狂热地宣传他的资产阶级思想和唯心主义的文艺观点。胡风思想在我国进行社会主义建设和在思想领域内进行全面的社会主义改造的今天，就和工人阶级的社会主义思想处在更加尖锐对立的地位。

在国内阶级斗争日趋剧烈化的时候，在工人阶级为实践社会主义总路线而奋斗的今天，胡风思想是资产阶级个人主义思想和唯心观点在文艺上的尖锐的反映。这种思想披着马克思主义的外衣，就有着特别的危害性。

在共产党和马克思主义思想的强大影响下，思想敌人，除非是最愚蠢的敌人，不能不用工人阶级的语言来反对工人阶级，用马克思主义的词句来反对马克思主义，这是我们不能不特别警惕的。

必须努力提高我们的社会主义觉悟，警觉地保卫人民的利益和社会主义文学的利益，保卫并增强我们文学的社会主义的思想基础。

（本文凡征引胡风的话而未注明出处者，均引自《文艺报》附属《胡风对文艺问题的意见》。）

1955 年 8 月 12 日改写

胡风的"现实主义创作方法"是彻头彻尾的唯心论的[①]

多年以来,胡风是以现实主义创作方法的宣传者和保护者自居的。有些人竟然相信这一点。以为他的错误大概是别的方面,至于他所宣传的现实主义创作方法大概还是不错的。这是一个漫天的大谎。不彻底揭露它,不坚决戳破这个外观堂皇的"纸扎的宫殿",真正的现实主义的实践是会受到阻碍的。

胡风把我国新兴的社会主义文学的全部创作成果及其指导原则说成都是反现实主义的,都是重复了拉普派的"唯物辩证法的创作方法"的错误。这当然是一个恶毒的诽谤。实际上,近年来在我国正面地宣传了拉普派的口号,把它和社会主义现实主义等同起来,把它看成是新现实主义的发展的,不是别人而正是胡风。胡风所著《论民族形式问题》一书第十三页第二行,在一个括号中,作了如下的表述:"新现实主义——唯物辩证法的创作方法——社会主义现实主义!"

但是,这仅仅是由于无知,由于不知道鬼的厉害而装鬼吓人,决不能以为胡风所宣传的现实主义就是拉普派的创作方法;不是的,那是比拉普派错误的性质还要严重得多的。

胡风的现实主义是怎样的一种现实主义呢?

胡风对他的现实主义创作方法的解释是很混乱的。他经常把他的现实主义和他的主观战斗精神混同起来,把创作方法说成就是作家的世界观本身,而他所宣传的主观战斗精神和世界观本身又是荒谬的甚至反动的。这些,已经有文章指出过了。这里,我想着重谈谈胡风的现实主义方法论。为此,我们需要征引几段最足以代表他的基本思想的关于现实主义方法的

---

① 本篇作于1955年3月。曾收入《戏剧的现实主义问题》。

阐解，然后追究一下它的实质。

胡风在一九四三年的一篇文章里，在强调作家必须有"为人生"的"真诚的心愿"，对人生的"深入的认识"和"痛痒相关"的"胸怀"之后，接着说："这种主观精神和客观真理的结合或融合，就产生了新文艺的战斗的生命，我们把那叫做现实主义。"①

这是说：现实主义就是作家的主观精神和客观真理的结合或融合。

在一九四五年的一篇文章里，胡风抓住阿·托尔斯泰的一句话，加以改制，把上述的定义加以阐发道："这指的是创造过程上的创造主体（作家本身）和创造对象（材料）的相生相克的斗争；主体克服（深入、提高）对象，对象也克服（扩大、纠正）主体，这就是现实主义的最基本精神。"②

这是说，现实主义就是作家的主观和客观对象的相生相克的过程。

怎样相生相克呢？胡风在一九四四年的一篇文章里解释道："在对于血肉的现实人生的搏斗里面被体现者既然是活的感性的存在，那体现者克服者的作家本人的思维活动就不能够超脱感性的机能。从这里看，对于对象的体现过程或克服过程，在作为主体的作家这一面同时也就是不断的自我扩张过程，不断的自我斗争过程。在体现过程或克服过程里面，对象的生命被作家的精神世界所拥入，使作家扩张了自己；但在这'拥入'的当中，作家的主观一定要主动地表现出或迎合或选择或抵抗的作用，而对象也要主动地用它的真实性来促成、修改，甚至推翻作家的或迎合或选择或抵抗的作用，这就引起了深刻的自我斗争。经过了这样的自我斗争，作家才能够在历史要求的真实性上得到自我扩张，这艺术创造的源泉。"③

这是说，作家带着强烈的主观，完全丧失了理性的主观"拥入"了客观世界，主观和客观互相搏斗，最后主观战胜客观，实现了作家的自我扩张，胡风的现实主义得到了胜利。

那么，在胡风的所谓现实主义的创作方法里，究竟有没有一点唯物论

---

① 胡风：《在混乱里面》五六—五七页。——作者原注。
② 胡风：《逆流的日子》一〇五页。——作者原注。
③ 胡风：《逆流的日子》二四—二五页。——作者原注。

的气味呢？

（一）我们知道，忠实地反映客观真实——不仅是细节的真实、现象的真实，而且通过典型环境中典型性格的描写，把生活的发展规律、生活中的客观真理忠实地反映出来；这是现实主义的最根本的要求。作家的主观力求忠实于客观真实，坚决地服从客观真理；这是现实主义者的最起码的品质。古往今来，一切伟大的作品，都是巨大的客观真实的缩影，是生活的客观真理的体现。现实主义的真正的价值，难道不就在这里吗？可是胡风所谓的现实主义，却是所谓"主观精神"与"客观真理"的"结合或融合"，他的现实主义的"最基本精神"，却是作家主观和客观对象"相生相克的过程"。胡风把主观与客观对立起来，把意识与存在对立起来，把它们看成了互相平等的朋友关系或夫妻关系，它们的爱情结晶，产生了新文艺的"生命"，产生了"现实主义"的婴儿。从胡风的立场上看来，他总算是尽量地尊重客观真理，总算是以礼相待了。但在这里，客观存在，客观真理，不过是被"结合"的"对象"，被"融合"的"材料"，主观、主观精神，这是先验的、第一性的，客观、客观真理，不过是从属的、第二性的——还有比这更露骨的唯心论吗？

（二）胡风把他的现实主义说成是作家的主观和客观对象相生相克的过程，主观对客观的体现过程和克服过程。不但作家的主体克服（深入、提高）对象，而且对象也克服（扩大、纠正）主体；不但作家的主观要主动地迎合、选择或抵抗客观，而且客观也能主动地促成、修改甚至推翻作家的主观；粗粗听来，仿佛是很动听，很迷人的了。实际上，除了和唯物主义的反映论完全敌对以外，所谓客观对主观的"纠正""修改"或"推翻"作用，不过是一句空话而已。对现实主义作家说来，客观事实修正了他的主观想象，乃是经常发生的现象，但现实主义的这一巨大力量，只有对于真正尊重客观现实、服从客观真理的人，才是起作用的；对于胡风和胡风派的人们，却是完全不起作用的。因为按胡风派的理论，预先把创作过程看成是作家的自我扩张过程，在每一创作过程中，都预定了主观精神的自我扩张的胜利结局。胡风的现实主义，不是叫丰富的客观对象拥入或充实作家的主观世界，不是叫客观事物、客观真理在作家的头脑里得到扩张，恰恰相反，是客观被作家的主观精神所拥入，是作家在客观世界里扩张了自己，其结果只能是主观克服了客观、修改了客观，推翻了客观，而不是别的。按照胡风的现实主义，作家带着强烈的主观，以必胜的决心，对客观、客观真理进行坚决的血淋淋的"搏斗"，不克服它，不战胜它，是决不罢休的。所谓"迎合"，那是当客观世界的局部现象（例如自发性、疯狂性之类）符合主观意图的时候，那主观就来屈驾迎合它；所谓"选择"，就是合乎主观的就要，不合乎主观就不要；所谓"抵抗"，就是对于不符合自己主观的一切客观现实、客观真理，坚决地加以排除，死命地抵抗到底！——还有比这更顽固、更疯狂的主观唯心论吗？

（三）胡风一再说到客观真实性的作用，说是客观真实性能够主动地"促成、修改甚至推翻作家的或迎合或选择或抵抗的作用"，说是作家的自我扩张，是"在历史要求的真实性上"的自我扩张，这仿佛也是很动听、很迷人的了。但是对于一个戴着主观唯心论有色眼镜的人，客观真实的青红皂白，在他眼睛里是混乱的、颠倒的，真正的真实性是看不见的，倒是把虚假的主观的臆想看成了真实。举例来说，胡风从厨川白村那里贩运来的"精神奴役的创伤"的学说，被他看成是构成"每一个人民的内容"，看成是"除了这以外绝对不能是其他任何东西的实际的活的内容"，看成是他的现实主义的"唯一条件"①；就是说，那是一切真实中最真实的了。但是在任何一个马克思主义者看来，那却是对人民的污蔑，对历史的污蔑，对真实性的污蔑，对现实主义的污蔑，是彻头彻尾的反人民的，反历史的，反现实，反艺术的。胡风关于"自发性""疯狂性""痉挛性"的胡言乱语，他自己又何尝不认为体现了历史的真实呢？但是，谁又能承认和容忍这样的"真实"呢？承认和容忍这样的"真实"，又怎能不是对于人民、对于历史、对于真实的犯罪行为呢？——由此可见，对于胡风所说的真实和真实性，人们只能从这个概念的反面去理解。

（四）作家能不能看到生活真实，能不能写出生活真实，决定于作家的立场和世界观，而这一点，正是我们和胡风的首先的根本的分歧。胡风站在反人民的立场，一贯地轻视革命世界观的积极作用。没有正确的世界观，怎能正确地观世界？这是常识问题，可是和唯心论者总是谈不通的。

---

① 胡风：《论现实主义的路》一一七——一二〇页。——作者原注。

除此而外，胡风还认定在他的现实主义创作过程中，"作家本人的思维活动就不能够超脱感性的机能"。这是说，作家在创作中的思维活动，不是在理性指导下的形象思维，而是把理性因素完全排除干净，只能赤裸裸地依靠作家的感受、感觉和感性机能，而且一点也不能超脱它。这从依靠作家主观精神更"进"了一步，变成只要依靠作家本能的冲动了。说是单单依靠这种原始的本能的活动，倒反而能够达到对人生的"深入的认识"，写出"历史要求"的真实性，有谁会相信这样的谎话呢？

（五）现实主义从唯物论、反映论出发，自觉地把客观现实，把人民生活，当作自己取之不尽用之不竭的艺术创造的源泉，这是唯物论的起码要求，也是现实主义的最起码的要求吧？可是胡风的所谓现实主义，却把这一点最起码的要求也抛弃了，他竟然不加掩饰地把他的主观精神、自我扩张，说成是"艺术创造的源泉"。胡风的文艺，不是依靠现实生活，而是依靠主观精神；不是反映现实，而是反映自我；难道不是很明显的吗？但胡风不也是常谈到"生活"、谈到"客观"的吗？看来不过是用随手拾来的生活材料，当作自我表现的工具而已啊！那么，胡风的所谓现实主义，和厨川白村所说"描写了'我'以外的人物事件，其实却正是描写'我'来"究竟有什么区别呢？和当年"第三种人"苏汶所说"文学作品，是作家借用了社会的客观事实来表现自己的主观的"，"……作家对于人生的感应等等，是存在于作家的主观上，并非存在于客观的事实上"，区别又将何在呢？

（六）文学艺术对现实生活的反映，当然是要通过作家的主观头脑来进行的。毛主席说："作为观念形态的文学作品，都是一定的社会生活在人类头脑中的反映的产物。革命的文艺，则是人民生活在革命作家头脑中的反映的产物。"这种反映，不是机械地死板地反映，而是经过集中、概括、加工的艺术的反映。对生活的观察、研究、分析和创作过程中的集中、概括、加工，都不能离开作家的主观作用。作家的主观头脑，本身就是客观的产物，客观世界的一部分。作家头脑中长期积聚的知识经验，是客观世界长期反映的结果，他的想象、加工、创造是以此为基础的。但是作家的主观头脑，尽管是天才的头脑，都不能不受到阶级的局限、生活的局限，比起巨大的客观存在、历史的存在、人民的存在，那是渺小贫弱得多的。那么，如何保证作家所观察、所反映确实符合于客观真实，而不是歪曲了客观现实呢？马克思主义者是这样看待这个问题的：作家必须和先进的人民群众（工人阶级）站在一起，和他们的思想感情打成一片，并经常用科学真理（马克思主义）和生活经验来修正和改造自己的主观；而在观察和描写现实的时候，应当力求忠于客观真实，力求在丰富的生活经验的基础上展开艺术的想象，但却坚决避免用主观的臆想来弥补生活的不足，用作家的主观世界来代替客观的真实，——不用说，胡风的看法和我们的看法是恰恰相反的。

还说是"没有'无论怎样的'或'各种不同的'反映论"，"不能有'无论怎样的'或'各种不同的'现实主义"吗？大家看看，胡风的"反映论"和唯物主义的反映论之间，胡风的"现实主义"和真正的现实主义之间，岂不是有着天渊之别吗？

现实主义不是引导作家忠实地反映客观现实的真相，而是成为作家的主观精神和自我扩张的过程；作家的主观不是服从并反映客观生活的真理，而是力图抵抗或克服客观对象，坚决地和客观搏斗！艺术创造的源泉不是丰富的客观现实，而是作家主观的自我扩张！作家在创作中的思维活动不是在理性指导下的形象思维，而是不能够超越感性机能的动物似的本能冲动！——这是什么一种现实主义！世界上可以有这样的现实主义吗？

也许我们的解释，会被胡风认为是故意曲解他的原意。那么，我们不妨提出问题，在胡风主编的专为宣传他的现实主义和主观战斗精神的刊物《希望》上寻求解答吧。

首先，按照胡风的定义，主观和客观，岂不成了互相对立的两个东西了吗？

《希望》说，是的；还不仅在文艺上是这样，而且"主观与客观的关系……它乃是一个极深刻的矛盾，而作为推进历史乃至宇宙的动力"[1]。

那么，主观的性质到底是怎样的？

"所谓主观"，《希望》说，"它的性质，是能动的而非被动的……是役物的而非役于物的"[2]。

---

[1] 舒芜：《论主观》，载《希望》第一集第一期。——作者原注。
[2] 舒芜：《论主观》，载《希望》第一集第一期。——作者原注。

主观役使客观，客观不过是受主观奴役的东西；那么，主观岂不成了先验的第一性的东西，社会意识倒是先于社会存在了？

《希望》说，正是这样。"'主观'，必然要涵蕴着'社会'而存在，它本身就是'自然生命力'和'社会'这两个因素的统一体，而以后者为其矛盾中的主导契机。所以'主观'并非'通过'社会而作用，实乃"带着'社会而作用。"

主观奴役客观，带着客观社会到处走，那么，客观岂不变成主观的仆人了吗？

不仅是仆人，而且还是可恶的奸细和特务呢！《希望》说："主观作用，在社会现象里（客观世界——光年）找着被屈辱为奴隶而且变了形的它自己的兄弟（主观作用——光年），它要帮助这可怜的兄弟获得解放，恢复原形，而且联合一起的来翻转做社会的主人。而它自己的家庭里（主观头脑里——光年），却也潜在着社会因素（客观因素——光年）的势力，它不但为了保卫自己而需得压服此势力，而且为了向客观社会作战还需得驯服此势力以为战斗的武器。这情形，即是作为历史之动力的主观作用和客观社会之间矛盾的具体情形。"①

这样看来，在客观社会里，客观被当作帝国主义而推翻了；在主观世界里，仅有的一点客观因素也被当成特务镇压了。那么，全世界都将变成一个主观世界了。主观为什么这样法力无边，它岂不成了一个君临一切的上帝了吗？

它是和上帝差不多的东西，《希望》说，"它是'自然生命的能动力'"，是"大宇宙的本性——生生不已的'天心'"②。

啊！原来如此。那么，你们是要坚决地把一切客观事物当成你们的死敌了？

"我们不做拜物教徒，不要形成一种拜'客观'教。"③《希望》愤愤然地回答说。

---

① 舒芜：《论主观》，载《希望》第一集第一期。——作者原注。
② 舒芜：《论主观》，载《希望》第一集第一期。——作者原注。
③ 舒芜：《论主观》，载《希望》第一集第一期。——作者原注。

但我还要问一个问题：你们不是自称为马克思主义者吗？关于"存在决定意识"这个法则，你们究竟还承认不承认呢？

《希望》反问了："'存在决定意识。'这'存在'是绝缘的么？是先验的么？这'决定'是怎样的呢？——是'意识'在等待着决定么？或是'存在'是个魔杖，就朝着'意识'上点呢？"

"这二者不是什么内外之分；这'决定'是个交流的过程。"①《希望》教导说。

那岂不是说，意识也可能决定存在，战胜存在了？譬如说，这应用在你们的现实主义学说上，应当怎样解释呢？

"现实主义，必须是反映现实的基本矛盾。"《希望》解释说："怎样才能反映基本矛盾？必须认识。怎样认识？……自己就是这基本矛盾（存在）进步方面的一个细胞（社会的人），在这意识与存在纠缠如毒蛇的生死斗争中，最后意识战胜存在……"②

谢谢你们，胡风思想的狂热的宣传家们！依靠你们的解释，我们已经懂得了胡风的现实主义方法的真正涵义，懂得了胡风说的主观与客观的"结合"或"融合"，二者的"相生相克的过程"，以及作家的"自我斗争"，"自我扩张"，"现实主义的胜利"云云，到底是怎么回事了。

当然，这样的"现实主义"是和真正的现实主义毫无共同之点的。胡风的"现实主义"乃是一种假现实主义，它是彻头彻尾的唯心论的！

胡风不是时常提到列宁的反映论吗？那么，听听列宁怎样说吧："物、世界、环境是不依赖于我们而存在的。我们的感觉、我们的意识，不过是外在世界的映象，并且，不言而喻，没有被反映者，反映就不能存在，可是被反映者是不依赖于反映者而存在的。唯物论自觉地把人类的'素朴的'信念作为它的认识论的基础。"③

不是说，现实主义也是一种认识论吗？那么，胡风是怎样认识的呢？

---

① 方然：《释〈过程〉》，载《希望》第二集第三期。——作者原注。
② 方然：《释〈过程〉》，载《希望》第二集第三期。——作者原注。
③ 列宁：《唯物论与经验批判论》，人民出版社中译本，第93页。——作者原注。

当然，艺术创作还有它的特殊规律。艺术的认识与反映是比较复杂的，但不管怎样复杂吧，也不能抛弃了这个"素朴的"信念，而建立了和它完全敌对的"学说"。

胡风不是经常提到高尔基的吗？那么听听这位社会主义现实主义的奠基人怎样说吧！"经验愈更广大——它里面的主观的、个人的地位就愈更狭小，一般的意义（客观的意义——光年）就愈更灿烂地呈现出来，艺术家的社会形象就愈更鲜明地显示出来；作家愈更坚决地摈斥他的个性（主观——光年）——他就愈更容易地抛掉他的渺小的、无足轻重的东西（主观偏见——光年），他的在周围世界所接受的重要的、客观的东西就愈更深刻地、广大地展示出来。"

"达到了这个高度，一个作家只要愈更客观地描写着人们怎样思想、人们怎样互相往还，那么他对于我们就是生活现象的愈更确切和真实的证人，而且我们看到，为什么别的思想，别的关系就成为不可能，虽然作家自己在宣传着它啊。"①

不是还经常提到巴尔扎克和托尔斯泰吗？那么，在巴尔扎克和托尔斯泰，是他们的主观战胜了客观呢？还是客观终于战胜了他们的主观呢？

苏维埃阿塞拜疆共和国的老诗人武尔贡在第二次苏联作家代表大会上所作关于苏联诗歌的副报告中说："我反对'自我表现'的理论，如果是和主观的唯心论互相呼应的话。我怕诗歌中的'自我表现'的某些拥护者将会暗中用诗人的世界来代替巨大的客观现实的世界，而诗人实际上只不过是这个巨大复杂的客观世界的一部分。"②

胡风的"自我扩张"的理论，难道不正是那种企图暗中用自己的主观世界来代替客观现实的、反唯物论的、反现实主义的谬论吗？

1955年3月14日天津旅次

---

① 高尔基：《〈俄国文学史〉序言》，见新文艺出版社出版的《苏联的文学》一书，第100—101页。——作者原注。

② 武尔贡的副报告，发表在《人民文学》1955年2月号。——作者原注。

论胡风的"精神奴役的创伤"[①]

现实主义的根本要求是反映生活的真实。我们已经看见,按照胡风的以主观唯心论为基础的反现实主义的创作方法——所谓主观克服客观、主观战胜客观的荒谬的创作方法,是不可能反映出客观真实的。但胡风或许要辩解,他不是说过在主观克服客观的要求下,客观对象"也要主动地用它的真实性来促成、修改甚至推翻作家的或迎合或选择或抵抗的作用"吗?因此,我们接着就应当考察一下,胡风对于客观世界的认识,对人民、对历史的认识,即对客观真实性的认识,这就接触到他的世界观的核心部分,接触到他的现实主义的"历史内容"或"唯一条件",接触到他的最得意、最独创的"精神奴役的创伤"的"学说"和"疯狂性""痉挛性"的"学说"了。

胡风把人民的精神奴役的创伤,看成是"支配历史命运的潜在力量"。那么,这个"创伤"是如何形成的呢?

胡风说:"生活在以经济关系为基石的社会诸关系里面的人民,在重重的剥削和奴役下面担负着劳动的重负,善良地担负着,坚强地担负着,不流汗就不能活,甚至不流血也不能活,但却'脚踏实地'地站在地球上面流着汗流着血地担负了下来。这伟大的精神就是世界的脊梁。要说健康,还有比这更健康的么?然而,这承受劳动重负的坚强和善良,同时又是以封建主义的各种各样的具体表现所造成的各式各态的安命精神为内容的。前一侧面产生了创造历史的解放要求,但后一侧面却又把那个要求禁锢在、麻痹在甚至闷死在'自在的'状态里面;这个惯常是被后一侧面所包围的统一着但却对立着的内容,激荡着、纠结着、相生相克着,形成了

[①] 本篇发表于1955年《文艺报》第7期,署名张光年。曾收入《戏剧的现实主义问题》。

一片浩漫的大洋。每一个人民的内容都是这样一片浩漫的大洋。"①

这是说,人民在旧社会被剥削被奴役下面的"劳动的重负",是被动的、苦痛的,但却也是健康的伟大的精神,从这里产生了解放的要求。这是一个方面。另一个更重要的方面,是人民受到封建主义的各种影响和毒害,造成了所谓安命精神——精神奴役的创伤,把它的解放要求禁锢了、麻痹了,甚至闷死了。前一方面经常被后一方面包围着,优点被缺点包围着,人民的解放要求被他自己的安命精神,即精神奴役的创伤,"一层一层地"包围着、封锁着。同时,前一方面又是以后一方面——封建主义的安命精神为内容的,人民的优点是以他自己的缺点为内容的。这两个方面相生相克,形成了矛盾的就一,构成了人民生活的历史内容。而且每一个人民的精神内容,都逃不出这个范围。

胡风认为作家的任务,就是深入这个"除了这个以外绝对不能是其他任何东西的实际内容","在带着精神奴役的创伤的人民里面去担受那带着血痕和泪痕的人生,寻求支配历史命运的潜在力量,开辟从创伤里面逐渐把潜在力量解放出来,生发起来的道路"②。

胡风很重视他自己的这个独特的发现,把它说成是他的现实主义的"唯一条件",说是"别的任何东西都可以而且应该'无条件地'抛弃,但这一点……却是无论冒什么'危险'也都非保留不可"③。那么,我们看看,在这个必须拼命加以维护的独特的"学说"中间,有没有一点唯物论的成分呢?

(一)首先,我们检查一下这个"学说"的理论根据。我们说,在旧社会,人民身上的精神奴役的创伤是有的。不管在封建社会或资本主义社会,被统治者和统治者在物质生活上、精神生活上,都存在着千丝万缕的联系。统治者一定要用一切力量通过一切方法,把他们的统治思想——封建奴隶道德,资产阶级的剥削思想去影响人民,被统治者的人民也难免在不同的程度上接受这种影响,受到这种影响的毒害。所以《共产党宣言》

---

① 胡风:《论现实主义的路》,泥土社 1951 年版,第 116 页。——作者原注。
② 胡风:《论现实主义的路》,泥土社 1951 年版,第 121 页。——作者原注。
③ 胡风:《论现实主义的路》,泥土社 1951 年版,第 120 页。——作者原注。

说："任何一个时代的统治思想都不过是统治阶级的思想。"但是对《共产党宣言》上的这句话，必须作深入的全面的理解。要知道，有统治的思想，也有被统治的思想；有居于统治地位的统治阶级的思想，也有居于被统治地位的人民的思想；而后者总是力图摆脱前者的影响并和前者尖锐地对立的。正是根据这样的理解，列宁建立了他的"每一个民族文化都有两种文化"的学说。如果把统治阶级的思想毒害，看成是天衣无缝地构成每一个人民精神生活的主要内容，精神奴役的创伤一层一层地包围着它，而被包围着的所谓健康伟大的精神，又是以封建主义的安命精神为核心的——这样的理解，当然是反马克思主义的，是对人民的反抗精神最露骨的虚无主义的态度。

（二）在旧社会，劳动人民的伟大，在于用他们的劳动创造不断地推动社会生产力的发展，从而扩大了生产力和生产关系的矛盾，成为旧的生产关系、生产方式的掘墓人。劳动人民的伟大，特别表现在对统治阶级的自觉的或半自觉的反抗；这种反抗，经常迸发为群众性的有组织的斗争，不断冲毁着旧制度旧基础，推动着历史前进。

但胡风却把以"安命精神"为内容的劳动重负，"善良地"担负着被剥削被奴役的重担，说成是健康的伟大的精神，这实际上是宣传奴隶道德，这种宣传只是对剥削者奴役者有利的。

（三）而且胡风所描画的以"安命精神"为内容的"创伤史观"，首先和中国封建社会的历史实际是完全不符合的。毛主席说："中华民族不但以刻苦耐劳著称于世，同时又是酷爱自由、富于革命传统的民族。以汉族的历史为例，可以证明中国人民是不能忍受黑暗势力的统治的，他们每次都用革命的手段达到推翻和改造这种统治的目的。在汉族的数千年的历史上，有过大小几百次的农民起义，反抗地主和贵族的黑暗统治。而多数朝代的更换，都是由于农民暴动的力量才能得到成功的。"① 而胡风的"创伤史观"，只不过是对人民、对人民的历史的诬蔑。

（四）胡风对于中国社会的长期停滞，对人民被压迫被剥削的状态，不是从压迫者剥削者那里找原因，不是从穷凶极恶的封建制度那里找原

---

① 《毛泽东选集》第二卷，人民出版社1952年版，第593页。——作者原注。

因，而是从被压迫的人民意识内部去找原因。按胡风说来，人民"解放要求"之所以不能实现，不是由于封建阶级的残酷镇压，而是由于人民自己身上的精神奴役的创伤"把那个要求禁锢在、麻痹在甚至闷死在'自在的'状态里面"了。这是说，你受压迫，因为你自己不好，你安命，统治阶级是不负责任的。你上了统治阶级的当，接受了封建主义的安命精神，自己把自己包围起来了，所以统治阶级也是不能负责的。在这个"学说"里，胡风做了封建统治阶级的最恶毒的代言人。

（五）胡风把人民的解放要求，看成是人民的"原始的张力"，这已经是对人民的正义斗争的诬蔑了。胡风又进一步地诬蔑人民，诬蔑人民的革命斗争，说什么"那精神奴役的创伤……当'拓展着'，特别是在进入了实践过程的成员身上拓展着的时候，会成为一种怎样的虐杀千万生灵的可怕的屠刀。是不是如此，三十年以来的光辉而又痛苦的鲜血淋漓的历史道路当会站出来作证的"①。胡风的《论现实主义的路》一书，写于一九四八年九月，三十年来光辉而又痛苦的历史，当然指的是五四以来中国工人阶级登上政治舞台以后的历史。那么，在这段光辉历史中，精神奴役的创伤，怎样"在进入了实践过程的成员身上拓展着"？怎样成为"虐杀千万生灵的可怕的屠刀"？历史是怎样"站出来作证的"？——对于近三十年来中国人民在共产党领导下所创造的光荣而伟大的历史，竟然丧心病狂地做出这样的诬蔑！请胡风自己想一想，当他做出这种恶意宣传的时候，他自己已经滚到什么可耻的立场上去了！

（六）胡风把他所说的封建主义的精神奴役的创伤，看成是一种永远摆脱不了的罪恶的魔影，看成是一种宿命论的存在；就是在新社会，这创伤还是要一代一代地遗传下去的，用他的话说："当明天性的诸因素取得了主导地位，进入了作为它们的物质基础的实际运动过程即实践斗争，得到了压倒的胜利以后，和昨天性的诸因素的变化一起，这明天性的诸因素就质量都起了变化，变成了昨天性的，同时，又得到了由原来那些明天性的诸因素（原来那些昨天性的诸因素也不会全部撤退）演变出来的和由实

---

① 胡风：《论现实主义的路》，泥土社1951年版，第118页。——作者原注。

践的物质过程所产生出来的新的明天性的诸因素了。"① 从这段符咒似的文字看来，不但在旧社会，而且在新社会，任何光辉灿烂的人格，是永远不会出现的；社会制度的改变，生活条件的改变，共产主义的思想威力，人民的自我教育和自我改造运动，在胡风眼里都是看不见的。

"人们的观念、观点、概念，简言之，人们的意识，是随着人们的生活条件，人们的社会关系，人们的社会生活改变而改变的，——这点难道需要有什么特别深思才可了解么？"② 但是唯心论者胡风却无法了解这一点。

（七）对于人民思想上的封建主义的恶影响（奇怪！他不肯说到资产阶级思想的恶影响），胡风说："在科学分析上用'缺点'去指明，但在创作实践上一定要当作'创伤'去感受的。"③ 那么，根据胡风的"学说"，作家在人民身上所感受到的，当然只能是满目的创伤，即满身的缺点。因为按照胡风的公式，就算人民还有一点优点吧，这优点还是以封建主义安命精神为内容的，就是说，看起来是优点，实际上还是缺点。就算是优点吧，外面又是用一层一层的缺点包围起来的。而且"每一个人民的内容都是这样一片浩漫的大洋"。那么，在人民身上还能看到什么优点呢？如果有优点，那也是永远和缺点分不开的，胡风坚持说："世界上没有只有阳面没有阴面的事物，抛弃了阴面，阳面也一定要成为乌有。"④ 这是对待人民的虚无主义观点，是最腐朽的所谓光明对黑暗"一半对一半"的论调。

（八）问题是，按照胡风的"学说"，作家对创伤的感受，对缺点的描写，不是按照党性的立场，按照批评与自我批评的原则，把它看成是敌对阶级的恶影响，看成是思想上的敌人而加以鞭笞；相反，倒是兴致勃勃地去欣赏它，悲天悯人地去同情它，甚至当作歌颂的对象来描写它。从这个荒谬的思想出发，胡风就把鲁迅带着严峻的批判精神所创造的阿Q的形

---

① 胡风：《论现实主义的路》，泥土社1951年版，第125页。——作者原注。
② 《马克思、恩格斯文选》第一卷，外国文书籍出版局1954年版（莫斯科中文版），第27页。——作者原注。
③ 胡风：《论现实主义的路》，泥土社1951年版，第120页。——作者原注。
④ 胡风：《论现实主义的路》，泥土社1951年版，第122页。重点号是引者加的。——作者原注。

象，说成是被作家歌颂的英雄人物，并且放肆地诬蔑作家，说是："这个跪在地上画圆圈的阿Q，同时也正是作家鲁迅自己"；而且"这正是庄严的精神斗争"！"在这个力点上面，封建主义旧中国的万钧重量，压到了阿Q的身上，也就是说压到了作家鲁迅的身上。"① 为了宣传自己反动的"学说"和反现实主义的创作方法，竟然不惜把鲁迅的彻底的批判精神做出这样的颠倒和歪曲，在先驱者的身上涂上污泥。这真是只顾目的、不择手段的了！

（九）根据胡风的"理论"，势必把描写黑暗、描写痛苦，当作文艺的主要任务，说什么"在带着精神奴役的创伤的人民里面去担受那带着血痕和泪痕的人生，寻求支配历史命运的潜在力量"，从这里出发，胡风和胡风派的人们，就把高尔基所竭力反对的、杜思妥也夫斯基的"人间苦""受虐狂""人在本性上是暴君""喜欢作虐待者""非常喜欢受苦"这一套反动观念接受过来，奉为至宝了。高尔基说得好："他是在人的野兽的动物的本能里找到了真理，而且找到了它并不是为着驳斥，而是为着辩护。"② 而胡风和胡风派的人们，正是"人民的原始的强力""精神奴役的创伤"的"庄严性"的最狂热的歌颂者和辩护人。

（十）胡风创造了他的精神奴役创伤的"学说"，当作他的反动的世界观和唯心主义创作方法的核心，当作反对他心目中的"主观、公式主义"的武器；实际上，胡风是以"封建主义的安命精神──→奴隶似的屈辱劳动──→封建主义的精神奴役创伤"的公式为基础，又创造了一个"反映人民的负担、觉醒、潜力、愿望和夺取生路"的新公式，要求在一切作家和作品身上硬套。他把这个公式看成是现实主义的唯一条件，凡是合乎这个公式的，就是好的，现实主义的；凡是不合乎这个公式的，就是"主观、公式主义""客观主义"，都要受到他的排斥和攻击。胡风抽掉了阶级的人、具体的人的千变万化的活的内容，把人的心灵活动一律简化为"负担、觉醒、潜力、愿望和夺取生路"的死硬的公式。胡风以为依靠他的公

---

① 胡风：《论现实主义的路》，泥土社1951年版，第119页。——作者原注。
② 高尔基：《苏联的文学》中译本，新文艺出版社1956年版，第32页。这里，高尔基指杜思妥也夫斯基。——作者原注。

式就可以写出历史的复杂性,人的心灵和性格的丰富性和复杂性,实际上这只能造成千篇一律的歪曲。胡风的诗,路翎的某些小说和剧本,已经证明了这一点。

胡风把他制造出来的精神生活的唯心公式,说成是构成了"每一个人民的内容",从这里创造出"从一粒砂里看世界""任何一个人都是一个典型"的荒谬理论。人们看到,真正的现实主义的典型论,在这里受到了最狂暴的践踏!

由此可见,胡风的关于精神奴役的创伤的"学说",是彻头彻尾的反人民的、反历史的、反现实的、反艺术的。

更荒唐的是:这个"学说"竟然引申出对于"疯狂性""痉挛性"的歌颂!胡风曾经在一篇文章里写道:"如果说人的生存方式就是一种道路,如果说压迫者与被压迫者之间也还有道路,那么,这一类的疯狂也是一种道路,在压迫者与被压迫者之间的仅有的道路,虽然是不能算做道路的悲惨的道路。"①

听听看,疯狂竟然是"一种道路",而且是"仅有的道路"!

这个"学说",被胡风派的论客们发展了,并且在路翎的小说和剧本中实践了。一位论客在一篇为路翎的描写疯狂心理的小说辩护的文章里慨叹地说:"在这样的社会生活中,斗争如此尖锐,压迫如此沉重,一般人又有多少能够保持了精神的健康,精神的平衡和完整?"②——在他们看来,在这样的社会里,每一个人都是精神病患者,都是狂人!这样的说法,显然是从弗洛伊特的《精神分析学引论》中抄来的。

这些狂人的呓语,竟然说是在马克思主义经典文字里可以找到根据的。根据在哪里呢?胡风告诉我们,在恩格斯给哈克纳斯的信上,就曾提倡过描写"痉挛性"的,胡风征引的是这样一段文字:"劳动阶级对于压迫着自己的环境的革命的反拨,劳动阶级想获得自己的人的权利的痉挛性的(Convulsive)意识的或半意识的企图,都是历史的一部分,能够在现实主义的领域里面要求席位。"胡风接着解释说:"这是连痉挛性的半意识

---

① 胡风:《为了明天》,作家书屋1950年版,第15—16页。——作者原注。
② 怀潮:《论艺术与政治》,载《蚂蚁小集》之四。——作者原注。

的企图都可以要的！"如果人们"身在封建性和殖民地性的重压把无数农民逼疯了的社会里面，不肯承认这个疯狂正是社会压迫的典型性的结果"①，就是说，不把疯狂性当成典型性而予以"席位"，在胡风看来，当然是大逆不道的了。

关于恩格斯这段文字，我从手头四种不同的中文译本中，都没有找出"痉挛性"的字样。在通行的人民文学出版社出版的译本中，恩格斯这里的一整段文字是这样的：

> 在《城市姑娘》里，工人阶级显得是消极的群众，不能够帮助自己，甚至不企图帮助自己。想从使人愚昧的贫困下摆脱出来的一切企图都是从外面、从上面来的……但是，假如说在一八〇〇乃至一八一〇年，即圣西门与欧文的时代，这是正确的描写，那末，在一八八七年，一个人已经获得了参加五十年光景的战斗的无产阶级斗争的荣誉，而且一直被"解放工人阶级应当是工人阶级本身的事业"这个原则指导着的时候，这样的描写就不是正确的了。工人阶级对于压迫他们的环境的革命的反抗，他们恢复自己的人的地位的紧张的企图——不论是半自觉或自觉的——都是属于历史的，因而可以在现实主义的领域中要求一个地位。②

在这段文字里，恩格斯批评小说作者，在工人阶级已经登上国际政治舞台的时候，却把工人群众描写得过于消极了，恩格斯认为，这样描写是不正确的，应当描写工人阶级的积极的反抗。在这封信的末尾，恩格斯期望这位作者在另一部作品里，着重描写工人阶级的积极方面。

但是胡风把这段文字经过改制之后，竟用来当成为自发性辩护、为精神奴役的创伤辩护，为痉挛性、疯狂性辩护——总之是为对工人的消极的描写辩护的理论根据了。经过改制，恰恰把恩格斯的原意变成了它的反

---

① 胡风：《论现实主义的路》，泥土社1951年版，第124页。——作者原注。
② 《马克思、恩格斯、列宁、斯大林论文艺》，人民文学出版社1953年版，第20—21页。——作者原注。

面！对马克思主义经典文字的任意曲解，已成了胡风及其追随者的惯技，问题还不仅在"痉挛性"的字样上。

至于胡风把痉挛性、疯狂性和典型性混同起来，那不过是表现他对现实主义原则和典型原则的敌视，是无需多说的了。

1955 年 3 月 16 日

百倍地提高警惕①

胡风集团反共、反人民、反革命的罪行被揭发以后，激怒了整个文艺界，激怒了每一个爱国的中国人。斗争在全国范围内展开着。从四面八方发出了正义的声讨。人们已经看清，胡风集团是潜藏在人民内部的一群毒蛇，是美帝国主义、蒋介石匪帮的代理人。他们的罪恶活动不限于文学艺术方面，他们颠覆破坏的对象针对着整个共产党、人民政权和新中国的社会秩序。他们对新社会的一切都怀着刻骨的仇恨。胡风的党羽混进了我们某些政府机关和人民团体，其中许多人混进了中国共产党，有的还担当了相当重要的职务。胡风的党羽大部分却是潜伏在文学艺术界，以"文学家""艺术家"的面貌出现的。胡风反对共产党反对社会主义的阴谋活动，也是首先在文艺问题上暴露出来的。胡风的反动思想在文学艺术界的影响更是比较悠久与深远的。因此，我们文学艺术界对胡风反革命集团的斗争，就担当着更重大的责任。这是一场火热的斗争。我们每一个革命的文学艺术工作者应该百倍地提高警惕，积极参加这场严重的斗争，把暗藏的反革命分子从我们的阵营中坚决彻底地清除出去。

根本问题是提高警惕性。过去我们对胡风及胡风集团的警惕性太不够了。可以说，我们文艺界绝大部分人长期间对他们完全丧失了警惕。自然，我们许多同志过去是看不起胡风的，我们不读他们的书，不研究他们的言论，不关心他们的活动，听凭他们拉拢人，争取人，发展他们的组织，破坏我们的事业，毒害青年的心灵与毒化文艺界的空气，现在想来，这算是丧失工人阶级立场与丧失共产主义党性的可耻行为。我们文艺界还有不少人长期间和胡风分子们混在一起，心甘情愿地做了他们思想上的俘虏，替他们吹

---

① 本篇是1955年6月6日作者在中国文联和剧协、音协、美协干部大会上的报告。曾收入《戏剧的现实主义问题》。

捧，帮他们扩大反动的影响，做出许多不利于革命而有利于反革命的事情。我们文艺界还有不少人，他们麻痹得太久了，完全丧失了分辨的能力，当前些时批判胡风反动思想的时候，他们觉得"过火"了；当近来胡风集团的罪恶已经揭露，各方面群起声讨的时候，他们又担心"过左"了。直到胡风集团的罪行进一步揭露出来，他们才大吃一惊而惊慌失措起来——这些情形，不都说明我们政治上的麻痹已经达到了非常严重的程度吗？

可是敌人却不是那样麻痹。从已经揭露的材料看来，敌人的阶级仇恨心很深，政治警惕性是很强的。他们经常调查研究我们的情况，考虑进攻或防御的策略，利用我们的缺点和弱点，时时刻刻想尽一切办法来暗害我们。我们吃了很大的亏，上了很大的当，受了很大的损失，现在是应该奋然觉醒起来的时候了。我们必须认识到当前这一场阶级斗争的严重性，必须识破敌人一切阴谋与暗害的手段，从已经发生的事件中吸取教训，用来加强自己，扑灭当前最危险的敌人。

我觉得以下几点是特别值得我们引为教训的：

第一，文艺界有不少同志，听到有反革命分子破坏我们的国防建设、经济建设的时候，容易感到严重，感到愤恨，可是遇到反革命分子来破坏我们思想建设、文化建设的时候，却不觉得严重，不觉得愤恨。有些人相信敌人会千方百计破坏我们的国防建设、经济建设，却不相信敌人会在文化艺术界进行颠覆活动。这是当前与胡风集团作斗争时最大的思想障碍。这些同志自己做的是思想工作、文学艺术工作，但偏偏轻视思想工作、文学艺术工作在社会主义建设中的巨大重要性，这真是危险的想法。敌人却不是这样想的。敌人是仇恨我们的社会制度的。敌人不会不从各方面来破坏我们的社会主义建设事业。敌人自然要千方百计破坏我们的国防建设、经济建设，但要说他们独独不想或不会钻进我们文化艺术部门来搞破坏活动，来破坏我们社会主义的文化建设，设法从思想上来腐蚀我们，瓦解我们，那就未免太天真了。《孙子兵法》说："攻心为上。"敌人在进行各方面反革命活动时，要说他不会在文学艺术上捣鬼，不力图通过文化艺术从政治上、思想上来瓦解人民的斗志，那是不可想象的事。过去我们在军阀统治时期，国民党统治时期搞革命工作的时候，是非常注意思想工作、文化工作的。五四以来在中国共产党领导下的文化工作、革命的文学艺术工作，帮助教育了整个青年一代，在全部的革命工作中发挥了重要作用。反动派自然是人类文化的敌人，他们是憎恨文化的，但是，既然他们吃过革命文化的亏，他们不会不总结经验，利用文化阵营中的叛徒败类，从内部来破坏我们，企图使我们从思想上解除武装。要知道，比起别的战线来，我们的文化战线是很不够坚强的。文艺界的资产阶级个人主义、唯心主义思想大量存在，自由散漫的空气、自由主义的积习相当严重，加上我们的政治警惕性非常不够，组织性、纪律性特别松懈，所有这些，比起别的战线来说，可乘之隙是很大的。要说敌人不利用这一切可乘之隙，把他们的人派进来，把我们的人拉过去，里应外合地进行破坏活动，这怎么可能呢？要知道，敌人是不会放松我们的，在我们文艺界出现胡风集团这类反革命案件，细想起来是不足奇怪的。要是我们不从这一事件中吸取教训，大大提高我们的政治警惕性，加强我们的工作，那么今后我们还是会重新吃亏、重新上当的。

第二，敌人要破坏我们，而且还要通过思想工作、文化工作来破坏我们，他们必然采取巧妙的手法，必然采取两面派的手法。敌人不会不看到，当中国革命走向胜利的时候，特别是当革命已经取得胜利以后，共产党和人民政权在全国人民中已经树立了无限的威信，敌人这时候要混在我们人民内部进行反革命的勾当，最好的办法就是伪装革命，伪装进步，用马克思主义的外衣来反对马克思主义，用革命进步的伪装来反对革命，反对社会主义。胡风在革命阵营里暗藏了二十年，今天才被发觉，证明两面派的手法是毒辣的，是容易蒙混过去的。敌人很懂得这一点。

胡风继承了托洛斯基、布哈林、陈独秀的衣钵，两面派的手法是玩弄得很巧妙的。在公开的场合，他表示拥护共产党，拥护党的文艺方针；他装成马克思主义者的面孔，在他的著作中胡乱地引用马克思、恩格斯、列宁、斯大林的名言和毛主席的著作，伪装得很巧妙。这是一面。但是在另一面，就是在他和他的党羽们的秘密通信中，在他的自称为"解放区"和"蚓楼""蛇窟"的他的家庭的密谈中，在他的各种鬼鬼祟祟的地下方式的阴谋活动中，却对党、对党中央、对党的文艺方针经常发出最恶毒的诅咒，并且针对着他表面上拥护的东西千方百计地进行破坏。前一面，即"革命"的一面，是伪装的假面目；后一面，即反革命的一面，才是他的真面目。前一面是假象，后一面才是本质。在他的真面目没有暴露之前，人们只看到他的前一面，相信了他的伪装，上了他的当，吃了他的亏。直到他的真面目被揭露之后，人们才恍然大悟。可见两面派是不容易被识破的。两千多年以前，孔夫子就曾经痛切地说过："始吾于人也，听其言而信其行；今吾于人也，听其言而观其行。"孔夫子曾经接触过一些言行不符的坏人，吃过亏，上过当，总结出了这一条经验教训。两千多年以后的我们，应该比孔夫子更聪明一些，应当接受这一类的经验教训，不应当被胡风和胡风分子的漂亮言词所迷惑。应当剥开他们的外衣，认清他们的反革命的本质。

胡风欺侮我们文艺界马克思主义水平不高，容易受欺骗，看到在我们文艺界，唯心论还很有市场，他就从柏格森、厨川白村等人那里贩来一些最反动的唯心论思想，又从马克思列宁主义经典著作中胡乱抄录一些革命的词句，加以歪曲和改制，使最丑恶的思想有了最漂亮的外衣，用来迷惑一些头脑简单的人们。马克思列宁主义的著作，书店里多得是，任何人可以买。胡风集团的人们不干正经事，有的是时间，他们怀着反动的目的来"研究"马克思主义经典著作，为的是用假的马克思主义来反对真正的马克思主义，从思想上造成混乱。严重的是，我们文艺界有不少人长期间不肯认真学习马克思列宁主义，就被胡风文章里的旁征博引和胡编乱凑的哲学术语惊呆了，糊里糊涂做了反动思想的俘虏！这也是一条严重的教训：没有马克思列宁主义武装的人，是最容易受人欺骗的；满脑子唯心思想的人，是最容易与反动思想引起共鸣的。我们如果不觉悟，不学习，不努力改造自己的思想，以后还会不断地吃亏上当的。

第三，要知道，堡垒是容易从内部攻破的。敌人很懂得这个道理。胡风经常提醒他的党羽们采取"挖心战术"，要"用孙行者钻进肚皮的战术"，要"先变成老爷们再和变成老爷们的自己作战"，这指的是钻进革命内部、钻进党的内部来破坏党、破坏革命。胡风集团的不少人，是早就打进了党内，潜伏在党内的，他们为胡风探听消息，盗窃文件，争取人，联络人，和党外的胡风分子们里应外合，干出了各种反革命的勾当。胡风分子绿原把自己千方百计蒙混入党的过程看成是胡风集团的"一场斗争"；胡风集团通过彭柏山、刘雪苇等在党内"开辟岗位"；绿原、芦甸、欧阳庄等等混进了党内的胡风分子们经常将自己如何欺骗党、破坏党的阴谋活动向胡风提出报告,接受胡风、阿垅的指示在党内捣鬼,难道还不够可怕吗?事情已发展到这个地步,胡风、阿垅、路翎等都感到在党外进攻是不方便的,他们经过密谋,先后都已"送上入党申请书"。在天津的胡风分子鲁藜、芦甸等的把持和操纵之下,天津文联的党支部在讨论阿垅入党问题的时候,居然认为这个反革命分子"历史上没有问题",居然举手通过,同意阿垅入党(幸亏上级党委没有批准)。胡风向党大举进攻的三十万言书,是由一些所谓共产党员的胡风分子跟胡风一同"集体创作"出来的。这些事实,难道还不够惊心动魄吗?胡风集团本身就是美帝国主义蒋介石匪帮潜伏在中国人民内部的代理人,而打进党内的一大批胡风分子,又是这个反革命集团在共产党内的代理人。胡风的"挖心战术"幸亏现在终于被揭露、被击破了,不然的话,这个毒疮在党内继续发展下去,这些毒蛇恶狼继续一批一批地钻进共产党内,继续开辟他们的工作,发展他们的势力,其恶果还会更严重得多的。当然,我们的党是久经考验的,胡风的阴谋最后还是会被识破的。我们的党从高、饶事件中吸取了教训,加强了自己,终于识破了党内胡风分子的伪装,战胜了他们的"挖心战术",这是我党在政治上组织上的一大伟大的胜利。我们一定要从这一事件中认真接受教训,使这类危险事件不再重新发生。

第四,胡风和胡风分子们也像不法资本家们一样(他们自然比不法资本家们更恶毒),为了争取人,联络人,不会忘了采取"糖衣炮弹"的战术。

在胡风集团内部,一贯是无耻地互相吹捧。胡风的党羽们把胡风捧成教主,比做"中国的别林斯基";胡风把路翎捧成"中国的托尔斯泰",说路翎的作品是"完全正确""毫无缺点"的;路翎把阿垅歌颂为"道德的化身",路翎的反动剧本《云雀》中的"英雄"人物就是以这个反共分子阿垅为模特儿的。此外,胡风还创造了一套漂亮的封号,什么"中国的普式庚""中国的契诃夫""中国的马雅可夫斯基",什么"巨大的天才""纯真的诗人"等等,分别封赐给他的党羽们。他们为什么采取这种互相吹捧的做法,是不难理解的。因为他们干的是反革命的工作,这个工作是没有任何前途的。胡风和胡风分子们经常在情绪上陷于阴暗绝望的境地。每当革命形势蓬勃发展的时候,他们总是感到"悲观""苦恼",每每互相诉"苦"。因此,他们一方面发明了"主观战斗精神""原始的生命的强力""自我扩张"之类大言壮语来互相"激励",同时用互相吹捧的方法来"鼓舞"他们反革命的"斗志",妄图借此长反动的"志气","灭"革命的威风。一切没落的阶级在苟延残喘的时候,往往采取这种无可奈何的方法。

但可恶的是,胡风为了在革命阵营里争取人,拉拢人,也经常采取这种下流无耻的"战术"。他看出了在革命阵营中、在共产党员中有些人怀着浓厚的个人主义意识,急切地想要"成名""成家",而他们作品中存在着浓厚的资产阶级、小资产阶级思想,在党内、在革命阵营内是不会得到好评的。这些人没有改造自己的决心,老是怀着委屈情绪。于是胡风便找到他们。这些人也把作品拿给胡风"请教"。胡风从他的反革命的敏感出发,看到这些作品里面存在着脱离政治、脱离人民的倾向,没有他所反对的所谓"机械论"的阶级观点,唯物主义观点,当然非常高兴;于是就心怀恶意地放射出"糖衣炮弹"来,什么"纯真的诗人"呵,"天才的作品"呵,"天才的萌芽"呵,"现实主义的胜利"呵,"人性的光辉"呵,"中国的普式庚"呵,"中国的莱蒙托夫"呵……一大串的惊叹号和胡吹乱捧,直到把这个人弄得昏头昏脑为止!他"热情"地为他们写序,"热情"地介绍出版,并且发动他的党羽们写文章吹捧。受到这种吹捧的人感到很"舒服",很"感激",同时就对党、对革命的文艺界滋长出一种不信任以至仇恨的心理。我们看到,许多人因此失足,从此死心塌地地为胡风服务;许多人几乎失足,他们对党的距离越来越远了。这些人完全不想想,凡是社会上公认为好的和较好的作品,胡风都一概地加以嘲骂;凡是大家认为不好的作品,胡风却特别加以赞扬;胡风的标准和党的标准、文艺界的标准、群众的标准总是恰恰相反,难道还不是别有用心吗?这些人也不想一想,胡风的吹捧词句用得那么多、那么滥,以至于互相雷同了,"普式庚""莱蒙托夫""天才""伟大"的封号竟然是随手施舍的!个人主义的恶果,"糖衣炮弹"的危险,难道还不值得大大警惕吗?

第五,像一切反革命分子一样,胡风和胡风的党羽们很懂得利用我们中间的一些自由主义分子的弱点,千方百计地钻空子,找朋友。除了有浓厚资产阶级唯心主义思想、个人主义思想的人们是胡风集团争取的好对象以外,他们看到,自由主义者,麻痹大意的人,也是他们的好朋友;在这些人身上是很有空子可钻的。自由主义分子是对党的利益、革命的利益丝毫不负责任的人。他们有意见，但是当面不说，背后乱说，他们有"牢骚"，老是要找地方发泄。许多自由主义分子是"后街的老虎婆"，他们老喜欢诅咒一切、嘲骂一切，像是全世界都得罪了他们。许多自由主义者是"文坛消息家"，他们炫耀自己知道得多，老是张家长，李家短，无事生非，不吐不快。所有这些人，在革命的机关团体中是不大吃得开的，他们在革命阵营中胡说八道，不会不受到人们的指责。可是，在胡风家里，在和胡风分子们相处的场合，他们却找到了放言高论的好地方。那里是反革命分子的"解放区"，也是自由主义分子的"安乐窝"。那里可以说任何对党不利的话，对革命团结不利的话，不但不受到指责，反而会受到赞扬，受到诱发。自由主义分子在那里感到特别地"舒服"，那里有茶、有烟、有酒、有肉、有扑克、有象棋，大家谈得眉飞色舞，互相发明。听的人一条一条都记下了，事后分析来，分析去，传到东，传到西，变成了他们向党进攻的材料。自由主义分子当然是谈不上什么党性的；尽管党报批评了胡风，文艺界批评了胡风，他们哪里把党报、把文艺界看在眼里？他们偏要去表示同情，暗送秋波，肉麻地谄媚胡风，为胡风"表示愤慨"和"打抱不平"！这些自由主义分子，因此就成了胡风和胡风分子的传声筒了。自由主义分子当然是谈不上什么政治警惕性的；他们随便把党的机密泄露给胡风，以表示"不分彼此"，"一视同仁"；有的自由主义分子竟然变成胡风集团的"资料室"，经常把党的文件让他们传阅！自由主义分子成了胡风集团的帮凶，成了对胡风集团作斗争时的最大的障碍；难道还不够引起严重的警惕吗？

　　胡风反革命集团是全国文艺界的大敌，是全国人民的大敌，是社会主义建设的大敌，而且是最狡猾、最阴险的敌人！从我们文学艺术界说来，我们过去麻痹得够厉害了，我们必须大彻大悟，从胡风集团事件认真地吸取教训，百倍地提高警惕，积极地投入这一场火热的斗争，和全国人民一起，把人面兽心的胡风集团和一切潜藏的反革命分子坚决地、彻底地消灭干净！一切胡风分子，一切暗藏的反革命分子，必须放下武器，向人民投降，从此做个真正的人；否则，他们决不会得到人民的宽恕的。

1955年6月6日

※一九五六年※

艺术典型与社会本质[①]

典型问题是文学艺术创作中的根本问题。毛主席在延安文艺座谈会的讲话中要求文学家、艺术家把人民生活中普遍存在的现象集中起来，把生活中的矛盾和斗争典型化，根据实际生活创造出各种典型人物，帮助群众推动历史前进。毛主席一向要求作家根据生活中自然形态的东西，进行艺术的集中、概括和加工，也就是要求作家进行典型化的创造。可惜的是，毛主席这个正确的见解，没有得到文学艺术界普遍的重视。在文学创作中通过艺术典型来反映生活的真理，这一点我们过去注意得很不够。这几年，文艺界对典型问题很少研究和讨论，这也是创作中公式化与自然主义现象长期未能克服的重要原因之一。典型问题的混乱，使许多青年作家放弃了文学艺术创作特有的职责，放弃和放松了创造艺术典型的努力，甚至把创造艺术典型仅仅看成是古代艺术大师们的事情；对于我们，只要在事实的报道中附带描写几个比较生动的人物，似乎也就可以了。这就大大减低了作品的思想意义和艺术价值。实际上，作家既然要反映生活，就不能不写人；既然要写人，就不能不写出典型的人，而且是有生命、有个性的人。作家特有的职责，就是经过他对生活的广泛与深刻的观察，经过典型化，在笔下诞生出新的生命，创造出有血有肉有个性的典型人物。可见深刻地研究典型问题，对于克服创作中的公式化和自然主义的倾向是极其重要的。

文学批评中的简单化庸俗化倾向，很大一部分原因，也是由于我们这些做批评工作的人在评价一个作品的时候，常常离开了马克思主义美学的

[①] 本篇发表于1956年《文艺报》第8期，署名张光年。曾收入《戏剧的现实主义问题》《风雨文谈》和《张光年文集》（第三卷）。

根本要求,不去着重分析作品中人物形象的典型意义,典型概括的深度和广度,典型创造上的成就和缺点,由此来判断作品的社会价值和艺术成就;而是仅仅根据关于社会本质的粗浅的概念,笼统地分析一下作品的主题,或者把作品中描写的情节,和生活中自然形态的原形,生硬地加以对照,由此判断作品描写的内容是否符合生活真实;批评文章在抽象的议论之后,只是附带地谈到作品中人物创造的优点和缺点。也许,某些作品以事实的罗列而不以人物的活动为主体,某些作品侧重于概念的图解,这给批评者带来了困难。可是,离开了艺术典型的深刻分析,就不能算做认真的文艺批评,这种批评只会把创作带到公式化和自然主义的歧路上去。深刻地理解典型问题,对提高理论批评的水平,克服理论批评中的庸俗化倾向,无疑将会收到对症下药的功效。

正是因为这样,苏联《共产党人》杂志关于典型问题的专论在我国报刊上发表以后,引起了我国文艺界普遍的重视。"专论"针对着近几年来风行一时的关于典型问题的错误见解,提出了尖锐的批评。同时对艺术典型如何反映社会本质的问题、典型与党性的关系问题、典型创造中的艺术夸张问题,提出了重要的意见。由于我国文艺界理论研究工作非常薄弱,我们在理论批评中也经常表现出教条主义倾向。我们的公式化和庸俗化倾向,当然不是直接受到"专论"所批评的错误理论的影响之后才产生的。在我们的文艺界,流行着一些大同小异的更加简单化的公式。问题是,"专论"批评的典型问题的错误公式,使我们文学艺术中的公式化、庸俗化现象找到了理论上的根据。展开关于典型问题的研究和讨论,对我们的文学艺术一定会带来极大的好处。

这里,试就艺术典型与社会本质的问题,说一说个人的初步体会。

作家笔下的艺术典型,当然要反映生活的本质。如果作家描写的是工业战线上的先进人物,却不能从这个主人公的全部活动中,从这个方面或那个方面表现出工人阶级这个先进的社会力量的本质,这个阶级的高度觉悟性,对人民的利益,对社会主义、共产主义事业的无限忠诚,集体主义的革命精神和对消极现象的不妥协精神,那么,就不能说这位作家已经完满地反映了生活的真实。如果作家描写的是农业合作化的题材,作家就不能不从这个角度或那个角度反映出农业合作化这个社会现象的本质,例如，通过典型人物的活动，反映出农村中生产关系的根本变化，广大农民突破小农经济的束缚，在工人阶级领导下走上社会主义道路这个基本事实。艺术典型的概括性越广，越是反映了生活中本质的事物，它的真实性就越强，教育意义就越大。

但是，同样是反映生活本质，作家、艺术家用的却是和历史学家、经济学家、哲学家们完全不同的方法，即典型化的方法，这种方法，正如"专论"所说："不是用公式，而是用鲜明的、具体感性的、给人以美感的形象来再现生活的本质方面，正因为如此，这些形象不仅影响人的理智，而且还影响人的感情。典型化是艺术所特有的用个别化的、具体感性的、唤起美感的形式来概括生活现象的方法。"因此，理论家在替艺术典型下科学定义的时候，一定要估计到文学艺术的这个特点。恩格斯的定义，正是充分估计到这一点的。如果把艺术典型仅仅规定为与一定社会力量的本质相一致，与一定社会历史现象的本质相一致，这就仅仅抓住了文学艺术和社会科学共同性的方面（两者都必须反映生活的本质），而混淆了两者的根本区别，并且恰恰忽略了典型化这个艺术反映生活的特有的方法。因此，这个定义是片面的，不完全的，不能说明典型化的特点。这个片面化的定义既然放弃了对艺术典型的个性化的要求，就会鼓励公式化和千篇一律的描写，就会使庸俗化的批评找到理论根据，就会对文学艺术的发展产生不良的影响。因为，公式化和千篇一律的描写，恰恰是简单地把某种本质的东西形象化，替某种共同的公式、规律、工作过程、工作经验做出形象化的图解，恰恰是放弃了个性化的描写和美感的追求，在作品中写政治论文而不是政治诗，只打算影响人的理智而不能影响人的感情；庸俗社会学的批评又恰恰是简单化地抓住社会本质的教条，把社会科学的公式生硬地套用在文学作品的评论上。可是，上述片面化的典型理论正好迎合了公式化的创作和庸俗化的批评，不能引导艺术与政治达到正确的结合。

说是典型应当与一定社会本质相一致，这就是说，艺术家创造典型人物时，应当进行阶级分析，应当反映出阶级、阶层的社会本质的特征；描写各种社会集团的人物，应当有一定的概括性。这当然是不错的。但是，仅仅根据人物的社会本质、阶级本质的理解，还不能解决创造典型的问题。例如，只考虑到人物的阶级本质，不是严格地从生活出发来创造人物,这就使作品中的中农、资产阶级、小资产阶级知识分子的描写出现了千篇一律的公式。中农这个社会力量,在我国过渡时期,往往经过十字路口的徘徊,最后在党的教育下和事实教训下走上社会主义道路。在社会主义改造过程中,中农这个社会阶层内部,甚至在同一个中农家庭里,发生新旧思想的斗争,这也是难于避免的。这是现实中的真理,是和一定的社会本质相一致的。但是,仅仅强调表现中农的社会本质,而不同时要求作家从千差万别的丰富现实出发,通过个别表现一般,通过个性表现共性,就一定会走上公式化、简单化的道路。我们看到,很多描写中农参加合作社的剧本和小说,大体上都逃不出这个公式。

单单抓住人物的社会本质,放弃了典型的个别化的要求,就会引导作者从概念出发,创造出不真实的、没有生命的人物。在创造正面英雄人物的时候,这种现象是经常存在的。剧本中的党委书记,往往因此丧失了生命和性格。这是因为作者在描写党委书记的时候,单是考虑到如何表现这类人物的社会本质,单是考虑到党委书记应当具有一个共产党员领导干部应有尽有的各种优良品质,却放弃了个别化的要求,放弃了通过鲜明的个性来表现某种共同的本质或品质的努力。品质并不等于个别的性格,某种共同的品质在各种先进人物身上,可以有各种不同的表现。只抓住共同的本质或品质,就是要求作品中的党委书记整齐划一,变成某种统计的平均数。有些作者和演员,在创造党委书记形象的时候,往往从党委书记应该如何如何的主观概念出发,把概念翻译为形象,把本质的东西形象化。他们喜欢的是抽象的党委书记的概念,不喜欢生活中的有生命有热情的真正的人,反而觉得生活中实际存在的党委书记身上,没有什么可取的东西。他们用社会本质的公式,排斥了生活中丰富生动的东西,把正面人物弄成没有生命的了。

对作品中典型人物的评价,批评者机械地从社会本质的公式出发,闹出了种种笑话。苏一平同志的剧本《如兄如弟》,描写了一个主观主义的、大汉族主义的军分区司令员的形象,作者通过对这个人物的批评,揭露了生活中的矛盾冲突。尽管剧本还存在不少缺点,但剧本描写的内容是当地群众感到亲切的,能够引起观众共鸣的,因此在西北上演时受到群众的欢迎。但是这个剧本在西安上演的时候,曾经受到某些同志的严厉的指责,批评者的主要论据是人民解放军的本质问题，说这个人物完全歪曲了人民解放军的形象。经过激烈争论，大家认为这种批评是错误的、非马克思主义的。剧本《战线南移》中的曹科长，也曾受到类似的指责。有人看到剧本中许多志愿军英雄人物中间，忽然出现了这个被批判的曹科长，就断言作者歪曲了中国人民志愿军的本质。在最近的话剧会演中，剧本《瓦斯问题》里写了一个工人队伍中的蜕化分子李金年，虽然作者在剧本中正当地批判并惩罚了这个人物，但是批评者看到李金年居然曾经混进党内，成为干部，就一口咬定作者污蔑了党和工人阶级，要质问作者用意何在！这类批评，实在使人感到奇怪。当然，这并不是说，在评价艺术典型时不需要考虑到人物的社会本质问题，如果批评者在评论《如兄如弟》的主人公的时候，认真地分析这个人物是否和某种主观主义者、大汉族主义者的本质相一致，在评判曹科长、李金年这类人物的时候，着重分析这类人物是否与革命队伍中某种蜕化分子的本质相一致，那么，这种分析对作者对观众都将是有好处的。

　　对事物的本质必须进行历史的辩证的观察，而且，本质的东西往往通过复杂的现象曲折地表现出来；本质和现象，正像内容和形式的关系一样，是矛盾的而又统一的。如果不这样看，只是机械地、简单地抓住某种人的某几条，以不变应万变，把社会本质做了孤立的、死板的解释，生活中很多现象便无法理解。有这样的问题：过渡时期的少数贫农也曾徘徊在十字路口，这样的题材可不可以写？一般地说，贫农是坚决愿意走社会主义道路的；但也有这样的贫农，他们脑筋一时想不开，拒绝入社，有的受人利用，甚至反对合作化。这种现象，不是可不可以写的问题，《被开垦的处女地》《磨刀石农庄》都花了很多笔墨描写了这样的贫农，写得有声有色。还有，在我国过渡时期，资产阶级分子中的绝大多数能够接受社会主义改造的现象，也使得死板的教条主义者感到瞠目结舌，使公式主义者感到无法下笔！要是我们把事物的本质孤立起来，一味地抓住死板的教条或公式，在丰富多彩的现实面前闭起眼睛，这就会达到"一个阶级只有一个典型"的荒谬理解，走到反现实、反艺术的绝路。前面列举的许多公式化的描写和简单化的批评，实际上运用的是"一个阶级只有一个典型""一种社会力量只有一个典型"的错误公式。大家看到，这个公式和生活、和艺术是完全格格不入的。

在文学史上，古代艺术大师们对封建地主阶级的人物、资产阶级的人物、小资产阶级知识分子的人物，曾经创造出各种各样的难以数计的典型性格。今天，我们新社会中的先进人物，在火热斗争中，在不同的经历下和不同的岗位上，锻炼出何等丰富的性格和个性！如果作品中出现的正面英雄人物，表现出千篇一律的模糊的精神面貌，这是无论如何也说不过去的。"专论"强调地指出："不把一般再现在个别和特殊之中，就不可能有艺术的、具体感性的形象。典型的事物一旦被描绘成某种抽象的东西，艺术形象就会失去它的可感触性而变成公式。可惜，在我们的作家和其他艺术工作者的作品中，还有许多形象有这样的缺陷。也还有不少这样的长篇小说和短篇小说，其中活动的不是带有自己个性的特点的活生生的人，而是一些专爱空发议论的人体模型，他们隐没在某些生产过程的描写背后，几乎很难被人察见，而这些生产过程是作者强迫自己的人物参加的。"这种公式化的现象在我们的作品中不是表现得还要明显得多吗？

文学作品应当通过典型性格的创造，揭示一定的社会历史现象的规律性。强调描写社会现象的本质，要求作家在创作典型的时候，通过典型人物的活动表现出某种社会现象的发展规律，这无疑是正确的。但是只强调描写社会现象共同的规律性，不强调从生活出发，通过精心选择的个别现象，从各个方面各个角度表现生活的真理，这也会鼓励公式化的描写。就我们的某些公式化的作品看来，有些描写农业合作化和描写工业题材的剧本形成了千篇一律的格式，形成了难以突破的框子，不就是和作者只注意共性，不注意生活特性的描写有密切关系吗？

就我们创作中的公式化和批评中的庸俗化说来，这和作者、批评者的马克思主义修养、马克思主义美学修养非常不够是有密切关系的，这就很容易把政治庸俗化，把马克思主义庸俗化。同时，从"专论"批评的关于典型问题的错误解释，还可以得到另外一条经验教训：理论家不管有怎样高的天才，怎样高的理论水平，如果不是时时注意理论与实际的结合，在下科学定义的时候，如果不充分估计到丰富的生活实际，文学艺术创作的生动实际，而单凭逻辑推理来解决问题，那是很容易发生错误的。大家知道，"专论"所批评的关于典型的新公式，是为了反对把艺术典型变成平均数，为了反对文学艺术千篇一律的灰色现象而提出的；但是，关于社会本质的片面性的提法，恰恰会把典型变成平均数，恰恰鼓励了灰色的千篇一律的描写！这是理论家所始料不及的。我们中国的文学艺术工作者各方面的修养都是欠缺的，我们更要认识到文学艺术事业需要经过长期的艰苦的学习和艰苦的劳动，必须按照毛主席所指出的，不断地学习马克思主义、学习社会，参加实际生活的斗争、文学艺术的斗争，在理论与实际的反复结合中一步一步地成长起来。

一九五六年四月

百花齐放，百家争鸣①

最近期间，党中央和毛主席向全国文化界提出了艺术上百花齐放，学术上百家争鸣的方针，这对我国科学艺术的发展是极大的推动力量，对促进文学艺术创作和文艺理论批评的健康发展，有着头等重要的意义。

"百花齐放、推陈出新"的方针，在新中国的戏曲改革工作中首先提了出来。几年来的经验证明：只要忠实地执行这个方针，就能够为我国戏曲艺术的发展开辟一个新的时代。

大家看见了，这个正确方针能够产生多么大的动员作用！全国十几万戏曲演员的积极性被鼓舞起来了，长期受到压抑的创造力解放出来了，长期受到轻视和排斥的许多地方剧种争到了出头之日，长期被埋没的许多艺术珍宝放出了新的光彩。这个正确方针初步实践的结果，使我国戏曲舞台的面目为之一新。

最近期间，昆曲《十五贯》的演出轰动了北京城。人们惊异地看到，"百花齐放、推陈出新"的原则的正确运用，能够使一个古老的剧种返老还童，能够使一个被遗忘的古典剧目在社会主义建设时期发挥很大的积极作用。

当然，戏曲界为了贯彻百花齐放的思想，还要进行不懈的奋斗。昆曲艺人经过艰辛的奋斗和创造性的改革才争得了广阔发展的前途，说明事情并不是一帆风顺的；也说明了，"百花齐放、推陈出新"应当是辩证地相互结合的一个完整的方针，正确的改革能够使古典艺术放射出新的光辉。

"百花齐放、推陈出新"的方针的威力和正确性，既然在戏曲艺术领域得到生动的证明，那么，毫无疑问，它也一样地适用于文学艺术的其他

---

① 本篇是为1956年《文艺报》第10期写的社论。曾收入《张光年文集》（第三卷）。

领域。应当而且必须在文学艺术创作的一切部门贯彻"百花齐放、推陈出新"的方针。

拿百花齐放的精神来检查一下我们整个文学艺术创作的发展状况,那么,我们的状况是不大好的。

有些人误解了文学艺术为工农兵服务的总方针,似乎为工农兵服务就只能描写工农兵,似乎工农兵不愿意或不应当在书本、舞台、银幕上看到各阶级的复杂的动态。有些人对社会主义现实主义创作方法做了狭隘的、烦琐哲学的解释,似乎社会主义现实主义只能反映当前的现实动态,似乎描写旧社会的题材,描写历史题材、近代革命史的题材是没有什么教育意义的。在有些同志看来,似乎决定作品的真价值的不是作家通过艺术形象所展示出来的深刻的思想,而不过是某几种题材本身所包含的现成的社会意义。文学艺术作品中反映的生活领域,是很不丰富的。近年来在独幕剧、短篇小说、特写中开始注意到扩大题材的范围,但也还仅仅是一个开始。这方面的清规戒律似乎是不少的。

我们是提倡作家描写当前的重大题材,提倡描写社会主义新人的光辉形象的;我们并不动摇,而且要继续提倡和宣传。但是这种提倡和宣传,决不排斥题材和内容的多样性;而且,对当前重大题材和社会主义新人的艺术描写,也应当是多种多样,而不是千篇一律的。在为工农兵和劳动知识分子服务的共同目标下,作家、艺术家对题材、主题和艺术形式的选择,有充分的个人的自由。作家在描写他真正了解、真正心爱的题材和主题的时候,他的才能和创造力能够得到最充分的施展。

至于说到艺术体裁、形式、风格的多样性,那么,就文艺创作的现状来说,可以看到,有多么广大的发展空间被忽视了,人们只愿意挤在一个角落里。

照说,在诗歌、美术、音乐这几个艺术领域,应当是很可以表现出作家、艺术家的独创精神,表现出形式和风格的多样性的,可是事情却不是这样。

在诗歌的花园里,情况是多么单调而贫乏啊!有些著名诗人革命热情的低落,是首先使人发愁的。另一方面,诗人们对应当用几个字一句写诗,以及应不应当写抒情诗之类的问题,却花费了不少的心力。有人愿意用五言、七言体来写诗，是可以欢迎的，因此写出了好诗，尤其是欢迎的；有人愿意采取自由体，也完全有他的自由；但是用某种格式来统一诗坛的任何尝试，都是荒谬的。

在美术部门，有人从资产阶级的美学观点出发，肆意地排斥国画。他们说只有西洋画的方法是科学的，中国画的方法是不科学的。在他们眼中，似乎只有人物画是有用的；当然，西洋风景画的方法还是好的；只是中国的山水画、花鸟草虫画却一文不值。他们对我国历代的文人画，不分青红皂白，一概采取排斥的态度。他们不仅肆意进行这类武断的宣传，而且在实际工作中造成了损害。

在音乐界，有些人对民族音乐采取了轻视和排斥的态度；在另外一部分人中间，曾经流行着一种非常庸俗的论调：按照有些同志的意见，似乎社会主义的音乐主要是声乐，而声乐主要是群众歌曲，而主要的也就是唯一的！音乐界长期流行着关于民歌、关于抒情歌曲、关于土嗓子和洋嗓子的绝对化的争论；关于民歌，人们有时判定工农兵只喜欢民歌，有时判定民歌对工农兵是非常有害的！

显然，这些同志喜欢的不是百花齐放，而是千篇一律；喜欢的不是多样化，而是少样化或一样化。

只有按照"百花齐放、推陈出新"的精神办事，才能使一切被压抑的创造力发挥出来，把一切有利于社会主义的积极因素调动起来。

艺术上的百花齐放，并不等于说作家艺术家在进行创作时，不需要考虑尽可能地采取为群众喜闻乐见的艺术形式；也不等于说，从事文学艺术组织工作的同志们，不可以根据广大群众的需要，对群众喜闻乐见的事物，采取正确的提倡和鼓励的措施。但是从事文学艺术组织领导工作的人们，决不可以根据个人的兴趣和爱好，运用行政命令的方式，特别扶持某一种艺术形式，面对其他一切采取冷淡或排斥的态度。

同时，各种艺术形式都有它们自己的特点，都有它们的长处和局限性，对它们的题材、内容的要求也决不能强求一律。有人说，相声里面也必须有正面人物。这种说法就未必是正确的。

文学艺术界的这些消极现象，和文艺理论批评中的错误和缺点有着直接的关系。理论批评工作中的某些庸俗化、简单化的作风，对文艺创作中的公式化、概念化现象和文艺组织工作中的粗暴态度起着推波助澜的作用。

文艺界自由讨论的空气不发展，使一切武断批评所起的消极作用扩大化了。

近几年来，文艺界进行了一系列地对资产阶级唯心思想的批判。经过这些批判，锻炼了我国文艺理论批评的队伍，理论批评工作者在历次思想批判中也做了有价值的工作。经过对唯心思想的批判，在很大程度上解除了人们头脑中间的唯心思想的束缚，为学术上的自由讨论开辟了道路，对学术讨论也起了直接的推动作用。

可是，我们革命的文学艺术工作本身，特别是文艺创作和文艺理论批评工作本身还存在着许多亟待解决的问题，这些问题必须经过充分的、同志式的自由讨论，才能判明是非，总结出有益的经验。同时，按照过去的经验，就是对唯心思想的批判，也只有经过反复讨论，才能把敌对思想的实质充分地暴露出来，才能对错误的东西做出有力的批判。

不能说近年来在文艺界根本没有进行过同志式的自由讨论，可是公开的、实事求是的讨论和有益的争辩，见诸文艺报刊吸引广大读者参加的，却是很不多见。在这方面，我们文艺报刊的编辑工作，是表现了重大缺点的。我们不善于抓住文艺工作中某些普遍性的问题，开展为多数读者所关心、对广大读者有益的讨论。文艺报刊在开展自由讨论上表现了怯懦和怠工。

正是因为这样，一篇文章成为定论的印象出现了；粗暴的、庸俗的批评没有得到有力的反驳。这对文艺创作和革命的文艺理论建设，都是起了消极作用的。

艺术上的百花齐放，学术上的百家争鸣的方针，一定会推动整个文艺界勇敢地克服缺点，大踏步地走进一个欣欣向荣的新阶段。

大家知道，两千多年以前，周秦诸子，百家争鸣，当时自由争论的结果，曾经形成我国古代学术的黄金时代。

翻开文学史，我们不能不为我国唐代诗歌的高度发展而感到自豪。那真是诗人们心花怒放的时代，内容与形式的多样性、各种风格与流派的斗奇争妍，创造了无比丰富的、高度结晶化的艺术珍宝。艺术上的百花齐放,也使唐代的散文、绘画和音乐艺术得到高度的繁荣。

这些历史经验,对我们是非常宝贵的。

社会主义的民主,为一切有利于人民的文艺创作和学术思想的发展提供了最肥沃的土壤。

我们要善于利用我们最优越的社会条件,在新的基础上迎接一个百花齐放、百家争鸣的、空前灿烂的黄金时代!

也谈粗暴[①]

粗暴批评之可怕，就在于它顶着堂而皇之的名义，把本来无罪或罪不至死的作品判成死罪，务必把被批评者一棍子打死。

粗暴批评戕伐了创作的生机，败坏了批评的名誉，在读者中间造成思想混乱，无怪乎老鼠过街，人人有喊打之势。

可是，近来却一再听到相反的意见。据说，一棍子打死的批评究竟还有打得"合理的成分"；打人者的"态度和气量等等，毕竟是次要的"；因此，挨打的人在身受"分量过重""如'诽谤''歪曲'之类"的棍棒的时候，不该"就皱起眉头"；打抱不平的人也不该给打手"冠上'粗暴'二字"——如果"冠上"了，那就是"而以'粗暴'二字（将打人者）一棍子打杀"了！（括弧内四字是我加上的注解——华）

而且据说，"粗暴的批评并不可怕"；如果对于一棍子打死的批评，"常常也是'一棍子打死'"，那就"更简单""更可怕"了！

我从八月十一日《人民日报》第八版刊载的《谈"粗暴"》一文中，发现了这样的高论。

这使我联想到最近首都戏剧界组织的一次讨论粗暴批评的座谈会上，有人也发表了类似的高论，说：批评尽管是粗暴，但作家受到粗暴批评的关怀，到底是幸福的，云云。

打你，你别"皱起眉头"；挨打，是你的"幸福"；一棍子打死你，这也有"合理的成分"；你说我粗暴，你就是"更简单""更可怕"的粗暴！——请问：天下竟有这样的道理吗？

[①] 本篇发表于 1956 年《文艺报》第 16 期，署名华夫。未曾收入自编作品集和文集。

打人的人,最怕别人还手。对于粗暴批评,人们刚刚"皱起眉头",只不过实事求是地给它"冠上'粗暴'二字",为粗暴批评作辩护的人,赶忙出来主持"公道",埋怨别人对粗暴者的态度过于粗暴了。可见,"态度""次要"的宽心话,连说这话者自己也是并不相信的。

社会主义现实主义存在着、发展着[①]

要不要社会主义现实主义？

用"社会主义时代的现实主义"来代替社会主义现实主义——这是何直同志的《现实主义——广阔的道路》一文（见《人民文学》9月号）和周勃同志的《论现实主义及其在社会主义时代的发展》一文（见《长江文艺》12月号）先后表达出来的见解。我以为这样的见解是不正确的。

这两篇文章的作者的用意都是很好的，他们希望我们的文学彻底摆脱教条主义的束缚，希望社会主义文学更快更好地发展起来。他们对我国文学创作和理论批评中长期存在的教条主义影响提出了尖锐的批评，其中不少意见是正当的，足以发人深省的。我所不能同意的是他们的结论以及为达到这个结论所提出的论据。他们的结论是取消社会主义现实主义；在我看来，这就是取消当代进步人类的一个最先进的文艺思潮，取消工人阶级手中的一个重要的思想武器。如果接受了这个结论，就会对我们年青的社会主义文学发生极其不利的影响。

何直同志和周勃同志之所以不赞成社会主义现实主义，看来是经过了一番认真思索的。他们在文章里都做了一系列理论性的说明。他们从现实主义的法则性、现实主义和世界观的关系中找到了自己的论据，也从社会主义现实主义定义的缺点中找到了否定社会主义现实主义的理由。虽然从高度抽象的法则或定义出发来决定一个活生生的文学现象的存废，这未见得是一个好办法，但是作者到底有权利按照自己喜欢的方式提出问题来。

[①] 本篇发表于1956年《文艺报》第24期，署名张光年。曾收入《戏剧的现实主义问题》《风雨文谈》和《张光年文集》（第三卷）。

值得考虑的是，他们的论据是否充分？他们的理由是否站得住？以下我就此提出自己的意见以供商讨。

如果恩格斯还活着……

何直同志把现实主义看成是文学艺术的客观法则（规律或原理）。我过去也曾经有过类似的看法，后来觉得，这个看法是不确切的，因为它经不住事实的检验。如果坚持这种看法，就很可能把历史上一切积极的浪漫主义文学和作为社会主义现实主义的战斗同盟的革命浪漫主义文学都看成是违反了文学艺术的客观法则，就很可能把文学史上的丰富内容简单地看成是现实主义和反现实主义的斗争，这对当前的文学实践也会产生消极的作用。在周勃同志的文章里，批评了这种教条主义的倾向，他的批评是很有道理的。

因此之故，对于何直同志为阐释这个法则的内容而提出的"现实主义大前提"，我就不打算多说了。

何直同志和周勃同志都谈到了恩格斯关于现实主义的原则指示（即"照我看来，现实主义是除了细节的真实之外，还要正确地表现出典型环境中的典型性格"），认为这个原则是从过去的现实主义艺术经验里提炼出来的"比较具体的规律和原理"（何直），或者说它是"能够概括整个现实主义创作的历史实践经验"，"足以概括现实主义创作的特殊规律的原则"（周勃），这本来是不错的。可是，如果把恩格斯的原则仅仅看成是现实主义客观法规（规律或原理）的反映或艺术经验的结晶，而不把它同时看成是工人阶级的美学原则，工人阶级的艺术思想的一部分，那就会发生错误的。应当说，何直同志是看到了这一点的，他正确地指出："恩格斯正是在批评哈克纳斯没有从革命的发展中去描写工人，因而说她写得不够真实——正是在这样的时候，在这样的意义上提出'典型环境中的典型性格'这一原则来的。"周勃同志也看到了这一点，他说得好："恩格斯所指示的'典型环境中的典型性格'，正是从辩证唯物主义观点去理解人和客观世界的辩证关系出发的。""在这个原则里面闪发着马克思主义唯物主义的思想光辉。"可见，恩格斯的现实主义原则是和辩证唯物主义的世界观不可分的，这个原则是工人阶级的社会主义思想的产物，并且是为了指导新生的社会主义文学的健康发展而提出来的；我们应当把它看成是后来的社会主义现实主义美学思想的先驱；至少，它和社会主义现实主义原则并不矛盾。可是何直同志和周勃同志偏偏要把这二者互相对立起来，拿恩格斯的原则作为反对社会主义现实主义的根据，这就不能不使他们自己陷于矛盾的境地。

是的，恩格斯没有提出社会主义现实主义的口号，他说过作家的观点越隐蔽越好，他经常劝告当时的社会主义作家、党员作家向巴尔扎克学习，这一切都是真实的而且合理的。但是人们在谈到这一切的时候，如果同时考虑到当时的时代社会条件，考虑到当时的社会主义文学的处境，那就不会因此得出片面性的结论。要知道，在恩格斯的时代，社会主义文学还是非常幼稚的；同时，正像他在给考茨基夫人的信上所说："在我们的环境中，小说主要地是供给资产阶级圈子的读者，即不直接属于我们的人。"而资产阶级读者的政治偏见是很厉害的。恩格斯在对当时的社会主义文学提出要求的时候，不能不考虑到这些使人苦恼的因素。他当时觉得，一部具有社会主义倾向的小说，如果能像巴尔扎克那样，通过对于当时社会关系的客观描绘，在资产阶级读者的头脑中引起对当时社会制度的怀疑，即在资产阶级圈子里起到精神瓦解的作用，这部小说已经是很好地完成了自己的使命了。恩格斯当时没有特别地强调以社会主义精神教育人民的任务，这是不难理解的。在恩格斯的时代，还不可能看到社会主义革命胜利的现实，还不可能看到社会主义文学的强大发展，因而还不可能明确提出社会主义现实主义的口号。诸如此类的理想和任务，正像他谈到"将来"的戏剧（巨大的思想深度和意识到的历史内容，同莎士比亚式的情节的生动性和丰富性，这三者的完美的结合）的时候所梦寐以求的，"大致只有在将来才能完成"。果然，后世的人们没有辜负恩格斯的期望，一个新兴的文学运动——社会主义现实主义的文学运动终于在全世界的范围内茁壮地开展起来了。如果恩格斯还活着，他赞成呢？还是不赞成呢？如果他听到说，有人用他的名义来反对社会主义现实主义，他高兴呢？还是不高兴呢？

两个陈旧的话题

赞成社会主义、赞成现实主义而不赞成社会主义现实主义的人们，当宣传他们的主张的时候，经常要碰到一个麻烦问题，这就是世界观与创作方法的关系问题。他们也承认进步的世界观的重要性，有时还强调说："一个真正的现实主义艺术家，他的世界观已成为他灵魂中的血肉部分"（周勃），或者说，"起着有机的、自然的、血肉生动的作用"（何直），可是按照他们的看法，工人阶级的鲜红的世界观的血液，独独不能浸透在现实主义美学原则或创作方法中而使其发生推陈出新的变化，这真是奇怪的事！在何直同志的文章里，现实主义的法则性、能动性的作用，显然是被过分地夸大了。他的现实主义似乎可以独来独往于不受历史社会条件制约的真空中，完全独立地、自动地担负起推动现实的任务，达到影响现实的目的。至于周勃同志呢？在谈到"世界观对于一个现实主义艺术家只能在一定程度上起着指导和帮助的作用"之后，竟然说："而落后的世界观，虽然对艺术家的创作有着局限作用，但真正的现实主义艺术家，由于他对生活的忠实态度，因而在更多的时候，更多的场合，更大的程度上，会用现实生活的逻辑——巨大的生活形象中所体现的真理——去战胜这些局限性，跨越这些局限性，而走到现实主义的真实性的道路上来的。"这是说，起决定作用的不是世界观，而是创作方法或艺术经验。一个在思想上落后于时代精神的作家，只要创作方法对头了，就会掌握"现实生活的逻辑"，战胜自己的落后思想的局限性。周勃同志于是在这样的现象中，以及在据说是"文学史上无数的事实"中，"看到"了现实主义的"巨大的'抗毒'作用"！

周勃同志并没有举出事实来支持他的论断，但是我们知道，一切反对社会主义现实主义的人们，都是念念不忘于巴尔扎克、果戈里和托尔斯泰的例子的。是不是这几个伟大作家的思想观点整个地和当时的时代精神背道而驰呢？巴尔扎克的例子，除了说明现实主义的能动性以外，也说明了他的世界观的积极部分激发了、促进了这个能动性的作用。这里所说巴尔扎克世界观的积极部分，当然不是指他作为保皇党人的政治态度，而是说从他的艺术创作中流露出来的民主的、唯物主义的思想光辉。不能把这位作家仅仅看成是一个善于塑造典型的工匠。正像他在《人间喜剧》的序言中所说:"这无边的计划不只包括了一个社会的历史和社会的批评,它还包括了一个对于社会恶习的分析,社会原则的解释。"正因为这样,同时代的民主主义的、人道主义的作家维克多·雨果在巴尔扎克的墓前演说中正当地把死者称为一个哲学家、思想家和诗人。关于果戈里,我想推荐辛未艾同志翻译的《俄国文学果戈里时期概观》一文(见《车尔尼雪夫斯基论文学》上卷)。在这本极好的著作里,车尔尼雪夫斯基告诉我们,当果戈里世界观的积极部分发生作用的时候,导致他的现实主义的伟大胜利;当他世界观的反动部分居于统治地位的时候,导致他的整个艺术生涯的毁灭。至于说到托尔斯泰,大家知道,列宁在热烈地称赞这位伟大作家的现实主义成就的时候,把他的"最清醒的现实主义"也看成是他的互相矛盾的世界观的一部分。在列宁看来,托尔斯泰的世界观的积极部分和他的现实主义是融成一体的。也不妨听听托尔斯泰自己的说法。托尔斯泰在《莫泊桑文集》序言中写道:"一个没有明确而固定的新世界观的作家,尤其是那种认为甚至不需要有世界观的作家,是不能创造出艺术作品来的。他可能写得很多、很好,但不是艺术作品。"(中译文见《文学研究集刊》第四册)

够了!对于这个陈旧的话题,可以不再多说了。

但是还有一个陈旧的话题,也是想避免而不可得的;那就是:有没有新旧现实主义的区别?或现实主义有没有阶级性?

问题本来是很明显的。如果正确地把社会主义现实主义看成是浸透着社会主义精神的现实主义,浸透着共产主义党性的现实主义,如果不把现实主义的典型化看成是制造某种工艺品的手艺、技法之类的东西,那么,这样的问题本来是可以不成为问题的。在二十世纪的地平线上,随着社会主义革命运动的胜利发展,出现了一个社会主义现实主义的艺术思潮,它如今已经成为一个全世界规模的活生生的强大的运动。摆在我们前面的,有苏联和各国社会主义现实主义文学的辉煌成就。在社会主义现实主义的优秀作品中,工人阶级的崇高理想,新人类的艺术典型,新事物战胜旧事物的乐观主义精神,这些都是文学史上从未出现过的崭新的东西。但凡是稍微尊重事实的人们,怎么能在大象面前辩论大象是否存在呢?难道说,高尔基、法捷耶夫、肖洛霍夫的现实主义,和果戈里、托尔斯泰、契可夫的现实主义不过是一回事吗?难道说,当代各国工人阶级的现实主义作家和同时代的非工人阶级的进步作家(他们不赞成或没有形成马克思主义的、社会主义的世界观)在美学原则、创作原则上没有根本性的区别吗?拿我国的例子来说,且不说古典作品中的现实主义,单说五四以后的新文学,现实主义也从来不是单一地、平衡地发展着。例如,虽然都是我们敬爱的老作家写出的杰出作品,表现在《子夜》(茅盾)中的现实主义和表现在《倪焕之》(叶绍钧)中的现实主义到底是有所不同的;又如,虽然都表现了无可置疑的巨大才能,但是《李有才板话》(赵树理)中的现实主义和《死水微澜》(李劼人)中的现实主义的性质也还是可以分辨的。由此可见,像何直同志所说的那样,新旧现实主义的区别无非是"时代的不同";或者像周勃同志所说的那样,"前社会主义时代的现实主义与社会主义时代的现实主义在创作方法上,是没有也不可能有什么区别的";都是不合事实的,完全武断的说法。

关于何直同志、周勃同志为否定社会主义现实主义而提出的对社会主义现实主义定义的指责,我就不想多说了。我特别不能同意的是,他们偏偏要把定义中谈到的用社会主义精神教育人民的任务说成是"抽象概念"或"主观愿望"的"硬加",而且在努力发挥这一点的时候,流露出了社会主义精神就在生活里面、就在艺术里面……的错误观点。我觉得这些说法本身就是不符合社会主义精神的。

我并不是说,目前的定义已经十全十美了。定义的缺点,可能是对于现实主义创作的中心问题——典型化问题缺乏明确的规定和足够的强调。周勃同志在这一点上提出的意见,我以为是可取的。但是,定义的是否完善,以及要不要一个详尽的定义,究竟是次要的问题。如果因此而顺手否定了社会主义现实主义本身,那就未免过于轻率了。

社会主义现实主义存在着、发展着

怎么能用"社会主义时代的现实主义"的概念来代替社会主义现实主

义原则呢？现实主义不是一列固定不变的火车，昨天，它开到资本主义时代，今天，它开到社会主义时代了，而火车还是那个火车。

在我们看来，世界观和创作方法是不可分割的。仿佛哲学上的认识论（例如辩证唯物主义的认识论）和方法论（例如唯物辩证方法）有着不可分割的关系一样（如果可以这样比喻的话）。何况，社会主义现实主义作为美学原则，又是工人阶级思想观点的一个组成部分。这当然不是说，哲学和艺术应当混为一谈，世界观和创作方法应当混为一谈。不用说，马克思主义只能包括现实主义而不能代替它。

事实上，过去的现实主义作家，如果不是他们的人道主义的、民主主义的立场，如果不是他们世界观中的积极因素，如果不是和自己的时代、人民的某种程度的契合，他们怎么会走到现实主义道路上来呢？拿今天的情形说，不少旧现实主义作家后来成为社会主义现实主义者，只不过是他们转向社会主义的思想立场的自然结果。思想变了，思想方法变了，他们的美学原则和艺术方法也自然而然地、逐步逐步地发生了变化。而作家的艺术思想上的进步，艺术实践上的体会，对于他的世界观水平的提高，也是有积极作用的。

世界观与创作方法的关系问题，已经不单是一个理论问题，而且是一个活生生的实际问题。今天的作家如果不努力钻研社会主义的真理，不努力提高自己的革命世界观的水平（更不要说是保持落后的或反动的世界观了），单是依靠自己的艺术真诚，在复杂的阶级斗争中，在瞬息万变的社会主义革命现实中，他如何能够轻易掌握"现实生活的逻辑"，发现"生活中间的社会主义真理"，自动地"走到现实主义真实性的道路上来"呢？这是书生的空谈，经不住事实的检验的。同时，一个自称为"社会主义时代的现实主义"的作家，如果不以最大热诚担负起以社会主义精神教育人民的任务，如果不以最大热诚向人民群众传播我们这个时代的伟大真理，他的艺术描写的目的和意义又将何在呢？

当然不能说，到了社会主义时代，同时代所有的现实主义作家在思想立场上都没有差异了，因而，他们的美学原则和艺术方法也都没有差异了。今天，社会主义现实主义文学和革命的浪漫主义文学、批判的现实主义文学结成了一个全世界规模的联盟，为和平与进步事业而奋斗。一视同仁而有所不同，这才是民主团结的正确方针。

坚持"社会主义时代的现实主义"的概念，而又不承认新旧现实主义的区别，就只能造成以下的结果：或者把先进的美学原则降低到非工人阶级的思想水平；或者排斥批判的现实主义（更不用说浪漫主义了）的有益的艺术活动。这对我们的事业都是不利的。

怎么能取消社会主义现实主义的伟大原则呢？人类发展到社会主义阶段，文学发展为社会主义文学，在继承过去的一切优良传统的同时，对新的美学原则、更完善的艺术方法的探求，原是不可避免的事。果然，人们找到了它，社会主义现实主义的口号被提了出来，而且发展成为一个全世界规模的新兴的艺术思潮。不仅在苏联和人民民主国家，而且在资本主义世界到处分布着社会主义现实主义的英勇战士。社会主义现实主义在印度和阿拉伯国家的进步文学中，也在争取自己发展的权利。这是马克思主义在艺术领域的伟大胜利，为什么不值得我们特别珍视呢？

社会主义现实主义的伟大奠基人高尔基为这个新人类的艺术思潮发出了宣言，他说："社会主义的现实主义认定存在是一种行动，一种创造，它的目的是为着人类之征服自然力量，为着人类的健康和长寿，为着住在大地上的伟大的幸福，而不断地发展人类的最有价值的个别的才能。人们按照自己的要求的不断增长，愿意把大地彻底改造为那联合成一家的全体人类的美妙的住宅。"试问，历史上哪一种文学运动、文学思潮有过这样宏大壮丽的理想，值得我们毕生地、世世代代地为它而奋斗呢？社会主义现实主义按照新人类的要求，要把人类精神生活中的一切崇高的、美好的东西充分发挥出来，把一切消极的、丑恶的东西排除于生活之外。社会主义现实主义的这种无畏的战斗性是从共产主义世界观，从共产党那里吸取力量的。

比起它的光辉灿烂的未来，社会主义现实主义文学还处于它的发展的幼年时期。如果人们看到它还不够成熟，就对它的前途悲观起来，无非说明这些人们的眼光短浅而已。从这里投来、从那里投来的怀疑的眼光，从这里吹来、从那里吹来的无情的风浪，只会把它锻炼得更加坚强；沾在它身上的教条主义、公式主义的寄生虫，是能够被它消灭干净的。

性急的人们徒劳地敲起丧钟，但是社会主义现实主义存在着、发展着。斜风细雨只能惊动少数怕淋坏了衣服的人,将有更多的人集合在它的战斗的旗帜下。

当资产阶级世界的说谎的金翅鸟们,还有这里那里的各种修正主义者力图冲垮我们社会主义的思想战线的时候,我们偏偏要把马克思列宁主义的旗帜举得更高,把社会主义现实主义的旗帜举得更高!社会主义现实主义将用它的无比的真实性、战斗性更好地担负起以社会主义精神教育人民的任务,以工人阶级的刚毅精神武装我们整个的青年一代。它将在和一切反人类的战争挑拨者、一切反社会主义的挑拨离间者、一切阻碍社会主义发展的官僚蜕化行为的斗争中更大地发挥它的威力。

至于我国年青的社会主义文学,为了帮助我国新兴的社会主义基础、社会主义关系、社会主义道德风习的巩固与发展,那是从来不会想到放弃对于社会主义现实主义的热烈追求的。解除了教条主义的束缚(我们为此还要进行一系列的斗争),将使社会主义现实主义在我国自由的天地中成长得更快更好。我国的社会主义现实主义文学将带着鲜明的民族色彩,并且鼓励文学的题材、体裁、风格和流派的多样化的发展。尽管是这样,我们并不认为社会主义现实主义是唯一合法的存在。以革命的民主主义为思想基础的批判的现实主义,对我们的人民,对我们的文学,都是有帮助的。人们的思想观点,包括美学观点上的基本差异,在今后相当长的时间还会继续存在;接受一个新的思想方法或艺术方法而达到运用自如的地步,更不是一朝一夕之功。看不到这一点是不对的。同时,虽然社会主义现实主义必然包括革命的浪漫主义因素,但是决不应当排斥革命的浪漫主义独立的存在与发展。在社会主义的条件下,革命的浪漫主义是不会衰亡的,它将更好地发出鼓舞人心的热情的火焰。

"海阔纵鱼跃,天空任鸟飞!"在为人民服务的共同目标下,文学的道路是十分广阔的。

1956 年 12 月,北京。

论郭沫若早期的诗[①]

火山爆发式的内发情感

诗人郭沫若自己在一九四四年的一篇文章里说道:"……自从《女神》以后,我已经不再是'诗人'了……要从技巧的立场来说吧,或许《女神》以后的东西要高明一些,但像产生《女神》时代的那种火山爆发式的内发情感是没有了。"(诗集《凤凰》序)这段话,可能是不完全正确的。《女神》以后的几部诗集,拿《星空》说,它基本上是《女神》时代的作品。这两部诗集中的若干首诗,作者在几次编集子的时候,往往彼此互见,连诗人自己也很难划分清楚。在诗集《星空》的第一首诗《星空》中,诗人昂首星空,"哀哭我们堕落了的子孙,哀哭我们堕落了的文化",他"滔滔流泪"地歌唱着:

> 唉,我仰望着星光祷告,
> 祷告那青春时代再来!
> 我仰望着星光祷告,
> 祷告那自由时代再来!

在第二首诗《洪水时代》中,作者寄托深远,歌颂了公而忘私、以天下为己任的大禹精神:

[①] 本篇发表于 1957 年《诗刊》第 1 期,署名张光年。曾收入《风雨文谈》和《张光年文集》(第三卷)。

我手要胼到心，
脚要胼到顶，
我若不把洪水治平，
我怎奈天下的苍生？

这类的诗，和《女神》中的英雄歌的基调，特别是和《女神之再生》《凤凰涅槃》的基调，是一脉相承的。

在早期的诗作中，还有一九二五年的爱情诗集《瓶》。我不想谈到那些焦渴的期待，温柔的憧憬，分外的喜悦和失望；这些情歌，固然有不少是动人心弦的，但不一定都是别人写不出来的。我想特别提到这个集子的第十六首《春莺曲》，这才是郭沫若式的爱情，郭沫若式的情歌，郭沫若式的锦心绣口。诗人由爱极、恋极而想到死，想到把一枝红梅（作为所爱的化身）吞进心头而死，被葬在西湖边上：

在那时梅花在我的尸中
会结成五个梅子，
梅子再迸成梅林，
啊，我真是永远不死！

在那时，啊，姑娘，
你请提着琴来，
我要应着你缭绕的琴音，
尽量地把梅花乱开！

在那时，有识趣的春风，
把梅花吹集成一座花冢，
你便和你的提琴
永远弹弄在我的花中。

这个乐章的第二部分"莺之歌"，是同一主题的一个美妙的变奏，火热的激情蕴蓄在雍容秀逸的词语中，读之令人心醉。可能，这里面有唯美主义的东西，王尔德式的东西；也有我国古民歌的遗响；同时也曲折地、不自觉地反映了那个狂飙突进的时代精神的一个方面。诗人所宝爱的"那种火山爆发式的内发情感"在如醉如痴的恋情中再一次宣泄了出来。而且，就在这一年，这种激情通过诗剧《三个叛逆的女性》在更广大的幅度上爆发了出来。

标志着诗人世界观的重大发展的两个诗集《前茅》和《恢复》，虽然"毫无疑问地包含有分行写出的散文或韵文"（诗集《凤凰》序中的话），但是革命的激情是并不缺少的。比较起来，《前茅》是显得空泛一些。在腥风血雨的一九二八年产生的《恢复》，其中确有几篇不仅对诗人自己，而且对人民、对时代、对新诗歌的历史都是有重大意义的东西。我指的是《怀亡友》《如火如荼的恐怖》《战取》诸篇以及在《峨眉山上的白雪》和《巫峡的回忆》中抒写出来的对多难祖国的别恨离愁。重读这几首诗，仿佛回到了那个遥远的凄惨的年月，使人悲愤无已！但凡经过了这场严酷锤炼的每一个有骨头的共产党员和革命者，读到这几行诗的时候都不能不霍然挺起腰来：

> 我们的眼前一望都是白色，
> 但我们并不觉得恐怖。
> 我们已经是视死如归，
> 我们大踏步地走着我们的大路。
>
> 要杀你们就尽管杀吧！
> 你们杀了一个要增加百个：
> 我们的身上都有孙悟空的毫毛，
> 一吹便成无数的新我……
>
> 　　　　　　　　　　《如火如荼的恐怖》

经过一场大难和一场大病之后，诗人的声音比从前雄浑、深沉了，民族的苦难和阶级的义愤激励着他，他仍然保持狮子般的勇敢。"火山爆发式的内发情感"并没有消退，我们听见他高呼：

> 我希望我总有一天，
> 我要如暴风一样怒吼。
>
> 　　　　　　　　　　《诗的宣言》
>
> 我所希望的是狂暴的音乐
> 犹如鞺鞳的鼙鼓声浪喧天。
> 或者如那浩茫的大海
> 轰隆隆地鼓浪而前，
> 打在那万仞的岩头，
> 撼地的声音随水花飞溅。
>
> 　　　　　　　　　　《对月》

这已经不是《女神》时代的狂飙突进的精神，这是对于新的革命风暴的呼唤，我们也带着新的时代内容来接受它。

郭沫若在抗日战争时期和解放后写的诗歌，辑印出来的有《战声集》《蜩螗集》和《新华颂》。这个时期的诗作，真是一往直前地实践了作者在一九三六年九月的宣言："……我要以英雄的格调来写英雄的行为，我要充分地写出些为高雅之士所不喜欢的粗暴的口号和标语。我高兴做个'标语人''口号人'，而不一定要做'诗人'。"（见《质文》二卷二期《我的作诗的经过》一文）这真是一种过激之论。并不是说，作者这个时期的写作没有继续保持瀑布一般的政治激情；也不是说，这些诗歌没有及时地起到推动生活前进的显著效用；不，这些都是肯定的、无可动摇的事实。但是，既然诗人已经自愿地降低了对于自己诗歌的美学要求，既然不再考究把自己的光芒四射的热力凝聚在艺术形象的结晶体中，那么这个时期的新诗就自然不能像我们谈到的前期诗歌那样在人们心胸里保持永久的激动的力量。不用说，在这个时期，作者的人格的光芒通过他的革命的政治活动、学术活动、保卫和平的活动、广泛的文化活动与文艺活动多方面地、越来越强烈地放射出来，这些都是行动的诗，或诗的行动，同样是我们引以自豪的。作者已不再像《女神》时代那样，把自己全部的热烈而巨大的人格贯注在诗歌的形式中。虽然如此，诗人的革命的浪漫主义的激情在这个期间还是通过好几个历史题材的诗剧不断地迸发了出来，其中最为世人称道的是《屈原》中的《雷电颂》。它说明了这座"火山"的内部蕴藏还是多么丰富而热烈，在克服了自己的美学偏见之后，无穷的电光石火将要从他的满贮熔岩的心胸里更强烈地爆发出来。

女神和凤凰

但是，这篇文章的本意是谈论郭沫若早期的诗，现在赶快勒转缰绳，回到那个激动人心的《女神》时代吧。

在诗人的第一本诗集中，《女神之再生》和《凤凰涅槃》是最为重要的。《女神之再生》是作者的第一个诗剧，它给作者后来的戏剧创作定下了一个基本的调子，那就是，发扬我国古代传说的历史故事中的英雄的精神，壮美的精神，并且采取了"我要借古人的骸骨来，另行吹嘘些生命进去"（引自《星空》中《孤竹君之二子》的幕前序话）这种席勒式的浪漫主义方法。

上古时代，共工与颛顼争夺帝位，共工败，怒而触不周之山，雷电轰鸣，天柱折裂，胜利者与失败者一同毁灭。诗人以悲天悯人的胸怀，谴责了历代统治者疯狂的自杀行为，也谴责了当时的军阀混战，申诉了人民的苦难。共工怒触不周山的一场，使人惊心动魄。这回，善于炼石补天的女神们，已不屑于再做些修修补补的工作了。听听她们怎样说：

——破了的天体怎么处置呀？
——再去炼些五色彩石来补好他罢？
——那样五色的东西此后莫中用了！
我们尽他破坏不用再补他了！
待我们新造的太阳出来，
要照彻天内的世界，天外的世界！

实际上，她们（也就是诗人自己）早就下了重建新宇宙的决心：

> 新造的葡萄酒浆，
> 不能盛在那旧了的皮囊，
> 我为享受你们的新热新光，
> 要去创造个新鲜的太阳！

要知道，这个时候，正是胡适之流踏着"改足派"的碎步，装腔作势地跳着"点滴改良"的狐步舞的时候；而另外几位诗人，开始对乞儿和苦力表示了他们珍贵的怜悯心；只有鲁迅和郭沫若，带着和旧世界决裂的宣言而登上文坛，此后也一直站在我们时代的前列。

《凤凰涅槃》是一首庄严的时代的颂歌。这首诗实际上采取了和《女神之再生》同样的题旨。按照诗人自己的解释，它"象征着中国的再生，同时也是我自己的再生"（《我的作诗的经过》）。

> 除夕将近的空中，
> 飞来飞去的一对凤凰，
> 唱着哀哀的歌声飞去，
> 衔着枝枝的香木飞来……
>
> 凤啄香木，
> 一星星的火点迸飞。
> 凰扇火星，
> 一缕缕的香烟上腾……

他们在干什么？他们在安排自己的火葬，他们在迎接一场轰轰烈烈的自我牺牲！在临死之前，凤唱出了一支《天问》体的悲歌，诅咒这个黑暗的世界：

> 你脓血污秽着的屠场呀！
> 你悲哀充塞着的囚牢呀！

> 你群鬼叫号着的坟墓呀!
> 你群魔跳梁着的地狱呀!
> 你到底为什么存在?

而凰也低昂起舞,哭诉出我们民族的无穷的悲愤:

> 五百年来的眼泪倾泻如瀑。
> 五百年来的眼泪淋漓如烛。
> 流不尽的眼泪,
> 洗不净的污浊,
> 浇不熄的情炎,
> 荡不去的羞辱,
> 我们这飘渺的浮生
> 到底要向哪儿安宿?

英雄死了!伟大的怀疑论者死了!旧世界的孤愤诗人带着五百年的眼泪在自己燃起的一天熊熊的烈火中化为灰烬了!"一群的凡鸟,自天外飞来观葬。"那些岩鹰、孔雀、鸱枭、家鸽、鹦鹉、白鹤之流的滑稽表演,只不过增强了这场悲剧的沉痛性和壮美性。然而鸡鸣了!死了的光明更生了!火中的凤凰,带着爱的灵光,从自己尸骸的灰烬中更生了!这个颂诗的最后一个乐章"凤凰和鸣",是何等的光明、和谐、雍容而华贵啊!诗人自说是受了华格纳乐剧的影响,实际上,却使人不由自主地想起贝多芬《第九交响乐》结尾的"欢乐颂",那极度苦痛之后的极度欢乐,那贝多芬精神和席勒精神的化合物啊!

我相信,《女神之再生》和《凤凰涅槃》定能激发出我国作曲家和舞蹈家的灵感和创造性,我希望将来有一天它们将以舞剧的形式出现在我国的舞台上。

对于我们来说,《凤凰涅槃》是有着永恒的思想意义的。伟大的十月革命,新中国在战火中诞生,当前的社会主义改造,社会主义的文化改造和我国知识分子的精神上的自我改造,都使我们想到了火中凤凰的形象。

诗人自己在以后的诗篇中就曾不止一次地运用凤凰涅槃的譬喻，例如在《蜩螗集》中，诗人就把苏联和苏联红军譬做"从战争的烈火中自焚而永生了的凤凰"。诗人在一九四四年把早期的诗作《女神》《星空》《瓶》等编成合集出版的时候，把这个合集命名曰《凤凰》。"凤凰涅槃"的精神，那彻底的、乐观的革命精神，我们英雄的时代精神，实际上贯彻在他的几乎全部的诗作中。

在《我的作诗的经过》一文中，诗人曾回忆自己在一九二〇年一月二十日写作这首颂歌的经过。他说："《凤凰涅槃》那首长诗是在一天之中分成两个时期写出来的。上半天在学校的课堂里听讲的时候，突然有那诗的意趣袭来，便在抄本上东鳞西爪地录出了那诗的前半。在晚上行将就寝的时候，诗的后半的意趣又袭来了，伏在枕上用着铅笔便只是火速地写，全身都有点作寒作冷，连牙关都只是打战。就那样把那首奇怪的诗也写了出来。"诗人把这种昂奋状态叫做"神经性的发作"。他还说："在民八、民九之交，那种发作时时来袭我，一来袭我，我便和扶着乩笔的人一样，便写起诗来，有时连写也写不及。"

问题在于：是什么样的时代条件激发了这样巨大的革命激情的"发作"？显然，一九一七年的俄国革命给诗人的精神上的冲击是不小的。诗人在一九一九年末，即写作《凤凰涅槃》之前约二十天，曾经写了一篇《匪徒颂》。在这首诗里，歌颂了马克思、恩格斯、列宁这三个"亘古的大盗"，并且放开嗓子高呼："一切社会革命的匪徒们呀！万岁！万岁！万岁！"在写作《凤凰涅槃》的同一个月，他还写了《晨安》，诗人在向大海和遥远的祖国道过晨安以后，接着高呼："啊啊！雪的旷野呀！啊啊！我所畏敬的俄罗斯呀！晨安！我所畏敬的Pioneer呀！"这是把俄国革命看成自己崇拜的先驱者了。在两个月以后（四月初）所写《巨炮之教训》中，诗人梦见了托尔斯泰和列宁："一个涨着无限的悲哀，一个凝着坚毅的决心。"托尔斯泰的迂阔的说教被列宁的酣叫所打断了。诗人听到列宁的呼声："为阶级消灭而战哟！为民族解放而战哟！为社会改造而战哟！至高的理想只在农劳！最终的胜利总在吾曹！"诗人意味深长地写道："他这霹雳的几声，把我从梦中惊醒了。"

当然，这个时候，郭沫若还不是社会主义者，他当时是彻底的革命的民主主义者。系统地接受马克思列宁主义思想，那是一九二四年的事。可是，这个痛恨一切黑暗和不义的爱国诗人，他的思想里本来包含着空想的社会主义的因素，如今到底从俄国革命找到了打破旧的黑暗、创造新的光明和无限可能性。虽然对于这个革命的意义还不能充分了解，但是这个惊天动地的革命本身不能不使这位敏感的哲人为之激动不安，他的蕴蓄已久的凤凰涅槃的理想由此得到了现实性的激发。

同时，诗人所说的民八、民九之交的灵感爆发，当然又是并且主要是五四运动的直接刺激；而五四的革命精神又是和十月革命的影响不可分的。郭沫若早期的诗，恰好是五四时期的狂飙突进精神的体现。这里，我暂时不谈这种灵感形成的个人因素，那不是三言两语可以说得清楚的。我只是想说，许多伟大诗人，都是在和自己时代脉搏的息息相通中，在对于自己的时代、民族、人民的命运的高度敏感与精神专注中激发出自己的灵感的。郭沫若就是其中的一个。

独创性及其他

我手头有一本《中国新文学大系》本的"诗集"。有趣的是，我所津津乐道的《女神之再生》和《凤凰涅槃》，在这本"诗集"中都没有选入。这或者可以说，"诗集"的编选人在当时还不可能充分理解《女神之再生》和《凤凰涅槃》的思想意义。但我之所以认定这两首诗是诗人早期的重要的作品，不仅是从诗的思想意义着眼，也是从艺术风格上作了一番考虑的。

诗人自己说过："在我自己的作诗的经验上，是先受太戈儿诸人的影响，力主冲淡，后来又受了惠特曼的影响才奔放了起来的。"（《我的作诗的经过》）在诗人自己的指引下，我们看到《女神》第三辑中的大部分作品，那些爱情的小诗，那些对于自然风物的清明恬适的讴歌，都是在太戈儿、海涅的抒情诗的光照之下，其中也有我国古代田园诗人的某些遗响。（这类的诗，在《星空》中也可以找到几首）这其中有一些非常美丽的诗，例如《春之胎动》和《日暮的婚筵》，其绚烂的色彩和新颖的构思，表现了诗人独有的创造。而《别离》一诗："残月黄金梳，我欲掇之赠彼姝。……

晓日月桂冠，掇之欲上青天难……"更是郭沫若式的爱情的奇想，放在古民歌中也是有特殊色彩的。但总的说来，这些诗多是天真的、孩子般的幻想，表现了作者个性的蒙胧的觉醒，在精神状态上没有脱出太戈儿思想的制约。

自从接近惠特曼，郭沫若的诗风为之一变。作者在刚才引用过的那篇文章里说："……惠特曼的那种把一切的旧套摆脱干净了的诗风和五四时代的暴风突进的精神十分合拍，我是彻底地为他那雄浑的豪放的宏朗的调子所动荡了。"作者举出了《立在地球边上怒号》《地球，我的母亲》《匪徒颂》《晨安》《凤凰涅槃》《天狗》《心灯》《炉中煤》《巨炮的教训》诸首，自认是在惠特曼的影响下写成的。应当说，在难忘的一九一九年（这一年爆发了五四运动），郭沫若找到了惠特曼，那是找到了一个新大陆，找到了宣泄自己的狂飙式的革命激情的比较合适的形式。这个时期的惠特曼式的诗作，帮助了诗人个性的解放，提高了诗人革命的激情；经过这些诗作，也帮助打开了我国读者的眼界，鼓起了他们战斗的热情。正是由于这些，使诗人一直念念不忘于惠特曼，使人们一想到郭沫若就想到《草叶集》。真的，像《匪徒颂》《晨安》《笔立山头展望》《立在地球边上怒号》诸篇，那精神、风貌、语言和节奏，都是学的惠特曼的。虽然不能说是它们可以和《草叶集》里面的作品相混，但在风格上终究没有脱出惠特曼的掌握。何况，我们举出的这几首诗，总觉着粗犷有余而深厚不足，它们未必是郭沫若的代表作。我特别不喜欢《笔立山头展望》这一篇。此诗写于五四运动的后一年，作者却错误地歌颂了日本的物质文明，把日本的海湾比做"Cupid的弓弩"，读起来是非常别扭的；虽然作者的本意是企望祖国赶快进步和强盛起来，这言外之意也是能够使人感觉到的。

在惠特曼式的诗作中，我以为《太阳礼赞》是金光灿烂的一篇：

　　大阳哟！你请把我全部的生命照成道鲜红的血流！
　　大阳哟！你请把我全部的诗歌照成些金色的浮沤！

看来这理想是实现了的。

尽管诗人自己把《凤凰涅槃》和《立在地球边上怒号》《晨安》等并

列,但是我必须说,这首诗本质上属于另外的一类,它标志着诗人的独特风格的形成和成熟,标志着我们新诗的民族性和真正的独创性。《天狗》《炉中煤》《地球,我的母亲》也应当列入这独特的一类。属于这一类的还有《夜步十里松原》《光海》《浴海》《洪水时代》《天上的市街》《黄海中的哀歌》《春莺曲》及《瓶》中的其他几篇。《女神的再生》及其他诗剧也实际上是属于这一类的。

  这类诗的最显著的特点是它的民族性。它们从思想上、意境上、语言上都脱离了对于太戈儿、海涅、惠特曼的依傍,和我国古代诗人和古民歌发生了精神上的联系。它们往往从我国古代传说或历史故事中吸取英雄的灵感和悲壮的情绪。它们和我们的时代精神、人民的解放精神从思想上、意境上有了更好的结合。它们的语言、节奏和腔调更适合于中国人的口味。因此这些诗就有了新的民族气派,表现了我们昂扬的进取的新的民族精神。同时,它们又是郭沫若自己的诗,是郭沫若式的冲淡飘逸及其狂风暴雨般的内发感情的完满的结合。正是由于以上的理解,我才反驳了诗人自己所说"自从《女神》以后,我已经不再是诗人了"的说法。

  独创性从何而来?当然,首先离不开时代的影响,特别是决定于诗人对自己的时代、民族、人民所采取的自己的态度,这往往定出了一个诗人的作品的最基本的调子。其次,它离不开传统的影响,特别是诗人对艺术传统的摄取与消溶的情况。我们已经知道,太戈儿、惠特曼,还有海涅、歌德、雪莱等外国诗人对郭沫若的创作发生了显著的影响。至于中国的诗人呢?在《我的作诗的经过》一文中,他只谈到了庄子、司空图,谈到了陶渊明和王维。可是,难道屈原在这位身上的影响还小吗?难道李白、杜甫和苏东坡在这位诗人的风格上没有留下自己的痕迹吗?大家都知道,郭沫若是精通我国古代文化并且是以毕生的精力来保卫和发扬民族文化的当代大师,他接触的前辈太多了,以致无法一一举出他们的名字。所谓"如入芝兰之室,久而不闻其香",只不过是芝兰的香味充满了他的心肺的缘故。

  由此不能不产生以下的感想:紧紧地抓住时代精神而又有独立地发现新事物的能力,紧紧地依靠人类文化传统、依靠民族文化传统而又有开拓的勇气,这是培养艺术独创力的决定性的条件。独创性不是产生在传统稀薄的地方；它喜欢植根于传统深厚的土地上，植根于传统深厚的头脑中。

在考察郭沫若早期诗作的艺术特点的时候，还不能不谈到他的泛神论和革命的浪漫主义。限于篇幅和交稿期，我只能期望把这个问题留待以后来研究了。可是，为了使这篇文章不致过于破碎，我还想争取再说几句话。尽管他老是自称为泛神论者，可是泛神论在郭沫若的思想中间，并不构成为一个完整的哲学体系。泛神论不过是这位诗人的革命的浪漫主义精神（它的思想基础是彻底的革命的民主主义）的一种诗意的体现。请读《我是个偶像崇拜者》这首短诗：

> 我是个偶像崇拜者哟！
> 我崇拜太阳，山岳，崇拜海洋；
> 我崇拜水，崇拜火，崇拜火山，崇拜伟大的江河；
> 我崇拜生，崇拜死，崇拜光明，崇拜黑夜；
> 我崇拜苏伊士，巴拿马，万里长城，金字塔；
> 我崇拜创造的精神，崇拜力，崇拜血，崇拜心脏；
> 我崇拜炸弹，崇拜悲哀，崇拜破坏；
> 我崇拜偶像破坏者，崇拜我！
> 我又是个偶像破坏者哟！

这几句诗抓住了所谓泛神论的战斗精神的核心，同时把一个艺术家的革命的浪漫主义的特质突现出来了。这种浪漫主义要求把主观世界的英雄精神和客观世界的一切壮美雄强的形象互相交流，以达到最高的英雄诗的效果。

预期在另外一个有趣的题目下重新谈到这个问题。

1956 年 12 月 20 日夜

※ 一九五七年 ※

争取社会主义文学艺术的高度繁荣①

一

党中央提出的"百花齐放、百家争鸣"的方针,是马克思列宁主义在我国社会主义建设过程中、在文化领域内的一个创造性的发展。正确地坚决地贯彻这个方针,一定会大大提高我国知识界的思想水平,从而把我国的科学、文学、艺术推进到一个高度繁荣的新阶段。

我国的社会主义革命已经取得胜利,国内阶级斗争已经基本上结束,我们正在建设一个社会主义的新社会。在长期的革命锻炼中,我国人民的政治觉悟普遍提高了;我国知识分子在政治上、思想上也有了很大的进步。知识分子中间的绝大多数已经在爱国主义、拥护社会主义的基础上团结起来了。经过一系列的思想斗争和思想改造运动,马克思列宁主义思想已经在文化学术中取得了主导的地位。目前有越来越多的人对学习马克思列宁主义发生了浓厚的兴趣。虽然真正掌握了马克思主义世界观的知识分子还是很少数,不少人的头脑里还保留着不少唯心主义的观点,可是整个来说,知识界的思想情况正在向着进步的方向一天天地发生变化。

"百花齐放、百家争鸣"的方针,就是通过自由讨论的方法,在全国知识界和全国人民中间传播马克思列宁主义的真理;就是通过文艺创作上自由竞赛的方法来锻炼我们新的文学艺术,使它们在战斗中成长壮大。我们允许唯心主义有发言权,允许反映各种不同的思想意识的花朵开放出

---

① 本篇是作者为 1957 年《文艺报》第 1 期写的社论。未曾收入自编作品集和文集。

来，因为这些思想意识是客观地存在着的事实，不可能用强制的方法禁止它们的表现。我们相信马克思列宁主义的伟大真理，只要能够掌握这个真理，对于各种不正确的思想，不必存有也不应该存有害怕的理由；而且我们也应该相信人民群众的鉴别力。我们坚决相信：经过自由争辩，马克思列宁主义真理会更加发展；经过自由竞赛，社会主义的文学艺术会更加繁荣。

"百花齐放、百家争鸣"的方针，是和党中央去年所提出的关于人民内部矛盾问题的理论相联系的。这个理论是马克思列宁主义学说的一个创造性的发展。人民内部矛盾也反映在意识形态领域中，目前文学艺术方面所以存在各种思想分歧和争论，也是这种矛盾的反映。"百花齐放、百家争鸣"的方针，正是对待这种矛盾的正确途径。所以它是一个高瞻远瞩的方针，是马克思列宁主义的普遍真理和我国具体实际相结合的又一个范例。它考虑到我国的社会条件，我国知识界的现状，也考虑到科学、文学、艺术的发展规律。它在我国文化史上一定会发生深远的影响。

从党中央正式提出这个方针，到现在不过九个月的时间。要马上来估计它的效果，显然为时过早了。可是，单就文艺界说，也已经可以看出一种欣欣向荣的新气象：作家们创作的勇气和信心大为增强了；很多作家订出了深入群众生活、反映群众斗争的长期规划；许多搁笔多年的老诗人、老作家重新拿起笔来了，并且出现了许多有才能的青年作家的名字。文艺界的一种新风气正在推广，这就是自由讨论、自由争辩的风气。这是文艺界思想活泼起来的标志。

有些同志不了解"百花齐放、百家争鸣"是发展马克思列宁主义、发展社会主义文化的方针。他们看到了教条主义、宗派主义的危害性，要和这种现象作斗争，这本来是不错的。可是他们在进行反教条主义、反宗派主义斗争的时候，以为可以不必坚持马克思列宁主义的思想原则，可以不必坚持文艺的工农兵方向，以为文艺工作可以不需要党的领导，以为我们历来坚持的一切东西都错了。他们轻率地把马克思列宁主义的正确原则和教条主义混为一谈，把工人阶级的正确立场和宗派主义混为一谈。他们的眼前一片漆黑，因此迷失了前进的方向。他们以右的自由主义来反对"左"的教条主义，不过是以片面性反对片面性，以一种形而上学反对另一种形而上学。结果，不但反不到教条主义、宗派主义，反而只有使我们在资产阶级思想面前解除马克思列宁主义的武装。如已经正确地受到大家批评的去年12月间本报评论员所写的《电影的锣鼓》一文，就是这种右倾机会主义的代表。

去年1月7日《人民日报》发表的陈其通、陈亚丁、马寒冰、鲁勒四位同志《我们对目前文艺工作地几点意见》一文，代表了我们中间的另一种倾向——教条主义的倾向。他们对党员中间的右倾机会主义，对最近出现的某些文艺作品中流露出来的小资产阶级的思想情绪或所谓毒草的生长感到很大忧虑，认为这是"放"得过分了，放出消极的结果来了，因而忙着想"收"，要为捍卫马克思主义，捍卫工农兵方向，"压住阵脚进行斗争"。他们的动机是好的。可是，他们夸大了事情的消极面，对"百花齐放、百家争鸣"中的文艺状况做出了错误的、悲观失误的估计。他们也没有了解这种资产阶级或小资产阶级思想情绪，本来就是客观的存在，并不是因为有了"百花齐放、百家争鸣"的方针才产生的。同时他们又是用简单化的教条主义的办法来对待文艺思想问题。他们过分陶醉于过去的成绩，过分轻视了工作中的缺点，觉得过去所做的一切都好，不觉得有厉行改进的必要，因此对党所提出的重大的改革步骤产生了抵触情绪。他们把党所提出的发展马克思主义，发展社会主义的文化方针，看成是有害于马克思主义，有害于社会主义，至少是害多而利少的。他们对"百花齐放、百家争鸣"抱着忧惧和怀疑的心理。这种思想严重地阻碍了"百花齐放、百家争鸣"方针的贯彻执行。

要贯彻"百花齐放、百家争鸣"的方针，必须解除教条主义的束缚，克服右倾机会主义的动摇和倒退，必须在思想工作上进行两条战线的斗争。

二

自从"百花齐放、百家争鸣"方针提出以后，在文艺创作的问题上，曾经引起了一些争论。这些争论是很需要的，今后还应该继续展开。因为只有通过这种争论，才能逐渐达到认识上的一致。

在这些争论中间，有些同志认为由于提倡题材的广泛性，许多作家都去描写与当前战斗生活无关的儿女情、家务事题材，因而迷失了工农兵的方向。另一些同志则相反地认为公式化概念化倾向的原因，就是过去过分强调了工农兵方向，因而造成作品中生活面的狭窄和内容的单调、枯燥、缺少风采。有的同志认为作家的任务就是写真实，不必过分强调创作的目的性，因而对社会主义现实主义的理论产生怀疑；而另一些同志则认为这种怀疑是取消论，是和党的原则不相容的小资产阶级思想的产物。对于这些问题，我们也愿意提供一些简单的看法，作为大家的参考。

我们认为，一部文学艺术作品的真价值，只会决定于这部作品的思想性和艺术性，而不单纯决定于作者选取的题材。党从来没有在创作的问题上提出任何限制，并且不止一次地批评了那种认为我们的文学只能描写现代题材，只能描写工农兵的错误说法。在题材的问题上，我们不赞成那种把文艺的工农兵方向和文艺题材的广泛性对立起来、把工农兵生活和"儿女情、家务事"对立起来的说法。这种说法显然是教条主义的。我们不赞成把工农兵题材和工农兵方向混为一谈，也反对那种认为"尽量地描写工农兵"反而违反了工农兵方向的说法和把概念化公式化的倾向归咎于"工农兵方向"的说法，这显然是错误的右倾机会主义观点。事实上，为工农兵服务的方向，是我国一切爱国主义作家、一切流派的作家的共同方向，工农兵群众占我国人口的绝大多数，如果文艺不是为他们服务，又是为谁服务呢？坚持工农兵方向和提倡题材的广泛性是一致的，要求题材的广泛性和强调描写群众的火热斗争也并不矛盾。我们不能规定作家必须写什么题材，但是，如果一个作家立志要"尽量地描写工农兵"，这是光荣的，如果写得好，更有重大的意义。因此，这是值得提倡、值得鼓励的。

我们认为，无论是党员作家或非党员作家，都有选择他自认为最好的创作方法的自由。用行政命令的办法强迫人家接受某种先进的创作方法，事实上是行不通的。在创作方法的问题上，我们不赞成那种来自"左"面的说法。按照那种说法，似乎社会主义现实主义只适用于党员作家，而一个党员如果对社会主义现实主义发生怀疑，似乎是和党的原则不相容的。我们也反对那种来自右面的说法。按照那种说法，似乎可以把社会主义现实主义和教条主义混为一谈，似乎社会主义现实主义是并不存在的，似乎社会主义现实主义文学并不是世界文学艺术历史的新发展，似乎社会主义现实主义和旧时代的现实主义并没有本质的区别。尽管关于社会主义现实主义的理解，可以作学术上的讨论，但是社会主义现实主义作为最先进的艺术思想、艺术方法，已经在世界上形成了一股不可阻挡的潮流。在我们看来，社会主义现实主义是最适合于我们认识生活、反映生活的要求的。一个现实主义作家如果接受了、掌握了共产主义的世界观，它的认识生活的方法发生了变化，他的艺术反映的方法也会自然而然地逐渐逐渐地发生变化，他最后就有可能走到社会主义现实主义的道路上来。不用说，为了争取社会主义现实主义在我国得到更好的发展，为了在艺术实践中不断的充实它、丰富它、发展它，我们还需要做很多认真的、细致的工作，而首先需要克服的，是对于社会主义现实主义的各种教条式的、宗派主义的理解，但是归根结蒂，要实践文艺的"百花齐放"，要发展社会主义的文艺，使我们作品具有深刻的现实内容和丰富多彩的风格和形式，主要在于作家的辛勤劳动，在于作家、艺术家和群众生活的结合。群众生活是创作的泉源，离开这个泉源，一切都是空谈。只有深入群众，和群众交成朋友，才能真正了解他们的思想感情，才能处处为群众设想，勇于做群众的代言人。因此，要在创作上实践"百花齐放"，还是要求作家认真地深入生活，结合群众，长期打算，辛勤劳动，创造出更多更好的作品来。

今天谈到这一点，对我们是有特别的意义的。近几年来，作家的生活比较安定了，获得了比较好的工作和生活的条件，这是应当的。我们仍然看到不少有志之士，包括许多著名作家和青年作家，在抗美援朝的运动中，在祖国工农业建设的各个战线上，和群众保持着密切的联系。但是脱离群众，安于现状，因而使作品中的时代气息逐渐减弱的现象，并不是不存在的。应当尖锐地指出来，这种现象是会促进艺术家战斗力的消亡和艺术生命的枯萎的。许多同志看到了这一点。在最近中国作家协会召开的创作规划座谈会上，许多作家订出了深入群众生活、反映群众斗争的长期规划，并且探求多种多样的方式来保持和人民生活的经常接触。这是值得庆幸的好现象。

三

在百花齐放的过程中，社会主义的、马克思主义的香花肯定会繁荣滋长。可是，各种不同性质的野草闲花，资产阶级、小资产阶级的、唯心主义的毒草也不可避免地会出现。对于这种香花与毒草齐长的现象，我们应当采取什么样的态度呢？

我们知道，马克思列宁主义是战斗的科学。马克思列宁主义本身就是在和敌对思想作斗争并且克服敌对思想的过程中发展起来的。同样，社会主义的文学艺术也不是从天上掉下来的；它是在和资产阶级、小资产阶级文学艺术的斗争中成长和发展起来的。在战斗中成长，这就是新事物的发展的规律。

生活本身到处存在着马克思主义和非马克思主义、社会主义和非社会主义、香花和毒草的错综复杂的矛盾。我们不害怕这些矛盾，也不是在矛盾前面闭起眼睛。我们的方针是发展马克思列宁主义真理。我们相信矛盾必然会向着真理的方向发展。我们的责任是创造一切可能的条件来促进这个必然的发展。

我们相信唯物主义，不相信唯心主义。我们喜欢社会主义的香花，不喜欢资产阶级、小资产阶级思想的毒草。可是，正因为我们是唯物主义者，我们不相信能够根据主观愿望用一纸命令取消唯心主义、资产阶级和小资产阶级思想的客观存在。我们的方针是经过长时期的比赛和斗争，发展唯物主义来克服唯心主义，发展香花来克服毒草，化消极为积极的东西。

而且，是正确的还是错误的？是香花还是毒草？这往往不是任何人一眼能够鉴别出来的，特别是当好的东西和不好的东西混淆在一起的时候。只有经过比赛，经过讨论，才能提高大家的认识，辨别它们的好坏，得出正确的结论。

另一方面，当新事物刚刚在地平线上出现的时候，或者由于剥削阶级的偏见，或者由于人们认识能力的不足，或者干脆由于习惯的势力，它往往被目为毒草而受到压抑。在旧社会，多少新思想、新发明、新创造因此受到歧视和践踏！在我们新社会，总的方向是支持新的事物的成长的。可是我们这儿还有旧社会的沉重影响，还有官僚主义、主观主义和宗派主义。在官僚主义者、宗派主义者居于领导地位的场合，正确的意见，群众的合理化建议，不是还经常受到阻挠吗？拿文艺工作来说，在教条主义、庸俗社会学流行的地方，艺术上的新的创造，新的探索，不是每每受到讥笑和贬抑吗？而党所提出"百花齐放、百家争鸣"的方针，是扶植新事物、发展新事物的政策，它支持科学上、文学艺术上的一切有助于社会发展的新思想、新发现、新的创造、新的探索，它一往直前地为新事物开辟道路。

有些同志很怕毒草出现，很怕唯心主义、资产阶级小资产阶级思想露出头来。这种心理是过于消极了。在我国今天的条件下，这根本不是什么可怕的事情。非马克思主义、反马克思主义的东西出来了，就会引起马克思主义力量和它作斗争，哪怕是艰苦一些，最后总是能够战胜它，克服它，改造它，化消极为积极的东西。我们知识界成千成万人的思想改造，不都是经历了这样的过程吗？这样看来，让唯心主义取得发言权，这不是坏事而是好事情。这样做，不但锻炼了我们的科学，锻炼了我们的文学艺术，而且也教我们不致安于现状，造成惰性和衰退的现象，而是经常生活在生气勃勃的、战斗的、进取的气氛中。

根据这种看法，我们的文艺批评方针，是较过去更明确了。这就是：第一，在人民内部、在文艺领域中，是经常会发生工人阶级思想和非工人阶级思想的矛盾、马克思主义和非马克思主义的矛盾。解决这种矛盾的方法，只有通过平等的说理的讨论和批评，分清是非，达到共同进步的目的。因此必须反对那种以片面性反对片面性，以形而上学反对形而上学的批评方式和在批评工作中的教条主义倾向，要求提倡实事求是的作风和钻研学问的空气。

第二，这种批评必须是"从团结的愿望出发，经过批评或斗争，在新的基础上达到新的团结"。因此必须切实的克服宗派主义、居高临下的作风，提倡与人为善、互相商量的谦虚严肃的风气。

第三，对于所谓毒草，不能采取不允许其生长的办法，也不是采取听任自流的办法，应该用使香花和毒草竞赛，用善意的批评去说服错误思想的办法，从而使马克思主义的真理和社会主义的文艺香花在这竞赛、比较和斗争的过程中，获得更强健的生命。

不能指望用强制的办法改变人们的世界观。我们的经验证明，用正确的思想斗争的方法，用自我教育、自我改造的方法，能够促使唯心主义的世界观或世界观中的唯心主义部分向着唯物主义的方向方式变化。在知识界的思想改造运动中，在文艺界的整风学习中，我们大家都有过这样的经验。我们必须更好地去运用这种经验。

在"百花齐放、百家争鸣"的时候，文艺批评的作用不是减弱而是增强了。教条主义者经常带着宗派主义的情绪，用粗暴而不是说服的办法，用斥责而不是说理的办法，来对待人民内部复杂的思想问题。教条主义的批评不但不利于团结，而且不利于文艺批评本身的发展。坚决贯彻"百花齐放、百家争鸣"的方针，必然会缩小这类简单化的、粗暴批评的市场，使教条主义的批评，也使那些言之无物、不痛不痒的批评在文艺界吃不开。这就迫使我们对错误思想或敌对思想不致采取轻率的态度，必须搜集大量材料，花费头脑，下苦功夫；必须进行深入的、细致的、有说服力的批评，并且在战斗性的批评中逐步从事理论建设的工作。可以想见，我们的文艺批评的水平会因此而逐渐提高的。

解除教条主义束缚，消除宗派主义成见，使文艺创作、文艺批评、文艺界的团结都会得到好处。

建设社会主义的文化大厦，这是十分巨大的复杂的工作。必须把一切有利于这个工作的积极因素充分发动起来，大家来出谋划策，大家来搬砖动土。"百花齐放、百家争鸣"的方针就是要把知识界一切积极力量发动起来，为建设社会主义文化而进行劳动竞赛，在批评和竞赛中互相地取长补短，求得共同的团结与进步。

"百花齐放、百家争鸣"的方针大大地激发了全国知识分子、全国作家艺术家的积极性，提高了知识界、文艺界的思想水平。一个新的社会主义的文化高潮即将出现在我们面前。我们一定要克服一切阻碍，坚决地贯彻执行这个方针，争取社会主义文学艺术的高度繁荣！

《文艺杂谈》读后[①]

陈沂同志最近写了一篇文章,题目是《文艺杂谈》,登在《学习》杂志今年第四期上。这篇文章虽然也谈到了"百花齐放、百家争鸣"的好处,可是字里行间,流露出一种担忧的、戒备的情绪。

陈沂同志很怕大家乱"放"乱"鸣",怕大家"误用'百花齐放、百家争鸣'"或"超出'百花齐放、百家争鸣'之外",他提醒大家:"决不能在我们的土壤上搞反社会主义建设的宣传","搞宪法不允许的事"。

"百花齐放、百家争鸣"是人民内部的自由,反革命分子是不能享受这个自由的。要是有人利用它来进行反革命的阴谋活动,那自然是违法的,宪法不允许的。然而陈沂同志指的不是这个。

陈沂同志对文艺界的公民们这样说:"你总要把你弄出的东西来对人民有些教育意义,教育他们向上,为建设社会主义前进;我们总不可以说……我们搞文艺工作的可以不管社会主义建设,把它抛开,也不为它服务。至少,宪法不允许。我们搞文艺的也是公民,总不能搞宪法不允许的事。

且不说他把文艺界公民们的觉悟程度估计得太低了,且不说用法庭的压力、命令的方式来强迫觉悟低的作家担负起教育人民的责任显然不是一个好办法,单说把人民内部思想落后、思想错误的现象和违法乱纪的行为混为一谈,就是绝对需要加以更正的。

陈沂同志既然把"百花齐放、百家争鸣"想象为后患无穷,那么,为了防患于未然,他就订出一套指导原则来。

他特别强调"百花齐放、百家争鸣"的"同一性";他要求大家有共

[①] 本篇发表于 1957 年《文艺报》第 2 期,署名光年。未曾收入自编作品集和文集。

同的思想立场，有共同的目的性，在统一的领导下，好的"放"出来，坏的不要"放"，"争"有分析地"争"，"放"要有区别地"放"。

关于思想立场，关于领导，关于同一性，我们后面还要谈到的。先来看看，应当怎样有分析地"争"，怎样有区别地"放"呢？

他举出同是有鬼神出场的两种戏曲为例。前一种，"给观众不仅是恐怖，而且是毒。这就不应该拿出来'放'。"后一种，"使观众看了之后知道爱和恨。所以就可以拿出来'放'"。之后又举出好与坏的两种电影为例，接着说："'争鸣'就要这样有分析的'争'，'齐放'就是要这样有区别的'放'。"

要是艺术问题、学术问题都像所举例子这样的简单，那就好办了。可惜事情并不都是这样。

人们的主观认识和客观事物的实质可能是不一致或不完全一致的。譬如，有的人自己认为他坚持的是马克思主义的正确原则；实际上，他坚持的可能是教条主义——马克思主义的反面。又譬如，在教条主义（或机会主义）占优势的场合，真正马克思主义的东西反倒认为"是毒"，"不应该拿出来放"。这样的事情在世界上并不是没有发生过。

就拿陈沂同志选择的最简单的例子来说。像《活捉王魁》，他认为是一出好戏，可以拿出来"放"，我是赞成的。可是在教条主义占优势的场合，这出在民间流行了几百年的好戏，一直被认为"是毒"，不准它"放"。可见事情也不那么简单。

又如《四郎探母》，陈沂同志认为有"毒素"，我也是同意的。可是随着人民党悟的日益提高，这出戏的毒素逐渐失去时效，或者说大大减轻了；而它的"艺术性"（艺术家的才能和劳动的结晶）可供今人欣赏和借鉴的东西因此变成了主导的方面。就是说，条件变了，事物的性质也发生了变化。这一点是陈沂同志没有注意到的。

如果不这样看，我国历史上的许多哲学和文学的遗产就会受到排斥。孔子、孟子、老子、庄子、《水浒传》、《三国演义》、《红楼梦》等等，难道说没有封建主义、唯心主义的"毒素"吗？可是今天人民血液里的"抗毒素"日益增强了，我们有马克思主义的分析、批评的武器，可以避免受到毒害；而这些遗产里面包含着数说不尽的对我们有益的东西，就会变成十分宝贵的养料（遗产中间，例如戏曲中间，有些可以肯定是有害无益的糟粕，自然又当别论了）。

可见，事物是复杂的，不能简单地对待。这类问题只有通过"百花齐放、百家争鸣"才能得到正确的解决，而陈沂同志的公式"是毒。这就不应该拿出来'放'"是解决不了问题的。

可见，陈沂同志的指导原则："有分析的'争'"，"有区别的'放'"，他所说的"分析"和"区别"，只不过是形而上学的分类法，和马克思主义的思想方法是大有区别的。接受了这个指导原则，定会发生不好的影响。

转回来谈谈思想立场问题、领导问题。

所谓共同的思想立场，如果指的是大家都必须有马克思主义的思想立场，那显然是过于理想化了，因为我国今天的知识界，并不是大多数人都取得了马克思主义的思想立场，而"百花齐放、百家争鸣"却有利于大家在长时期内逐步地解决这个问题。陈沂同志要求的是："必须要有一个起码的爱国主义的拥护社会主义的立场。"那么，我要说，经过解放后一系列的社会改革和思想改造的运动，我国知识界、文艺界的大多数人，已经在爱国主义的拥护社会主义的基础上团结起来了，这正是"百花齐放、百家争鸣"的方针在我国的条件下所以切实可行并且行之有效的原因。对这一点，应当有足够的信心。不用说，我们还要通过"百花齐放、百家争鸣"不断地巩固这个基础，增强这个团结。如果有了看人家不起，总是说人家不行的宗派主义情结，就会妨害这个团结。

陈沂同志在谈到领导问题的时候，也表现出他对文艺界的觉悟程度估计不足和缺乏信心，流露出宗派主义的情绪。他愤愤不平地说："现在我们文艺界还有一点就是：既然'争'，既然'放'，就应该绝对自由，任所欲为，也即是古话说的'好坏由之'，有点不大赞成领导，当然更反对所谓干涉。"对于这种现象，陈沂同志斥责道："这就有点超乎我们国家建设社会主义的宗旨。当然，也就超出'百花齐放''百家争鸣'之外。"

这段话说得很不好。他把个别的或局部的现象夸大成整个文艺界的过失了。如果文艺界的情况是这样的一团糟，那还能"争"出什么名堂，"放"出什么好东西呢？

为了防止"任所欲为的""乱放""乱鸣",陈沂同志主张作家和领导"结合"起来进行创作。陈沂同志介绍自己领导创作的成功经验说:"看近年来流行的几个片子如《董存瑞》,如《渡江侦察记》,如《上甘岭》,都是由于领导与作家的结合而成功的。"他紧接着说:"只有在这个意义上,并且尊重这个的意义上才能谈得到作家的创作自由。"

怎样"结合"?即怎样取得这样的创作自由呢?按照陈沂同志的解释,就是领导同志"对一些正在进行的创作中的一些不健康的因素或不能达到更高的艺术效果的作品,提出一些'干涉'"。

党是要领导创作的。作家是愿意接受领导的。陈沂同志的领导经验也一定有不少可取的东西。可是如果这里有一位作家,他要创作,他接受党的方针、政策的指导,而独独不欢迎领导同志对他正在进行的创作提出哪怕"不是横加"的"干涉"。按陈沂同志的说法,他还谈不到创作的自由。按我们的说法,他是有充分的创作自由的,任何人不能干涉他的创作自由。

陈沂同志要"干涉"的东西太多了。例如他说:"而你还必须要把你的才能逐渐用到表现现代和现代人的生活和斗争,这甚至就是那些古今中外还没有马克思列宁主义思想时代的一切浪漫主义、自然主义、现实主义大师们的良心。这是艺术家起码要具备的良心。"

我也是爱读现代题材的作品的。我希望文艺界通过各种方式提倡和吸引作家更多地描写现代人的生活和斗争。可是,采取什么题材,这究竟是作家的自由,怎么能说不写现代题材就是没有良心呢?郭沫若写了不少历史剧,没有写出现代剧,可是他的历史剧中闪耀着时代的精神和良心。至于中国或外国古代的现实主义大师(且不说那些惯于采用历史题材的浪漫主义作家了),那么元朝的施耐庵和罗贯中写出了《水浒传》和《三国演义》,都不是当时的现代题材;莎士比亚的剧本,也采取的是历史题材。谁也没有权利说这些大师们没有良心。

最后谈谈"百花齐放、百家争鸣"的同一性。

懂得了陈沂同志关于"百花齐放、百家争鸣"的见解和主张,也就懂得了他所说的"同一性"的实质,懂得他为什么那样强调他的"同一性"了。他所说的"同一性",和我们所说的矛盾的同一性,互相依存而又互相转化的对立物的同一性,是根本不同的。陈沂同志所要求的,实际上是同一立场、同一目的的人在统一指挥之下的齐步走。一句话说破了,他主张的无非是"一花独放","一家独鸣",而且是在种种清规戒律的防范下、在严格的训斥和管束下的"独放"与"独鸣"。当然,那是完全行不通的。

决不怀疑陈沂同志的一片好心肠。他希望我们的文学艺术在正确的轨道上前进。可是为什么要对"百花齐放、百家争鸣"怀着戒备的心情呢?把一切爱国的、拥护社会主义的文学艺术力量统统动员起来,有什么不好呢?自然,各种性质不同的花朵也会开放出来;可是在不断的比赛和锻炼下,马克思主义的,社会主义的花朵将日益显示出它的无穷的生命力和吸引力。小孩子长成青年人了,他要投身到社会生活中去,去观察、去学习、去锻炼、去交朋友、去打敌人。你还要把他局束在幼儿园里,局束在保姆的看管下,那是很不合时宜的了。

不识陈沂同志以为然否?

新的革命的洗礼[①]

近来常听到这样一句话："形势变化太快了，思想赶不上！"这话代表了文化界、文艺界很大一部分党员负责同志的心情。

不过，同样一句话，可以听出两种不同的口气。

一种人，看到了当前的大变化，觉悟到自己的思想落后于形势，决心要丢掉包袱，欲赶上前去。他也说"赶不上"，说的时候带着歉然的可是积极的口吻。你听得出来，他正在赶，并且鼓励你也一同赶上去。对于这样的同志，我们心里油然生出了敬佩之情。

另一种人，说话的口气却不那么积极了。同样一句话，你听得出来，他说的时候却带有抱怨和感伤的意味。"为什么变得这样快呢？""教人怎么赶上呢！""要是一切不变或慢慢地变岂不很好吗？"这就是这些同志没有说出口来的"潜台词"。

"形势变化太快了"，这是实情。变了些什么？那就是：两个大革命胜利了。国内阶级斗争基本结束了，社会主义社会前进的动力的生动表现——人民内部的矛盾变得突出了。新的时代提出了新的任务，用阶级斗争中的老办法来解决文化革命、技术革命中的新问题，越来越行不通了。社会主义民主扩大了，群众的主人翁感觉提高了，以前不肯说、不敢说的话，现在大声地说出来了。群众响应党的号召，热情地帮助共产党员们从事改造党、改造党员们的思想作风这项极其伟大光荣的工作。

这真是几千年来中国历史上了不起的大变化！这个变化好不好呢？当然是好极了。共产党员们和许多革命者们多年来出生入死地斗争，不就是为的争取这个大变化的早日到来吗？现在它来了，来得比我们梦想的还要快！这岂不是好极了吗？

---

① 本篇发表于1957年《文艺报》第7期，是社论。未曾收入自编作品集和文集。

我们是唯物主义者,我们是尊重客观事实的。客观形势改变了,不管我们喜欢不喜欢,习惯不习惯,反正我们得改造我们的主观来适合客观新形势。不然的话,任何工作都会做不好的,都会碰钉子的,文艺工作也并不例外。

这并不是说,我们过去所做的一切都错了。凭什么也得不出这样的结论。可是,除了对敌斗争时期的老一套有很多和新时代的新任务格格不入以外,我们工作中的官僚主义、宗派主义、主观主义(教条主义是它的最突出的表现)——这些资产阶级思想作风的变色的毒草,就是在过去的日子里也是造成了很多祸害的。这些祸害,过去也是不能容忍的,今天是更加不能容忍了。

所以要整风。共产党员,首先是党员领导干部正在经受一次新的革命的洗礼。

面对着当前的新变化,抱怨或感伤的情绪显然是不对头的。抱怨什么、感伤什么呢?难道说,社会主义民主还是慢一点扩大的好?群众的觉悟还是慢一点提高的好?群众的一大堆意见还是憋在肚子里才好?难道说,教条主义的绳子还是不要解除的好?宗派主义的墙和沟还是继续保留的好?官僚主义的祸害还是不要反对的好?那些希望一切不变或慢慢地变的人,只要过细想一想,就会发现自己的思想情绪原来是非常糟糕的。

落后的、错误的东西一定要消除,决不能停留在过去的日子。

拿我们做编辑工作的来说:大变化的确使我们欢欣鼓舞,因为工作比过去好做一些了;可是随之而来的,也有了新的困难,新的苦恼。现在,当我们的觉悟稍稍提高一点的时候,能不能设想:假使还让我们停留在过去的日子里,还让简单化的粗暴批评占据我们的篇幅;还让教条主义的清规戒律继续从我们手里传播出去;还让我们的刊物盛气凌人,使人望而生畏;还让我们大笔一挥,随便把作家的稿子改得面目全非……不,我们简直不能这样设想,想起来就会流出一身冷汗的。

当然,我们的觉悟还很不够,我们还不能充分适应当前的新变化,我们的许多老毛病还在继续发生作用,我们一定要继续改造自己的思想和作风。

这些日子,北京、上海和各地的报刊很热闹,人民内部的矛盾从各个方面开始被揭露出来。矛盾到处存在着。人民内部矛盾在文学艺术方面的表现如何呢？照我们看来，它经常表现为文艺工作和人民群众精神需求之间的矛盾；同时表现为文艺界的内部矛盾。这两个矛盾互相交错着。必须首先解决后一个矛盾，才能顺利地解决前一个矛盾。反过来说，要是看不到前一个矛盾，忽视前一个矛盾，后一个矛盾——文艺界的内部矛盾也就不能得到正确的解决。文艺界的整风，着重在解决文艺界的内部矛盾，这也是为了促进文艺和群众的关系、文艺和社会主义建设的关系问题得到良好的解决。

人民内部的矛盾经常表现为党群关系之间、领导者与被领导者关系之间的矛盾。文艺界也并不例外。解决内部矛盾的时候，党员负责同志们不用说要担当更多的责任。过去文艺界党群关系不够健康，有些党员作家、艺术家对待党外的作家、艺术家采取了宗派主义态度。过去自由批评、自由讨论的风气不发达，有些文艺批评成为用行政命令对待创作的一种特殊形式的表现，而这些批评文章又是经过文艺刊物（当时都是"机关刊物"）组稿和发表的。因此，批评家和作家的关系、编辑部和作家的关系也弄得相当紧张。而文艺界有些党员与党员之间，关系也很不正常，更妨碍了党内外的团结与合作。这些矛盾都很值得正视，不解决这些矛盾也是不行的。可是，进一步清理起来，这些矛盾往往和党对文学艺术的领导工作中的缺点有关，和执行领导工作的某些党员负责同志的缺点有关。这是毋庸讳言的。

改进领导工作，正确地处理领导者与被领导者之间的矛盾，这就是关键的关键。

在意识形态的领域内，没有党的领导是不可想象的。如果说，近几年我们各部门的工作都表现了成绩，有了很大的进步，而这些工作部门的党员负责同志们却一无是处，那也是不近情理的。问题是，我们的这些党员负责同志们在付出了很大劳力，做出了很多贡献的同时，是不是也发生了一些差错呢？首先，解放后碰到的几乎都是新问题，单是由于知识不足，经验不足，也会做出一些错事来的。其次，缺乏预见性，看不到当时的客观形势向着今天的大变化逐步发展的必然趋势，老一套成了习惯，受着习惯势力的推移不自觉地犯了一些错误。特别是，资产阶级思想的遗毒在我们的某些领导干部的头脑中并没有彻底消除,因而表现为官僚主义、宗派主义、主观主义的错误,造成了很大的损失。可见,当认识提高一步的时候,昨天自以为是而今天却感到很不对头的事,一定是不少的。

党中央提出的"百花齐放、百家争鸣"的方针,在群众中引起了极大的振奋,可是很大部分的党员领导干部对这个方针实际上怀有抵触的情绪。为什么这些同志的情绪和群众的情绪距离得这样远呢?为什么他们和党的要求、客观形势的要求距离得这样大呢?问题的严重性就在这里。

当然,这些同志的思想情绪也是在发生变化的。党的情绪、群众的情绪正在他们的思想情绪上发生积极的作用。用固定的眼光来看人,那是不对的。我们看见,许多担任领导工作的党员同志正在以积极的态度迎接整风,他们主动地吸引群众对领导工作的缺点提意见。在这个时候,群众本着知无不言、言无不尽的精神,自下而上地大胆地揭露矛盾,并且促使这些矛盾得到正当的解决,这就有了特别重要的意义。

文艺界正在以战斗的姿态纪念毛主席《在延安文艺座谈会上的讲话》发表的十五周年,同时也是纪念伟大的整风运动的十五周年。短短的十五年,变化可是多么大,多么使人惊异啊!"后之视今,亦犹今之视昔。"当我们刚刚进入社会主义社会的今天,再来迎接一次新的革命的洗礼吧!它将保证我们今后能够创造出更大更多的成绩!

我们的自我批评①

五六月间，就是当资产阶级右派在全国范围内展开了猖狂进攻，本报内部矛盾也闹得非常尖锐化的时候，从我们的周刊上，放出了一批毒草；其中包括反映了右派思想的文章，煽动性的报道和资产阶级小报式的、进行人身攻击的短文。当然，有些毒草是我们有意识地放出的，准备批驳的，但有些却不是这样。我们对有些毒草没有及时认清它的危害性，没有及时组织有力的反驳。在编辑部右派思想和右倾情绪的压力下，我们做了一些不应该有的妥协和让步。在这些问题上，实质上是对资产阶级思想的可耻的投降！

我们对第7期以后的刊物做了一次全面的检查，现在在这里做出负责的交代。

（一）可以一眼看出来是反映了右派思想的文章，有以下几篇，第7期：《打开天窗说亮话》《从同志说到红色专家》；第8期：《有种好像永远都是正确的人》；第9期：《我昂起头，挺起胸，投入战斗！》《豁然开朗的笑容》；第10期：《人民出版社为谁服务？》；第11期：《从一篇杂文的遭遇谈到"今不如昔"的问题》。

（二）煽动性的报道和文章有以下几篇，第9期：《能用带兵的方式带剧团吗?》《张权同志"关于我"一文发表以后》《致刘芝明同志》；第10期：《闷在盖子里的声音》；第11期：《长影的第一个声音》《首长到京剧院去》。

此外，第8期上《让歌唱家演奏家们"鸣"起来吧!》、第11期上《作

---

① 本篇是张光年、侯金镜、陈笑雨在《文艺报》全体工作人员大会上的联合发言，发表于1957年《文艺报》第15期。曾收入《文艺辩论集》。

协在整风中广开言路》、第 12 期上《嘤嘤求友声》这三篇报道，对部分的错误发言做了客观主义的报道，造成了不良影响。

在第 10 期、第 11 期发表部队作家揭露矛盾的文章的时候，连续用了《让部队作家从清规戒律里解放出来》的大标题，也是故意耸人听闻的，带有煽动性的。

（三）我们的《文艺茶座》受到文艺界和读者的责难。当然，它也受到另外一部分人的怪声叫好。《茶座》里虽然并不都是坏文章，但是像《自己人都好办》《扇形地带》《演员求见记》《一次个别谈话实录》《封嘴记》《身价十倍》等篇，都决不是与人为善的批评，都不能不说是资产阶级小报式的、进行人身攻击的东西。其中《自己人都好办》和《封嘴记》，对人民文学出版社进行了不分青红皂白的恶意攻击，显然是来意不善的。

（四）另外还有一些文章，像《现实主义，还是公式主义？》《烦琐的公式可以指导创作吗？》这两篇文章中关于创造新英雄人物的某些论点，特别是关于理想人物的看法，我们是不能同意的。这类问题，可以在较长时期内当做学术问题来讨论。

从第 7 期到第 14 期为止，我们的刊物上发表了大大小小近 200 篇文章，其中很多是好文章。在整风期间，党内外同志对教条主义、宗派主义、官僚主义进行批评，或在座谈会上的发言，绝大部分也是好的，必要的，尽管有些意见我们不能完全同意，我们至今仍然是欢迎的，感谢的。这些决不能和右派思想和煽动性的言论混为一谈。

但是我们作为一个马克思主义的文艺评论刊物，正当前些时天空闹得乌云乱飞的时候，我们也发表了一些和《文汇报》上的毒草不相上下的东西，这到底是怎么一回事呢？

应当在这里说明：有些毒草是有意识地放出来的。像前面列举的第一类的文章，和《茶座》中攻击人民文学出版社的两篇文章，有的是当成毒草放的，有的是在大样上看到了，或出版以后看到了，认为是不好的文章，也是要准备反驳的。当然，其中有一两篇文章，我们对它的毒害当时没有看得很深切；同时，由于编辑部内部的尖锐矛盾拖住了我们的手脚，我们没有及时地组织反驳。现在应当立即来纠正这个错误。

我们的主要错误是对本报记者的几篇带有煽动性的报道做了妥协,对《文艺茶座》里除《自己人都好办》《封嘴记》以外的几篇文章,认为"问题不大"而同意发表了。这些文章在整风中间散布了恶劣的影响。

我们想特别谈谈本报记者的报道。当然,我们的记者是很辛苦的,有些报道是好的,或问题不大的,但也有煽动性的报道,特别是《长影的第一个声音》是带有很大煽动性的。这篇报道我们事先没有看到,居然同意发表在封面的最突出的地位。后来在大样上读到了,觉得不妥,又怕更动太大,延误出版日期,就仅仅告诉艺术部做了个别地方的修改仍然发表了。应当说,这是不负责任的,严重的失职行为。

应当特别谈谈《文艺茶座》。这是在改进工作的干部会议上,我们接受某些同志的建议而开辟的。但是对这一栏的方针和内容,缺乏具体的安排,对它的影响和后果,也缺乏应有的警惕。这一栏,实际赛过了《文汇报》。从这一栏里抛出了一些低级趣味的、对整风有害无益的、进行人身攻击的东西。我们总说这一栏的性质要转,要改变,并且和《茶座》的编辑同志订出了计划,但是没有坚决地促其实现。这也是我们的错误,对我们的事业是造成了很大损失的。每一个对党、对文艺事业有责任心的同志,想起来是不能不痛心的。我们已经和这一栏的编辑同志说过了,今后的《茶座》应当将功折罪,应当成为揭露右派分子和右派思想的尖兵。

在前一个时期,以唐因、唐达成为代表的右派思想向我们进行了猛烈的挑战;同时,《文汇报》的资产阶级作风影响了我们编辑部的很大部分同志,编辑部的内部矛盾十分尖锐,可以说,我们的斗争是相当艰苦的。但是,难道因为这样可以原谅我们的错误吗?不正是在最艰难的时候才需要共产党员来坚持自己的阵地吗?可是我们在内外斗争非常紧张的时候,却放弃了某些重要阵地,为了求得形式上的团结,避免编辑部的分裂,对右派思想和右倾情绪做了某些妥协和让步,在一部分工作上表现了失掉马克思列宁主义立场的、可耻的投降!去年,我们在发表《电影的锣鼓》的问题上犯过严重的错误,党中央对我们敲过警钟,我们没有从中取得深刻的教训。这说明右倾思想也在一定程度上侵蚀我们的头脑,我们并不是在每个问题上都能经得住严格的考验。我们虽然一直和右派思想进行了尖锐的斗争，但是在有些问题上，我们犯了错误，辜负了党对我们的信托。

同志们！决不要灰心丧气！现在我们的任务是：一方面拿起锄头，锄掉我们亲手放出来的毒草；一方面摆开阵势，和右派分子、和右派思想展开不调和的斗争。让我们在这一场斗争中进一步地考验自己。同志们，坚决地和党站在一起吧！

1957.7

从一篇文章看黄药眠的右派思想[①]

前些时候，资产阶级右派在我们的大地上翻云弄雨，放出了一股寒流。抵抗力不强的人，免不了要伤风感冒。拿我来说，那时鼻孔就有些失灵。经过医疗，嗅觉比那时好了一些。现在重读发表在《文艺报》第9期上的黄药眠的《解除文艺批评的百般顾虑》一文，就觉得很不是味道；它的资产阶级右派的腐朽气息，简直要使人掩鼻而走。

在那篇文章里，作者的右派论调，是经过了一番装潢的。作者说，他近几年有了一套聪明的写作经验，那就是"文章力求委婉，力求面面俱到，力求不至惹起人家的反驳"。可是，这些阴暗的聪明，哪里掩盖得了他的反党反社会主义的思想实质呢？

这位自命不凡的、道貌岸然的先生，在帮助共产党整风的名义下，向党所领导的社会主义的文学事业发出了恶毒的攻击，把我们的创作、批评的状况连同整个文艺界的领导思想都贬低得一文不值；他硬说现在没有言论自由；照他看来，现在说话写文章，比解放前还要不自由些。

右派分子为了否定党对文艺的领导，就不能不昧着良心来否定文艺工作的成绩。他总是要来羞辱你，耻笑你，丧失你前进的勇气。听听这位黄药眠先生怎样来耻笑我们作家的工作吧！他说："我们印出来的作品，中学生读起来，大体上还认为可以，但大学生就觉得不够味，不满足了。他们的兴趣是读外国小说。"这话可能是有根据的。黄药眠是师大中国文学系的系主任，他和该系的其他右派分子一起，免不了一年到头地在学生们面前"分析"当代中国文学如何如何地"不够味"，久而久之，他们影响之下的大学生，也就跟着瞧不起当代中国文学作品了。我并不是说我们的作品都是很够味的；但是能不能同意黄药眠所说，连工农兵群众热爱的赵

[①] 本篇发表于1957年《文艺报》第19期，署名张光年。曾收入《文艺辩论集》。

树理的作品,也都是《文艺报》硬"捧"起来的呢?事情当然不是这样。我还记得,前些年在太行山老区工作的时候,在农村赶集的日子,几次看见赵树理的小说和《孟姜女》《祝英台》之类的小唱本一同摆在地摊上。农民知道赵树理,喜欢赵树理,赵树理的作品在农村有读者,这是赵树理同志的光荣,也是我们社会主义文学的光荣。在黄药眠先生的贵族老爷的眼光看起来,这当然算不了什么,顶多也不过是属于"中学生读起来,大体上还认为可以"的一类吧。那么,我再举一个例子。前年冬天,我住在医院里治病,同病房的都是高级干部,也有大学教授。朋友给我送去了一本《三里湾》,我读完之后,很快地在病房里传阅起来。虽然这些读者对这书的缺点也提出了中肯的意见,但是他们对这本书仍然发生了浓厚的兴趣。病友们、护士们埋怨在书店里买不到这本书,以致我病愈出院的时候不忍收回它。在黄药眠看起来,这大概也算一种"照例是捧"的"不好的风气"吧?读者喜爱赵树理,《文艺报》推荐了赵树理的作品,为此黄药眠先生不满意得很,他硬说是读者受了《文艺报》的愚弄,"是因为《文艺报》和康濯同志说好,他也就跟着说好了"。《文艺报》的编委黄药眠责备《文艺报》助长了"一种不好的风气","这种风气也影响了读者"!

  但是黄药眠的右派思想左右不了《文艺报》的编委会。《文艺报》一定要按照自己的方针来进行工作:"鼓励新的文学艺术创作和文化艺术工作上的创造性活动,促进百花齐放、百家争鸣,团结和发扬一切积极因素建设社会主义的文学艺术。"这一条方针连同编辑工作的其他几条方针是经过编委会一致通过了的,经过中国作家协会批准了的,我们一定要坚定不移地执行它。

  关于文学批评,黄药眠说了些什么呢?他说:"批评文章有时并没有体会出作品的味道,就来分析它的优点和缺点,有时则没有掌握住分寸,太重,因而引起了作家的轻视或不满……"一个"有时",再来一个"有时",他的话真是"力求委婉,力求面面俱到",你甚至觉得,他把批评的缺点说得太轻了。可是,当你把他的这段话和前面谈创作的话对照起来,就知道他是言不由衷了。既然我们的作品,首先是赵树理的作品,连大学生都觉得"不够味",那么,又怎么能够责备批评家"没有体会出作品的味道"呢?对于本身是没有什么"味道"的"我们印出来的作品",批评家还是辛辛苦苦写文章"分析"它,而且不但分析出缺点,还首先分析出优点来,这怎么会发生"没有掌握住分寸,太重"的问题呢?这样还"引起了作家的轻视和不满",这些作家岂不是太没有道理了吗?从这段自相矛盾的话里面,人们已经可以嗅出挑拨的气息了,但还不够。作者说:"这是一个方面,另外,作家如果不服气,写了个反批评,但刊物又往往以'不拟讨论'为由拒绝刊载。挨了批评,不能反击,这也是造成双方关系的恶化的原因。"这段话如果在前几年粗暴批评盛行的时候来说,可能是符合实际的;在"百花齐放、百家争鸣"的方针提出以后,文坛上自由讨论的风气已经开展的时候还要这样说,就是完全不符合事实了。就拿《文艺报》说,一年来进行了一些文艺问题的自由讨论,编委之一的黄药眠不是不知道。就在黄药眠校阅他的这篇发言稿的时候,他的手头还有今年第8期的《文艺报》,其中作家白刃的一篇文章,对已往的粗暴批评提出了可说是非常粗暴的反批评,黄药眠也不是不知道。明明知道事实不是那样,却偏要说刊物拒绝刊载反批评,作家挨了批评不能反击,这是为了什么呢?请问:这是不是挑拨?请问:是谁在"造成了双方关系的恶化"呢?

黄药眠并不以此为满足。在那篇文章里,他对我们文艺工作的领导思想展开了迂回曲折的攻击。请看他怎样说:

在领导思想方面,对世界观与创作的关系有简单化的理论。我们的创作质量不高,和简单化的理论也不无关系。世界观指导创作,这是无可怀疑的,但世界观对创作的直接指导作用只限于作者看事物的立场观点和基本的态度方面,至于作家对于人物的心理状态、情绪等等的体验,世界观就不能直接指导。解决这个问题要靠积累生活知识,有丰富的生活体验。而根据我们很多同志的理论,仿佛无产阶级的世界观有了,就可以解决创作问题。强调思想改造,这是对的,必要的。但思想改造是长期的事情,我们不能等到作家思想改造好了才请他们创作,而且思想改造也决不止是读几本理论书。这几年来作家们总是读了些书了,但为什么有些人还是写不出作品来?如果说,思想进步了,他就可以写出作品,那么为什么这七八年来,作家的思想进步了，而还是写不出作品呢？我认为世界观对创作的影响有一部分是间接的曲折的，可是过去我们恰恰忽略了这一点。

在这段话里，作者的右派观点不是一眼可以看得出来的。他用了一套遮眼法，如"直接""间接""有一部分是间接的曲折的"之类。真是如他自己所招供的："肯定之后，必须来一个'但是'，否定之后必须来一个解释。文字上力求多加一些'在一定条件下'，'在某种程度内'等等。"（我要问：如果心里没有鬼，如果为的追求真理，你要搞这一套干什么？）但是我们且不管这些，且按照字面的意义接受下来，转过来向黄药眠提出以下的几个问题。

第一，你所鄙夷的我们文艺工作的"领导思想"究竟指的什么呢？马克思主义者从文艺现象的具体分析中得出结论，作家的世界观对他的创作起着决定性的作用，甚至他的创作方法——他的艺术观也是他的世界观的一部分，因此强调新时代的作家应当在火热的斗争中改造自己的世界观，改造自己的思想感情，以便用阶级的眼睛观察一切，用阶级的头脑分析一切，用阶级的心灵感受一切。毛主席《在延安文艺座谈会上的讲话》的精髓不就在这里吗？在你看来，这是把世界观与创作的关系"简单化"了；在我们看来，这又简单，又不简单。说它简单，因为真理总是简单明了的。说它不简单，因为要克服许多黄药眠式的作家的资产阶级世界观的抗拒，要消除我们每一个人思想上的消极因素，这可是不简单的事！

第二，我们说，作家的世界观对他的创作活动起着决定性的影响，决定性的作用，正像大脑对一切感官的作用一样。大脑对感官的影响，大脑与感官的交互作用，是复杂而微妙的，但不管怎样复杂，大脑总是要起决定性的作用。你嫌我们把这个关系"简单化"了，一定要分成所谓"直接指导""间接指导"的两部分，并且说作家创作活动的主要部分——"作家处于人物的心理状态、情绪等等的体验，世界观就不能直接指导"。你通过这种"间接的曲折的"说法，实际上贬低了大脑的作用，过分强调了下意识的作用。这果然就是你所理解的"形象思维"的精义吗？试问"作家对于人物的心理状态、情绪等等的体验"，作家的形象思维，能够直接离开他的世界观，他的"看事物的立场观点和基本的态度"，能够直接离开大脑而下意识地进行吗？抛开理论，谈谈常识吧！在反右派的斗争会上，右派分子对待他周围的人物，特别是对待向他进行说理斗争的左派人物的"心理状态、情绪等等"，究竟是怎样"体验"的呢？他总是以小人之心度君子之腹，把别人的"心理状态、情绪等等"看成是对他的"打击""报复"，描画为像他一样的自私和阴暗。他的这种完全不真实的"体验"，是不是和他的反动世界观，和他"看事物的立场观点和基本态度"有直接关系呢？反过来说，对于右派人物在斗争会上的"心理状态、情绪等等的体验"，一个左派作家和一个有右倾观点的作家体验出来的结果，也是很不相同的。前者（如果他是有斗争经验的）比较能够体验出对象心理活动的实质，后者却往往容易被各种假象所迷惑。但是右派的黄药眠先生却要我们把世界观、立场、态度等等看成是抽象的，不解决具体问题的，说什么"解决这个问题要靠积累生活知识，有丰富的生活体验"。那么，对生活的"积累"和"体验"难道可以离开作家的立场、观点、态度而独立地进行吗？

第三，谁说过"无产阶级的世界观有了，就可以解决创作问题"？谁说过"等到作家思想改造好了才请他们创作"？究竟谁说过这些话？为什么要重复这种胡风式的污蔑呢？当然，光靠世界观是不能解决创作问题的，说思想改造好了才可以创作，也是不对的。但是，一个作家如果拒绝在斗争中不断地改造自己的思想，拒绝用无产阶级的世界观代替自己头脑中的资产阶级世界观，如果甘愿让自己的思想落后于时代，他定然写不出社会主义现实主义的好作品，这不是非常明显的吗？如果一个理论批评家一味地贬低世界观对创作者的重要性，一味地贬低作家思想改造的必要性，一味地把作家的工作引入歧途；那么，不管他的话怎样巧妙，怎样"力求委婉"，我们只能把它看成是来自敌对阶级的声音，它不过是为了瓦解我们的文学，瓦解我们的斗志而已。黄药眠问道："为什么这七八年来，作家的思想进步了，而还是写不出作品呢？"我们说，这句话对大多数辛勤劳动的作家，是无的放矢！这个问题，还是让黄药眠先生自己来解答吧！为什么这七八年来，你没有写出真正的好作品、好文章呢？是不是因为你"思想进步了"，反而妨害了你的写作？还是因为你的资产阶级右派的世界观把你曾经有过的一点"进步"思想也挤得无影无踪了呢？

第四，你对于我们文艺工作的领导思想的花言巧语的攻击，无非是为了借此来否定党对文艺工作的领导。你的这些话还不够明显吗？"领导把理论与创作之间的关系看得过于简单化，因此领导的方式就必定会是生硬的，反过来又影响了创作的发展。"你的这段话，在"反对教条主义"的伪装下，反对了整个的领导。聪明的先生，你忘了在这一段露骨的右派言论中加上一些装饰，忘了"文字上力求多加一些'在一定条件下'，'在某种程度内'等等"的字样了！

一脑子的右派思想，而又要保持"进步作家"的面貌，这就难怪黄药眠写文章的时候发生"百般顾虑"，甚至会"战战兢兢"了。说老实话，一个口是心非的理论批评家的处境是值不得羡慕的。下面是黄药眠先生的诉苦，括弧里面的话是我替他加上的注解：

……几年来我写文章很少，但就这一点点经验来说，也就不难体会到写批评文章之难！（想粗暴）不能粗暴，（想讽刺）不能讽刺，（想说俏皮话又）不能说俏皮话，（想否定权威又）要照顾到权威，（想骂倒大作家又）要照顾大作家，（想压制新生力量又）要照顾到新生力量，（想反对领导又）要照顾到领导首长，（想打击老先生又）要照顾到老先生，（相挑拨又）要照顾到统战，（想投机，因此）要考虑主编的意图，（想赶浪头，因此）要考虑苏联目前杂志上流行的意见，（怕投错了机，赶错了浪头，因此）要考虑将来政策转变时为自己留退步。脑子里这样许多"照顾"（为的骗人），许多"考虑"（考虑如何骗人），于是自己的主意就越来越少（口是心非的话就越来越多了）。文章力求委婉（多绕弯子），力求面面俱到（怕露出破绽），力求不至惹起别人的反驳（使你看得见，抓不住）。许多重复了不知千百次的为人所熟知的大道理，大原则，（为了装潢门面）也不妨假定读者有"百读不厌"的精神再来一次重复。肯定之后（哪里是真肯定？）必须来一个"但是"（使你摸不透），否定之后（怕否定出毛病来）必须来一个解释（使你摸不透）。文字上力求多加上一些"在一定条件下"，"在某种程度内"等等（使你摸不透真意所在）……

够了!黄药眠先生!你的苦衷是值不得同情的!

但是,黄药眠不责怪自己的口是心非,不责怪自己的阴暗心理,他反而来责怪"清规戒律"太多,责怪新社会没有写作的自由!他抱怨说:"以前我写文章,好不好是另一个问题,但写起来,心里有舒畅之感,现在我写文章,往往是为了完成任务……连自己也不满意。"其实这个现象是不难理解的。以前在民主主义革命阶段,像黄药眠这样的无产阶级知识分子当时还起了进步的作用,他们和工人阶级的矛盾暂时还没有显露出来;到了社会主义革命阶段,事情起了变化,黄药眠这样的知识分子自视过高,拒绝改造,和工人阶级的社会主义的要求越来越格格不入,和工人阶级的政党越来越产生对立的情绪,他们和工人阶级的矛盾起来越突出了,于是过去的左派转化为现在的右派,过去的进步转化为现在的反动,走向了反党反社会主义的道路。他们的所作所为,是和社会发展的规律直接抵触的。他们说话写文章哪里还会有"舒畅之感"呢?

但是黄药眠先生丝毫不肯反躬自省,却要向社会主义的新中国要求资产阶级的自由!他要求"试办一二种同人性质的文艺综合刊物,让大家比较自由地发言",要求"批评也应该有自由";粗听起来,你会觉得奇怪:黄药眠怎么会觉得没有说话写文章的自由呢?当你知道他所要求的,无非是资产阶级右派的反党反社会主义的"自由"的时候,你就一点也不感到奇怪了。同时,你对这样的现象也不会感到奇怪:当黄药眠在我们这里找不到他所要求的"自由",他就不惜投靠章伯钧、罗隆基等右派野心家的怀抱,从他们那里寻求反共反人民反社会主义的"舒畅之感"!但是人民不能让他们"舒畅"得太久了。人民懂得,如果放任他们得到过分的"自由",过分的"舒畅"那就会给全国人民带来不自由、不舒畅的日子,就会带来灾难!人民现在就是要充分发挥反右派的自由,来粉碎右派分子反共反人民反社会主义的"自由",直到他们放下武器、低头认罪为止!

〔附记之一〕 黄药眠写道:"作家协会的理论批评组一直是不景气的,我是成员之一,有人说我是什么干事,我从来没有意识到。有几次报上载作协文艺理论批评组开会,我就没有接到过通知。有时候有通知,我也就来了。我是招之即来的。"我曾是理论批评组干事会的召集人，应当说几句话。

理论批评组的工作没有做好，但也不是"一直是不景气的"。去年春天，讨论典型问题，举行了四次扩大的会议，记得黄药眠也发过言。这几次讨论会开得相当热烈，《作家通讯》为此出过特辑。这以后，还开会讨论过批评问题。美学问题讨论也是理论批评组的活动内容之一，那是委托《文艺报》进行工作的，黄药眠也写过文章。

理论批评组干事会人选是经作协书记处指定的，原来没有黄药眠。去年夏天我曾向书记处提议请黄药眠参加干事会，书记处同意了。但不久以后，作协觉得总会下设小说、诗歌、理论批评组这种方式是否适宜，应当重新考虑；下半年起，各组就停止活动了。干事会不再活动，因此也没有通知黄药眠来开会。这里面并没有什么阴谋。我曾口头向黄药眠解释过，现在再在这里解释一下。

〔附记之二〕　黄药眠这篇文章，题目是《解除文艺批评的百般顾虑》，文末括弧内说明："本文是作者根据在本报召开的座谈会上的发言整理而成的，题目为编者所加。"这个奇怪的题目，是本报右派编辑、本报总编室主任唐因所加的。《文艺报》那次召开的座谈会，是请黄药眠主持的，他的发言我没有听到，事前也没有看到他的发言稿。为了"照顾统战"（这是黄药眠先生讨厌的"清规戒律"之一），在唐因的推荐下，我同意发表了这篇文章，而且当时也没有发现它的错误的严重性。这件事说明我自己有官僚主义，也有右倾思想。我写这篇文章，也为了借此纠正自己的过失。

1957.8.4.

揭穿大阴谋[①]

同志们！参加了这些天的会，我和大家一样的心情十分沉重。以丁玲为首的反党集团的种种阴谋活动，其性质是极为严重的。我同意很多同志的看法，这是一个蓄意已久的反党的政治阴谋。会议揭发出来的许多事实，肯定了这个正确的估计。

大家感到毛骨悚然的，是他们要在十月的文联大会上制造公开分裂的局势。他们的分裂活动难道仅仅表现在这件事上面吗？不是的，他们老早在制造分裂了，他们的全部阴谋活动，就是要在文艺界制造分裂，在文艺界篡夺党的领导。

昨天康濯同志的发言提醒了我，使我想起我在作协前年党组扩大会上的一次发言。那时我根据会上揭发的许多事实，曾经说丁、陈反党联盟把粗暴批评当成他们的政治武器；陈企霞和丁玲是一个黑脸，一个白脸，一面威胁，一面拉拢，一打一拉，使好些害怕粗暴批评的作家奔走于丁玲的门下，在文坛上形成了一个惹不得的实力派；而老奸巨猾的胡风，却看出了这个实力派是可以和他合作的。同志们，事情难道不是这样吗？

昨天何其芳同志说得好，丁玲实际上有一个她自己的党。她把原来和她亲近，后来站到党的立场上揭发她的人，看成是对她的"叛变"。她指望一些党员叛变党，向她"起义"。丁玲对《文艺报》的年青同志威胁说："年青人不要出卖自己。"实际上她仍然把《文艺报》看成她们的独立王国，把年青人靠近党看成是"出卖"给党。请问：这是不是在文艺界形成了第二个党？这还不是分裂党的卑鄙活动吗？

据陈企霞交代，早在1954年检查《文艺报》的时候，丁玲、冯雪峰、

[①] 本篇是作者1957年8月8日在中国作家协会党组扩大会第14次会议上的发言，发表于1957年《文艺报》第20期，署名张光年。曾收入《文艺辩论集》。

陈企霞就在一起商量对策，商量要不要放弃这个"阵地"或那个"阵地"。陈企霞向丁玲策划把《人民文学》原来反对她的人拉过来，说"堡垒最好是从内部攻破"。党的事业，一到他们手里，就变成他们反党的"阵地"；没有到手的时候，就要千方百计"从内部攻破"它。请问，这是不是篡夺领导？是不是有意识地反党？李又然说："小集团有什么？赫鲁晓夫、布尔加宁搞贝利亚的时候还不是商量的！"他们不但污蔑了苏联共产党，并且胆敢把自己比做赫鲁晓夫等等，他们就是要把这个或那个党的领导人置之死地而后快。骂你"贝利亚"算不了什么。他们一向把死心塌地的反党分子比做"忠臣"，称为"英雄"，把领导同志和忠于党的人骂成是"奸臣"或"叛徒"，因为他们另外有一个党，那个党和我们的党是誓不两立的！

你们说你们的反党是无意识的，你们的分裂活动是无意识的，那么，我来问你们：为什么像陈企霞所说：胡风被揭露，你们很紧张，怕被卷进去？为什么像冯雪峰所说，肃反运动来了，你们就要清理信件，准备被捕？为什么反右派斗争开展了，你们就害怕起来，鬼鬼祟祟地订立攻守同盟？要是你们心里没有鬼，为什么一切打击敌人的运动，你们都这样害怕？你们心里没有鬼，为什么老是要把自己放在敌人的地位上？丁玲前天说，"我心里有鬼"，那么，你心里的鬼是什么？究竟是什么呢？

反党分子们一直在观风色，等时机，他们看到匈牙利事件发生了，国际反共高潮起来了，法斯特之类的作家公开叛党了，资产阶级右派大举进攻了，时乎时乎不再来，他们就活跃起来，到处挑拨离间，到处访"贫"问"苦"，到处"发动贫雇农"，并且勾结党外右派向党进攻。陈企霞说要"大干"，冯雪峰说"把什么都拿出来"，丁玲说"党在他们手里"，就是说，要把党从"他们手里"篡夺过来。丁玲得意忘形地告诉葛文同志说："现在都在翻；这也翻，那也翻了！"果然，她们就要翻1954年检查《文艺报》的案，翻1955年党组扩大会的案，并且鼓动一批人翻肃反的案，还巴不得替胡风翻案，替王实味翻案！他们果然觉得，天翻地覆的日子就要来到了！

昨天李纳同志揭发，丁玲说："我的问题要解决，一个是通天，一个是通地。"所谓通天，就是要到中央告状，妄想迫使党中央把党交给他们手里;所谓通地,就是要发动群众,发动党内外一切对党不满的人,迫使党向他们让步。这个计划好大啊!而且,应当说,他们的分裂计划已经实现了一部分。前些时候,就是在一两月以前,党内外许多人不是在为丁陈叫屈吗?《文汇报》的某些人,《文艺报》的某些人,《新观察》的某些人,作协的某些人,不是都要求公开讨论"丁陈问题"吗?六月初那三次党组扩大会不是向着反党的方向一面倒吗?如果不是反右派斗争起来了,如果没有党中央的干涉,那个党组扩大会将开成什么样子?文艺界会闹成什么样子?请大家都来想一想。

同志们,这是一个很大的政治阴谋,这是一个大规模的分裂活动。他们妄图配合党外右派的进攻,把文艺界分裂开来,把领导权抓了过去,把一批人(一批对党忠实的同志)赶下台去,把作家协会变成去年匈牙利式的作家协会!如果这个计划不成功,他们就要积蓄力量,在今年十月间文联大会上大闹一场。丁玲自以为是法斯特式的国际闻名的大作家;她大得很,这个党容不下她;她自以为手下有一批人,有成千成万的读者;她要在大会上宣布退出作家协会,登报宣布公开分裂;她以为那时就会有一大批群众跟着她走,就会使党陷于孤立,作家协会就非垮台不可!她这个野心家把自己看得太高了,把党看得太小了,她就不能不遭到可耻的失败!

同志们,这是一个大阴谋,这是一场没有闹成就被粉碎了的文艺界的匈牙利事件。文艺界泛滥成灾的自由主义、修正主义都是它的好帮手,都在思想上、情绪上和它发生了千丝万缕的联系。我不是故意在这里耸人听闻。大家想一想,要是胡风集团没有被粉碎,要是前年的党组扩大会没有初步地打击了他们的反党气焰,要是今年夏天不开这个大会,没有揭露他们的反党阴谋,要是几个刊物还在他们手里,要是还容忍他们,迁就他们,继续让他们扩大自己的势力,同志们,事情会变成什么样子呢?当然我们有英明的党,英明的党中央,我们党内外的大部分作家是懂得大是大非的,我们决不会让他们横行霸道下去。我们这次一定要搞彻底,彻底解除这个反党集团政治上、思想上的武装,决不允许再过几年逢到再一次国际反共浪潮的时候,他们又卷土重来!我们决不允许他们卷土重来!

为什么说"今不如昔"?[1]

萧乾说出版工作"今不如昔";吴祖光说戏剧工作"今不如昔";钟惦棐要求电影工作回到解放前的老路;冯雪峰公然劝臧克家同志把《诗刊》办成"19世纪的诗刊",冯雪峰自己还死抱住19世纪的文艺理论来反对毛主席的文艺思想。党内外的右派分子异口同声地宣传过去一切都好,现在一切都糟,他们硬是要把历史的车轮拉向资本主义的旧时代去。

右派分子每一个人的灵魂深处都有一个资产阶级的王国。他们和我们的新社会是格格不入的,和社会主义是格格不入的。他们在新社会里感到委屈得很,处处都看不顺眼。"社会主义制度的优越性究竟表现在哪里呢"?吴祖光就忍不住发出了愤怒的狂叫。从他们看来,资本主义制度比我们的社会主义制度要"优越"得多!生活越是向着社会主义快步前进,他们就越是感到恐惧和苦恼。他们必然要纠合力量,从事反党反社会主义的罪恶勾当。

拿萧乾来说,这个一脑子洋奴买办思想几乎原封不动的人,他要是不感到"今不如昔",那才是怪事!解放前他充当了帝国主义分子的代言人,贩卖反苏反共反人民的鸦片,换得了所谓"高等华人"(老舍先生说是"二洋鬼子")的"优越"条件,过着极端腐朽的资产阶级方式的生活。解放后,这一切都吃不开了。骑在人民头上颐指气使的日子,已经一去不复返了。他抚今追昔,处处感到"今不如昔",原是很自然的事。

拿冯雪峰说,他所念念不忘的,是在解放前的上海文艺界称王称霸的日子,也就是上海的党、上海的文艺界受到他的致命打击的日子。那时候,他喜欢的人,尽管是反革命分子,也可以随便地拉进他的党内;他不喜欢的人,尽管是忠贞不屈的同志,他也可以成批地打击和陷害!这种

---

[1] 本篇发表于1957年《文艺报》第21期,署名华夫。曾收入《文艺辩论集》。

人，最恨的是人们按照党的原则办事，按照社会主义的原则办事。他必然要反对党的组织路线和文艺路线，因为党的组织路线和他的反党路线是敌对的，党的文艺路线和他的 19 世纪的"理论"是格格不入的。

萧乾和冯雪峰的例子也许是特别突出的。但是党内外的一切高呼"今不如昔"的右派分子们，在留恋资本主义、敌视社会主义这一点上，根本上是一致的。"今"——就是社会主义制度；"昔"——就是资本主义制度。他们对旧制度恋恋不舍，对新制度竭力抗拒。他们总希望在社会生活上、党内生活上多多保留一些资产阶级的东西。做不到，他们就非常痛苦，非常愤慨，他们就要起来反对，起来闹事。但是，历史是无情的，历史的车轮不能按照他们的愿望向后倒退；相反，历史按照自己的规律一往直前。党内外的资产阶级右派一定要被历史的车轮远远抛开，碰得头破血流！

萧乾是怎样的一个人?[1]

萧乾在《文艺报》搞些什么?

萧乾是《文艺报》的副总编辑。前些时候他在《文艺报》所起的破坏性的作用,陈笑雨同志和许多同志已经在会议上谈到过了。现在我把自己印象最深的一两件事在这里谈一谈。

萧乾过去是怎样的一个人,我们并不是一点也不知道。可是我们总觉得,人是会有改变的,我们决不愿意用固定的眼光来看人。这两年来,我们被他的一些进步的伪装所蒙蔽了。我们欢迎他到《文艺报》来。他在《文艺报》担负了重要的领导工作。党是信任他的,作家协会是信任他的,萧乾是有职有权的。他多次表示很感动,表示要积极地工作。应当说,《文艺报》在筹备改版的期间,萧乾还是出过一些力量的。怎么能说萧乾在《文艺报》有职无权呢?我看他自己也是说不出口的吧!5月和6月(正是整风初期),萧乾恰好轮值负责发稿工作,那时每一期在大样上签字付印的,不是别人而是萧乾。经他发稿付排的攻击人民文学出版社的一些稿件,难道事前送给我们看过吗?他的野心勃勃的组稿计划,难道事前跟我们商量过,事后曾经报告过吗?那时候,副总编辑侯金镜同志在休假,副总编辑陈笑雨同志一度到武汉等地出差去了,唐因、唐达成等人以文学部和总编室为据点,向我们展开了正面的进攻;钟惦棐以艺术部为据点,埋头进行了一系列的反党活动。当时我们的日子是很难过的。你萧乾如果

---

[1] 本篇是1957年8月19日在中国作家协会批判萧乾"反党反社会主义"言行的会议上的发言,发表于1957年《文艺报》第23期,署名张光年。曾收入《文艺辩论集》。

够朋友的话，哪怕是严守中立也好啊！恰恰相反，当编辑部闹事的时候，编委会陷于孤立的时候，萧乾以为他的机会来到了。他利用职权，把外国文学部变成了向党进攻的据点，他鼓动钟惦棐起来抗拒党中央对《电影的锣鼓》的批评，鼓动《文艺茶座》编者组织稿件对中央负责同志进行人身攻击，他在背后支持唐因、唐达成，在他们的反党情绪上火上加油！萧乾先生，你太不够朋友了！我曾经向你分析了编辑部的情况，说明了我们对编辑部闹事应取的态度，我是希望你能够站在我们一边的。党信任你，把你看成朋友；可是你不信任党，把党看成敌人。不是党对你不放心，不容忍，是你滥用了党对你的信任，反而恩将仇报！萧乾先生，你凭良心说，是不是这样呢？

　　我对萧乾本来是没有多少警惕的。但是在五六月间，萧乾的活动太露骨了，有三件事情引起了我的警惕。一件事，就是在第8期的《文艺茶座》上，萧乾化名写了《自己人都好办》这篇短文。这是《文艺茶座》的第一篇文章。他是在第8期付印的前一天赶写出来的。刊物出版后我看到了他的杰作，我心里想："萧乾先生，你也来了！你也来搞我们了！"接着，他发出了张友松的《我昂起头，挺起胸，投入战斗！》这篇来势汹汹的文章。刊物付印的那天，我看到了大样。当然，这是一篇恶意攻击的文章，这是毒草！我知道这是他苦心孤诣组织来的重要稿件，我没有让他抽掉，我只是在满纸谩骂的语句中，要求他删去个别的实在下流得不成话的地方。他不愿意。说什么张友松这人如何如何的神经质，他的文章修改不得。在我的坚持下，他勉强同意了。第二天，《文艺茶座》的编者送来了张友松的那篇有名的《封嘴记》。这是萧乾制造的圈套，他当然很关心我对这篇文章的态度。谁看了这篇文章也会生气的，并不是我们害怕毒草，但这篇东西纯是无中生有的诬蔑。我看过以后当时告诉萧乾说：这是篇岂有此理的文章，《文艺报》上决不能发表这样无理取闹的东西。照说，这不是外国文学部发出的稿件，是他绕个弯子嫁祸于《文艺茶座》编者的，他应当避避嫌疑吧！可是，想不到一向是满脸堆笑的萧乾先生，这一回露出了他的阴险的面目。他回去想了一想，转来向我提出了抗议。他说：他不了解党的政策，他以为毒草也是可以放的（言外之意是：哪知道你们是口是心非的）。既然这样，他要求：第一，他不做轮值副总编辑了，以后做点纯技术性的工作,就是说,他要掼纱帽了;第二,他说,外国文学部还组织了二十几篇文章,既然这样,他要打电话给作者全部退稿;第三,他要打电话给《人民日报》,把他写的那篇《放心、容忍、人事工作》坚决抽回来。当然,我知道这是要挟,他的用意是很险恶的。我又好气又好笑,我说,你何必这样?你无非是为了张友松那篇文章吧,当成毒草放出去好了!我们唯一的一次争吵,就是这样和解了。这里我要说,他用《文艺报》外国文学部名义组织了除张友松以外还有二十几篇向党进攻的文章,是这次谈话中我才知道的。到现在为止,这还是一笔糊涂账。我希望萧乾先生不要再保密了,他应当把这笔账交代清楚。

萧乾曾经为法西斯辩护

上次会议上,茅盾同志、陈白尘同志、曹禺同志都谈到了萧乾在全国解放前的一些反动言论。是不是我们这些人喜欢翻人家的旧账呢?一点也不是。八年了,我们一直在等待萧乾自己的觉悟,我们没有公开批评过他过去的那些十分露骨的反苏、反共、反人民的言论。张天翼同志在一次会议上说得好:"问题不是我们爱算旧账,问题是一个人怎样对待他自己的错误。他正视了过去的错误没有?认识了没有?改了没有?如果已经认识了,已经改了,是不会再算旧账的。如果还没有认识错误,还没有坦白承认,没有改正,是需要挖思想的根的,这样才可以使自己认识到其他一些错误都不是偶然的,而把必然性的根挖出来。"(见第 20 期《文艺报》)

挖根的工作,本来是应当由萧乾自己来做的,因为一个人自己了解自己最清楚。但是萧乾到现在还没有决心这样做,因此需要大家帮助他下决心翻一翻思想上的老根。

大家已经谈到,萧乾过去在"中间路线""自由主义"的伪装下,进行了一系列反苏、反共、反人民的恶毒宣传,我就不再重复了。我想要补充的,是萧乾在蒋介石王朝覆灭的前夕,竟然丧心病狂地替蒋介石政府的法西斯化辩解!蒋介石政府法西斯化的罪恶,我们在座的许多同志是曾经身受其祸的。当时全国人民痛恨蒋介石的特务政治、法西斯化,蒋介石匪帮很恼火,巴不得有人替他辩解,而萧乾就自动出来充当了法西斯匪徒的辩护士。你看这位化名塔塔木林的萧乾先生怎样替蒋介石辩解的。在一篇题为《中古政治》的文章里,他说:"上礼拜四有大学生某,至愚住所,硬说中国已法西斯化,愚觉其中有语病,当即详细盘问。"盘问出来,原来是一批特务持枪搜查了这位大学生的寝室。但是萧乾先生听后辩解说:"这还算不上法西斯。"理由何在呢?真亏他挖空心思想出了一大堆"理由"。"理由"之一是"中国生产未机器化";而且"……中国太穷,而救济中国穷的(指美、英帝国主义——光年)是相信民主的;太弱,而'保护'中国,在国际场面上支持中国面子的又是民主国家(指美、英帝国主义——光年)。这是中国不配法西斯化的外在原因"。又说"法西斯统制国内的第一利器是人口登记",中国人口登记不精确,所以不是法西斯;"法西斯国内第一武器厥为广播",而蒋介石不善于利用广播,所以不是法西斯。萧乾还说:"但根本使中国无从法西斯化者,是贵国人民之素质……愚可断言中国人民深入的个人主义气息,乃法西斯化最无办法之事也。"

我不知道萧乾的这些话怎么说得出口!就在他断言中国"根本……无从法西斯化"的时候,蒋介石的中美合作所里正在训练大批的特务,特务机关正在大批地屠杀爱国人士,李公朴、闻一多先生在美国制造的无声手枪下倒下了,半个中国变成了地狱一般的黑暗世界,除了萧乾等等极少数的所谓"自由主义"的宠儿以外,绝大部分的知识分子失掉了说话、写文章的自由,但是萧乾辩解说:"这还算不上法西斯。"请问,你说蒋介石还要怎样做才算是法西斯呢?

我们知道,一脑子洋奴买办思想的萧乾,月亮是外国的圆,空气是外国的新鲜,连法西斯也是外国的法西斯才好。他嫌蒋介石的法西斯统治还有点"中古"味,学外国还没有学好,还不算真正的法西斯,因此他在《吾家有个夜哭郎》这篇受到帝国主义分子喝彩的文章里,就希望"一朝天上飞下来一个真正的大独裁者",就是说,飞来一个外国的正牌的法西斯,这才合乎他的心愿。萧乾写道:"人民将欢迎满口民主、满袋宪法的政治家呢?还是这个独裁者呢?从饿了五千年的娃娃(萧乾指的是中国人民——光年)看,他是宁要这个严厉而认真的独裁妈妈的。"这一下子,这位拉斯基的门徒,这位"自由主义者"的假面具完全撕下来了。有奶便是娘!什么"民主""自由"!谁给我奶吃,谁让我生活得舒服些,我就替谁服务，我就编造一套好话替谁辩解。

请看萧乾理想中的"新中国"

　　就是这位有奶便是娘的萧乾先生，对于他心目中的"新中国"还是怀着一番"理想"的！他在《二十年后之南京》这篇文章里，把他幻想中的1966年（1967年？）国民党统治下的南京描写得多么美丽！他描写他"走过中山路国民党总部，看见门口站满一排男女青年"，"都在等候领到一纸党员请求书"。"一个中央大学的毕业生很沮丧地摇头说：他请求了已快两年，还没被录取呢。"因为国民党"对请求入党者抉择严于任何政党"，"谁不愿当个建造历史、博得人心的政党之一员呢？"至于共产党呢，在萧乾的幻想中，当然是早已向国民党屈服了，投降了，但是国民党宽大为怀，让他在国会里还占有几个议席。这个共产党野性难驯，在国会里还要胡捣乱。萧乾写道："当时在议会里有共产党员某君质问孙中山先生陵何以隐居山坡，于是引起了一场激烈争辩"，但是"一般中立党及社会贤达的公允意见"都是同情国民党而讨厌共产党的，表决的时候，多数意见"结果以五百六十九票比十一票通过"！我算了一下，原来在1966年的南京议会里面，按照萧乾先生的恩赐，共产党及其同情者加在一起，居然占了全部议席的五十七分之一！真是理想的新中国！真是理想的民主政治啊！

　　萧乾夫妇（塔塔木林夫妇）访问了1966年南京的美国大使馆，求见马歇尔元帅，"里面回答说：难道先生不知道马帅因调停中国纷争成功，全美认为力能移山（大概是移去了中国共产党这座大山——光年），早做过美国总统了吗？于是我们要求见见现任大使……大使秘书出来，很谦逊地说大使在午眠，在补二十年前马帅司徒二使所失过的眠。"感谢恩人马歇尔！感谢恩人司徒雷登！感谢恩人美帝国主义！没有他们的失眠，怎么会有萧乾理想中的"新中国"呢？

　　南京这样美妙，1966年的上海如何呢？不说别的，单说外滩公园吧。按照萧乾先生的理想，那里已经变成了伦敦的海德公园，不是吗，你看：

　　　　说着我们便踱入了外滩公园。草坪上这时正有一圈圈人群，围了激昂的演讲人。一位戴近视镜的老先生哆哆嗦嗦地站在一只袖珍讲台上，正指手画脚地讲。脚下木板上写着"大同促进会"。一个二十岁左右的青年在"新共产主义"（在萧乾看来，那时我们的共产主义已经过时了，有了"新共产主义"取而代之——光年）的布旗下也在嘶嚷着。一位三十开外的短发妇人在演讲"儿童公育"。听众有的扬声质问，有的背手静听，有的不住鼓掌，有的正要走开，是完全自由的空气。人丛中还有卖小册子的。什么"优生"（宣传白种人是优种，有色人种是劣种——光年）"阶级斗争"（"新共产主义"的"阶级斗争论"？——光年）"生产国有"（不外乎英国工党的那一套——光年）"马可福音"（基督教的社会主义？——光年），都在推销着（老舍：这里我要插一句，英国人是最吹他们的海德公园的，但是那里不能发传单，可是这里却能卖小册子，看来国民党的上海比英国的海德公园更"自由"）。园警只背手往来看望，有时自己也听入了神。

真个是好极了！妙极了！按照萧乾的英国主子的愿望，1966年的上海已经变成英国伦敦的翻版了！英国式的"民主""自由"已经完全战胜了共产主义！萧乾的理想实现了！

萧乾对进步文艺界的恶毒攻击

萧乾在解放前曾经是政学系的报纸《大公报》的红人，他曾经为《大公报》写了一些漂亮的社论和政论，反复宣传了"自由主义者的时代使命"，宣传了英伦三岛"以不流一滴血而达成了苏联连战数载的社会革命"，变成了人间的天堂；至于他随口而出的反苏反共的滥调，是举不胜举的了。这里，为了认识萧乾解放前的文艺见解，我想就他为《大公报》写的纪念五四运动的一篇社论《中国文艺往那里走》，说一点意见。

你说五四运动是什么样的一个运动？五四运动是什么人领导的？不用说，萧乾的说法，和我们的理解是完全不同的。他的社论一开始就抬出了他的"胡适之先生"，说是"昨天是文艺节，五四文学革命的元勋胡适之先生在本报曾向读者诸君追忆那伟大运动的盛况及其背景"。那么，这篇社论用胡适的腔调来歪曲五四运动，为胡适之类争夺五四运动的正统，我们也就不觉得稀奇，并且用不着转述他们的滥调了。奇怪的是，萧乾作为胡适派作家的代言人，却抱怨他们在文学上没有民主和自由；更奇怪的是，他不向国民党统治者要民主、要自由，却向左翼的批评家要民主、要自由起来了！你看他怎样说：

> 近来有批评家对于与自己脾胃不合的作品，不就文论文求指摘作品缺点，而动辄以"富有毒素"或"反动落伍"的罪名来抨击摧残……我们希望政治走上民主大道，我们对于文坛也寄以民主的期望。民主的含义尽管不同，但有一个不可少的要素，那便是容许与自己意见或作风不同者的存在……作家正如公民，应有其写作的自由，批评家不宜横加侵犯。这是说，纪念五四，我们应革除只准一种作品存在的观念，而在文艺欣赏上，应学习民主的雅量。

什么"民主""自由"！原来在那个时候，萧乾已经用它来作为攻击革命文学的武器了。

接着，这篇社论就恶毒地攻击什么文学上的"集团主义"、"头目招募喽啰"（都指的是革命文艺界——光年）、"偶像崇拜"（指的是文艺界尊敬已经逝世的鲁迅先生——光年）、"称公道老"（文艺界习惯把茅盾、郭沫若同志称为茅公、郭老——光年）、"元首主义"（大概指的文艺界拥护毛主席——光年）等等，说是这些现象使他"毛骨悚然"，必须"革除"它们，"中国文学才有活路可走"。

萧乾在这篇社论里，表示对新文学的无比仇视，他说："由五四到胜利，中国作家始终以'打倒'为使命，没抓到多少积极的题材，积极的哲学"，他"希望全国文艺工作者把方向转到积极上"，就是说积极歌颂统治者的德政，"把笔放到作品上"，就是说，不要搞什么革命斗争，这样"使文坛由一片战场而变为花园。在那里，平民化的向日葵与贵族的芝兰可以并肩而立"。作者的恶毒的用意，已经不需要我多作解释了。

读到萧乾写的这篇社论以后，当时郭沫若同志非常气愤，郭老写道："对于这种黑色的反动文艺，我今天不仅想大声疾呼，而且想代之以怒吼：

御用，御用，第三个还是御用，今天你的元勋就是政学系的《大公》！鸦片，鸦片，第三个还是鸦片，今天你的贡烟就是《大公报》的萧乾！"

我们简单地回顾了一下萧乾解放前反动透顶的政治观点和文艺观点，可以知道，就是在民主革命的阶段，萧乾也是一个很右的右派。他是个老右派，是帝国主义势力豢养起来的一个投机政客和买办型的文人。民族革命、民主革命的关他都没有过好，都是混过来的。那么到了今天，他对社会主义革命处处发生抵触，处处感到"今不如昔"，那就并不觉得奇怪了。他感到在新中国没有说话和写作的自由，在反右派斗争的前夕，他要求党和人民对章伯钧、罗隆基、储安平以及包括他自己在内的右派野心家"放心"和"容忍"，要求我们牺牲我们的性命来维护他们这些右派野心家的反共、反人民、反社会主义的"权利"（萧乾在《放心、容忍、人事工作》一文中，引用了英国人的一句"豪迈"的其实是十分虚伪的话："我完全不同意你的看法，但是我情愿牺牲我的性命，来维护你说出这个看法的权利。"），也就不觉得奇怪了。作为作家协会和《文艺报》的一个工作人员，我要正告萧乾，我们《文艺报》曾经牺牲了我们的名誉，容忍你们说出了你们反党反社会主义看法的所谓"权利"，我们只能"豪迈"到这个地步，我们不能再"豪迈"下去了。现在，我们要求你牺牲一下你的反动立场，投身在这一场社会主义革命的大火中，把自己身上的十分卑污、十分龌龊的东西彻底烧毁干净，从新做一个堂堂正正、干干净净的人。

胡风派？雪峰派？①

雪峰的文艺思想和胡风思想基本上是一致的。这一点，连雪峰自己也供认不讳。

前年批判胡风思想的时候，大家希望雪峰写文章，他自己也觉得不写不好。他搜集了很多材料，研究来，研究去，撕了又写，写了又撕，始终感到难以下笔。

就在那个时候，胡风私下对人说：我看雪峰怎么批评我？要批评我，除非先批评他自己。

雪峰怎么肯批评他自己呢？到底，他一个字也写不出来。

许多人看到雪峰和胡风思想上以至文风上惟妙惟肖，看到他二人二十年来一直是互相吹捧，互相包庇，互相勾勾搭搭，因此说，雪峰是胡风派。

其实，从雪峰看来，说他是胡风派，多少是委屈了他，他是未必服气的。

因为，胡风本来是雪峰一手提拔起来的。连胡风的一套反动的文艺思想，最初也是从雪峰那里传授过来的。没有我雪峰，哪会有你胡风啊！所以认真说来，说胡风是雪峰派，可能更符合实际一些。胡风和雪峰的崇拜者与追随者，并且长期和他们一起搞反党活动的雪苇，就始终坚持着这样的说法。

不过，说胡风是雪峰派，胡风又可能不服气。胡风会说：固然是你雪峰栽培了我，提拔了我，但是青出于蓝而胜于蓝，我到底发展了你的学说，形成了我独立的胡风集团，以至于在重庆的时候，你到底不能不依附于我，在理论上转过来偷取我的东西！这样看来，说雪峰是胡风派，也不

---

① 本篇曾收入《文艺辩论集》。

是没有道理的。胡风集团的好些人,一直坚持后一种说法。

  究竟胡风是雪峰派?还是雪峰是胡风派?让文学史家去仔细考证吧!对于我们说来,胡风派,雪峰派,反正是一丘之貉,在思想上都是反党反社会主义的,都是时代的垃圾。我们要像清扫垃圾一样,不分彼此地把它们从文坛上一起清扫出去!

19 世纪的遗老[①]

在最近的作协党组扩大会议上，巴人同志和别的同志都指出冯雪峰诋毁苏联文学和新中国的文学，盲目崇拜19世纪的欧洲文学。在文艺理论上，雪峰也还停留在19世纪革命民主主义者的思想感情上，没有前进一步。巴人同志说，今天要过社会主义的关，雪峰还抱住19世纪的老一套，是危险的。

臧克家同志也在会议上提供了类似的材料。臧克家同志说：《诗刊》将要创刊的时候，他和徐迟同志曾到雪峰家里向这位理论家请教。雪峰一本正经地说："我劝你们办19世纪的诗刊或21世纪的诗刊。"听的人一直莫名其妙。臧克家同志说："今天我明白了。这就是说，诗不要太挨近政治，诗不要紧密结合现实。如果太挨近，太接合了，就不会有好诗了。同志们，请想想，活在20世纪，却要办19世纪或21世纪的诗刊，在一种什么思想支配下说出这样的话？"

雪峰不是和一些人密谋办"同人刊物"吗？可以料想，他要办的"同人刊物"，大概也不外乎是"19世纪或21世纪"的刊物：创作，越远离现实越好；理论，死抱住19世纪的老一套，或者再发明一套"21世纪的现实主义"之类。

为什么宁可办19世纪的刊物，说19世纪的老话，为什么和20世纪的人没有共同语言呢？原因很简单。20世纪是社会主义的时代，满脑子资产阶级思想的人，跟这个时代是格格不入的。他们宁愿早生一百年或迟生一百年，反正不愿意在社会主义下面讨生活。

过去的一切都好，现在的一切都糟，外国的一切都好，中国的一切都糟——这就一切19世纪的遗老遗少共有的特点，也是一切洋场恶老恶少共有的特点。

---

① 本篇发表于1957年《文艺报》第21期，署名青草。曾收入《文艺辩论集》。

站在什么立场上独立思考？[①]

《文艺报》编辑部有几位青年人，过去在丁、陈集团掌握《文艺报》并且把《文艺报》变成反党的独立王国的时候，他们曾经是这个独立王国的骨干，有的人还被封为他们独立王国的"一面小旗"；这一次，他们一个个堕落为可耻的右派分子。

他们都是自命不凡的青年人。在向党进攻的时候，他们说，他们过去之所以犯错误，是因为盲目地跟着领导走，是不善于独立思考的原故——据说这个教训是够他们用一辈子的；而现在呢？他们要独立思考了，他们不能再盲目地跟着领导走了。因此他们理直气壮地和党的领导站在对立的地位。在反右派斗争中，他们长时间不能改变自己的立场。后来在群众舆论的压力下，他们一个个埋怨起自己来，他们说，他们错了，错就错在独立思考上，似乎是因为他们肯于独立思考，结果走上了反党反社会主义的道路。

事情果然是这样的吗？

独立思考有什么不好？青年人而肯于独立思考，可以说是非常好的现象。难道不用头脑、一味盲从的人，在复杂的阶级斗争中能够起什么积极的作用吗？难道我们的党、我们的军队之所以所向无敌，不是因为这个党、这个军队一方面是工人阶级的有组织、有纪律、有领导的战斗集体，同时它的每个成员都明确地知道他为什么而战斗吗？党什么时候提倡过盲目服从，或"盲目地跟着领导走"呢？相反，党从来是反对盲从，反对个人崇拜，反对党员和干部不用头脑的现象。这是大家都知道的。

但是有人说，他们之所以犯错误，就是因为独立思考太多的原故。言外之意是：可见你们这个党，你们这些领导人，喜欢的还是盲从的、"听

[①] 本篇发表于1957年《文艺报》第22期，署名华夫。曾收入《文艺辩论集》。

话"的干部！这是一种污蔑，一种诡辩！就拿这几个自命不凡的青年人来说，他们过去盲目地跟着丁、陈集团走，犯了反党反领导的错误；1954年检查《文艺报》的时候，党从多方面帮助他们，启发他们独立思考，期望他们走到正路上来；他们承认了错误，党就原谅了他们，比以前更多地信任他们，让他们担负了更重要的工作。然而他们总是和反党分子一条心，和党两条心；只听反党分子的话，不听党的话。他们继续盲目地跟着丁、陈集团走，却一点也不肯站在党的立场上独立思考一下。他们也有独立思考，他们是站在反党立场上独立思考的。他们思考的结果就是和党的领导"没有共同的语言"，就是比以前更厉害地从事反党的活动。

这几个青年人的例子，难道不值得我们大家都来思考一下吗？在我们文艺界，假借"独立思考"的名义来粉饰自己的反党立场的，难道仅仅是这几个青年人吗？有些人虽然经过了历次的革命运动，却没有根本改变自己的反动立场；右派的一股歪风刮起来了，他们很自然地卷了进去，做了敌人的应声虫，跟着人家喊叫：党错了，过去的历次运动都错了，他们要独立思考了，再不能盲目地跟着领导走了……资产阶级的声音投合了他们内心深处的资产阶级思想，因此深信不疑。党的声音对他们是忠言逆耳，因此一句也听不进去。于是，这些人就盲目地跟着右派分子一起"独立思考"去了。

不用说，右派对这些人物是特别欢迎的。萧乾在《放心、容忍、人事工作》一文中特别提倡作家们应当"独立思考"。他别有用心地污蔑我们的人"什么号召都人云亦云地表示一下态度"，"对什么也没有自己的看法"，他还讥讽"作家们勇气不足"；他忍不住破口大骂："人之异于禽兽者几希，独立思考而已矣。"就是说，谁要跟着党"人云亦云"，谁就是禽兽！右派就指望用这样恶毒的激将法激出一批反党反社会主义的勇士！丁玲对《文艺报》的人说，"青年人不要出卖自己"，也是用的激将法。

独立思考吗？好得很。你是站在萧乾、丁玲的立场上独立思考呢？还是站在党和人民的立场上独立思考？在这个大是大非的问题上，每个人都有选择的自由。但是在决定选择哪一个的时候，你得认真地思考一下。

当心啊,青年人!①

青年同志们!我想给你们转述一个故事。这个故事是从右派分子吴祖国光那里学来的。

我刚刚看了吴祖光写的一篇文章,文章的题目是《猴子的故事》,发表在今年3月号的《旅行家》杂志上。吴祖光告诉我们:不久以前,他到四川峨眉山去旅行。峨眉山的猴群是出名的。他特为在九老洞住了一夜,想捉住几个小墨猴儿带回来。他听老和尚说,从前峨眉山的猴群有一二百头猴子,由一个猴王率领着,在山上横行霸道,甚至把一位来峨眉游山的新娘子抢走了。因为"猴子特别喜欢女孩子",而且"猴子总比追它的人跑前一步",人们追不上它。后来,峨眉山来了解放军。"有一回,一个解放军的排长在九老洞前面和老和尚谈话,一大群猴子跑来找吃的,和尚和游客们把许多食物扔给猴子吃。人们都看见猴群当中有一个特别孔武有力的大猴子,总是跑在许多猴子的前面,把扔来的食物自己飞快地吞下去。有小猴子抢东西吃的时候,它总是拦着,常常一巴掌把小猴子打得老远。"排长一看,火了,吴祖光写道:这位排长"想到了革命的目的,他不能容忍这种封建压迫,他要为受压迫的小猴子求得解放。他掏出手枪瞄个准,把老猴王一枪打死了"。老和尚埋怨这位排长:说他打得冒失了,原来老猴不让小猴到人前抢东西吃,是保护小猴的意思。吴祖光写道,这位解放军排长"事先了解得不够,有点犯主观主义和教条主义"!结果是"老猴死了,群猴无主,猴群作鸟兽散……直到最近一两年来才重复集聚起来,可是比原来的规模就小多了"。现在呢?大概有一位新猴王(这一点他没有写清楚),带领着这些小猴到苞谷地里吃农民的苞谷去了。故事的主要

---

① 本篇是1957年9月13日在首都戏剧、电影界批判吴祖光右派集团"小家族"大会上的发言。曾收入《文艺辩论集》。

情节就是这样。

我们知道，吴祖光大概从胡风集团那里学到了一些鬼聪明，他近来写的好些文章都是"绸子包刺"的东西。这个故事，当然是他虚构出来的，意思是污蔑我们的解放军很愚蠢，并且用来讽刺所谓"主观主义和教条主义"的。我不知道他是不是还用这个故事来暗示他们那个反动的"小家族"的命运。看样子很像是有这种暗示。不是吗？这个"小家族"的成员都是自命不凡的天才人物，"总比追它的人跑前一步"。他们又"特别喜欢（玩弄）女孩子"。他们破坏成性，像猴子喜欢糟蹋庄稼一样，给劳动人民造成很大的损害。这个"小家族"过去是依附胡风反革命集团的，是胡风集团的外围，受胡风的大弟子路翎的直接领导。1955年的肃反运动，他们受到一些影响，他们的"猴王"胡风和路翎，被政府捉了起来。在吴祖光看来，我们搞掉了胡风集团，当然是"主观主义和教条主义"了。他不是一直在为胡风呼冤吗？无论如何，在一个短时期中间，总是"树倒猢狲散"了。可是他们还不至于"群猴无首"，他们拥戴了另一个"猴王"，这个"猴王"就是吴祖光。真的，他们"最近一两年来才重复集聚起来"，在马家庙9号那个花果山水帘洞里找到了他们的"自由天地"。这个新猴王鼓励他们"有冤申冤，有苦诉苦"，带领他们糟蹋我们的苞谷地和果木园，就是说，破坏我们的社会主义的文化、艺术事业。他们没有孙猴子的武艺，却妄想大闹天宫，妄想"十年以后再开文代会时，坐在主席台上的就是我们这些人了"。他们反党反社会主义的胡作非为的结果，到底激怒了文艺界，从猴王到这个猴群的骨干分子一个个被牵了出来。他们的美梦破产了。

同志们！我引用这个故事，是不是和这个大会的严肃空气很不调和呢？可是，这个故事不是我编的，是吴祖光编造出来污蔑我们的。既然是这样，我们就有权利当众锄掉这棵毒草；并且通过我们的解释，转过来当做揭露这个右派小集团的武器。

我们说这个"小家族"是右派小集团，是不是冤枉了他们呢？从他们过去的倾向和现在的政治立场看来，一点也没有冤枉他们。这个小集团过去在胡风、路翎掌握下的时候，他们到处散播胡风的反动理论，吹嘘路翎的"绸子包刺"的作品，散播反苏反共的流言蜚语，替胡风集团刺探消息，在青年中间寻找胡风、路翎的同情者，以便拉人下水。当1954年胡风集团向党大举进攻的时候，他们曾经是起了配合作用的。这个"小家族"的成员居然标榜"向路翎学习"，"以路翎为榜样"；果然，像杜高、汪明、田庄、王少燕这几个骨干分子，一个个学成了小路翎，变成了反党反社会主义的积极分子。他们这样的胡作非为，不可能不受到组织的审查和批评。他们却因此怀恨在心，对党、对革命组织发生了更大的反感。他们原来和吴祖光就有密切的关系，等到胡风集团垮了以后，因为气味相投，他们就进一步投靠吴祖光，指望在他的庇护下成名成家，并且报仇雪恨。

吴祖光这个新猴王，能够教出什么好徒弟呢？他除了用大酒大肉来款待他们，用淫书淫画来腐蚀他们，用"天才""神童"之类的不花钱的高帽子弄晕他们的头脑以外，就是灌输给他们"组织制度是愚蠢的"，肃反斗争"是罪恶的"，党"趁早别领导艺术工作"，"社会主义的优越性究竟表现在什么地方呢"，"今天的政府机构和过去封建统治的机构有什么两样呢"……这些极端反动的思想。正是这样，在整风初期，他们听到说罗隆基要组织一个反共的"平反委员会"，马上就要写信去响应；他们看到章乃器发表了露骨的反社会主义言论，就连连点头说"真有道理"；葛佩琦大叫要杀共产党人，他们说，他们"很能理解葛佩琦的感情"；储安平污蔑我们是"党天下"，他们说"他谈得很对"；读了费孝通和萧乾的反动文章，他们马上发生共鸣；看了前些时候北京大学右派学生贴的反党大字报，他们感觉"呼吸到了民主的空气"！你看，他们（包括吴祖光在内）和罗隆基、章乃器、葛佩琦、储安平等等右派野心家完全一鼻孔出气了。他们还羡慕匈牙利的反革命暴动，说什么中国知识分子胆子太小，不敢闹到大街上去！在吴祖光的策动下，这些右派爪牙就在他们自己的工作单位分别向党的领导发动了大胆的挑战。

大家要问：这些青年人怎么会堕落到这样的地步呢？

从过去和最近揭发出来的许多事实看来，各色各样的阶级敌人为了积累他们反动的资本，他们一刻也忘不了和我们争夺青年人。单就文艺界说，胡风反革命集团毒害青年的办法就是很多的。他们利用某些青年人的幼稚，某些青年作者急于成名成家的个人主义心理，他们就用假马克思主义来欺骗你，用肉麻的吹捧来收买你，用虚伪的友情来俘虏你。有些青年作者多少有点才能，可是思想不对头，投稿很不顺利。在胡风集团没有被揭露以前，他们看到胡风、路翎之类也是有名的作家，就把稿子寄给他们试一试运气。胡风这些人，反革命的嗅觉是灵敏的。他闻到你的作品里面有一股小资产阶级的气味，多少和他们一样是用阴暗的眼光看人生，通过阴暗的心理描写新社会的，他就说你写得很"真实"，没有他们所反对的"教条主义"，他就特别欣赏起来。如果他们自己有刊物，他就很快给你发表出来，并且写信、写文章加以吹捧。什么"纯真的诗人"呵，"天才的作品"呵，"天才的萌芽"呵，"现实主义的胜利"呵……一大堆好听的话，弄得你晕头晕脑的。你的文章在党办的刊物上碰了壁，在胡风那里得到了称赞，一回、两回、三回，你就会把胡风引为知己，对党所领导的刊物发生了反感。如果他们没有自己的刊物，那就对你更加热情，吹捧得更加巧妙，鼓励你投到党所领导的刊物上去，有时他还亲自为你转去。结果是被退了回来，他就为你愤愤不平，教你意识到你是受了"教条主义""宗派主义"的排挤或打击。一回、二回、三回，你就更加感谢胡风，更加对党不满了。郭小川同志曾经写过一首诗，题目是《某机关有这样一位青年》（收入他的《投入火热的斗争》这个诗集里面），描写了一个青年作者因急于成名而上了胡风集团的圈套的故事。他的描写是有事实根据的。

丁玲、陈企霞反党集团利用青年作家们的个人主义意识，也骗取了一些青年人作为他们反党的资本。他们在青年中间提倡"骄傲"，提倡"抗上是美德"，提倡"士为知己者死"，实际上是鼓动青年人的自大狂，鼓动他们的反党意识，鼓动他们为丁陈集团效忠到底。你们知道，丁玲有个"一本书主义"。她劝人说："你做多少工作都算得了什么呢？写东西才是你自己的。"这就暴露出了她的卑鄙的个人主义打算。她不是把文艺创作看成是革命事业的一部分，而是看成个人升官发财和向党要挟的资本。丁玲向一位作家说："你写了作品，谁也打不倒你。"就是说，有了作品就有了地位，以后就是犯错误，反党，党也拿你没有办法！你看这个思想坏不坏？试想，一个人如果抱着卑鄙的个人主义的目的，抱着赌博（押一宝）的心情来写书，他又怎么能写出对人民有益的好书呢？丁玲用"一本书主义"来迎合青年作家的名利观念,收买人心,使你感到她特别"关心"你,处处在为你个人的利益打算,使你非常感激她,愿意服服帖帖地为她的反党集团服务。丁玲还惯于挑拨青年人和党的关系。《文艺报》一位青年人申请入党多时了,没有很快解决。丁玲碰到那位青年,问:"你的入党问题解决了没有?"那青年说:"自己努力不够,政治上进步很慢,因此还没有解决。"丁玲说:"什么哟!还不是他们的关门主义!"只要这一句话,又买到了青年人的感激,同时也能挑起青年人对党组织的反感。丁玲真会说话呵!一位青年作家在作协党组扩大会议上发言说:"我们自己立场不稳,党性不纯,思想上有问题,因而也就容易接受她的毒害,把她当作'良师益友',觉得她这里有'温暖'。她惯用一种'热情'的接待,'亲切'的交谈,请客送礼,小恩小惠来拢络人,以一种十分关怀的手法感动你,而'占有别人的心'。"又说:"我深深感到一个人只要有个人主义、自由主义,就很容易被反党分子所利用,不管你愿意不愿意,客观上帮助她们反了党。"这难道还不够我们警惕吗?

　　至于右派分子吴祖光拢络这个"小家族"的青年人的手段,会上已经揭发得很多了。由于这个小集团的领袖及其骨干都是些流氓习气很重的人,他们坑害青年的办法,是更其阴险和下流得多的。我看到岳野同志的发言稿上,引用了吴祖光给杜高的一封信,信上最后的两句话是:"祝你写出伟大的作品。带回可爱的姑娘。"我看这可以代表这些人的精神状态。杜高短期地外出(到四川去),怎么一下子就会"写出伟大的作品",而且又"带回可爱的姑娘"呢?原来在这个"小家族"里,也有个"一本书主义",或者是"一篇文章主义"。他们并不是互相鼓励下苦功写出扎扎实实的作品。他们都是"天才",是"神童",怎么可以下什么苦功呢?看来他们的写作是很容易的,看来就是选择一些俏皮话,漂亮话,用"绸子包刺"的方法,搞出一些反动的"骂人的艺术"来。吴祖光、杜高的小品文,王少燕的《墙》之类的讽刺剧,就是这样的作品;而这,就是他们互相吹捧的"伟大的作品";这样"伟大的作品"是可以在峨眉山玩猴的余暇一挥而就的。至于"带回可爱的姑娘"呢?那也容易。杜高不是有一套恋爱的"法术"吗?吴祖光不是还传授了一套"经验"吗?杜高惯于用他的布面烫金的一本书当做钓饵,一下子钓回一个"可爱的姑娘"的!"书中自有黄金屋，书中自有颜如玉。"看来这就是他们的人生哲学！这是把丁玲的"一本书主义"发展了。

　　但是关于这个"小家族"的特点，我觉得汪明的一段交代更加接触到事物的本质。汪明谈到为什么他们在肃反运动以后一定要恢复这个小集团，他说："为什么要恢复小集团呢？小集团的人都有一肚子的所谓'怨气'，而这些怨气发无处发泄；这些人同时又是喜欢追求所谓'温情'的人。别人谈不来。认为别人是枯燥乏味的人物，只有小集团的人好，只有小集团可以得到这种所谓'温情'，在别处是找不到的。有了怨气，对人既有了仇恨，就要发泄，就要寻求报复，要报复就不得不有人商量，只得找这些人，找别人是不行的。于是，小集团便自然而然恢复起来。"这一段文章是写得好的，只是还没有说得很清楚。他们所说的"仇恨"，要"发泄"、要"报复"的"仇恨"，不是别的仇恨，而是对党、对人民、对社会主义的仇恨；而这，就是这个小集团的本质。

　　青年人，你们要当心呵！你们看，各色各样的反人民的集团安排着各种各样坑害青年的陷阱，一不当心就会被坏分子俘虏去了的呵！

　　当心呵，青年人！你们都是从事文艺工作的青年，你们一定要把文艺工作当成人民的事业，当成整个革命事业的一部分；决不能把它看成是个人向上爬的工具。这个思想问题你们一定要解决，我们大家都要下决心彻底解决这个问题，不解决是不行的。解决了这个问题，以后任何别有用心的"一本书主义""一幅画主义""一支歌主义""一部影片主义""一个角色主义"都不能俘虏你们，你们以后就能够写出不止一本对人民有益的书，画出不止一幅对人民有益的画，演出不止一个打动人心的角色，等等。如果不解决这个问题，那是危险的。靠着"一本书主义"向上爬，将来就是爬到了丁玲、冯雪峰的地位，还是会一个跟斗栽下来的！

　　当心呵，青年人！你们一定更解决个人与群众的关系，个人与组织的关系，个人与党的关系，我们大家都要彻底解决这个问题，不解决是不行的。每当个人利益与集体利益发生矛盾的时候，作为一个社会主义的青年人，应当毫不迟疑地服从集体的利益。当你为了这样那样的原因和组织、和领导有了距离的时候，哪怕是很小的距离，赶快按照正确的途径解决它。因为一有距离，坏人和坏思想就会来钻这个空子，将来说不定就更花几倍、几十倍、几百倍的决心和努力才能弥补它！社会主义的青年人！你们应当有大志，千万不要因些微的成就而骄傲，而看不起别人。世界大得很。人类精神的遗产丰富得很。群众的创造力伟大得很。你写了一篇作品、演了一个角色就骄傲起来，这是多么可笑、多么可耻啊，应当羞得从耳根一直红到脚跟上！赶快解决这个问题。要是解决了这个问题，任何别有用心的人来用什么"天才"呀，"神童"呀，"中国的普式金"呀，"中国的契可夫"呀，如此等等的圈套，都再也不能把你俘虏过去了。

当心呵，青年人！经常检查并无情地抛弃自己的头脑中的资产阶级思想，防止它像蛀虫一样腐蚀自己的灵魂！我们大家都要这样做，都要不断地改造自己的思想。客观世界变化得太快了，不经常改造自己的主观世界，一定会落后于客观的发展，变成可怜的落后分子。你们虽然比我们幸福些，可是你们也会从家庭里、从社会上、从学校教师和同学那里接受一些资产阶级思想。你们是爱好文学艺术的。你们一定要从旧时代的文学艺术遗产学习，不学习是不行的。可是如果你没有起码的批判的眼光，你也会在学得一身本事的同时，不知不觉地从旧时代作品里面受到某些资产阶级思想、感情、趣味、爱好的影响。好些文学青年不注意这个问题，后来就成了问题的。首先，他们长期养成的资产阶级的贵族老爷式的文学偏见，就长期地不能得到克服；他们读了几本名著，就瞧不起人民，瞧不起同志，瞧不起我们新兴的社会主义文学，变成和新社会格格不入的遗老遗少。一定要经常改造我们的思想，端正我们的文艺思想，千万不要做社会主义时代的可怜的贵族老爷！当心呵，不要做胡风思想和政治上、文艺上的修正主义的俘虏！

青年同志们！做一个社会主义时代的光明磊落的人！不要像吴祖光及其"小家族"的人那样，他们惯于用阴暗的眼光来看生活。他们是两面派，所以对人不能说真话，不能用真感情，他们只能过口是心非的可怜的日子。但是他们倒打一耙，反说我们的新社会不能说真话，说我们的文艺工作者是口是心非的。这是污蔑！我们是光光亮亮、堂堂正正的人。我们爱，我们热爱我们的党，我们的人民，我们的社会主义制度，不许它被沾上一点污泥！我们恨，我们痛恨吴祖光之类的右派分子和党内外一切反党反人民反社会主义的分子，坚决地唾弃他们，和他们作斗争，不到他们低头认罪、彻底交代，我们决不罢休！

  本文是作者在 9 月 13 日首都戏剧、电影界批判吴祖光右派集团"小家族"大会上的发言。文章中提到的《猴子的故事》是吴祖光反动小品文《雾里峨眉》的一节，"马家庙九号"是吴祖光家所在地。

——《戏剧报》编者

劳动的赞美诗[①]
——小说《茹尔宾一家》述评

经过一场对于反社会主义逆流的严重斗争，我国作家的社会主义的积极性得到了新的激发。目前很多作家响应党的号召，决心长期地、全身心地到工矿企业或农村中去，和劳动人民同甘共苦，和劳动者成知心朋友，在劳动中孕育新的灵感。劳动——社会主义的劳动，这还是文学史上从来没有出现过的新主题。新人类的文学正在从这个无限丰富的沃土上开拓它的新领域。伟大的苏联文学已经在这个方面创造了许多优秀的范例。

在这个意义上，我们来谈谈柯切托夫的小说《茹尔宾一家》，是特别感到亲切的。这本书的作者不久以前访问了我们的国家，和我国文艺界进行了广泛的接触，这也增加了我们的兴趣：希望从他的著作中领受更多的教益。而小说《茹尔宾一家》，这是劳动的赞美诗，新社会的劳动者的赞美诗，共产主义劳动精神的赞美诗。你挑剔吧！或许有人挑剔说，某两个次要人物写得不够丰满；另一个说，缺乏大的、奇峰突起的波澜；第三个说，个别地方，生产技术的谈论（尽管是诗化了的、使人目迷五色的）可能多了一些，反正你不得不承认，这本书——你也联想到苏联文学中同样性质的其他的书，是前无古人的、真正独创性的艺术。没有长期地和劳动者生活在一起，没有对工人阶级事业的最热烈的感情，随便你有多大才能，反正你是写不出这样的好书的。它是好书，是独创性的艺术品，不只是因为它充满了新生活的诗情画意，充满了隽永的哲学味和苏联作家特有的幽默；首先是一种新世界建设者的劳动的自豪感，生气勃勃地贯注在这本长篇小说的每一章、每一页甚至每一行里面。它是生活的教科书，读者

[①] 本篇发表于1957年《文艺报》第33期，署名张光年。未曾收入自编作品集和文集。

从中能够吸取不少的教益。

譬如说，老工人马特威老爷爷（他的年岁，差 20 年就够一个世纪了）的老当益壮的劳动精神，难道不引起你无限的敬爱吗？当他戴着老花眼镜聚精会神地学习党史的时候，他说的一点也不错："这本书，不管你翻开哪一页，上面讲的都有我的事儿呀。"在旧社会，马特威作为一个年轻的手艺人在俄国到处流浪，从一个工厂跳到另一个工厂，从一个作坊走进另一个作坊，当过兵，在海船上当过伙夫，到过印度、日本、南洋和南美，后来又入伍当了水兵。多少次地出生入死，一心要为他的妻子"夺取一个好的生活"——这个理想悲惨地幻灭了。十月革命，他参加了波罗的海舰队的起义，冲进了冬宫，把红了眼的士官生从大理石的楼梯上摔下去。随后为了保卫年轻的社会主义祖国，他和当时也参加了水兵部队的两个儿子分别在祖国的天南地北到处跟白匪和帝国主义干涉者作战。最后，响应党的号召带着他的两个儿子到拉达河上参加恢复造船厂的紧张劳动——就连这，也是 20 多年前的事了。如今，造船厂已显示出它巨大的规模，茹尔宾一家也发展成一支包括祖孙三代十几口人员的强有力的生产队了。儿子和孙子们都成了生产的能手，而马特威老爷爷（他是这个造船厂的活的历史）还在充当一个画线工。有什么办法呢？他年纪太大了，眼力手力都不得劲儿了，就连现在这个工作，也远不及他的三媳妇杜娜莎做得熟练，他甚至只能够做她手下的一名不称职的助手。可是，你能够劝这位老爷爷退休吗？厂长伊万·斯捷潘诺维奇说得对："一个人工作了 65 年了，一直在工作，不停地工作。现在你叫他回家，蹲到火炉旁——这等于要他的命。"厂委会不知为这个问题伤了多少脑筋，最后还是厂长想出了一个好主意：叫这位老爷爷在厂长办公室里值夜班，让他在这光荣的安闲的岗位休息他的余年。可是，老爷爷能够躺下休息吗？这个为缔造社会主义祖国流了自己的一份血汗的人，他的一贯的主人公的天性，不让他闲下来。在一个大企业里面，生活的节奏在夜间也并不是停止不动的。他经常督促这一个，提醒那一个，不惊动厂长而负责处理了在深夜里突如其来的许多问题。老马特威把一个普通守夜人的闲差事变成了一个忙碌而有趣的岗位，因此赢得了"夜班厂长"的称号。不久以前，当画线老是出错的时候，他觉得比儿子孙子们忽然矮了一头。现在，他找到了自己的光荣岗位，他顿时觉得

劳动的赞美诗——小说《茹尔宾一家》述评

自己年轻了许多,甚至把压在老箱底的战功章和劳动章找了出来,佩在外衣上,连说话的声音也更加响亮了。老马特威在家里对儿孙们是严格的;在厂里对工作也是严格的,一丝不苟的;对厂长伊万·斯捷潘诺维奇(老人是看到他成起来的)的要求也是严格的,毫不徇情的。"把女理发匠叫到办公室来刮脸这是怎么回事?""你要两辆公家汽车干什么?""要是去看足球比赛,还是希望你用自己的钱买一辆自备汽车坐着去。"他经常把多少有些不够严格的厂长整得脖子脸鲜红。他说得对:"人民你当首长,人民就批评你。不批评就是姑息。"老马特威代表人民,是人民中间的一个,他和自己的苏维埃祖国融成了一体。小说作者替我们描画出了这样一个普通劳动人民的崇高形象。现在,可以说,我对这位老产业工人的形象也相当熟悉了。几乎可以想象到,当十月革命40周年的时候(你不能想象这棵大树会忽然倒了下来),老马特威必定佩上他的战功章,打上新买的白花点的黑领带,被邀请到各个俱乐部去报告他不平凡的经历。这位喜欢讲故事的老人,将用他的特有的郑重的神情,鼓励后辈们造出更多更好的船:"咱们的轮船将布满汪洋大海。"而当他谈到美国战争贩子的时候,正像他多年来带着鄙夷的神情谈到温斯托什卡(这是他对于温斯顿·丘吉尔的卑称)一样,定会愤愤不平地说:"孩子,从楼梯上、从楼梯上把他们摔下去算了。那里的人民还等什么呢?"

现在我们看看另一个茹尔宾,老马特威的大儿子伊里亚·茹尔宾,其实他也是一个50多岁的老工人了。小说着重地描写了这个雄狮般顽强的性格。在这位船台主任的身上,几乎每一个细胞都充满了劳动的自豪感,工人阶级的自豪感以及对本行业务的自豪感。按照这位船台主任兴下的规矩,每当茹尔宾家生下一个小孩——"又一个小茹尔宾离开了船台"的时候,他就端出他的双筒猎枪,迎空鸣放"民族礼炮"21响。"生了个工人嘛!"还不值得庆贺吗?而当他的小儿子阿历克赛当上铆工第一次领到工资的时候,他这样祝贺他:"你也成了资本主义的掘墓人了,阿寥沙!成了地球上的主人啦。"在他看来,"工人阶级,是人类全部生活这只大船的船身。"按照他的说法:"那么船身——是基础,其余的——是上层建筑。"船台主任的自豪感是有充分根据的:"瞧这两只手!"伊里亚伸出了满是伤痕的大手,"我用它们造了至少上10只大船。小船就数不清了。"而每一只大海船，这就是一座城，一座水上的浮城。而每一座浮城——客船，货船或军舰离港远航的时候，都带走了老工人的一份劳动。造船工人们的自豪感，生动地反映在茹尔宾一家经常爱唱的歌曲里面（歌词是伊里亚的二儿子、造船工程师安栋写的，大儿子、木模工维克多配的曲子）：

> 在寒冷的异邦的海洋里，
> 飘着火红的旗帜，航行着我们的船只。
> 它们航遍世界各国，
> 远离着祖国的土地。……
> 它们像子女离开了家园，
> 载着我们的劳动和神圣的自豪，
> 机器有节奏地响动着，
> 冲破那巨浪狂涛。

如果说，船舰远航，像子女离开了家园，那么，新船下水的前夜，对于造船工人们来说，就是母亲临盆前的阵痛了。有谁知道船舰母亲临产前的紧张心情？而且有谁知道，造船工人和他的骨肉至亲离别的时候，那又是骄傲、又是凄凉的情绪呢？在柯切托夫的这本书里面，你将找到关于这种崇高的劳动情感的有声有色的描绘。而且，问题还不仅是这样。苏维埃国家要成为海上强国，她就要向造船工人要求三倍多的高质量的船只。拉达河上的造船厂要按照最新的技术设计扩建和改建，要采用大部件生产的流水作业法。伊里亚的二儿子、造船工程师安栋·茹尔宾的设计被批准了，政府派他回拉达河来领导扩建工程。造船厂这个技术上的大革命，不能不在每一个造船工人的生活上引起剧烈的变化。在这个大变化的前面，伊里亚和他的多年来形影不离的老战友巴斯曼诺夫工长的态度是不同的。老工长是一个好人，干了50年技术工作了，热爱自己的职业，把船台当成自己的圣坛；他习惯于多年来的工作方式，他瞅着船台感叹起来："那只船在呜呜地叫，轰隆轰隆地响——简直跟活的一样。可是将来会怎样呢？……我已经来不及改造自己啦。"他要求调到船坞去干修理旧船的工作："那儿才是老人应该呆的地方——老人找老船。老和老碰在一起，会合得来的。""伊里亚，咱们老了，厂里要采用新工作法了，朋友，咱往旁边让一下吧，给年轻人让条路。要不，在他身旁指东画西，会绊人家腿的。"可是伊里亚不肯让路，反把老工长的行为看成是开小差，怒气冲冲地和他分手了（分手是短暂的，老工长后来又改变了自己的主意）。在伊里亚，开始并没有充分理解这一场大变化的意义，他只是为苏维埃事业的发展感到兴奋。等他理解到以后光凭老经验是不行了，他可能在新技术的前面变成一个生手，他会顿时比年轻人矮了一头，这大大地伤害了这位老工人的自尊心。快60岁的人了，还要去学习吗？可是按照伊里亚的性格，不仅不容许他走在末后，甚至走在中间都不行。他只能走在第一排。这样，就非学习不可了。伊里亚的方式是：偷偷地学习。他每夜等妻子入睡以后偷偷起来研读小女儿冬尼亚的中学教科书。但是数学和物理，不请教别人是不行的。他跟热心的女工程师季娜谈好了条件："跟谁也不要提起这件事，一个字也不要提。"然后一星期三次地瞒着家里人，借口是洗澡或钓鱼，带着浴巾或钓竿到季娜的宿舍去上课。小说作者怀着亲切的爱心，以幽默的笔调描写了伊里亚向季娜虚心求教的情节，是非常精彩的几个章节。说到精彩的章节，那么，这本书里面多的是。例如，关于女工程师季娜的几个章节，关于阿历克赛恋爱和劳动的几个章节，关于伊里亚和老工长性格对比的几个章节……，我们真是举不胜举了。那么，伊里亚和老工长一起去训诫刻苦而又有些浮躁的阿历克赛的那一章，岂不也是非常有趣而且富于教益吗？随便摘下两段来读读吧：

……伊里亚·马特威耶维赤越说越激动，雷霆万钧之势又转向亚历山大·亚历山大洛维赤了。"你不要对我撇你那大嘴。我跟这小子说的是正经话。他这毛孩子太神气了！前几天我听无线电，嘿，播送《阿历克赛·茹尔宾的演讲》！他胡扯些什么呢？'我做了这样……我做了那样……我这样想……最新式的铆钉枪……快速铆钉法。'……。不是'我'长，就是'我'短，一直'我，我，我'。阿寥沙，是谁教你使铆钉枪的？你跟谁商量过这快速铆钉法？……萨尼亚，再斟上一杯。说这种话，使嗓子眼儿都发干。"……

"嗯，对呀，"亚历山大·亚历山大洛维赤说。"你知道工人的荣誉是怎样成长的吗，阿寥沙？工人的荣誉不是某一个人，而是大伙努力培养起来的。如果周围是一群鹰的话，那么你自己也会成为一只鹰。如果你是在一群山雀中间的话，那你就看不到海阔天空。我这是打比方说。"……

"是呵，阿寥沙，是来教训你。"亚历山大·亚历山大洛维赤和蔼地点点头。"除了我们，谁也不会跟你讲这些话的。工会也罢，共青团也罢，行政也罢。他们把你捧上了天。可是我们老头们呢，我们见到过各种高飞的东西。我们可能够感觉到谁在高飞，在怎样飞。我们看得出来谁真正飞得又高又稳，谁是被一阵顺风举起来的。你看见过放焰火吧，花火放出时灿烂耀眼，可就是亮的时间太短。亮过之后，人们眼里比以前更黑暗。而巨大的火光呢，是逐渐燃烧起来的。一烧起来，就灭不了，它能照得远远的使四周变得雪亮。"……

他们又披上雨衣，穿上套鞋，在穿堂里咕噜了一阵；在亚历山大·亚历山大洛维赤打开门钩的时候，伊里亚·马特威耶维赤说道："其实我们是来恭喜你来了，阿历克赛。早晨厂里的播音台发表你十月的任务完成了百分之五百二十。"

老头们在阿历克赛的腰眼上捣了一下便走出门了。楼梯上传过来他们喧笑的声音。

我是向那一位没有读过这本书的读者展览一点样品。类似这样的意趣横生的描写和耐人深思的警句，书里面多的是。而且，看来译笔也是流畅的。

前面说过，茹尔宾一家是一个强有力的生产队。老马特威，伊里亚，我们已经介绍过了。华西礼——马特威的次子，老铆工，厂委会委员，后来被大家说服当了俱乐部主任，干得很好。伊里亚的大儿子维克多，木模工，一个埋头苦干的人，在季娜的帮助下发明了万能木工机，得了斯大林奖金。他有个不如意的婚姻，妻子出走以后，和季娜发生了越来越浓厚的感情。二儿子安栋，原来在船厂里做一个船体装配小组的小组长，喜欢踢足球，看戏，写诗，参军到前线之后，在保卫莫斯科的战斗中失掉了一条腿，进了列宁格勒的造船学院，学成了一个优秀的造船工程师，成为造船界的有名的专家之一。三儿子康士坦丁，熟练的电焊工，每天的活要干得干干净净，一点也不能拉下。他的妻子杜娜莎，一个能干的画线工，我们前面已经谈过了。阿历克赛是伊里亚的四儿子，创造了新式铆钉枪，成为大家羡慕的斯达哈诺夫式工作者。他的爱人卡珈是一个制图员。阿历克赛的性格以及他和卡珈之间经过一段波折的恋爱过程，在小说里面得到很生动的描绘。当然也不能忘记阿历克赛的妹妹冬妮亚，这个热心快肠的中学生，后来上大学研究生物学去了。至于伊里亚的妻子阿卡菲亚·卡尔波芙娜，是这个生产队的贤良的管家人，她把这个三代（加上孩子们就是四代了）产业工人的大家庭处理得有条不紊，并且以丈夫和儿子们的壮丽的创造物而感到光荣。在这些人物中间，写得血肉充盈使人长久难以忘怀的，我看有这样几个：老马特威、伊里亚——这两个是写得呱呱叫的；阿历克赛、冬妮亚——这两兄妹写得非常地鲜明动人；巴斯曼诺夫工长、季娜——我怎么把这两个也算进茹尔宾家？可是又怎么能把他们和茹尔宾一家分开呢？这里，我因不能详细说到这位初出茅庐的女工程师（"她向生活里钻，就像从炮筒里打出来似的。"老工长这样赏识她。）而感到遗憾。当然，像阿卡菲亚·卡尔波芙娜、维克多、卡珈、华希礼这几个人物，也是写得比较好的。我们也不会忘掉斯科别列夫工程师，这个三心二意、萎靡不振的知识分子，人是差劲儿的，写的可一点也不差劲儿。例如这个人在一场关于发明权的争论中的内心活动，他在火车站拳打骗子韦尼安敏，他在暴风雨之夜抢救机器的勇敢行动，都是很出色的描写。我们从他的这些不平常的行为，看出这个人是能够变好的；因为他的周围是一群鹰，可能最后把这个山雀带动起来，但是我们的兴趣仍然在鹰群方面。作者着重描写了茹尔宾一家的三代人物，他们都是普通劳动人民中间的强有力的人物。他们属于一个共同的产业工人的血统，在一个共同的职业、家庭教养和生活方式的熏陶之下，这就决定了他们性格的基本方面的某些共同的要素。伊里亚某些方面像马特威，阿历克赛某些方面像伊里亚，等等；但是他们性格中又各有自己独特的东西。这样，作者就给自己出了一个难题。你画一株白菊花和一株红蔷薇使它们得到色彩分明的效果是容易的；可是你把几株红蔷薇表现在一个画幅上而使其各有不同的特性，你倒试试看！可是我们的作者胜利地克服了这个难题。还有，书里面缺乏鲜明的戏剧性的冲突，缺乏大的波澜，故事性是不强的，这也把作者带到一个不利的地位，逼着你非拿出真本事来不可；而作者果然发挥了他的全身解数，他主要是在劳动中，在人们的劳动态度中表现自己的人物的。克服这些困难的主要的秘密是什么呢？是语言，是从劳动人民的日常生活中提炼出来的活生生的语言。这就对了：一个劳动人民出身的作家，青年时代在造船厂和船坞中经过了劳动锻炼，后来以农学家的身份在农场里工作了几年，以报纸记者的身份访问了不少工矿企业和农村，还作为一个随军记者和保卫列宁格勒的英雄们一同度过了那艰难危险的九百天——就是这样一位作家柯切托夫，他描写的是他一向心爱的知心朋友，他知道他们在什么问题前面采取什么态度，在什么情况下面说出什么样的话。他的语言是在长期深入劳动生活得来的，在什么样的话。他的语言是在长期深入劳动生活得来的，在记忆的仓库中贮藏着的。在他的书里，表现了作者的社会知识、生产知识的惊人的丰富——他能够把他的社会知识熔铸为渗透了生活哲理的警句，把生产知识织成富丽多彩的篇章；尽管两者都略嫌多了一些，但一点也不使你厌烦。更重要的是，长期和劳动人民生活的紧密联系，使作者和他的英雄们的思想感情打成一片了，他以那些充满了劳动自豪感的伟大阶级的战士们而感到自豪。听听作者自己怎样说：

> 我最难忘的是早期生活的一些经历。我在一个造船厂工作时，过见了许多炼钢、造船、制造火车头和建筑房屋的伟大阶级的代表人物，就是那些用自己的手创造一切生活必需品的人们。我看见了人间生活的真正创造者——工人们。我明白了苏维埃国家的伟大创立人——列宁和斯大林为什么在他们的革命工作中必须依靠工人阶级。工人阶级崇高的道德品质，他们的勇敢、诚实、同志爱，他们的坚定和忠心，使我觉得欢欣鼓舞。在以后的年月中，我不断跟这一个阶级的代表人物见面——在他们的和平劳动里，在列宁格勒的战壕里，以及在战后的建设工地上——我一直在记忆里积蓄着他们的品格和行为的范例。
>
> 我的长篇小说《茹尔宾一家》的大纲就是这样形成，而且逐潮发展成书的——这是作者对于工人阶级，全世界最进步、最积极、最富

于创造性的阶级的无限敬爱的果实。(柯切托夫：《关于我自己》)

小说《茹尔宾一家》正是作者热爱的伟大阶级的代表人物的赞美诗。读者满可以把拉达河上的茹尔宾家看做苏维埃整个劳动大军的一个缩图。厂长伊万·斯捷潘诺维赤似乎把作者心里要说的话说出来了：

"茹尔宾一家人是一股伟大的力量"，有时候他自言自语地这样说，但他每想起茹尔宾家人的时候，他便又想到不能局限于一个家庭圈子之内的一种东西，想到一种掌握着世界命运、掌握全人类命运的巨大浩瀚的东西。

安栋·茹尔宾也说了类似的话："这样的人哪儿都有呵……只不过他们的姓不同而已。有的姓阿历克赛耶夫，有的姓华西列夫，有的姓斯切潘诺夫……我为所有的茹尔宾自豪，为姓斯切潘诺夫的自豪，也为姓华西列夫的自豪。"果然，书里面也谈到了另外一些姓名不同、面貌不同的茹尔宾们。例如那些从远方调来的参加扩建工程的新来者，书里面是怎样谈到他们的呢？"每天早晨，都有载重汽车开到城里的火车站去，又载回一些人来……不久以前，他们在南乌拉尔炎热的旷野里，也像现在似的慢腾腾地吸着烟，坐在自己的手提包上。他们走后，在那草原上就留下了新的城镇和炼铁炉……他们也到过北方，到过阿尔泰区，到过巴尔哈什沙漠区，到过黑龙江——他们走后，来到这些地方的苏联舆地学家，就得修改和重制全国地图。"

在我们的国家里，不是也有许许多多这个伟大阶级的代表人物吗？我们已经有些作家和他们生活在一起，还将有一些作家决心和他们交成知心朋友。"生活比你我编出来的故事美得多呵。"马特威老爷爷的这句话说得多好！写到这里，我忍不住要向那些不畏艰苦、长期深入劳动生活的作家同志们表示衷心的敬意。

1957.11.19

徐懋庸的"好心肠"①

徐懋庸的杂文,也像胡风的文章一样,喜欢胡乱征引马克思主义经典作家的话。关于这一点,早就引起人们的疑虑了。为了释疑,徐懋庸在一篇文章里声明说,这原因,他曾在一个座谈会上坦白过:"有三个意思——两个坏心肠,一个好心肠。第一个坏心肠是偷懒,因为用自己的话说很费劲;第二个坏心肠是要吓唬吓唬别人,因为某些不常见的意思用自己的话说,别人会说你是标新立异,一引证权威言论,大家就不说什么了;一个好心肠,是马克思的话,孔子的话,一般青年不懂,引用来一说明,可以帮助青年理解。"云云(见《我的杂文的过去和现在》)。

这话,好像是很坦白的;可是,只有当你细读了他的杂文之后,才能体会出这几句话的精义。

关于"第一个坏心肠"。例如,徐懋庸要替资产阶级歌功颂德,力图证明中国资产阶级"情愿从狭窄的资本主义关系中解放出来";因此工人阶级和资产阶级有了"异中之同"——"都拥护社会主义的同";因此定息不是剥削,它不过是工人阶级和资产阶级的公平交易中的"分期付款":他的这些花言巧语,当然不是出于什么好心肠。要把这些谎话说得圆,哪怕是不"偷懒"吧,他要"用自己的话说",的确是"很费劲"的。他想到一个办法,就是把恩格斯批判过、抛弃过的错误论点抓了过来,并且把《矛盾论》加以任意地曲解,就像他在《理论联系实际的一例》和《同与异》二文中所做的那样,"费劲"不多,绕上两个花招,也可以收到些江湖魔术的效果。

关于"第二个坏心肠"。例如,他为了攻击社会主义制度,诋毁党的领导,极力把现在的领导比做"普鲁士的官方",诬蔑新社会是把"学术

---

① 本篇发表于1957年《文艺报》第35期,署名松子。曾收入《文艺辩论集》。

才能"和"品性"放在"地位"之后的；而且，他还说新社会是非不分："当我有某种地位的时候，说的话会被人看作近乎香花，而地位一失之后，就一度被看做完全的毒草了。"徐懋庸的这些"不常见的意思"，当然是不折不扣的坏心肠，要是"用自己的话说"，不管怎样地"标新立异"，还是会露出破绽的。他的办法是胡乱征引马克思早年抨击普鲁士反动统治者的言论，寡廉鲜耻地拿来充做他反党、反社会主义的武器，就像他在《关于杂文的通信》一文中所做的那样。他指望用这种办法来"吓唬吓唬别人"，指望"一引证权威言论，大家就不说什么了"——你看这个家伙心术坏不坏！

关于"一个好心肠"，我就不想另外举例说明了。前面所举的例子，已经很够说明问题了。他说马克思等等的话，"一般青年不懂，引用来一说明，可以帮助青年理解"。真是欺负人到家了！试问：马克思的话，恩格斯的话，毛主席的话，你徐懋庸是怎样"引用"的？怎样"说明"的？你是怎样"帮助青年理解"的？你徐懋庸还有什么"好心肠"吗？

就是这个徐懋庸，这个文坛上的无赖，当他一度"有某种地位的时候"，他就胡作非为，任意破坏党的政策，破坏人民的事业，因此一再受到党纪的处分；"而地位一失之后"，他就怀恨在心，变本加厉地放起毒来，以致成为"完全的毒草"了。可恨的是，这个反党分子的许多罪恶，是明知而故犯的，而我们一度没有看清他的真面目，也就不能不特别地感到屈辱了。

徐懋庸的骗术①

美国作家法斯特叛党以后，不断地发出反苏、反共的叫嚣，一次比一次恶劣而下流。当他选用了各种恶毒的字眼辱骂共产党、辱骂社会主义制度的时候，他的真面目就完全暴露了：他和我国右派分子的立场没有什么两样。

正因为这样，法斯特的行径，受到我国党内右派丁玲、冯雪峰、徐懋庸等人的欣赏，就不足为怪了。徐懋庸这个乌鸦文人，还居然写了一篇文章，题目是《从卓别麟说到法斯特和鲁迅》（这个题目本身就是不伦不类的），为法斯特的反动言行作辩护。

"他为什么要退党呢？"徐懋庸自问自答道："因为他……觉悟到无产阶级专政的不对，以为这是'不道德'的'暴政'，是没有'伦理'，没有'自由'的制度。他容忍不下去了。"

你以为徐懋庸不加批判地引用这些反动言论，仅仅是客观主义的错误吗？不，你看扁了他。就是这个徐懋庸，今年春天写文章号召右派用"杀身成仁的精神"争取他们的"民主"（见《不要怕不民主》）；还如此大声疾呼："多给一些个人自由罢！"（见《教条主义和心》）他之所以宣传法斯特"觉悟到"如何如何，不过借他人之酒杯，浇胸中之块垒而已！

一点也不客观主义！他紧接着就把一个共产主义的叛徒美化起来。他说："我不想反对法斯特的退党；而且，我对他还有一定的尊重。因为，他在反对苏联，反对无产阶级专政的同时，他仍然反对美帝国主义。""他现在又反美，也反苏。""还没有放弃共产主义的理想。""他还是一个反帝的战士，所以还值得我们尊重。"

好一个"反帝的战士"！在我们这个时代，反苏、反共，这是和帝国

---

① 本篇发表于 1957 年《文艺报》第 35 期，署名华夫。曾收入《文艺辩论集》。

主义的利益完全一致的。法斯特的言行,很可以受到美帝国主义的嘉奖了。也许,他是对帝国主义"小骂大帮忙"吗?可是他还通过《纽约时报》向美国统治集团递了悔过书,为自己叛党以前写的"有些政治文章有过火的地方"而表示"遗憾";就是这样一个法斯特,徐懋庸硬说他"还没有放弃共产主义的理想",劝我们大家都来"尊重"他!

参加了批判徐懋庸的大会,懂得了这个反党分子昧着良心写这篇文章的隐衷。徐懋庸说,他屡犯错误,至今身上还带着留党察看一年的处分;察看期间的所作所为,他也是有自知之明的。他自己知道,他的党籍反正是保不住了。因此他写这篇文章,和法斯特攀个亲戚,幻想自己被开除党籍以后,还能受到人们"一定的尊重"!——这个人的面皮不算不厚了。

人以类聚,物以群分。让丁玲、冯雪峰、徐懋康和霍华德·法斯特之流去互相尊重、互相欣赏吧!人民的眼睛是雪亮的。谁背叛了人民,谁就受到人民的唾弃。还想骗取人民的"尊重"吗?——休想!

文艺界右派是怎样反对教条主义的?[1]

整风初期,文艺界的右派打着"反教条主义"的旗子,明目张胆地向党、向社会主义的文艺阵线进攻。这个现象,曾经迷惑了一些人。因为反对教条主义,本来是我们整风运动的主要内容之一;右派也打出这样的旗号,就很容易发生欺骗的作用。事情已经发展到这个地步,不但党内右派冯雪峰、钟惦棐、陈涌、刘绍棠、徐懋庸等人都一个个把自己装扮成"反教条主义"的健将,就连萧乾、吴祖光、姚雪垠、陈梦家……这些对马克思列宁主义一贯敌视的人,也都摇身一变而成为"反教条主义"的英雄了。《文艺报》独立王国的复辟者唐因、唐达成、侯敏泽等人是不必说了,他们和丁玲、陈企霞、冯雪峰、陈涌、钟惦棐以及《文汇报》的右派分子们建立了一条反党的联合战线,打的也是"反教条主义"的招牌。经过反右派斗争,这些人的反党、反社会主义的真面目已经彻底暴露了。他们在政治上破产了。只有洗心革面,重新做人,才是他们唯一的出路。

现在,我们的整风运动已进入第三阶段。在反对修正主义的同时,反对教条主义,仍然是我们改进工作、整顿作风的主要内容之一。有些人对教条主义的危害性估计不足,以为可以放松反教条主义的斗争,这种看法当然是错误的。还有些从形式上看问题的人,以为右派尽管政治上是反动的,他们反教条主义这一点恐怕还是对的。这里就发生了一个问题:我们反对教条主义,右派也口口声声"反对教条主义",二者的根本分歧究竟在哪里?当然,许多同志看出来了:右派之所以打起"反教条主义"的旗号,不过是趁浑水摸鱼,假借这个旗号进行反党、反社会主义的卑鄙勾当。可是我们的认识还不能停留在这一步,我们还要仔细分析一下,从中

---

[1] 本篇是在《文艺报》批判右派思想座谈会上的发言,发表于1957年《文艺报》第37期,署名张光年。曾收入《文艺辩论集》。

吸取一些经验教训，使我们以后变得聪明起来。我来做这个工作，是力不胜任的，但也不妨提出一些粗浅的意见。

他们反对的不是教条主义，反对的是马克思列宁主义！

我们刚刚开完了批判徐懋庸的大会。我们看看徐懋庸是怎样反对教条主义的。徐懋庸曾经写了一篇哲学论文，题目是《教条主义与修正主义》。作者本人没有来得及发表这篇文章，是科学院哲学研究所替他发表在《徐懋庸言论集》中的。我想把这篇文章的开宗明义第一段一字不漏地介绍给大家欣赏一下：

> 近40年来，和近10年来，特别是最近一年来，人类历史，经历了许多次急剧的巨大的转变，而且正在迎接着新的转变。国际共产主义运动，和我国社会主义革命，都面临着包罗万象而充满矛盾的实践任务。这种形势与任务，对马克思列宁主义理论提出了新的更高的要求，要求它能够创造性地，正确有效地解决新问题。正因为这样，这个理论正在重新受审查。各式各样的马克思列宁义者都根据前一时期的实践经验，检验这个理论的已有的全部内容直到它的基本原理，都企图在这个理论宝库中添进新的东西去，同时修改它的那些已经不合时宜的东西。（着重点是我加的——光年）

这段话的意思已经很明显了。我还想替它阐明一下。

徐懋庸所说，"特别是最近一年来"的"急剧的巨大的转变"，指的是什么呢？你们猜对了，他指的是帝国主义利用我们对于斯大林的错误的批评在国际范围内掀起的一阵反共高潮，指的是敌人一手制造起来的匈牙利事件，指的是有些国家的共产党受到国际修正主义逆流的强烈袭击，指的是我国资产阶级右派反党、反社会主义的大进攻。徐懋庸写这些文章的时候，正是利令智昏，"为乐观估计所蔽"（借用胡风的话）的时候，他对这些邪恶的现象肯定得太早了。他从当时国内外反共浪潮的袭击中，看到了共产主义运动"充满矛盾"(在另一篇文章里,他幸灾乐祸地说:"苦闷多极了!矛盾多极了!"),看到了"急剧的巨大的转变"。他当然想不到会有一场国内的反右派斗争和国际的反修正主义的斗争,想不到会出现东风压倒西风的新局面。他也像当时许多右派分子所估计的"大变动的前夜"到了,共产主义运动的"转变"来到了,因此他喜笑盈盈地还要"迎接着新的转变"。

既然徐懋庸对当时的"形势与任务"的估计是这样的,那么,我们一向认为是放之四海而皆准的行动的指南——马克思列宁主义理论,在徐懋庸看来,当然是"已经不合时宜的东西"了。徐懋庸说,"这个理论正在重新受审查",包括"已有的全部内容直到它的基本原理"。大概,审查的结果是不合格的,于是,"各式各样的马克思列宁主义者"——包括徐懋庸这样的"马克思列宁主义者"在内,都忙着"添进新的东西去,同时修改它的那些已经不合时宜的东西"。

徐懋庸修改了什么东西?添进了什么东西呢?多的是啊!例如,你说工人阶级和资产阶级是两个互相对立的阶级吗?在他看来,这是"教条主义","不合时宜"了,应当修改。为什么呢?因为你没有看到这两个阶级的"异中之同","都拥护社会主义的同"!你说我国资本家过去的利润和现在所得的定息都是剥削吗?又是"教条主义"!何以故?因为你没有看到"同中之异"——据说,虽然二者"都是不劳而获的东西",而"现在的定息,不过是对资本家过去剥削所得的生产资料(这现在已失去资本的作用)的'赎买'的分期付款"(见《同与异》一文),因此不算是剥削——经此修改,于是又添进了"新的东西",于是徐懋庸赢得了资本家的欢呼,于是章乃器连声赞叹曰:"中国只有一个马克思主义者,就是徐懋庸!"还有,你说共产主义是工人阶级的革命学说吗?你又是"空谈理论而不联系实际"了!何以故?因为你没有看到:"中国的资产阶级,非但不再反抗工人阶级的解放,而且也感到自己有从资本主义生产关系中解放出来的需要了"(见《教条主义与修正主义》);"资产阶级人士,在社会主义改造过程中,也渐渐地带些无产阶级气了"。因此之故,对于资产阶级右派的言论,徐懋庸说,"'资产阶级思想'之类的结论,要慢一点做,慎重一点做"。做得快了,就会"妨害团结","压制"了资产阶级先生们的"积极性"(见《真理归于谁家》一文)!你看,徐懋庸对资产阶级的利益,真可说是体贴入微了。

徐懋庸的反对"教条主义",其目的、方法和实质,就是这样一回事。马克思列宁主义的基本原理,经他这样一"修改",那样一"修改",大量地"添进新的东西去",于是工人阶级的思想武器转化为它的对立物,变成了资产阶级右派向工人阶级进攻的武器了。徐懋庸就是这样一个反马克思主义的打手。他是长期隐藏在党内的资产阶级的代言人。

徐懋庸的这些反马克思主义的言论,定会受到右派分子萧乾的喝彩。萧乾不是提倡大胆地"独立思考",不是要求对资产阶级右派"放心"和"容忍"吗?你看,徐懋庸是多么大胆的"独立思考"!而且经过徐懋庸的修改,马克思主义就完全变成了一个"新的东西",变成了一切右派分子对它可以"放心、容忍"的学说了。我们都还记得萧乾的名言:"人之异于禽兽者几希,独立思考而已矣。没有独立思考,马克思、恩格斯盲目地跟着黑格尔、费尔巴哈走,就不会有辩证唯物主义。"(见《放心、容忍、人事工作》一文)照他看来,现在的"教条主义者"都是"盲目地跟着"马克思、恩格斯走,"没有独立思考",所以都不会有"新的东西",所以他骂起来就不大好听了。萧乾对"教条主义者"(其实他指的是马克思主义者)是恨入骨髓的。他说:"他们大半居于领导地位,而敢于用胳膊抗拒车轮的螳螂毕竟占少数。"看来,这位先生有些悲观情绪。可是他的这个比喻倒还有点意思。我们知道,螳螂是一种极残忍的小动物,胆子却是不小的。用螳螂的胳膊来抗拒历史的车轮,那会有什么好结果?所以螳螂的形象,从来被认为可笑而可鄙的形象。

徐懋庸的"新的东西",也定会受到陈梦家的喝彩。在这个右派分子看来,什么马克思主义!还不都是教条!他写给《文艺报》的那篇《要十分放心地放》(见《文艺报》今年第8期)的发言里,说是他在西安一位搞戏的同志那里看到一篇文章,据说还是什么"内部文件",实际上那篇文章是联系到当时的反胡风斗争,联系到戏曲创作的若干实例向戏曲作家们解释马克思主义的文艺观点的。哪里讲对了?哪里讲错了?陈梦家对这些毫不感到兴趣。他甚至来不及读它一遍。他只是看到文章里面征引了马克思、恩格斯的言语,在他看来,这还不是教条主义的铁证!他用讽刺的语调说：戏剧界的人"总要有个教条，才好办事"。"现在百家争鸣，百花齐放，大变动了，就感到无所适从。"你看，教条主义真把人们害苦了。而且要紧的是，"大变动了"（天知道以后会变成什么局面！），还有人死抱住马克思主义不放，岂不是太可笑了吗？——这就是陈梦家的看法。在陈梦家的发言里，把"拆墙留线"这句话也要当成"教条"而反掉之。说什么"墙不再有了，那末我以为也不必再留一条曾经有过'墙'的'线'"。这里，他把"线"（指党与非党客观存在的区别）看成是"墙"（指宗派主义）"所以产生的原因"（这当然是万分荒谬的），因此要求我们取消任何党内党外的界线。但是我们和右派分子陈梦家之间，不划一条界线又怎么可以呢？陈梦家怀着不可告人的目的，建议我们"要十分放心地放"；这和萧乾的"放心、容忍"的论调是不谋而合的。可是对于萧乾、陈梦家这些对党、对社会主义不怀好意的人，人们怎么能够"十分放心"呢？

可见，右派口口声声"反对教条主义"，实际上是声东击西。他们反对的不是教条主义，而是马克思主义本身。这一点已经是非常清楚了。

他们反对的不是教条主义，反对的是党的文艺方针！

文艺界的右派假借"反教条主义"的名义从事反马克思主义宣传的时候，还集中力量反对马克思主义的文艺观点，特别是集中力量反对毛主席《在延安文艺座谈会上的讲话》的基本论点，反对党的文艺方针。在文艺观点上我们和右派的根本分歧，在今后的一场文艺思想大辩论中，我们还有机会从容地、细致地研究它。这里所以谈到右派分子对马克思主义文艺观点、对党的文艺方针的进攻，只是为了揭露他们"反教条主义"的虚伪性。

冯雪峰对党的文艺方针一贯地采取抵制的态度，这是大家都知道的。早在1945年，他就在重庆报纸上写文章公开诋毁毛主席《在延安文艺座谈会上的讲话》中的基本原则。当时胡风集团打起"反教条主义"的旗子进行反共、反马克思主义的宣传，冯雪峰也公然附和他们，支持他们。冯雪峰的"反教条主义"，实际上是反对马克思列宁主义，反对党的文艺方针，这一点他自己也不能不承认了。可是，大家想必记得，就在他不久以前在一次作协党组扩大会议上所做的检讨发言中，还居然大言不惭地说，他感到苦恼的是：目前"真正的马克思主义的东西很少"，"只有马、恩的那几篇"，因此他"想在这方面做些工作"。好大的口气！连列宁的文艺见解也不在他的眼下，更不要说我们党的文艺方针了。至于"马、恩的那几篇"，那是指的马克思、恩格斯关于文艺问题的几篇通信。只是因为这些通信里面没有出现他所讨厌的"社会主义现实主义""文学的党性"的字样，可以拿来任意地曲解，他才没有公开地反对它。冯雪峰为了"反教条主义"，势必要把苏联文学和我国文学的社会主义现实主义的成果一齐反掉，那就并不奇怪了。他在去年全国编辑会议上的一次发言中说：

> 苏联文学的根本问题是教条主义。教条主义是什么呢？根本在于脱离实际斗争，即脱离人类为社会主义奋斗的伟大精神面貌。苏联文学与俄罗斯文学比较，是缺少这种伟大精神的。（见《作家通讯》1956年第8期）

冯雪峰说的"实际斗争"，当然和我们说的实际斗争不是一回事。奇怪的是，苏联文学和19世纪俄罗斯文学比较起来，反而是脱离实际斗争，反而是缺少为社会主义奋斗的伟大精神的！无怪乎他劝臧克家同志把《诗刊》办成19世纪的诗刊了。实际上，冯雪峰所仇视的，恰好是"为社会主义而奋斗的伟大精神面貌"，正是这种精神面貌标志了苏联文学和我国社会主义文学的根本特征。冯雪峰希望我们的文学倒退到19世纪，正暴露了他的反社会主义的立场。

冯雪峰的追随者陈涌，不也是一个"反教条主义"的健将吗？他的"艺术即政治"的理论，难道比冯雪峰更高明些吗？最近重读了陈涌去年3月在全国青年文学创作者会议上的发言《关于文学艺术特征的一些问题》和去年10月在《人民文学》发表的《为文学艺术的现实主义而斗争的鲁迅》这两篇文章。在前一篇文章里，他把作家的形象思维和逻辑思维互相对立起来，把作家的形象思维、艺术感受、美感等等抽象化了，变成了没有阶级内容的东西。这和我们曾经驳斥过的黄药眠的见解基本上是一致的。在后一篇文章里，他对左翼文学运动的估计是十分片面化、十分不公平的。他在极力贬低描写重大社会题材的同时，却片面地、对比地、反复地强调："即使'小一点'的题材，也是能产生有价值的作品的。""即使那些不是直接来自现实生活的想象中的题材，它所给人的现实感，也是并不稍逊于那些直接来自现实生活的题材的。"他的"反教条主义"的理论将要把我们的青年创作者们带到什么道路上去，是很值得怀疑的了。在另一篇文章里陈涌替何直等人的修正主义辩护说："由于理论上的简单化，由于创作上公式主义的广泛存在而引起人们的厌恶情绪，就有可能引起对真正的马克思主义文艺思想的动摇。"（见今年《文艺报》第2期《关于社会主义现实主义》）这是说，修正主义是教条主义引起的，是因为和教条主义耍脾气、闹别扭，才引起另一批人离开了马克思主义的立场——这真是很少听到的奇谈！我看，这句话也很可能是他本人的走向堕落的写照。他看到了一些教条主义、公式主义的现象，要起而反对之。可是这个一向脱离政治、脱离实际而且怀着浓厚的个人主义情绪的人，不可能站在正确立场，从政治的、历史的高度对这些消极现象得出深刻的、全面的了解。在这位孤独者的噩梦中，把这些消极现象无限地扩大化了，以致对我们的新文艺和领导文艺的党产生了厌恶情绪。陈涌这个人，也就从对马克思主义的动摇走到和马克思主义完全相反的方面，并且挥动他的唐·吉诃德的长戈向党挑战了。

　　钟惦棐的堕落的道路，虽然不完全相同，但也有类似的地方。钟惦棐的反党言行，更加大胆而露骨得多。他的反对"教条主义"，就是反对党的文艺方针；他的反对"宗派主义"，就是反对党的领导。这是很多同志已经批判过的。钟惦棐把一切愿意忠实地执行党的文艺方针的人，辱骂为"躺在《讲话》上面""躲在《讲话》后面"的人，这也暴露了他赤裸裸的反党、反马克思主义的立场。

　　我们也不能过于小看了那个"反教条主义"的小英雄刘绍棠。尽管他把毛主席《在延安文艺座谈会上的讲话》勉强划分成所谓"纲领性理论"和"策略性理论"两部分，正像他看到"现实的革命发展"的字样，就望文生义地得出社会主义现实主义"不是首先要求作家以当前的生活真实为依据"的结论一样，暴露出他十分地缺乏文化知识。可是这个年青的右派分子胡说八道的言论，却反映出了许多右派分子共同的情绪：——对于党的文艺方针的极端仇视。照刘绍棠说来，"公式化概念化的根源，就在于教条主义者机械地、守旧地、片面地、夸大地执行和阐发了毛主席指导当时的文艺运动的策略性理论"。有没有对文艺方针简单化理解的现象呢？有的。应不应当反对呢？应当的。可是刘绍棠反对的"教条主义者"是些什么人呢？你只要把他发表在《北京文艺》和《文艺学习》上的两篇文章翻阅一遍，就知道刘绍棠反对的"教条主义者"不过是这样一些人：

这些人强调了文艺的政治性；

这些人强调了文艺的阶级性；

这些人强调了文艺的普及工作；

这些人强调了描写当代重大题材；

这些人强调了描写生活的光明面；

这些人强调了描写新英雄人物；

这些人强调了深入生活；

这些人强调了社会主义的优越性；

这些人强调了社会主义教育作用；

这些人强调了社会主义现实主义……

这些人所强调的，正是刘绍棠所反对的。那么，刘超棠所反对的"教条主义"，岂不正是党的文艺方针、文艺纲领的一些基本的组成部分吗？但是刘绍棠却说，他反对的不是"纲领"，而是所谓"策略性理论"，因为它已经"过时"了，已经完成了"历史作用"了！真是捏着鼻子哄眼睛！

右派分子们对党的文艺方针的不约而同的攻击，很难说是谁抄袭谁的。例如，大约在同一个时候，另外一个右派分子，一个老右派，名字叫姚雪垠的，在《文艺报》发表的《要广开言路》（见《文艺报》今年第8期）这篇文章里，就采取了和刘绍棠大致相同的路法。姚雪垠客气地说："教条主义一部分是简单化地理解毛主席对于文艺的意见。"这话听起来不错呀！嗯，怎么简单化理解的呢？原来，毛主席《在延安文艺座谈会上的讲话》"是在一定的历史条件下产生的"。"但历史条件在不断变化，许多真理也在跟着发展。"因此，"必须从发展看问题，把指导原则看成是活的，不是死的，才不犯教条主义"。这些话粗粗看来好像是不错的。但是，姚雪垠先生！我们记得你在去年 3 月号的《长江文艺》上曾经发表一篇文章，题目是《谈打破清规与戒律》，你那时是怎样谈到毛主席的指导原则的呢？你清清楚楚地说："总原则不仅是简单的（?！），而且是死的（?！）。"你诬蔑我们而且威胁我们说："如果有人企图拿着一个总原则认为是找到了万能钥匙，随便使用，他难免不跌进教条主义的泥坑。"并且，我们知道你的下面这段话也是有所指的："……由于历史的形势已经大踏步前进了很远，而我们仍在原地踏步走，背诵去年的皇历，于是，原来在特定场合下曾经是正确的、起过积极作用的见解都变成了顽固落后的清规与戒律，阻碍着新事物的出现和发展。"我们把你去年说的这段话和今年在《文艺报》上说的那段话对照起来，你的意思就非常清楚了。在你这个右派分子看来，毛主席的见解，我们党的文艺方针，"不仅是简单的，而且是死的"；"历史条件"变了，"讲话"过时了，原来在特定场合下——例如在抗日战争时期的延安——也许是正确的，现在却变成了"顽固落后的清规与戒律"，阻碍着你们那些反党、反社会主义的"新事物"的出现和发展了！一本《在延安文艺座谈会上的讲话》，曾经受到多少胡风分子、右派分子咬牙切齿的仇恨啊！敌人越仇恨，越显出它的威力。姚雪垠不是诬蔑我们把它当成"驱邪的咒语"吗？这话很恶毒，也有一定的道理。俗话说："一正压百邪。"各种各样的反马克思主义、反社会主义的邪说，都禁不住这面照妖镜的照射。

他们反对的不是教条主义，反对的是社会主义制度和党的领导！

右派分子在"反教条主义"的伪装下，不仅是反对马克思主义，反对党的文艺方针，而且反对我们的社会主义制度和共产党的领导。他们怀着极大的仇恨，把民主、自由的新社会，把多年来一贯和教条主义、宗派主义作斗争的共产党描写为"教条主义统治"或"宗派主义统治"，以便鼓动群众起来闹"大民主"。姚雪垠这个反动文人，充当的就是这样一个卑鄙的角色。他在《文艺报》第 7 期上发表的《打开天窗说亮话》一文中，公然说："教条主义上有领导，下有群众，形成了一种社会力量。"又说：

"我觉得教条主义不仅在领导同志、编辑和批评家身上相当严重,在读者身上也相当严重。它曾经好像是一种时代空气,或者像流行性感冒,散布在我们的日常生活的环境中。"而且,在新社会,"各种各样的教条主义到处布置了绊马索,等着你一万个小心中的一个疏忽"。古语云:"战战兢兢,如临深渊,如履薄冰",此之谓也。

教条主义既然是一种"上有领导、下有群众"的社会力量,既然是一种无所不包、无所不在的"时代空气",那么,仅仅反掉了批评家,反掉了编辑,显然是不顶事的,还必须一手反领导,一手反人民,并且按照姚雪垠的立场,把我们这个新社会、新时代重新加以改造才行!姚雪垠对我们这个社会主义时代是恨得厉害的。就在我们谈到的这篇文章里,他把解放后的思想改造运动尽情加以诋毁之后,公然说:"这好像封建时代,臣不能议其君,子不能议其父。"因此,这个新社会的乱臣贼子,就带着他的全部的阶级仇恨兴风作浪起来。

我们看看,是什么样的一种"教条主义统治"使姚雪垠感到"如临深渊、如履薄冰"的恐惧,姚雪垠究竟要求什么样的一种"创作自由"呢?我们且不谈他的那篇臭名昭著的《创作杂谈》,就从他的《打开天窗说亮话》中所透露的,也可以知道一些底细了。原来他所要求的自由,就是:一、自由地写"一个贫农比较落后";二、写一个老工人"有浓厚的宗派情绪和嫉妒心";三、写"中国的富农和俄国十月革命后的富农有所不同"——"不从事破坏活动";四、写"在中国共产党成立以后,被压迫阶级的自发斗争仍然在现实中大量存在"。"不一定每时每地的斗争都必须共产党员出头领导才会爆发。"那么,我就要说了。你写吧!大胆地写吧!你要写的这些题材本身,虽然是听来很可疑的,但也并不是绝对不可以写的。同样一个题材,可以写成这样,也可以写成那样,就看作者抱着什么样的目的、站在什么样的立场去描写它。至于从你姚雪垠的诉苦中,你把一个老工人写来使人看出他很像一个破坏分子,那就不知道你的目的何在了。你既然抱着反动的目的,一心要把贫农写成落后的,富农写成进步的,又怎么不会受到人们的反对呢?还有,你为什么这样强调描写"自发斗争",似乎这样写也同样可以"正确地反映了历史的本质"?你指的如果是解放前,那么,在国民党统治区的某些边远农村,群众性的武装的自发斗争是有过的，可是，就因为没有共产党的领导，或者是悲惨的失败，或者必然为地主、特务所掌握；你要歌颂的究竟是什么样的自发性呢？至于在解放后的新中国，如果还有所谓"被压迫阶级的自发斗争"，那就必然是反动的，应当受到人民民主专政的干涉和镇压。你姚雪垠要替这样的"被压迫阶级"鸣不平吗？那么，写出来大家看看吧！

我看，"战战兢兢，如临深渊，如履薄冰"这句话，用来比拟姚雪垠这样的反动文人在新社会作贼心虚的心理，是恰当的。这些人"到处布置了绊马索"，用来阻碍人民群众的前进；那么，人民也就应当"到处布置了绊马索"，用来迎击他们的反社会主义的进攻。"教条主义的统治"吗？是胡说；对阶级敌人的警惕吗？是必要的。

还有，像吴祖光这样对社会主义制度怀着深仇大恨的人，他和姚雪垠唱出了一个调子，同样把我们的新社会诬蔑为"教条主义统治"，也是并不奇怪的。在吴祖光看来，"党的威信太高了"，这就是"教条主义"的根源。用他的话说："领导的权限无限扩张的结果，必然是日深一日的目空一切，自以为是。从主观主义开始，教条主义、宗派主义、官僚主义必然接踵而来。"而"教条主义"的表现，就是"外行领导内行，无能领导有能"！反正关键就在于领导，因此他要求党和政府"趁早别领导艺术工作"！吴祖光认为，我们搞整风运动，反对三大主义，这都是不顶事的。因为领导整风的，还是这个共产党；经过整风，这个领导还是不肯下台的。吴祖光失望地说："今后领导恐怕还是领导，领导的一言一行还是有举足轻重之势。"而且整风以后，党的领导更会加强了；吴祖光说："严重的问题亦正在这里！"吴祖光号召他的右派同人们接受这个"深刻的教训"，并且安慰他们说："生活会教育得我们更成熟，失败会教育得我们更聪明；通过这些，我们应当有决心，非把工作做好不可。"（见《戏剧报》11期：吴祖光《谈戏剧工作的领导问题》）这几句话说的是什么呢？就是让右派分子们接受失败的教训，学会阴暗的聪明，把他们的所谓"反教条主义"的活动转入地下，决心把他们的反动"工作"做好。这几句话，听起来是使人不寒而栗的。右派分子"反教条主义"的实质，从这些话里岂不是赤裸裸地暴露出来了吗？

利用共产党整风的机会，假借"反教条主义"的名义来趁火打劫，实际上是反对马克思列宁主义、反对党的文艺方针，以至反对共产党、反对党所领导下的社会主义制度，这就是右派分子"反教条主义"的实际内容。事情已经是非常明白了。

《文艺报》独立王国的复辟者们是怎样反对教条主义的？

现在我想谈谈《文艺报》独立王国的复辟者唐因、唐达成、侯敏泽等人是怎样"反对教条主义"的。这个独立王国是丁玲、陈企霞反党活动的产物。今年春天当丁、陈集团向党大举进攻的时候，唐因等人看到他们那个独立王国复辟的机会来到了，便和丁玲、陈企霞、冯雪峰、陈涌、钟惦棐、梅朵、杨犁等人结成了一条联合战线，打起了"反教条主义"的旗号，肆无忌惮地向党的领导、党的文艺方针、向社会主义的文艺阵线进行了猛烈的挑战。现在翻一翻五六月间唐因等人在党内外整风会议上的一些发言，他们当时反党情绪的狂热，反党气焰的高涨，还会使人大吃一惊的。很多同志已经进行了深入的批判，我就不想谈到那些发言了。我现在只想就唐因、唐达成、侯敏泽当时公开发表的文章，谈谈他们是怎样反对教条主义的。

唐因以于晴的笔名发表在《文艺报》今年第4期上的那篇《文艺批评的歧路》，是曾经博得了一些掌声的。应当说，这位作者看到了一些问题，对张立云的教条主义的分析，是抓住了一些要害的。但是，不能不指出，唐因等人是带着他们独立王国所特有的宗派情绪和报复情绪来反教条主义的。这不仅表现在他们的文章缺乏与人为善的精神，还首先表现在他们丝毫没有反躬自省的精神。张立云式的批评方法，当然是不好的，应当反对的。但是这类简单化的、粗暴的、不切实际的批评，岂不是在相当长的期间，在过去的《文艺报》上占过统治地位吗？文艺界的人每当谈到张立云的某些批评文章的时候，谁能不立刻联想到陈企霞的批评方法，立刻联想到"小巫见大巫"这个成语呢？而且，人们读了于晴的文章所列举的许多实例，回过头来再读一读去年《文艺报》上侯金镜同志对于陈企霞的批评方法的实事求是的分析①，谁都可以发现，陈企霞、张立云这两位批评家在批评的方法、态度、语气方面，是何等惊人地相似！当然不会是陈企霞受了张立云的影响，倒恐怕是张立云同志多少受了陈企霞的影响。陈企霞的批评，是一种最生硬、最粗暴、最蛮不讲理的教条主义，这一点难道还有什么疑问吗？这种教条主义的粗暴批评受到党和文艺界一致的反对，但是《文艺报》的独立王国却是依靠这样的批评打天下的。直到党中央提议检查《文艺报》以前，这类的粗暴批评还是通行无阻的。李定中（冯雪峰的化名）的批评②，李琮（侯敏泽的化名）的批评③，都是属于这类的货色，它们后来都受到党的干涉。我们所说的这一切，唐因等人是不是不知道呢？不，他们是知道的。唐因自己就说过，他过去也写了一些这类的批评文章，现在自己看起来就觉得脸红。能够有这一点点觉悟，我们也是欢迎的。可是他们偏要昧着良心说，"教条主义是从上面来的"，"党是保护教条主义的"。他们看到党要整风了，很怕文艺界要求彻底清算过去《文艺报》所犯的教条主义错误和反党的错误，于是从独立王国的宗派利益出发，一定要点起一把火来烧到别人的头上去。因此于晴的文章发表以后，唐达成（唐挚）马上在《文汇报》上发表一篇文章来配合④，在吹嘘于晴文章的同时，极力把火煽到别的方面去。过了不久，唐达成又写了一篇文章⑤，明目张胆地说教条主义的根源在于党的领导了。在此同时，他们和丁、陈集团互通声气，极力为陈企霞的错误作辩护。唐因对于我们在《文

---

① 这篇文章已收入侯金镜著《鼓噪集》中，题目是《粗暴批评之一例》。——作者原注。

② 指《反对玩弄人民的态度，反对新的低级趣味》，发表在《文艺报》第4卷第5期。——作者原注。

③ 指《〈不能走那一条路〉及其批评》，发表在《文艺报》1954年第2号。——作者原注。

④ 指《要做具体的工作》，副标题是《读于晴同志的〈文艺批评的歧路〉有感》，化名吴韦言，发表在1957年5月15日《文汇报》第三版上。——作者原注。

⑤ 指《烦琐的公式可以指导创作吗?》，发表在《文艺报》1957年第10期。——作者原注。

艺报》上批评陈企霞是不满意的。就因为我们去年发表了侯金镜同志批评陈企霞的文章，今年曾经不赞成发表蔡田批评陈荒煤同志的文章①，唐因在一次党的会议上质问我说："为什么陈荒煤就要保护呢？批评陈企霞就毫无顾虑呢？"其实，问题是很容易理解的。一个忠于党的事业的同志也可能在工作上或思想上犯这样或那样的错误，实事求是的、与人为善的批评，我们总是欢迎的。至于对陈企霞这样的反党分子的错误的正确批评，这是完全符合于党的利益和文学的利益的，我们为什么要"顾虑"多端呢？在这个问题上，唐因等人的立场和我们是恰恰相反的。他们的"反对教条主义"，何尝是为了维护马克思主义、维护真理呢？他们维护的不过是以丁玲、陈企霞为首的独立王国的宗派利益。

整风初期，也就是唐因代理文学部主任，唐达成负责总编室工作，侯敏泽担任理论批评组组长的期间，他们怀着为独立王国复仇的决心，精心选择了几个"反教条主义"的主攻方向：一个是部队的文化领导机关，包括过去曾经在军委文化部担任领导工作的陈荒煤同志在内——这是为过去陈企霞主持的"新人物问题讨论"的不光彩的结局翻案复仇的；第二个方向是武汉的文艺领导同志——这是为了报"李琮事件"之仇，因为李琮（侯敏泽）过去在陈企霞指使下写过对李准的小说和对武汉文艺领导工作的粗暴批评，当时受到作协党组严正的指责；第三个也是最主要的一个主攻方向，就是所谓"敲作协的大门"——这是通过对作家协会党组的攻击一直攻到中宣部甚至于党中央的负责同志，目的是为 1954 年检查《文艺报》的结论翻案，为 1955 年作协党组对丁、陈反党集团的揭发和斗争翻案。不要瞧不起这几个青年人，他们的心计是很深的。但是他们搞得太露骨了，为时不久，真是"司马昭之心，路人皆知"了。当然，我们是有错误的。我们的错误和可耻的地方是，没有坚决扣下几篇本来应当坚决扣下的文章，而且我们当时也有右倾思想，有的文章当时没有充分看出它们的毒害性。我今天说出这些，不是为了推诿责任；相反地，就我来说，一个

---

① 指《现实主义，还是公式主义？》，发表在《文艺报》1957 年第 8、9 期。——作者原注。

时期放弃阵地的错误的严重性，今天看来就更加清楚了。我也不是说，他们攻击的对象，本来都是没有错误的。例如，受到攻击的过去军委文化部的负责人陈沂同志，也是有严重的教条主义和宗派情绪的①。至于作家协会党组，过去在对待丁、陈问题和《文艺报》问题上是有过错误的，但那是右倾性质的自由主义、温情主义的错误，却根本不是什么教条主义的错误。我的意思是说，唐因等人在党的长期培养下，并不是没有一定程度的看问题的能力，可是当他们甘心站在反党的立场，被个人主义和宗派的私欲迷住他们的心窍的时候，他们的头脑就再也不能反映客观的真实了，他们的枪法乱了，他们的"反教条主义"的假面具也就不攻自破了。

  关于描写新英雄人物问题的争论，还是留待明年的文艺思想大辩论中来解决吧。唐挚的文章、蔡田的文章错在什么地方，不是三言两语可以说得清楚的。我只想提出一点意见来供大家考虑。社会主义现实主义从伟大的社会主义现实出发，把扶持新事物的成长看做自己的崇高任务。在文学作品中描写出在新英雄人物身上体现出来的新兴的社会力量战胜旧事物的复杂过程，这就是反映出了社会主义生活的最大最美的真实。社会主义文学给自己提出了努力描写新英雄人物这个困难的、创造性的任务，这说明我们的文学是有出息的，它不愿意因袭前人的道路，而要从新现实中开辟出一条新路来。它鼓励作家从生活中寻求我们这个时代的最美好的东西，并且要求作家呈献出他的心灵中的最美好的东西，用来激发人民群众为社会主义而奋斗的壮美情绪。这些道理，大家想来都是同意的。前几年在我们的文坛上出现了两派人。一派人竭力强调描写新英雄人物的重要性，可是他们的说法不够科学，夹杂着程度不同的教条主义成分——这就是当时包括部队的文化部领导同志在内的文艺界有些同志的看法。另外一派人，口头上也不说反对描写新人物，实际上对这个文学任务是不感兴趣的。他们感到兴趣的是，凡是有人强调了描写新英雄人物的重要性，他就来找你的碴子，抓你的弱点，或者发动一个讨论，其目的不是为了帮助你，而是为了羞辱你，不是为了强调描写新人物的重要性，而是为了贬低描写新人

---

① 这个陈沂后来也堕落为可恶的右派分子。——作者原注。

物的重要性——这就是几年前陈企霞主编《文艺报》时候的做法。这种做法曾经受到了党的干涉，于是《文艺报》的某些人就心怀不满。发表在今年 5 月《文艺报》上的唐挚所写的批评周扬同志的文章（用了一个耸人听闻的题目《烦琐公式可以指导创作吗？》），就是这种不满情绪的反映，而且因袭了陈企霞的战术。按照唐挚的那些似是而非的逻辑，似乎一切只要按照生活的本身来描写就可以了，不需要在描写新人物的问题上提出任何要求；如果提出要求，那就是清规戒律，就是烦琐公式。更重要的是，过去《文艺报》陈企霞等人在关于新人物的讨论中所造成的思想混乱，是不应当澄清的，不应当驳斥的，是碰也碰不得的；谁碰了它，谁就是教条主义，谁就是用烦琐公式指导创作。同志们！事情的真相是不是这样呢？

事情发展到这样：唐因等人在编辑部吵闹着要向当时的《文汇报》看齐，在各种会议上为丁玲、陈企霞喊冤，肆意地攻击作协党组、中央宣传部直到党中央，勾结冯雪峰、陈涌筹办反党的同人刊物，这些对党、对工人阶级的叛逆行为，竟然都被说成是"反对教条主义"！这是容易理解的。不这样，怎么能长右派的志气，灭领导的威风呢？谁要是读过侯敏泽发表在 6 月初的《解放军报》上的那个标题为《应当按照文艺的特点领导文艺》的发言，谁都可以从这个发言里听到萧乾、吴祖光、姚雪垠及其他右派分子们的共同的声音。侯敏泽似乎是代表文艺界的左派检讨说："从左翼文艺运动以来，一直到解放后的几次运动……我们的斗争锋芒一直是向着右的资产阶级思想的；为了思想斗争的要求，我们甚至容许了支持了赤裸裸的教条主义。"照他说来，"……教条主义并不是某一个人或某几个人才具有的，而是一种山高水长的普遍的历史现象"！这位作者，还在"普遍的历史现象"这几字下面特为打了几个重点。他指的当然不是封建时代的老教条，也不是指的资产阶级的洋教条，而是指的左翼运动以来的教条主义。他接着说："但我们从左翼文艺运动以来的长时期内，却从来没有向左的教条主义有过什么真正的斗争……所以我们必须大力地向我们自己的这种教条主义、行政命令、宗派主义开刀。"侯敏泽说出要向"我们自己的"教条主义"开刀"，你以为他是要向《文艺报》独立王国时期的教条主义开刀，向陈企霞、李定中、李琮等人的教条主义开刀吗？完全错了，他是号召大家向党的文艺领导开刀。他耸人听闻地说，教条主义"同权威和领导结合起来就更可怕……只容许和领导采用同一的语言，而不许有不同的看法，如果有，就会受到排斥和打击。这实际也就表现了宗派主义"。他还巧妙地借用别人的口吻说："我们现在的领导是用教条主义把自己武装起来，用行政命令的方式去执行，用宗派主义来保证。"

在解放军报社召开的那次座谈会上，我也做了一次发言。我的发言曾经谈到我们这些人身上的教条主义，谈到军委文化部领导同志主要是陈沂同志的教条主义、宗派主义错误。但是很显然，侯敏泽所反对的"教条主义"和我们所反对的教条主义不是一回事。在那次座谈会上，我的发言也是有错误的，例如我把已往文艺批评的行政方式做了夸大的描写，这可能鼓励了侯敏泽的进攻。我当时没有听到他的发言，过了两个多月以后，才看到他的发言稿，真使我大吃一惊。现在看看，侯敏泽的发言有没有起码的实事求是的精神呢？

侯敏泽弄到这样利令智昏的程度，竟然一再强调说，我们从左翼运动以来从来没有向教条主义做过真正的斗争！别的不说，你怎样看待1942年延安文艺界的整风运动呢？当时大张旗鼓地反对教条主义、反对宗派主义、反对党八股，同时也强调地反对了洋教条、反对了脱离工农兵群众的资产阶级思想，这在当时的延安和各个根据地的文艺界掀起了一个思想上和实践上的大改革，从而使我国文艺的面貌为之一新。作为理论批评工作者的侯敏泽，对这样伟大的思想改革运动一点也不知道吗？那么，全国解放以后不久，党在戏剧界发动了一个对杨绍萱同志的教条主义——反历史主义的批评和斗争，戏剧界进行了热烈的讨论，《人民日报》发表了几篇文章，《人民日报》社论不只一次地强调了这次斗争的重要性；可是当时丁玲、陈企霞主编的《文艺报》对这场斗争是非常冷淡的，《文艺报》上没有发表过一篇文章。至于《文艺报》本身，不就是因为对资产阶级思想容忍和投降，同时也因为长期坚持教条主义粗暴批评的错误，才引起党的严正的干涉吗？去年春天，文艺界发起了典型问题的讨论。今年春天，党和文艺界批评了陈沂、陈其通等同志的教条主义错误。这些更加是记忆犹新的。可是侯敏泽偏偏说我们从来没有向教条主义做过真正的斗争，并且说我们反而"支持了赤裸裸的教条主义"。

可见，他们所说的"教条主义"是别有所指的。党要干涉《文艺报》

关于新人物问题的讨论吗？教条主义！党要求检查《文艺报》的错误吗？教条主义、宗派主义的行政命令！党和文艺界要对丁、陈反党集团进行斗争吗？教条主义而且是宗派主义的"排斥和打击"！在他们的嘴里，"教条主义"几乎成为党的领导的代名词了。

姚雪垠说教条主义是"时代空气"，吴祖光说教条主义是"领导的权限无限扩张的结果"，刘绍棠说教条主义是"正统"，侯敏泽说教条主义是"山高水长的普遍的历史现象"，说"我们现在的领导是用教条主义把自己武装起来"。说法各有不同，目的只有一个：就是要"开刀"！向党的领导"开刀"！人家已经说得清清楚楚，我们还能做出别样的解释吗？

我们怎样克服自己身上的教条主义？

什么是教条主义？理论脱离实际，这就是教条主义最根本的特征。习惯于书本知识的空谈，懒得研究实际的情况；碰到实际问题非解决不可了，就把书本上的知识拿来牛头不对马嘴地硬套。这种主观主义的方法，什么事情也做不好的。而这，却是旧时代知识分子的通病，是所谓劳心者和劳力者长期对立的必然结果。我国封建时代的人民，对这种现象是看不顺眼的，他们编了好些书生断狱的笑话来讽刺这种现象。这些书生们十年寒窗，把四书五经读得烂熟，一旦做了官，要解决实际问题了，犯人解到他的面前，他却手足无措，只好引经据典地胡乱判断一阵，因此闹出种种笑话。在川剧里面，也刻画了这类书生的可怜形象。那些脱离实际、脱离群众的资产阶级学者们，他们的毛病比起封建时代的书生们也好不了多少。所以列宁把理论与实践的完全脱离，看成是"资本主义旧社会中最可恶的特征"，是"资本主义所遗留给我们的最大祸害之一"。

毛泽东同志在《反对党八股》一文中，十分警辟地描述了教条主义在我国五四运动前后的表现形态。五四运动所面临的是封建教条的余威。毛泽东同志说："那时统治阶级及其帮闲者们的文章和教育，不论它的内容和形式，都是八股式的，教条式的。这就是老八股、老教条。揭穿这种老八股、老教条的丑态给人民看，号召人民起来反对老八股、老教条，这就是五四运动时期的一个极大的功绩……但到后来就产生了洋八股、洋教条。我们党内的一些违反马克思主义的人则发展这种洋八股、洋教条,成为主观主义、宗派主义和党八股的东西。这些就都是新八股、新教条。"毛泽东同志指出,这些东西在我们党内存在,乃是小资产阶级思想在党内的反映,是我们党处在这个广大阶级包围中、很大数量的党员拖着一条小资产阶级尾巴走进党内来的结果,因此反对教条主义也就是一个复杂的、细致的斗争。有人不是要追问教条主义的根源吗?这就是按照历史观点、合乎实际情况的科学的解答。很显然,各色各样的教条主义都是旧制度的遗毒,而不是新制度的产物,都是剥削阶级的发明,都是无产阶级所要反对的。

  大家知道,教条主义曾经给我国革命造成很大的损害。正因为这样,它的反马克思主义的面目一为大家所看破,它就不能不受到全党的反对;它再也不能招摇过市,它早就成为我们党内的不合法的存在了。1942年2月毛泽东同志在延安中央党校做了著名的《整顿党的作风》的报告,当他严正地指出在我们党内还存在着主观主义、宗派主义、党八股等不良作风的时候,他说:"这些作风不正,并不像冬天刮的北风那样,满天都是。主观主义、宗派主义、党八股,现在已不是占统治地位的作风了,这不过是一股逆风,一股歪风,是从防空洞里跑出来的。"这本来是很容易了解的。我们是无产阶级的马克思列宁主义的政党,在革命斗争中经过千锤百炼的,资产阶级、小资产阶级的歪风怎么能在党内不受抵制,而让它长期地逍遥法外呢?如果那样,又怎么能在极艰苦的条件下取得伟大的胜利呢?至于在党的文艺工作上,例如左翼运动的时候,在取得不可磨灭的成绩的同时,在一定期间也的确犯过比较严重的教条主义、宗派主义的错误,这些,随着党的领导的加强和整个文艺界思想觉悟的提高,如今已成为我们永远记取在心的痛切教训了。开国以来,为贯彻党的文艺路线而坚持两条战线的斗争,把文艺工作不断地推向前进的,不就是党的马克思列宁主义的思想领导的结果吗?所以,只有那些对工人阶级的事业心怀敌意的人,才忍心诬蔑我们的党是"教条主义统治",是"教条主义、宗派主义的根源",以及诸如此类的含血喷人的鬼话。

  这些年来,随着革命事业的大步前进,我们的党已发展为一个很大的大党,这是一个英勇、伟大的集体,可是其中也有不少党性不纯的人,拖着小资产阶级尾巴的人，需要在革命的熔炉里经过不断地锤炼。这样，对于我们来说，反对教条主义，也像反对各种形态的资产阶级思想一样，是一个长期的、反复的、复杂的斗争。固然，有些人犯了严重的教条主义、宗派主义错误，是和他们的资产阶级个人主义世界观相联系的。个人主义者什么武器都抓，只要对他个人有利。这些人如果拒绝改造自己，就很容易走上反党的道路。我看陈企霞就是这样的人。同时我们还有不少这样的党员，他们经过一些锻炼，他们对人民的事业是忠诚的，在敌人面前是英勇不屈的，可是他们的主观主义的毛病没有改好，看问题常带片面性，他们对自己要求不严格，由于政治上、思想上的幼稚，有时干脆由于懒惰——不肯刻苦地研究实际问题，因此犯了教条主义的毛病，或在思想作风中夹杂了许多教条主义的成分，因此总是不能把工作做好。在知识分子的党员和党外进步人士中间，这样的人是不算少的。我们是搞理论批评工作的人，搞文学杂志编辑工作的人，我们自己的情况就特别地不能使人满意。自然，对于我们这些人来说，首先需要警惕的也还是世界观中的许多资产阶级的东西，这些东西不克服不得了，发展下去危险极了；同时我们思想方法上的主观主义、教条主义，也会给工作带来很大损害，并且束缚着自己的创造性的发挥。

此外，党员中间也还有这样的人，他们实际上是资产阶级的文艺家，他们的资产阶级的成见是很深的，他们死抱住资产阶级的洋教条、洋八股不放，成为毛主席所批评的那种"最没有出息的最害人的文学教条主义和艺术教条主义"，可恨的是，他们总是要用他们的洋教条来"修正"马克思列宁主义的文艺观点，顽固地排斥一切新事物。这些人是我们党内、文艺界内的修正主义者，而修正主义是当前最危险的倾向，我们不把它和一般的教条主义现象混淆在一起。

延安整风的时候，毛主席曾经尖锐地批评了那种不注重研究现状，不注重研究历史，不注重马克思列宁主义的应用，而只把兴趣放在脱离实际的空洞的"理论"研究上这些极坏的作风。我们联系到当前的文学理论批评工作，自己反省一下，就会感到非常羞愧。我们的教条主义主要表现在哪里？它就表现在这些极坏的作风上。当然，这些坏作风在不断地克服中，这是因为我们有一个强大英明的党，有坚强的党的领导，除非是党性极差的人，党的思想作风总会多少在我们的身上发生作用的。可是，毛主席在15年前批评的不良学风，在我们文学理论批评工作中不是仍然反映得非常鲜明吗？马克思列宁主义的理论和美学原则本来不是教条，是人们把它教条化了。右派分子一听见有人提起马克思列宁主义的原则和党的原则，就连呼"教条！教条！"马上头痛起来，这暴露了他们对于马克思列宁主义的本能地敌视。可是我们学了马克思列宁主义的理论，固然是学得很粗浅吧，却不善于用来解决我们当前有待解决的许多实际问题。例如谈到社会主义现实主义，如果我们今后还是只会重复那些说了多少年的老话，读者就会对我们提出抗议的。今后即使是对修正主义作斗争，不能不涉及过去的论题，我们也一定要力求联系到文艺现状，联系到有关的作品来谈问题，从实际出发来谈问题，这样的文章才有说服力。而我们过去写的文章，却常常没能这样做，因此是缺乏说服力的。我们谈论社会主义现实主义谈论得很久了，可是社会主义现实主义在我国文学艺术创作中表现出来的民族特点是怎样的，我们甚至还没有认真地加以研究。民族形式问题，这是我国社会主义文学创作中最迫切的问题之一，需要我们吸取民族遗产的经验和总结新文学已经取得的经验说出一些道理来，提供那些愿意密切联系劳动群众的作家们参考，帮助有些青年作家克服刻意模仿外国情调和语言过于欧化的现象。我国文学中创造艺术典型的经验，创造社会主义新人物的经验，我们都还研究得很少。谈到研究历史，首先是我国五四以来新文学史中的许多重要问题，在我们许多青年作家的头脑中还是一笔糊涂账，胡风分子和右派分子就抓住我们这个弱点，和我们纠缠不休，许多青年受了他们的迷惑，这就逼着我们非把这方面的工作认真做起来不可。马克思主义的文艺批评，是战斗的武器。但是生硬的、庸俗的、简单化的粗暴批评，有时还在我们的刊物上出现，这是很可耻的。近一年多来，右派分子放出了大量的毒草，包括许多反动的言论和作品。我们的批评，在反右派斗争中活跃起来了。批评文章的质量也有所提高了。对我们的刊物和作者们来说，当前锄草的工作不仅是我们不可逃避的责任，而且是我们克服教条主义的空谈，进行有的放矢的斗争的大好机会，我们一定不要放过它。明年起将要系统地开展反对修正主义的文艺思想的大辩论，这更是锻炼我们的刊物、锻炼我们的理论批评队伍的好机会，我们一定要和我们的作家、评论家们密切合作，发表一批经过细心研究，密切联系实际的、富有说服力的文章，让读者从我们的刊物上看到，我们一方面是在向敌对思想进行认真的、全力以赴的斗争，而在这场斗争中，我们的同志和刊物也在努力克服我们身上的教条主义的坏习气。

修正主义是当前最危险的倾向。但是，依靠教条主义是反不了修正主义的，正像依靠修正主义反不了教条主义一样。教条主义、修正主义都是假理。马克思列宁主义才是真理。必须依靠真理，才能反掉假理；必须反对假理，才能发展真理；必须坚决地克服教条主义，才能有效地反对修正主义。而教条主义的战法，或者朝着天上放空枪，或者闭着眼睛放乱箭，空枪吓不住敌人，乱箭射不到目标，倒会伤了自己人，都是有百害而无一利的。

要彻底克服知识分子身上的主观主义、教条主义的坏习气，养成实事求是的新作风，最根本的办法，就是使脑力劳动和体力劳动相结合，使知识分子和劳动群众的思想感情打成一片。只有这样，才能使脑力劳动生根在最丰富、最广阔、最坚实的基础上。这在旧社会是难以办到的。旧社会把脑力劳动和体力劳动对立起来，把劳心者和劳力者对立起来，这就是产生主观主义、教条主义的温床。旧社会的统治者利用这种对立，把知识分子收买过来，作为反对劳动群众的工具。所以说，教条主义、宗派主义是旧制度的产物，它只有对剥削阶级才是有用的。新社会从根本上粉碎了脑力劳动与体力劳动相对立的社会基础，反而用一切可能来促成二者的互相结合，这就为知识分子抛弃旧作风、建立新作风创造了最好的条件。我们有不少同志将到农村中参加劳动或担任基层的实际工作，我们大家今后都有机会轮流下去接受劳动锻炼。让我们大家愉快地、充满信心地接受这个锻炼吧！

1957.12.15

❋一九五八年❋

莎菲女士在延安①
——谈丁玲的小说《在医院中》

丁玲的反党小说《在医院中》，我是久闻其名，去年下半年才有机会读到的。延安出版的《谷雨》已经找不到了，那上面发表的《在医院中》的原稿想必更加使人难以忍受。我读到的是1942年发表在《文艺阵地》上的修改稿，题目也经作者修改过了的。尽管这样，读过以后，仍然"如同吃了一个苍蝇似的心里涌起了欲吐的嫌厌"。

关于这篇小说的反动性质，《文艺报》上曾经发表过王燎荧同志的分析（见《文艺报》1957年第25期）。我完全同意他的分析，同时，也想就自己看到的方面做一些补充。

读这篇小说的时候，我的突出的感觉是：莎菲女士来到了延安。她换上了一身棉军服，改了一个名字叫做陆萍。据说她已经成为共产党员了，可是她那娇生惯养、自私自利、善于欺骗人、耍弄人的残酷天性一点也没有改变。她的肺病大概已经治好了，她的极端个人主义的毛病却发展到十分癫狂的地步。

这个莎菲女士，怎么会来到延安呢？难道也是为的"在无人认识的地方，浪费我生命的余剩"吗（引文见《莎菲女士的日记》，以下简称《日记》）？可是据说，这个改了名字的莎菲，却是有她自己的远大理想的。这个善于交际、善于玩弄权术的姑娘，"她仿佛看到了自己的将来，一定是以一个活跃的政治工作者的面目出现"。而且，"她对于文学的书籍更感到兴趣"，说不定还可以成为一个大作家。可是组织上在分配工作的时候，

---

① 本篇发表于1958年《文艺报》第2期，署名张光年。曾收入《文艺辩论集》。

却没有分配她当一个政治家或作家,看到她学了几年产科,说服她到一个刚开办的医院去工作。个人的幻想和党的需要发生了矛盾。小说作者以无限同情为陆萍鸣不平:"她是一个富于幻想的人,而且有能耐去打开她生活的局面。可是'党','党的需要'的铁箍套在头上,她能违抗党的命令吗?能不顾这铁箍吗,这由她自己套上来的?"真的,她后悔入党了。"她只有去,但她却说好只去做一年……"

莎菲(陆萍)女士不喜欢我们的延安。她看到的是"荒凉的四周",闻到的是"难闻的气味",窑洞里"浮着一层凄惨的寂寞的光",窑洞外是粪堆连着草堆,"简直没有插足的地方"。延安的人,更是很少可以看得上眼的。那些工农干部,"对医务完全是外行",或者带着"懒洋洋的神气",或者显出"很幼稚的热情",或者干脆是谄上压下的小人。护士们"又懒又脏"。病人们"不爱干净",而且"很顽固"。而农村妇女们"破布似的苍白的脸","有着鱼的表情"。延安的一切几乎都符合《莎菲女士的日记》中的评语:"真找不出一件事是能令人不生嫌厌的心的……这都是可以令人生气了又生气。"

这里只有两个外来医生引起陆萍的好感。一个是产科主任王医生,"这是一个有绅士风的中年男子",会一套"资产阶级所惯有的虚伪的应付",因此刚见一面,就"给了陆萍最好的印象",但是在他的夫人冷冷监视之下,使陆萍感到"说不出的压抑"。"还有一位常常写点短篇小说或短剧的外科医生郑鹏",据说是个"来历不明"的人物,她和他后来结成了亲密的朋友,因此受到同志们和病人们的非难。你看,莎菲女士的老毛病又要发作了:"唉,无论他的思想是怎样坏,而他使我如此癫狂的动情……"(《日记》)

莎菲女士到延安,也还是值得欢迎的。延安是一个大熔炉,就看她有没有把一块顽铁投进去烧炼的决心。延安的陆萍,据说是"她自己感觉到在内在的什么地方有些改变"。变好了还是变坏了呢?"她用心地啃着从未接触的一些书籍,学着在很多人面前发言。"这看起来是变好了一些。但是,学会一点马列主义的词句,用来夸夸其谈,这是比较容易的;学会用马列主义的火来烧炼自己,那就得忍受一点痛苦;一肚子卑鄙的个人主义思想原封不动,只不过学会了像一个革命者那样在很多人面前发言,便自以为可以成为"一个活跃的政治工作者",自以为"有能耐去打开她生活的局面",这是可笑的,而且是危险的。按照小说《在医院中》的描写,陆萍到了医院以后的所作所为,说明她是越变越坏,她的品性后来发展到十分恶劣的地步。

郑鹏而外,她还交接了一个亲密的女友,一个同属于南方的姑娘黎涯。这个黎涯,其实也是一个莎菲女士。两个莎菲,加上一个郑鹏,她们能够搞出什么好事来?"她们织着同样的美丽的幻想。她们评鉴着在医院的一切人。"实际上在一起抒发反党情绪,制造流言蜚语,商量对领导和同志们如何进行打击和报复,用作者丁玲的话说,就是:"他们计划着,想如何把环境弄好,把工作做得更实际些。"完全可以有理由说,这三个有浓厚反党情绪的人,结成了一个和革命组织相互抵触的小集团。而陆萍还是一个所谓党员哩!原来,拉拢党外的反党分子向党进攻,早就是有前例可援的!

在这个莎菲小集团的人看来,当时延安的一切是可笑的而且荒谬的,"延安没有人力物力",办的什么医院啦?延安"只懂得要艰苦艰苦,却不懂医治护理工作的必需有的最低的条件",这就是延安的错误。小集团的人,就要向这样的"错误"作斗争。"她去参加一些会议……把很多人不敢讲的,不愿讲的都讲出来了。""她带着人去巡视病房,好让人知道没有受过教育的看护是不行的。她形容这些病员的生活,简直是受罪。"她"为着她们一点点的须索,去同管理员、总务处、秘书长,甚至院长去争执。"然后通过一场十分可疑的情节,把冲突推向可以爆炸的顶点。陆萍等人把自己装扮成为官僚主义的受害者,把延安描写为残酷无情、不顾人们死活的地方。"现实生活使她感到太可怕。""没有一个人援助她。""革命既然是为着广大的人类,为什么连最亲近的同志却这样缺少爱?"于是,"一切更不顺眼了",她要"同所有人"斗争。"她寻仇似的四处找着缝隙来进攻,她指摘着一切。她每天苦苦寻思,如何能攻倒别人,她永远相信,真理是在自己这边的。"这里,我不能不再征引两段《莎菲女士的日记》中的语言。来说明这疯狂的复仇心理的历史渊源:"我是把所有的心计都放在这方面用,好像同着什么东西搏斗一样。""我简直癫了,反反复复地只想着我所要施行的手段的步骤,我简直癫了。"

莎菲女士在延安——谈丁玲的小说《在医院中》

作为一个受过延安的恩惠，受过延安的红色医院的恩惠的人，我要在这里插上几句话。1938冬，我在晋西游击区堕马受伤。千里迢迢，一副担架，我被村村转送到延安。在延安二十里铺的医院里，我住过一个时期。1939春天的延安，比起两年多以后，即丁玲发表这篇小说的时候（1941年），在人力物力方面，也不见得更富裕一些。艰苦，这是我们的传统。艰苦，决不是我们的过失。用很少的人力物力来发挥很大的作用，这恰巧是我们的光明面，而不是我们的阴暗面。1939春在延安医院中度过的那些日子，永远引起我的怀念和感激。那雪白的、宽敞的窑洞，阳光从宽大的窗户透射过来。舒适的病床和洁净的被单。我们的病房是温暖的。护士们或者从四川长征而来，或者是陕北的妇女，都有一颗明朗的、朴实的心（我幸而没有遇到陆萍之类的人物），她们常为轻病号组织有趣的晚会。我算是重病号了，受到的待遇更加优厚一些。等到肿得很粗的左臂逐渐消炎，身上的皮肤病也被治好以后，我在这温暖舒适的环境里，忽然诗兴大发，便在朋友的帮助下，在病床上用口授笔录的方式，五天中间一口气写完了一个大合唱的歌词400多行。我的诗歌当然是仅仅提供给作曲家作为他的非凡的音乐构思的基础。但是我的经历足够作为一个反证，证明丁玲的小说《在医院中》所描写的种种阴森恐怖的图景，似乎在延安住医院"简直是受罪"的说法，无非是莎菲女士对读者的愚弄，无非是莎菲女士的扯谎。我似乎听见了一个自称有着残酷天性的女人的自白："我又想扯谎了……我愚弄了他，我得意我的不诚实。"（《日记》）

使人惊骇的是，陆萍的反党活动达到这个地步，她完全不择手段："只要有空便到很多病房去，她搜集着许多意见，她要控告他们。"她居然从一个知识分子病人那里搜集到这样了不起的意见："你说院长不好，可是你知道他过去是什么人，是不识字的庄稼人呀！指导员不过是个看牛娃娃，他在军队里长大的，他能懂的多少？是的，他们都不行，要换人，换谁，我告诉你，他们上边的人也就是这一套。"这样露骨的反人民的声音，被写成一个"正面人物"的控诉，还居然得到反党分子陆萍的同情和欣赏。"他解释着，鼓励着，却耐心地教育着。""她为他流着泪……"

这就是莎菲女士在延安的所作所为。这就是丁玲的小说《在医院中》所传播的思想。作者写出一个陆萍，不是为了批判她，而是为了歌颂她。

丁玲、莎菲、陆萍，其实是一个有着残酷天性的女人的三个不同的名字。她们共同的特点，是把自己极端个人主义的灵魂拼命地加以美化。她仇恨的不是延安的某些事物，仇恨的是延安的一切。她不是同某些人斗争；而是同延安的"所有人"斗争。她否定的不是某些工农兵，否定的是工农兵的整体。她攻击的不是一个医院，攻击的是整个的延安和整个的党。"她寻仇似的四处找着缝隙来进攻……"

说到"暴露阴暗面"的小说，丁玲的《在医院中》可算是第一篇，大概也算是首屈一指的了。刘宾雁、刘绍棠等等后生小辈，大概会自愧莫如的吧。《在医院中》的艺术的"独创性"在于把新社会的光明面（艰苦奋斗的精神）当成阴暗面来暴露，同时把革命队伍的阴暗面（例如那个莎菲小集团）当成光明面来歌颂。这种手段不算不毒辣了。于是，我们又记起莎菲女士的话："我简直癫了，反反复复地只想着我要施行的手段的步骤，我简直癫了。"（《日记》）

应当老实些[1]

今年的《人民文学》出现了一片新气象。和前些时候（1956年春天到1957年夏天）的《人民文学》比较起来，它的面貌是大不相同了。现在它多了一些东西：那叫做社会主义精神的东西（前些时有人老想放逐它）；同时又少了一些东西：那就是站在资产阶级立场来"干预生活"的作品和修正主义的言论（现在少得看不见了）。读者欢迎《人民文学》的这个新变化，欢迎它站在社会主义文学最前线，鼓起干劲，力争上游！

读者不是怕毒草；怕的是有人把毒草硬说成香花，教人冷不防地中了毒。而前些时候在《人民文学》编辑部主持笔政的秦兆阳（这期间主编严文井同志实际上已经离开这个工作了），却老是在引诱读者跟他一起走到修正主义的邪路上去。

读者一定会问：秦兆阳岂不是解放区培养起来的作家，过去不是也写过些比较好的作品吗？他是怎么搞的呢？为什么当国际上的一股修正主义的妖风刚刚刮了起来，他马上就看风转舵，闻风而起，并且望风下拜呢？为什么把党和文学界委托他把守的一个社会主义的文学阵地，擅自改造为修正主义的祭风坛呢？这个问题，也正是我们感到大惑莫解的。

一个作家、一个党的工作者可能在工作中犯这样或那样的错误。我们许多人都是跌了很多跤子才学会走路的。可是有这样的人：他今天说东，明天说西；正面一套，反面一套；前言不顾后语，左右货色齐备；你问他：阁下真意如何？他偏说：我的话并不矛盾。这样的人，你要想帮助他，把他拉回正路，可不是那么容易哩！

1956年，秦兆阳和大家一起，写文章批判胡风。他表示坚持社会主义现实主义，他强调文学的社会主义精神，他驳斥了胡风的"写真实"的谬

---

[1] 本篇发表于1958年《文艺报》第2期，署名言直。曾收入《文艺辩论集》。

论，嘲笑了胡风故意混淆新旧现实主义的根本区别（见《胡风文艺思想批判论文汇集》第四集）。他的文章尽管写得肤浅些，意见还是大致不差的。事隔一年半，他以"何直"的笔名写了一篇大文章，题目是《现实主义——广阔的道路》，这时他的看法变了：社会主义现实主义在1956年忽然变成了羊肠小道，社会主义精神忽然成为一切教条主义的根源，新旧现实主义据说很难划出一条界线，只有他那"干预生活""暴露黑暗"的"写真实"才是"现实主义的新路"！前一年自己说过的话完全不算数了，连提也不肯提它一句。只是在听到别人反驳他的意见的时候，他才用鄙夷的神情告诉编辑部的人员说：某某人的说法，"我在反胡风时也说过嘛！"请问，反胡风的话，是说着玩玩的吗？

　　一个人的意见可以有改变。后一年的意见否定了前一年的意见，这也不算稀奇。意见说错了，通过讨论和辩论，彼此都可以得到好处。秦兆阳在《现实主义——广阔的道路》一文开头便作了声明：他写这篇文章，为的"可以起抛砖引玉的作用"。换言之，他是欢迎讨论的。等到别人奉命来参加讨论了，他却又不耐烦起来。他在1957年3月以"鉴余"的笔名写了《现状偶感二则》，含沙射影地把讨论者骂了一通。他说那些"提出了反对意见的人"，是"一些别有用心的人"；这些人"趁浑水摸鱼"，"牛头马嘴，缠搅不清"；这些人"曲解"了他的意见，造成了"混乱的舆论"（见《人民文学》1957年3月号）。既然如此，你这个追求真理的人，就应当起来辨明是非，澄清混乱，并把那些"别有用心的人"揭露出来才是啊！可是秦兆阳没能这样做。他回避了讨论，而且压制了讨论。读者寄到《人民文学》要求和他展开讨论的文章，他是一概不发的。他用右手写了《现状偶感二则》，坚持自己的错误；同时用左手写了一篇《关于"写真实"》（用的是"何直"的笔名），和前一篇发表在同一期《人民文学》上。这后一篇文章，忽然又来了一个180度的大转弯。这时他口口声声"社会主义现实主义"，又板起正确的面孔来教训作家了。他尖锐地批评了那些"以反对教条主义和公式主义为名，而偷得了'写真实'三个字，搅得水混流浊，以排斥我们大家所要求的、社会主义现实主义文学的思想性"的人。他警告我们大家："批评胡风思想的运动过去得并不久，我们不要忘了这一运动给与我们的经验教训。"这些话真是义正词严，可是独独没有一个字提到他自己在半年前发表的言论。仿佛那是另外一个何直,和这个何直没有任何关系似的。

秦兆阳的这个做法岂不是很不聪明吗?他把自己的两篇文章发表在同一期的刊物上,而一个是拉,一个是打;一个是耍,一个是骂;一个是捧,一个是压;一个是哄,一个是诈。要是读者知道这两篇文章原来出于同一作者的手笔,又是同时写出、同时发表的,人家将要作何感想呢?

秦兆阳提倡的究竟是怎么样的一种"现实主义"呢?原来,他的"现实主义"理论,在刘宾雁的反社会主义作品中得到完满的反映。当刘宾雁的《本报内部消息》在《人民文学》1956年6月号发表的时候,秦兆阳特为写了热情洋溢的《编者的话》,向全国读者推荐这篇特写,并预告"真正尖锐的冲突将在下一篇内展开"。不久以后,又发表了它的《续篇》。这时(1956年8月)他写给刘宾雁的信上说:"我是觉得,你的这篇《内部消息》,至少是给我们的创作开始打开了一条新路,开始使作家们去注意,去描写我们周围生活中人们的灵魂深处,而不仅仅去注意那些工人农民。而且,这不是普通的注意和描写,而是'挖掘'。这就是说,你在开辟一条自己的现实主义的新路,同时也在给别人作出榜样来。这有何等重大的意义呀!"原来,美化反党分子的"灵魂",揭露共产党内的"黑暗",重视"我们周围生活中"的知识分子,轻视"那些工人农民",这就是秦兆阳提倡的"现实主义的新路",或我们创作的"新路",而刘宾雁的作品,就是它的"榜样"。因此之故,他又在10月写了一封信给刘宾雁,鼓励他多写这样的作品。他说:"我们极希望能在刊物上继续出现你的作品。""我们希望你篇篇都像《本报内部消息》那样,但另一方面又并不要求都有那样的水平。"他还借别人的话来鼓励刘宾雁:据说,"你的两篇特写是目前'最高的东西'"。

也就在这个时候,秦兆阳写了一个《〈人民文学〉改进计划要点》,其中第一条写道:"在文艺思想上,以现实主义为宗旨;但在发表作品上,应注意兼收其他流派有现实性和积极意义的好的作品。"这是说,今后《人民文学》将以提倡秦兆阳——刘宾雁式的"现实主义""为宗旨",由此逐渐形成自己的"流派",同时也酌情照顾其他"流派"的东西。秦兆阳随便修改了中国作家协会一个重要刊物的方针或"宗旨",随便写出宣言，忙着要在刊物上发表，这当然不能不受到作家协会领导同志的制止。隔了几个月，《人民文学》1957年1月号上出现了这位副主编写的一篇《编者的话》，这时所提出的"主张"，已经变成"我们以社会主义现实主义为宗旨，但也要兼顾到其他流派有现实性和积极意义的好作品"了。秦兆阳把社会主义现实主义仅仅看成一个"流派"，用来和他所提倡的"现实主义"流派等量齐观，这是我们所不能同意的。但从字面上看来，他到底承认了社会主义现实主义，而且两个月以后，他又发表了我们刚才说到的那篇《关于"写真实"》的宣言，表示完全站在社会主义现实主义立场上，无论如何，这总是一个进步吧！可是，根据中国作家协会印发的材料，秦兆阳在1957年3月下旬写给右派分子刘宾雁的信上，倾吐了他这个时候的"内心深处"。他说，"自去年12月以来，我如处在风雨之中"，自恨"我并非大智大勇者，没有韧性"，"自愧没有改变环境的能力"……从他这些自怨自艾的言词看来，他的两篇拥护社会主义现实主义的宣言，与其就是一个进步，不如说是对"环境"的一个让步了。

可是认真说来，让步，不过是一个姿态，实际上却不是那么一回事。例如就在宣言"我们以社会主义现实主义为宗旨"的《人民文学》1957年1月号上，还同时发表了他自己写的一篇"干预生活"的短篇小说《沉默》（用的是"何又化"这个笔名）。如果你和他前一年写的那篇杂文《论"缺少时间"》（见《人民文学》1956年6月号，笔名何直）对照起来读，不难领会这篇小说的深刻的用意。秦兆阳的那篇杂文，在反对官僚主义、保守思想的同时，发泄了作者的反领导情绪。他把领导作风中的官僚主义现象扩大化了，说是"如果你甩开他自己往前走去，他就会战战兢兢，甚至要大发雷霆，嚷叫着：'你冒险……我不批准！'"但是像有些人在编辑工作中甩开党的领导自己搞一套的作法，怎么能指望领导同志随便批准呢？而《沉默》这篇小说，正是强烈地宣传了他那甩开一切往前跑的思想，发泄了甩之不开以后的愤懑情绪。这里也出现了一个黄佳英式的人物，她的"干预生活"的结果，只给她带来了"一种有话说不出来，又像是无话可说的又愤怒又痛苦的表情"。显然，整个的调子是绝望的。秦兆阳发表了这篇小说，说明他对自己的"现实主义"仍然是忠实的。他在编辑工作中也在力求贯彻他的"现实主义新路"。接着在《人民文学》2月号，他发表了《马端的堕落》。这篇特写不但思想上是荒谬的,艺术上也是低劣的,可是秦兆阳一直认为是一篇"写得好"的作品。4月号,发表了《被围困的农庄主席》。7月号的那篇具有强烈毒素的反党小说《改选》,也是经过他同意发表在头条的。这期间发表的他自己写的或别人写的宣传修正主义思想的短论和杂文,就不必说了。

可不可以这样说呢?尽管发表了冠冕堂皇的宣言,可是"宗旨"还是自己那一套,"流派"正在努力形成中。

可见,在现实主义的问题上,秦兆阳的那种反复无常、变来变去,而又万变不离其宗的花样,证明他对党、对同志、对读者都是很不老实的。

和现实主义问题相联系,在小说《组织部新来的青年人》的修改问题上,秦兆阳的态度,也是使人大惑莫解的。

这篇轰动一时的小说,有人说好,有人说坏。我们说,小说有它好的一面,但毒素也是不轻的。林震这个形象,和《本报内部消息》中的黄佳英是同一类型的人物。对这类人物的美化,只能在读者中造成很坏的影响。

我们要谈的是对这篇小说的修改问题。

从去年五月《人民日报》发表的有关材料看来,这篇小说在《人民文学》发表之前(它发表在1956年9月号上),是经过编者秦兆阳做了很多修改的。有改得对的地方。经过删改,文字上比原稿洗练了。但是另外许多地方的修改,却帮助渲染了林震的小资产阶级情感;而又删去了原稿中隐约透露出的那个区委会的一线光明(例如删去了有关区委书记的积极面的描写);他重新改写了这篇小说的结尾,尤其突出了林震对党组织的悲观绝望的情绪。显然,修改者是用同情的和欣赏的态度,力求通过林震的眼光看事物,从而强调了这篇小说的消极方面。(参看1957年5月9日《人民日报》《〈人民文学〉编辑部对〈组织部新来的青年人〉原稿的修改情况》)

小说发表以后,引起了强烈的反应。歌颂这篇小说的,有些人恰好歌颂了它的消极方面;批评这篇小说的,有些人的确采取了教条主义的方法;但是正确的意见也不是没有以强有力的方式反映了出来。这期间,小说作者曾经写信给《人民文学》编辑部,对某些修改得不妥当的地方要求更正。可是秦兆阳说，由于别人的疏忽，"这封信丢了，终于没有登出更正来"。作者的更正信丢了，修改者不是也可以出来声明一下吗？何况那时《文艺学习》为这篇小说展开了群众性的讨论，批评者所引证的例子，恰好有几处都是经过秦兆阳修改的地方，秦兆阳挺身出来做些说明才好啊。可是秦兆阳没有这样做。他倒是写了一篇批评《组织部新来的青年人》的文章，题目是《达到的和没有达到的》，发表在《文艺学习》1957年3月号上。在这篇文章里，他批评小说作者"思想角度不够高，感情也不够健康"。他正确地指出"作者过多地从林震的角度并通过林震的眼光去看待一切，去描写一切；作者的笔墨感情甚至不知不觉地跟着林震走去，变成了林震的俘虏，而忘记了去批判林震身上那种脱离群众的、孤芳自赏的重大缺点"；他指出作者"对刘世吾，特别是对区委会中积极的一面也写得不够"。至于如此之类的"不够"或"缺点"，是不是和他的修改也多少有些关系呢？那他却一个字也不肯提到了。

怪就怪在，秦兆阳一方面写了这样的批评文章，一方面又向小说作者表明自己的心迹。他说他在写这篇批评文章的时候，他不"敢"看原文，因为一看原文就会觉得自己文章中的那些指摘是不恰当的，云云。难道有人逼着你这样写吗？难道有人修改了你的文章吗？你不写这篇文章不是也可以吗？且慢，这是小说作者王蒙所提供的情况，或许又是别人"曲解"了他的原意吧！那么，就在他刚写了那篇批评文章以后不久，在3月下旬他写给刘宾雁的信上，为什么出现了这一类的词句呢？秦兆阳写道："自王蒙事件发生以来，我感到威胁最大而且最烦恼的，不是文艺界，而是报社，包括《青年报》《人民日报》……""在他们面前，谁有中流砥柱的力量？反正我不是这种大智大勇者。""因此我决定自己不能再在人民文学主持中馈"了。这封信写于1957年3月下旬，这时《人民日报》《青年报》相继发表了评论《组织部新来的青年人》的文章，这些文章着重指出了作者不应当美化林震的缺点，不应当用林震的眼光去看待一切，秦兆阳不是也发表过类似的意见吗？那意见是真的还是假的呢？既然他真的有过类似的看法，那又何至于引起他如此地"烦恼"呢？如果他实际上成了《组织部新来的青年人》的合作者，因而对批评是心怀不满的，那他又何必当面一套、背后一套呢？是的，这时候王蒙小说的修改问题已经引起人们的注意，作家协会和《人民日报》开始在研究这个问题。但是，无论是关于王蒙小说的讨论，无论是关于修改问题的研究，无论是党报或团报，又何至于使秦兆阳感到这样大的"威胁"呢？秦兆阳所盼望的"中流砥柱的力量"究竟是怎样的一种力量？他所盼望的"大智大勇者"究竟是怎样的一种智者和勇士呢？总之，在修改王蒙小说的问题上，也突出地表现了秦兆阳的极端自私和极不老实的态度。

一个作家，应当有光明的态度，磊落的胸怀。对的，坚持它。错了，改正它。遮遮掩掩躲躲藏藏的手法是可耻的，结果是欲盖而弥彰。看风色、耍花招的办法是行不通的，只会使错误更加严重。秦兆阳在自己的文章里不是讽刺了那种"随风而起""看风驶船""左顾右盼"和"赶浅水浪头"的人物吗？那么，自己最好不要做那样的人。为了督促秦兆阳从修正主义和反党的泥坑里跳出来，我们劝他老实些，更老实些！

反对八股腔,文风要解放[①]

我的文风不好,有八股腔。不是因为说假话,而是因为没才学。肚子里的货色少,写出来的东西空。一片衷忱,满纸呆相。苦得很。1956年,我整整苦闷了一年,这一年很少写东西。现在有些觉悟,想改,正在改。办法:从勤写勤练入手。今天的会,对我也是一个鞭策。好比一匹马,你要它跃进,就得用鞭子抽它几下。思想有毛病、文风有毛病的朋友们,我看都需要鞭策。要快马,必须加鞭。

我想谈谈编辑工作中的感受。照我看,最近一年来,刊物上的文风,开始有了改进。百花齐放的方针,叫我们开了窍。反右派,大辩论,有的放矢,大家鼓起斗志,动了感情,文风也就起了变化。右派言论不简单。你要想驳倒它,你就要找来全部材料,一遍一遍地研究它,一点也马虎不得。教条主义、党八股,无非是脱离群众、脱离实际的结果。现在,你在群众运动的浪潮中,一个残酷的实际在向你挑战,躲也躲它不开,这真是克服教条主义和党八股的大好时机。果然,我们的同志们这样做了。从刊物上看,无的放矢、说空话、发空论的文章,比过去大为减少了。作家下乡,干部下放,对根治八股腔必有奇效。所以说,事情总是叫人乐观的。

但是也不能过于乐观。洋八股、党八股,都和剥削阶级的思想有联系,整掉它很不容易。有官风,就有官腔。有轻视群众的思想,就是脱离群众的文风。这在我们有些同志身上,还真是积习难返。所以还需要大声疾呼,需要鞭策。

白尘同志谈到了《人民文学》的难处。在会上谈谈,有好处。我想谈

[①] 本篇节选部分是作者为 1958 年 2 月 15 日《文艺报》社举行的"文风座谈会"写的书面发言,发表于 1958 年《文艺报》第 4 期。后以《反对八股腔,文风要解放》为题收入《文艺辩论集》。

谈评论文章的文风问题。拿《文艺报》说，今年我们发表了茅盾同志的《夜读偶记》，揭开了新的一年文艺思想大辩论的帷幕。这文章的重要性，用不着我来多说。这是一篇长文章，现在还没有登完。这样的文章越多越好，谁会嫌它太长呢？第一期上荃麟同志的文章，写得扎实、深刻，也很流畅，读者一致叫好。在他们两位的带动下，评论文章的气象有好转。我们也希望文章写得短一些。

第二期"再批判"中的各篇，可以看出这方面的努力。但是，我们也有难处。做编辑工作的人，看到有些投稿者因文风上的束缚使他的劳动归于浪费，是很遗憾的。为了反浪费，解放生产力，更加痛感到有整顿文风的必要。我借此机会说一说，我们近来的退稿，多数可归入以下几类：一类是简单化，缺乏说服力。不能说因为反右派，可以容许脱离生活的公式化的批评又抬起头来。不能因为右派是敌人，可以在战术上轻敌，可以随便引他两句，就生硬地，甚至牵强地加上一个判词。这不好，打不中敌人的要害。一类是所谓评论腔，也是八股腔，虽有一定见解，但却不肯直说，偏要装腔作势，旁征博引，绕了很大圈子，说了很多空话，才肯稍稍点题。如果让它发表，我们一定挨骂，也对不住作者。还有一类洋腔洋调，好像是从外国杂志上翻译下来的，并且是一种"硬译"。这类作者往往自以为学的别林斯基、杜勃罗留波夫，实则东施效颦，丑得很，使人避之唯恐不及。

我们也常看到这一类的稿件：它们有较好的见解，可是夹杂着教条主义、简单化的成分；它们有很好的见解，可是写得过于冗长；它们有很好的见解，可是写得十分枯燥无味。为了报答作者对我们的刊物的支持，我们往往不揣冒昧地向作者提出意见。虽然发表的时间令人遗憾地拖长了，可是磋商总是会有好结果。这方面，我们做得不周到的地方是很多的。

评论文章，首先要求判断准确言之成理，有说服力。文章写得生动些，群众化些，才能在群众中发生应有的效果。可是返躬自省，很惭愧，我们写政论文章，而政治性不足。我们是搞文学的，文也不足。我们的文章平淡无味，不足以引起读者的注目。我们拿起笔来打敌人的时候，往往用语太直，用字太硬，形容词太凶，离开"恶毒的诽谤""猖狂的进攻"之类的词句，似乎没有别的话可说了。字面上尖锐，实际上没有力量。这说明我们的头脑僵得很，我们还没有从教条主义、党八股的束缚中完全解放出来。

因此需要整风。今天的会，请了好些位名师来，帮助我们这些文风上毛病很重的人来一次整风。当然，八股腔不止一种。封建阶级的老八股，资产阶级的洋八股，教条主义的党八股，凡是八股腔，都是脱离人民的东西，都不是好东西。人民干劲十足地在建设社会主义，八股腔不但不能反映人民群众的干劲，反而会束缚这干劲。赤兔马在大跃进，八股腔成了绊马索。这样看来，文风问题，是关系6亿人民文化福利的大问题，也是关系文运兴衰的大问题。毛主席多年来多次地提醒我们大家注意这个问题，我们再也不能当成耳边风。

社会主义的时代，需要适合表现社会主义英雄气概的新文风，明朗的，生动的，群众化的，多样化的。这种文风不是看不见的东西，它已经形成，正在吸引越来越多的人向它学习。我们做文学工作的人，除了自己努力学习，还要尽一切可能，为新的文风开辟道路，吸引落后的向先进的看齐，帮助新文风在整个文学领域中居于压倒的优势。反对八股腔，为的让大家写得更痛快，不是更矜持；为的鼓起写作的积极性，不是束缚作者的积极性。因此我们这些文风有毛病的人，也不要气馁。反对八股腔，正是帮助我们从不良文风的束缚中解放出来，对我们的工作非常有利。我们还要多学多写，拳不离手，戏不离口，写得多了，熟能生巧。作为一个编辑，这话更是不能不说的。

丁玲的"复仇的女神"[①]
——评《我在霞村的时候》

作家可以描写各式各样的题材，塑造各式各样的形象。但他总是有所爱，有所恨的。他把自己的见解和热情灌注在他的艺术描写中。他吸引我们，说服我们，要我们爱他所爱的，恨他所恨的；要我们和他一同思索，一同欢笑。

丁玲对贞贞这个人物，付出了多么大的爱心啊！作者告诉我们："我是一个喜欢有热情的，有血肉的，有快乐，有忧愁，却又是明朗的性格的人。而她（贞贞）就正是这样。"她和她的人物结成了亲密的友谊，"谁都不能缺少谁似的"。她听着贞贞诉说自己奇异的经历的时候，恨不得"也陪着她哭"。从此她用贞贞的眼睛看世界，看一切的人。贞贞是她的"女神"，而且是"复仇的女神"。（小说中的"我"，就是丁玲自己。这一点，在陆耀东同志《评〈我在霞村的时候〉》一文中做过分析。陆文载《文艺报》1957年第38号。还可以补充一点：丁玲在小说里极力暗示"我"是一个"写了很多书"的了不起的作家。）

但是读过这篇小说的人，却不能够跟作者一同去爱，一同去恨。老实不客气地说，我们和这个人物的感情是抵触的，和这位作家的感情也是抵触的。她要我们恨的东西，我们恨不起来；她要我们爱的东西，却只能引起我们的厌恶。

难道这是一种先入为主的成见吗？不然。

日寇攻进解放区，一个年青的姑娘被俘虏、被污辱了。她在肉体和精神上都受到残害。她是我们的同胞，是解放区的青年，这当然引起我们的愤怒和怜惜。可是，要是她自己对敌人并没有什么仇恨；她在敌人那里当

[①] 本篇发表于1958年《文艺报》第3期，署名华夫。曾收入《文艺辩论集》。

了一年多的军妓,"当时倒也马马虎虎地过去了";还学会了一口日本话;在和敌人鬼混的时候,还兴致勃勃地欣赏"那些鬼子当宝贝似的揣在怀里"的照片和情书,拿肉麻当有趣;回来以后,"说起鬼子就像说到家常便饭一样","一点也不害臊";可是对解放区的人民呢,却怀着深刻的敌意,讨厌一切的人;她要"复仇",不是向敌人复仇,而是向人民群众复仇。那么请问:任何一个不怀成见的人,任何一个有民族自尊心的人,你将怎样看待这个人物呢?只能说,这是一个丧失了民族气节、背叛了祖国和人民的寡廉鲜耻的女人。尽管作者努力证明这是一个"洒脱,明朗,愉快"的姑娘,但是我们看人不是看这些表面现象,我们要看她在敌人面前、在群众面前的表现如何。

但是作者说,贞贞后来还是替党做过情报工作的。问题也就在这里。正像很多同志所指出的,情报工作是绝对机密性的政治工作,是严重的政治斗争,党怎么能委托一个毫无民族气节、毫无政治觉悟的不可靠的人物来做这个工作呢?情报工作的说法,只是出于贞贞的自我夸耀("后来我是被派去的,也是没有办法,我在那里熟,工作重要……"听这口气,好像还是党用大帽子逼着她干的!),翻遍小说,在霞村没有任何人可以证明这个说法的真实性。丁玲这样写,难道仅仅因为她政治上的幼稚吗?不是的。她是努力为一个失节的女人作辩护,在叛徒的脸上擦脂粉;并且使读者得到这样一个暗示:你看,共产党多么冷酷无情啊!党"派"一个"小女子"到敌人那里搞情报,党逼着她干,这女子为党"工作",蒙受了重大牺牲,弄得一身的病,回来以后,当大家都不谅解她!"做了文人真倒霉"!共产党不把女人当人看!——这是我们在《三八节有感》里面听惯了的谣言攻势。

丁玲为贞贞写出来的辩护词,是不值一驳的。她越是美化这个人物,越是引起我们的厌恶。听听贞贞怎样说:"人在那种地方住过,不硬一点心肠还行么,也还是因为没有办法,逼得那么做的哪!""人大约总是这样,哪怕到了更坏的地方,还不是只得这样,硬着头皮挺着腰肢过下去,难道死了不成?"亏得丁玲想出这样的台词来,活现出一个叛徒的口吻。"因为没有办法","逼得那么做的","难道死了不成"?古今中外,多少贪生怕死,在敌人面前出卖祖国、出卖人民、出卖革命的罪人,从这类叛徒

丁玲的"复仇的女神"——评《我在霞村的时候》

哲学中找到了理论根据；而丁玲居然把自己的哲学通过贞贞的口说出来，这能赢得什么人的同情呢？"硬一点心肠""硬着头皮"的"硬"字，也很值得考究。你以为她是在敌人面前拿出一副硬骨头吗？恰恰相反。她说的是在投敌变节的时候，如果想到祖国，想到人民，就咬了牙，横了心，坚决不去想它；而每当敌人来污辱她、玩弄她的时候，她就"硬着头皮"逆来顺受地"过下去"。贞贞不是满不在乎地说过吗？"我的确被很多鬼子糟蹋过，到底是多少，我也记不清了"，"我总得找活路"，"难道死了不成？"她和她的辩护者根本不相信世界上还有为了民族气节、阶级正义而视死如归的人。

小说作者的立场和我们是根本不同的。她从贞贞恬不知耻的诉说中，看到这女人"是那么坦白，没有尘垢"。她说她和贞贞的"那些谈天，于我的学习和修养，都是非常有帮助的"。这真是物以类聚、人以群分了。不仅此也，她和她的人物结成了二位一体的好朋友，"谁都不能缺少谁似的"。她不愿意听人说起贞贞的恶劣行为，因为，那"是有损害于我的朋友和我自己，也是有损害于我们的友谊的"。她支持贞贞同霞村的群众作斗争，正像她次年大力支持陆萍同延安所有的人作斗争一样（见小说《在医院中》）。作者这样谈到贞贞："不，她从没有向我表示过对人有什么恨。"当然，对敌人，她是一点也不恨的。可是对共产党，对解放区的人民，那就不同了。如果说，这个人除了她自己以外，什么人也不爱，那倒是真的。你能指出她爱霞村的任何一个人吗？这个贞贞回到霞村故乡以后，不是向乡亲们低头赎罪，反而对一切人投以嫌恶的眼光，好像别人欠了她的债一样。她谈到党，总是"他们""他们"，露出淡漠和抱怨的口吻（多么像丁玲的口吻啊）。对群众，她摆出一副"强硬"的、"无所求于人的样子"，"一副残酷的样子"，她"不要任何人对她的可怜，也不可怜任何人"。她用"两颗狰狞的眼睛从里边望着众人"，"她像一个被困的野兽，她像一个复仇的女神"，"她是咬紧了牙关要和大家坚持下去的神情"（这些话，不也是丁玲的自我写照吗？）或许可以说，这是群众对她的冷淡、卑视的结果。但是，群众对贞贞的反感，难道不是完全正当的吗？群众尊敬的是刘胡兰式的顶天立地的英雄人物（也是一个年青的女孩子啊）；像贞贞这样投敌变节的人，难道也要群众来顶香膜拜吗？可是，就因为群众

"嫌厌她，卑视她"，特别是霞村妇女们对她没有好面孔，这就引起作者的忿忿不平了。小说作者站出来冷嘲热骂道："尤其那一些妇女们，因为有了她（贞贞）才发生对自己的崇敬，才看出自己的圣洁来，因为自己没有被人强奸而骄傲了。"这话听起来是使人发抖的。但是不奇怪。从丁玲其他几篇小说和近来揭露出来的她的许多反动言行看来，她对群众从来是敌视的。一个人做下了亏心事，总觉得群众在议论她，嘲笑她，她就对群众报以加倍的仇恨。贞贞是这样。丁玲也是这样。谁说这位作家的政治立场不坚定呢？

就为了在贞贞脸上擦脂粉，丁玲还创造了两个对她崇拜得五体投地的人物。一个是作者的女伴阿桂，其实也是作者自己的影子，"她说的话总只为的传达出她（对贞贞）的无限的同情，但她默着时，却更显得她为她（贞贞）的话所震慑住了，她的灵魂在被压抑，她踏上了她（贞贞）过去所受的那些苦难"。对于这个完全被叛徒情绪所俘虏的人，我们就不再去谈她吧。另一个是夏大宝，小时候和贞贞同过学，要好得很，可是他家穷，不敢高攀。倒是贞贞投敌以后，他常去看贞贞的父母，挨骂也不怕，"骂走了第二天又来"。你道他是什么人？他还"在自卫队当一个小排长呢"！贞贞回乡以后，这个民兵排长对她不但不反感，反而更加有好感了。他把贞贞投敌变节的责任都拉在自己身上："是我不好……难道不是我害了她吗？假如我能像她那样有胆子，她是不会……"所以作者说："我以为我非常同情他。"现在刘家父母愿意把贞贞嫁给他了。他们核计过："要不是这孩子，谁肯来要呢，莫说有病，名声就实在够受了。"现在坚决不愿意的是贞贞。她反对这婚事，她躲着不见他。她的哲学是："既然已经有了缺憾，就不想再有福气。"显然，这是一个恋爱至上主义者、极端个人主义者的变态心理的表现。这样一来，却使得另一个恋爱至上主义者、极端个人主义者的民兵排长活不下去了。他喃喃地自语："……你说，我应该怎样？她愿意我怎样？我如何能使她快乐？我这命是不值什么的，我在她面前也还有点用处么？你能告诉我么？我简直不知我应该怎样才好。唉，这日子真难受呀！还不如让鬼子抓去……"

丁玲笔下的"正面人物"，就是这样的。

这个通篇充满了阴暗情绪的小说，结束的时候忽然拖了一条光明的尾

丁玲的"复仇的女神"——评《我在霞村的时候》

巴。贞贞说:"这次他们(党)既然答应送我到××去治病,那我就想留在那里学习。"恰好,作者本人也要"回到××去",因此以后"我们不会分开了"。这××,从小说里看,暗示的是延安。于是作者看见了贞贞的"光明的前途","新的东西又在她身上表现出来了"。可是贞贞不是向作者表白过她所以坚决离开家乡的真实动机吗?她说:"我觉得活在不认识的人面前,忙忙碌碌的,比活在家里,比活在有亲人的地方好些。"这使人想起《莎菲女士的日记》,所谓"在无人认识的地方,浪费我生命的余剩";这哪里是什么"新的东西"?这分明是多少年前的老调子。而且,贞贞到了延安,按照她那一身肮脏而又孤芳自赏的怪脾气,她决不会在那里循规蹈矩。她的哲学是"每个人一定有某些最不愿告诉人的东西深埋在心中","有些事情哪能让人人都知道呢?"可以肯定,她和延安决不会一条心的。

当读者和我们一起把这篇小说的倾向性分析一遍之后,大家一定会发出会心的微笑:是的,我们懂得丁玲为什么写这篇小说了。原来丁玲自己就曾经在南京自首变节,向蒋介石政府出卖了无产阶级和共产党,叛党以后,还和当了特务的丈夫继续同居。她向党隐瞒了她的叛卖行为,装扮成一个英雄回到解放区。这些行为,和贞贞颇有些类似的地方。但是丁玲的行为,不能不引起一些同志的怀疑。她自己心里有鬼,就特别怀疑周围的人把她看成贞贞似的人物。因此她写了这篇小说,按照自己的面貌刻划了一个"复仇的女神",用来咒骂一些人,争取一些人。她美化贞贞,就是美化她自己。她替贞贞作辩解,就是替她自己作辩解。贞贞的哲学,也就是丁玲自己的哲学。可是假话终归是假话,因此她的这篇辩护词,就显得矛盾百出。立场是不对头的,因此她的小说,到底掩盖不住反党反人民的阴暗心理。骗术是不能持久的,因此她的政治上的花样,艺术上的花样,总会被人们所识破。

贞贞——这就是丁玲的化身,丁玲的自我扩张。作者给她的人物特为命名曰"贞贞",单是这一点就表现出她对于政治贞操、社会贞操的鄙弃和蔑视。你说贞贞式的行为是对祖国不贞、对人民不贞吗?她偏要说,这就叫"贞贞"!这就是"贞贞"!她"贞"得很哩!单是这一点,就反映了丁玲对党、对新社会的挑战、复仇的心理。在她看来,仿佛一切对革命的叛卖行为反而是"正义"的！

　　冯雪峰是丁玲多年的好朋友，他懂不懂得丁玲写这篇小说的用意呢？这一点，我们且不去管它。但是他谈到丁玲这篇小说，特别是谈到贞贞这个人物的时候，说明他真够得上是丁玲的一个知己。你说这小说处处流露出反动的阴暗心理吗？他说，那是"非常的革命的展开"！你说贞贞的灵魂是卑微而肮脏的吗？他说，那是"丰富和富有光芒的伟大"！你说那种人物不过是解放区的垃圾吗？他说，那是"反射于沙漠面上似的那种光"！你说从她身上不断蒸发出腐朽的气息吗？他说，"从她身内又不断地生长出新的东西来"！你说那是解放区人民羞与为伍的败类吗？他说，"那可更非庸庸俗俗和温温暾暾的人们所再能挨近去的新的力量和新的生命"！（引文均见《丁玲文集》后记）你说有什么办法呢？右派分子的是非爱憎之心，和正常人本来是完全相反的。

奇文共赏[①]

马克思说过,"作风即人"。中国有句老话,"文如其人"。一个人的文风,是一面镜子。它照见了一个人的作风,也照见了他的为人。

脱离群众的人,文风也往往是脱离群众的。

反人民的人,偏会创造出一种反人民的文风。

胡风、冯雪峰的文章,可算是"文如其人"了。

冯雪峰也罢,胡风也罢,一讲起他们那"现实主义"理论来,更是玄之又玄,妙不可言!

他们的特点是:不准读者看懂。

恕我做一次文抄公。

冯雪峰的论文集《有进无退》中,有一篇宣传他的"现实主义"和"主观战斗力"的大论文,题目是《论艺术力及其他》。抄它一段吧!(引文中的着重点、夹注——〔〕中的话,是我加的。)

但自然,艰苦的创作过程,还是对于作者自己是首先必要的,因为第一。这是为了夺取战斗者。战斗的艺术家所必要的作者作为战斗的人民的一分子,只有在社会的现实矛盾的斗争中站在矛盾的一面〔请问:站在哪一面?〕从事着战斗,从中也克服着个人与小集体之间的矛盾,改造着自己,生长着自己,于是他成为战斗的人民的一分子。〔作者作为战斗的人民的一分子,战斗了半天,自己忽然不见了,忽然又生长出一个自己来,这个自己,这才又成为战斗的人民的一分子了。真是神出鬼没,变化莫测!〕而在艺术的实践上,创作过程便正是体现着这人生的生长的过程〔原来是在创作中改造自己!前面讲

[①] 本篇发表于1958年《文艺报》第4期,署名闻超。曾收入《文艺辩论集》。

的都是空话、假话。〕不仅非有它不可，而且它也能够胜任着这人生的生长过程的〔艺术生长出人生来〕。其次是为了夺取艺术，艰苦的创作过程是必须的，因为这是〔作者对于〕客观真实的发掘的过程，同时是作者之人生的生长过程，就是说，作者探索着现实。自己完全探入到现实里面去，于是〔自己〕从中生长出自己，现实也熔解到自己里面来〔我即现实，现实即我!〕，终于拥抱住了现实〔现实已经熔解到你肚子里了，你还怎样拥抱住它?〕——而这同时就是艺术的思想和内容的生长过程。于是，作者掘发着现实并从现实里面生长起自己来的这个过程，同时又体现着艺术形式之从艺术内容里面生长起来〔怎样体现的?〕；或者说，形式从内容里面生长起来的过程，恰正体现着艺术内容从现实生活里面生长起来〔怎样恰正体现着的?〕。终于在创作的进度上，艺术与现实的关系，便换成了形式与内容的关系〔怎样换的?〕；而这个关系的解决〔我们说解决问题，解决矛盾，他偏说：解决关系!〕，即艺术表现力的成长和作品形式的形成（艺术之最后的形成），只有在艰苦的战争过程上才能完成。因此，形式与内容的不可分离及其相互影响与相互争求的关系〔争求二字，妙!〕，就体现着艺术或者与现实的不可分离及其相互影响与相互争求的关系〔艺术与现实争些什么？求些什么？怎样争？怎样求？〕。总之，这就是艺术成长的过程。（见《有进无退》190、191页）

我的天！这些符咒般的文字，真把人难住了。你要跟着他"相互争求"下去啊？不消一刻钟，准把你弄得脑袋发昏，浑身出汗。血压高的人，神经衰弱的人，还是不求甚解的好。

其实，他的这段话，如果换一个说法，还是不难理解的。譬如说：什么向工农兵学习！什么改造思想！我才不相信啦，作家本人就是战斗的人民的一分子，我们关在书斋里写文章，发挥我们的主观战斗力和自己头脑中的各种幻象（也是现实呀）互相搏斗，斗得我们死去活来，这个自我改造比什么都更艰苦！还有，什么创造为群众喜闻乐见的民族形式！我才不相信啦！我的形式是从我的内容里面生长出来的。我即现实，现实即我。形式即内容，内容即形式。这就是我的现实主义。你们懂吗？

是的，他要是肯这样直说，那倒是不太难懂的。可是，他偏不肯直说，他偏要那样折磨人。

冯雪峰的"现实主义""主观战斗力""精神奴役"的理论，到了胡风手里，都有了新的发展，而越发展就越玄妙了。单就文风来说，胡风也发展得更彻底些。

也来抄它一段吧！

> ……创作对象的人，那内容总是由昨天性的诸因素和明天性的诸因素所形成，统一着但却矛盾着的人。当明天性的诸因素取得了主导的地位，进入了作为它们的物质基础的实际运动过程即实际斗争，得到了压倒的胜利以后，和昨天性的诸因素的变化一起，这明天性的诸因素就质量都起了变化，变成了昨天性的，同时，又得到了由原来那些明天性的诸因素（原来那些昨天性的诸因素也不会全部撤退），演变出来的和由实践的物质过程所产生出来的新的明天性的诸因素了。只要不是脱离了实践斗争的"一般性的原则"人，那么，我们所要的明天就正在当前的客观现实里面，正在形成这个客观现实的客观对象的人的内容里面。有创作过程中间，客观对象是一个统一着但却矛盾着的过程，作家本人是一个统一着但却矛盾着的过程，作家把握对象的要求和对象的抵抗是一个统一着但却强烈地矛盾着的实践过程。作家在实践过程中间死命地追寻并发动自身里面那个向往明天性的诸因素的主观精神要求（同时也是抵抗并压下昨天性的诸因素的要求）去把握对象，征服对象，在对象里面猎人似的去追索那昨天性的诸因素，爱人似的去热恋那明天性的诸因素……在现实主义作家，这是一个你死我活的实践斗争。（见《论现实主义的路》125、126页）

请读者原谅我！这一段文字，我已经无法描写夹注，也无法加上着重点了。你能够在每句后面写夹注，每个字下面加黑点吗？真要命！

胡风可算得是一个符咒专家，拗口令的能手。谁能够把他这段话顺理成章地朗诵一遍呢？谁知道他念的是哪一国的符咒，说的哪一段的鬼话呢？

可是，如果按照他的上下文的暗示，把"明天性的诸因素"翻译成美或光明之类的好字眼，把"昨天性的诸因素"翻译成丑或黑暗之类的坏字眼，那么，这段话也就不太难懂了。原来他要说的是：人是复杂的，人的身上，美与丑、光明与黑暗是交织在一起的。有朝一日，他的美战胜了他的丑恶，光明战胜了黑暗，可是丑的东西不会消失，丑钻进了美的里面，美的质量发生变化，于是美变成丑，光明变成黑暗，于是发生了新的美与丑、光明与黑暗的斗争。不管什么人，不管什么阶级，不管什么社会，人，永远都是这样。人是永远无法摆脱封建的精神奴役的，人是永远改造不好的。而作家呢？是应当发动他个人主义的主观战斗精神，带着"光明"的幻想，在生活里追寻一切丑恶的、黑暗的东西，死命地猎取它。这就是他的自我改造，这就是他的现实主义。

胡风哪里肯这样直说呢？他偏要用一身八卦衣、一篇拗口令、一阵乌烟瘴气把自己掩盖起来。他有他的苦衷。不这样不行啊，同志！要是直说，他早就混不下去了！

"奇文共欣赏，疑义相与析。"陶渊明写这首诗的时候，万万想不到世间还会有这类的奇文。"疑义"多的是，你敢去"析"它一"析"吗？包管你越"析"越苦，一点也"欣"不起来。不能"共欣赏"，只能"共苦赏"，就是这类奇文的妙用。

我提议：以后谁犯了错误，就强迫他读胡风、冯雪峰的文艺理论，作为一种惩罚。

我提议：常写文章的人，都该读读胡风、冯雪峰的文艺理论。我们自己受一下惩罚，尝一尝滋味，就懂得以胡、冯为戒，不再去惩罚他人。

为文学艺术大跃进扫清道路[①]
——座谈周扬同志的文章《文艺战线上的一场大辩论》

周扬同志的文章,分析了左翼运动以来文学上两个阶级、两条道路的斗争。大家要了解二十多年来我国无产阶级文学运动的基本经验,从这篇文章可以得到很大帮助。但是这篇文章着重分析的,是全国解放以后,特别是从新民主主义革命到社会主义革命这个重大转换关头我们文艺斗争中基本的经验教训。新中国成立以来,文艺界经过了一系列的斗争。党领导文艺界披荆斩棘,就为了从政治上、思想上解放文艺的生产力,解除旧意识的脚镣手铐,替社会主义文学艺术的大跃进扫清道路。去年以来的反右派斗争,又对旧基地做了一场集中的、猛烈的扫荡。现在可以看出,清扫旧基地的工程是多么重要!没有一场政治上、思想上的大革命,就没有今天的大跃进。有了政治上、思想上的大跃进,才有创作上、业务上的大跃进。反右派斗争的一个直接的成果,就是今天这样蓬蓬勃勃大跃进的新气象。正像周扬同志的文章所说,基本的道路开辟出来了,几十路、几百路的无产阶级文艺战士可以在这条道路上纵横驰骋了。但是略一回顾,清扫旧基地的工程又是何等艰苦啊!文艺界经过一系列的战斗,对敌斗争和自我斗争,每前进一步都要付出严重的代价,真是千辛万苦,才摸到了一些经验。现在,这些经验教训中的一些最基本、最重要的东西,被集中起来,经过提炼,写在周扬同志这篇文章里了。所以说,它得之不易,大家读起来就特别感到亲切,感到宝贵。我们应当很好地利用这篇文章,使文

[①] 本篇为作者 1958 年 3 月在《文艺报》主持的关于周扬的"文艺战线上的一场大辩论"座谈会上的发言,发表于 1958 年《文艺报》第 6 期,以《〈文艺战线上的一场大辩论〉读后感》为题收入《文艺辩论集》。

艺界同志们从中吸取一些东西。周扬同志的文章，内容很丰富，好些重要的经验教训，都以压缩的形式表现出来。我建议文艺界组织一些小型讨论或座谈，或根据切身的体会，抓住几个问题写出文章来，从各个方面做一些发挥和阐解，帮助大家把整风运动中已经得到的进步巩固下来。

外国文艺界的同志们和朋友们，很关心我们近几年的文艺斗争，很关心我们文艺斗争中的经验教训。他们常提出一些问题，我们的回答总是很不周全。现在好了，外国同志们再问到我国文艺界反右派斗争的情况和经验，我将高兴地把这篇文章介绍给他们作为参考。

现在，就连外国的同志们和朋友们都看到了我们党中央提出的"百花齐放、百家争鸣"的方针发生了多么深刻的效果。正像毛主席所说，香花是在和毒草作斗争中成长起来的，五谷是在和野草作斗争中发展起来的。我国社会主义文化的大跃进，证明了毛主席的判断多么正确。而群众性的大鸣大放的革命火焰，能够烧掉我们的缺点，也烧垮了反动派。党的这个方针，在周扬同志的文章里又有了新的阐明。例如解释党对反动派采取放手鸣放的方针那一段，就把我们新近的政治经验用警辟的言语写在里面了。这段文字，很值得注意研究。总之，大鸣大放好得很。暂时地放出了满天乌云，却永远地放出了满地红光。没有大鸣大放，大争大辩，大整大改，怎么会有今天的大跃进呢？我们的党，我们的人民，我们的文艺界，都学会了运用这个方针，得到了莫大好处。大鸣大放，很有味道，有意想不到之效力，所以我们以后将坚持不渝地执行这个方针。

周扬同志的文章，着重分析了资产阶级个人主义的祸害，从这方面挖出了右派分子、修正主义分子反动世界观的老根。个人主义是资产阶级的意识形态，在冲毁封建基础的时候起过作用，它只有对巩固资本主义制度才是有用的。"个人主义，在社会主义社会，是万恶之源。"这是真理。文中对个人主义的分析和批判，都是切中时弊，读者从中可以领会我们这个新时代、新社会的人生哲学的要义。周扬同志的文章，以丁玲、冯雪峰作为反面的典型，深入分析了两种世界观的斗争，从中挖出了许多经验教训。丁玲、冯雪峰过去长时间的所作所为，他们的许多反动言论，文艺界许多人是不大清楚的。经过反右派斗争，大量的事实揭露出来了。《文艺报》的"再批判"，也帮助读者进一步了解丁玲等人的堕落不是偶然的。

为文学艺术大跃进扫清道路
——座谈周扬同志的文章《文艺战线上的一场大辩论》

对于冯雪峰,人们还了解得很不够。周扬同志的文章谈到了冯雪峰1944—1945年在重庆发表的一些反动言论,恐怕以前很多人都没有注意到。冯雪峰在重庆出版、上海再版的论文集《乡风与市风》《有进无退》等书,我也是不久以前才有机会读到。哎呀,哪里还有一点共产主义者的味道呢?就按当时大后方的要求来说,连一个进步的民主主义者也说不上啊。他的好些文章,真是反动得惊人,只怪我们以前太不注意了。对冯雪峰的反动的社会思想,还需要进行深入地批判。对冯雪峰反动的世界观有所理解以后,再来研究他的反动的文艺观,就不那么困难了。

文艺界的同志们,对这篇文章里关于文艺上修正主义的批判和分析,可能感到更大的兴趣。的确,这一部分很重要,内容也特别丰富,有不少新颖的、创造性的见解。例如关于清理旧基地,解放生产力,建立新型文艺大军的见解;在描写人民内部矛盾的问题上,指出了修正主义、教条主义两种性质不同的错误;在政治与艺术的关系上,概括了修正主义者、教条主义者的两个荒谬的公式。这类地方,批判是锋利的,正面的阐述也是鲜明的、坚实的。对修正主义的批判,作者抓住了我国修正派的某些有代表性的反动言论,同时也注意到国际上修正主义者的共同的特点,找出了他们的规律,对准他们的要害,给了国内外文艺上的修正主义以毁灭性的打击。这一部分,特别需要文艺界多写些文章来配合,来发挥,以扩展反修正主义的战果,把这个思想斗争搞得更深、更透。

我想谈谈肯定成绩的重要性。社会主义的文学艺术是新事物,时间很短,成绩很大,前途无穷。周扬同志在这个问题上,做了历史唯物主义的阐述。我们的文艺是无产阶级的文艺。右派和修正派是无产阶级的死对头,他们要不来抹杀无产阶级文学艺术的成绩,那才是怪事。把我们的成绩说得一文不值,为的证明他们的一套很值钱。把我们的人整得灰溜溜的,就可能糊里糊涂跟着他们走了。所以,这是一种阴险的瓦解工作。过去胡风派这样做,现在的右派、修正派也这样做。因此,肯定成绩和否定成绩的辩论,就是一场尖锐的阶级斗争。在这个问题上,我过去也有过糊涂观念,后来是冯雪峰、陈企霞的搞法把我教育过来的。编了几年戏剧创作的刊物,也有利于我的改过。我们从来不护短,不讳言我们的文艺还有很多缺点;但是也决不能妄自菲薄,长反动派的志气,灭革命派的威风。

忽视这个问题，我们就要犯大错误。近来新创作如雨后春笋，大跃进欣欣向荣，我们的刊物应当大张旗鼓地宣扬我们的新战果，鼓舞我们的人奋勇前进。正是这方面我们做得很不够，劲头不高，勇气不大，赶不上形势。这里面还有些思想束缚有待于解除，某些生产关系的环节（在组织评论力量方面）有待于调整。既然我们的耳目不周，力量不够，就应当向读者寻求支援，吸引广大读者参加我们的工作。我们曾经这样做过，收到了好的效果。那是在国内外修正主义妖风大作，苏联文学被抹上一脸污泥的时候，我们趁纪念十月革命四十周年的机会，发动了群众，让工人、店员、战士、学生、工程师、战斗英雄、劳动模范们站出来讲话。去年《文艺报》举办的"感谢苏联文学对我的帮助"的读者征文，收到了几百篇来稿，读者以切身的体会，说明当他们在严酷的斗争中遭遇困难的时候，苏联文学怎样向他们提供了精神上的支援。许多来稿写得很动人，对于冯雪峰，刘绍棠之流发出的所谓苏联文学"衰退"的谗言，真是最有力的驳斥。创作也好，评论也好，对新作品的鼓励也好，对反动思想的批判也好，读者都是我们强有力的后援。经过反右派斗争，我们的读者也受到锻炼，一支强大的文艺后备军已经形成了，问题是我们肯不肯正确地运用这个力量。

好一个"改进计划"！[①]

从 1956 年春天到 1957 年夏天，当秦兆阳在《人民文学》主持编务的时候，他极力把中国作家协会的这个重要刊物带到修正主义的邪路上去，这已经是大家知道的事实了。我们说它是修正主义的邪路，在秦兆阳看来，却是"现实主义的新路"或"现实主义——广阔的道路"。这就是重大的分歧，没有大争大辩是不行的。如果说，他那包罗万象的大论文《现实主义——广阔的道路》是他的修正主义的思想纲领，那么，差不多在同一个时候，秦兆阳亲手拟定的《〈人民文学〉改进计划要点》18 条，就是他的行动纲领或工作方法了。这后一个文件，作家协会已经印发出来供大家研究，我们也未可等闲视之。这个《改进计划要点》18 条写于 1956 年秋天，正是他决心以他所主张的"现实主义"为宗旨，要把《人民文学》办成一个"独特风格"的刊物，并且通过刊物组成一个"干预生活"的"流派"的时候。秦兆阳本来要把他这 18 条在《人民文学》上公开发表出来，以表示他锐意"革新"的雄图，由于作家协会领导同志的制止而没有实现。但是从后来一个时期的刊物的面貌看来，他还是一心要按照自己的主张做下去。只是碍于"环境"（照他说来，是"自愧没有改变环境的能力"），《人民文学》编辑部有些同志又不赞成，这个计划才没有全部实现。"改进"，或者"革新"，岂不是很好的事情吗？为什么会遭到人们的阻挠呢？那些阻挠秦兆阳"改进"工作的人，会不会都是些官僚主义分子或保守分子呢？要判断这个问题上的是非曲直，就不能不研究一下他那个《改进计划要点》。

现在，我就把秦兆阳手订的《〈人民文学〉改进计划要点》——也就

[①] 本篇发表于 1958 年《人民文学》第 4 期，署名张光年。曾收入《文艺辩论集》。

是他的工作方法 18 条的原文引证过来，一条一条研究一下。

1. 在文艺思想上，以现实主义为宗旨；但在发表作品上，应注意兼收其他流派有现实性和积极意义的好的作品。

这时候，秦兆阳已经在《人民文学》上发表了他的《现实主义——广阔的道路》，表示不承认社会主义现实主义，不承认社会主义现实主义和批判的现实主义之间的根本区别；还写了《从特写的真实性谈起》和其他短文，提倡"干预生活"（即站在资产阶级立场来"干预"社会主义生活）的现实主义；后来又自说受到冯雪峰在期刊编辑会议上的发言的启发，在编辑部极力宣传"批判现实"（即站在资产阶级立场来"批判"社会主义现实）的现实主义。这时候，《人民文学》已经发表了右派作家刘宾雁的反动特写《本报内部消息》正、续篇，秦兆阳为此写了《编者的话》向全国读者郑重推荐。他的《从特写的真实性谈起》一文，和《本报内部消息》连同《编者的话》，一同发表在《人民文学》6 月号。这三篇文章是互相发明的。也是这时候，秦兆阳写信给刘宾雁说：《本报内部消息》"至少是给我们的创作开始打开了一条新路"；"你在开辟一条自己的现实主义的新路，同时也在给别人作出榜样来。这有何等重大的意义呀！"如果能"继续前进，你是会得到更高更大的成功的，是无可限量的"。

可见，秦兆阳这里所标榜的"以现实主义为宗旨"，他要提倡的不是别的什么现实主义，而是秦兆阳、刘宾雁式的"干预生活"的现实主义，也是冯雪峰式的"批判现实"的现实主义。总之是，抱定志愿把毒草当成香花供养起来，抱定志愿来扩大修正主义的市场，这就是秦兆阳的"宗旨"。

在这一"宗旨"下，把好些反人民的毒草当成"好作品"一连串地在《人民文学》上发表出来了。我们看到，经秦兆阳之手和按照秦兆阳的"宗旨"出现在刊物上的，除了《本报内部消息》正、续篇，还有《马端的堕落》《被围困的农庄主席》《改选》《沉默》等篇；表现了资产阶级个人主义思想和小资产阶级情调的作品，那就举不胜举了。露骨地宣扬修正主义谬说的，除了前面说过的《现实主义——广阔的道路》《从特写的真实性谈起》以外，还有秋耘的《不要在人民的疾苦面前闭上眼睛》，陈涌的《为文学艺术的现实主义而斗争的鲁迅》，秦兆阳和其他人写的许多篇短论和杂文。评论文章中宣扬无产阶级唯心观点的，也不只一两篇。放出了毒草、野草，不一定就错；但是，这些毒草和野草都是不准备锄掉的；谬说和怪论都是不准备驳斥的。哪里肯锄？哪里肯驳呢？人家就是以传播这一类的"现实主义""为宗旨"啊！

"宗旨"是定下了，但是碍于"环境"，秦兆阳还是不能不做一些妥协；因此说，在具体执行的时候，要"注意兼收其他流派"的作品。那一时期《人民文学》上到底还发表了一些好作品，应当感谢秦兆阳的笔下留情，留下了这个"注意兼收其他流派"的余地。编辑部有些同志坚持了正确的意见，当然也是值得感谢的。也许有人说，这种兼收并蓄的做法，岂不使刊物成了"拼盘"吗？秦兆阳的回答是："一个'拼盘'里有各种各样的菜，这些菜有主从之分，所以并不妨碍自己的主张，并不妨碍把某种东西放在主要地位，把某种东西放在次要地位。"（1958年11月22日《秦兆阳在文学期刊编辑会议上的发言》）一点也不错。他在具体执行的时候，正是这样做的。对《本报内部消息》的隆重推荐，即其一例。此外例子还有不少。何况在论文、杂文方面，关口较严，修正主义就是在数量上也是居于压倒优势的。所以，秦兆阳主持下的《人民文学》的基本倾向，还是不难辨认的。

2. 以提高质量，树立刊物的独特风格，为今后改进的中心问题。

"拼盘"的做法，原是不得已而为之。正像他在期刊编辑会议上的发言所说："客观的需要是这样的迫急，而需要形成的风格还没有形成，于是就先端出一点'拼盘'。"可见，前条所说"注意兼收其他流派"（他是把他所鄙薄的社会主义现实主义也看成是一个流派的）的做法，并非长久之计。因此提出了"今后改进的中心问题"，就是要"提高质量，树立刊物的独特风格"。在他看来，凡是和他的"干预生活""批判现实"的主张不相符合的作品，都是"质量"不高的，不符合他的"刊物的独特风格"的要求的；只有《本报内部消息》这样的反动作品，才能说它"现实主义是高的,基调是深沉的"。他后来极力拉拢刘宾雁等人作为《人民文学》的基本撰稿人,希望刘宾雁的新作"篇篇都像《本报内部消息》那样"(给刘宾雁信中的话),就是为"提高质量,树立刊物的独特风格"而努力的一部分。

  3. 艺术性与思想性并重,不因政治标准而忽略或降低艺术标准,但在具有特殊性的作品面前,可根据具体情况灵活掌握。

  马克思主义者认为:艺术作品的政治性与艺术性是对立统一的关系,因此衡量艺术作品的时候,要求政治性、艺术性尽可能地统一而以政治标准列为第一位。艺术服从政治,服从人民的利益,就是这样服从法,而秦兆阳的提法是"艺术性与思想性并重",而把艺术标准列为第一位;怕人家不懂,还找上一句:"不因政治标准而忽略或降低艺术标准。"孤立地看来,这后一句是不错的。谁愿意"忽略或降低艺术标准"呢?但是和前面的话联系起来看,无非是为了强调一个荒谬的公式:政治服从艺术。
  这还是表面的逻辑。重点在后半段。
  这一条,前面把艺术性强调到绝对化的程度,后面又申明在具体情形下可以"灵活掌握",真是又有原则性,又有灵活性,好得很!照我们看来,像《本报内部消息》这一类的右派毒草,根本上是反现实主义的,因此其艺术性也是大可怀疑的。但是,秦兆阳这里所说的艺术性,可能指的是艺术技巧,那就不能不承认,有些右派作家、反动作家确乎有他们的一套反人民的艺术性。但是,像《马端的堕落》这类的作品,不但思想反动,艺术上(写作技巧上)也是低劣的,为什么秦兆阳还认为是好作品呢?还有,像刘绍棠的《西苑草》,人物描写十分地空虚而肤浅,艺术上又有多少可取之处呢?为什么秦兆阳也要坚持发表它,只是在排出校样之后才因碍于"环境"而临时抽下了呢?这就说明了这一条工作方法的后半段的妙用。因为它们是"干预生活""批判现实"的作品,从政治性、思想性上吸引了秦兆阳,所以应当把它们看成是"殊特性的作品",应当"灵活掌握",只好"因政治标准而忽略或降低艺术标准"了。
  由此可见,不管这些人口头上多么强调艺术性,但在"具体情形"

下，还是要受他们的阶级本能的支配，实际上仍然会把政治性放在第一位的。不过他们的政治性和我们主张的无产阶级的革命的政治性，根本不是一回事。

  4. 提倡严正地正视现实，勇敢地干预生活，以及对艺术的创造性的追求。

  头两句，大家一看即懂，不需要再做说明了。剩下的所谓"对艺术的创造性的追求"，和上句说的"正视现实"（即所谓"批判现实"）"干预生活"，也是有密切联系的。对这一点，秦兆阳在《从特写的真实性谈起》一文中，曾经有所阐发。他说："一个抱着干预生活的态度的作家和记者，即使他们所获得的是同一个人的同一件事的材料，即使都是写的真人真事真名真姓，即或是非常难以写得生动的材料，写出来的作品也总会生动得多的……他所写的题材、他的文章风格，总会有一些独特的东西。""干预生活"之妙用大矣哉！何以故？据说：这些"干预生活"的人，"要在生活里对生活有所行动"（当然是刘宾雁式的行动，黄佳英式的行动）。"经常这样做的人，他自然会对生活有自己的独特的眼光……他所获得的东西和他所写出来的东西自然也就不一样了。"说得对。刘宾雁的《本报内部消息》，刘绍棠的《西苑草》，秦兆阳的《沉默》等等，就是用"独特的眼光"写出来的"独特的东西"。有了那样"独特的眼光"，何愁没有艺术上的"独创性"？

  5. 提倡题材、风格、样式的多样性，举凡散文、散文诗、游记、速写、杂记、故事新编、古诗文今译、爱情诗、赠别诗、风景诗、新内容的古诗、词、曲等等，皆在注意之列。题材不分新旧、风格不分朴素华丽，均应重视。

  提倡多样性，好。但"题材不分新旧"，却不强调描写当前斗争；样式五花八门，却排除了政论、政治诗，使人不无疑虑。鲁迅把所写讽喻性的历史小说编成一集，题了一个有趣的书名：《故事新编》。现在这个专门名词忽然变成一般的文学样式、体裁之一了。那么，《门外文谈》又何尝不可以要求同样待遇呢？不列"抒情诗"而标榜"爱情诗""赠别诗""风景诗"，也有些奇怪；难道是提倡为爱情而爱情、为风景而风景的诗歌吗？古人关山远阻，生离恍同死别，长亭置酒，感慨无穷，所以有"赠别诗"之作。现在交通便利，千里出差，朝发夕至，饯行送别，很不时兴。秦兆阳现在却要来提倡"赠别诗"，会有什么结果呢？还有，我们只听说有人写新内容的旧体诗词，不大听说"新内容的古诗、词"。难道说，毛主席写的《长征》《蝶恋花》，也要归入"古诗""古词"之列吗？至于"新内容的古曲"，我看不必特别提倡了。吴梅先生的那一套东西，限制太大，将成绝学了。秦兆阳来提倡它，怕也不会有多大效果。谈到风格，单单提出"朴素华丽"，风格就是这些吗？"不分朴素华丽，均应重视。"遇到华而不实的东西，你又重视它干什么呢？华缛之风，历代文人都是看它不起的，秦兆阳偏要大家来"重视"它！

秦兆阳片面地理解了"百花齐放"的方针。从前几条看，他歪曲了这个方针；从这一条看，又把它庸俗化了。这一条的文字，送到国文老师那里，应当得到很坏的批语。这一条如果贯彻执行了，那就不知道会把《人民文学》编成什么一种怪模怪样的东西。

6. 决不一般地配合当前的政治任务；对全国性或世界性的重大政治事件和社会变动，要表示热情的关切，但也不做勉强的、一般化的、枯燥无味的反映。

这一条我们懂。秦兆阳在《现实主义——广阔的道路》一文中，把配合当前革命任务的写作，讽刺为"赶一赶某种运动的浅水浪头"；在《论"尖锐"之"风"》一文中，又把这些年的政治斗争和文艺斗争描写为"一阵一阵的风"，把参加这些斗争的同志们嘲笑成"随风而起，捕风捉影，看风驶船，望风生畏……"的人。所以说，"热情的关切"云云，不是真心话。在秦兆阳看来，作家们表现当前革命运动的作品和文章，都是"勉强的、一般化的、枯燥无味的反映"，只有"干预生活""批判现实"的作品才是例外。

7. 决不发表平庸的，可有可无的作品。

　　话是对的，就看怎样解释了。人们的立场不同，观点不同，美学标准也常常距离很远。你说是优秀的作品，他偏说是平庸的。你认为可有的，他偏认为可无。你认为可无的，他却认为可有——这种事情不是一直在发生着吗？

　　8. 对短篇作品力求新颖精致。重视极为短小的精炼的作品，例如数百字的散文，三五行的诗。如无好的短篇，宁可腾出篇幅来发表中、长篇。
　　9. 对于中、长篇作品，除要求内容的真实性和积极意义以外，还须具有一定的艺术的魅力。每篇字数在十五万字以内者，可一期刊完；二十万字以上者，分两期或三期刊完。
　　10. 长诗在五千行左右者，可一期刊完。

　　这三条可以放在一起来谈，但也无须乎多谈。因为"真实性""积极意义""新颖""艺术的魅力"等等字样，我们和秦兆阳的理解距离很远，而且正好是相反的。例如，重视短篇作品，我们是举起双手赞成的。可是他认为他以何又化的笔名所写的那个短篇小说《沉默》（的确很短）是"新颖精致"的东西。在我们看来，那是一篇毒草，充满着反党的臭味，所以也就谈不上新颖不新颖的问题了。关于中、长篇，情况也大体如此。所以，那些"真实性"等等漂亮的形容词，宁可说是没有什么意义的；或者，只有相反的意义。这样，剩下来就只有长短字数的问题了。
　　对于作品长短和字数上的要求，主编人可以自由处理，别人本来无权干预。不过也可以提出疑问：你对短篇唯恐其不短（有道理），对长篇却唯恐其不长（无道理）；你究竟在提倡精炼，还是在提倡冗长呢？你说，如无好的短篇，宁可多发中、长篇；为什么不说如无好的中、长篇，宁可多发些短篇呢？十五万字一篇的小说，一期登完；五千行的长诗，一期登完。气魄是很大的。去年的《人民文学》，每期大概可发 23 万字多一点；那么，一篇小说半首诗，一期就用之不完了。编者不亦乐乎？

11. 在评论工作上，以研究当代的作品和创作中的问题为主；对古典文学和我国文学，主要是从创作的角度研究作家和作品；以论文、创作谈、短论三种形式出现。论文对所研究的问题必须是经过系统深入的研究，具有独到的见解。

字面上，我们都是赞成的。但是像秦兆阳自认为"经过系统的研究，具有独到的见解"的《现实主义——广阔的道路》《从特写的真实性谈起》以及他自己写的若干篇创作谈和短论，还有他引为同调的黄秋耘的《不要在人民的疾苦面前闭上眼睛》，等等，除了经过反复翻锄变为肥料以外，别的用处是没有的。

12. 长达五万字以内的论文可一次刊完。长篇精彩论著可酌情处理。
13. 每期目录，题目可多可少，栏目也不固定。

这两条也完全属于编者的自由，别人无权干预。但我倒很想开开眼界，有朝一日，哪一位修正主义大家忽然写出一篇长达 20 万字的"长篇精彩论著"，经过"酌情处理"，于是秦兆阳编辑的大型刊物出现了某一期只有一个栏目、一个题目、一篇文章的奇景！可惜这样的机会不可再得了。

14. 版面形式力求高雅大方。

应当承认：这一条，秦兆阳是做到了的；尤其是封面的高雅大方，值得学习。当然，如果刊物的全部内容都能和它的美观的外表相协调，那就好了。

15. 根据以上要求，编辑工作应以为版面服务为宗旨，因此必须加强与作家的联系，与各少数民族的文学机构联系，加强对新作家的有重点的培养。

"为版面服务"是一句编辑工作的行话。这里的意思可能是：编辑部少搞些运动，少组织些学习，少谈些思想，少搞些团结作家和培养新生力量的工作，使编辑部的一切活动都集中地为实现这个《改进计划要点》而服务。根据《人民文学》编辑部同志们所揭发的材料，这个猜测是有些道理的。资产阶级的文艺路线常常是和资产阶级的领导方法相一致的。说秦兆阳要求少搞些团结作家和培养新生力量的工作，有没有根据呢？有根据的。除了他日常惯发的牢骚而外，现成的根据就是他在期刊编辑会议上的发言。秦兆阳在大会发言说："刊物团结作家，应该是刊物愿意团结谁和能够团结谁就团结谁，如果不能团结就责备它应该有这个责任，似乎也是值得考虑的。从领导角度上整个来考虑，认为有些人一定要团结他，那可以想别的办法。对培养新生力量也是这样。"当然，一个刊物不可能把团结作家、培养新生力量的工作全部担负起来，谁也没有要求秦兆阳担负他不可能担负的工作。但是秦兆阳一向傲气凌人，一向看不起老作家，多次地极为轻率地处理老作家的来稿，在团结青年作者的工作上又有很大片面性，因此受到作家协会领导和作家们的指责。但秦兆阳一点也不肯考虑别人的批评，反而反唇相讥，在《人民文学》1956年8月号上写了一篇文章，辱骂那些批评者是"无理取闹的牢骚者"，是一些"内心空虚的人"（见《三个和尚的牢骚》，署名甲乙丙）。过了不久，又在期刊编辑会议上发了刚才征引过的那一段牢骚。由此可以知道，《计划要点》这一条写的"必须加强与作家的联系"等等的字样，是用来装点门面、堵塞批评的。但也不尽然。所谓愿意团结谁就团结谁，还是一句真话。按照他的"以现实主义为宗旨"和渴望组成一个"干预生活的流派"的决心，他还是要努力团结一部分气味相投的作家的。有所团结，有所不团结，这是他的原则。至于他要团结的究竟是些什么人，那就不言可喻了。

16. 编辑部必须经常密切注意当前文艺创作的情况和文艺思想的情况，必须经常参加各种重大问题的研究，经常表示刊物对各种重大问题的鲜明态度。

17. 刊物不避免与任何不同的主张和意见发生有意义的争论。但不作平庸的烦琐的讨论。

这两条，字面上也大体是好的，有气魄的。可惜没有说到做到。例如，经常对重大问题表示态度这一点，表示是表示的，秦兆阳自己写的对重大文艺问题表示态度的文章也不算少，可是这些文章都不够坦率，不够"鲜明"，有"左顾右盼"的味道。至于和不同的意见展开争论，那就对不起，不来了。例如，大家对他那篇《现实主义——广阔的道路》，发表了好几篇不同的意见，他只在自己刊物上指桑骂槐地讥笑一阵，却坚决避免应战。和他争论的文章一篇一篇地寄到编辑部，他都说人家"简单"，"琐碎"，拒绝发表。你要问他为什么这样？他说："不作平庸的烦琐的讨论。"但是，一个"干预生活"的作家，不是在任何问题上都会有"独特的眼光""独特的见解"吗？为什么害怕别人的意见过于"平庸"呢？

18. 编辑丛书一种（由作家出版社出版），以便吸引来稿，及团结和培养作家。

这一条，是组织"流派"、扩大影响所必需的。这里又强调了"团结和培养作家"，意思是：团结我这个"流派"的作家，为我这个"流派"培养青年作家。这里包括了一个用意深远的计划。

秦兆阳的《〈人民文学〉改进计划要点》18条，一条条分析起来，就是如此。

好个"改进计划"！现在大家可以知道，这个计划为什么受到作家协会领导同志和《人民文学》编辑部一些同志的阻挠了。如果不加阻挠，作家协会这个重要刊物就要完全地、彻底地变成修正主义的、反党、反马克思主义的阵地，其后果是不堪设想的。正是因为作家协会毅然改组了《人民文学》编委会，整顿了编辑部的工作，正是因为《人民文学》编辑部坚决抛弃了秦兆阳的《改进计划》，按照社会主义精神、按照党的文学方针拟定了新的改进计划，并且坚决地付诸实施，这才使《人民文学》面貌一新，在社会主义现实主义的广阔道路上大跃进，并且以自己的力量推动着社会主义文学的大跃进！

3.20

给郭沫若同志的信①

郭沫若同志：

感谢您在百忙中为毛主席的《蝶恋花》结尾两句做出了警辟的阐解。昨天的信发出后，我找到1月10日的《北京日报》，把臧克家同志的文章重读了一遍。克家的文章，从创作方法上分析了这首词的艺术特点，的确很有见地。结尾两句，我也曾同意他的解释。现在看来，是粗心了。重读克家文，觉得他对"问讯吴刚"句的解释，似乎也还值得推敲。他说，"直上"足见他（她）们冲击的精神；"问讯吴刚"表现他（她）们乐观的豪情。我以为，《蝶恋花》第二句："杨柳轻飏，直上重霄九。"说的是杨、柳二烈士的忠魂。诗人已明明把"轻飏"来描写"直上"了。如果再把"直上"描写为"冲击"，就和原来的描写发生矛盾。而"问讯吴刚"句，按克家同志的解释，是杨、柳二人直接向吴刚伸手讨酒，由此表现了他（她）们乐观的豪情。我看这里表达的是诗人的乐观的豪情；这句的主词不是杨、柳，而是诗人的"我"。其意若曰："我问你吴刚啊，你有什么来款待他们呢？"不知这个解释站得住否，敬请指正。

现在试对全词作以下的语释：

> 我丧失了杨，你丧失了柳，
> 杨柳的忠魂，向月夜的高空飘飘飞走。
> 吴刚啊，你有什么来款待他们呢？
> 吴刚捧出了他的桂花酒。

---

① 本篇发表于1958年《文艺报》第7期，署名张光年。未曾收入自编作品集和文集。

> 寂寞的嫦娥展开长袖,
> 为了安慰忠魂,在万里长空翩翩起舞。
> 他们忽听到人间降蛟伏虎的消息,
> 那激动的泪水啊霎时间化为一天大雨。

这个译文,很难说传达了原作精神的几分之几。经此一译,诗意大减,且难保没有讹误,因此送请指正。最好是,您另外写一篇译文。我想用我这肤浅的译文引起您另写一篇。

毛主席的诗词,把无限丰富的革命热情做了高度压缩与高度结晶化的处理,越读越觉得它的意味深长。讨论一下,可以增进我们的理解。我觉得,对于毛主席已经发表的19首诗词,还可以进行一些探讨,从中吸取更多的东西。例如,革命的现实主义和革命的浪漫主义相结合的方法,就是很值得探讨的。这样做,不但可以帮助读者,就是对新诗歌的创作,也必将有所启迪。克家同志做了有价值的工作,为大家进一步的研究提供了便利条件。他的劳动是值得感谢的。

我还有一个提议。毛主席的诗词,表现了最崇高、最热烈的时代感情,为广大读者所热爱。很多人喜欢背诵这些诗词。更是一一谱成漂亮而豪迈的曲调,到处传唱起来,那鼓舞的力量该是多么大啊!曾经有一两首谱过曲,没有唱开。《文艺报》打算在音乐家协会的合作下,征求作曲家们、音乐工作者们按照他们的兴趣为这些诗词谱曲;这些歌曲应当不仅是适合合唱团演唱的,而且首先应该是适合人们在日常生活中自由歌唱的。《文艺报》打算提出这个倡议。预料今后会收到一些来稿,然后组织试唱,评比,选出好的加以推广。您看这个主意如何?

张光年 3.20

附:郭沫若同志的回信

张光年同志:

两封信都接到。

附件臧克家同志的《喜读毛主席新词〈蝶恋花〉》也读了。我是第一次读到。

　　整个词都是毛主席的思想感情。如果纯粹站在现实的立场来说，杨、柳二烈士既不会飞上月球，月球里也根本不会有吴刚和嫦娥。但主席把自己的思想感情借他们的假想的存在来形象化了。主席的思想感情是绝对真实的，忠魂和神仙则是假想的，所以主席的词是革命的现实主义与革命的浪漫主义的结合。

　　但是就词里的世界来说，只有第一句"我失骄杨君失柳"是现实世界，以下便是幻想世界。幻想世界里只有二烈士的忠魂和吴刚、嫦娥。

　　因此，"问讯吴刚何所有"的正是杨、柳二忠魂，不是"我"在发问。臧克家的解释在这里没有错，您的解释却把现实世界和幻想世界混淆了。

　　主席的词，我看很不好翻译。今年1月在莫斯科时，费德林和艾德林两位同志来访问过我，谈到艾德林同志要把主席的词译成俄文。我认为那杨、柳两个字就没有办法翻译。两位烈士的姓太巧了，恰恰是一位姓杨，一位姓柳，便构成了"杨柳轻飏"的意境。后来艾德林同志是译出了，究竟是怎样译的，我不懂俄文，没有作进一步的研究。

　　把主席的诗词翻成白话，同样是很困难的事。我不想作这样的尝试。如果在解释上有个别不同的意见，如像对《蝶恋花》的解释这样，我可以写些东西。就如目前所采取的通信形式也是好办法。

郭沫若 3.20

向作曲家们建议[①]
——为大跃进的歌谣作曲

我郑重地向全国作曲家们、音乐工作者们提出一项建议：大家动手，把大跃进中工农群众的优秀诗歌写成群众歌曲。

整风运动的大火烧了一年，烧垮了反动派，烧毁了人民内部的邪风邪气，烧出了一个亘古未有的生产大跃进，文化大跃进的新局面。整风运动还没有结束，可是一个全面的社会生产力的大解放，一个全民的思想大解放的形势已经扑面而来，真是排山倒海，勇不可挡。在这个新形势前面，我们的诗人们、作曲家们将要做些什么呢？是的，我们大家心里也非常激动，手痒得很，喉咙痒得很，谁也没有闲着。可是，群众的劲头大极了。他们手痒得厉害，要干，要写；喉咙痒得厉害，要说，要唱。他们等不及了。他们自己动手用诗歌来表现他们创造世界的豪情。因此，劳动者的新歌谣像五月的花朵，漫山遍野地开放起来。

《人民日报》《人民文学》《诗刊》《民间文学》，各地的报纸和刊物上，近来刊载了不少优秀的群众歌谣，引起了人们的注意。从数量上说已经发表的，不过沧海之一勺耳。人们说，这是新的国风，很对。这是时代的风。这是革命的风。这是社会主义的风。这是六亿人民大跃进的风。大风起兮云飞扬！它将使人民迎风而起，教敌人望风生畏。正因为它是工农群众的心声，是时代精神的记录，所以在党中央提倡下，目前各省、市、县、区都很重视，都在大力采风。一旦聚集起来，那数量，那劳动者的气概，那逼人的艺术力量，定教周代《国风》、汉代《乐府》在它面前黯然失色！

[①] 本篇发表于1958年《人民音乐》第4期，署名光未然。未曾收入自编作品集和文集。

向作曲家们建议——为大跃进的歌谣作曲

作曲家同志们！你们欢喜这些劳动者的诗歌吗？我想你们一定是欢喜的。那么，你们为什么不选一些好的群众诗歌来谱曲呢？我知道，你们每一个人都订了创作上的跃进计划，而且决意写出大量的群众歌曲。你们期待诗人们写出歌词来。是的，诗人们在写，一定会写出一些来，有的人会写出很好的东西。可是像我们这些普通的作者，费尽心思，常常赶不上工农群众的创作。譬如说，整风的大字报，动人极了，我就想写一段来歌颂它，想了许久也想不出好句子。忽然看到上海工人的诗歌：

大字报，大字报，又像星星又像炮。
星星放光亮闪闪，亮闪闪的红光是那大字报。
大字报，大字报，又像星星又像炮，
炮弹颗颗攻碉堡，开花的炮弹是那大字报。
…………

我看了很佩服。这样的句子我就想不出来。又譬如，歌唱农业发展纲要40条，我写过诗，也写过歌词；可是像农民创作的这样的句子，我就自愧不如：

农业纲要是灯塔。合作社好比是船筏。
社员齐心力量大，向着灯塔把船划。
（四川：吴德海）

千年秃山披绿袄。万顷荒地长水稻。
山也笑，地也笑，四十条铺起康庄道。
（泰县：孙春菊）

前些时候，我到十三陵水库工地去了一趟，回来后写了一段歌词：《劳动大军开到十三陵》。翟希贤同志写了曲。这歌词当然不算好，但也受到群众创作的启发。其中有一句"双手改造大自然"（《北京日报》发表这歌曲时，"造"字错成了"进"字，顺便在这里更正一下），还是从工地小报里一首群众诗歌中抄下来的，尽管这也是常见的句子。还有"死山变活山"，"荒沙变良田"，这是工地墙头上分贴在两处地方的两幅标语，我也把它引用过来了。

我并不是说，群众的歌谣一切都好，可以完全代替诗人的创造；要是那样，要诗人干什么呢？我随手举出几个例子，除了说明诗人们应当向群众创作学习以外，还为的说明：有些群众诗歌的确好得很，它本身就是很好的歌词；因此建议作曲家们在和诗人们合作的同时，也从大量的群众诗歌中，选取自己心爱的替它作曲。

这样做很有好处。从群众中来的东西，经过音乐上的加工，再回到群众中去，更容易受到群众的欢迎。这样做，作曲家在谱曲的时候，一定会更多地体会群众的情感，群众的爱好，力求使自己创作群众化。这样做，对群众的创作情绪也是很大的鼓舞。

有些歌谣有着鲜明的地方色彩。作曲的时候，要注意到这一点。最好参考当地的民歌曲调，使自己的创作也带有一定的地方色彩；但又不是只适合当地群众歌唱的。好的歌词，应当通过好的曲调普及到更广大的群众中去。

不是所有好的群众诗歌都适合于作曲。作曲家们自己可以任意挑选。不过，我也想帮一点小忙。我想从我们看到的新歌谣中，帮助挑出百把首来；必要的时候，在个别歌词的个别句上，做一点修补的工作（删改的地方都加上注释，原句在注解中保留着）。我想我很快就会着手选出一批来。我想《歌曲》编辑部大概愿意把它油印出来，供作曲家们的参考。

我料想不久以后，我国作曲家和工农群众合作的优秀的群众歌曲，将要一批批地在广大群众中传播开来。它将用群众的革命豪情来鼓舞群众，用跃进的火把燃烧起跃进的火，火上添油，让大跃进的火焰烧得更加热烈，更加壮丽！

4.11　北京

厚古薄今要不得!①

研究古典文学是好事情。我们也赞成大学中文系按照适当比例设置古典文学的课程。但是目前文学教学和文学研究中的厚古薄今的倾向,却不能不使人担忧。这个坏倾向表现在两个方面:一方面是不少古典文学的教授和专家们对现代文学的情况十分漠然,对社会主义的新文学采取轻视和鄙薄的态度;另方面是他们中间不少人对古人的作品和见解采取盲目崇拜的态度,习惯于脱离实际的、学究式的治学方法;因而使古典文学的教学和研究工作迷失了方向。

厚古薄今是一种资产阶级的歪风。这种歪风影响了青年人,阻碍了新生力量的成长,所以必须反对。

为什么要研究古典文学?岂不是要从古人那里吸取一些有益的文学经验,用来帮助今天的社会主义文学的迅速成长吗?我们的教师们和专家们是不是都经常地想到这一点呢?不错。有些同志注意到这个问题,他们做出了成绩;可是有些人不但没有想到这一点,而且根本看不起现代文学,他们天天通过讲坛和研究活动散布那种"是古非今""今不如昔"的反马克思主义的观点。他们是文学上的促退派而不是促进派。

知识界有一种不好的风气。似乎研究的对象越古,才越有搞头,才越能博得人们的尊敬;而研究当代实际问题,总结当前实际经验,倒反而算不了什么学问。这种风气助长了脱离实际的倾向。是的,我们尊敬那些有学问的人,他们善于动员古人来为今人服务。有些学者对遗产或史料做了鉴别、整理、去伪存真的工作,他们的努力也是值得感谢的。但是,那些只会做古人的传声筒,旁征博引而无补于实际,把历史现象和古代遗产搞

---

① 本篇发表于1958年《文艺报》第8期,署名华夫。未曾收入自编作品集和文集。

得支离破碎,却不能正确地说明任何一个问题的人,又算得什么真才实学呢?

奇怪的是,有些教授和专家,本来是搞新文学出身的;现在他们长年不看新作品,闭口不谈新文学,谈到的时候也是菲薄的语气。我们说,这是资产阶级贵族老爷的思想在作怪。有人散布这样的说法:搞新文学政治性太强,风险太大,少插手为妙。但是,研究和讲授古典文学难道不也是一种文学批评工作,难道可以离开正确的立场观点,难道可以忽视批评的政治标准吗?研究《红楼梦》也有两种态度,两种方法。俞平伯先生过去的那种态度和方法,就是人们所不能赞同的。值得注意的是,现在有些人还在重复那条错误的老路;所不同的,有的人还加上了一件庸俗社会学的外衣。

厚古薄今要不得!你就是专门研究古典文学的,也要端正你的态度和方法。政治这东西,你反正是躲它不开的。

文艺放出卫星来[①]

"文艺也有试验田,卫星何时飞上天?工农文章遍天下,作家何得再留连?"这是郭沫若同志的近作《跨上火箭篇》(见《人民日报》9月2日第8版)中的一段诗句。这几句诗,表达了诗人对文艺创作大丰收的关切和期待。

劳动人民跨上了火箭,工农业高产卫星接连不断地出现。工农兵群众在文艺上也放出了卫星:新民歌,工厂史,革命回忆录,这就是已经放出来和正在放出来的文艺卫星。从数量说,是遍地开花;从质量说,是共产主义文学的萌芽。那么,文艺界能不能快马加鞭地赶上去?文艺界的卫星何时飞上天?这就是全国人民关心的问题。

文艺界也在大跃进。首先是思想上的跃进:经过整风和反右派斗争,文艺工作者们的政治、思想觉悟大大提高;作家、文艺家深入群众、参加劳动锻炼已经成为新的风气。创作上也在跃进:作家(例如小说家、剧作家、诗人)比过去几年写得多;画家比过去画得多;作曲家比过去作得多;演员比过去演得多;新作品的量和质比过去几年都有显著的长进;作品中的社会主义精神比过去任何时候都更加鲜明。回顾了在紧张斗争的一年间取得的这些初步成绩。今天更上一层楼就有了信心和勇气。

明年——1959年国庆节是中华人民共和国建国10周年的伟大节日,我国社会主义建设的成就届时必将跃进到一个新的惊人的高峰。1959年又是伟大的五四运动40周年,这对我们文艺界说来就有了双重的不平凡的意义。形势逼人,文艺界要赶上前去,要力争上游,因此正在采取一些措施,大力组织创作,争取在今后一年内产生出一批思想性和艺术性都能突

[①] 本篇发表于1958年《文艺报》第18期,署名华夫。未曾收入自编作品集和文集。

破现有水平的新作品，作为对明年的伟大国庆节日的献礼。文艺放出卫星来，看来是大有希望的。

这些日子，文艺界各行各业都在谈论放卫星的问题，谈论得最多的是：放什么样的卫星，依靠什么力量放卫星？现在就这个问题发表一些粗浅的意见。

我们的文艺，是人民的文艺，社会主义的文艺。凡是适合人民群众的需要，有利于社会主义的东西，都有广阔发展的天地。文学艺术上的百花齐放，是我们坚定不移的方针。同时也不能不看到，由于社会主义建设的突飞猛进，由于共产主义思想掌握了群众在我们社会主义的现实土壤上，每天生长出大量的共产主义的萌芽。人民公社运动的蓬勃开展，更有力地说明了共产主义因素的迅速增长。紧接着，一个全国规模的共产主义思想教育运动即将在广大群众中迅速推开，这个运动需要文学艺术有力地配合。所有这些，都向文艺界的先进分子提出一个严重的任务：就是要把自己的共产主义觉悟提得更高，坚决地贯彻文艺的群众路线，在专业和业余、普及和提高正确结合的基础上，多快好省地建设共产主义的文学艺术，使它在短期间形成我们新文艺的主流。

建设共产主义的文学艺术，并不是一件神秘的高不可攀的事情。我们社会主义的文艺，本来就是以共产主义的世界观作为基础的。同时，大跃进以来工农群众的创作，例如新民歌，已经标志着共产主义文学萌芽的大量出现。新民歌洋溢着我为人人、人人为我的彻底的集体主义精神、建设社会主义、奔赴共产主义的英雄气概，它和资产阶级的思想感情彻底决裂，它的革命风格和民族风格结合在一起。一句话，共产主义的思想内容和民族的形式，这就是新民歌的特点。在社会主义文艺和群众创作新成就的基础上跃进一步，更好地表现人民群众的劳动英雄主义、革命英雄主义、共产主义的劳动气概，共产主义的英雄人物，热情地歌颂共产党的领导，通过尽可能完美的艺术概括，采取群众喜闻乐见的艺术形式，这就是我们全力以赴的目标。

共产主义的文学艺术要求相应的创作方法。革命的现实主义和革命的浪漫主义相结合的方法，最有利于共产主义文学艺术的创造。在我们生活中间，现实（社会主义的现实）和理想（共产主义的理想）总是结合在一起的。理想是现实基础上的理想,现实是理想指导下的现实。生活本身是长了翅膀的,要是我们的头脑、我们的笔赶不上生活的要求,要是我们只会描生活之形,不会传生活之神,那又算得了什么革命的现实主义者呢?革命的现实主义和革命的浪漫主义相结合的方法引导我们深刻地理解展翅飞翔的现实,引导我们看出、写出共产主义理想照耀下的现实,看出、写出现实中间的共产主义理想和趋向。不可以把革命的浪漫主义仅仅看成是艺术上的夸张和幻想的手法,从而把它的意义大大减低了。

革命的现实主义和革命的浪漫主义相结合的方法,也不是神秘的、高不可攀的东西,因为群众已经掌握了这个方法,创造出了许多动人心魄的诗歌。工农群众从创造新世界的集体劳动中,从共产主义大协作的生活中,懂得怎样写才能把生活写活了,才能打动人心,鼓起大家的干劲。

我们赞成社会主义现实主义,现在也还是赞成的。为了保卫社会主义现实主义不受修正主义分子的诬蔑和歪曲,我们曾经进行了一系列的斗争。但是生活向我们提出了更进一步的要求,要保卫社会主义现实主义就不能不发展它。

文学艺术放卫星,就是和建设共产主义文艺的任务紧紧联系在一起的。文艺界在置办明年国庆节的礼物中,应当争取使共产主义的文艺作品占到第一位。

现在谈谈依靠什么力量放卫星。

工农兵群众创作的空前活跃,是当前整个文艺工作上最突出的现象。要建设共产主义的文艺,离开了这个基础是不行的。前面说过,工农群众已经放出了文艺的卫星;现在要加上专业文艺工作者的力量,帮助群众把文艺卫星放得更多,更高一些。民歌创作浩如烟海,各省、市、自治区正在组织文艺界的同志们参加工作,在最近期间分别精选出版。这一套民歌选集的出版,意义非常重大,它将推动群众创作更进一步地发展和提高,并且更加吸引文艺界的重观和学习。人民公社运动的高潮,随之而来的全国性的共产主义思想教育运动,势必推动新民歌跃进到一个新的高峰,这就要好好地搜集编选,在明年国庆节前放出一批新的卫星来。编写了工厂史的运动目前正在南北各大城市逐步展开,引起了各地党政企业领导同志的重视。为了保证在较短期间能够取得重大的成果,一定要组织当地的文艺工作者，例如文艺刊物的编辑或青年作家参加这个工作。目前有不少青年的文艺工作者和青年的文艺爱好者下放到农村劳动锻炼，我们建议当地领导部门考虑组织一定的力量协助人民公社的干部、群众记录和编写公社史，用生动的文艺形式把从合作社到人民公社的转化、巩固和发展过程反映出来。人民解放军部队的集体创作运动，已经取得了辉煌的成绩。解放军三十年纪念征文选集，是一部伟大的革命史诗，将在今明年陆续出版，而新的集体创作运动还在开展中。可以预期，明年国庆节以前，将会有一大套新民歌，一大套工厂史、公社史，一大套部队集体创作问世。它们是伟大的献礼，它们将在共产主义文学运动中起奠基的作用。

老干部和新青年中的业余作者，潜力很大，把他们的力量动员起来，稍加帮助，可以产生一批出人意料的优秀作品。《红旗谱》《林海雪原》都是老干部写的，《苦菜花》是部队中的新青年写的，就是证明在党、政、军、企业、文教岗位上，很多老干部是爱好文学，有一定写作能力的，他们久经锻炼，有一肚子的生活经历，并且很多人都跃跃欲试。在这些同志中间，有些人可能需要一些帮助，例如写作中碰到某些问题，要找有经验的作家谈一谈。他们完全有权利、有可能取得这种帮助。有些老干部有一肚子动人的故事，可是他太忙了，或缺乏写作经验，那么，找一位作家或青年作者合作撰写回忆录，也是一个好办法。青年们干劲很大，在工农业岗位上的青年作者，写出了东西可以就近取得当地文艺团体或文艺刊物编辑部的帮助。我们建议青年同志多写短篇。

我把专业作家、艺术家的工作放到最后来谈，并不是忽视或低估专业文艺工作者的力量；相反，在建设共产主义文艺的工作中，现有的文艺队伍仍然占着重要的地位，这个队伍一年来经过重大的思想整顿和改组，如今是光明面压倒了阴暗面，红旗压倒了白旗；尽管思想斗争还会是继续不断的，队伍还需要扩大和加强，但它现在比过去任何时期都更加是可以依靠的重要力量。当然，大部分作家还下去不久，扎根不深，因此不可能也不应当把所有的人都抽回来写东西；但是有些同志提出了创作计划，经过审理，觉得切实可行的，当然要促其实现。我们的国庆献礼，要大力反映当前人民群众的劳动功勋，这是主要的；同时更好地反映人民群众革命斗争的历史，特别是反映近三十多年来的革命斗争史，现在也有重要的意义。为了多快好省地反映当前大跃进中的伟大现实,我们建议文学界大搞报告文学。许多英雄事迹本身就是动人心魄的,用报告文学的形式反映出来,加工不必太多,长、中、短篇均可,那么,几乎每一位联系实际的同志都可以在短时期中做出成绩来。不一定长篇巨著才算是卫星,精彩的短篇作品也有同样的价值。大、中、小结合,各种题材、体裁、风格的多样化的结合,只要是好,合起来就是一个大卫星。

理论批评工作也要放卫星,那就是要切实总结新文艺的经验,总结传统的经验,深入开展思想批判,大破大立,建设我们自己的文艺理论。在思想批判方面,大学的青年同志们走到前面去了,文艺界要大力帮助他们,这些新生力量必定能够放出卫星来。

我在文学方面谈得较多,艺术方面谈得少,只是为了举例的方便而已。艺术界的干劲很高,进步很大,我们相信在电影、戏剧、音乐、美术、舞蹈、曲艺等各个艺术部门,明年都会献出一批一批的厚礼来。

对任务和情况做了一番粗略的分析、估计之后,我们的信心越来越高了。现在可以步郭沫若同志的原韵,对他那四句诗作出如下的酬答:

万众深耕文艺田,定教卫星飞上天!普及提高结合好,卫星串串相接连。

和首都工人业余作者们谈天[1]

文化宫文艺科的同志要我对北京市工人文艺创作发表一些意见，我很愿意借此机会和首都的工人作者们、工人业余文艺活动的积极分子们交换一些意见，并且向同志们学习。未讲之前，我想先念一首诗《我们也是"家"》（作者是北京铁路局机务处王锦麟同志）：

打破神秘化，
我们也是"家"。
诗歌连篇写，
美景亲手画，
合辙又押韵，
都是心里话。
到处开遍了，
社会主义花，
成千上万的，
社会主义"家"。

这首诗很有意思。"诗人""作家""艺术家"，曾经是吓人的名词，资产阶级文艺家总是把文艺创作神秘化起来，让劳动者少插手为妙。这位同志却写道："打破神秘化，我们也是'家'"，鼓励工人们大家都来写，大家都来画，这就是工人阶级的气概！果然，北京市的工人，打破了科学技术的迷信，也打破了文艺创作的神秘观点，在短短的几个月里，首都工人

---

[1] 本篇发表于1958年《文艺报》第18期，署名张光年。未曾收入自编作品集和文集。

的文艺创作蓬蓬勃勃地开展起来，出现了从来未有的新局面。现在真可以说是"到处开遍了，社会主义花"。大家都来创作、写诗、画画，大家都来搞文学艺术。北京是这样，全国各地也是这样。工人是这样，农民也是这样，在全国范围内出现了一个劳动人民的文艺创作的大高潮，这个大高潮震动了整个文艺界，得到了全民、全党的重视，这是一件很了不起的事情。

社会主义文艺，本来应当就是工人阶级的文艺，本来就应该为工农兵服务、为社会主义生产建设服务，这是党的文艺方针，是天经地义，这是大家都承认的，但是要认真地做到这一点，可是不容易哩！有些人口头上承认这一点，实际上和工人阶级不是一条心，他们把文艺作为图谋个人名利的工具，而不是为工人阶级、为劳动人民、为社会主义生产建设服务。说他们是为资产阶级的政治利益服务，倒是符合实际的。过去工人群众还没有大规模地把自己从文化上武装起来，工人阶级很忙，还没有腾出手来搞文学艺术，只好依靠那些愿意参加到工人阶级队伍里面来的知识分子的作家、艺术家们，通过文学艺术来表达工人阶级的利益和愿望。在这些作家、艺术家中间，很多人是忠心耿耿的，他们不愧为工人阶级的代言人，鲁迅、郭沫若，还有很多党员作家和进步作家，都为工人阶级的革命事业做了很多好事。可是也有不少的人，始终保持着自己的资产阶级立场，对工人阶级总是三心二意；还有些人对工人阶级是怀有仇恨的，他们加入革命的文艺队伍不是为了别的，就是为了破坏这个队伍，破坏工人阶级的事业。胡风集团、右派分子们干的就是这个勾当，因此大家不得不和他们进行一系列的斗争，来保卫工人阶级的文艺路线，并且彻底改造我们的文艺队伍。社会主义、共产主义的文艺，应当有一支忠实可靠的和强大的工人阶级的文艺队伍，这就要想尽一切办法，一方面帮助我们现有的人员继续思想改造，提高共产主义觉悟，和劳动群众更亲密地打成一片，一方面还要从工农兵群众及其干部中间，吸收一批一批的坚强的力量，用来壮大这支队伍，使它的成分发生根本性的变化。这是一个大工程。经过文艺界的整风，又有了工农群众的文化革命，现在是大有希望了。

文艺界在大跃进，工农群众的文艺创作在遍地开花，现在就是要认真贯彻文艺的群众路线，使文艺为群众服务得更好，文艺的普及工作开展得更好，使普及与提高相结合，专家和群众相结合，这样一来事情就好办了。同志们，工人阶级一定要管文艺，一定要把文艺抓在自己手里，一定要努力壮大自己的文艺队伍。有一首诗，念给大家听听（作者是人民印刷厂的高长福同志）：

　　天不怕，地不怕，
　　工人阶级敢说话，
　　一字出口重千斤，
　　一句出口变天下。

　　很有劲，很能代表工人阶级的革命风格。去年资产阶级右派造反，天空上乌云乱翻的时候，工人阶级出来大声说话，一下子把乌云冲散了。在任何时候、任何问题上，工人阶级都要说话，文艺问题上也是这样。我们的党经常说话，说出来总是让听的人心服口服。我们党所领导下的工人群众也要大声说话，来"变天下"，来改变文艺的天下，改变文艺的面貌。工人阶级从来是敢想、敢说、敢干，在文艺上，也要敢写、敢画、敢演、敢唱。首都工人就是有这样的气概，这是值得我们学习的。

　　最近看了一些材料，看的不多，主要看的是工会宣传部、劳动人民文化宫编印的七本选集。一看就把人吸引住了。我不是说每一首都很好，但其中有不少是非常打动人的。看了以后，作为一个文艺工作者，不能不引起一些感想。我想谈谈这些作品中的一些新的特点。

　　首先是，文艺与劳动生产相结合。这是最突出的特点。这些集子的作者是劳动者，又是诗人；是工人，又是文艺创作者。这些作品，主要是描写在劳动生产中工人阶级的劳动自豪感。这样的作品，不是像有些人那样，闲得没有事了，写写诗吧！闲得着急了，画幅画吧！或者是写点东西吧，报上登登，换上只金笔呀、手表呀什么的；或者是把写作当做成名、成家呀的捷径。抱着那样不干净的目的，肯定是写不出好作品的。这些作品都不是那样。这些作品，都是在生产建设浪潮中间开放出来的劳动的花朵。劳动的热情激动了自己，忍不住把自己的事写给大家看，演给大家看，反过来又鼓舞了别人的劳动热情，提高了大家的阶级觉悟。所以这些作品，尽管不是每一篇都那样完美无缺，但都是崭新的东西，前无古人的东西。如果说农民创作的新民歌是共产主义文学的萌芽，那么摆在面前的、你们各位的作品，就更加是共产主义文学的萌芽了！因为这是创造新世界的手所描画出来的花朵，是体力劳动和脑力劳动相结合的产物，是洋溢着共产主义精神的文艺。过去的文学有没有这样的情况？没有。现在有许多忠于工人阶级的作家，他们也都抱定志愿做一个普通的劳动者。你们都是普通劳动者，同时又是文艺创作者；是物质资料的创造者，又是精神财富的创造者，你们亲手培养出共产主义文学的萌芽。今天是萌芽，明天就是大树！就是枝叶参天的大森林！

二，这些作品最好地表达了工人阶级的思想感情。非工人阶级出身的作家，必须通过思想改造，劳动锻炼，才能获得这种感情，否则就不能把工人阶级的感情正确地表达出来。我们北京市，还有其他城市的工人的作品，艺术上或者有某些地方还可以挑剔，但是那种对于集体劳动的感情，却不是其他人能够写出来的；那种工人阶级的自豪感，那种厚今薄古、藐视困难、藐观敌人的精神，也不是脱离集体的人能够写出来的。例子很多，随手举几首吧，比如北京器材厂小刘同志写的《两只巧手》：

> 两只手儿两朵花，
> 能想啥就能做啥，
> 天上无云能下雨，
> 手工能够自动化，
> 人人用上两只手，
> 开出千朵万朵花。

你看，工人阶级对自己劳动的双手多么热爱！多么自豪！把劳动的双手美化了，相信劳动者的手可以创造一切奇迹。假定说这首诗在语言上还不算非常完美，不妨再念另一首《一双双手儿忙又忙》（作者是北京仪器厂王汝霖同志）：

> 一台台机床隆隆响，

一个个好像上战场，
一双双手儿忙又忙，
一箩箩产品闪金光，
一滴滴汗珠往下淌，
一张张脸儿放红光，
一面面红旗挂满墙，
一道道红线奔天堂，
一颗颗心儿把歌唱，
一声声歌颂共产党。

好不好？很好。又有景，又有情，歌颂的是集体的劳动，集体的光荣。句子也很好，每一句都有劲，合起来更有劲。这些叠句的运用，又自然，又生动，像是一个波浪一个波浪地往上翻。不是热爱集体劳动、热爱民间文学的人，写不出这样的好句子。再念一首《工人力大无边》（作者是石钢的刘寄梅同志）：

工人力大无边，
双手托住青天，
调度月日星辰，
叱咤风云雷电。

工人力大无边，
双手改造自然，
可以填平东海，
可以拔起泰山。

工人力大无边，
经过千锤百炼，
我们智勇双全，
要把世界改变。

把工人阶级旋转乾坤的意志表现出来了,念起来很舒服,听起来很痛快。这种精神在其他作品里,如戏曲、曲艺等作品里,也很不少,譬如长辛店机车车辆修理工厂孙永治同志写的京剧《惊天》,就唱出了那种厚今薄古、藐视神仙、藐视困难的精神,唱出了工人阶级冲天干劲的自豪感。说到藐视敌人,你们也写了不少作品,像反右派、反对美英侵略者的诗歌和曲艺,都有些精彩的东西,值得我们学习。

三,你们写的东西,善于歌颂,也善于讽刺。歌颂些什么?就是歌颂党的领导、歌颂工人阶级、歌颂人民群众。往往在短短的一首里面,描画出了一个工人阶级先进人物的形象,这就是艺术。我特别喜欢这样一类的诗:生动、具体,短短的几句诗中,有个人像要从诗里走出来似的,有股劲像要从诗里冲出来似的。例如《老张师傅》(作者薛锡泰):

  满天的星斗还在眨眼,
  老张师傅已经进入车间,
  他轻手轻脚地把机床开动,
  就像生怕被旁人发现。

  紧张地干上一个小时,
  银花花的零件已堆得满满,
  一种甜蜜的滋味涌上心头,
  他微笑着擦去脸上的汗……

就这么八句,这八句中,诗中有画,诗中有人,诗中有工人阶级的气概。作者不是枯燥地介绍老张师傅一点、两点的美德,他把这些美德通过具体的情景描画出来了,从诗句里面,可以看出作者对老张师傅的热爱。再念一首《看谁再敢说我老》(作者是光华木材厂李恒波):

  头发白、脸皮皱,
  师傅年高是硬骨头,
  建设高井发电站,

他也要去显身手。

人们都说师傅老,
可把师傅急坏了,
又剃胡子又刮脸,
胸脯故意挺老高。

头发白的太多了,
干脆推个葫芦瓢,
他说:"有谁再敢说我老,
我把他的鼻子打歪了。"

这首诗有工人阶级的幽默感。诗中有画,诗中有人,诗中有劲。写得生动具体,活灵活现。这种写法我赞成,绝不会和别人的东西雷同,绝不会一般化。再念一首《新徒弟》(作者李庭训):

锅炉来了新徒弟,
身体魁梧壮壮的,
吹尘通焰全都干,
全身汗水满脸黑,
带头干活不吭气,
见人总是笑嘻嘻,
技术操作学得快,
干活就数他第一。
这个新徒弟,
炉火照得他红红的,
活像一杆大红旗,
仔细瞧一瞧,啊!
原来是党委副书记。

这首诗有同样的优点，也是诗中有画，诗中有人，诗中有劲。"炉火照得他红红的，活像一杆大红旗"，对于一个深入车间的领导同志，这是多么热情的歌颂啊！

讽刺武器要不要用？也要用。讽刺美帝，讽刺右派，是对敌人的讽刺。例如单弦《白宫叹月》（房管局赵其昌、张金兰作），就是对美帝国主义的有力讽刺。还有对人民内部、工人阶级内部某些不良倾向的讽刺，它和对敌人的讽刺大有区别，可是也很需要。有些作家在这方面常常出毛病。右派作家就不去说他了。也有些人用心并不坏，可是常常一讽刺，就把敌我矛盾和人民内部矛盾混淆起来，用对敌人的态度来对待自己人，就会伤害自己人，变成讽刺的乱用，这种现象是常见的。可是，工人自己写的讽刺作品，却很少出这些怪毛病。像讽刺剧《排戏》（兴平机械厂郭玉儒、李文华、王学洙、延白珍合作）、相声《不能比》（新华印刷厂耿治国作）、三人相声《赶快赶》（北京邮局李文贵、董凤桐作），就是很好的讽刺作品，它们讽刺了某些工作人员的官僚主义和某些工人不求上进、甘居下游的落后思想，尖锐犀利，打中了要害，但和对敌人的讽刺暴露却截然不同。这里难道有什么窍门吗？就是因为对工人阶级事业的热爱，懂得对什么人用什么态度，对什么人说什么话，别的窍门是没有的。

四，革命风格和民族风格的结合，内容和形式的多样化。工人的创作，革命的风格是突出的，同时又具有一种新鲜的民族风格、民族形式，这是非常值得宝贵的。你们大部分的诗歌，采取了民歌、快板、曲艺等形式，这是群众喜闻乐见的形式，用它们可以打动更多的人。这些民间形式一到工人作者的手里，就起了变化，取得了推陈出新的效果。因为内容是新的、工人阶级的内容，形式上就不能不发生一些变化；你们的民歌、曲艺和旧时代的民歌、曲艺味道大不相同，形式上也活泼得多，有很多新的创造。就是新诗，也和知识分子诗人写的不同，念起来更加顺口、有劲，没有那些别扭的使人听不懂的句子。这是因为你们写诗是为了当众朗诵的，目的和对象都很明确，风格也就更明朗了。北京的工人同志很喜欢采用曲艺形式，它比民歌复杂些，能够表现较为复杂的内容，演唱起来也更加动听。这方面你们也有些新的创造。例如相声是一种很有趣味的形式，但是过去的相声，固然有好的，但常夹杂着低级趣味，或是讽刺的乱用，使人听了又高兴又恼火；但工人写的相声就不同了，很健康，很有思想性。《赶快赶》《"作家"和"法官"》是三人相声，《白宫惊梦》是相声剧，《排戏》吸收了相声的技巧，还让导演、观众都登了台，所有这些，都是独出心裁的新创造。要说相声这门艺术，到工人手里被发展、被提高了，我看一点也不夸大。内容多样化（从劳动生产写到国际政治），形式多样化（民歌、快板、新诗、相声、鼓词、快书、单弦、话剧、京剧、评剧、小说、特写、小品文……），说明了首都工人业余创作发展到了一个较高的新阶段。

五、自编自演、集体性、群众性的文艺运动。这一点很显著，我就不多谈了。

整个看来，路子走对了，领导（全党、工会、企业领导）又重视，坚持下去，今天是萌芽，明天一定会长成大树，遍地开花结果，产生出极好的东西。现在工农群众的创作，已经对整个文艺界发生了很大的影响，继续下去，影响会更大更深，以至从根本上改变我国文学艺术的面貌。

以上这些，是读了北京市工人创作以后的几点感想。现在提出几点希望和建议：

一、继续破除迷信，继续打破神秘化，以便吸引更多的人来参加业余的文艺活动。

胡风之类，把文艺的特殊规律强调到神秘化的程度，用心是险恶的。你是工人，你要创作吗？你懂不懂文艺创作的特殊规律呀？你是共产党，你要领导创作吗？你懂得创作的特殊规律吗？他们就是这样，要把工人阶级吓倒。我们说，每一项工作，都有它的特点，当然也可以没有它的特殊规律，例如创作就和炼钢不同，炼钢也有炼钢的规律。但是任何规律都是可以掌握的，工人炼钢，现在农民、学生，不也到处都在炼钢么！当然要学习炼钢的经验，但要去做，边做边学，把经验总结出来，再参考参考别人的经验，不就学会了吗？我再引几句诗《哪管权威把头摇》（光华木材厂许光哲作）：

总路线的光辉当头照，
修配车间要把机床造，

> 破机器只有六台半，
> 好汉倒有二十条。
> 不怕"专家"把嘴撇，
> 哪管"权威"把头摇。
> …………

这位工人敢说敢干，在文艺创作上，也应该有这个劲头。边写边学，"哪管文艺专家把头摇"？事实证明，北京市和全国许多工人的创作，并没有被资产阶级专家所吓倒，已经写出了很多很好的东西，引起了整个文艺界的重视。当然还有一些人有偏见，看不见今天取得的很大成绩，看不见明天就是参天大树，看不见打破迷信以后的水涨船高的前景，他们只看到缺点。管他呢！这些人起不了多大作用的！

和这一点有联系的，是赶任务能否写出好作品的问题。这好像成了争论的问题，有些同志在心里争论，但事实上这个问题已经在实践中解决了，因为同志们已经写出了好些东西，而这些又都是在赶任务中写出来的。已经赶出来了，而且赶得好，所以说这问题已经解决了。我们要赶的"任务"，无非是社会主义建设的任务，社会主义革命的任务，这就是我们的生活。在运动的浪潮中间，情绪特别饱满，干劲特别大，生动的印象在脑子里转来转去，这时赶出来的东西，可能粗糙些，但一定有些新鲜的东西，并且写出来马上可以起作用，能及时地鼓舞人。说过些天再写吧，但事情一过去，别的任务一来，说不定就写不出来了，要写，情绪就不像当初那么饱满了，印象也不像当初那么新鲜了。前不久一些作家到十三陵水库工地参加劳动，不少同志写了诗，田汉同志还写了一个剧本，说明"赶任务"并不坏，而是很有收获。文艺界也在大跃进，大家赶得可厉害哩，并且的确赶出了一些好东西。有些东西，不赶就没有了。所以说，"赶任务写不出好东西"这完全是迷信！写出了也还可以改嘛，演出时改，听了群众意见再改，不是就越改越好了吗？

"慢工出细活"，这话对不对？表面看来有道理；用到生产上，首先就不对，因为它和多快好省的方针相抵触；用到文艺上，也是少慢差费的方针。象牙球雕刻十三层，一夜要赶出来，可能是做不到的；作家的长篇巨制,也会要多花一些心血。但是我们现在是多写短篇,还是多快好省更有利。"慢工出细活"的说法还可能包括一种"不鸣则已,一鸣惊人"的思想,这思想不对头,应该考虑怎样写才对当前的生产更有利。我想各位会同意我的说法。

二,积极分子一定要和群众相结合。在我们群众性的文艺创作活动中,出现了一批批积极分子,这些同志是有才能的、有热情的;他们在整个运动中,显示了自己的才能,起了带头作用,这是很宝贵的力量。但是,积极分子所以成为积极分子,就是因为他从群众中来,又到群众中去,经常在群众中起带头作用。生产上是这样,文艺上也是这样。积极分子一脱离了群众,生产上就搞不好,文艺上也未见得能够搞好,因为他不能吸收群众的智慧了。整个说来,同志们对文艺创作的目的性(为群众服务、为生产建设服务),看得很清楚,甚至比作家看得更清楚。但并非不存在个别的、用个人主义眼光看待文艺创作的人,这现象,要经常提醒注意。从这一点上来讲,兴平机械厂李文华等三位同志合作的相声《"作家"和"法官"》,我看了很感兴趣。"有个人主义思想的人写不出好剧本来",这相声就围绕着这个主题思想对个人主义作了尖锐地讽刺。

过去,我们在培养工人作者的工作中,是走过弯路的,方针有时不对头,方法也就不对头;不是广泛地发动群众创作,不是把有才能的青年作者放到群众中去锻炼,往往是,发现了一个青年作者写得不错,就赶紧从他的生产岗位或工作岗位上抽出来,谈呀,帮助啊,出版社送稿费呀、订合同呀……全是一片好心,但是效果不好。因为这人一脱离劳动,脱离群众,就再也写不出东西来了。现在作家们也都决定长期地深入群众,接受劳动锻炼;对业余作者,就更不应当重复过去的弯路了。我们要经常提醒自己:生产上的积极分子决不脱离群众,文艺创作的积极分子也决不脱离群众。永远和群众在一起,自己的本领会练得更高,事情会做得更好。要搞好这几个"结合":写作和劳动生产相结合,积极分子和群众相结合,青年工人和老工人相结合,群众和领导相结合。文艺创作积极分子一定要保持"三好":政治好、生产好、写作好。其结果,就是工人文艺创作运动开展得更快更好。

三,怎样提高?在现有的基础上不断提高。更进一步地大普及,使业余文艺创作运动开展得更深更广,大家都动手,人多智慧多,量中求质,多中求好,互相竞赛,互相学习,就会越写越好;加上专业的文艺工作者正确的帮助,进步会更快一些。

工会宣传部和文化宫经常出版工人创作的选集,这是大好事,是促进创作提高的好办法之一。编选有个标准,就是政治标准和艺术标准相结合而以政治标准为第一位。开始挑选时,标准可以宽些,作品多了,要求就逐步提高。编选工作中,从内容到形式,可以使群众知道提倡什么、学习什么。要是选集的前面有序言,说明这些作品好在什么地方,还有哪些缺点,对作者、读者也是及时的帮助。一定的时期,进行群众性的评比,参加评比的既是作者,又是评论者,这也是促进提高的一个办法。

文艺报刊,应该经常发表对工人创作的评论,这方面我们过去做得很差,今后一定改进。

人们都喜欢读生动具体的能表现生活特点的东西。每一件事、每一个人都有它的特点,最好能把这个特点写出来。刚才念的《老张师傅》《看谁再敢说我老》《新徒弟》,大家都感兴趣,就是因为它写出了工人阶级共同的感情,又写出了事物的特点。这种写法可能更容易一些,也更有趣一些。从选集里,我看到这样一首诗《党委书记》(作者高长福):

　　党委书记,到车间里,
　　换上工服,就上机器。
　　跑上跑下,忙来忙去,
　　出满头汗,弄一身油泥。
　　人们看见,个个钦佩,
　　下个决心,向他学习。

这首诗也很好,语言简练。它可能是一张表扬性的大字报,那么,应当说是一张好大字报了。可是,人们还不觉得满足。和《新徒弟》比较起来,就减色一些。所写的内容差不多,都是歌颂一位深入车间的党委书记,可是《新徒弟》使人更感到兴趣,就是因为它写得更生动、更具体一些。

辅导问题：首先是自我辅导，集体讨论，生产上也是这样。"三个臭皮匠，气死诸葛亮"，"诸葛亮"大概指的专家吧。专家该当和群众相结合，应当向群众学习，专业的文艺工作者对群众有辅导义务。看不起群众的东西，请他帮忙也不肯帮忙，那是贵族老爷，算不了什么诸葛亮。工会正在采取各种方式取得文艺界的帮助，文艺界有些同志也参加了这个工作。当然欢迎专家的帮助，但是不要迷信专家。

最近中国作家协会向全国工厂企业提出建议，建议有条件的工厂企业，发动群众起来编写工厂史。《文艺报》为此出了特辑，介绍过天津的经验。大家都来写回忆录，工人也写，领导同志也写，不会写的念，让别人记下来。这是工人阶级进行自我教育的一个好办法，也是开展工人创作运动的一个好办法。现在上海、广州、东北都在搞，北京有的工矿也在搞。我们建议北京市有条件的工矿企业都来试试，通过写工厂史把工人业余的文艺创作运动大大地向前推进一步。文艺创作积极分子较多的工矿单位，可以起带头作用；有光荣斗争历史的工矿，更值得搞；搞起来，对于鼓舞生产热情、提高社会主义觉悟，一定会有显著的效用。作家协会准备在这件事上做些工作，《文艺报》《人民文学》都将配合这个行动。整个文艺界支持你们，并且向你们学习。

（9月1日晚在虎坊桥工人俱乐部）

发动老干部写作[①]

这次回到阔别了二十年的武汉，喜悦和兴奋是难以言说的。武汉变得完全认不得了。每天所见所闻，都是新事物、新景象，它们把我头脑中积存了多年的老印象撕成粉碎，教人不由得产生一种敬佩和自豪的感情。

文艺上的新事物也同样地振奋人心。武钢工人大搞文艺创作。重型机床厂大搞工厂史。湖北全省的群众创作运动搞得轰轰烈烈，不久以前召开了全省群众创作跃进大会；现在又召开了全省文艺创作会议，讨论明年大放文艺卫星的工作。我们访问了麻城县，那里农业上已经放出了卫星，钢铁上正在放卫星，文艺上成立了全县的业余创作协会，全县十五个公社也都有自己的业余创作协会。全党、全民办文艺，文艺正在成为劳动人民自己的事业，我们这次看到、听到的正是这样。

在这种情形下，武汉的作家们也受到莫大鼓舞。我参加了作家们的座谈会，他们谈到党对文艺工作的重视，谈到深入生活的感受，也谈到自己的创作规划。他们说，他们得到了想要得到的一切便利条件，现在要是写不出好东西来，就只能怪自己了。我看，这里作家们决心很大，干劲也是不小的，他们一定会写出好东西来。

我想就发动老干部写作的问题说一点观感。

这方面，条件也是很好的。大家知道，湖北省委第一书记王任重同志本人就是一位作家，对文艺工作是大力支持的；省、市委的领导同志中间，企业的领导干部中间，全省、市各个岗位上的老干部中间，有很多同志是关心文艺、热爱文艺的；不少同志经常发表文章或作品，不少同志正

[①] 本篇发表于 1958 年《长江文艺》第 11—12 期，署名张光年。后节选部分内容改名为《关于老干部写作》收入《风雨文谈》和《张光年文集》（第三卷）。这里内容据初刊。

在写东西。他们在百忙中挤出时间写小说、剧本、报告文学、诗歌、散文、评论文章和革命回忆录。作协武汉分会做了一个初步调查，列入老干部业余作者名单中的有一百人，这当然还是一个极不完全的统计。《长江文艺》发动各县县委书记写文章，也经常得到热情的响应。正因为有了这样好的条件，最近湖北省、武汉市为迎接明年建国十周年而制订的创作献礼规划中，把发动老干部写作作为一个重点提了出来。

在全党办文艺、全民办文艺的运动中，发动老干部写作被当做当前重要任务之一，在全国各地引起重视，这是很有道理的。因为我们要办的文艺不是别的文艺，要办的是劳动人民自己的文艺，是工人阶级的共产主义的文艺。这种文艺将要无限地发挥自己的共产主义的思想威力，帮助劳动群众提高道德品质和美感，帮助激发全民更高的创造精力和共产主义干劲，以便早日建成社会主义并且向共产主义过渡。可以想见，要担负这样的艰巨任务，单靠现有的文艺队伍是远不能胜任的。为此目的，现有的文艺队伍首先需要彻底改造和改组。这一点，经过一年来一系列的斗争和文艺家与群众结合的措施，信心是空前增高了。革命的文艺家们现在决心把自己改造成为普通的劳动者，同时把思想和政治敏感提高到一个优秀的老干部的水平；加上文艺队伍中间也还有一批经过长期锻炼和严格考验的老干部，他们有了和群众重新密切结合的决心。所以，经过整顿后的文艺队伍肯定是能够做出一些于人民有益的好事情来的。但是这个队伍仍然太小、太小了！它必须敞开大门，不断地从工农兵群众及其干部中间吸收一批一批有才能、有毅力的人，从政治上、从艺术贡献上大大地加强这个队伍，以至根本改变我国文艺队伍的面貌。建设共产主义文艺，必须依靠这样一支雄厚的、对人民无限忠心的文艺队伍。

老干部的可贵之处，就在于他们经过长久的政治锻炼，忠于党的事业，密切联系群众，懂得群众的需要；他们从群众中来，同时站在群众的前面引导群众前进；他们是群众中间的领袖人物，是革命和建设的骨干。这些老干部之所以爱好文艺并且从事写作，不是为了别的，就是因为看到了文艺这个武器能够在千千万万群众的思想情绪上发生重大的作用，在广大读者的心灵深处起潜移默化的影响；他们自己受到文艺的吸引，同时产生一种责任感，觉得应当把这个富于魅力的思想武器牢牢掌握在党和人民的手中。这些同志有丰富的生活经历和社会知识，熟悉工农兵的心理和语言，懂得生活的复杂性而又不会为复杂的现象所迷惑，这些是他们从事文学创作的优越条件，这些条件远不是一般作家都能具备的。老干部另一个优越条件是，他们一直生活在革命漩涡的中心，建设热潮的中心，对时代的变化感受最敏最切，他们是领导群众，直接推动生活前进的人，从他们手下产生的优秀作品无疑是革命者的文学，建设者的文学。这些条件更不是一般作家都能具备的。很多作家现在决心深入生活、参加实际斗争来争取获得这些条件。

从事文学当然还需要一定的专业知识，其中最主要的是文学遗产的知识，即善于从前人的艺术经验中批判地摄取有益的东西。但是这也吓不住人。并不是读完了汗牛充栋的书籍以后才能写作。有些人越读越糊涂，反而被古人或外国人牵着鼻子走，这些人实在可怜得很。要经常读一些，不必很多，只要方向对，方法对，就能写出好作品。何况很多老干部读得不少了，对这些同志来说，现在应当多有一些艺术实践的机会。经常写一些，就会逐步积累一些经验，并且创造出新的经验。艺术经验和技巧之类，也和搞运动、搞建设一样，在实践中间就会逐步掌握它。

有些老干部有很多东西可写，却感到千头万绪，无从下笔。有些同志在写作中碰到一些困难，很希望有人谈谈，帮忙出些主意。有些同志时间太少，很希望有人和他合作。作家协会和有经验的作家们在这方面要进行一些工作。作协武汉分会已经做了一些努力，今后还可以采取小型座谈、组织作家和老干部交朋友等方式给以更多的帮助。

饱含生活经历而开始写作的人，往往根据自己的经历来反映他的时代。高尔基的《我的童年》《我的大学》等书就是这样的。郭沫若早期也写了些这样的小说。文学新人曲波、梁斌（他们也是老干部）的《林海雪原》《红旗谱》也是以自己的经历为基础，更不要说李六如的《六十年的变迁》、吴运铎的《把一切献给党》了。一个作家当然不能停留在写自传体小说的地步，就是自传体的小说也要写到自己以外的各种人和社会动态。但是以自己的经历为基础来描写同时代的各种人物，艺术比较容易掌握，它给人以亲切之感，作者和读者一起来娓娓谈心，一起来分析人，分析自己，分析社会，分析自己所处的时代。几乎每一位革命的老干部都可以从自己的经历出发写出一部激动人心而又有丰富的时代意义的好书。革命回忆录也大体上属于这一类的作品。

我们还提议大家动手来描写当前的新生活，它对读者可能有更直接的教育意义。一个破烂城市怎样改造成为崭新的劳动者的城市？一个小工厂怎样变成了大企业？一片荒地上怎样建成一个工业区？一个灾区怎样变成一个丰产县？……老干部亲身参加或亲自领导群众建造起来的许多新事物，这其间的甘苦况味，对全国人民甚至全世界人民都是很有吸引力的。老干部当然可以帮助作家写些东西，可以领导群众集体创作工厂史、工地史、公社史，但是曾经置身于漩涡中心的人们就自己的感受写些东西告诉读者，大家读起来一定更感到亲切。不写些下来，岂不是很可惜吗？不一定都写成长篇巨制，也不一定都写成小说或剧本，用报告文学的体裁，例如特写、人物志、文艺通讯、故事乃至日记体把其中最动人的部分描写下来，能够以较少的时间精力获得及时反映的效果。

许多同志读了不少新作品，看了不少的戏和电影，他们常有非常精辟的见解。我们也提议老干部经常挤时间写点评论文章，帮助推动文艺创作更快、更健康地前进。

要求和建议是不少的。很多同志一定会说：是啊！想写得很，就是没有时间啊！这是老实话。老干部特别是领导干部，任务重得很，废寝忘食地在工作，这是谁都知道的。因此，发动老干部写作，现在不能停留在一般的计划和号召上了。必须考虑他们的实际情况，帮助解决一些可能解决的问题。除了短篇作品可以自己挤时间以外（所以我们提倡多写短篇），需要花费较长时间的写作计划必须取得组织上在可能范围内予以便利；这可以由作家协会提出建议，或由本人提出要求，按照国务院颁布的干部写作假的办法个别地予以解决。当然，根本问题是取得党委的支持。大体说来，如果干部的写作计划是和本单位的业务或思想教育的任务有密切关系的，解决起来就容易一些。目前在全党办文艺、文艺放卫星的运动中，从领导上统一考虑和安排老干部的写作问题，作为大闹文化革命的重要的一环，也要提到工作日程上来了。我们听说领导方面正在研究这个问题，并将举行一定的会议来解决这个问题，实在不胜兴奋鼓舞之至！从一切迹象可以看出来，在各级党委的大力领导推动下，在作协分会和各地文艺团体的大力促进下,一个包括工农群众、老干部和作家在内的新的创作高潮,将要在湖北全省、武汉全市迅速地开展起来,正像它将在全国各地普遍开展起来一样。让钢铁之花、工业之花、农业之花和共产主义文艺之花在我们伟大祖国遍地怒放吧!

一九五八年十月十八日武汉旅次

大搞报告文学[①]

为了准备明年建国十周年的文艺献礼，一个声势浩大的创作运动正在全国范围内热烈展开。不仅是全国文艺界都卷入了这个热潮，而且很多地方成千成万的工农作者们，各地老干部中的业余作者们也正在卷进这个热潮。各地专业作者们、业余作者们、工农作者们都要在文艺上大显身手，大放"卫星"。

从各地初步拟订的创作规划看来，各种文学体裁都被注意到了。群众要大搞诗歌，大搞曲艺和剧本，用集体创作的方式大搞工厂史、公社史。作家和老干部准备采用的文学体裁也是多种多样的：长篇、中篇和短篇小说，电影剧本和舞台剧本，长诗和短诗……他们也对各种样式的报告文学发生了兴趣，例如特写、文艺报道、传记文学、革命回忆录等等。

我们赞成把各种体裁、样式都充分动员起来，同时赞成大搞报告文学。大搞报告文学，这不但对于及时反映千变万化的新现实是十分有利的，而且对于扩大文艺队伍，对于多快好省地建设共产主义文学，也是十分有利的。

在抗日战争、解放战争时期，在抗美援朝运动中，报告文学曾经发挥过很大的威力。当时报刊上发表过很多文艺性的通讯、报道，英雄人物、英雄事迹的特写，对鼓舞士气，激励民心，起过很大作用，从中也培养出不少优秀作者，补充到文艺队伍里来。这几年我们对报告文学提倡得很不够。右派分子倒看中了这个体裁，他们运用特写来暴露新社会的"黑暗"，"批判"社会主义的现实，刘宾雁的《本报内部消息》就是这类反动特写的代表作。特写本来是一种生动活泼亲切朴素的文体，但是被秦兆阳、刘

[①] 本篇发表于1958年《文艺报》第20期，署名华夫。未曾收入自编作品集和文集。

宾雁等人弄得神秘化起来，吓得业余作者、群众作者不敢轻易尝试。当然，这几年仍然有一些好的报告文学作品，包括反映社会主义建设中新人新事的特写，反映革命斗争的传记文学和革命回忆录，它们受到读者的欢迎。志愿军集体创作的《志愿军一日》和人民解放军三十年纪念征文，在报告文学领域中放出了"卫星"。它们不但以其崇高的思想内容感动了读者，在文风上也实现了大解放。

在全民全面大跃进的今天，作家们痛感到自己的笔赶不上瞬息万变的现实，报告文学的优越性现在更加突出了。长篇小说、长篇史诗之类的辉煌巨制当然是我们需要的，作家们、诗人们为此要进行艰苦的劳动。同时，把报告文学提到突出的地位，以便吸引更多的人及时地反映劳动群众的共产主义干劲，反映大跃进中的新人新事，这对加速共产主义文学的建设是十分有利的。在社会主义建设的各个战线上，首先在工农业战线上，能够说明我们这个新时代、新中国的特征的新事物、新人物太多了，感动人心的事情太多了。生活本身就是最新最美的文字，最新最美的画面。作者把自己感受最深的东西以生动朴素的文字记录下来，即使略加剪裁，即使不经过太多的艺术加工，就像平常说故事那样写出来，也能对读者起一定的鼓舞和教育的作用。

有丰富的生活经验而写作经验不多的同志们，最好多采取报告文学的体裁来练笔。报告文学的样式可以是多种多样的，并且是非常自由的，用日记体、书信体、说故事的方式来写都是可以的。谁个不曾记过日记、写过信、讲过故事呢？你就按照你写起来最舒服的方式，把你参加祖国建设斗争中最受感动的见闻和经历，写出来告诉全国读者吧！不必过多地考虑艺术形式上的限制，以及报告文学究竟有哪些规则之类。

工农群众在大搞诗歌的同时，也正在大搞报告文学。工厂史、工地史、公社史，就是集体创作的报告文学作品，从这里面将要放出一批"卫星"来。几乎每一位爱好文学的在祖国建设中担任实际工作的老干部，都很可能写出一本或写出若干篇动人的报告文学作品。这些同志很忙，写长篇小说或剧本的时间，需要特别的安排，但是挤出时间经常写些短篇的东西，还是困难不大的。我们也希望经过长期革命锻炼的老干部们多写些革命回忆录，这对教育青年一代是有很大作用的。

作家们也多写些报告文学作品吧！现在有数以百计的专业作家深入工矿农村，数以千计的青年文艺工作者下放农村从事劳动锻炼和参加基层工作。这里面有些同志在酝酿写长篇或剧本，但是大多数同志下去的时间不久，扎根不深，写长篇暂时还有困难；不如多写些短篇特写，并且分出力量来帮助群众编写工厂史、工地史或公社史，或帮助当地老干部撰写革命回忆录，收效会更大一些。

全国各地在大搞创作规划的时候，希望大家更多地注意报告文学，把生活中最尖锐的东西通过报告文学这个最尖锐的体裁充分反映出来吧！它有利于在短期间创作出一大批新鲜活泼的东西来。

杜勒斯看中了《日瓦戈医生》[①]

亲爱的读者！你们知道有个叫做帕斯捷尔纳克的苏联作家吗？尽管你们读过不少苏联的作品，你们对帕斯捷尔纳克这个名字大概是生疏的。这个旧俄遗留下来的有着花岗石脑袋的诗人，从前在资产阶级文坛上还是有过一些名望的。他也写小说，写得很不高明。一个和苏维埃新社会格格不入的人，能够写出什么好的作品来呢？果然，不久以前就因为他的诽谤苏联的可耻行为，这个苏维埃社会的渣滓现在受到全体苏联作家和苏联公众一致的唾弃。

就是这个为本国公众一致唾弃的帕斯捷尔纳克，因为他的反苏、反社会主义的小说《日瓦戈医生》投合了帝国主义及其御用文人们的胃口，一下子变成了西方世界的宠儿，现在，就连杜勒斯也认为有必要来公开称赞这位俄国作家的"天才"了。

我们不知道瑞典科学院是按照什么标准、什么意图宣布把诺贝尔奖金颁发给《日瓦戈医生》的作者。难道真的是看中了帕斯捷尔纳克的"艺术天才"？这个奖金的颁发机关过去从来不想承认托尔斯泰的天才，契诃夫的天才，高尔基的天才，现在却忽然发现帕斯捷尔纳克是真正的"天才"了！因此就授奖给白俄作家蒲宁之后，现在他把诺贝尔文学奖金破格地授予第二个俄国人！关于这件事，我们听听黎巴嫩著名作家汉纳的评论吧。汉纳说："这是西方策划的反苏宣传。"他说，他知道很多文学批评家认为《日瓦戈医生》这本书"与其说是一部文学作品，还不如说是一部'政治作品'"，汉纳说："西方总是寻找一切机会来攻击苏联。这一次，他们又卑鄙地抓了这样一个空子……他们这样做的结果只能使这种宣传暴露他们

[①] 本篇发表于1958年《文艺报》第21期，署名华夫。未曾收入自编作品集和文集。

自己的面目。"(新华社贝鲁特10月31日电)

现在，这位受宠若惊的帕斯捷尔纳克，慑于苏联公众的舆论，勉强地表示了拒绝这笔奖金；而这，帝国主义及其御用文人认为找到了可以大做文章的题目了。叛徒法斯特干得特别起劲，他通过一家美国的特务电台（所谓"解放电台"）对苏联广播，极尽诬蔑挑拨之能事。他对这家特务电台的记者说："我们大家都知道帕斯捷尔纳克是多么欢迎这笔奖金，现在帕斯捷尔纳克屈服了！"（路透社纽约30日电）这真是道地的法斯特口吻！他自己又是多么地欢迎这笔奖金啊，如果因为他起劲的反共宣传能够早日争取到这笔奖金的话！

各色各样的文化敌人和文学艺术的刽子手们忽然对文学艺术表示格外的热情。一位美国参议员建议美国政府"用多种文字来出版俄国作家帕斯捷尔纳克的那本批评在共产党统治下的生活的著作"。美国新闻署赶快发布预告说，它将要大量出版《日瓦戈医生》的廉价本，以便把这个反社会主义的毒草向全世界半送半卖地广为推销。一向拍摄奸杀片和大腿片的两家美国电影公司争着要把这个毒草拍成电影。"美国之音"电台也并不落后，它特为设立了分为六个部分的专门"讲座"，加油加醋地介绍和评论这部小说。但是美国参议员诺伊伯格还是不满意，他要求"美国之音"用连续广播的形式向全世界广播这本小说的全文。

既然有这样多反共专家们忙碌起来，按理说，杜勒斯可以躲在幕后避避嫌疑了吧！可是这只不祥的枭鸟是管不住他自己的，他刚从台湾做了一笔凶险的交易回到华盛顿，马上对记者发表评论说："帕斯捷尔纳克拒绝接受奖金这件事表明苏联当局是在设法摧残思想自由。"（美联社华盛顿30日电）好一个自由的天使！用所谓"非美活动"的罪名，用特务、监牢、饥饿和电椅来绞杀美国人民的思想自由，用原子弹和导弹基地来威胁全人类的安全和自由的美国政府头面人物，现在也来关心起作家们的思想自由来了！这些战争贩子们口头上的"思想自由"，究竟值得几分钱一斤呢？

《纽约时报》的记者说得更露骨些。这个记者暴露了一切帝国主义分子的主观愿望，他希望从《日瓦戈医生》及其同类的反社会主义毒草中或许反映出"苏联的社会中有着一些知识分子和其他人能够起和那些在1956年在布达佩斯的街上绞死共产党人的匈牙利人相同的作用"！这就道破了杜勒斯之流的秘密,他们所关心的"自由",无非是,"绞死共产党人"的"自由",绞死一切热爱自由的人们的"自由"。

杜勒斯看中的东西,还会是什么好东西吗?但是有些人偏要和杜勒斯一个鼻孔出气。

我们非常可怜那些重复着杜勒斯式的反苏谰调的某些美国作家、西欧作家们的处境,非常可怜那些盗用本国作家团体的名义打电报"祝贺"和"支持"帕斯捷尔纳克的人们的处境!这回,由于杜勒斯亲自出面了,使那些伪装"公正"的人们处于多么难堪的境地!他们立刻发现:他们和文化、自由的敌人杜勒斯、美国参议员、"美国之音"、"解放电台"以及叛徒法斯特之流站在同样的立场,发出同样的论调,并且干出同样的罪恶勾当——向人类真正自由、真正进步的文化进行绝望的攻击!

美国参议员不是要求他的政府向帕斯捷尔纳克提供"必要的避难所"吗?美国惠灵顿市长不是还打电报邀请《日瓦戈医生》的作者到他的城市去"避难"吗?现在塔斯社就帕斯捷尔纳克给苏联领导人的信件受权说明,表明苏联政府根本无意干预他出国、领奖和在国外任何地方居住的自由。我们看到倒是帕斯捷尔纳克不愿意放弃他在苏联居住的自由,他大概认识到过去那些侨居国外的白俄知识分子的命运是不值得羡慕的。这样一来,帝国主义分子们处心积虑的阴谋破产了,他们的文章很难做下去了,一场反苏冷战遭到可耻的失败。

要想帝国主义及其御用文人们放弃反苏反共的宣传,是不现实的,类似这样的反苏诽谤以后还会发生。但是,这会有什么结果呢?伟大的苏联和苏联文学在敌人的诽谤和仇视中无比地强大了,现在正满怀豪情地度过了光荣的十月革命的四十一周年,任何反苏的狂吠都是枉费心力的,不能触动苏联人民的一根毫毛!

集体创作好处多[①]

有一位从事文艺组织工作的同志,用来一副对联来描写当前文艺"放卫星"的新形势:上联是"时间短,任务重,压力大";下联是"干劲足,领导强,信心高"。所谓压力大,就是要在较短期间内发动各方面的力量写出又多又好的作品,这项组织工作的确不大容易。但是群众已经发动起来了,包括当地文艺工作者、广大的工农兵业余作者和不少爱好文艺的老干部。群众劲头很大,各级党委又大力支持,因此尽管有困难,信心还是很高的。

这的确是当前文艺创作运动的一个生动的写照。

时间不多,形势逼人,从组织工作的角度看来,就要探求多快好省的方法,使创作的数量和质量都得到保证。在大力发动群众而又确保重点创作的原则下,多快好省的方法不外乎两条:一条是大搞报告文学;一条是大搞集体创作。关于大搞报告文学,我们已经说过一些意见了;现在谈谈组织集体创作的问题。

集体创作好处多。今年来在各地组织戏剧创作方面,曾经取得了一些好的效果。青年剧作者们(一般是三五人左右,有的是二三人结合起来)有一段共同的生活经历,对所要写的题材发生了共同的兴趣,大家在一块讨论提纲,琢磨人物,一人执笔或大家分别执笔写出初稿,然后集体讨论,修改定稿。用这种方法,曾经产生了不少好的剧本。在集体绕论、集体写作的过程中,互相取长补短,大家在思想上、艺术上都可互相学到一些东西,又能较快较好地完成了新作品。

在学术理论工作中,集体写作的可能性更大一些。不久以前,北京大

[①] 本篇发表于 1958 年《文艺报》第 22 期,署名华夫。未曾收入自编作品集和文集。

学中文系几十位同学和青年教师，以集体的力量，在很短时间内编写了一部《中国文学史》，得到文艺界和读者的好评。编写文学史是一项繁重的工作，但是大家发挥了很高的革命干劲，草拟了提纲，分别搜集材料，分享分组研究和编写，在全部写作过程中，特别是在若干关键问题上都经过反复的讨论和辩论，最后取得一致的看法，很多重要章节都经过反复的修改，终于多快好省地做出了这个创造性的工作。当然缺点也不是没有的；但是发现了缺点以后，仍然可以运用集体的力量讨论和修改；这样，经过若干次的修改和补正，一部完善的或比较完善的《中国文学史》就出来了。集体写作的优越性，使一部分原来采取怀疑态度的老教授也改变了看法，北大中文系对王瑶的文学史论著的批判，师大中文系对巴金作品的研究，已经产生了几篇很值得重视的学术论文，这些论文也都充分发挥了青年人集体的智慧。

集体创作的方式可以是多种多样的。像工厂史、公社史、部队史这样的集体创作具有相当广泛的规模，几乎要发动全厂、全社、部队的全团（团史）、全营（营史）或全连（连史）中可以发动的一切一辆来参加讨论和写作，经过集中、挑选和加工。这样的集体创作不但充分发挥了群众的智慧，而且创作过程同时是对群众的教育和提高的过程，这样的集体创作是对群众进行政治思想工作的一种最生动的方式。除此而外，二、三人自由结合的小规模的集体创作，不但在电影剧本、舞台剧本的创作上是可取的，在篇幅较长的小说和报告文学作品的创作上也是可取的。

现在有些地方组织了当地作家或青年作者和老干部合作写小说、剧本或回忆录，这是一个好办法。长篇小说的集体创作，现在经验还不多，如果合作者之间在斗争经验、思想水平和艺术见解方面比较接近的话，效果会更大一些。至于青年作者帮助老干部撰写革命回忆录，已经取得了良好的效果，上期本刊发表了《我们怎样帮助老干部写回忆录的》一文，在这方面提供了一些值得参考的经验。这些年来，在我国社会主义建设的各个岗位上，很多优秀的老干部领导群众创造了种种奇迹，可歌可泣的壮美故事是不少的。"大跃进"以来，感人肺腑的新人新事出现得更多。作家们在写，许多老干部自己也在写，这都是值得鼓励和欢迎的。但是为了多快好省，使作品的数量和质量得到更可靠的保证，我们建议各地尽可能地发动一些可以发动的力量，包括青年作者、报刊编辑、新闻记者和文学教员，总之是有一定的写作能力的人，和那些一直生活在斗争漩涡中心的人合作，和那些具有丰富生活经历的老干部合作，运用报告文学体裁，把那些最有时代意义的新人新事记录下来。有的作家如果自己没有紧迫的创作任务，如果他参加到这样的集体创作中来，就能够在较短期间写出动人的作品。

文艺工作者和老干部合作，当然不是老干部出生活，知识分子出技术，两方面加起来就行了。事情不是这样简单的。这其间有思想的交流，心灵的沟通，对事物的分析和理解从某些不一致到一致，也还有执笔者对材料的熟悉、消化和集中的过程。这种合作对双方都有好处，而文艺工作者得到的思想上的收获总是会更大一些。

提倡集体创作，不等于排斥个人写作，这也是两种方式的"并举"。同时，集体创作是一种创造性的艺术劳动，双方的结合只能是自愿的结合，才能产生良好的效果。文艺团体或组织工作者的任务是提倡这样的结合，并且创造条件来促成这种自由的、自愿的结合，以便把各方面的有利因素都组织到当前的中心任务中来。总而言之，集体创作好处多，它在当前全民性的文艺写作运动中一定会发生显著的作用。

从工人诗歌看诗歌的民族形式问题[①]

诗歌的民族形式问题，这是多年来引起争论的老问题了。问题虽老，因为过去只是在一个小范围里争论，没有走群众路线，所以长期解决不了。有些人怕听到这个问题，一听人提起，马上搬出一个挡箭牌：根本问题是内容，而不在于形式，云云。这话听起来很革命，但是革命革得过火了，不但革掉了艺术传统的继承性，而且革掉了新诗按照群众的需要不断革新、不断发展的必要性。持有这类见解的同志们，实际上是希望五四以来建立了革命功绩的却主要是流行在知识分子圈子里的新诗，最好是原封不动；虽然这些同志明明知道，新诗和群众的关系，确实处得不大好，在民族化、群众化的问题上，新诗本身的局限性还是不小的。

1958年以来工农群众的新诗歌，以革命风格和民族风格的结合，向文艺界吹进了一股新鲜空气。群众诗歌推动着新诗起变化；新诗也欢迎着这种推动。这样，事情就比较好办了。当然也还有少数同志过分强调了新民歌在艺术形式上的局限性，他们害怕新民歌有朝一日将以五言、七言的歌谣体统一天下。我觉得这些同志没有看到群众诗歌正在迅速开拓诗学和美学的新领域，没有看到民族形式百花齐放的前景。一旦看到了，他们的见解是可能改变的。现在，新诗人中间，多数的意见是要向新民歌学习，从群众诗歌吸收一些好东西，促进新诗诗风的改变，从而创造为群众喜闻乐见的诗歌新形式。这个意见是正确的。我赞成这个意见。但是我总觉得，我们对群众诗歌在艺术革新上的意义，还是估计不足。事实上，工农群众的诗歌，还应当加上战士们的诗歌，不但在内容上探索了劳动者社会生活、精神生活的新天地（其中很多是新诗没有接触过的），而且在艺术上

[①] 本篇发表于1959年《红旗》第1期，署名张光年。曾收入《风雨文谈》和《张光年文集》（第三卷）。

也开始创造出民族诗歌多样化的新形式。多年来盼望的那种中国作风、中国气派、新鲜活泼、为群众喜闻乐见的民族诗歌的新形式，由于群众的集体智慧的创造，我看是大有希望了。

这决不是说，新诗人以后就没有事可干了。也决不是说，可以忽视在普及基础上不断提高的工作了。我是说，充分估计了群众诗歌在艺术革新上已经达到的成就，进一步的艺术建设的工作就会顺利得多。

从我所读到的一部分工人诗歌，可以看出工人作者们在艺术形式上摄取和消融的能力是很强的。他们大量采用了各种民歌形式——歌谣、快板、曲艺等，同时吸收了旧诗和新诗的许多优点，创造了民族化、群众化、多样化的诗歌新形式。民歌也好，旧诗也好，新诗也好，一到工人群众的手中，都经过一定的改造，发生了推陈出新的变化。

曾经流行过这样一种论调：只有在农村里、田野里才有诗，至于在工业里面，那是找不到什么诗意的。有人干脆说：在城市和工厂里，生活本身就是散文的，你反正写不出什么诗来。在这类论调的影响下，有些作者对工业题材不那么喜爱了。其实，那完全是一种落后的偏见。在那些人的头脑里，似乎只有清风、明月、远山、红树这些远离尘世的东西，才是最富于诗意的。工人群众的诗歌，有力地驳斥了这种极端陈腐的美学观点。请看工人作者怎样从自己工厂的烟囱上找到了最新最美的诗意：

　　你是一支铁手臂，
　　高呼口号举上天；
　　你是一支大毛笔，
　　描画祖国好春天。

——上海纺织厂工人

譬如说，在建筑工人的脚手架上，也有诗吗？有的！并且有很好的诗：

　　脚手像天梯，
　　一级高一级，

直插彩云头，
俯视千山低。

——上海建筑工程局张明海

或许有人怀疑，在装卸工人十分繁重的体力劳动中，诗意大概不多吧？错了！正是在装卸工人中间，出现了黄声孝这样优秀的作者，请看他怎样诗化了自己的劳动：

一条杠子一根绳，
一声号子一把劲，
一阵汗水一舱货，
一生劳动一生荣。

——湖北宜昌黄声孝

工人诗歌把工业战线上各行各业的劳动诗化了。他们从紧张的生产斗争和阶级斗争中，从周围的人们的英雄行动中，找到了动人的诗句，从而证明了：在革命激情、劳动激情最热烈的地方，也就是美的诗意最饱满、最强烈的地方。近几年来工农群众的诗歌，把千百年来陈陈相因的人们在生活上艺术上那一套陈腐不堪的美学观念冲毁了。新民歌里那些最新最美的诗情，那些美的形象、美的语言和构思，都说明了我国工农群众的美感是高尚的而且丰富的。一个彻底地解放人们的个性、激发人们的美感的时代，已经来到了。

正是在这种崭新的美感趣味的支配下，工人群众多方面地寻求适合表达他们的壮美诗情的新形式。

工农作者喜欢采用在群众中流行已久的民间诗歌形式——歌谣、快板、曲艺等，这是很容易理解的。它们唱起来顺口，听起来顺耳，它们本来是过去劳动人民自己创造出来的，所以至今受到劳动人民的欢迎。可是人们的生活改变了，思想感情改变了，美感、趣味也改变了，使得民歌在形式和风格上都发生很大的改变。我们说，现在群众写的民歌是新民歌，不仅因为它们的内容是崭新的，而且因为它们在形式和风格上也是新鲜的。

　　同农民的新民歌一样，工人的新民歌也经常采用歌谣体。所谓歌谣体，一般是五言或七言（当然也有三言、四言，也有八九字、十来字一句的，也有参差不齐的长短句），大体上四句一段（当然也不尽如此），类似过去的山歌、秧歌或民间小调。可是，新歌谣内容是新的，运用了新鲜的语言和语汇，使得歌谣形式发生了新的变化。就像刚才引用的装卸工人黄声孝的那首小诗吧，你还能说它是山歌、秧歌或小调吗？对于某些沿用了旧歌谣比兴手法的新民歌，也不能这样说。工人们很喜欢说快板。农民和战士也喜欢快板诗。这种民间的朗诵体，看来更自由、更奔放一些。它的句子和段落都可长可短，既可用来抒情，也可说故事，写人物，它的发展前途是广阔的。群众的快板诗，很接近于我们所说的新诗。它本身就是一种群众化的新诗。它的节奏鲜明、音韵自然、明白如话和适于当众朗诵的优点，很值得新诗人研究揣摩，作为改进新诗诗风的参考。

　　工农群众的新民歌中间，也经常采用各种曲艺形式。这种形式便于说唱和表演，在晚会节目中很受欢迎。新曲艺多半是篇幅较长，音乐性、戏剧性较强的叙事诗，大鼓、单弦、快书、坠子等是常用的形式；山东快书更是工人晚会中经常用来歌唱群众中的新英雄人物的艺术手段。对于工人的新曲艺，需要专门地加以研究。在这方面，他们的艺术革新的勇气也是不小的。在旧曲艺的基础上，群众创造了一种适于歌唱新人新事的新曲艺，现在已成为新民歌的一个重要的组成部分。

　　工人诗歌也从旧诗里面吸收一些东西吗？是的，他们从旧诗里吸收一些东西，并且作出很有旧诗风味的新诗来。不久以前《人民日报》上，在郑重宣布超额完成全年钢产量这个大喜事的同时，就登了这样一首工人诗歌：

　　　　冲天烈火照星空，
　　　　疑是东方旭日升。
　　　　熊熊炉火放异彩，
　　　　人面钢花相映红。

　　　　　　　　　　　——北京汽车制造厂工人于世河

作者写的是炉旁夜战的情景,大概很多人有共同的感受。这首诗基本上采取了旧诗的手法,虽然并不拘守旧诗的格律(第三句失粘)。末一句显然是唐人旧句的翻新,却反映出了炼钢炉旁的真情实感。

我不想特别赞扬这种旧句翻新的手法。现在看看另外一个例子:

> 钢水红似火,
> 能把太阳锁。
> 霞光冲上天,
> 顶住日不落。

——湖北大冶钢厂佚名

同样的题材,同样的豪情,同样看得出旧诗的影响。这首诗却更加口语化,读起来更加爽朗而有力。说是钢水的火光把太阳锁住了,因此那里有了不落的太阳,这个意思是新鲜的。总之,这是新诗,你不能说它是旧诗。

我国的古典诗词,有悠久的、光辉的传统,至今在人民中间保持着深远的影响。过去有人认为,新诗只能向外国的诗歌学习,或者顶多可以从民歌学些东西;至于古典诗词,他们认为那是"封建形式",没有什么生命力了,不值得学习。现在大家可以看出这种论调是多么幼稚!为什么在我们的革命老干部中间,有些同志喜欢写写旧体诗词,难道这些同志是为了附庸风雅吗?当然不是。这些同志有丰富的革命感情,他们要表达自己的感情。旧诗词格律较严,要熟练地掌握这种形式,本来是困难一些。可是许多年来,有些人把新诗的形式和语法搞得非常欧化,使人更加摸不着头脑;而另外有些诗,懂是好懂了,可是淡而无味,它们也帮着搞坏了新诗的招牌。好的新诗是有的,可惜被以上两种货色所淹没了。因此有些爱好诗歌的老干部宁肯利用他们一向熟悉的旧形式来表达他们的新感情,他们觉得,把丰富的内容压缩在短小而严整的诗句中,咀嚼起来更有味道一些。这样一来,他们实际上突破了、改造了旧形式,使旧形式获得了新生命。更不必说毛泽东同志的诗词,把巨大的革命内容压缩到那样严整的艺术结晶体中,它们通体闪光,辐射出动人心魄的射线来。

工农群众充分掌握我国民间诗歌,特别是古典诗歌的丰富遗产,以至于消化它,当然还需要一个相当长的时间。可是,在民歌和古典诗歌的基础上创造生动活泼的诗歌新形式,这不只是一个理想,而是正在变成现实了,尽管这还是一个开始。

工人的诗歌,采用自由诗形式的也不少。有的同志看到这个现象,大受鼓舞,从而得出结论:可见新诗还是有前途的。谁说新诗没有前途呢?新诗很有前途,问题是它必须按照群众的需要加以改造。果然,新诗在工人作者的手中,也就不客气地加以改造了。随便节引一首吧:

用老八路的歌喉,
歌唱奋发前进的春天。
他那甩指挥棒的姿势,
仍像在战火中跃马挥鞭。

——北京石景山发电厂靳开攀

这诗写的是该厂领导干部合唱团在一个晚会上演唱时候的情景。我们似乎看到舞台上一排老干部涨红了脖子在演唱奋发前进的新歌;似乎看到指挥者粗犷的、一本正经的神态;也似乎看到台下工人们怎样压住了自己的喜笑和欢呼,屏息倾听着领导干部们不很熟练的表演。

工人写的还有一类新诗,和新民歌很少差别;也有少数新诗,刻意模仿知识分子的腔调;但是前面所举的例子,有较大的普遍性。它们的特点何在呢?撇开内容,单就语言和形式上说,它们不但和三十年代的某些刻意求新的欧化诗、自由诗大不相同,就是和常见的知识分子的新诗比较起来,也可以看出以下的特点,那就是:诗句的口语化,宜于朗诵,一听就懂;语言干净利落,很少拖泥带水的句子和大串形容词;节奏鲜明;音调铿锵。其结果就是新诗的群众化和民族化,就是新诗的推陈出新。

工人作者们采用新诗的形式写作的时候,他们并没有想到要改造新诗。正像他们没有特为想到要改造民歌一样。可是工人的诗歌活动是一种群众性的文艺活动,作者为谁写作、为什么写作,目的性是鲜明的。大部分新诗是为了登在大字报上,或为了当众朗诵,都是有所为而作的。新诗要经得住群众的考验，经得住朗诵会上的考验，那就不能不考虑到群众的趣味与好恶。工人作者本人的趣味与好恶和他的读者、听众的趣味与好恶（他们本来是一致的），决定了这些诗歌的民族化、群众化的特点。这一条经验很重要。要是新诗根本不想到群众中去过关，要是新诗人根本不想写为了朗诵、为了歌唱的诗，而只愿意写纸面上的、眼皮上的诗，焉得不使新诗本身的局限性越来越大？事物在一定条件下可能转化为它的对立面。民歌、曲艺、旧诗词这些旧形式，一经掌握在社会主义时代的劳动人民的手中，可以经过推陈出新而变成新形式。某些刻意求新的欧化诗，曾经是很时髦的新形式，但是因为它们脱离了群众，曾几何时，就变成同新时代格格不入的旧形式了。这一点，很值得我们过细地想一想。

从工人诗歌可以看出，新民歌和新诗，这两种基本的形式，正在互相吸收，互相融化，同时又相辅相成地发展着。从这里，大体上可以看到我国新诗歌的将来。人们精神生活的需要是多样化的。社会越进步，人们的文化生活越丰富。艺术形式今后不是固定不变，而是变化多端；不是越来越简单，而是越来越多彩。新诗歌在艺术形式上的总的趋向，是民族化的，群众化的，又是多样化的。

有的同志担心新民歌的"发展前途"，这种担心是多余的。他们没有看到，新民歌本身就是诗歌领域的新发展，是地平线上霞光初闪的新事物，它的发展前途是不可限量的。新民歌本身就是多样化的统一体，它采用了民间的歌谣、快板以及形形色色的曲艺形式，也吸收了旧诗词和新诗歌的某些表现手法。这一切，合一炉而冶之，冶出了一个五光十色的新事物。歌谣体的小诗，在很远的将来也将是发展不衰的。而经过改造的快板诗和某些曲艺形式，从中必然会发展出大量壮丽的叙事诗，创造出各色各样新时代的艺术典型。既然旧民歌能够创造出包罗万象的民族史诗（我国各兄弟民族都有自己的史诗）和动人心魄的英雄故事诗（例如旧曲艺里面的水浒英雄故事诗），新民歌为什么不能够呢？在新曲艺的优秀作品中，已经可以看出一些苗头了。

有的同志担心新民歌在艺术形式上的"局限性"，这种担心也是多余的。工农兵群众的新民歌，从题材上说，已经接触到当前社会生活的一切重要领域；从思想内容上说，表现了人们在生产斗争、阶级斗争、改造客观世界和主观世界过程中的崇高而丰富的心灵活动；从艺术上说，是多种样式、多种风格的百花齐放，用五彩缤纷的图画和益人神智的佳句丰富了我们的生活；从社会作用上说，它是群众自己的东西，从内容到形式都更加贴近人民，因此在人民群众中发生了巨大的影响。这些长处，恰好是值得我们认真学习的。因为从这些长处，不难相对地看到新诗的某些弱点，包括新诗在艺术形式上的局限性。当然，各种文学体裁都有自己的局限性。用几行民谣短句来塑造一个复杂的性格，描写复杂的场面和复杂的心理过程，那是办不到的。但是谁会对它提出这样的要求呢？

有的同志担心新民歌一旦用五言、七言的歌谣体统一天下，就把新诗放逐了。这种担心也是不必要的。新民歌不尽是五言、七言，也不尽是歌谣体。新民歌今后当然要大大发展，不断提高；但是它乐于同新诗和平相处，自由竞赛，互相学习，共同进步。只要新诗不是貌新而实旧，貌中而实西，貌高而实低，因此同群众貌合而神离；只要新诗肯到群众中去扎根，那就谁也不会放逐它，反而是不胜欢迎之至。必须看到，新诗正在变化中。工人作者们的新诗，替新诗打开了新门路。那样民族化、群众化的新诗，革命的新诗人们也能写得出来。过去写过，现在逐渐多起来了。近年来，许多有远见的新诗人深入群众，和群众互相唱和，互相学习。许多诗人正在改进自己的诗风，开始收到良好的效果。诗人们正在讨论如何使新诗更加适合时代和群众的需要，如何开一代的新诗风；正在讨论如何更好地学习新民歌，学习古典诗词，也从外国诗歌中吸收有用的东西，从而促进诗歌的民族形式的发展。虽然在报章杂志上，那些潦草的、不修边幅的新诗随时可以看到，但是不少诗人在命意遣辞方面，肯多花些功夫了，这些同志正在帮助挽回新诗的好名声。所有这些，都是积极的现象。群众唾弃那些远离群众的新诗，正是帮助那些联系群众的新诗健康地成长起来。

我们说群众的诗歌促进了诗歌的民族形式问题的解决，这不等于说，凡是群众的东西都是好的，都已经达到了很高的水平；也不等于说，群众在艺术形式的革新上，已经有了一套完备的经验。但是群众诗歌中的优秀作品，确实开辟了诗歌艺术的新天地，这是决不可以过低估计的。五四以来的新诗歌，功绩是无可怀疑的；建国以来，也出现了不少出色的作品。

可是总的说来，我们新诗歌艺术的建设工作还是比较薄弱的。一篇既成、传诵天下的佳作还是不多。在诗歌中创造壮美的使人难以忘怀的英雄形象，还有待于我们的继续努力。在这种情况下，对于群众创作已经达到的新成就，这些创作中提供的新经验，就特别感到宝贵。革命的新诗人们，最好是运用自己已经掌握的关于遗产的知识，运用丰富的创作经验（这两者都是群众作者所缺乏的），细心地研究群众在艺术革新上所已经达到的成就，加以总结提高；并且通过自己的艺术实践，做出新的榜样，把诗歌的民族形式问题解决得更好，转过来推动群众诗歌的发展与提高。我看，我国诗人们肯定能够担当这一光荣的工作。

我的意见可能有片面性的地方，希望同志们指正。

1958 年 12 月

北京工人的诗歌[①]
——《北京工人诗百首》序

> 工人诗,工人画,
> 工人诗画意义大。
> 冲天干劲就是诗,
> 快马加鞭就是画。

这是北京热电厂工地工人吴碾孩同志的诗句。我觉得用这几句诗来说明新中国工人诗歌的特点,是恰当的。工人阶级的冲天干劲和快马加鞭的英雄气概,就是我们这个时代的最新最美的史诗。在我们这个社会里,生活本身,劳动本身充满了诗情画意。这些诗情画意的创造者们,现在拿起笔来,歌颂自己创造的诗情画意。这叫做诗中人写诗中诗,画中人画画中画。工农群众的诗歌,因此开辟了文学史上的新天地。冲天干劲就是诗。干劲冲天的人写出了干劲冲天的诗。这些诗表现了自己的干劲,又鼓起了别人的干劲。所以说,工人诗画意义大,它们的社会意义和文学史上的意义,开始引起人们的重视了。

北京棉纺织联合厂的高文真同志写道:

> 英雄气势冲破天,
> 跃进新歌满江山。
> 夜来灯下眠不得,
> 多少奇迹写不完。

[①] 本篇发表于1959年《诗刊》第1期,署名张光年。未曾收入自编作品集和文集。

北京工人的诗歌——《北京工人诗百首》序

正因为"大跃进"以来首都工人创造了写不完的奇迹，激动得自己非写不可。可写的东西太多，不写，是睡不着觉的。不能老是等着别人来写；于是各行各业的工人，宁愿挤出睡眠的时间，在灯下抒写劳动的诗情。

请听听煤矿工人壮美的诗句：

> 煤矿工人有决心，
> 千层地底挖黑金。
> 块块煤炭颗颗心，
> 滚滚煤浪向前奔。

（安家滩煤矿何树生、蕤纲）

这里是炼钢工人的歌声：

> 天车隆隆响，
> 转炉轰轰转；
> 十分八分一炉钢，
> 红锭满车间。

（北京钢厂乐之）

石景山发电厂的工人，为了支援首都工业"大跃进"，保证永远不停电。他们要让"万台机器一齐转"；他们要和地球比一比，"看谁转得欢"。他们说：

> 要问我们何时停，
> 地球不转我们转。

（石景山发电厂郝来宝）

只有劳动人民懂得劳动人民的心。只有工人阶级理解工人阶级崇高的志愿。你知道纺织工人们在想些什么？他们说，他们的"车间充满了春天"；这不单是因为"幸福的种子撒在纱锭上边"，"纱锭像轻风在银带上飞旋"，而且因为"印染工叫布面上百花齐放"，他们要"把姑娘们装扮得天仙一样"，所以他们写出了这样优美的、充满了早春旋律的乐句：

> 运纱工把纱车推过她们身边，
> 她们说这是一车春天。
> 人们说春天先到江南，
> 谁知春天永远在我们车间。
>
> （棉纺织联合厂韩忆萍）

而砂石工人的诗情是雄健的、豪放的。他们说，他们让"八宝山旁酣睡了几千年"的砂石，来一个大翻身。他们似乎看到这些平凡的砂石，一下子变成了工厂，变成了大楼。他们的联想的翅膀，从八宝山上一下子飞到了长江大桥，于是乎放开嗓子高唱：

> 长江大桥宽又宽，
> 江南江北连一片，
> 工程浩大震全球，
> 砂石有份在里边。
>
> （八宝山砂石厂贾方珏、高振昌）

真的，谁能忘掉砂石工人的功绩呢？在我们社会主义祖国，就是做一颗平凡的小石子，也是光荣的。

例子是举不胜举的。我们看到，各行各业的工人们，都善于运用热情的、多彩的笔，渲染了自己的生活，诗化了自己的劳动。

"大跃进"以来，农村的新民歌中间，出现了无数的珍宝，真是五光十色，使人目不暇给。可是对于工人的诗歌，我们注意得很不够。在现代化的、高度集中的工业大生产中间，是不是也有浓厚的诗意呢？这一点，曾经有人抱怀疑态度。工人的优秀诗歌的大量出现，再一次使人耳目为之一新。不仅是因为煤浪、钢锭、天车之类的新鲜事物,过去很少入诗的,现在大量入诗了;不仅是因为工人们歌唱的劳动生活的许多重要方面,是新诗歌从来没有探索过的;主要的是,工人阶级的共产主义气概,例如那种"地球不转我们转"的气概,以至于像"工程浩大震全球,砂石有份在里边"的那种对于平凡劳动的自豪感,这些最新最美的诗意,都是已往在新诗歌里面表现得很不充分的。工人的特歌,打破了"工业里面没有诗"的臆说,为诗学和美学开辟了无限广阔的新天地。

工人诗歌最显著的特色,当然是劳动的诗化,劳动的英雄主义。但是,我们说各行各业都在诗化自己的劳动,这和所谓"车间文学"却完全不是一回事。不仅是因为这些诗歌是我国整个社会主义文学不可分割的一部分,而且工人作者们的思想和胸怀,决不是一个车间所能范围得了的。工人们战斗在车间和工地,眼里看到的是全中国,全人类。工人作者们愤怒地痛斥了资产阶级右派的进攻,并且警告敌人:"舵轮在我们手中"(李学鳌)。他们坚决回答了美帝国主义的挑衅:"如果我不能上前线,机器会变成手中枪"(徐有生)。他们热情地歌颂了苏联的人造地球卫星,祝贺"克里姆林的红星越飞越远","和平的列车轰轰隆隆勇往直前"(温承训)。而伊拉克人民胜利的消息,在工人心上引起多么大的激动啊!他们"听进耳,喜在心,一股力量灌全身"(小刘);他们要让车床转得更快,为使帝国主义早些完蛋而奋勇地劳动着。我国工人把世界人民的每一个胜利看成是自己的胜利。世界上每一个重大变化都在我国工人的心上引起强烈的回响。

思想美,感情美,例子多的是。如何从工人阶级生活里面摄取壮美的和优美的诗意?在这个问题上,工人诗歌为新美学提供了丰富的内容。同时,在艺术美方面,例如在语言美、形象美、形式美方面,工人诗歌中一些新的创造,也是很值得注意的。

在前面摘引的诗句中(它们多半是一首诗里精彩的片段),有些语言是很好的;有些甚至是过目难忘的警句。"冲天干劲就是诗,快马加鞭就是画","夜来灯下眠不得,多少奇迹写不完",都可以说是警句。它们的丰富的含义,我在前面已经谈到过了。"块块煤炭颗颗心,滚滚煤浪向前奔",也是警句,写的是地层下面鏖战的矿工们,怎样把全部心灵献给祖国;他们的心随着滚滚煤浪,奔向祖国的心脏。"要用这支钢铁的笔,写下矿工的忠心赤胆","要问我们何时停,地球不转我们转",这也是警句,这里表达出一种崇高的、壮美的思想感情。警句——我们所说的警句,指的是把某种带有普遍性的、丰富的思想感情,压缩在富有特色的、节奏鲜明的短句里面;让读者通过一颗凝炼的语言结晶体,看到一个有思想意义的形象世界。古人说:"佳句本天成,妙手偶得之。"意思是说,好句子是从生活里得来的,是自然地流露,不是刻意雕琢的结果。民歌中的佳句,就是自然得很,好像信手拈来的一样。但是究竟还需要一个妙手,善于从生活里面拈取美好的东西,经过选择提炼而成为警句。遗憾的是,在我们新诗里面,过目难忘的警句是不可多得的。

有些工人诗歌,用不多的笔墨,勾出了一个形象世界,像有个活生生的人物在里面活动。下面一首《老检验员的话》(摘引了两段),就有这样的优点:

当我走进装配车间,
一排排崭新的机床立在眼前,
像一个个将要出征的战士,
等待着我的检验。

我不客气地命令报数,
再听听它们的身体是否康健。
明明交验单上写的是100,
为什么150、200、300报个没完……

(北京仪器厂曹永源)

这几句诗,描画出了一个快乐的老检验员的形象,充满了劳动的自豪感。这里有独出心裁的、美的构思,有劳动人民的幽默感。第一眼,你被它吸引住了。细读一遍,你将发出会心的微笑。刻意雕琢的诗,未必能收到这样的效果。这种幽默感和美的构思,是从生活中间体会出来的,是把美的情感倾注到美的对象中去的结果。

在这个集子里面，用很少的笔墨描出了一个可爱的人物的，还有《看谁还敢说我老》《新徒弟》《不老松》诸篇。它们都是诗中有人、诗中有画、诗中有劲。看过以后，不大容易忘记。

说到工人诗歌的形式或体裁，就北京工人诗歌说来，大体上可以分为两个类型：一类接近于民歌，一类接近于五四以来的新诗。但不管是民歌也罢，新诗也罢，到了工人手里，都经过改造，发生了推陈出新的变化。

和农民的诗歌一样，工人的新歌也喜欢采用民歌体。民间的歌谣、快板和各种曲艺形式，多数工人是熟悉的，他们觉得用民歌形式写作，既便于演唱，下笔时也更加得心应手一些。可是，现在写的是崭新的内容，用的是崭新的语言和语汇；这时候，形式与内容之间，就不可能是所谓旧瓶新酒那样简单的关系，而是新的内容给民歌形式灌注了新的血肉，使旧形式获得了新生命。所以，新民歌不仅内容是新的，形式上也发生了新变化。前面所举的例子中间，就拿开头的三个例子来说，都可以算得是民歌体吧；除了词句整齐、节奏鲜明、合辙押韵、朗朗上口这些由来已久的民歌特色之外，其中任何一首，和旧民歌比较起来，它的风貌已大不相同了；显然，它更自由、更奔放一些，更接近于我们所说的新诗。实际上，它正是一种民族化、群众化的新诗；不能再说它是原封不动的旧形式了。可能，有的新民歌是由快板形式发展起来的（例如吴碾孩同志的那一首），而快板本来更自由、更奔放一些。可是，就在保留了更多民歌色彩的作品中，形式上也仍然给人以新鲜之感。例如一首讽刺诗《保守者像只鸭》：

  保守者，像只鸭，
  走起路来趴呀趴。
  脑瓜小，胸际窄，
  顾虑这来顾虑那。
  遇困难，不设法，
  拉开嗓门叫呱呱：
  "不行啊，不行啊！

步子只能这么大!"

(无线电器材厂蒋满泉)

讽刺是辛辣的,有声有色的。

还有一首儿歌:

> 爸爸上班造机器,
> 妈妈在家忙学习,
> 弟弟弟弟你别哭,
> 姐姐与你玩积木:
> 建工厂,多炼钢。
> 为赶英国全家忙。

(北京有线电厂杨青)

确乎是一首儿歌。它表现了"大跃进"中孩子们天真的爱国的感情。

这两首,民歌还是民歌,可是里里外外都给人一种崭新的感觉。这是因为:新民歌的形式固然和旧民歌有继承关系,可是文艺的形式并不是某种固定不变的外壳;在新民歌里,新的思想感情通过新的语言和词汇影响到形式与外观;内容与形式是有血有肉地联系在一起的;所以形式随着新的内容而发生了新的变化。

可见,再不能用老眼光看待新事物了。工农群众改造了旧民歌,创造了新民歌,实现了诗歌上的艺术革新,创造了为群众自己喜闻乐见的、中国作风、中国气派的民族诗歌的新形式;尽管还是一个开始吧,它在文学史上的意义是重大的。在新事物的面前,人们应当采取什么样的态度呢?我看,正确的态度是用一切方法支持群众的艺术革新,帮助巩固和扩大这个艺术革新的成果,诗人们也参加到这个艺术革新的工作中,帮助新民歌不断地发展和提高,期以年月,更加完备的、表现力更加丰富的、多样化的民族形式将从这个基础上发展和成熟起来。单就现在的情况看来,也很难说新民歌的表现能力有多大的局限性。新民歌本身就是多样化的组合,包括歌谣、快板及多种曲艺形式。从表现力说,它的艺术上的弹性是很大的。歌谣体的小诗,在很远的将来都会保持它的生命力。群众运用这个形式已经很熟练了,从日常的劳动体验到重大的政治主题,从热烈的歌颂到火辣辣的讽刺,写来都得心而应手;可见它的生命力是强的,变化是多端的。当然,要描写复杂的典型性格,展开广阔的形象世界,歌谣体是无能为力的。但是经过改造的快板和曲艺形式,将成为表现力很强的叙事诗的新形式,它们可以毫无愧色地担当起创造艺术典型的重任。

工人作者们也采用自由诗即新诗的形式写作,这也是好事情。更好的是,他们采用新诗的形式写作的时候,也按照工人群众的需要,按照工人阶级的美感、趣味,在一定程度上改造了这个形式,从而在新诗的艺术革新上,提供了初步的可是非常重要的经验。

工人们的新诗,艺术革新的特点何在呢?从前面所引的例子中间,像郝来宝、韩忆萍、曹永源这几位同志的诗(我征引的只是原诗的片段),单就形式和风格来说,这些新诗不但和新月派的欧化诗、七月派的自由诗大不相同,就是和常见的革命知识分子的新诗比较起来,也不完全相同。工人的新诗,在艺术形式上往往表现为以下的特点:诗句口语化,宜于朗诵,一听就懂;语言干净利落,很少拖泥带水的句子和大串形容词;节奏鲜明;音调铿锵。这些优点,不是所有的新诗人都能够做到的。工人的新诗,有一些和新民歌很难区别。例如:

十几岁的小姑娘,
离开农村进工厂,
脱下妈做的花衣裳,
换上工人的新服装。

(宣武机械厂胡五川)

还可以举出靳开攀同志的组诗《英雄颂》,全诗一共四首,基本上采取了新诗的形式,其中有这么一首:

张禄老英雄,
人老骨头硬,

门窗过道都扫完,
东方刚刚放微明。
张禄老英雄,
头白心里红。
三人工作一人担,
红光满面笑春风。

(石景山发电厂新开篇)

从以上两首,看出了工人的新诗,和民歌、快板有了合流的趋势。类似的例子还有的是。

工人群众其所以改造了新诗,首先当然是工人阶级的革命风格在艺术上的表现,除此而外,还由于这些新诗是在大字报、朗诵会上发展起来的,在群众性的社会活动中发展起来的。或者为了鼓动,或者为了娱乐,作者都希望自己的东西能够使周围的群众发生最大的兴趣。作者按照自己的口味,也按照周围的读者和听众的口味来写作。写的人、听的人都是工人,他们喜欢那种明白如话、干脆利落、生动活泼、音调优美的诗歌。这些诗歌要在朗诵会上过关,更不能不在语言和音调的选择上考虑到普通工人群众的美感趣味。就在这样一种群众性的诗歌活动中,工人作者们有意无意间做出了一件大好事:创造了中国作风、中国气派、为群众喜闻乐见的群众化的新诗,为新诗的艺术革新提供了宝贵的经验。

当然,也不是所有的工人作者都做到了这一点。有的作者有不同的经历。他们开始写作的时候,工人的群众性的诗歌活动还没有普遍展开。这些作者的新诗看来不是在大字报上、朗诵会上发展起来的,而多少是在报刊编辑部的影响下发展起来的;因此民族化、群众化的特点不那么突出。例如温承训同志、李学鳌同志的诗歌收入这个集子中的,可能就是这样。温承训同志注意于艺术上的推敲;李学鳌同志有很高的革命热情;这些都是值得重视的优点。他们都是很好的工人,又是有才能的作者,只是他们艺术上革新的勇气还没有充分发扬出来。

五四以来、建国以来的新诗有很大成绩。革命诗人们一直为反对诗歌脱离人民、反对标语口号化进行着两条战线的斗争。可是新诗在群众中植

北京工人的诗歌——《北京工人诗百首》序

根不深,没有在劳动人民精神生活中发生显著的影响。除了革命风格、革命气概不够充沛,未能充分表现这个英雄时代的精神和情绪,语言上、形式上不完全适合群众的口味,也是很大的原因。多年以来,诗人们寻求为群众喜闻乐见的民族诗歌的新形式,曾经做了些有意义的尝试,取得了值得重视的成果;可是,少数人刻苦的探索,还没有能根本上改变新诗在大时代面前固步自封的局面。明明知道大势所趋,不改不行,可是要抛弃旧的趣味,和多年来养成的习惯和惰性告别,也不是一件容易事;多少同志因此而苦闷。现在工农群众的新民歌,提供了从旧形式推陈出新的经验;工人的新诗,为新诗的艺术革新开辟了新路;这是多么使人高兴的事情啊!利用群众创造的新经验,贯彻诗歌运动的群众路线,因势而利导之,发展而提高之,诗人们可以做的工作是很多的,并且一定会收到重大的效果。

从工人的诗歌,可以看到新民歌和新诗互相吸收、互相接近的趋势;同时也看到诗歌的民族形式多样化发展的前途。只要符合了民族化、群众化的要求,并且适合新内容的要求,新民歌和新诗的和平共处与共同发展,完全是可能的。关于新民歌与新诗的前途,现在引起了一些争论。热心于提倡新民歌的同志们,一心要为新民歌争取正统的地位;而另外有些同志,因新诗可能失掉其正统地位而愤愤不平。我看,最好不把二者的关系看成是不可调和的斗争,至于争论中间牵涉到有关群众观点、美学观点的原则性问题,那当然需要进一步展开,争得一个正确的结论,对发展新诗歌有极大的好处。诗歌是时代的、民族的心声。这样一个伟大的具有无穷创造精力的民族,怎么可以在诗歌方面不表现自己独特的民族色彩呢?几千年来丰富而灿烂的民族诗歌传统,怎么可以不在今天的新诗歌艺术上留下自己的深刻影响呢?学习和吸收外国有益的经验是完全必要的,但是我们已经不是小孩子了,那种幼稚的模仿的时代,那种文学童年的浮华猎奇的时代,老早应当过去了。新诗歌应当是民族化的,群众化的,又是多样化的。在百花齐放、推陈出新的方针下,新民歌和新诗都有广阔的用武之地,并且日新而又新。

1958.12.20 北京